La révolution de l'amour

Du même auteur
aux Éditions J'ai lu

APPRENDRE À VIVRE
N° 9735

APPRENDRE À VIVRE-2 LA SAGESSE DES MYTHES
N° 9090

Luc
FERRY

La révolution de l'amour

Pour une spiritualité laïque

ESSAI

J'AI LU

INTRODUCTION

La révolution de l'amour-passion et les métamorphoses de l'humanisme

« L'amour a toujours été pour moi la plus grande des affaires, ou plutôt la seule. »

STENDHAL

C'est une évidence qui crève les yeux, qui traverse et bouleverse en permanence nos vies privées. Pourtant, nous osons à peine l'avouer hors l'intimité la plus restreinte : c'est l'amour qui donne tout son sens à nos existences. C'est lui qui nous contraint, ne fût-ce que pour nos enfants, à ne pas céder au pessimisme, à nous intéresser malgré tout à l'avenir, à ne pas négliger tout à fait une vie politique que nous jugeons par ailleurs dérisoire. La plupart des anciens tabous ont aujourd'hui sauté. Nous n'hésitons plus à parler du sexe, de l'argent et même de la mort. Sous l'effet des sciences humaines et des philosophies du soupçon, du marxisme et de la psychanalyse, la transgression des interdits ne nous effraie plus guère, mais d'amour, curieusement, il nous est difficile de parler en raison. Il n'est qu'accessoirement objet de pensée conceptuelle. Pour l'essentiel, il reste le domaine réservé de la fiction, du cinéma ou de la chanson. Or, sous toutes ses formes, qu'on l'appelle sentiment, passion, tendresse, amitié ou fraternité, qu'il porte sur nos femmes ou nos maris, nos enfants ou nos parents, nos frères, nos sœurs ou nos amis, voire, comme dans la tradition philanthropique et caritative, sur l'humanité entière, c'est lui qui anime notre vie psychique, morale, spirituelle, culturelle et même, comme on verra dans ce qui suit, intellectuelle et politique. Sans lui, rien n'aurait de signification pour nous. Ce serait, pour le coup, le vrai désenchantement du monde. Quand il nous fuit, que pour une raison ou pour une autre, il vient à nous manquer – mort d'un être cher, séparation, rupture ou simple période de basses eaux amoureuses –, c'est l'univers entier qui devient terne et s'assombrit.

Ce que je dis là, tout le monde le sait, tout le monde le sent. C'est une banalité. Ce qui l'est moins, et qui fait tout l'objet de ce livre, c'est que l'amour n'est plus seulement cette expérience intime et bouleversante qu'il fut très certainement depuis l'aube des temps, mais pour la première fois peut-être dans l'histoire, il est devenu le principe fondateur d'une nouvelle vision du monde, le véritable foyer qui redonne sens et réorganise aujourd'hui les valeurs qui ont nourri la civilisation européenne moderne. De tout autres principes ont, par le passé, commandé l'éthique de nos ancêtres : le *Cosmos* des Grecs, le Dieu des juifs et des chrétiens, la Raison et les droits de l'humanisme moderne et républicain, avec ses prolongements politiques, le patriotisme, le colonialisme ou l'idée révolutionnaire. Ils furent en leur temps des motifs de sacrifices collectifs autrement plus éminents et plus prégnants que ne l'étaient les exigences de la vie sentimentale. C'est seulement de manière tardive, dans l'Occident moderne, sous l'effet d'une histoire très singulière, celle de la famille moderne, de la naissance, puis de la généralisation du mariage librement choisi, que l'amour a remplacé peu à peu tous les autres principes pourvoyeurs de sens, toutes les autres sources de légitimation de nos idéaux les plus puissants.

C'est cette histoire que je voudrais ici raconter.

C'est d'elle, surtout, que je voudrais tenter de tirer les principales leçons sur le plan intellectuel, moral, politique et spirituel. L'entreprise ne va pas de soi. Ce qui la rend difficile tient à l'aveuglement où nous sommes toujours plongés des bouleversements qui changent notre rapport au monde et qui n'ont pas encore de nom. Comme le poisson dans son bocal, il nous est impossible de nous regarder de l'extérieur. C'est pourtant ce qu'il faudrait parvenir à faire si nous voulions saisir les évolutions les plus fondamentales, celles qui s'opèrent sous nos yeux sans que nous puissions les observer.

Comme la conscience malheureuse si bien décrite par Hegel[1], nous avons tendance à ne voir dans l'histoire que ce qui s'effondre et meurt, presque jamais ce qui surgit et prend vie. De là notre propension au pessimisme, propension d'autant plus forte qu'il donne des ailes à la pensée négative. À l'opposé de l'optimisme, toujours un peu niais, une vision crépusculaire du temps présent confère d'emblée à qui la professe une belle présomption de lucidité, pour ne pas dire d'intelligence. Par où le pessimisme devient la maladie

1. Dans l'introduction de la *Phénoménologie*, lorsqu'il la décrit à travers un jeu de mots intraduisible comme celle qui, à force de voir ses valeurs s'effondrer, finit par douter (*Zweifeln*) et désespérer (*Verzweiflung*) de tout... C'est là sans doute la première apparition dans la philosophie d'une figure appelée à un avenir florissant, celle, aujourd'hui incontournable, du « tout fout le camp »...

du siècle. On ne compte plus aujourd'hui les essais qui annoncent la fin des grandes œuvres, dénoncent les illusions du sens, la crise des valeurs, du capitalisme, de l'écologie, la perte des repères dans les jeunes générations, le désenchantement du monde, l'ère du vide, le déclin de l'Europe, du civisme et de la morale publique, la défaite de la pensée, l'effondrement de l'humanité dans l'affairisme américanisé, la montée en puissance du consumérisme festif et décérébré... On prophétise à longueur de pages, persillées de Schopenhauer, de l'apocalyptique Muray ou de l'inévitable Cioran, la fatale déréliction du vieux continent. Critique tous azimuts du « bougisme » et du remuement contemporains, du divertissement tragi-comique qui envahit la société moderne, éloge des retours en arrière, de la lenteur pour entrer en résistance contre le culte de la vitesse qui s'empare de l'homme pressé des temps modernes, idéalisation des modes de vie traditionnels, de la paysannerie, pour faire pièce aux méfaits de l'industrialisation à marche forcée par la mondialisation libérale, j'en passe et des meilleures. Pessimisme à tous les étages. À quoi j'opposerai volontiers le mot de Bernanos : si l'optimiste est un imbécile heureux, le pessimiste n'est trop souvent qu'un imbécile malheureux – observation plus fine qu'il y paraît, et qui peut servir utilement de contrepoint à l'air du temps, antimoderne et dépressif, pour nous inciter à rouvrir les fenêtres et tenter, non d'encenser ni de condamner a priori, mais tout simplement de comprendre l'époque où nous vivons.

Ma conviction est que notre vieille Europe, malgré tous ses défauts, n'est ni aussi plate ni aussi tragique qu'on feint de le croire pour mieux se complaire dans un discours critique, en apparence marginal et martyr, en vérité universel et dominant. Je pense même que nous vivons des temps plutôt exaltants, en tout cas puissamment créatifs, et ce pour une raison de fond dont l'analyse constitue le fil rouge de mon travail depuis une quinzaine d'années : sous l'effet de la montée en puissance de la logique du sentiment, de l'affectivité et de l'amour comme principe de sens, nous assistons à la naissance d'une nouvelle figure du sacré qui révolutionne lentement mais sûrement nos existences. Un nouveau visage de l'humanisme émerge, qui prolonge notre fameuse « idée républicaine », mais s'en sépare aussi sur bien des points et implique des liens inédits à l'espace public, collectif et politique.

Pas de malentendu : j'entends ici le terme « sacré », non au sens religieux, mais dans son acception étymologique et philosophique, non pas comme l'opposé du profane, mais plutôt comme « ce pourquoi on peut se sacrifier », risquer ou donner sa vie. C'est de ce point de vue, par exemple, qu'un agnostique ou un athée peuvent bien parler de « valeurs sacrées » pour signifier qu'à l'opposé d'un esprit munichois, ils pourraient, s'il le fallait, les défendre au péril de leur vie.

Or, à l'orée de ce siècle, le constat, même s'il mérite encore d'être éclairé par la réflexion philosophique, est indéniable : les motifs traditionnels du sacrifice collectif ont été littéralement liquidés, du moins en Europe, presque liquéfiés par la grande déconstruction des valeurs et des autorités traditionnelles qui a tant marqué le XXe siècle jusqu'à Mai 68. Qui voudrait encore aujourd'hui, dans les jeunes générations, mourir pour Dieu, pour la patrie ou pour la révolution ? Personne ou presque. Il y a bien encore des fous de dieux, des nationalistes fanatiques et même quelques révolutionnaires, mais reconnaissons-le, ils viennent essentiellement de ces parties du monde qui, à la différence de nos vieilles démocraties, n'ont pas connu l'incroyable remise en cause des traditions, ce lent mais inéluctable processus de sécularisation des valeurs qui a caractérisé notre continent. Or, à l'encontre de la morosité ambiante, je prétends que cette éclipse des figures traditionnelles du sacré, malgré ses nombreux effets pervers en matière d'éducation et de civisme, est au total la meilleure nouvelle, pas même du siècle, mais peut-être bien du millénaire. Les guerres religieuses, nationalistes et révolutionnaires ne font plus recette chez nous ? Tant mieux. Franchement, je vois mal à quel titre nous devrions nous en plaindre.

D'autant qu'à l'encontre d'une autre idée reçue, cette liquidation des motifs traditionnels du sacrifice ne conduit ni au « désenchantement du monde », ni à la victoire sans partage de « l'ère du vide ». Il suffit de s'interroger en son for intérieur sur les raisons qui pourraient encore nous conduire à risquer notre vie, pour percevoir qu'elles n'ont point toutes disparu, que notre rapport au sacré, entendu comme un motif de sortie de soi, de suspension de l'égocentrisme individualiste, n'est nullement anéanti. Simplement, sous l'effet de l'histoire de la vie privée et de la montée en puissance des exigences de l'affectivité, ses objets ont changé. Il s'est incarné ailleurs, dans des personnes et non plus dans des abstractions, et c'est cela qu'il s'agit de comprendre, avant de porter quelque jugement que ce soit sur le temps présent.

Les seuls êtres pour lesquels nous serions prêts désormais, s'il le fallait absolument, à mettre en jeu notre existence sont d'abord et avant tout des humains, non plus des idéaux politiques ou religieux, mais des êtres de chair et de sang, à commencer bien sûr par ceux que nous aimons, par ceux qui sont pour ainsi dire transfigurés, puis « sacralisés » par l'amour. Nous vivons ainsi un moment de refondation à nul autre semblable, une de ces périodes rares et précieuses où il nous faut découvrir, voire inventer une nouvelle vision du monde touchant tous les domaines de l'existence humaine, depuis la connaissance théorique jusqu'à l'éthique, de la métaphysique à la politique en passant par la vie quotidienne. Une sorte de révolution copernicienne qui, à la place des principes fondateurs anciens – le *Cosmos* des Grecs, le Dieu des grandes religions, le *cogito,* la raison et les droits de l'humanisme républicain –, fait de l'amour, de l'amitié et de la fraternité le nouveau socle de nos valeurs et le place au cœur de nos préoccupations.

Cela ne signifie évidemment pas que l'égoïsme ait disparu, ni que le capitalisme moderne ne soit une société individualiste, de compétition acharnée, au sein de laquelle chacun s'efforce de survivre du mieux qu'il peut, sans toujours, c'est un euphémisme, se soucier de ses voisins. Il n'y a, dans le constat que je propose ici, nul irénisme, nul désir d'enjoliver la situation, seulement la conscience claire qu'en termes de sens, les principes anciens ne font plus recette alors que la logique de l'amour-passion, si problématique soit-elle, y compris et peut-être même surtout au sein du couple[1], envahit littéralement l'espace privé au point de déborder en permanence sur la sphère publique. Ce n'est nul hasard si nous exigeons désormais de la politique qu'elle serve d'abord et avant tout, non la gloire de la nation, encore moins celle de l'empire, mais l'épanouissement de nos existences personnelles et la préparation de celles de nos enfants, que nous savons indissolublement liées à celles des autres. Par rapport aux siècles passés, c'est bien le mot de révolution qui convient, un bouleversement qui touche tous les secteurs de la vie humaine, un changement de perspective dont les conséquences, y compris sur le plan collectif et politique, sont pratiquement infinies.

Comme je le montrerai plus loin, si la révolution en question est bien l'amorce d'un certain réenchantement du monde, encore faut-il préciser que ce dernier s'effectue non par un retour en arrière, sur une base divine et religieuse, mais dans une perspective nouvelle, humaine, laïque et pour tout dire, philosophique. Nous vivons, au sein de cette vieille Europe dont on prétend à tort qu'elle est moribonde alors qu'elle est seulement minoritaire,

1. Comme y insiste toute une littérature depuis Montaigne, l'amour, quand il prend la forme de la passion, pose plus de problèmes dans un couple qu'il n'en résout. Il est notamment à l'origine du divorce dont la légalisation à la fin du XIXe siècle est liée à la montée en puissance du mariage fondé sur l'amour, donc sur un lien essentiellement fragile et variable. Nous n'en sommes pas moins attachés à la passion. À preuve le fait qu'après un échec amoureux, nous nous empressons aussitôt de recommencer, dès que l'occasion se présente, une « autre histoire ». Voir encore sur ce point le beau livre de Pascal Bruckner, *Le Paradoxe amoureux*, Grasset, 2009.

un de ces moments historiques privilégiés où un univers ancien bascule tandis qu'un nouveau prend son essor, et c'est cela, très exactement ce bouleversement historique considérable, que je voudrais tenter de décrire et d'interpréter ici. Car il est lié à l'apparition d'un visage encore inédit de l'humanisme, à une nouvelle vision philosophique du monde qui change la donne sur le plan privé autant que collectif – ce que j'ai commencé à décrire voici déjà quelques années, comme un « humanisme de l'homme-dieu », un « humanisme postkantien et postnietzschéen » ou, si l'on veut, « postrépublicain et postmétaphysique ». De là l'intérêt sans cesse croissant pour ce que j'ai nommé, avec André Comte-Sponville, la *« sagesse des modernes »* ou la *« spiritualité laïque »*, c'est-à-dire une conception de la philosophie qui lui assigne essentiellement pour tâche de réfléchir à la question de la vie bonne sans passer par un dieu ni par la foi, mais avec les moyens du bord, ceux d'un être humain qui se sait mortel, livré à lui-même et aux seules exigences de sa lucidité.

Ce qui m'intéresse ici au premier chef, c'est donc de comprendre comment la question ultime de la philosophie, celle dont j'ai déjà montré ailleurs[1] comment elle résidait justement dans cette interrogation sur la vie bonne, qui est la sagesse même, se repose aujourd'hui. Je pense que le lecteur me comprendra d'emblée si je lui fais observer que c'est toujours par rapport au sacré que se décide le sens. Comme le dit joliment un antique proverbe arabe, un *« homme qui n'a pas rencontré*

1. Dans les deux premiers volumes d'*Apprendre à vivre*.

dans sa vie un motif de la perdre est un pauvre homme, car cela signifie qu'il n'a pas trouvé le sens de son existence[1] ». Pourquoi ? Parce que la possibilité du sacrifice est toujours l'indice de ce que nous tenons pour essentiel et qui, par là même, comme une boussole intérieure, fût-ce inconsciemment, donne du sens et de la valeur à ce que nous pensons, faisons, cherchons. L'histoire des figures du sacré est donc directement liée à celle du sens, et les interrogations philosophiques portant sur la vie bonne en sont inséparables. Si le sacré ne réside plus pour nous dans le cosmos ni dans le divin, pas davantage dans le patriotisme ni dans l'idée révolutionnaire, mais si, désormais, sous l'effet d'une histoire de l'amour liée aux évolutions du mariage et de la famille modernes, il tend à s'incarner dans l'humanité elle-même (ce qui donne naissance à un nouvel humanisme), alors, en effet, nos définitions de la vie bonne et de la sagesse s'en trouvent nécessairement affectées au plus profond – ce qui implique aussi une nouvelle approche philosophique, c'est-à-dire une nouvelle « *spiritualité laïque* », formule dont je sais qu'elle paraît énigmatique, mais sur laquelle je m'expliquerai de manière parfaitement claire dans la troisième partie de ce livre.

---

1. Bien des philosophes contemporains contestent, notamment depuis Schopenhauer, l'idée d'un « sens de l'existence ». Elle semble en effet à première vue absurde puisqu'elle supposerait qu'on se situe pour ainsi dire hors de l'existence tout entière pour lui conférer, comme de l'extérieur, une signification d'ensemble – ce que seule la religion permet, mais point la philosophie laïque. L'essentiel de la dernière partie de ce livre, consacrée à la spiritualité laïque, sera consacré à l'étude de cette objection.

De là la nécessité de commencer par présenter une vue d'ensemble des grandes évolutions spirituelles et morales qui ont marqué le XXe siècle. Ce dernier aura été caractérisé, du moins en Europe, par trois grands traits dont l'analyse constitue le cœur de la première partie de cet ouvrage. Ils forment, si l'on adopte la distance qui convient, un tableau d'une impressionnante cohérence et ils nous conduisent de toute évidence à formuler en termes neufs l'antique question de la vie bonne.

Les trois traits caractéristiques du temps présent

*Le **premier trait*** réside sans nul doute, sur le plan moral, intellectuel, politique culturel et même spirituel, dans cette formidable « *déconstruction* » des valeurs traditionnelles, elle-même alimentée par une critique du passé comme on n'en avait sans doute jamais connu dans l'histoire de l'humanité. C'est elle, bien entendu, qui nourrit le plus sûrement le flot pessimiste que j'évoquais en commençant. Car, c'est vrai, notre univers contemporain, qu'il s'agisse de l'art, de la morale, de la condition des femmes, de ce que les historiens appellent « la fin des paysans », du patriotisme ou du respect des maîtres à l'école, a connu des métamorphoses d'une rapidité et d'une profondeur sans précédent. Comment ne pas en être affecté, quand bien même on considérerait certains des espaces d'émancipation ainsi libérés (notamment s'agissant des femmes) d'un œil positif ? En apparence, ces changements furent l'effet de contestations multiples, elles-mêmes héritières de l'idée révolutionnaire : c'est au nom de la « vie de bohème », comme dans la chanson d'Aznavour, qu'on a voulu faire table rase du passé et des traditions pour inventer un monde neuf, des utopies où il ferait enfin bon vivre. Aventure parfois funeste, sans doute, mais surtout passionnante et séduisante dont je retrace ici – et j'espère que mon lecteur partagera mon enthousiasme – quelques moments particulièrement forts depuis les années 1830.

À première vue, donc, la déconstruction aura été l'œuvre de l'avant-garde, le fait de jeunes « contestataires », bohèmes, soixante-huitards avant la lettre si l'on veut, plutôt « de gauche », en tout cas révolutionnaires, animés par la conviction proprement idéaliste que « *la vraie vie est ailleurs...* ». La réalité, comme on verra de manière argumentée, est assez différente. Si l'on ne s'en tient pas aux seules apparences, il faut bien admettre que le véritable moteur de l'histoire récente ne fut pas la contestation bohème, mais le capitalisme, dont le visage moderne a pris un nouveau nom, celui de « mondialisation », qui ne doit pas nous égarer : c'est bien toujours du « Grand Capital » et de ses avatars qu'il s'agit. On ne comprend rien au XXe siècle si l'on ne perçoit pas que sous les pavés, il n'y avait nullement la plage (ça se saurait !), mais bel et bien la « globalisation » libérale, et ce pour une raison évidente, qu'il est impossible de négliger plus longtemps dans l'analyse du temps présent : il fallait, tout simplement, que les valeurs traditionnelles fussent déconstruites par des bohèmes pour que nous puissions entrer dans l'ère de la consommation de masse sans laquelle l'économie mondiale ne pourrait pas « tourner ». Le raisonnement qui sous-tend cette assertion pourrait se formuler de la façon suivante : plus on possède des valeurs culturelles, morales et spirituelles fortes et stables – ce que les psychanalystes désignent depuis Freud sous le nom de « sublimation » –, plus on a une « vie intérieure riche », moins on est soumis à la logique addictive du manque qui pousse toujours irrésistiblement à une consommation débridée. La désublimation liée à la montée en puissance de la société individualiste, hédoniste et ludique que favorise nécessairement l'économie capitaliste engendre ainsi des attitudes consuméristes qui tournent parfois, à l'approche des fêtes notamment, à la pure et simple frénésie. Comme les enfants qui jettent leurs jouets trois jours après Noël, nous éprouvons le besoin irrépressible de changer de vêtements, de portable ou de voiture dès que la lassitude nous prend. On dévore alors magazines et revues qui nous présentent les différentes nouveautés sous les dehors les plus attrayants et nous adorons rêver nos achats avant de les réaliser – la réalisation étant presque inévitablement suivie, sinon de la déception, du moins d'une nouvelle lassitude dont la vitesse de reproduction est sans doute variable, mais dont le terme n'est pas moins certain. Seules des valeurs fortes et des idéaux à long terme pouvaient freiner cette logique aussi divertissante que destructrice : il fallait qu'ils fussent, au sens propre, liquidés, liquéfiés, pour que la consommation se fluidifie elle aussi d'un même mouvement.

La mondialisation libérale fut donc le vrai moteur d'une histoire de la déconstruction des traditions qu'à droite comme à gauche des hommes ont écrite sans savoir l'histoire qu'ils écrivaient. Les bohèmes croyaient détruire la société de consommation qu'ils jugeaient vulgaire et aliénante, les bourgeois les détestaient pour la peur qu'ils leur inspiraient, jusqu'à ce que les deux comprennent enfin qu'ils travaillaient en vérité dans le même sens, celui de la mobilité à tout prix, du changement permanent, de l'innovation pour l'innovation sans laquelle une économie plongée dans la compétition mondiale ne peut tout simplement pas s'épanouir. Réconciliation imparable, *in fine*, du bourgeois et du bohème dans la figure du « bobo » qui pense, si l'on en croit la chanson, « comme un anarchiste et vit comme un millionnaire ».

Or cette mondialisation devait, au passage, priver les politiques nationales d'à peu près tous les leviers d'action qui les rendaient crédibles encore du temps du général de Gaulle et de l'Europe des nations. Dépossession démocratique et impuissance publique croissante face à des processus mondialisés qui supposeraient, pour être maîtrisés et canalisés, l'émergence d'une introuvable « gouvernance mondiale », celle-là même dont rêvent aujourd'hui les artisans du G 20 sans parvenir à lui donner corps autrement que de manière fugitive et embryonnaire : tel est sans nul doute le ***deuxième trait*** le plus marquant de la fin du XXe siècle, phénomène d'impuissance publique lié au fait que les leviers de la politique nationale ne lèvent plus grand-chose dans le nouveau cadre global que je tente d'analyser ici jusqu'en ses racines philosophiques les plus profondes.

Le ***troisième trait*** reste encore à penser, car la mondialisation aura eu, sur le plan intellectuel et moral, deux effets paradoxaux. Le premier, je viens de l'évoquer, c'est la déconstruction des valeurs et des autorités traditionnelles. Mais le second va presque à l'inverse, je veux dire qu'il pousse à la « reconstruction », voire au réenchantement du monde. Sous l'effet de l'histoire du salariat qui impliquait, on verra plus loin comment, une émancipation des individus par rapport aux structures communautaristes traditionnelles des villages du Moyen Âge, une nouvelle forme de vie amoureuse et familiale est née, fondée non plus sur le mariage de raison, mais sur l'invention du mariage d'amour et de l'union librement choisie. Histoire passionnante, elle aussi, sur laquelle nous allons revenir dans quelques instants. De là le titre, étrange à première vue, que j'ai donné à ce livre. Car c'est bien cette forme nouvelle conférée à la passion la plus ancienne de l'humanité qui fait à mes yeux la tonalité essentielle de l'époque. L'amour, je dirais même « l'amour de l'amour », est la chose du monde la mieux partagée aujourd'hui, ce que chacun recherche plus que tout, de la standardiste au chef d'entreprise, de la starlette à l'intellectuel, de la droite à la gauche. C'est lui encore, pour des raisons de fond que nous tenterons ici de démêler, qui, donnant du sens dans nos vies, appelle comme en contrepoint de nouvelles formes de sagesse et de spiritualité.

Histoire de la bohème, histoire du mariage d'amour : tels sont donc, sur le plan « sociétal », les deux effets paradoxaux d'une mondialisation libérale dont il s'agit enfin de saisir en profondeur la cohérence et les ressorts essentiels. Car c'est elle qui, d'évidence, est au cœur de l'histoire que nous vivons aujourd'hui, elle qui en constitue tout à la fois le moteur et le carburant.

Raison et sentiments : la naissance d'un nouvel humanisme, postkantien et postnietzschéen

La conviction qui anime ce livre et en fournit le fil conducteur est la suivante : sous l'effet de la déconstruction que je viens d'évoquer, les principes fondateurs des visions anciennes du monde se sont estompés – du moins, la précision s'impose, en Europe et dans ses satellites culturellement occidentaux. Les cosmologies anciennes et les religions dogmatiques ne font plus recette au point qu'on a pu parler, en l'occurrence à juste titre, de « désenchantement du monde ». Mais ce serait une grave erreur de s'imaginer que les premiers principes fondateurs de l'humanisme républicain, pour être laïcs, n'en sont pas eux aussi affectés. L'idée cartésienne d'un sujet libre et transparent à lui-même, d'un citoyen fait de raison et de volonté, qui allait pouvoir conquérir le reste du monde et étendre, par la colonisation, les bienfaits de la civilisation occidentale jusqu'aux peuples les plus « arriérés » et les plus « barbares » a fait long feu. Le fameux *cogito*, ce sujet métaphysique, a été lui aussi critiqué, déconstruit par la philosophie contemporaine autant que par la biologie et les sciences humaines qui ont dénoncé les « illusions de la conscience » et dévoilé la part d'inconscient, voire d'irrationalité, qui rendait largement naïf et même caduc le projet des Lumières.

L'impérialisme colonial n'a pas davantage survécu à la formidable vague déconstructrice, de sorte que de cet humanisme des Lumières, si attachant soit-il par ailleurs, il ne reste plus guère qu'un idéal égalitariste et rationaliste, au final assez abstrait. En d'autres termes, il faut bien reconnaître que les grands principes fondateurs sur le plan éthique, politique et métaphysique que furent dans l'histoire de l'Occident le *Cosmos* des Grecs, le Dieu des juifs et des chrétiens, mais tout autant le sujet métaphysique du premier humanisme ont été passés à la moulinette de la déconstruction. Bien que les sagesses grecques nous parlent encore et que, malgré la déchristianisation qui a marqué si profondément les cinquante dernières années, il subsiste en Occident de très nombreux croyants, cosmologies anciennes et religion sont en difficulté dans l'esprit d'une majorité de nos concitoyens. Quant à l'humanisme républicain, chacun, à droite comme à gauche, s'en réclame aujourd'hui avec une telle force qu'il doit bien avoir, lui aussi, quelques motifs d'inquiétude à se faire, un consensus aussi mécanique et général possédant toujours quelque chose de suspect à force de ressembler à celui qui entoure les morts dont, comme on sait, on ne doit dire que du bien – *de mortis, nihil nisi bene*...

Pour autant, je repose la question : vivons-nous vraiment, comme l'ont cru certains, le désenchantement du monde et l'ère du vide, la fin de tous les principes de sens, de toutes les figures du sacré, de tous les attachements éthiques forts ? Je n'en crois rien et, à bien y réfléchir, tout, dans l'époque, montre le contraire. Non pas la fin du sacré, mais la sacralisation d'autrui, non pas la disparition de toute spiritualité, mais, comme on dit dans l'histoire des sciences, un changement radical de paradigme, qui fait émerger de nouvelles aspirations à une sagesse de l'amour sans laquelle il n'est pas de vie bonne. Comme au temps de Descartes et de son doute radical, qui traduisait le fait que les principes anciens prenaient eau de toute part, que les cosmologies antiques s'effondraient littéralement tandis que la religion faisait enfin l'objet de remises en question, nous traversons une période de doute et d'interrogations intenses, une époque de soupçon et de critiques qui portent, déconstruction oblige, sur toutes les valeurs et toutes les visions du monde anciennes. Comme Descartes, nous cherchons un nouveau principe fondateur, un principe susceptible d'ouvrir de nouveaux horizons, de fonder des valeurs au sein d'une époque où le cynisme et l'apologie philosophique du non-sens ne font qu'accompagner la logique la plus puissante de la mondialisation libérale.

Or de toute évidence, le principe qui vient remplacer le *Cosmos* des Anciens, le Dieu judéo-chrétien tout autant que le *cogito* rationaliste de Descartes et des Lumières, c'est l'amour interhumain, avec ses diverses déclinaisons en termes d'amitié et de fraternité. Comme je l'ai suggéré déjà, c'est lui qui donne du sens, non seulement à nos vies, mais à tous nos engagements. Ce n'est plus par patriotisme, par devoir ni par civisme que l'on s'engage en politique, dans une association ou dans une vocation, fût-elle seulement réservée, comme celle d'un père ou d'une mère de famille, à la seule sphère privée, mais parce qu'on aime la justice, la fraternité, la nature, la vérité, ou même, plus simplement encore, ses enfants, ses proches, ses amis, bref, parce qu'on aime la relation aux autres quand elle s'inscrit dans un horizon de sens. De là notre rupture tangible avec l'humanisme des Lumières. Si nous tenons tant, aujourd'hui, à nos fameux droits de l'homme, si la conviction s'impose à nous, quels que soient nos choix politiques, qu'ils ne sont pas négociables, si nous nous mobilisons lorsqu'un séisme ou une guerre ravagent la vie de pauvres gens en Thaïlande ou en Haïti, ce n'est plus « par devoir », comme on pouvait encore le dire et sans doute le croire du temps de Kant ou de Voltaire, pas non plus parce que les hommes sont des sujets libres et rationnels, mais tout simplement parce que, aimant plus que tout certains d'entre eux, nos enfants et nos proches, nous nous sentons en relation, voire en sympathie avec les autres. L'indifférence nous paraît de moins en moins défendable.

Voilà aussi pourquoi nous assistons à la naissance d'un *deuxième humanisme*, d'un humanisme qui s'écarte chaque jour davantage de celui des Lumières. Il est déjà largement à l'œuvre, et bien qu'il prenne son envol sur notre vieux continent, il est fort possible qu'il parvienne à éclairer le reste d'un univers mondialisé qui en a tant besoin. Cet humanisme, je ne le dis pas « nouveau » pour céder au travers, du reste déjà fané, qui consiste à baptiser de la sorte le moindre mouvement de mode dans l'humeur parisienne. Simplement, c'est un fait dont on verra comment on peut l'argumenter solidement : cet humanisme n'est plus celui de Voltaire ou de Kant, des droits de l'homme et de la raison. Ce n'est plus l'humanisme du XVIIIe siècle, qui fut certes porteur d'un vaste projet d'émancipation mais qui conduisit aussi à l'impérialisme et à la colonisation. C'est au contraire un humanisme postcolonial et postmétaphysique, un humanisme de la transcendance de l'autre et de l'amour, et il faut de nouvelles catégories philosophiques pour le penser, des catégories qui n'appartiennent plus à la métaphysique classique, des catégories qui supposent justement que l'on pense *après* ce que Nietzsche appelait le « crépuscule des idoles », hors de toute idée de retour vers les visions anciennes du monde. De même qu'il n'est pas possible de peindre ou de composer aujourd'hui comme si Picasso et Schönberg n'avaient pas existé, il est impossible de penser après Nietzsche, Freud et Heidegger comme avant. La critique de la métaphysique a eu lieu, comme a eu lieu celle de l'impérialisme et du colonialisme, et il nous faut en tirer les conséquences pour penser l'époque qui, définitivement, n'est plus celle des Lumières.

*
* *

C'est donc aussi l'occasion pour moi de faire ce que je n'ai fait que très rarement et jamais de façon exhaustive, à savoir exposer de manière enfin explicite le lieu philosophique d'où je parle. Mes lecteurs fidèles retrouveront dans ce qui suit des éléments déjà présents dans d'autres livres, mais jamais articulés entre eux de manière systématique comme ils le sont ici. J'ai beaucoup écrit sur les autres, sur les « grands auteurs », notamment ceux que j'ai traduits de l'allemand en français. J'ai toujours dit qu'avant de penser par soi-même, avant de prétendre « créer », inventer une « nouvelle philosophie », il fallait avoir l'humilité de penser par et avec les autres, suivant en cela l'adage emprunté par Hegel à Bernard de Chartres : nous sommes, en effet, c'est une des grâces de l'histoire, des nains juchés sur le dos de géants. Voilà pourquoi je me suis intéressé passionnément, depuis près de quarante ans, à l'histoire des cultures et des idées. Il est pour moi temps de dire, sans arrogance ni fausse modestie, quel est mon propre point de vue, d'indiquer comment j'envisage, non plus le passé de la philosophie, mais son présent, la philosophie vivante telle qu'elle peut aujourd'hui nous aider à penser et à vivre.

J'ai commencé à le faire dans mon *Apprendre à vivre*, dont les lecteurs attentifs ont compris qu'il n'était qu'en apparence un livre de vulgarisation destiné aux enfants. En vérité, c'était avant tout une profession de foi philosophique reposant sur un artifice littéraire qui me permettait de tirer au clair les concepts fondamentaux de la philosophie. L'époque de la mondialisation sur laquelle il s'achevait est si brutale, si violente, qu'elle m'incitait à aller plus loin. Elle requiert une autre pensée, non plus historique mais clairement actuelle, une réponse et une vision qui soient au niveau de la réalité présente d'un univers capitaliste et technicien qui offre à tour de rôle à peu près tous les visages, du charme à la vulgarité en passant par la rapacité ou la générosité les plus grandes. Notre monde, en effet, est plein de contradictions. Il est traversé, certes, par l'avidité, la lutte pour la survie, la passion de la réussite sociale et de l'argent, mais tout autant marqué par les exigences morales les plus hautes qu'aient jamais portées les peuples. Il est globalement dénué de sens, à la foi imprévisible et désenchanté, mais comme jamais aussi, il aspire à une spiritualité nouvelle.

J'ai choisi, pour exposer cette philosophie du temps présent, un genre littéraire proche de celui que j'avais adopté dans *Apprendre à vivre* : celui de la « *lecture* » qui me permet de m'adresser à mon lecteur sans vain détour, de manière plus directe que ne l'autorise l'essai traditionnel dont les prudences ou les longueurs parfois découragent. J'ai également choisi, dans la présentation de ma propre philosophie, d'appliquer la tripartition que j'ai adoptée dans *Apprendre à vivre* pour les visions du monde héritées du passé.

C'est ainsi que le présent ouvrage se divise en trois chapitres principaux : I. Théoria ou l'analyse du monde contemporain au sein duquel nos existences prennent sens. II. Éthique ou doctrine du bien et du mal, du juste et de l'injuste. III. Sotériologie ou doctrine du salut, de la sagesse et de la spiritualité laïque.

De manière plus précise, cette tripartition se décline de la façon suivante :

I Théoria. Philosophie de la mondialisation. Les traits caractéristiques du temps présent : déconstruction des traditions au nom de la bohème, mondialisation libérale et dépossession démocratique, sacralisation de l'humain à travers l'histoire de la naissance du mariage d'amour en Europe.

II Éthique. Une brève histoire de l'éthique, des cinq grandes visions morales du monde qui ont dominé la pensée et la vie occidentales, ou comment le principe de l'amour nous amène à reposer en termes neufs, au sein d'un nouvel humanisme, la question des valeurs du XXIe siècle.

III Sagesse des Modernes et spiritualité laïque. Les prolongements spirituels du deuxième humanisme, l'avènement du sacré à visage humain et ses conséquences sur la vie de l'esprit : politique, art et philosophie.

I

THÉORIA

LE BOHÈME, LE BOURGEOIS ET L'AMOUR

Les traits caractéristiques du temps présent : déconstruction des traditions, mondialisation libérale et sacralisation de l'humain

Même dans sa partie purement théorique, la philosophie ne se réduit nullement, comme on l'enseigne trop souvent dans les classes de terminale, à une analyse critique de notions, à une simple pratique de la réflexion et de l'argumentation. Avec une profondeur qui demeure d'une parfaite actualité, Hegel la définissait d'abord et avant tout comme l'« *intelligence* » ou la « *compréhension de ce qui est* ». Mieux encore, précisait-il, elle est « *son temps saisi dans des pensées* », « *ihre Zeit in Gedanken erfasst* ». C'est dire que sa tâche première est de nous permettre de nous faire une représentation aussi exacte et sensée que possible du monde dans lequel nous allons vivre, parce que c'est ce monde qui constitue pour ainsi dire le terrain de jeu où nos existences, tout simplement, vont prendre place. C'est donc bien par l'intelligence de l'époque présente qu'il nous faut commencer. Or de toute évidence, notre XXe siècle européen, si on laisse un instant de côté les catastrophes totalitaires pour considérer seulement son cours quasi « normal », fut d'abord et avant tout caractérisé sur le plan moral, culturel et politique par une gigantesque vague de « déconstructions ».

Même si nous n'en avons plus conscience, tant les changements et les innovations nous paraissent désormais aller de soi, nous avons vécu un siècle à nul autre pareil, un siècle qui, du point de vue de la critique des valeurs et des autorités traditionnelles, ne ressemble rigoureusement à aucun autre. Il suffit d'adopter une vue cavalière sur l'histoire de la haute culture pour mesurer l'ampleur des révolutions dont notre continent fut le théâtre : en à peine un siècle, nous avons déconstruit la tonalité en musique, avec Schönberg et le dodécaphonisme ; nous avons aussi abandonné la figuration en peinture, avec l'avènement de l'art moderne, disons, avec le cubisme de Picasso et l'abstraction de Kandinsky, pour évoquer les pères fondateurs les plus marquants ; dans le même temps, ce sont aussi les règles classiques de la littérature qui furent bouleversées, avec Joyce et le Nouveau Roman, comme celles du théâtre avec Beckett ou Ionesco, de la danse, avec Béjart et Pina Bausch. Bien au-delà du domaine artistique, ce sont toutes les figures traditionnelles du surmoi, des morales conventionnelles, religieuses ou « bourgeoises », qui furent ébranlées comme jamais dans notre histoire.

Arrêtons-nous un court instant au cas de la littérature, car il touche sans doute un public plus large encore que celui des autres secteurs de la vie culturelle, ne serait-ce qu'en raison de son ancrage démocratique dans nos écoles. Qu'était-ce, au fond, que le roman classique, depuis *La Princesse de Clèves* jusqu'aux grandes œuvres du XIXe siècle, de Stendhal, Balzac, Flaubert ou Zola ? C'était d'abord une bonne intrigue, une « belle histoire » comme on dit dans les familles, un bon scénario avec des personnages « bien campés », dotés d'une psychologie profonde et fine à la fois, dont ont suivait les aventures historiques ou sentimentales avec le souci de s'éclairer soi-même et de mieux comprendre les autres, de saisir aussi les rouages de la vie intérieure comme ceux du monde tel qu'il va. Le roman mettait en scène de « grandes expériences humaines », amoureuses, affectives, sociales, historiques, politiques, bref, « mondaines » au sens le plus fort du terme. Tout cela vole en éclats avec le Nouveau Roman qui entreprend, pour reprendre la formule que Kandinsky applique à l'art moderne dans son ensemble, de décrire la « pure vie intérieure du moi », par exemple le flux incohérent et semi-conscient des pensées, ces associations contingentes d'idées et d'images qui nous envahissent de manière chaotique au gré d'un voyage, dans un train ou un avion, et qui ignorent les règles conscientes et maîtrisées de la chronologie et de l'intrigue traditionnelles…

Rassurez-vous, je ne vais pas entrer ici dans la théorie du Nouveau Roman, quel qu'en soit l'intérêt. Je ne cherche pas non plus à porter des jugements de valeur « pour ou contre », encore moins à jouer sur la nostalgie. Ce que je veux souligner, c'est à quel point, en un laps de temps incroyablement court – quelques décennies à peine –, les principes traditionnels d'une culture classique qui valaient pour certains depuis des siècles se sont effondrés avec la naissance, au sens large, de « l'art moderne ».

Mais si nous considérons la vie de tous les jours et non plus seulement une sphère dont on pourrait m'objecter qu'elle reste encore élitiste, les bouleversements sont, si possible, plus frappants encore. Pour évoquer un sentiment à la fois personnel et commun, je vous dirai tout simplement que le village dans lequel j'ai passé mon enfance, pas très loin de Paris, a changé peut-être davantage en cinquante ans qu'en cinq cents ans. Quand je dis à mes filles qu'il n'y avait pas de voitures à l'époque, dans ce petit bourg, hormis celle du maire, un certain M. Pain, qui possédait une « traction avant », et celle de mon père, parce qu'il était pilote de course ; que seules quelques rares charrettes tirées par des chevaux sillonnaient les rues, qu'on y allait chercher le lait et les œufs, non dans un supermarché, mais à la ferme, où l'on assistait en direct à la traite des vaches, que les femmes faisaient la lessive dans un lavoir, avec des battoirs qui ressemblaient à de grosses raquettes de ping-pong ; quand je leur raconte que les paysans faisaient les foins à la faucille, et coupaient le blé mûr avec une faux, qu'ils liaient les gerbes à la ficelle et faisaient des meules qui nous servaient de maisonnettes, elles me regardent comme si je venais d'une autre planète... Si j'ajoute que mes frères et moi nous disputions le matin le privilège de moudre le café dans un « moulin à bras » dont le petit tiroir inférieur dégageait une odeur délicieuse, elles n'ont aucune chance de partager mon expérience pour la simple et bonne raison qu'elles n'ont vu ce moulin, objet ô combien ordinaire pourtant dans mon enfance, que chez un antiquaire, voire dans un musée. À part sur le drapeau du parti communiste (et encore faut-il, là aussi, se dépêcher...), elles n'ont jamais vu de faucille. D'ailleurs, la formule « faire les foins » ne leur dit strictement rien non plus : notre monde, tout simplement, a vécu ce que les historiens appellent désormais la « fin des paysans », non seulement leur remplacement par l'agriculteur, mais une diminution sans précédent de leur nombre : il y avait environ six millions de paysans dans la France des années 1950, il en reste à peine six cent mille aujourd'hui.

Pour évoquer un autre indice encore, et non des moindres, c'est également la condition féminine de cette époque, pourtant pas si lointaine, qu'elles ne peuvent pas comprendre. Car la situation des femmes a sans doute changé, elle aussi, du moins en Occident, davantage en cinquante ans qu'en cinq cents ans. Quand je leur apprends que jusqu'en 1975, en France, une épouse, sauf contrat de mariage spécifique, devait demander l'autorisation à son mari pour ouvrir un compte en banque – voire pour prendre la pilule, laquelle, du reste, n'est légalisée que depuis 1967 –, cela leur évoque davantage le monde des « Pierrafeu » (ça, elles connaissent...) que la vie contemporaine. Et si j'ajoute que le dernier canton de Suisse – pourtant un pays « moderne » et démocratique qu'elles ont visité et qui ressemble à tous les autres pays « civilisés » – à accorder le droit de vote aux femmes ne le fait qu'en avril 1991, elles risquent fort de tomber de leur chaise. Dans le même registre, mais pour inverser les rôles entre jeunes et vieux, si j'avais dit à mon grand-père, qui avait fait la Première Guerre, qu'il y aurait un jour des femmes pilotes de chasse ou commandantes d'un torpilleur, il aurait sans doute hurlé de rire. Souvenez-vous encore, je m'adresse à ceux qui ont mon âge ou un peu plus, de la façon dont était accueillie dans nos lycées la malheureuse jeune fille qui avait, comme on disait alors sans sourciller, « fauté », et qui était enceinte sans être mariée. Les « grandes personnes », pour parler comme le *Petit Prince,* la désignaient comme la « fille mère » avec dédain, sinon avec dégoût. Inutile de dire que c'était un drame absolu dans les familles, et bien entendu, un motif d'exclusion dans la plupart de nos établissements scolaires. Aujourd'hui, plusieurs femmes ministres en Europe ont un enfant sans être mariées et nul n'en est choqué le moins du monde – chose qui eût été rigoureusement impensable encore du temps du général de Gaulle.

On pourrait donner mille autres illustrations de ces bouleversements. Souvenons-nous par exemple des films en noir et blanc qui, avant guerre ou juste après, mettaient en scène des établissements scolaires, *Les Disparus de Saint-Agil* ou encore le fameux *Topaze* de Pagnol incarné au cinéma par Jouvet dans les années 1930, avec sa fameuse dictée et ses « moutonsssses qui paissêêêênnn'tent dans un pré », énoncée dans un silence de cathédrale, devant des uniformes religieusement penchés sur des pupitres en bois troués d'encriers en porcelaine blanche emplis d'encre violette. Comparons l'atmosphère des classes de cette époque, pétries de respect et d'humilité, avec celle que rend aujourd'hui un film comme *Entre les murs,* où un malheureux professeur se démène comme un diable entre les éructations à peine compréhensibles d'une salle de classe ébouriffante : à nouveau, il semble presque impossible de mesurer l'abîme qui sépare les deux scènes. S'il revenait dans une classe d'aujourd'hui, le brave Topaze, professeur pourtant réputé chahuté, aurait à coup sûr une syncope...

Chacun complétera à sa guise la liste des exemples illustrant ce siècle de ruptures. On pourra encore penser à des révolutions plus « objectives », techniques ou scientifiques, à commencer bien évidemment par celle du numérique et de l'Internet, mais aussi de la génétique ou de la contraception. Ce qui est clair, et c'est là où je veux en venir, c'est que le XXe siècle aura été un siècle d'innovations et de table rase, de changements et de déconstruction des valeurs et des autorités traditionnelles à nul autre pareil. Il aura fonctionné sur elles comme un acide surpuissant et leur érosion est aujourd'hui si profonde que nous n'en avons, à la limite, plus même conscience – ce pourquoi, vous me le pardonnerez, je rappelle avec un peu d'insistance quelques-uns de ces bouleversements, simplement pour les ranimer un moment dans nos esprits et en refaire ainsi un objet de réflexion. Autant qu'on puisse en juger d'après les documents écrits, jamais dans l'histoire de l'humanité on n'avait connu semblable révolution des mœurs, semblable mutation dans la vie quotidienne et les mentalités. Je ne suis pas certain que nous mesurions assez les formidables ruptures que tout cela représente par rapport à des valeurs traditionnelles encore tout récemment perçues comme quasi sacrées par une majorité de nos concitoyens.

Petite remarque, entre parenthèses, pour éviter un malentendu qui viendrait hypothéquer la compréhension de ce qui va suivre : comme je vous l'ai dit, mais je voudrais le souligner encore, je ne suis nullement sur le point de vous mijoter le coup habituel du retour au « bon vieux temps ». Ne vous y trompez pas, ce n'est nullement le propos, malgré la tonalité, toujours un peu nostalgique, qui accompagne de manière presque inévitable l'évocation des temps de l'enfance. Du reste, la nostalgie ne doit pas non être totalement taboue. Ce serait ridicule et intellectuellement malhonnête. Comment ne pas être un tant soit peu nostalgique, quand on a vécu, comme moi, une enfance à la campagne ? Comment ne pas conserver le souvenir de ces paysages encore tout peuplés d'odeurs, de fleurs, d'insectes et d'animaux aujourd'hui disparus ? Comment ne pas regretter aussi, ne fût-ce que sur certains points bien précis, le temps où la civilité, à l'école comme dans les quartiers, avec les parents ou les professeurs comme avec les chauffeurs de bus, allait presque de soi ? Simplement, ce n'est pas sur la nostalgie qu'on construit une compréhension du temps présent, pas sur elle non plus qu'on peut édifier une pensée philosophique, encore moins un projet politique. Pour le moment au moins, j'essaie simplement de comprendre, non de juger – chacun pourra le faire à sa façon. Et pour progresser dans la compréhension, je vous propose d'abord de partir de l'idée que cette gigantesque entreprise de déconstruction qui prend son essor dans une haute culture d'avant-garde, aujourd'hui canonisée par les musées, mais à l'époque vilipendée par les « bourgeois », commence au milieu du XIXe siècle avec l'invention d'un nouvel idéal existentiel : celui de la « vie de bohème ». Il faut s'y arrêter un instant car l'affaire, bien qu'encore assez mal connue, est pourtant aussi passionnante qu'éclairante pour réaliser la première tâche assignée par Hegel à la philosophie : la compréhension du temps présent.

I. L'INVENTION DE LA « VIE DE BOHÈME », PREMIER MOTEUR DE LA DÉCONSTRUCTION DES VALEURS ET DES AUTORITÉS TRADITIONNELLES

D'abord, évitons de confondre « bohème » et « Bohême », un mode de vie indissolublement « déconstructeur /innovateur », et un ancien royaume qui se situait jadis quelque part au sein de l'actuelle République tchèque. Pour autant qu'on puisse dater avec certitude l'apparition d'un concept, il semble que la première occurrence du terme, avec son accent grave et son sens romanesque, remonte au XVIIe siècle[1]. Mais c'est beaucoup plus tard, avec la naissance du romantisme, notamment chez George Sand, que cette fameuse « bohème », encore confidentielle au temps du classicisme, va commencer son chemin vers la popularité. Avec Sand, clairement, le mot ne désigne plus seulement les « Roms », ceux qui

1. On le trouve chez Gédéon Tallemant des Réaux (1619-1692), dans un livre précieux, intitulé *Historiettes*, qui dresse le portrait savoureux des politiques et des écrivains de son temps – entre autres, Pascal, La Fontaine, Richelieu, Madame de Sévigné... Tallemant utilise le terme pour décrire un personnage excentrique, une espèce de dandy avant la lettre, et il est sans doute le premier à faire passer l'accent du circonflexe au grave – mais il est vrai qu'alors, l'orthographe n'est pas encore très bien fixée.

voyagent et n'ont aucune attache, ceux dont on pensait alors qu'ils venaient tous de Bohême. Il vise désormais, par analogie, les créateurs désargentés et révolutionnaires, eux aussi en quelque façon déracinés, de l'avant-garde naissante. On retrouve, dans le même sens, notre bohème un peu plus tard, dans une nouvelle de Balzac publiée en 1844, *Un prince de Bohème*, où le mot s'enrichit de nouvelles connotations : l'excentricité s'y précise, teintée qu'elle est désormais d'une association vouée à un grand avenir, entre la jeunesse, une certaine misère et le culte de la marginalité. C'est déjà, si vous me passez le raccourci, comme dans la chanson d'Aznavour : l'aspiration des jeunes gens à une existence « non bourgeoise », l'envie d'une vie libre, qui s'affranchit des conventions, qui casse les traditions.

Ce qui anime le bohème, ce n'est pas l'argent, encore moins la « réussite sociale ». De tout ce qui fait les valeurs du bourgeois, du philistin, il se moque au contraire comme de l'an quarante. Car le bohème, comme plus tard nos soixante-huitards qui en sont les derniers avatars, est, dans un genre pur et dur ou simplement mondain, un révolutionnaire, un hériter de 1789. Ce qu'il veut, c'est faire table rase du passé, déconstruire les valeurs convenues, les habitudes, les autorités en vigueur, bref, tous les « anciens régimes ». Pourquoi ? Parce que c'est à ses yeux la première condition d'une création authentique, d'une innovation originale sans laquelle l'art ne vaut rien, sans laquelle il reste « académique » et n'a aucune chance d'être « génial ». Le bohème, convaincu que la « vraie vie est ailleurs », veut être un génie. Il souhaite accoucher d'un monde neuf, créer des œuvres absolument inouïes, originales, inédites, et pour cela, il lui faut au préalable se débarrasser de tous les héritages traditionnels. En quoi il est un enfant de Descartes et des révolutionnaires français, du doute hyperbolique comme de cette fameuse *tabula rasa* si bien résumée par la formule de Rabaud Saint-Étienne selon laquelle « notre histoire n'est pas notre code » : nous ne sommes pas tenus de rester dans les rails qu'elle veut nous imposer, mais nous pouvons et nous devons nous en affranchir.

Cette acception de la bohème, encore toute littéraire et artistique, va s'incarner bientôt dans des cercles parisiens tels que le « Petit Cénacle », ainsi nommé en hommage à Victor Hugo, autour de poètes comme Gérard de Nerval (qui publiera en 1852 un recueil intitulé *La Bohème galante*), Théophile Gauthier, Pétrus Borel, et quelques autres artistes maudits. Mais le premier livre à mettre véritablement en scène ce petit monde foisonnant de la contestation, le premier roman qui raconte l'histoire de ces pionniers de la critique radicale du monde bourgeois, c'est un ouvrage que nous avons presque tous oublié, mais qui n'en est pas moins voué à un destin fameux. Il s'agit des *Scènes de la vie de bohème* (1845-1848), œuvre d'un jeune auteur allemand installé à Paris, alors capitale incontestée de ce que Saint-Simon vient de désigner comme « l'avant-garde[1] ». Il s'appelle Heinrich Mürger, mais il écrit en français et il devient, avec la nationalité française, Henri Murger. En vérité, nous ne nous souvenons guère de lui que

1. C'est en effet Saint-Simon qui, le premier, utilise le terme d'avant-garde en son sens figuré, non militaire, pour désigner la vie intellectuelle et artistique.

pour une seule raison : son roman va servir de livret à un opéra qui lui, en revanche, va rester célèbre, et que l'on représente encore dans le monde entier, *La Bohème* de Puccini.

Avec, il faut bien l'avouer, pas mal d'eau de rose, Murger raconte les aventures sentimentales de « Mimi, Rodolphe et leurs amis », ces jeunes gens qui vivent dans la pauvreté, pour ne pas dire la misère, qui habitent dans les combles ou les mansardes des immeubles parisiens, qui cherchent, jusqu'au désespoir parfois, ce qu'ils nomment « l'art pour l'art », la création pure, l'innovation géniale et sans pareille. Ils portent déjà, comme le précisera plus tard Émile Goudeau, un des autres personnages clefs de cette histoire[1], les cheveux longs et des barbiches. Ils s'habillent « pas comme tout le monde », de manière faussement négligée mais volontairement excentrique, à l'opposé des philistins en tout cas, fument du tabac ou de l'opium dans de longues pipes en terre ou en écume pour « faire genre », comme on voit encore dans les tableaux de Cézanne, et, pardessus tout, à l'image du poète Jean Richepin, dont Brassens mettra quelques vers en musique, ils « bouffent du bourgeois » tous les matins au

1. Dans son passionnant petit essai, *Dix ans de bohème,* fort judicieusement republié par les soins de Michel Golfier et Jean-Didier Wagneur, aux éditions Champ Vallon en mars 2000. On peut notamment y lire, à propos de la fondation du groupe des hydropathes, que « c'était l'époque héroïque où les chefs récemment portés sur le pavois, les chefs *longuement chevelus et barbus,* savaient se faire entendre de leurs guerriers » (p. 186). Bien entendu, tous les signes extérieurs qui permettent aux bohèmes de se distinguer des philistins, pour anecdotiques qu'ils puissent paraître, possèdent leur importance.

petit déjeuner. Ils méprisent les croquants et les bonnes gens, comme ils abhorrent les conventions et les traditions que ces derniers incarnent, quelles qu'elles soient. Potaches, artistes et révolutionnaires, ils sont déjà Boris Vian et Dany Cohn-Bendit à la fois. S'ils ne visent ni l'argent, ni la réussite sociale, c'est parce qu'ils se veulent résolument marginaux, au sens propre du terme : comme tous les déconstructeurs authentiques, ils entendent habiter les « marges » du « système », non ses voies royales ni les transports en commun, trop encombrés pour eux. Comme le déclare Murger, la bohème « *c'est l'état de ces jeunes gens qui n'ont d'autre fortune, au soleil de leurs vingt ans, que le courage, qui est la vertu des jeunes, et l'espérance, qui est le million des pauvres... C'est le stage de la vie artistique, c'est la préface de l'académie, de l'Hôtel-Dieu ou de la morgue. Nous ajouterons que la Bohème n'existe et n'est possible qu'à Paris* ».

Le rythme de la province, répétitive, banale et calme, fait horreur aux bohèmes qui ont besoin des turbulences de la vie étudiante et du Quartier latin pour accomplir cet acte essentiel à leur vision du monde : le regroupement. Au sens propre. Ils vont former des petits groupes d'avant-garde et se donner à eux-mêmes des noms au plus haut point significatifs de leur état d'esprit « déconstructeur », des noms dont certains vont passer dans le langage courant. Nous les connaissons parfois, mais nous en avons la plupart du temps oublié l'origine. Dans la « France frénétique[1] » de ces années d'effervescence,

1. Voir le très intéressant recueil de textes rassemblés et présentés par Jean-Luc Steinmetz, *La France frénétique de 1830*, Phébus, 1978.

dans ce Paris dont le centre de gravité va se déplacer peu à peu du Quartier Latin vers Montmartre en passant par Montparnasse, on croise des « Bousingots » (du nom d'un petit chapeau de cuir utilisé par les marins, eux aussi voyageurs sans racines), des « Gueux », des « Impassibles » et des « Vilains-Bonshommes », que nous avons, il est vrai, quelque peu oubliés, mais également des « Jmenfoutistes » – eh oui, c'est de là que vient le terme ! – parce que, en effet, ils se « foutent » de la réussite sociale et de l'argent, des bourgeois et de la Maréchaussée avec laquelle, du reste, ils ont pas mal d'ennuis. C'est dans ce contexte qu'apparaît l'expression fameuse « choquer le bourgeois ». On trouve aussi des « Zutistes » – on est encore poli, à l'époque... – et des « Fumistes », groupe fondé par Goudeau et Spaceck, ainsi baptisés parce qu'ils fument de l'opium, en signe de contestation, dans leurs longues pipes d'écume, mais surtout parce qu'ils développent une espèce d'humour anglais, froid et impassible, qui leur permet de tourner toutes choses en dérision, de se moquer sans avoir l'air d'y toucher des valeurs les plus sacrées aux yeux des philistins[1]. Sous leur apparence calme et sereine, couvent des idées potentiellement explosives.

Avant la création du groupe des Zutistes et des Jmenfoutistes, il y a déjà, au Quartier latin, des

1. Comme le souligne Émile Goudeau dans son livre : « Mais de mes fréquentations avec l'illustre Spaceck, j'avais conçu le *fumisme*, une sorte de dédain de tout, de mépris en dedans pour les êtres et les choses qui se traduisait au-dehors par d'innombrables charges, farces et *fumisteries*. Dans le silence du ministère financier, je me faisais la main. Ce fut une époque terrible et joyeuse », *op. cit.*, p. 149.

« Hirsutes » : comme nos hippies des années 1960, quelle que soit l'heure du jour ou de la nuit, ils ont l'air de tomber du lit ! Le cheveu en bataille, la veste négligée et la barbe mal rasée, ils ne sont pas « policés » par la civilisation des bonnes mœurs ainsi que l'exigeraient pourtant les règles de la bienséance. L'image de l'Hirsute est d'ailleurs plus forte qu'il y paraît à première vue : elle suggère que les membres de la confrérie sont « bruts de décoffrage », qu'ils ne sont pas muselés par la civilité, comme ces canards de basse-cour auxquels on a rogné les ailes pour les empêcher de rejoindre leurs frères sauvages. À l'instar des cyniques grecs, qu'on peut considérer comme les premiers bohèmes, ils se moquent du « qu'en-dira-t-on » et son prêts à braver toutes les conventions artificielles en vigueur chez les « gens biens ». Ce groupe de joyeux drilles laisse bien vite place aux « Hydropathes », dont le chef charismatique, le poète Émile Goudeau (« good eau » : jeu de mots très approximatif qui fournit l'une des origines[1] du nom), mourra, malgré son nom et celui du club qu'il préside, terrassé par l'alcool. Par-delà le calembour, qui révèle à nouveau la dimension « potache » de ces premières avant-gardes où l'on ne se prenait pas encore trop au sérieux, la formule renvoie à une certaine image, aujourd'hui datée, de la folie (le fou est celui qui a la tête pleine d'eau) : ne sont-ils pas cinglés, en effet, tous ces jeunes gens qui refusent le modèle social dominant et se mettent de leur plein gré en marge de la société ?

1. Il en est plusieurs autres, qui font d'assez jolies histoires racontées par Goudeau lui-même dans *Dix ans de bohème*, p. 183 sq.

Comme pour illustrer le propos, un autre groupe, mené de main de maître par Jules Lévy, va lui aussi marquer les années 1880. Il s'agit des « Incohérents » qui inventent, même si le terme n'y est pas encore, les premiers objets « surréalistes » : des « peignes pour chauve » ou les « balançoires de mur » pour calmer les enfants turbulents, qui provoquent irrésistiblement l'hilarité des bohèmes et l'ire des philistins qui passent à proximité de leurs tapageuses expositions. D'autant que ces objets existent vraiment. Par exemple, le peigne pour chauve est formé d'un arc de cercle en acier dont les deux extrémités sont garnies de petites dentelures censées récupérer les derniers cheveux qui frisent au-dessus des oreilles. On entend alors poindre le thème réactionnaire par excellence, aujourd'hui ressassé mais à l'époque encore flambant neuf, du « tout-fout-le-camp », des « jeunes d'aujourd'hui qui n'ont plus de valeurs... », etc., bref, l'air du déclin dont l'invention, comme on pouvait d'ailleurs s'en douter, est parfaitement contemporaine de celle de l'avant-gardisme bohème.

Bien entendu, il y aura plusieurs bohèmes dans cette longue histoire et de nombreux conflits entre elles. Des bohèmes riches et snobs, des bohèmes des mansardes, misérables mais « pures », des bohèmes romantiques, d'autres néo-parnassiennes, certaines révolutionnaires, d'autres anarchistes, voire réactionnaires et flirtant avec ce que nous nommerions aujourd'hui la révolution conservatrice, voire l'extrême droite. Il n'en reste pas moins qu'un point commun rassemble tous ces poètes, écrivains ou artistes, en dehors même de l'esprit de révolte et de la haine du monde bourgeois : c'est bien entendu l'appartenance à la jeunesse.

Contre les « gérontes » parnassiens, Goudeau et les Hydropathes ne cessent de réclamer pour les jeunes poètes un accès à l'air libre : « *Qu'ils ne nous poussent point au parricide, qu'ils nous laissent la part de soleil et ne nous enterrent plus sous leur gérontocratie ou sinon, furieux, nous pourrions lever la main contre nos pères... De la place s'il vous plaît, messieurs... On appelle le gâteux un "sous-lui". Nous prions les sous-eux de faire prendre mesure au fossoyeur !* » Émergence, comme on voit, du jeunisme au cœur de la bohème, événement majeur sans aucun doute, et qui sera voué à une immense postérité tout au long du XXe siècle, jusqu'en Mai 68 à vrai dire, et même au-delà.

Tous ces groupuscules ont donc pour première, sinon pour principale caractéristique, d'être formés de jeunes gens. La vieillesse n'y est guère tolérée. Comme le déclare haut et fort le *Manifeste des Incohérents*, on est exclut automatiquement du groupe « *quand on se marie ou qu'on attrape un rhumatisme* », c'est-à-dire quand on s'embourgeoise et qu'on prend de l'âge, ce qui, dans l'esprit de ces « gamins », est à peu de chose près synonyme. Les signes de reconnaissance, destinés tout à la fois à marquer l'appartenance communautaire mais aussi la distance symbolique avec les « croulants », jouent dès lors un rôle capital, comme en témoigne ce *Manifeste* où s'expriment les éléments les plus caractéristiques d'une idéologie tout à la fois élitiste et potache, qui rejette d'abord et avant tout les insignes de la banalité quotidienne :

> « *L'Incohérent est jeune, il lui faut en effet la souplesse des membres et de l'esprit pour se livrer à de perpétuelles dislocations physiques et morales. (...) L'Incohérent n'a*

conséquemment ni rhumatismes ni migraines, il est nerveux et robuste. Il appartient à tous les métiers qui se rapprochent de l'art : un typographe peut être Incohérent, un zingueur jamais. (...) L'Incohérent prend sa retraite en se mariant ou en attrapant un rhumatisme... »

Le ton est badin, presque bon enfant. On aurait tort, cependant, de sous-estimer le symptôme que représente l'émergence de la vie de bohème. Derrière les anecdotes, en apparence plus rigolotes que profondes, c'est en vérité toute l'histoire intellectuelle, morale et culturelle du XXe siècle qui s'esquisse. L'histoire de ce que j'appellerai « l'individualisme révolutionnaire », les aventures de ces individus qui se regroupent librement[1] pour mieux se révolter contre les autorités et les valeurs traditionnelles au nom de la liberté, mais aussi du droit à inventer un ordre nouveau, un monde dans lequel, enfin, la vraie vie ne sera plus ailleurs. Voilà pourquoi le « geste bohème » ne cesse à la fois de se répéter et de s'élargir tout au long de ce siècle, avec, d'abord, la convergence de tous ces petits groupes vers celui qui, le premier, va paradoxalement « réussir », dans tous les sens du termes – médiatiquement, financièrement, socialement – et qui incarnera désormais au yeux du monde la victoire de la bohème sur

1. Contrairement à une idée reçue, l'individualisme n'exclut nullement ni le regroupement ni le souci du collectif, tout au contraire. Du moment que l'appartenance à un groupe est libre, pour ainsi dire, choisie à la carte, elle ne contredit en rien la logique de l'individualisme. En quoi les groupes « modernes », issus de ces choix individuels, n'ont rien à voir, comme on le croit aussi souvent, mais tout à fait à tort, avec les tribus des sociétés traditionnelles.

les bourgeois. Je pense bien sûr au « Bateau-Lavoir » où Picasso et ses amis vont enfin inventer l'art moderne. Puis il y aura, parmi tant d'autres mouvements d'avant-garde en « ismes » qui vont proliférer un peu partout en Europe, Tristan Tzara et le dadaïsme des années 1920, le surréalisme des années 1930, les situationnistes dans les années 1950, et puis Mai 68, qui, pour une large part au moins, marque dans tous les domaines la démocratisation ultime, du moins jusqu'à ce jour, de l'avant-gardisme bohème.

Individualisme révolutionnaire, donc : il s'agit bien, dans tous les cas de figure, de la révolte d'individus, toujours jeunes et exaltés, contre l'ordre bourgeois, les traditions, les héritages, les patrimoines en tout genre. Il faudrait, pour être complet et surtout pour aller au plus profond de ce gigantesque mouvement du siècle, montrer comment, si la capitale de la déconstruction est Paris, c'est en Allemagne que naît son principal penseur, Nietzsche, l'inventeur de la « philosophie au marteau » dont la finalité première est de « casser les idoles » de la tradition métaphysique et religieuse. Il faudrait notamment expliquer comment cette « philosophie au marteau », cette critique de ce que Nietzsche appelle dans son langage bien particulier le « nihilisme », constitue la véritable matrice philosophique de ces aventures déconstructrices. Sa pensée est à cet égard la plus éclairante qui soit, celle qui donne assurément sur le XXe siècle les aperçus les plus profonds et les plus intéressants. Ce n'est en ce sens nul hasard si Apollinaire, dans le livre qu'il consacre en 1912 aux *Peintres cubistes*, fait de Nietzsche un des pères fondateurs du mouvement. Nous y reviendrons dans la deuxième partie de ce livre, lorsque nous analyserons la vision morale du monde issue de la déconstruction des traditions.

Mais, pour ne pas perdre le fil, je dois vous dire sans plus attendre où je veux en venir, tenter de vous faire partager la conviction qui m'anime depuis bien longtemps déjà – à vrai dire depuis un livre rédigé voici plus de vingt-cinq ans avec mon vieil ami Alain Renaut, *La Pensée 68*. Cette conviction va sans doute vous surprendre, surtout si je la formule brutalement, pour me faire mieux comprendre et peut-être, à mon tour, m'amuser un peu à « choquer le bourgeois ». Je suis en effet persuadé que la première clef du XXe siècle, celle qui ouvre le plus de portes et nous en offre la compréhension la plus pénétrante, réside en ceci : *les bohèmes – malgré leur opposition apparente aux bourgeois, malgré aussi, en retour, la haine ou le mépris dont ces derniers vont pendant si longtemps les gratifier – n'ont été pour l'essentiel que le bras armé de l'épanouissement du capitalisme mondialisé, l'instrument de la réalisation parfaite de ce qu'on appellera finalement la « société de consommation »*. En d'autres termes, les bohèmes, loin d'anéantir l'univers des philistins, loin d'inventer un ordre nouveau sur le plan culturel, économique et politique, ont en réalité servi comme nuls autres l'essor, l'épanouissement et la prospérité de ceux qu'ils entendaient contester.

Sous les pavés de la bohème : non pas la plage, mais l'émergence de la mondialisation bourgeoise

Je voudrais prendre un instant, avant de poursuivre, pour expliquer davantage ce paradoxe, pour l'argumenter par des raisons et par des faits aussi peu contestables que possible. L'intelligence du temps présent en dépend largement à mes yeux. Comme je l'annonçais en avant-propos, l'idée, même si elle peut paraître provocante, se laisse assez simplement résumer de la façon suivante : *il fallait que les valeurs et les autorités traditionnelles fussent déconstruites par les bohèmes pour que le capitalisme, lui aussi moderne, puisse entrer dans l'ère de la grande consommation sans laquelle son épanouissement ne serait tout simplement pas possible*. En termes plus concrets : si mes filles avaient les mêmes valeurs que mon arrière-grand-mère, personnage haut en couleur que j'ai eu la chance de bien connaître, je puis vous assurer qu'elles n'achèteraient certainement pas trois téléphones portables par an – ou l'équivalent en MP3 et autres consoles de jeux, du moment que c'est numérique et pourvu d'un écran ! *A contrario*, si mon arrière-grand-mère pouvait voir à quoi ressemble un grand centre commercial, elle trouverait, je puis vous l'assurer, ce nouveau temple édifié aux dieux de la consommation dégoulinant de bêtise et d'obscénité. Elle qui se contentait de deux robes, une pour la semaine et une autre pour le dimanche, me dirait sans aucun doute, avec cet accent berrichon que j'ai encore dans l'oreille, « qu'on n'a pas besoin de tout ça », que ces gadgets loufoques débordant des étals nous éloignent des vraies valeurs, à savoir, en gros, les devoirs envers autrui, mais aussi les devoirs envers soi-même.

Il fallait donc que sa vision traditionnelle du monde fût déconstruite de toutes pièces pour que, enfin débarrassés des vieilles lunes qui freinent la consommation, nous puissions nous y livrer sans retenue (du moins dans la limite de nos pouvoirs d'achat...). En quoi l'on peut bien déjà accorder quelque crédit à l'hypothèse selon laquelle les déconstructeurs, pour l'essentiel, accomplirent *objectivement*, bien sûr sans le savoir ni le vouloir, l'œuvre des bourgeois qui, du reste, eux non plus, ne voyaient rien venir et s'offusquaient même à longueur de temps des innovations intempestives des artistes maudits, avant d'en devenir aujourd'hui les principaux soutiens. Sans la table rase des valeurs anciennes, le monde moderne, le monde de la consommation, de la créativité et de l'innovation permanentes, eût été tout simplement impensable – en quoi aussi, il faut bien le dire, les bohèmes furent un peu, et même parfois beaucoup, les cocus de l'histoire ou, comme vous préférerez, les dindons de la farce : ils voulaient en finir avec le monde bourgeois, ils n'ont fait que l'épanouir et le renforcer comme jamais.

Quelles preuves ? Je vais tenter d'en donner quant au fond dès que nous aborderons le deuxième trait caractéristique du temps présent, à savoir la mondialisation elle-même. Mais tout de suite, quelques indices, pour que nous n'en restions pas à des abstractions.

D'abord le fait qu'au terme, provisoire, mais déjà bien visible, de cette histoire de l'individualisme révolutionnaire à quoi s'est finalement résumé l'avant-gardisme du XXe siècle, au terme de cette opposition entre bourgeois et bohèmes, les frères ennemis se sont largement réconciliés. Qui soutient et achète aujourd'hui les œuvres d'art moderne naguère encore honnies par les philistins... sinon les plus bourgeois d'entre nous, grands industriels, patrons de presse ou banquiers ? Ce n'est pas une critique, simplement un constat. À la fin du XXe siècle, ce sont les grands banquiers, les capitaines d'industrie, des hommes comme Georges Pompidou ou François Pinault, qui se passionnent de façon sincère pour l'art contemporain, qui le soutiennent et achètent les œuvres qu'ils jugent les plus innovantes, qui créent des fondations, des expositions ou des musées. C'est d'ailleurs Pompidou, le plus bourgeois sans nul doute de tous nos présidents, qui fut l'inspirateur du plus grand centre d'art contemporain d'Europe. C'est lui aussi qui prit la décision de faire entrer Picasso de son vivant au Louvre, ce qui, sauf erreur de ma part, ne fut le cas pour aucun autre artiste. Picasso, un authentique communiste de la grande période stalinienne[1], intronisé par un ancien banquier devenu leader de la droite française !

Pour être amusante, l'image n'en est pas moins hautement symbolique de la réconciliation finale, voire de la connivence objective entre le bourgeois et le bohème. Et c'est le président Chirac, un homme de droite « fanamili », a priori pas très bohème, qui fut lui aussi, d'ailleurs avec le même Pompidou, à l'origine de la création du plus grand

1. On se souvient, à cet égard, de la fameuse blague de Dalí : « Picasso est génial, moi aussi. Picasso est milliardaire, moi aussi. Picasso est communiste, moi non plus ! »

institut de recherche en matière de musique contemporaine, l'Ircam de son ami Pierre Boulez – ce même Jacques Chirac, qui cela dit au passage, fut aussi membre de l'association des ennemis de la musique dont la devise était : « *Mieux vaut un quart d'heure de mauvaise musique plutôt qu'une heure de bonne* », ceci expliquant peut-être cela... Quoi qu'il en soit, « l'ouvrier », comme on disait naguère encore, ne s'intéresse guère à l'art abstrait ni aux compositions atonales. Il est d'ailleurs à mille lieux d'avoir les moyens de s'offrir un Rothko ou un Basquiat. Mais les aurait-il, qu'il serait sans doute comme votre serviteur : il préférerait, quitte à investir dans l'art, que ce soit, comme on dit dans les familles, « bien peint », en d'autres termes, que l'œuvre possède un minimum de liens avec l'idée de beauté et pas seulement avec celle d'innovation. Mais n'entrons pas dans le débat sur les critères du beau, qui nous entraînerait trop loin et risquerait de nous égarer : ce que je tente ici de faire comprendre vaut, par-delà les goûts ou les dégoûts des uns et des autres, pour les passionnés d'art contemporain autant que pour ses détracteurs. Je vous propose donc de poursuivre le raisonnement principal à l'écart des jugements de valeurs qui, si prenants soient-ils, ne touchent pas au fond.

Dans le même sens, la figure du « bobo », qui fait son apparition à la fin du XXe siècle, n'a rien d'anecdotique ni de contingent : elle est une façon de vendre enfin la mèche, de marquer la fin de la guerre qui opposa si longtemps bourgeois et bohèmes. Dans mon enfance encore, on se moquait parfois de Picasso. Il choquait dans certains milieux. Lévi-Strauss osa encore écrire, dans les années

1960, qu'il n'aimait pas Picasso. Aujourd'hui, ce dernier fait partie des vaches sacrées, que dis-je, il en est l'archétype, le modèle de ces intouchables dont il est rigoureusement impossible de faire la moindre critique sans prêter tout simplement à rire. Il faut bien comprendre, ce que je tâcherai de faire dans un instant, le sens et la portée d'une telle réconciliation entre l'avant-garde et la bourgeoisie, entre la marginalité et l'idéologie dominante la plus évidemment « *mainstream* », *saisir pourquoi le bourgeois, sommé d'innover sans cesse dans l'univers de la compétition féroce induite par la mondialisation, devait finalement se reconnaître dans les innovations, elles aussi permanentes et obligées, de l'avant-gardisme bohème.*

Nous allons y revenir.

Mais encore un indice, avant d'aller plus loin dans l'analyse. Je n'ignore pas que l'interprétation de Mai 68 fait toujours débat, qu'elle est encore, comme l'art contemporain et pour les mêmes raisons, un enjeu d'affrontements parfois hystériques. Tâchons donc de nous en tenir aux faits les moins contestables. Qu'on s'en réjouisse ou non, deux choses sont aujourd'hui aussi certaines que significatives de ce que je viens de vous dire : en fin de compte, Mai 68 n'aura produit ni révolution politique (non seulement le personnel politique est resté le même pendant les quarante ans qui ont suivi, mais la Constitution de 1958 est toujours en place et nos systèmes libéraux européens, avec leurs « élections pièges à cons », n'ont pas varié d'un iota), ni révolution économique (c'est peu de dire que le capitalisme, crise ou pas, est plus arrogant que jamais). Au reste, la plupart des leaders de Mai se sont reconvertis dans la société du marché et de la consommation : dans la pub, le cinéma, la presse, l'entreprise, la politique redevenue « correcte », c'est-à-dire « libérale-sociale-démocrate ». J'ai même rencontré il y a peu des anciens de la Gauche prolétarienne, et non des moindres, à l'Inspection générale et au Medef !

Donc, Mais 68, c'est un constat, pas une interprétation subjective, n'aura engendré ni révolution à la Tocqueville (politique), ni révolution à la Marx (économique). Le point est purement factuel, quelle que soit l'interprétation qu'on en donne. En revanche, les mœurs, comme nous l'avons vu, c'est-à-dire ce qui relève de ce qu'on pourrait appeler une « révolution sociétale », ont changé comme jamais dans notre histoire, et ce dans tous les domaines. J'ai déjà parlé de la condition féminine, de la fin des paysans, ou des évolutions qu'ont connues nos établissements scolaires. On pourrait tout autant évoquer l'impressionnant changement du regard porté sur l'homosexualité qui, il y a quelques années encore, était considérée comme une maladie ou une perversion. Je me souviens qu'au service militaire, le mot « pédé ! » ponctuait presque chaque phrase de l'adjudant qui nous servait de mentor. Confondant allègrement pédophilie et homosexualité, il l'utilisait pour nous apostropher, comme une espèce de ponctuation, une sorte d'interjection marquant simplement la réprobation. On se réjouira d'observer qu'aujourd'hui, de telles manières sont non seulement hors de saison, mais bel et bien passibles des tribunaux.

En quoi l'on voit encore en quel sens Mai 68 fut une révolution « sociétale », un avatar de la longue histoire de l'individualisme révolutionnaire – ce qui n'exclut nullement, tout au contraire, le souci du collectif, encore moins, nous l'avons vu, l'appartenance choisie et volontaire à des « groupuscules » révolutionnaires militants. À l'encontre d'une idée reçue mais tout à fait fausse, l'individualisme ne s'oppose pas à l'altruisme, ni à l'intérêt pour la chose publique, encore moins à l'appartenance à des communautés. Il exige seulement *que cette appartenance soit librement choisie et non imposée du dehors par la tradition, comme dans les tribus des sociétés sauvages*[1]. Il s'oppose donc au « holisme », c'est-à-dire aux communautarismes imposés et au poids des traditions héritées. Jusque dans son souci des plaisirs, dans son hédonisme affiché (« jouir sans entraves », « il est interdit d'interdire », « sous les pavés la plage », etc.), *l'individualisme révolutionnaire et collectif* de Mai a puissamment contribué à l'essor de la consommation et, avec elle, de la mondialisation libérale. En quoi la gauche, cette gauche-là en tout cas – disons la deuxième gauche soixante-huitarde –, a bel et bien largement contribué à forger l'histoire du XXe siècle, mais sans savoir l'histoire qu'elle faisait, sans comprendre que la déconstruction préparait, non la fin du capitalisme, mais l'avènement de son règne le plus puissant et le plus étendu, puisque mondialisé.

---

1. En quoi le sociologue Michel Maffesoli se trompe du tout au tout quand il croit naïvement à un retour des tribus : en vérité, rien n'est plus éloigné des tribus traditionnelles, dont les coutumes et les mœurs sont vécues comme imposées du dehors aux individus et enracinées dans une transcendance ancestrale, que les groupes, les réseaux et les associations modernes qui se reforment sur la base, non de la tradition et de l'hétéronomie, mais de l'individualisme démocratique fondé sur le libre choix et l'autonomie des personnes.

Est-ce dire pour autant que la déconstruction fut une catastrophe, Mai 68 un lamentable échec et l'art contemporain une vaste imposture ? Évidemment non. Même s'ils le furent parfois, pour ne pas dire souvent. Une telle lecture du siècle, purement négative, serait simpliste et un rejet global de la modernité ne permettrait tout simplement pas de comprendre ce qui a pu séduire en elle tant de bons esprits. En quoi le point de vue que je développe ici n'est nullement « réactionnaire ». Au sens propre du terme : je n'invite à nul retour en arrière, je ne fais signe vers aucune « restauration ». Sans doute l'érosion des traditions fut-elle calamiteuse sur certains plans, dans le cadre de l'école notamment, et plus largement dans tous les domaines qui supposaient, comme la civilité et la maîtrise de la langue, le respect des héritages et des patrimoines. Il suffit de réfléchir à ceci pour le comprendre : aucun d'entre nous n'a inventé les règles de la politesse, pas plus que celles de la grammaire. Ce sont, à 100 % ou presque, des traditions, des héritages, des patrimoines. En la matière, la déconstruction et le culte de la créativité si chers aux « modernistes » partisans de la « rénovation pédagogique » portent un nom : cela s'appelle les incivilités et les fautes d'orthographe. Lorsque nous terminons une lettre par une formule de politesse, par le fameux « je vous prie d'agréer, etc », la tournure en question n'a rien de créatif ni de spontané, pas plus que ne sont innovantes les règles de l'accord du participe. L'école paiera et paie encore le prix de la déconstruction des traditions. Le civisme aussi.

Mais soyons justes, sans même parler de l'émancipation des femmes ou des homosexuels, par bien d'autres côtés, ce siècle d'innovation et d'érosion aura aussi libéré, et ce d'un même mouvement, mille choses précieuses en l'être humain, des dimensions de l'existence que les siècles passés ne voyaient pas, ou refusaient largement de prendre en compte : le sexe, l'irrationnel, le corps, l'inconscient, l'enfant qui vit encore dans l'adulte, certaines formes inédites ou inavouées d'affectivité et d'amour, la part de féminité des hommes ou de virilité des femmes, la pluralité des points de vue, nos incohérences et nos faiblesses intimes... bref, des éléments de la vie humaine que seule la déconstruction des bohèmes pouvait tout à la fois émanciper et introduire dans l'art, dans la littérature, mais aussi dans la politique, et, plus simplement encore, dans la vie quotidienne.

Nous y reviendrons dans la suite de ce livre. Ces sujets sont passionnants et méritent débat.

Mais je ne voudrais pas que vous perdiez le fil principal de mon propos. Je vous rappelle donc où nous en sommes, à savoir à l'idée que *derrière la déconstruction « bohème » des traditions, il y avait l'émergence du capitalisme globalisé ou, pour parodier à nouveau la célèbre formule de Mai, sous les pavés, il n'y avait pas la plage, mais la mondialisation libérale*. Ce qui me conduit naturellement à mon second point – où l'on verra que si les bohèmes furent largement, comme je vous le disais, les cocus de cette histoire, les bourgeois en furent à coup sûr les benêts.

Voici pourquoi.

II. Les deux mondialisations ou les contradictions culturelles de l'homme de droite

Et, pour commencer, qu'est-ce au juste que la mondialisation – ou, comme on dit dans toutes les langues autres que le français, la « globalisation » ?

Pardonnez-moi d'être ici un peu emphatique, mais je vais essayer de vous faire partager une idée que je crois être la plus éclairante et la plus puissante que j'aie croisée dans ma vie pour comprendre ce que fut le XXe siècle, mais aussi pour saisir les enjeux philosophiques de celui dans lequel nous entrons. Je le dis comme je le pense : cette idée me semble d'une profondeur abyssale. Surtout, elle possède, comme disent les musiciens, des « harmoniques » en nombre infini, des ramifications et des prolongements souterrains fascinants. En plus, elle n'a aucune connotation partisane et peut être ainsi comprise par tout être de bonne volonté, qu'il soit de droite, de gauche, du centre ou d'ailleurs. Je vais essayer de vous l'exposer le plus simplement et le plus brièvement possible, de faire, comme on dit chez moi, « tenir la dinde dans le marron », afin que nous puissions ensemble en percevoir les conséquences en termes philosophiques, notamment par rapport à la naissance d'un second visage, radicalement neuf à certains égards, de l'humanisme.

Qu'est-ce donc que la mondialisation ?

D'abord et avant tout, il s'agit de deux moments fondateurs dans l'histoire de l'Europe, de deux événements qui font époque et qui appartiennent à ce que Hegel aurait appelé à juste titre « l'historico-mondial », ce qui relève de l'Histoire avec un grand « H », de la *Weltgeschichte*. Nous allons en effet connaître, d'abord en Europe, puis en Occident et dans une large partie du globe, deux âges de la mondialisation, on pourrait presque dire « deux mondialisations » tant la seconde, celle que nous vivons aujourd'hui, va, comme vous allez le voir dans un instant, contredire la première, dont elle était pourtant à l'origine issue. Mais n'anticipons pas, et commençons par suivre l'ordre chronologique.

La première mondialisation des Lumières : une politique de civilisation qui promettait la liberté et le bonheur

La première mondialisation se confond tout simplement avec la gigantesque révolution scientifique qui va commencer au XVIe siècle, marquer le XVIIe et, si vous me passez la formule, « exploser » au XVIIIe, avec ces « Lumières » qu'incarnera de manière grandiose le projet de nos philosophes, ces encyclopédistes qui visaient à répandre l'éclairage de la raison jusque dans la conscience du peuple. Car la science, bien sûr, est par essence démocratique : les vérités qu'elle met au jour valent pour tous les êtres humains, sans distinction de classe ni de race, comme on dira un peu plus tard dans les grands textes fondateurs de l'idée républicaine. Et cette magnifique révolution scientifique, c'est bien sûr d'abord celle des génies qui rompent avec les visions anciennes du monde, qui critiquent et renversent la cosmologie grecque, mais aussi l'alchimie et l'animisme du Moyen Âge, pour inventer les principes d'une compréhension enfin rationnelle de l'univers – Copernic, Kepler,

Galilée, pour une moindre part Descartes, et par-dessus tout Newton, que l'on peut considérer comme le premier physicien moderne, Lavoisier étant le premier « vrai » chimiste.

Pourquoi cet événement est-il si important, et quel lien, surtout, entretient-il avec notre mondialisation ?

Disons, là encore, les choses simplement : avec la science moderne, ce qui apparaît pour la première fois dans l'histoire – et cette nouveauté est si radicale qu'elle mérite à l'évidence réflexion – c'est un discours, celui de la raison expérimentale, qui va enfin pouvoir prétendre de manière légitime et crédible *valoir pour l'humanité tout entière*. Or ce discours, à l'époque, est tout simplement révolutionnaire, notamment par rapport aux visions traditionnelles du monde véhiculées par l'Église, comme en témoigne parmi d'autres, en plein cœur du XVIIe siècle, le fameux procès de Galilée. Et ce qui chamboule l'ordre établi, ce n'est pas seulement le contenu de la science moderne, qui tranche bien sûr avec les superstitions moyenâgeuses, mais c'est aussi sa prétention légitime à l'universalité ou, pour faire un lien explicite avec notre sujet, à la « mondialité ».

Jusqu'alors, en effet, toutes les philosophies, toutes les cultures, les littératures, les mythologies ou les cosmologies, toutes les religions et tous les arts aussi ne valaient que de manière locale, régionale. Nous étions, pour ainsi dire, dans la collection « *Contes et légendes* ». Malgré son nom, la religion catholique elle-même – catholique, en grec, veut dire « universel » – ne valait que dans un petit coin du monde. Il faut avoir l'arrogance des Européens pour s'imaginer qu'au fin fond de l'Inde ou de la Chine, le nom du Christ devait être connu[1]. La vérité c'est qu'au XVIIIe siècle, et même encore aujourd'hui, malgré les efforts des missionnaires, il ne signifie rien pour un paysan cantonais ou sri-lankais. En revanche, les principes de la science moderne vont pouvoir se répandre dans le monde entier, être enseignés peu à peu, *via* les écoles, aux enfants de tous les pays. Pourquoi ? Tout simplement parce que le principe d'inertie ou celui de la gravitation valent pour les riches comme pour les pauvres, pour les puissants comme pour les faibles, pour les aristocrates comme pour les roturiers, pour les Chinois comme pour les Indiens, les Français, les Allemands, les Italiens ou les Anglais. Ils sont bel et bien « mondiaux », universels, et c'est ainsi qu'avec la science moderne, pour la première fois, le miracle d'une possible liaison intellectuelle de tous les êtres humains entre eux se produit.

Pour bien comprendre, maintenant, car c'est le point essentiel, ce qui va séparer notre mondialisation actuelle de ce premier âge, il faut voir ceci : au moment où elle prend son essor, notamment, comme je l'ai dit, avec le siècle des Lumières, ce fameux XVIIIe siècle de Hume, de Kant et de nos encyclopédistes, Voltaire, Diderot, d'Alembert et les autres, la première mondialisation, celle que j'identifie pratiquement à la révolution scientifique, apparaît portée, j'allais dire englobée, par

1. Bien sûr, à l'origine, l'idée de catholicisme ne visait nullement le monde entier mais seulement la question de savoir si le christianisme, en tant que religion vraie, devait valoir au-delà du monde juif.

un gigantesque projet de civilisation. Il n'est pas seulement question de comprendre l'univers, de percer les mystères de la nature, de la maîtriser pour la maîtriser, mais il s'agit avant toute chose de construire une civilisation nouvelle, d'édifier un monde moral et politique, celui qu'entendra bientôt engendrer la Révolution française, où les hommes seront enfin plus libres, plus égaux et plus heureux. L'histoire possède aux yeux des grands esprits de l'époque une *finalité supérieure*. Il y a bel et bien alors une « politique de civilisation » qui se met en place dans la mesure où, j'y insiste, on vise, par les Lumières et le progrès des sciences, un objectif double, qui va bien au delà de la seule connaissance : apporter aux peuples la liberté et le bonheur, l'émancipation des hommes et le bien-être enfin démocratisé – ce bonheur dont Saint-Just déclarera bientôt qu'il est « une idée neuve en Europe ».

S'il est un événement qui, entre tous, témoigne de ce nouvel état d'esprit, un événement qui cristallise par contrecoup tous les espoirs mis dans cette révolution mondiale que représente l'avènement de la science moderne, c'est bien le fameux tremblement de terre qui dévaste la ville de Lisbonne en 1755. Il fera, si l'on en croit Voltaire, qui l'évoque dans son *Candide*, trente mille morts dans la journée. On pense aujourd'hui qu'il en fit plus probablement entre cinquante et cent mille. Ce qui est certain, à tout le moins, c'est que toute la ville basse est détruite. Si vous allez aujourd'hui à Lisbonne vous verrez qu'on y a conservé, en souvenir du séisme, les ogives de la cathédrale, miraculeusement restées intactes. La catastrophe est sans équivalent en Europe et tous les grands esprits sont marqués par l'événement. Ils y réfléchissent, ils en débattent, ils s'interrogent. Et que disent-ils, de manière unanime ou presque[1] ? En substance ceci : la nature est méchante avec les hommes, la nature c'est l'ennemi, elle appartient globalement à la catégorie du nuisible – on n'est guère écologiste à l'époque ! Elle nous envoie des catastrophes et nous rend sans cesse la vie difficile, mais justement, grâce aux progrès des sciences et des techniques, nous allons pouvoir enfin la domestiquer, la civiliser et la cultiver. Mieux, nous allons être capables de prévoir et par conséquent de prévenir les catastrophes naturelles. Du coup, et l'on voit ici la mission plus que scientifique de la science, sa finalité morale, sociale et politique républicaine par essence : nous allons grâce à elle, pouvoir rendre l'humanité plus libre et plus heureuse.

Plus libre doublement, d'ailleurs : par rapport à la tyrannie de la nature, d'abord, comme je viens de le suggérer, et c'est là pour ainsi dire une liberté extérieure ; mais aussi par rapport à soi-même, par rapport à la superstition qui asservit les esprits, par rapport à l'obscurantisme du Moyen Âge – d'où la métaphore des Lumières, justement, qui évoque la lutte contre l'obscurité de l'obscurantisme. Liberté intérieure, donc. N'oubliez pas que pour un homme du Moyen Âge, du moins est-ce ainsi que pensent nos encyclopédistes, la nature devait ressembler à peu de chose près à ce qu'elle est dans les contes de fées de notre enfance. C'est une nature qui est encore traversée par des forces

1. Il n'est guère à l'époque qu'une exception, celle de Rousseau, qui inaugure le romantisme et la crise de l'idée de progrès.

invisibles, occultes, mystérieuses, une nature sacrée, qui possède une âme, un monde dans lequel les arbres sont capables, la nuit, de retirer leurs racines du sol pour se mettre à marcher et à parler. On pense encore, à cette époque, qu'il y a une « âme du monde » – ce qu'on nomme « l'animisme », un peu comme on croit toujours, dans certaines régions du globe, qu'il existe des petits dieux de proximité, un dieu du foyer, de la pluie, du lion qu'on va tuer et auprès duquel on s'excuse au préalable, pour qu'il ne revienne pas se venger plus tard. C'est aussi un univers dans lequel la chimie est encore celle des alchimistes qui cherchent à maîtriser ces fameuses « forces occultes » afin de parvenir à transformer, si possible, le plomb en or – et c'est seulement au XVIIIe siècle que la chimie moderne, réellement scientifique, fera son apparition.

Double liberté, donc, face à cette superstition comme à une nature qu'on maîtrise enfin théoriquement (on parvient à la connaître vraiment) mais aussi pratiquement : si l'arbre n'est plus habité par un dieu, s'il n'a plus d'âme, s'il n'est plus sacré, alors je puis sans scrupule (on n'est toujours pas écologiste) le passer par la cheminée pour me chauffer ou le débiter en morceaux pour fabriquer des meubles. En quoi la science moderne va bientôt engendrer ce que Max Weber nommera joliment le « désenchantement du monde », c'est-à-dire le retrait de ces divinités multiples qui étaient censées autrefois l'habiter et lui donner une âme. Où l'on voit aussi comment, à cette émancipation de l'humanité, à cette liberté intérieure et extérieure que se propose d'apporter la science, s'ajoute l'idéal du bonheur ou, tout au moins, du *bien-être* – double finalité, liberté et bonheur, que l'on regroupera bientôt sous le beau nom de « Progrès ».

Voilà bien les Lumières et l'essence, avec elles, de cette première mondialisation républicaine : la croyance optimiste en l'avenir, la conviction qu'un idéal est né, qui doit animer la politique et qui englobe la science elle-même, le sentiment que l'histoire possède enfin un sens et que ses avancées peuvent se mesurer à une aune bien établie : l'émancipation progressive de l'humanité et son cheminement, lent mais certain, vers le bien-être – ce qu'on nommera, pris ensemble, l'humanisme ou encore, la république.

Cette idée animera toutes les politiques démocratiques en Europe, au moins jusqu'à la Seconde Guerre mondiale – pour nous Français, jusqu'à la période gaulliste. De Hugo à Jaurès, Blum, Churchill, Adenauer ou de Gaulle, on croit encore dur comme fer, malgré l'horreur des deux guerres mondiales, en l'amélioration du sort de « la ménagère » par l'invention de l'« auto », du « frigidaire », de la télévision et du lave-vaisselle... Avec, cependant, un revers de la médaille, qu'il vaut mieux ne pas taire d'entrée de jeu : pour les hommes des Lumières, pour ces premiers républicains comme pour leurs héritiers, *la* civilisation se confond sans nul doute possible avec l'Europe, le reste du monde en étant pour l'instant exclu. D'où le funeste projet qui se met en place, celui d'une « éducation du genre humain », éducation bientôt forcée et imposée aux peuples « arriérés » ou, comme on disait naguère encore, « sous-développés ». La civilisation des droits de l'homme s'accommodera fort bien, du moins jusqu'au milieu du XIXe siècle, de la pratique de l'esclavage et, beaucoup plus tard encore, de la colonisation. La première mondialisation, celle des Lumières, de la république et de la raison, pour démocratique qu'elle soit à certains égards, n'en reste pas moins encore impérialiste et coloniale. Nous reviendrons sur ce point essentiel dans la deuxième partie de ce livre, lorsque nous analyserons les principes fondamentaux du premier humanisme, celui des Lumières et de la république naissante.

Là n'est cependant pas encore, vous vous en doutez, l'idée « géniale » que je vous ai, peut-être imprudemment, annoncée tout à l'heure. J'y viens maintenant – car elle concerne, non la première mondialisation à proprement parler, mais son lien avec la naissance de la seconde, celle dans laquelle nous baignons aujourd'hui et dont vous allez voir comment elle constitue à la fois le produit de la première en même temps que son plus exact contraire – ce qui nous permettra plus tard, je vous l'annonce dès maintenant, de comprendre comment elle va engendrer à son tour un nouvel âge de l'humanisme, un humanisme qui ne sera plus celui de Kant et de Voltaire, de la raison indissolublement émancipatrice et colonialiste, mais un humanisme d'un genre radicalement nouveau, que nous tâcherons d'identifier plus précisément dans la suite de ce livre.

La deuxième mondialisation : un « procès sans sujet » dépourvu de tout sens et de toute finalité

Ce qui va, en effet, caractériser *la deuxième mondialisation*, celle qui n'atteint son plein régime de croisière que dans la seconde moitié du XXe siècle, avec la naissance de marchés financiers rendus instantanés par l'invention de l'Internet, c'est une « chute », au sens biblique ou platonicien du terme. Pour le dire simplement, la grande révolution des Lumières que nous venons d'évoquer va *chuter,* elle va tomber dans une infrastructure, celle du capitalisme, dans une économie de compétition tous azimuts, au sein de laquelle elle va changer radicalement de signification. Et quand je dis « tous azimuts », la formule doit être prise au sens fort. Car ce ne sont pas seulement les entreprises qui, dans ce nouveau contexte, sont entre elles en concurrence permanente et totale, parce que aucune d'entre elles n'est plus vraiment « nationale[1] » ; ce sont également les peuples et les cultures, comme en témoigne, parmi tant d'autres, le débat qui eut lieu voici quelques années au GATT (l'ancêtre de l'actuelle OMC) sur la protection du cinéma et de l'audiovisuel européens, et singulièrement français, contre l'impérialisme réel ou supposé des États-Unis ; ce sont encore les laboratoires de recherches et les universités qui se livrent une concurrence internationale – de sorte que chaque six mois, nos hebdomadaires nous présentent un prétendu « classement mondial » des établissements d'enseignement supérieur. Bref, plus rien n'échappe réellement à la logique, désormais globale, de la compétition.

1. Par le biais de la fiscalité, même les entreprises de service les plus « locales » en apparence sont, fût-ce sans s'en rendre compte, mondialisées ; dans une perspective analogue, l'Éducation nationale, par l'intermédiaire des terribles contraintes budgétaires qui pèsent sur elle et amènent sans cesse le ministre à envisager des suppressions de postes, est, elle aussi, insérée dans la logique de la mondialisation !

Mais là n'est pas encore l'essentiel. L'essentiel, c'est de percevoir enfin clairement en quoi cette évolution de la première mondialisation vers la seconde modifie en profondeur tout le sens de notre rapport à la politique et à l'histoire. C'est là, en effet, le point crucial dans ce passage d'une mondialisation éclairée à une mondialisation purement compétitive. Avec cette dernière, en effet, l'histoire cesse d'être animée par la représentation d'une fin, par un idéal tel que l'humanisme des Lumières en proposait encore, avec son projet de répandre la liberté et le bien-être pour tous en même temps que la république et la démocratie. Pressé par la concurrence mondialisée, le mouvement de l'histoire est désormais nourri, pour ne pas dire propulsé sans la moindre finalité, par la logique purement mécanique, automatique, anonyme et aveugle de la seule compétition globale.

Prenons un exemple pour rendre cette rupture plus palpable encore.

Le chef d'entreprise qui fabrique aujourd'hui des téléphones portables ou des ordinateurs, ou tout autre objet sur lequel pèse fortement la concurrence mondiale, sait une chose à coup sûr, et à la limite une seule : c'est que si le produit qu'il met sur le marché dans trois mois n'est pas plus performant que celui que nous avons actuellement dans notre poche ou sur notre table, si l'écran n'est pas tactile, la connexion Internet plus rapide, le MP3 plus puissant, le nombre de pixels plus élevé, etc., tout simplement, il est mort. Ce n'est pas une question de projet, de vision du monde, d'idéal ou de « politique de civilisation », mais de simple survie : s'il ne progresse pas, notre chef d'entreprise tombe, il est absorbé par le voisin, un point c'est tout. Sa seule certitude indubitable, c'est que dans un univers de concurrence mondialisée, la loi du *benchmarking*, la loi de la comparaison / compétition permanentes, non seulement avec le local, mais désormais aussi avec le global, devient la règle absolue. Il lui faut donc en permanence et à toute vitesse innover, innover et innover encore. D'où sa fascination pour cette logique de l'avant-gardisme qui fut déjà bien avant lui celle des bohèmes dans le domaine de l'art, et le respect, voire l'admiration qu'il voue maintenant à ces avant-gardes que lui ou ses semblables vomissaient littéralement quelques décennies plus tôt. Encore une fois, ce n'est pas le prolétariat qui aime la bohème, c'est la bourgeoisie qui l'adore.

Mais revenons au fil principal du raisonnement. Avec la chute du projet scientifico-technique dans la logique concurrentielle du capitalisme mondialisé, c'est l'histoire qui change radicalement de sens : plus personne ne peut sérieusement croire qu'elle est désormais animée, si peu que ce soit, par une finalité supérieure, un projet d'envergure, de civilisation, puisque ce n'est plus en rien par la logique des causes finales qu'elle se meut, mais de part en part en fonction des causes efficientes. En clair, si je n'avance pas, se dit mon chef d'entreprise, si je n'innove pas, alors, tout simplement, je chute comme un vélo qui ne va pas assez vite ne tient pas sur ses deux roues ou comme un gyroscope tombe du fil sur lequel on l'a posé dès qu'il cesse de tourner assez rapidement autour de son axe. Mais le gyroscope ne sait pas pourquoi il tourne. Son tournis n'a aucun sens. De même, mon chef d'entreprise ne sait pas pourquoi il court ou plutôt si, il le sait, mais ce savoir est tout négatif et ne constitue plus en rien un idéal, un but substantiel : s'il galope, invente et innove sans cesse, non seulement dans les produits qu'il met sur le marché, mais dans le management, dans l'informatisation de sa boîte, la gestion des ressources humaines, etc., s'il met sans cesse ses troupes sous pression, les invitant à ne pas s'encroûter, voire, paradoxe suprême venant de lui, à ne pas « s'embourgeoiser », ce n'est pas pour rendre le monde meilleur, plus libre et plus heureux, mais seulement pour ne pas tomber. Pour ne pas mourir, être anéanti ou avalé par la concurrence, comme le malheureux qui trébuche en haut d'un grand escalier accélère le pas et court de plus en plus vite pour tenter désespérément de retrouver l'équilibre.

Pas de malentendu : je ne dis pas que cette situation soit toujours catastrophique. Il serait absurde de nier que l'émulation liée à la compétition engendre aussi des effets formidablement positifs. Lorsque je vais à l'hôpital, je suis le premier à être ravi de bénéficier de scanners, de médicaments et autres techniques ultra-performantes qui, incontestablement, allongent et sauvent des vies. J'irais même jusqu'à concéder sans réticence que la mondialisation, ouvrant peu à peu les pays et les continents enclavés, naguère encore repliés sur eux-mêmes, offre à certains égards des perspectives nouvelles et positives à l'humanité. Mais là n'est pas le point que je veux mettre ici en exergue : il ne s'agit pas tant de condamner globalement, comme le font les alter-mondialistes, la logique d'ensemble de la mondialisation que de montrer à quel point elle fabrique du non-sens en dépossédant les politiques nationales de la plupart de leurs anciennes prérogatives. À la limite, un libéral pur et dur pourrait s'en réjouir, pas le républicain que je suis.

Car l'économie moderne fonctionne désormais à plein régime comme la sélection naturelle chez Darwin : de même qu'une espèce qui ne s'adapte pas finit par disparaître, de même une entreprise qui ne « progresse » pas sans cesse est elle aussi vouée à la mort. Or, dans le monde de la compétition universelle comme dans celui de l'évolution, s'adapter, c'est innover. Il faut faire en permanence des « mutations favorables », des « monstres réussis », faute de quoi on est balayé. Voilà pourquoi, dans un tel univers, l'idée même d'une « politique de civilisation » relève de la plus pure utopie, pourquoi aussi la politique nous apparaît chaque jour davantage, et ce quelles que soient les qualités de ceux qui la conduisent (ou tentent désespérément de le faire), comme privée d'horizon, comme purement gestionnaire, animée qu'elle semble être par la seule logique du court terme qui se résume au fond à la question suivante : comment adapter nos vieux États-providence européens à la mondialisation libérale sans provoquer trop de casse, sans faire trop de *dumping* social ? Telle est désormais l'unique équation que nos politiques doivent résoudre, l'horizon ultime de leurs préoccupations, et que nos chefs d'État ou de gouvernement soient de droite, de gauche ou du centre n'y change rigoureusement rien. Inutile, du reste, de le leur reprocher comme font ceux qui se piquent de morale et affectent d'en savoir plus long que les professionnels de la chose publique sur le chapitre de la pensée profonde : la vérité est que nous sommes tous dans le même bateau, que ce bateau est lancé à pleine vitesse sans boussole ni compas, et que la question de savoir comment reprendre le contrôle – la question de la gouvernance mondiale, si l'on veut – est bien évidemment, dans l'état actuel de la globalisation, encore largement hors de portée.

Je vous invite donc, ne fût-ce que provisoirement, à mettre entre parenthèses la pause, aussi facile que puérile, de la grande conscience indignée par « l'horreur économique » pour essayer d'abord de comprendre ce nouveau monde dans lequel nous entrons et qui va nous poser des problèmes infiniment difficiles à résoudre. Je vous propose, pour commencer, de noter que cette nouvelle structure de la mondialisation – cette « deuxième » mondialisation, si opposée à la première – entraîne quatre conséquences fondamentales qu'il faut avoir clairement présentes à l'esprit si l'on veut avoir une chance d'apporter quelque solution que ce soit aux problèmes radicalement inédits qu'elle nous pose : la liquidation du sens de l'histoire, la perte de contrôle sur le cours des choses – ce que j'appelle la « dépossession démocratique » –, la marchandisation du monde, et les contradictions culturelles de l'homme de droite.

Reprenons-les, une à une.

Les quatre conséquences intellectuelles, morales et politiques de la deuxième mondialisation

1. La liquidation du sens

La première conséquence, je l'ai déjà évoquée mais il faut y revenir plus en profondeur, c'est la perte radicale du sens de l'histoire. J'entends déjà l'objection que certains ne manqueront pas d'élever : « *L'histoire a-t-elle jamais eu un sens ? Les hommes l'ont-ils jamais maîtrisée si peu que ce soit et à quel passé fait-on référence quand on prétend qu'ils auraient pu jadis lui imposer une direction ?* » Sans doute. L'histoire, nul ne le contestera, n'a jamais parfaitement obéi à la volonté des hommes – ni à celle de leurs dirigeants, ni à celle des peuples. Est-ce dire pour autant que le projet de lui imprimer enfin notre marque était insensé ? Ce serait tirer un trait un peu vite, il me semble, sur l'idéal démocratique et républicain. Avec son volontarisme issu de la Révolution française, il visait justement à faire en sorte que les hommes s'approprient enfin leur destin, qu'ils l'infléchissent, ne fût-ce que partiellement, vers le mieux, qu'ils puissent, par exemple, changer la société en profondeur pour améliorer le sort des plus pauvres, pour apporter plus d'égalité, de liberté, de bien-être. Or, quoi qu'on en dise, tant que les politiques démocratiques étaient, pour l'essentiel, conduites dans un cadre national, avant, donc, que la mondialisation des marchés et de l'information ne soit une donnée économique et financière majeure, oui, c'est vrai, elles possédaient une certaine efficacité.

Quand le général de Gaulle, par exemple, mettait en place une vaste politique industrielle répondant à un projet d'ensemble, voire ici ou là des politiques de grands travaux, elles pouvaient encore donner des résultats. La création du CEA ou celle du Commissariat au plan, en témoignait. Mais aujourd'hui ? Nul hasard si ce dernier a tout simplement disparu, symptôme parmi tant d'autres du fait que les politiques ne croient plus, sinon verbalement ou, dans le meilleur des cas, comme un idéal à reconquérir, au rôle de la volonté. Pour des raisons essentielles, structurelles, l'histoire née de la deuxième mondialisation échappe presque intégralement à l'emprise des politiques nationales dont les leviers étriqués ne lèvent à vrai dire plus grand-chose. Les entreprises, désormais ouvertes sur le grand large et toutes en compétition implacable entre elles, sont comme autant de petits moteurs d'une histoire qui avance sans cesse, comme un magma en fusion, animée par eux et par eux seuls. Or ces moteurs sont en nombre infini et nul ne peut prétendre en avoir une vision d'ensemble, de sorte que nul ne peut savoir dans quel sens l'histoire va bifurquer. En d'autres termes, jamais sans doute le monde n'aura été aussi opaque, aussi imprévisible qu'aujourd'hui[1].

---

1. Paradoxe à méditer par nos petits nietzschéens de gauche, élèves de Deleuze et de Foucault, qui depuis des années trépignaient sur leur chaise en réclamant « l'éradication du sens », « l'exténuation du sujet » et la « mort de l'homme » : la mondialisation libérale exauce enfin tous leurs vœux. Elle accomplit parfaitement cette liquidation. Elle est non seulement une machine à broyer littéralement tous les sens existants, mais à produire en permanence du non-sens. Et elle se paie même le luxe de le faire très exactement à la manière de Nietzsche : en incarnant de façon quasi parfaite la structure de ce qu'il désignait comme la « volonté de puissance » – qui n'est pas à confondre avec la volonté « d'avoir le pouvoir », ainsi que Deleuze l'avait du reste parfaitement montré en pourfendant l'un des contresens les plus fréquents commis contre la pensée de Nietzsche, mais la « volonté qui se veut elle-même », la « volonté de volonté », *la volonté qui veut sa propre intensification*. Le capitalisme mondialisé n'est rien d'autre que cette volonté de puissance enfin déchaînée, cette volonté qui ne veut plus rien, du moins plus rien d'autre que son propre accroissement

Ce que nous voyons se profiler derrière cette la liquidation du sens, c'est, tout simplement, le problème politique majeur de la période actuelle : celui de l'impuissance publique liée à la perte inévitable de contrôle sur le cours du monde qu'entraîne la mondialisation dès lors qu'elle ôte peu à peu aux politiques nationales les leviers qui lui donnaient naguère encore quelque efficacité. Les politiques, mais avec eux aussi les simples citoyens, se trouvent ainsi « dépossédés » démocratiquement de la principale promesse que leur faisait l'idée démocratique, celle de faire ensemble leur histoire. Paradoxe saisissant : cette dépossession n'est en rien le fait d'un régime autoritaire. Elle se fait au contraire de manière toute « libérale », en douceur, sans que l'État s'en mêle.

2. La perte de contrôle sur le cours du monde ou la « dépossession démocratique »

Chacun le pressent plus ou moins, sans pour autant s'avouer une vérité qui commence par faire

---

infini, cette volonté qui n'a plus d'objet, plus de finalité, plus d'idéal (plus « d'idoles » disait Nietzsche), mais qui veut s'accroître en permanence, sans but, seulement pour exister, pour persévérer dans son être en s'augmentant sans cesse et sans fin, dans toute l'acception du terme. Ce que Heidegger nommera à juste titre la victoire absolue du « monde de la technique », un univers dans lequel les fins disparaissent au profit des seuls moyens. En quoi, cela dit au passage à l'intention de ceux qui s'intéressent à l'histoire de la philosophie contemporaine, la structure de la seconde mondialisation pourrait faire l'objet d'une description nietzschéenne en termes de volonté de puissance, heideggérienne en termes de « monde de la technique », aussi bien que marxiste en termes de « procès sans sujet » (Althusser) ou de « raison instrumentale » (Horkheimer et Adorno).

un peu trop peur pour être regardée en face : nos politiques n'ont presque plus de pouvoir.

En réalité, tout le monde le sait sans parvenir à y croire, car chacun peut, s'il le souhaite, le constater quotidiennement : si nos politiques avaient vraiment les moyens de changer les choses, si leur emprise sur le cours du monde était réelle, il est bien clair qu'il n'y aurait en France ni chômage, ni croissance molle, ni déficits publics. Quel intérêt auraient-ils, en effet, à maintenir ces fléaux, s'il dépendait vraiment d'eux d'en venir à bout ? À moins d'être totalement paranoïaque et de leur prêter des intentions diaboliques, au demeurant radicalement contraires à leurs intérêts les plus directs (à commencer par leur réélection), la réciproque s'impose à tout esprit normalement constitué : si ces calamités prospèrent tranquillement sans qu'on puisse y mettre un terme, c'est bien que les moyens d'agir autrement qu'à la marge font défaut. CQFD ! Or la raison de cette impuissance manifeste ne se trouve nullement, comme la plupart des observateurs affectent de le croire, dans je ne sais quelle incurie, bêtise, manque de courage ou malhonnêteté de nos gouvernants, mais tout simplement dans le fait que les leviers de commande, dès lors qu'ils sont mondialisés, échappent chaque jour davantage aux États-nations. En d'autres termes, au sein de la globalisation, les leviers des politiques nationales sont pris très largement en défaut et, pour tout dire, ils ne lèvent plus grand-chose.

Bien entendu, quelques marges de manœuvre restent encore possibles, ce qui permet d'ailleurs d'expliquer la différence entre des pays qui réforment peu, mal et toujours dans la douleur, comme la France, et ceux qui parviennent à faire le travail avec plus de rigueur, en général parce que le consensus y est historiquement plus aisé, comme l'Allemagne, le Canada ou la Hollande. Mais d'évidence aussi, ces différences sont moins importantes qu'on ne le dit d'ordinaire et, de fait, les difficultés sont de plus en plus semblables au sein de tous les pays démocratiques, et ce pour une raison qui s'impose à tous : les foyers de compétition qui animent l'économie moderne et, avec elle, tout le mouvement de l'histoire du monde sont, comme je vous l'ai dit, en nombre potentiellement infini. Nul d'entre nous, si éclairé ou si puissant soit-il, n'en a une vue globale et complète, encore moins la plus petite maîtrise. Et sauf gouvernement mondial, dont le G 20 n'est que l'embryon, sa maturité se situant dans le meilleur des cas à l'horizon de plusieurs décennies, il est tout à fait utopique d'espérer qu'on puisse contrôler aisément quoi que ce soit d'essentiel. Ni même prévoir et encore moins prévenir des événements majeurs tels que les crises et les guerres. Aurions-nous d'ailleurs, en France même, conçu et fabriqué, il y a quelques années de cela, des objets tels que le « Minitel » et le « be-bop » si nous avions su qu'on inventait ailleurs, dans le même temps, l'Internet et le téléphone portable ? Évidemment non ! C'est structurellement que le monde échappe de toute part à notre intelligence comme à notre contrôle.

Il me faut ici ouvrir une brève parenthèse, car je sais d'expérience qu'elle n'est pas inutile. En général, quand ceux qui me font l'amitié de me lire ou de m'écouter en arrivent à ce point du raisonnement, ils sombrent dans le pessimisme et me reprochent aussitôt mon supposé « quiétisme » ou défaitisme : « *Alors, me disent-ils en substance, si on ne peut rien faire, la politique ne sert donc, selon vous, plus à rien. Puisque le cours du monde nous échappe, à quoi bon résister, à quoi bon même réfléchir à cette situation, puisque nous sommes dans l'impuissance la plus complète et que toute réforme est impossible ?* » Erreur totale de perspective sur le sens de mon propos. Double malentendu, à vrai dire, qu'il vaut mieux tout de suite dissiper et ne pas laisser s'installer durablement.

D'abord, je vous dirai, tranquillement mais fermement, que la philosophie n'est pas là pour dorer la pilule, mais pour dire autant qu'il est possible la vérité sur le monde (ou, soyons modeste, ce que l'on tient à tout le moins pour vrai, chacun restant, cela va de soi, juge pour lui-même). La question, pour moi, n'est donc pas de savoir si ce que je dis là est agréable à entendre ou pas, mais si c'est vrai ou non. Du reste, chacun gère les peurs comme il l'entend et, à titre personnel, j'ai toujours pensé qu'à terme, rien ne suscitait davantage d'angoisse que la logique des illusions. Que ceux qui veulent entendre des choses aimables et rassurantes s'adressent ailleurs : je n'y serai pas. Mais bien évidemment aussi, mon propos n'est pas de désespérer je ne sais quel Billancourt. Je ne cherche pas ici à justifier l'impuissance politique. C'est tout l'inverse qui m'anime : je cherche à prendre toute la mesure du problème, pour tâcher si possible, dans un second temps, d'imaginer des solutions ou, à tout le moins, des pistes de sortie de crise – sur lesquelles nous reviendrons plus tard dans le cours de cet ouvrage. La finalité de cette analyse n'est nullement de légitimer je ne sais quel défaitisme politique, mais de lever les hypocrisies et les faux-semblants pour nous amener à regarder enfin de face la question cruciale, car préalable à toutes les autres : celle de la reprise en main d'un cours du monde qui nous échappe chaque jour davantage. Or cette question est aujourd'hui presque toujours mal posée, parce qu'une large part de l'opinion publique adhère spontanément, soit au point de vue journalistique dominant (en gros, « les politiques manquent de pédagogie et d'habileté »), soit à celui des volontaristes à tous crins qui domine largement l'univers des chefs d'entreprise (« les politiques manquent de courage, ils ne font pas le boulot »), soit encore aux idéologies altermondialistes qui déforment encore dans un autre sens la réalité politique et rendent impossible de porter sur elle un regard lucide.

Les altermondialistes, héritiers en cela du marxisme le plus traditionnel, s'imaginent en effet que derrière les marchés financiers et, plus généralement, derrière les rouages de l'économie et de la politique mondiales, il y a des « gros », des « puissants », une espèce de « classe dominante » qui tire les ficelles, comme les marionnettistes d'un théâtre pour enfants. On réinvente alors volontiers le funeste mythe des « 200 familles » qui tiennent le monde – et nos journaux y prêtent eux aussi la main, nous offrant chaque été les inévitables reportages sur la « vie des riches » et les « vacances des milliardaires ». Non qu'ils n'existent pas, ces riches, ni qu'ils ne soient parfois, en effet, d'une insondable et insupportable arrogance. Mais de là à penser qu'ils contrôlent les marchés, de là à s'imaginer qu'une poignée de gens pilotent secrètement le monde, il y a un pas à franchir, celui qui sépare l'analyse rationnelle de la paranoïa. Si cette vision de la mondialisation était juste, si vraiment il y avait des « vrais » responsables de « la » crise et, plus généralement, de l'évolution de l'histoire, ce serait la meilleure nouvelle du siècle. Au moins, il y aurait un objectif clair à réaliser : la révolution, qui consisterait à s'emparer du pouvoir des puissants pour le rendre au peuple et redonner ainsi la main à la démocratie.

Malheureusement, cette imagerie d'Épinal est tout simplement délirante. Au sens propre du terme : une construction mythique sans rapport avec la réalité. Il suffit de réfléchir un instant, même de manière marxiste d'ailleurs, pour comprendre que, dans le droit-fil des exemples évoqués plus haut, la mondialisation est typiquement l'incarnation de ce qu'Althusser lui-même, en fidèle disciple de Marx, nommait un « procès sans sujet » : comme le mouvement du capital, dont elle est le stade ultime, elle obéit d'abord et avant tout à une logique automatique, mécanique et aveugle, celle de la marchandisation du monde, celle de l'audimat généralisé, lequel, hélas, n'a nul besoin de marionnettistes pour fonctionner à plein régime. Si le court-termisme et la logique de croissance par l'endettement des ménages qui conduisit à la faillite des *subprimes* n'avaient pas été strictement nécessaires à l'économie américaine, s'ils n'avaient pas rapporté autant d'argent à autant de gens (y compris à une bonne partie des *subprimes* eux-mêmes), jamais le monde ne serait entré dans cette spirale de crise. Ce n'est pas, comme on essaie de nous le faire croire, une poignée de banquiers, fussent-ils aussi fous qu'avides, qui en est responsable, mais bel et bien le système industriel et financer tout entier[1]. Croire, par exemple, que les prix des matières premières agricoles, les hauts et les bas qui secouent en permanence les marchés et rendent la vie des agriculteurs impossible, sont manipulés, contrôlés et pour ainsi dire consciemment pilotés par qui que ce soit est grotesque. S'imaginer qu'avec un zeste de morale, une pincée de cliquets dans la pratique des traders et un chouïa de régulation issue du G 20, on va régler le problème, relève d'un conte de fées pour enfants mal réveillés.

Permettez-moi encore, pour illustrer le propos, une anecdote.

En 2003, le président Chirac m'avait demandé d'assister à Porto Alegre (Brésil) au grand forum mondial des altermondialistes. Cette réunion l'intéressait, et moi aussi. À défaut de pouvoir s'y rendre lui-même, il souhaitait qu'un observateur puisse lui rapporter aussi objectivement que possible ce qui s'y tramait. Inutile de dire que sur place, j'ai rencontré une collection, disons pour être poli, « d'originaux », comme je n'en avais pas vu depuis 68... et encore ! Il faut savoir que ce forum se présente un peu comme une gigantesque foire du livre, ou un immense salon agricole, sauf que dans les boxes, au lieu de chevaux, de vaches ou de mou-

1. Pour une analyse de cette crise qui va au-delà des apparences et ne se contente pas d'incriminer l'incurie des financiers américains mais voit en elle un effet en profondeur de la mondialisation, voir le rapport du Conseil d'analyse de la société, *Face à la crise*, publié chez Odile Jacob en 2008, mais aussi les publications de Patrick Artus, dont ce rapport s'inspire largement.

tons, on trouve des altermondialistes de tous pays et de tous horizons. C'est ainsi que j'ai pu rencontrer des « éco-féministes » pro-palestiniennes, assez clairement antisémites, côtoyant des trotskistes de la soixante-quinzième génération en regard desquels nos anticapitalistes gaulois sont d'aimables sociaux-démocrates. J'ai passé des heures dans ces stands, à écouter, à participer à des débats auxquels on m'invitait, sachant qui j'étais, certes, un « ennemi de classe », mais quelqu'un avec qui on pouvait malgré tout parler et qui avait du moins le mérite de venir sur place affronter la contradiction. Nous avons beaucoup dialogué, en effet, bu pas mal d'*aguardiente* aussi, lié quelques amitiés par-delà nos désaccords, puis je suis rentré à Paris où le Président m'a aussitôt reçu à l'Élysée pour un *debriefing*.

En substance, je lui ai dit que ces gens, certes, n'étaient pas ses amis politiques, mais qu'ils mettaient néanmoins le doigt sur un phénomène bien réel, même s'ils le comprenaient mal à mes yeux : la dépossession démocratique, le fait que le monde nous échappe, que son cours devient structurellement erratique et incontrôlable. Bien entendu, du point de vue des altermondialistes, l'explication était simple, et le remède encore plus : c'est celle des marionnettistes, c'est-à-dire de ces riches capitalistes et autres financiers dont il faut s'emparer d'urgence par la révolution mondiale. Le président Chirac, qui fut un des premiers leaders politiques européens à s'intéresser à ces questions, m'a fait alors cette remarque qui m'a frappé et dont j'ai toujours gardé le souvenir – d'autant plus aisément, je dois dire, que c'est la seule conversation sérieuse que j'eus avec lui au cours des deux années qu'allait durer mon ministère. Je le cite de mémoire, mais, je crois, sans déformer nullement son propos : « *Oui, bien sûr, ils se trompent sur l'explication, mais ils ont raison sur le fond, c'est-à-dire sur le fait que le monde nous échappe, sur la "dépossession"* [terme qu'il m'a d'ailleurs repris dans un de ses discours à l'Unesco]. *Il y a trente ans encore, après un dîner entre les six ou sept ministres ou chefs d'État qui comptaient sur ces sujets, on pouvait, entre la poire et le fromage, passer un accord fixant le cours du cacao, du sucre ou de la banane. On se tapait dans la main et c'était fait. Aujourd'hui, ce sont les marchés financiers qui le font et personne ne les contrôle plus.* » Évidemment, le Président voyait juste, et c'est pourquoi il s'intéressait au mouvement altermondialiste, parce que, lui aussi, ce monde nouveau le préoccupait. Car c'est vrai, derrière les marchés financiers, il n'y a pas de pilote. Ce sont bel et bien des « procès sans sujet » que nul ne contrôle, et c'est d'ailleurs pourquoi, jusque dans la folie apparente de leurs variations erratiques, ils disent beaucoup sur la réalité de l'économie. Pas de malentendu. En disant cela, je ne cède à aucune naïveté. Il va de soi que certains en profitent, que d'autres y perdent. Il est évidemment exact que des banquiers américains ont joué avec le feu et que pour dire les choses clairement, ils se sont conduits comme des porcs. Dire que nous avons affaire à des processus aussi automatiques qu'impersonnels ne revient nullement à le nier, ni à dédouaner en quoi que ce soit ceux qui en ont rajouté et profité. Comme dans le surf, les « bons » (les « en hausse ») restent sur la vague, les moins bons (les « losers ») passent dessous, ce qui peut faire très mal. Mais en toute hypothèse, et c'est là le point crucial, la vague elle-même, personne ne la « fabrique » ni ne l'invente.

Dans un registre analogue, on s'imagine souvent que certains politiques contrôlent et manipulent la presse. Qu'ils aient parfois la tentation de le faire, sans doute. Qu'ils y parviennent, c'est une tout autre affaire[1] ! La vérité, c'est que les entreprises de presse sont des entreprises privées comme les autres, avec des clients, des profits et des pertes. Plus que jamais, elles connaissent des difficultés économiques et commerciales, ce qui signifie en clair qu'elles sont plus que jamais soumises à la logique de l'audimat généralisé, un point, c'est tout. Il suffit de regarder les unes de nos hebdomadaires pendant une campagne électorale pour voir qu'elles fonctionnent comme un banc de poissons dans un film de Cousteau : c'est brusquement tout d'un côté, ou tout de l'autre, toute la une sur François, Nicolas ou Ségolène, parce que c'est eux qui, dans la semaine, feront vendre le plus. Mais pas plus qu'avec nos braves sardines ou nos harengs de la Baltique, il n'y a le moindre chef d'orchestre. Ou plutôt si, mais un chef d'orchestre

1. S'agissant du président Sarkozy en particulier, l'idée est assez amusante : vu sa moisson quotidienne d'attaques et d'insultes en tout genre, s'il contrôle vraiment la vie médiatique, avouons qu'il n'est pour le moins pas très doué ! Mais pour tout vous dire, j'ai quelques doutes sur le fait que les journalistes du *Nouvel Obs*, de *Marianne* ou de *Libé*, pour ne rien dire de ceux de *Radio France*, lui soient réellement inféodés. Quant aux journaux de droite, comme *Le Figaro*, s'ils le défendent en effet bec et ongles, ce n'est pas tant par intérêt (de classe, comme on disait naguère encore) que par conviction (mais oui, ça existe !), nullement en tout cas parce qu'il les « tiendrait » par je ne sais quel fil invisible.

anonyme, mécanique et aveugle, qui a pour nom le marché, et rigoureusement rien d'autre. Cela n'empêche nullement l'analyse d'être libre, donc différente dans un journal de droite et dans un de gauche, ni le journaliste d'être le véritable auteur de son commentaire. Reste que la une est la même à peu près partout au même moment et nul impératif ne vient expliquer ce fait évident si ce n'est celui de la vente, c'est-à-dire, à nouveau, celui du *benchmarking* et de la survie dans un univers hautement concurrentiel[1].

Je ferme la parenthèse. Mais elle n'est pas sans lien avec la dépossession démocratique. Bien au contraire, elle en dévoile même le cœur, à savoir le fait que le monde dans lequel nous vivons, bien ou mal, fonctionne tout seul, qu'il est une mécanique que personne, hélas, ne parvient à manipuler.

---

1. Dans le même style paranoïde, certains pensent encore qu'on « passe à la télé » par copinage, qu'on est, par exemple, invité dans une émission littéraire pour y présenter son livre, parce qu'on connaît l'animateur. Quelle blague ! Qu'on se détrompe au plus vite. D'abord parce qu'il y a très peu d'amis dans cet univers et que la fidélité n'est pas son carburant principal, tant s'en faut. Ensuite parce que l'animateur n'a qu'un seul et unique souci en tête : l'audimat et les parts de marché. S'il n'atteint pas les objectifs attendus par son directeur d'antenne, il peut être certain d'être viré dans le quart d'heure, en tout cas dans l'année. De sorte que s'il vous invite, ce n'est pas par amitié, encore moins par charité, c'est parce que vous faites marcher son émission. Lui revient en deuxième semaine, pas vous ! Et si l'on voit, par exemple, un Jean d'Ormesson sur tous les plateaux lorsqu'il sort un nouvel ouvrage, ce n'est pas parce qu'il a du pouvoir sur les chaînes ou des « copains » à l'intérieur de la place, c'est tout simplement parce que cet homme est l'un des plus sympathiques, des plus drôles et des plus intelligents qu'on ait vu dans le petit écran depuis qu'il existe et que tous les animateurs sensés se le disputent. Audimat encore, et rien de plus… ni de moins bien sûr.

Or c'est bien là ce qui constitue la trahison suprême de l'idéal tout à la fois démocratique et républicain qui nous promettait que nous, les citoyens, nous allions, directement ou par l'intermédiaire de nos représentants politiques, faire notre histoire, y participer collectivement, ne fût-ce que de manière minime, par l'exercice de notre droit de vote. À quoi bon un tel droit, à quoi bon la démocratie, si de toute façon nos représentants ne peuvent plus faire grand-chose, ou si peu et si mal, seulement à la marge, de sorte que la politique ressemble à un théâtre d'ombres ?

Voilà la question qu'il nous faudra bien un jour collectivement affronter.

Nul hasard, en ce sens, si nos débats sur l'environnement, sur ce qu'on pourrait nommer, par analogie avec l'économie, la « régulation écologique », ont pris une telle importance ces derniers temps. Le cas des OGM est à cet égard exemplaire. Il mériterait, par rapport à la question qui m'intéresse ici, celle de la dépossession démocratique, une analyse particulière tant il a valeur de symptôme. Tenons-nous-en à l'essentiel. Jusqu'à présent, personne n'a réussi à prouver sérieusement la nocivité des OGM. Que des doutes pèsent sur eux, peut-être bien, mais aucune certitude ne permet vraiment de les lever, ce qui a justement permis au funeste « principe de précaution » de s'appliquer. En revanche, une immense majorité de scientifiques, à commencer par ceux de l'Académie des sciences, s'est prononcée en faveur de la poursuite des recherches, y compris en plein air. Pourquoi ? Tout simplement parce qu'ils savent pertinemment que d'ici 2050, il faudra probablement doubler la production agricole si l'on veut nourrir la population de la planète. À moins de parier sur des guerres d'extermination massive, voire de les appeler de ses vœux sans trop oser l'avouer, comme certains théoriciens de la « bombe D » n'ont pas hésité à le faire[1], il va bien falloir investir dans la science et compter sur le progrès en matière de génie génétique si l'on veut éviter des catastrophes humaines. Or, malgré ces évidences au plus haut point préoccupantes, on continue à longueur de temps de nous présenter les OGM comme l'ennemi public numéro 1, au point que 70 % de nos concitoyens les rejettent sans avoir la moindre idée sur le plan scientifique des problèmes qu'ils posent ou ne posent pas.

Comment expliquer cette victoire par K.O. de l'irrationnel ? Justement par le contexte de dépossession que je viens de décrire. Les écologistes radicaux ne sont pas stupides. Ils se gardent bien de déclarer que les OGM seraient clairement dangereux – encore une fois, rien ne le prouve si peu que ce soit. Non, ils jouent sur un autre registre, beaucoup plus souterrain et plus effrayant : celui de la dépossession, justement. Que nous disent-ils de ces fameux maïs transgéniques que les démagogues vont si volontiers faucher après avoir fait venir un maximum de caméras pour assurer leur publicité ? Non pas qu'ils vont à coup sûr gâter notre santé, mais qu'on ne peut pas les contrôler si on les cultive en plein champ. Le pollen, transporté par le vent à des distances gigantesques (cent kilomètres parfois), échappera au contrôle

1. En déclarant sans rire qu'il faudrait ramener la population mondiale à environ 500 millions d'êtres humains pour que la terre redevienne un paradis. Vaste programme...

des chercheurs et des agriculteurs. Il pourra ainsi contaminer les cultures environnantes et, potentiellement, c'est la planète tout entière qui pourrait être atteinte de manière irréversible.

De là, la métaphore, elle aussi fort astucieuse, infiniment plus profonde qu'il y paraît à première vue, qu'ils mobilisent pour répandre dans l'opinion le poison de la peur : l'image du maléfique docteur Frankenstein.

Le mythe est particulièrement bien choisi, car il raconte justement l'histoire d'une dépossession, celle d'une créature monstrueuse qui échappe au contrôle de son créateur. Le docteur Frankenstein fabrique son monstre, à l'aide de cadavres dérobés dans une morgue, puis il lui donne la vie. Mais bientôt, le monstre lui échappe, et menace de dévaster la planète. À l'origine, qui est très ancienne, ce mythe a une portée théologique fort profonde : il stigmatise ce que les Grecs nommaient l'*hybris*, l'orgueil et la démesure des hommes qui ont l'arrogance de se prendre pour Dieu, de s'arroger son pouvoir exclusif de donner la vie. Comme le mythe de l'apprenti sorcier, lui aussi volontiers convoqué quand il s'agit d'effrayer les populations touchant les OGM, il met en scène les effets désastreux de cet orgueil insensé.

Que l'écologie joue fondamentalement sur les peurs est une évidence. Ses plus grands théoriciens ont d'ailleurs thématisé sans vergogne l'usage politique de cette passion démocratique des plus communes. C'est le cas, notamment, de Hans Jonas, qui dans son livre, *Le Principe responsabilité*, véritable bible pour les Verts allemands, est sans doute l'un des premiers philosophes à faire de la peur une passion positive, non pas l'inverse absolu de la sagesse, comme toutes les philosophies l'enseignaient jusqu'alors, mais au contraire le premier pas vers elle : c'est grâce à la peur, en effet, que nous prendrions conscience des menaces qui pèsent sur l'environnement, grâce à elle, donc, que nous commencerions à devenir raisonnables. De là le recours, lui aussi sans vergogne, à tout ce qui peut susciter cette crainte salutaire, voire salvatrice, à commencer par l'appel à des mythes qui remuent toujours quelque chose de trouble, donc d'efficace, dans l'inconscient collectif.

On peut ne pas aimer cette stratégie, voire la juger dangereuse – c'est mon cas, je l'avoue : outre que la peur est toujours mauvaise compagne et mauvaise conseillère, elle nous prive paradoxalement des moyens réels de l'action, en l'occurrence, d'un concours plus actif de la recherche scientifique. Il n'empêche. Elle joue sur un registre dont les harmoniques renvoient à une incontestable réalité : oui, c'est vrai, le monde entier est à l'image du petit grain de maïs de nos écologistes. De toute part, il nous échappe et, comme des docteurs Frankenstein, nos politiques font tout, mais il faut bien l'avouer, avec de très minimes succès, pour tenter de mettre un tant soit peu la situation sous contrôle.

D'où, j'y reviens, la seule et unique interrogation qui vaille aujourd'hui : comment reprendre la main et à quel niveau ? Celui de l'Europe, du G 20 ? Mais l'Europe est un « machin », un géant commercial et juridique doublé d'un nain politique. Quant au G 20, même si l'idée est bonne, convenons qu'il n'est encore qu'à l'état de chrysalide et que le gouvernement mondial n'est pas pour demain. Pendant ce temps, nos politiques nationales continuent de se crisper sur un débat droite / gauche qui, s'il possède encore quelque signification affective, historique ou sociologique, n'a intellectuellement plus rien à nous dire. Il suffit d'assister à un sommet européen pour se rendre compte qu'entre chefs d'État et de gouvernement, ce vieux clivage est tout à fait hors de saison. Il ne viendrait à l'idée d'aucun d'entre eux de prendre cette distinction en compte, parce que tous ont le même problème à résoudre, qui n'est ni de droite ni de gauche : comment retrouver, notamment face à la crise, des marges de manœuvre, si minimes soient-elles, pour parvenir à *réguler* un tant soit peu l'économie mondiale et prévenir la casse sociale ? Car ce qui la régule pour l'instant, sa seule et unique boussole porte un nom : hyperconsommation ou marchandisation du monde, selon une logique qu'on pourrait désigner par analogie comme celle de « l'audimat généralisé ».

3. L'audimat généralisé, l'hyperconsommation et la marchandisation du monde

Là encore, les altermondialistes ont en partie raison dans le diagnostic, même si, à nouveau, ils interprètent de manière proprement délirante le phénomène qu'ils décrivent presque correctement (je reviendrai dans quelques instants sur ce « presque ») : la marchandisation du monde. D'évidence, là encore, nous assistons bel et bien à ce que Gilles Lipovetsky a nommé « l'hyperconsommation[1] », laquelle n'est au fond qu'une variante

1. Dans un rapport du Conseil d'analyse de la société publié en 2008 chez Odile Jacob sous le titre *La Culture-Monde*.

de cette « marchandisation » qui recouvre deux phénomènes distincts, mais liés entre eux.

Le premier tient au fait que la consommation s'est, dans les dernières décennies, au sein des pays occidentaux, considérablement individualisée. Pour prendre un exemple parlant, il suffit de considérer un instant notre rapport à la télévision et, plus généralement, aux écrans, pour comprendre le sens et la portée de cette individualisation. Dans les années 1960 encore, on regardait le « petit écran » en famille, en suivant le « journal du soir » autour de la table du dîner. Et il n'y avait bien évidemment, et encore dans le meilleur des cas, qu'une seule télévision par foyer. L'idée, venue d'Amérique, d'en mettre un peu partout dans la maison, jusque dans la cuisine, paraissait fantaisiste et capricieuse lorsqu'elle nous parvint aux oreilles. Aujourd'hui, même dans les familles pauvres, il y a presque toujours plusieurs télévisions : au moins une dans la chambre des parents et une dans celle des enfants, où elle tient lieu de baby-sitter bon marché. Bref, la logique de l'individualisation s'est imposée : on est passé d'une consommation d'images et d'informations collective ou semi-collective à une consommation individuelle, pour ne pas dire solitaire, si l'on songe à la multiplication des autres écrans (ordinateurs, téléphones portables, consoles de jeux, etc.).

Mais l'hyperconsommation désigne aussi un mouvement beaucoup plus profond et plus problématique : celui qui fait entrer dans l'univers de la marchandise des sphères qui, pour rien au monde, n'auraient pu y appartenir quelques années encore auparavant. Par exemple la culture, qui est devenue désormais une industrie comme les autres et qui perd, en passant de l'univers scolaire à celui du show-biz ou du marché de l'art, tout ce qu'elle pouvait avoir de « difficile », voire d'ennuyeux peut-être, mais aussi de sacré. C'est également la politique qui devient un spectacle parmi d'autres, avec ses hauts et ses bas, ses « en forme / en panne », ses losers et ses stars, avec leurs vies privées que dévoilent les magazines au grand bonheur de tous (ou presque, quoi qu'on en dise hypocritement). La religion n'échappe pas davantage au grand mouvement de recyclage dans la logique de la communication et de l'économie marchande, avec de grands barnums tels que les JMJ, qui rivalisent désormais auprès des jeunes avec les plus grands concerts de rock, faisant du pape une star mondiale, contestée sans doute par certains, mais idolâtrée par d'autres et de toute façon perçue désormais comme une icône.

Bref, a priori, plus rien ne résiste à la formidable propension de tout objet, matériel, culturel ou même spirituel, à entrer dans la sphère de la marchandise sur fond d'une logique dont la puissance semble infinie : celle de l'audimat généralisé. Que nous ayons des électeurs, des lecteurs, des clients, des spectateurs, des auditeurs, des fidèles ou des admirateurs, tous, potentiellement, nous sommes pris sans même y réfléchir dans le maelström de la chasse à l'audience. Et ceux qui, par leur profession, n'y sont pas encore soumis aspirent à y entrer, comme en témoignent à l'envi les jeux populaires qui peuvent conduire chacun vers la starisation ou permettre, à tout le moins, de passer un jour ou l'autre à la télévision. Je ne connais pas d'écrivain, quoi qu'on en dise ici ou là, qui ne cherche à vendre les livres qu'il publie (sinon pourquoi les publierait-il ?), pas de journaliste qui ne se soucie de l'audience de son émission ou de la diffusion de son journal, pas plus que je ne connais de politique qui se moquerait éperdument des électeurs et des sondages. Ce n'est pas une question de malhonnêteté, un flirt avec la prostitution, mais il s'agit bel et bien d'une contrainte inhérente à la logique d'un système au sein duquel, *nolens volens*, nous sommes tous plus ou moins plongés. Il vaut mieux le reconnaître et en prendre conscience, tâcher d'en tirer au clair les ressorts les plus puissants et les plus secrets, plutôt que de se dissimuler la réalité sous des dehors faussement éthiques. Les gesticulations moralisatrices de ceux qui prétendent s'y soustraire sont la plupart du temps des poses, les signes d'une hypocrisie d'autant plus insondable et difficile à dévoiler qu'elles s'exposent volontiers au cœur de l'univers médiatique lui-même où elles valent généralement à leurs auteurs de flatteuses satisfactions de vanité. Il faudrait un Marcel Aymé pour en déjouer les tours et les détours...

4. Les contradictions culturelles et morales de l'homme de droite

C'est ici un nouveau Molière qui pourrait nous aider. Le classicisme français avait cela de génial qu'il entendait rendre l'essence des choses, par exemple l'essence mathématique de la nature dans le jardin de Versailles, avec ses arbustes taillés en losange, en carré ou en triangle ; ou encore l'essence des grands caractères humains dans les comédies de Molière, le misanthrope, l'hypocrite, le Don Juan, l'hypocondriaque, etc. Non pas des personnages réels, mais des types-idéaux ou, pour parler un langage plus courant, des « portraits-robots ».

Tâchez d'imaginer dans cet esprit le type-idéal de l'homme de droite des années 2000. Imaginons-le en chef d'entreprise déjà âgé, afin qu'il ait connu la France d'avant la grande déconstruction. Il est chef d'entreprise, donc de droite. On me dit parfois qu'il y a des patrons de gauche, mais comme dit Gabin quelque part dans un film dont les dialogues étaient sans doute sculptés par Audiard : « *Il y a aussi des poissons volants, mais c'est pas la majorité du genre !* » Quand on est chef d'entreprise, ainsi pense en tout cas mon personnage, il faut assumer : on est pour le profit, pour le marché, pour une certaines hiérarchie des valeurs, des salaires, des fonctions, et cela, si ça ne s'appelle pas la droite, fût-elle très républicaine et libérale, alors je ne m'y connais pas. En 2002, il a voté Chirac, mais il s'en mord encore les doigts. Son président, champion dans la conquête du pouvoir, a été dramatiquement nul dans son exercice : les 35 heures sont toujours en place, l'ISF aussi, les charges des entreprises n'ont fait qu'augmenter, comme la dette et les déficits publics. Merci la droite ! Chaque fois que trois étudiants sont descendus dans la rue en vociférant, on a retiré d'abord le haut, puis, dès qu'ils ont un peu insisté, le bas aussi. C'est bien simple, s'il y avait eu un championnat du monde de marche arrière, cette droite-là l'aurait remporté haut la main…

Notre chef d'entreprise pense donc le plus grand mal des politiques. Il est certes un peu rassuré qu'un jeune président dynamique ait pris la suite. Il espère seulement qu'il va « tenir bon » et, comme chat échaudé craint l'eau froide, il reste malgré tout vigilant.

D'autant que dans sa vie privée, tout n'est pas rose non plus. Par exemple, lorsqu'il reçoit ses petits-enfants et leurs camarades de classe dans son bel appartement, pour un goûter d'anniversaire que sa fille a, hélas, eu la mauvaise idée d'organiser chez lui, il est effaré. Ces jeunes, mal attifés, qui ne ressemblent à rien, sont incapables de lui dire « bonjour, monsieur » convenablement. Car ce « monsieur » au bout du « bonjour », il y tenait. Mais, de toute façon, même le « bonjour » tout court a disparu. Quant au « au revoir », avec ou sans « monsieur », tu peux toujours courir ! Mon nouveau misanthrope est à peu près certain qu'en partant, aucun de ces gamins ne lui fera la grâce d'un adieu. Quant à attendre un « merci », même les utopies les plus délirantes de 68 étaient plus réalistes ! Avez-vous le malheur de parler avec eux littérature, musique, histoire de l'art ou même seulement cinéma ? C'est le désert des Tartares ! Si jamais ils vous écrivaient une lettre – mais il n'y a fort heureusement aucun danger ! – elle serait à coup sûr bourrée de fautes d'orthographe. D'ailleurs, c'est normal, l'école est en panne, les ministres de l'Éducation sont des « jean-foutre » et le mammouth irréformable. Plus tard, c'est tout vu, ces enfants-là chercheront un emploi, mais certainement pas un travail ! Pas étonnant que le commerce se porte mieux à Londres, voire à Bruxelles ou à Madrid qu'à Paris. Bref, notre chef d'entreprise trouve que « tout fout le camp », que le déclin menace, que dis-je, qu'il est déjà là (il a lu les bons auteurs « déclinologues » avec une délectation morose), et que ce ne sont pas les politiques, vu leur couardise congénitale, qui vont redresser la barre...

J'exagère à peine, d'autant moins, à vrai dire, que le diagnostic porté par notre ami n'est pas tout à fait faux, loin de là. Il est, sans doute, un peu brut de décoffrage, comme toujours avec lui, mais cependant frappé au coin du bon sens. Le seul hic, je le lui dis fraternellement, en toute amitié, moi qui appartiens comme lui à la droite républicaine (nous avons d'ailleurs voté du même côté), c'est qu'il est le seul et unique responsable de cette situation. Il n'a qu'à s'en prendre à lui même, et à personne d'autre. Pour une fois, ce n'est pas la gauche qu'il faut incriminer, en tout cas pas au premier chef, mais lui et ses semblables, qui font marcher à plein régime depuis des décennies la logique déconstructrice de la mondialisation, sans rien vouloir percevoir ni comprendre des effets qu'elle produit.

Qu'il vende des téléphones portables, des émissions de télé, des hamburgers ou des jeux vidéo, mon chef d'entreprise n'a en effet, et ce depuis toujours, qu'un seul et unique objectif en tête : que nos enfants deviennent d'ardents consommateurs, des drogués du shopping. On ne peut pas lui en vouloir, c'est son métier : si nos concitoyens ne consommaient pas de plus en plus, ses affairent péricliteraient. Mais voici l'essentiel : si nous disposions de microscopes qui, au lieu de nous dévoiler les secrets des molécules ou des bactéries, nous permettraient d'analyser de près les concepts et les idées, nous pourrions constater en laboratoire, à l'état pour ainsi dire chimiquement pur, que la consommation ressemble trait pour trait à l'addiction. Elles ont, fondamentalement, le même ADN.

La définition du drogué ? Un être qui ne peut s'empêcher, au-delà d'un certain seuil, d'augmenter les doses et de rapprocher les prises, jusqu'à la mort s'il le faut. Comment ne pas voir que c'est là la définition du client idéal, du chaland qui irait faire ses courses plus souvent, en achetant toujours plus ?

Il faut donc, pour le fabriquer d'urgence, plonger nos enfants dans la logique du manque. Comment s'y prend-on ? Pour l'essentiel, en poursuivant sans relâche deux stratégies fort efficaces.

La première, la plus évidente, consiste à faire de vastes campagnes de publicité, dont la logique addictive ne peut pas échapper tout à fait à notre chef d'entreprise, puisqu'il en est le principal auteur et bénéficiaire. En témoigne, du reste, cette remarque qu'on prête à un ancien président de TF1, qui avait eu le courage de vendre la mèche : « *C'est simple*, avait-il dit en substance, *mon métier consiste à vendre à mes collègues chefs d'entreprise des temps de location de cerveaux disponibles* », pour ne pas dire totalement vides. Scandale absolu ! Cet homme, tout simplement, venait de dire la vérité, à savoir qu'une grande partie de son travail visait à rendre nos enfants gravement dépendants de la consommation. Et de fait, les chaînes qui leur sont réservées, notamment celles qui visent les plus petits, offrant en continu des dessins animés, sont en permanence entrelardées de messages publicitaires formidablement efficaces.

La seconde stratégie va nous permettre de nouer enfin les différents fils conducteurs de ce premier chapitre, de mettre ensemble tout ce que nous avons vu jusqu'ici. Elle vise à déconstruire aussi radicalement que possible les valeurs traditionnelles. Pourquoi ? Nous avons déjà décrit la dynamique ici à l'œuvre : plus vous avez une vie intérieure riche, plus vous êtes structuré par des valeurs non seulement morales, mais culturelles et spirituelles stables et fortes, moins vous éprouverez le besoin, le samedi après-midi, de mettre les enfants à l'arrière de la voiture pour aller acheter des gadgets inutiles au supermarché du coin. Réciproque : plus les valeurs traditionnelles s'érodent, plus nous sommes dans le manque et plus nous nous rassurons en consommant. C'est là ce qu'on nommait déjà, dans les années 1960, la « désublimation répressive ». Mon chef d'entreprise commence à comprendre confusément qu'en fin de compte, tous ces bohèmes qu'il haïssait naguère encore, tous ces artistes révolutionnaires, poètes maudits et « gens de gauche » qui ont « cassé l'école » et désappris à ses petits-enfants la politesse et l'orthographe... lui ont peut-être bien, malgré tout, rendu service. Sur un autre plan, bien sûr, celui de la consommation, mais enfin, sa boîte ne marche-t-elle pas grâce à ça ? Ce qui le laisse un peu songeur, sans doute, mais le précipite aussi dans les galeries d'art contemporain.

En quoi je dis à notre chef d'entreprise, toujours amicalement, voire fraternellement : « *Tu ne peux pas avoir le beurre, l'argent du beurre et le sourire du laitier* », l'enfant bien élevé, cultivé, fort en grammaire comme en savoir-vivre, et l'enfant zappeur / consommateur que tu ne cesses secrètement d'appeler de tes vœux. Cela ne coexiste pas dans le même cerveau. En d'autres termes, tu es parfaitement schizophrène : en tant que père de famille, tu es un conservateur, voire un réactionnaire avéré. Tu applaudis les ministres de l'Éducation dès qu'ils promettent de « serrer les boulons », de revenir à l'autorité, aux « fondamentaux » et aux bonnes vieilles méthodes à l'ancienne. En tant que chef d'entreprise, en revanche, tu es un moderniste déchaîné. Non seulement tu affiches des goûts d'avant-garde jusque dans tes bureaux, mais tu ne cesses de répéter à tes troupes qu'il ne faut pas s'endormir, qu'il faut rompre avec les vieilles habitudes, avec les traditions où l'on s'encroûte, et que seul celui qui invente, innove et crée sans cesse mérite de vivre ! Mais je te le redis, dans la langue dont tu as fini si péniblement à apprendre quelques bribes (il faut bien s'adapter...) : « *You can't have your cake and eat it too* », ou, comme disent plaisamment les Italiens, ce proverbe ayant sa version nationale dans chaque langue, qui en dit long sur ce que Montesquieu nommait « l'esprit des nations » : « *Non si puo avere la botte piena et la moglie ubriaca* », « *tu ne peux pas avoir le tonneau plein et la femme ivre !* ».

Vivant encore avant l'ère de la grande déconstruction, nos grands-parents, eux, ne s'y seraient pas trompés. Sans même avoir besoin d'y réfléchir, ils auraient aussitôt compris que l'école des temps anciens ne pouvait pas survivre dans le même monde que ces temples dressés au dieu de la consommation. La concurrence est par trop déloyale entre la logique de la transmission, qui est par essence pétrie de respect des traditions, et celle de l'innovation, de l'éveil et du plaisir ludique. Sans en mesurer ni en comprendre en rien la portée, le bourgeois est donc devenu bohème, « bobo », tandis que le pédago moderniste est devenu bourgeois. Ensemble, ils ont gentiment, tout en se détestant, accompli le programme de l'avant-garde : la déconstruction des valeurs traditionnelles. Comme Picasso ou Duchamp, notre bourgeois pratique la table rase. Au nom du *benchmarking*, il veut l'innovation continue. Ce qui donne, ironie de l'histoire, raison à Marx : le capitalisme, de fait, c'est la révolution permanente.

La mondialisation libérale s'avère être ainsi le creuset d'une étrange alchimie, d'une transmutation sans pareille : en son sein, le conservateur est devenu révolutionnaire. C'est lui, en tout cas lui d'abord et au premier chef, qui, au nom de la liberté, de l'individualisme démocratique, bouscule sans cesse les traditions. Il déplore ainsi d'un côté ce qu'il fabrique de l'autre. Sa main droite ignorant ce que fait la gauche, il ne comprend plus rien à l'intrigue dont il est pourtant le principal auteur.

Résumons en quelques mots toute cette étrange histoire.

Les bohèmes en furent les cocus et les bourgeois les benêts, chacun s'employant à ses affaires particulières sans rien percevoir de la trame générale, laquelle supposait, pour être perçue, qu'on prît en compte les deux points de vue. Ainsi mise en perspective, la déconstruction des valeurs traditionnelles par de jeunes révolutionnaires apparaît comme l'effet, paradoxal mais incontestable, d'une mondialisation libérale animée pourtant par des bourgeois plutôt conservateurs a priori. Ce qui nous donne, en fin de parcours, une droite aveugle aux problèmes qu'elle engendre elle-même, et une gauche singulièrement de mauvaise foi : révoltée en parole contre le « grand capital », hostile à la mondialisation sur le plan verbal, voire révolutionnaire dans sa rhétorique, elle lui sert en permanence la soupe dans les faits, sans jamais parvenir à trouver une position juste. Incapable d'assumer le rôle d'une authentique social-démocratie réformiste, elle oscille depuis un siècle entre le centre et l'extrême gauche – attitude qui aujourd'hui tourne à la caricature. Si l'on ajoute qu'en fin de parcours, cet ensemble, en apparence baroque, en réalité très cohérent, conduit peu à peu à ôter presque toute signification au principe même de l'idée républicaine en plongeant la vie politique dans l'impuissance publique et la dépossession démocratique, on comprendra que certains en viennent à céder au plus noir pessimisme. Pourquoi, dans ces conditions, ne pas aller se pendre sous un fraisier ou, ce qui revient à peu près au même, adhérer à un quelconque nouveau parti anticapitaliste ?

Le pessimisme, avouons-le, à de quoi séduire. Qu'il soit passif ou actif, qu'il prenne la forme d'un retrait désabusé ou d'une indignation révolutionnaire tout aussi vaine, il est, face à la mondialisation, assez compréhensible. Et pourtant indéfendable. Car il oublie combien cette veille Europe, par-delà ce duel, en effet dérisoire, des bourgeois et des bohèmes, a aussi inventé d'autres valeurs, à vrai dire des valeurs admirables et uniques en ce monde. Et c'est cela, à mes yeux, qui la sauve, cela qui donne aussi à espérer qu'on puisse un jour sortir de l'impuissance publique et de la dépossession démocratique que j'ai ici décrites de manière d'autant plus intime que l'expérience politique m'a permis de les contempler de près.

Il est temps de vous dire quelques mots de ces nouvelles valeurs, de ces valeurs qui, s'épanouissant essentiellement après la déconstruction, fondent un nouvel humanisme bien qu'elles soient elles aussi engendrées, de manière tout aussi paradoxale que celles des bohèmes, par la logique la plus profonde de la mondialisation.

III. La sacralisation de l'humain, l'invention du mariage d'amour et l'avènement d'un second âge de l'humanisme : par-delà Kant et Nietzsche

Il faut d'abord, pour en saisir les enjeux, revenir[1] un instant à l'histoire, passionnante autant que méconnue, de la naissance du mariage d'amour et de la famille moderne.

Pendant longtemps, en effet, les historiens ne se sont guère passionnés que pour la grandeur : pour les grands événements, les grandes œuvres et les grands hommes, les grandes guerres et les grands États, les classes sociales, l'économie ou la diplomatie plutôt que les mœurs et les individus. Ce n'est qu'assez récemment, guère plus d'une cinquantaine d'années, qu'avec les travaux de Philippe Ariès, avec ce qu'on a appelé « l'histoire des mentalités » ou la « nouvelle histoire », on a commencé à s'intéresser réellement à la vie quotidienne des gens ordinaires, des citoyens anonymes, à la façon dont ils mangeaient, faisaient la fête, se mariaient ou mouraient dans les temps anciens. Et ce que ces historiens

1. J'avais commencé à évoquer cette magnifique histoire dans mon livre *Familles, je vous aime !*, XO, 2007.

d'un genre nouveau nous ont appris sur la vie privée est tout simplement essentiel pour la compréhension du temps présent. Notamment, bien sûr, s'agissant de ce qui forme depuis toujours le cœur de l'existence quotidienne, à savoir la vie de famille.

Que nous disent-ils en substance ?

D'abord et avant tout qu'au Moyen Âge, en Europe, le mariage n'a pratiquement jamais pour origine la passion amoureuse, le sentiment. Il répond à des finalités et des impératifs tout autres. Il peut bien entendu arriver qu'on s'y aime, mais le fait est plutôt rare et, pour l'essentiel, dans les couches populaires comme dans l'aristocratie, cette union ancienne est d'abord et avant tout un mariage de raison, arrangé par les familles sans le consentement réel des enfants – comme on le voit par exemple chez Molière, dans *L'Avare* ou *Le Malade imaginaire*. Pour la première fois peut-être dans la littérature classique française, Molière se fait l'écho d'une réalité nouvelle à son époque, à savoir la revendication de jeunes gens qui refusent d'être mariés contre leur gré pour faire enfin place à la logique du sentiment et du libre choix. Mais il va de soi que dans l'Ancien Régime, la cause comme la finalité du mariage n'entretiennent, dans l'immense majorité des cas, aucun lien avec les affinités électives. Malgré les recommandations de l'Église qui y est attachée, elles n'impliquent pas davantage un quelconque choix libre, un consentement réel de la part des jeunes époux. Comme le montre un de nos meilleurs historiens de la vie conjugale sous l'Ancien Régime, François Lebrun[1],

1. Dans son joli petit livre, *La Vie conjugale sous l'Ancien Régime*, Armand Colin, 1998.

l'objectif du mariage est alors double : il s'agit, d'abord, d'assurer le lignage, la transmission du nom et du patrimoine à l'aîné, mais aussi de fabriquer des bras pour faire vivre la ferme et y travailler. Lignage, biologie et économie apparaissent ainsi comme les trois piliers de l'union familiale et, comme le dit joliment Lebrun, s'il arrive parfois qu'on finisse par s'y aimer, cette issue est à proprement parler exceptionnelle car l'amour, fût-il recommandé en théorie par l'Église (mais il ne s'agit surtout pas de la passion, encore moins du sexe), n'est nullement le principe ni le but du jeu.

Nous avons le plus souvent aujourd'hui oublié les finalités et les motifs fondateurs de ces mariages d'Ancien Régime, de ces unions qui s'imposaient dans l'immense majorité des cas de manière indiscutable à des partenaires auxquels aucune marge de liberté n'était laissée, les principes traditionnels ayant toujours le dernier mot. Il faut relire la littérature de ces époques lointaines avec ce fil conducteur en tête pour retrouver le sens qui devait alors être attribué au lien familial. La naissance du roman moderne, au sens à la fois romanesque et romantique que nous donnons aujourd'hui à ce terme, sera largement liée au passage du mariage arrangé, ou mariage de raison, au mariage d'amour. De là le fait qu'on retrouve des traces fort éclairantes de cette transition dans l'histoire littéraire jusqu'à une date assez récente, par exemple dans cette nouvelle de Maupassant intitulée *Jadis,* qui, de manière au plus haut point significative des ruptures qui ont scandé l'avènement de l'époque moderne, met en scène les conversations sur l'amour d'une vieille dame vivant encore dans le grand siècle aristocratique et de sa petite-fille, déjà moderne et convertie à la logique sentimentale. Priée par sa grand-mère, qui n'y voit plus très clair, de lui lire les journaux, la petite lui rapporte ce fait divers : une femme trompée s'est vengée en tirant au pistolet sur son mari, puis en vitriolant sa maîtresse. Avec tout cela, elle ressort de son procès sous les applaudissements de la foule et l'acquittement d'un jury soucieux de protéger l'institution du mariage.

La réaction de la vieille dame, née à une époque où le mariage d'amour, non seulement n'existait guère, mais eût été considéré dans son milieu comme fort malvenu, pour ne pas dire tout à fait immoral, nous en indique plus que bien des discours savants sur l'abîme qui sépare ici les Anciens et les Modernes :

> La grand-mère : « *Mais vous êtes donc fous aujourd'hui, vous êtes fous ! Le bon Dieu vous a donné l'amour, la seule séduction de la vie ; l'homme y a mêlé la galanterie, la seule distraction de nos heures, et voilà que vous y mettez du vitriol et du revolver, comme on mettrait de la boue dans un flacon de vin d'Espagne !* »
> La petite-fille : « *Mais le mariage, c'est sacré, grand mère !* »
> *L'aïeule tressaillit en son cœur de femme née encore au grand siècle galant :*
> « *C'est l'amour qui est sacré,* dit-elle. *Écoute bien, fillette, une vieille qui a vécu trois générations et qui en sait long, bien long sur les hommes et sur les femmes. Le mariage et l'amour n'ont rien à voir ensemble. On se marie pour fonder une famille, et on forme une famille pour constituer la société. La société ne peut pas se passer du mariage. Si la société est une chaîne, chaque famille est un anneau. Pour souder ces anneaux-là, on cherche toujours les métaux pareils. Quand on se marie, il faut unir les convenances, combiner les fortunes, joindre les races semblables, travailler pour l'intérêt*

commun qui est la richesse et les enfants. On ne se marie qu'une fois, fillette, et parce que le monde l'exige ; mais on peut aimer vingt fois dans sa vie, parce que la nature nous a faits ainsi. Le mariage ! C'est une loi, vois-tu, et l'amour c'est un instinct qui nous pousse tantôt à droite, tantôt à gauche... »

Si l'amour existe de tout temps, il n'en va pas de même pour cet étrange et incompréhensible mélange de genres qu'est au yeux de la vieille dame le « mariage d'amour », avec la conception radicalement nouvelle de la famille et du rapport aux enfants qu'il va impliquer. La grand-mère, encore attachée aux valeurs de l'Ancien Régime, a pour repères les grands mythes amoureux – Tristan, les chevaliers de la Table ronde, Don Juan – qui tous se situent hors institution. Comme elle le pressent avec horreur (semblable en cela à la conscience malheureuse de Hegel, elle ne voit que l'aspect négatif de l'histoire), l'union du mariage et de l'amour passionnel va bouleverser la vie des individus.

Le deuxième enseignement majeur de la littérature comme des historiens (le premier étant que le mariage n'est pas fondé sur l'amour), c'est donc que, dans cette perspective ancienne, bien évidemment, on ne « se » marie pas, on « est marié », au passif, hors de tout libre arbitre – et ce quelles que soient par ailleurs les nobles recommandations de l'Église. En d'autres termes, la famille n'est pas choisie, mais bel et bien reçue de l'extérieur, comme une espèce de destin qui fonde ce mariage « arrangé » que privilégie la grand-mère de Maupassant. En lui donnant la parole de si bonne manière, il ne fait que rappeler ce que tout lecteur de son temps a certainement en tête et que l'on trouvait déjà couramment dans la littérature du XVIe siècle, par exemple dans les célèbres pages que Montaigne consacre dans ses *Essais* à la distance nécessaire qui sépare légitimement à ses yeux la douce amitié qui devrait, du moins idéalement, régner dans le mariage et l'amour-passion qu'il faut réserver de toute évidence à d'autres relations amoureuses – où l'on reconnaît au passage une opposition cardinale, celle qui oppose l'épouse et la maîtresse, mais tout autant, si l'on en croit *La Princesse de Clèves*, le mari et l'amant, bref, le doux respect qui s'incarne dans la famille de la passion amoureuse qui ne s'épanouit qu'au-dehors :

> « *Le mariage a pour sa part l'utilité, la justice, l'honneur et la constance : un plaisir fade mais plus universel. L'amour se fonde sur le seul plaisir, et il comporte en vérité un plaisir plus chatouillant, plus vif et plus aigu... Ce n'est plus de l'amour s'il est sans flèches et sans feu...*[1] », comme c'est le cas, bien entendu, au sein du mariage.

Mais ne croyez pas que Montaigne, comme nous le ferions aujourd'hui – et là est la vraie différence entre son temps et le nôtre –, se désole de ce que l'usure de la vie quotidienne fait subir comme outrages à la passion amoureuse. Bien au contraire, comme la grand-mère de Maupassant, il ne cesse de faire l'éloge de la « saine différence » qui doit en tout état de cause séparer le mariage et l'amour. Pourquoi ? Bien évidemment parce qu'il pressent déjà combien il est imprudent de prétendre fonder une union durable – et le

1. *Essais*, livre III, chapitre V.

mariage doit en être l'archétype – sur un socle aussi fragile que la passion :

« Amour et passion sont des entreprises qui ont des routes distinctes et non confondues. Une femme peut bien se donner à tel personnage qu'elle ne voudrait nullement avoir épousé : je ne veux pas dire pour sa situation sociale, mais pour les qualités mêmes de la personne. Peu de gens ont épousé des maîtresses qui ne s'en soient repentis – et jusque dans le monde céleste. Quel mauvais ménage a fait Jupiter avec sa femme qu'il avait d'abord fréquentée et dont il avait joui au cours d'amourettes ! C'est ce qu'on dit par ce dicton : "Chier dans le panier avant de le mettre sur sa tête". »

Pour manquer singulièrement d'élégance, la sentence qui clôt le raisonnement de Montaigne mérite qu'on s'y arrête. Elle permet de cerner parfaitement la différence entre le mariage arrangé, qui prévaut dans les temps anciens, et le mariage d'amour, qui va devenir la règle absolue des unions modernes. Ce que Montaigne veut signifier de la manière la plus forte et la plus brutale, c'est qu'assigner l'amour comme origine au mariage, c'est commettre non seulement une erreur, mais une terrible faute. Une erreur parce que cette union qui se doit d'être durable et indissoluble – c'est là l'héritage direct de l'enseignement chrétien – est à coup sûr vouée à l'échec si elle s'adosse à ce qui est le plus variable, le plus volatil et le plus éphémère, à savoir la passion amoureuse. Mais c'est en outre une faute morale, car on introduit pour ainsi dire le loup dans la bergerie, et on déshonore sa femme si on la traite comme une maîtresse – et là encore, Montaigne rejoint l'enseignement du christianisme traditionnel, comme le montre la suite de ce passage des *Essais* qui ne laisse aucun doute sur le fait que le mariage d'amour *stricto sensu*, c'est-à-dire, non pas le mariage dans lequel certaines formes d'amour peuvent parfois prendre place, mais celui qui prétendrait tirer son origine exclusive de la passion, est moralement répréhensible :

> « *J'ai vu, de mon temps, dans quelque grande famille, guérir l'amour de façon honteuse et déshonorante par le mariage : les considérations qui régissent l'un et l'autre sont trop différentes... Isocrate disait que la ville d'Athènes plaisait comme plaisent les dames que l'on sert par l'amour : chacun aimait à venir s'y reposer et y passer le temps : nul ne l'aimait pour l'épouser, c'est-à-dire pour y habiter et élire domicile.* »

De là la conclusion, sans doute très conforme à la réalité de l'époque, que tire Montaigne de toutes ces réflexions :

> « *Un bon mariage, s'il en existe, refuse la compagnie et les manières de vivre de l'amour. Il tâche d'imiter celles de l'amitié. C'est une douce communauté de vie, pleine de continuité, de confiance et d'un nombre infini d'utiles et de solides services et d'obligations mutuelles. Aucune femme qui en savoure le goût ne voudrait tenir lieu de maîtresse et d'amie à son mari. Si elle est logée dans son affection en qualité d'épouse, elle y est logée bien plus honorablement et plus sûrement... Il arrive en ce domaine ce qu'on voit pour les cages : les oiseaux qui sont dehors désespèrent d'y entrer et, par un égal souci, ceux qui sont dedans désespèrent d'en sortir.* »

On ne pourra, en lisant ces lignes, s'empêcher de penser que Montaigne n'est finalement pas si éloigné de nous, que ce qu'il décrit correspond bien de fait, sinon de droit, à nombre de mariages d'aujourd'hui. Bien des personnes âgées partagent encore son point de vue, de sorte qu'il pourrait nous sembler très contemporain... à ceci près que ce qu'il décrit comme un idéal, à savoir une relation douce mais sans passion, tendre mais peu amoureuse, correspond plutôt à ce que la plupart des modernes tiennent pour un échec, peut-être inévitable, mais cependant décevant, voire douloureux, du mariage d'amour – à savoir l'échec de la tentative qui visait coûte que coûte à concilier les délices de la passion avec la douceur d'une vie quotidienne pacifiée par l'amitié. Ne sous-estimons d'ailleurs pas l'importance du sexe dans toute cette affaire : s'agissant de sa présence au sein du mariage, Montaigne, manifestement, comme il est d'usage en son temps, a fait sa croix dessus, là où l'idéal moderne voudrait qu'il dure toute la vie. Illusion ? Peut-être, sans doute même, mais là n'est pas la question qui nous intéresse directement ici, à savoir celle du changement de nature profonde de la relation amoureuse au sein du couple : clairement et nettement, Montaigne, conforme en cela à l'esprit de son temps, écarte la passion du mariage. Il tient même pour honteux et déshonorant ce qui, pour l'immense majorité des jeunes gens d'aujourd'hui, apparaît au contraire comme un sublime idéal.

C'est ce changement de ton et de perspective qu'il nous faut comprendre, par-delà les jugements de valeur contrastés qu'il peut fort légitimement inspirer.

Le mariage d'amour n'a-t-il pas existé de tout temps ? Est-il vraiment une création sociale-historique tout à la fois moderne et européenne ?

Contre l'idée qu'il y aurait, avec la naissance du monde moderne autour du XVIIe siècle, un changement d'attitude radical à l'égard du mariage, pour ne pas dire une véritable révolution dans la vie quotidienne, celle qui ferait globalement passer les Européens du mariage arrangé par les familles au mariage choisi par et pour l'amour, on évoque souvent les témoignages, peu nombreux mais réels, de mariages anciens où l'amour, de manière incontestable, était présent. On cite volontiers le cas de personnages célèbres, amoureux de leur femme durant l'époque romaine, comme en témoignent tels propos d'Ovide, de Cicéron, de Pompée, de Sénèque ou de Pline[1]. On rappelle encore, dans le même sens, l'enseignement constant de l'Église qui recommande, de nombreux documents en attestent, y compris durant le haut Moyen Âge, non seulement l'amour au sein du couple, mais également le consentement préalable des jeunes époux. Pour ne pas en rester à la seule théorie, on illustre le propos en s'appuyant sur le cas, présent dans les contes de fées, mais aussi, semble-t-il, dans la réalité, de ces épouses éplorées lors du décès de leurs maris, ou, plus nombreuses encore, lors du départ de ces derniers pour la

1. Voir, sur ce point, les passages consacrés à l'Antiquité romaine dans l'*Histoire du mariage* publiée sous la direction de Sabine Melchior-Bonnet et Catherine Salles, Robert Laffont, 2009, notamment p. 153 sq.

guerre ou les croisades. Bien entendu, ces objections ne sont pas dénuées d'arrière-pensées : il s'agit, contre l'approche historienne, de réhabiliter l'idée que le mariage d'amour serait chose naturelle et, comme telle, inscrite de toute éternité dans la réalité. Et de fait, ces exemples antiques ou anciens, qui paraissent si conformes à la « nature humaine », n'invalident-ils pas l'enseignement des historiens ? N'y a-t-il pas continuité là où ils ne voient que rupture ?

Comme j'ai pu constater que ces objections viennent presque inévitablement à l'esprit, je crois nécessaire de leur apporter ici quelques éléments de réponse indubitables.

D'abord, il faut se garder de confondre sous la même étiquette, celle des « Anciens », l'Antiquité romaine et le haut Moyen Âge gaulois. Il faut bien, en effet, constater, cela dût-il remettre en question la mythologie d'Astérix, que la première est sur bien des points singulièrement plus proche de nous et plus moderne qu'un Moyen Âge parfois marqué par de singulières régressions, tant sur le plan spirituel et artistique que dans les mœurs. Sans doute cela s'explique-t-il d'ailleurs en partie par le fait que l'Empire romain à sa naissance, aux premiers siècles avant et après Jésus-Christ, bénéficie d'une liberté de mœurs d'autant plus grande qu'il est en quelque sorte à mi-chemin entre deux religions. La mythologie grecque, réaménagée par les Latins, s'est largement desséchée et ritualisée de sorte qu'elle n'anime plus les cœurs ni les esprits[1]. Quant au christianisme, il faudra attendre trois siècles

1. Cf. sur ce point la belle conférence de Lucien Jerphagnon dans *La Tentation du christianisme*, Grasset, 2009.

pour qu'il devienne religion officielle de l'Empire. Dans cet interstice, de nombreuses similitudes avec l'époque moderne peuvent trouver place, qui seront plus tard perdues dans la France du Moyen Âge.

Pour autant, il n'est nullement certain que ces fameux mariages romains où parfois régnait l'amour soient véritablement des mariages d'amour au sens où nous l'entendons aujourd'hui. Gardons-nous, en effet, des illusions rétrospectives, évitons de projeter nos schémas actuels de compréhension du monde et de confondre des unions qui sont résolument conclues *par et pour* l'amour, avec des mariages arrangés où il pouvait parfois se trouver que des sentiments s'épanouissent, pour ainsi dire, de surcroît. Pour mettre les points sur les i et bien faire comprendre, quitte à forcer le trait, une distinction qui pourrait passer sans cela inaperçue, on pourrait dire qu'il existe des mariages arrangés où l'on finit par s'aimer et des mariages d'amour où l'on finit par se haïr. Pour paradoxale qu'elle soit, la formule n'a rien d'incompréhensible ni même, à vrai dire, d'excessif si l'on y réfléchit un instant et qu'on introduit pour en percevoir le sens le paramètre temporel. Comme l'écrit très justement Ariès, la famille ancienne, tant romaine que moyenâgeuse, « *avait pour mission très ressentie la conservation des biens, la pratique commune d'un métier, l'entraide quotidienne dans un monde où un homme et plus encore une femme isolés ne pouvaient pas survivre, et dans les cas de crise, la protection de l'honneur et des vies. Elle n'avait pas de fonction affective. Cela ne veut pas dire que l'amour était toujours absent : il est au contraire assez souvent reconnaissable, parfois dès les fiançailles, plus généralement après le mariage, créé et entretenu par la vie commune, comme dans le cas du ménage du duc de Saint-Simon. Mais (et c'est cela qui importe) le sentiment entre les époux, entre parents et enfants, n'était pas nécessaire à l'existence ni à l'équilibre de la famille : tant mieux s'il venait de surcroît*[1] ».

Au Moyen Âge, dans les cas, sans doute réels mais néanmoins fort rares, où des époux s'étaient résolus à un véritable mariage d'amour, c'est-à-dire à un mariage dont le motif et la finalité étaient bel et bien le sentiment, c'est alors la réprobation qui l'emportait, comme en témoigne les propos de Montaigne, lequel, décidément, n'a pas de mots assez durs contre cette confusion des genres :

> « *Je ne vois pas de mariages qui échouent et soient troublés plus tôt que ceux qui sont mis en route par la beauté et les désirs amoureux. Il y faut des fondements plus solides et plus stables et y marcher avec précaution. Cette bouillante allégresse n'y est pas bonne*[2]. »

On objectera à nouveau, d'ailleurs à juste titre je l'ai dit, que l'Église, suivant en cela l'enseignement de saint Augustin et des premiers Pères, recommandait pourtant l'amour et le consentement des époux.

Sans doute, mais là encore, ne confondons pas tout. Il y a amour et amour, et celui qui est visé

---

1. *L'Enfant et la vie familiale sous l'Ancien Régime,* Seuil, 1973, préface.
2. *Ibid.*

par l'Église n'est nullement l'amour-passion, bien au contraire. Ce dernier est avec une constance sans faille vigoureusement condamné par le clergé, au sein du mariage comme en dehors de lui. La meilleure preuve en est la notion de *debitum conjugale,* cette idée du « devoir conjugal » si importante à l'époque et si ridicule à nos yeux aujourd'hui. Définitivement tombée en désuétude, elle finit du reste par disparaître du code civil. En identifiant l'acte sexuel à un devoir, l'Église, comme en témoignent à l'envi les manuels de confessions qu'ont étudiés les médiévistes, fait tout son possible pour l'associer à la seule procréation tout en le dissociant autant que faire se peut de toute notion de plaisir – attitude qui prouve combien l'amour censé régner au sein du couple marié n'entretient aucun lien avec cette funeste passion amoureuse, toujours connotée sexuellement, que, à l'inverse, les Modernes vont littéralement idéaliser. Quant au consentement des époux, c'est peu de dire qu'il n'est qu'une exigence de principe, la pratique réelle n'ayant à peu près aucun rapport avec la théorie. De fait, ce consentement n'est autre que celui des parents, les enfants étant considérés comme des citoyens passifs en lieu et place desquels les adultes doivent prendre les décisions. Au demeurant, le consentement des parents restera, notamment dans les familles bourgeoises, une quasi-obligation jusqu'à une date fort récente.

Que le mariage fût affaire arrangée par la famille, parfois même par le village tout entier, c'est là ce que dévoile, d'une manière particulièrement amusante pour nous aujourd'hui, la pratique du charivari. Elle témoigne à elle seule de la façon dont la communauté tout entière se permettait au Moyen Âge d'intervenir dans la vie privée des individus. Le mot nous parle sans doute, mais nous avons la plupart du temps perdu de vue ce qu'il recouvrait à l'origine. Son étude, qui a pour cette raison passionné les historiens, est pourtant tout à fait éclairante pour comprendre les évolutions de la famille moderne et percevoir les véritables lignes de rupture avec le monde ancien.

Arrêtons-nous-y un court instant. C'est au XIVe siècle que le mot « charivari » apparaît. Il désigne à l'origine une coutume qui entoure certains mariages, aussi bien dans l'aristocratie que chez les paysans de nos villages les plus reculés. Vu de l'extérieur, le charivari se présente comme une espèce de carnaval, une sorte de procession formée d'un étrange cortège de faux musiciens qui jouent avec de faux instruments – l'essentiel étant qu'ils soient particulièrement sonores. Ils font, à vrai dire, des bruits insensés, un tapage épouvantable qui doit marquer aux yeux de tous, ou plutôt à leurs oreilles, la désapprobation générale qui accompagne un remariage trop rapide ou jugé mal assorti, souvent à cause de la grande différence d'âge qui sépare les deux époux. C'est le cas, par exemple, d'un des charivaris les plus célèbres de l'histoire de France, celui qui entoure, le 28 janvier 1393, les noces d'une dame de compagnie de la reine Isabeau de Bavière, l'épouse du roi Charles VI, « Charles le fol ». Quatre compagnons de la cour royale ont pris part au charivari qui est organisé, en présence du roi lui-même, à l'hôtel Saint-Pol à Paris (sur l'actuel quai des Célestins), au motif que la mariée en est à son troisième remariage. En l'occurrence, c'est une fête plutôt bon enfant et les amis du roi trouvent amusant de se déguiser en « sauvages » en s'enduisant le corps de poix et de plumes. Ils se sont enchaînés les uns aux autres pour imiter les danses traditionnelles. Malheureusement, passant près du feu qui crépite dans la cheminée, l'un des « sauvages » s'embrase et tout le cortège est gagné par les flammes. Résultat : quatre morts, qui feront de ce charivari le plus funeste et le plus célèbre de l'histoire, ce qui lui vaudra de rester dans la mémoire collective sous l'appellation tragi-comique de « bal des ardents »...

Par rapport à ce charivari des origines, plusieurs variantes intéressant plus directement notre propos se mettent peu à peu en place. Elles témoignent de manière particulièrement parlante du fait que ce qui nous semble d'évidence aujourd'hui appartenir au choix libre et privé des individus reste encore au Moyen Âge une affaire collective, pour ne pas dire communautaire, de part en part régie par la tradition. Lorsqu'un mari est cocu ou, pire encore, battu, il est d'usage que les villageois lui fassent, si l'on ose dire, sa fête, et ce sous la forme d'un beau charivari. Aujourd'hui, lorsque nous croisons, ici ou là dans un dîner en ville, une personne dont nous savons qu'elle est trompée par sa femme ou son mari, nous évitons soigneusement d'aborder le sujet. Nous n'avons nul besoin d'y réfléchir pour savoir que cela ne nous regarde évidemment pas et qu'il serait au plus haut point indélicat de parler en public d'une affaire aussi privée. Au Moyen Âge, il en va tout autrement, et ce pour une raison de fond : comme le mariage a été conclu pour des motifs intéressés, par exemple pour associer des familles ou réunir des parcelles de terrain, et que, du coup, c'est le village tout entier qui est plus ou moins concerné par la vie des jeunes gens qui sont unis sans amour ni libre choix, c'est lui aussi qui se sent investi de la mission qui consiste à remettre de l'ordre dans un couple qui bat de l'aile. Il arrive alors qu'on asseye l'infortuné mari à l'envers sur un âne (c'est « l'azouade »), puis on le peint en rouge, on lui jette des légumes pourris à la figure, on l'asticote, on le cogne un peu, on l'insulte, on le rabroue, puis une fois achevé sous les quolibets le tour du village, on remet les malheureux époux dans leur maison et on tape sur les murs avec pelles, pioches, bêches, poêles, casseroles pendant des heures, manière de rappeler à tous la loi de la cité. Jean-Louis Flandrin souligne[1], comme symptomatique du poids exorbitant de la communauté dans les affaires de famille, le fait qu'à défaut du mari (le malheureux, sentant venir la menace, pouvait avoir pris la fuite à temps...), c'est le plus proche voisin qui était arrimé à l'âne, cela afin de le rappeler à son devoir de surveillance, donc à sa responsabilité indirecte dans l'inconduite de ses concitoyens !

Ni amour, ni choix, mais, en revanche, poids de la communauté et souci majeur du lignage, de la biologie et de l'économie : voilà donc, en résumé, le mariage ancien. Comment s'est faite la transition vers le mariage d'amour, par quels détours est-il aujourd'hui devenu, du moins en Occident, la règle quasi absolue de nos unions, au point que

1. Dans son ouvrage intitulé *Familles. Parenté, maison, sexualité dans l'ancienne société,* Seuil, 1976.

les catégories qui en sont encore exclues, à l'exemple des homosexuels, voire de certains prêtres, commencent à le revendiquer dans la plupart des pays d'Europe ? Non sans raison, d'ailleurs : si ce n'est plus la biologie ni le lignage ou l'économie qui décident, si, en outre, les individus sont libres de choisir une vie qui ne leur est évidemment plus imposée ni par le village ni par quelque communauté traditionnelle que ce soit, au nom de quoi refuser encore à des adultes consentants le droit, non seulement à la sexualité, mais aussi à l'amour ? On peut en discuter, bien entendu, mais, d'un simple point de vue historique, la logique moderne qui est ici à l'œuvre est, à tout le moins, fort compréhensible.

Comment, donc, j'y reviens, s'est opérée la transition, le passage, si l'on veut, de la grand-mère à la petite-fille dans la nouvelle de Maupassant ?

Comment et pourquoi le mariage d'amour et la famille moderne sont-ils nés en Europe ?

L'explication la plus convaincante me semble avoir été donnée par l'historien américain Edward Shorter, un disciple d'Ariès spécialiste de la France, dans son beau livre consacré à *La Naissance de la famille moderne*[1]. Ce qu'il montre en substance, c'est que la naissance du mariage d'amour en Europe – car une fois encore, ne l'oubliez pas, toute l'histoire de ces traits caractéristiques du temps présent n'est au départ qu'européenne – est un des effets les plus patents et les plus incontestables de la logique propre au capi-

1. Seuil, 1977.

talisme moderne. Où l'on retrouve en filigrane, vous l'aurez compris, notre rapport à la mondialisation et à ses deux effets majeurs sur le plan sociétal : la naissance de la vie de bohème et de la déconstruction d'un côté, celle du mariage d'amour et de la famille moderne de l'autre – ce qui montre au passage combien le tableau d'ensemble que je vous propose ici possède une unité, une cohérence fondamentales.

Voici en quelques mots pourquoi.

Lorsque le capitalisme se met en place et qu'il subvertit de l'intérieur le régime féodal, il invente le salariat en même temps que le marché du travail. Or cette double invention va exercer un formidable effet de déconstruction sur les pouvoirs dont jouissaient sur les individus les communautés villageoises traditionnelles où les jeunes étaient mariés, sinon « de force », du moins sans libre choix. En clair, sous l'effet du salariat et du marché du travail naissant, les individus vont « s'arracher » à leur village d'origine pour « monter », comme on dit, à la ville. Or mettez-vous un instant à leur place, mettez-vous par exemple à la place de la petite Bretonne de quatorze ou quinze ans, qui quitte son village pour aller travailler à la grande ville de Nantes, dans une usine où l'on fabrique des boîtes de sardines. Elle va, cette petite jeune fille, bénéficier d'un coup d'une double liberté, pour elle totalement inimaginable encore quelques années seulement auparavant. Sa première liberté, c'est, tout simplement, celle de l'anonymat. Pour la première fois de sa vie, elle échappe au regard des autres, à l'œil des villageois, de sa famille, du curé, de la vieille qui, derrière les rideaux, observe à travers ses fenêtres la vie des autres et répand les rumeurs – fonction essentielle encore dans les villages du Berry de mon enfance.

Aujourd'hui, influencés par Hugo et Dickens, nous ne voyons qu'horreur et misère dans les débuts du capitalisme. Mais c'est oublier qu'à l'époque, pour ceux qui les vivaient, ils pouvaient aussi représenter une formidable émancipation par rapport au poids des communautarismes. D'autant qu'à cette première liberté, s'en ajoute aussitôt une autre : notre petite jeune fille, là aussi pour la première fois de sa vie, est payée pour son travail. Elle reçoit un salaire qui, si maigre soit-il, va lui assurer une certaine autonomie matérielle. Là encore, le regard moderne, sous l'influence de Marx et, plus généralement, de la pensée anticapitaliste, n'a tendance à voir dans le salaire qu'une nouvelle forme « d'exploitation de l'homme par l'homme ». Ce faisant, on occulte à tort ce qu'a pu représenter d'extraordinaire, en termes d'émancipation, le fait d'être payé pour son travail. Autrefois, notre jeune fille, n'en doutez pas, travaillait aussi, et même dur, du matin jusqu'au soir. Simplement, il fallait l'y contraindre, parfois la malmener, et quoi qu'il en soit, elle ne recevait pour autant nulle rétribution !

Libérée du poids de la communauté et désormais autonome sur le plan financier, que croyez-vous qu'il arrivât ? Tout simplement ceci : notre jeune fille va bien évidemment décider peu à peu de s'affranchir des contraintes de la vie traditionnelle et, comme les enfants dans *L'Avare* de Molière, elle va se rebeller contre ceux qui voudraient encore la marier de force, mais cette fois-ci avec de réelles chances de succès. Et que va-telle choisir à la place du « mariage de raison » ? Très naturellement, elle va chercher à se marier avec un jeune homme « bien fait » pour lequel elle « éprouve du sentiment » et c'est ainsi que le mariage d'amour va devenir peu à peu la règle de nos unions.

Ce processus, bien entendu, prendra plusieurs siècles et connaîtra des rythmes différents selon les classes sociales. C'est dans les classes populaires que le mariage d'amour prendra le plus vite sa place, que le consentement des jeunes époux échappera le plus tôt au diktat des parents. Le monde bourgeois, une fois n'est pas coutume, suivra plus tard le mouvement. Mais parvenu à son terme, il fera de l'union amoureuse une championne toutes catégories. Plus personne, aujourd'hui, ne songerait à se marier autrement que par amour – sauf, justement, dans les continents et les civilisations où le capitalisme étant embryonnaire ou encore absent, l'individu n'est pas encore né comme être indépendant de sa communauté d'origine. Comme on voit, cette explication historique pourrait recevoir l'aval aussi bien de Marx que de Tocqueville, qui, au fond, ne disent déjà pas autre chose que Shorter. Que l'on parle avec Marx de « capitalisme » ou avec Tocqueville de « démocratie », ce qui, dans les deux cas, définit le monde moderne, c'est d'abord et avant tout cet avènement de l'individu qui s'arrache progressivement, mais définitivement, à toutes les formes anciennes de communautarisme ou, comme dira Louis Dumont, à toutes les formes de « holisme », d'emprise du tout (en grec *holos*) sur ses parties, sur les membres de la communauté.

Remarque sur l'unité et la cohérence d'ensemble du paysage intellectuel, culturel et moral contemporain : la déconstruction des traditions, la mondialisation et l'avènement du mariage d'amour sont inséparables et dessinent une nouvelle vision du monde

Je vous proposerai, dans un instant, d'analyser les principales conséquences qui vont accompagner cette formidable révolution de la vie privée que représente le passage du mariage arrangé à une union, non seulement choisie, mais bel et bien fondée sur une nouvelle figure du sentiment, l'amour-passion. Non que ce dernier n'existât pas avant l'époque moderne, bien sûr, mais, comme nous l'avons vu, il était soigneusement écarté de la sphère familiale. Comme vous allez pouvoir le constater, les conséquences de cette mutation historique, ses ramifications dans toutes les sphères de la vie humaine, y compris publique et collective, sont immenses et passionnantes. Leur analyse est d'autant plus intéressante que seule elle permet de comprendre et de cerner véritablement la naissance du second humanisme, de cet humanisme qui, après la grande déconstruction du XXe siècle, accompagne naturellement l'avènement de la deuxième mondialisation. Quand je dis qu'il l'accompagne, cela ne signifie nullement qu'il l'approuve, mais seulement qu'il appartient à la même époque et lui est intimement lié. Le plus souvent, en effet, c'est au nom de ce second humanisme et des nouvelles exigences morales qu'il charrie que les Européens d'aujourd'hui critiquent les méfaits réels ou supposés de la mondialisation, qu'ils tentent d'en contrecarrer les effets négatifs au nom de valeurs morales nouvelles qui traduisent, pour l'essentiel, le passage d'une idéologie des Lumières, encore fortement marquée par un européocentrisme de la raison et des droits, à une philosophie de la transcendance de l'autre et de la sympathie, tout à la fois postmétaphysique et postcoloniale.

Mais avant d'entrer davantage dans cette lecture du temps présent, arrêtons-nous un instant pour mesurer le chemin déjà parcouru. Tentons de jeter un regard cursif sur ce que nous avons vu, sur ce paysage étrange mais formidablement prometteur qui commence à se dessiner.

Voici l'essentiel : la mondialisation libérale, visage ultime du capitalisme moderne, forme pour ainsi dire le cœur vivant, le moteur en perpétuel mouvement, d'un double processus qui en est radicalement inséparable. D'un côté, compétition universelle, *benchmarking* et innovation incessante obligent, la logique de la concurrence mondialisée entraîne une érosion des traditions d'une rapidité et d'une ampleur uniques dans l'histoire humaine – ce que j'ai ici désigné sous le terme de « déconstruction[1] » des traditions. De là, aussi, ce fameux « désenchantement du monde » qu'on ne cesse de diagnostiquer en Europe depuis les travaux de Max Weber sur la disparition, lente mais inéluctable, de ces dieux anciens que les progrès

1. Terme que j'emprunte, non à Derrida comme le pensent parfois les incultes, mais bien évidemment à Nietzsche (avec son projet d'une « philosophie au marteau ») et Heidegger, lequel parlait tout à fait explicitement de « déconstruction de la métaphysique », « *Abbau der Metaphysik* », bien avant que Derrida, épigone tardif, ne leur reprenne l'idée et la formule à l'insu de lecteurs américains le plus souvent plongés dans une complète ignorance de la philosophie allemande.

de la raison chassent peu à peu de notre univers. De là, encore, les effets les plus funestes de la marchandisation du monde comme de ce que j'ai appelé la « dépossession démocratique », c'est-à-dire la perte de contrôle sur le cours d'une histoire, désormais régie par la menace permanente du *dumping* social et qui, de crise en crise, nous échappe chaque jour davantage. Telle est, assurément, la face la plus obscure de la mondialisation.

Mais, d'un autre côté, c'est pour ainsi dire à l'inverse qu'on assiste, je veux dire à une forme inédite de réenchantement du monde à travers l'émergence d'une nouvelle figure du sacré qui, pour être humaine et non religieuse, n'en est pas moins fondatrice d'une vision morale tout aussi prometteuse qu'encore inexplorée. Car la montée en puissance de l'amour-passion dans le passage du mariage arrangé à l'union amoureuse librement choisie, la sacralisation de l'enfance, puis de la personne humaine en général qu'elle implique, changent radicalement la donne, y compris dans la sphère publique et sur le plan politique. Comme nous allons le voir dans ce qui suit de manière factuelle, pour ainsi dire mesurable, le prix accordé aujourd'hui à la personne humaine ne s'explique pas autrement et c'est peu de dire qu'il contraste avec les innombrables massacres, mises en esclavage et génocides en tout genre qui ont marqué l'histoire de l'humanité, y compris et même surtout en Europe, jusqu'à une date incroyablement récente. En d'autres termes, c'est bien à l'émergence d'un paysage unique et cohérent qu'on assiste aujourd'hui pourvu qu'on prenne la peine de nouer entre eux les trois fils qui forment la trame de cette histoire et de percevoir ainsi comment, en profondeur, la mondialisation déconstruit les figures traditionnelles du sacré pour faire place, *in fine*, à la naissance d'une sacralisation de l'humain dont les conséquences, positives ou négatives, sont encore difficiles à percevoir.

Tâchons, justement, de dégager celles qui d'ores et déjà s'installent au cœur de ce nouveau paysage. Elles nous permettront d'éclairer la nature des possibles qui se profilent à l'horizon.

Six conséquences de la révolution de l'amour-passion : l'invention du divorce, l'avènement de la laïcité, la naissance de l'intimité, l'amour des enfants, l'ouverture au collectif et la sacralisation de l'humain

Cette logique nouvelle du mariage d'amour, de la famille choisie et non plus imposée de l'extérieur par les communautés et les traditions, aura des conséquences si profondes et si nombreuses qu'il serait vain de prétendre toutes les analyser ici. Je me bornerai à vous indiquer les principales, celles qui me paraissent réellement passionnantes et décisives pour comprendre en profondeur le temps présent, pour saisir en quoi le capitalisme et la mondialisation, qui n'en est que le visage moderne, ont engendré de ce point de vue des effets qui marquent de manière incomparable l'époque que nous vivons, au point d'expliquer l'émergence de nouvelles valeurs, voire d'un nouvel humanisme en rupture avec celui des Lumières et de nos encyclopédistes.

Le divorce, revers de la médaille, et les trois âges de la famille

La *première conséquence,* la plus paradoxale peut-être et pourtant la plus évidente, c'est l'invention du divorce. Cruelle et comique, l'image avancée par Montaigne pour décrire le mariage est malheureusement d'une déconcertante justesse : il est, nous dit-il, semblable à une cage emplie de bonnes nourritures, de sorte que les oiseaux qui sont dehors désespèrent d'y entrer et ceux qui sont dedans d'en sortir... La formule est d'autant plus acérée que nous nous rapprochons d'un primat absolu du mariage d'amour. C'est là ce dont témoigne de manière, hélas imparable, l'histoire du divorce, lequel est rigoureusement inséparable de cette montée en puissance des prétentions à l'amour-passion au sein de la famille. Il ne sera légalisé en France qu'après la victoire définitive de l'idée républicaine, par la loi Naquet du 27 juillet 1884. Cette dernière, comme on peut s'en douter, n'alla nullement de soi. Elle fut l'objet d'une série de débats au plus haut point houleux au sein de la société comme à l'Assemblée nationale[1]. Cette

1. Dans le haut Moyen Âge, le mariage n'étant pas un contrat formel, il est possible de rompre l'alliance de l'homme et de la femme par répudiation, voire par consentement mutuel. Mais l'Église, en revanche, conformément à la doctrine augustinienne, tient le mariage pour un lien indissoluble et, par conséquent, elle rejette le divorce. Elle finira, comme toujours, par l'emporter sur la coutume. C'est en 1215, lors du quatrième concile de Latran, que l'Église catholique parvient enfin à faire du mariage un sacrement. À partir du XIIIe siècle, donc, le divorce est totalement prohibé. C'est seulement au XVIIIe siècle, sous l'influence des philosophes des Lumières, Voltaire et Montesquieu en tête, que la revendication du divorce refait

victoire des Modernes contre la résistance acharnée des tenants de l'Ancien Régime correspond parfaitement au raisonnement de la grand-mère dans la nouvelle de Maupassant : si l'on fonde le mariage sur l'amour, et non plus sur du « solide » – la biologie, le lignage, l'économie –, alors on l'installe sur des sables mouvants. Tel est bien le raisonnement de ceux qui s'opposent à la légalisation du divorce. Et, de fait, ils n'ont pas tout à fait tort : rien n'est plus volatil ni plus friable que le sentiment, et lorsqu'il varie, lorsque l'amour se change en indifférence, voire en bouffées de haine, les motifs qui, autrefois, obligeaient les conjoints à rester ensemble disparaissent un à un – hors les enfants, bien entendu, qui vont devenir peu à peu le principal, sinon le seul obstacle à la séparation des époux.

---

véritablement surface dans l'espace public. La Révolution française fait entrer la France dans le monde moderne en autorisant, par une loi du 20 septembre 1792, non seulement le divorce en général, mais bel et bien, modernisme presque inimaginable à l'époque, le divorce par consentement mutuel, pour « incompatibilité d'humeur ou de caractère ». Contrairement à une idée reçue, le code civil de 1804 revient sur ce libéralisme qu'il juge excessif et limite le consentement mutuel par tant de restrictions qu'il en devient à nouveau inapplicable (il faut maintenant l'autorisation des parents, cinq passages devant un tribunal, interdiction est faite de se remarier avant trois ans après le divorce, etc.). Le 8 mai 1816, la loi Bonald met fin à nouveau à ce « poison révolutionnaire » qu'est le divorce et il faudra attendre la loi Naquet du 27 juillet 1884 pour qu'il soit définitivement rétabli (malgré des assauts hostiles durant la période de Vichy). De nombreuses législation suivront, qui modifieront tel ou tel aspect, mais le divorce ne sera pas remis en cause, suivant en cela de manière quasi parfaite l'histoire parallèle de la montée en puissance du mariage d'amour.

Il est donc clair que l'invention du mariage d'amour et celle du divorce vont de pair. Jusqu'à une date toute récente encore, lors même que le divorce était légalisé, les « gens bien », les bourgeois d'un certain milieu, ne divorçaient pas, cela ne se faisait pas. On n'imaginait pas qu'un homme politique de premier plan, *a fortiori* un président de la République, pût divorcer. Que, de notoriété publique, il trompât sa femme à l'heure et à la course, qu'il eût même des enfants avec l'une ou l'autre de ses maîtresses, cela oui, sans nulle difficulté, mais le divorce, non, en aucun cas : cela aurait pu ruiner sa carrière ! Cela dit pour tordre le cou à une idée reçue, notamment à droite, mais singulièrement fausse : celle selon laquelle la famille se porterait mal aujourd'hui, alors qu'en un sens, malgré l'apparence, elle va plutôt mieux que jamais. Monoparentale, recomposée, concurrencée par des pactes d'union civile, bientôt peut-être, horreur suprême, homoparentale, elle serait, dit-on volontiers dans les milieux conservateurs, minée par les divorces et, d'une manière générale, par la corruption de la vie moderne. Bien qu'elle parte d'un fait bien réel, l'augmentation incontestable du nombre des divorces dans les sociétés modernes, rien n'est cependant plus faux que cette lecture, pourtant si répandue, de l'évolution de la famille actuelle. La vérité, c'est qu'il y a eu, dans notre histoire européenne, trois âges de la famille, et que si l'on veut vraiment comprendre la situation présente, il faut les prendre en vue tous les trois et les comparer globalement avant de porter quelque jugement de valeur que ce soit.

Le premier âge, c'est celui de l'Ancien Régime, celui dans lequel vit la grand-mère de Maupassant :

le mariage ne tire pas son origine ni sa légitimité de l'amour. On n'y divorce donc jamais, mais comme dit l'aïeule à sa petite-fille, on aime plusieurs fois, ce qui signifie de manière implicite que l'adultère, quoique prohibé officiellement, n'en est pas moins la règle tacite. Au demeurant, comme le montrent les travaux des démographes et des historiens, la famille du Moyen Âge est, contrairement à une opinion d'ordinaire reçue sans le moindre jugement critique, encore plus souvent monoparentale, brisée et recomposée que celle d'aujourd'hui. Pour des raisons qui tiennent à la mortalité précoce, on se remarie souvent, et même si la famille conjugale est la norme, les recompositions conduisent presque toujours à former des familles élargies qui n'ont rien à envier à celles dont on déplore l'existence aujourd'hui.

Le deuxième âge, c'est l'âge bourgeois, disons la famille des années 1850-1950. C'est un mixte de tradition et d'amour, d'ancien et de moderne. On se marie avant tout « dans son monde ». C'est le côté traditionnel, par où le mariage est encore assez largement « arrangé ». Mais on s'aime quand même un peu, au moins au départ, en général pas beaucoup et pas très longtemps. À vrai dire, l'amour est plutôt fantasmé que réel : les intérêts économiques et sociaux l'emportent encore de très loin sur la logique du sentiment. C'est ce mariage bourgeois que la droite idéalise aujourd'hui en raison de sa stabilité, le divorce y étant globalement si mal vu qu'il en est presque, de fait, interdit. Mais c'est aussi dans ce mariage bourgeois, malgré l'idéalisation niaise dont il fait aujourd'hui l'objet, que les femmes sacrifient très rapidement leur vie, non seulement professionnelle mais aussi affective, à des maris qui, en effet, les trompent à pied, à cheval et en voiture. Du reste, il faut dire les choses comme elles sont : l'institution du mariage est alors inséparable d'une autre, qu'on passe volontiers sous silence tant elle n'a rien d'idéal, à savoir le bordel, sans lequel, en effet, ce fameux mariage bourgeois, qu'on affecte de trouver si admirable, ne tiendrait pas le coup bien longtemps.

Nous entrons aujourd'hui dans un troisième âge de la famille, une union au sein de laquelle l'homme et la femme, officiellement mariés ou non d'ailleurs, se choisissent essentiellement, pour ne pas dire exclusivement, par amour. Or, c'est vrai, ces unions nouvelles, consacrées ou non devant le maire et le curé, se terminent dans 50 % des cas par des divorces. L'adultère, bien que mal vu et mal vécu, y est encore présent, notamment en raison de l'amour des enfants qui vient freiner la logique d'une séparation qui, sans cela, suivrait plus souvent encore l'extinction de l'amour-passion et sa transformation en routine quotidienne. Nul ne contestera les échecs de la famille moderne. Est-ce dire pour autant qu'elle va plus mal qu'avant, que « tout fout le camp », que cette noble institution est désormais en danger de mort ? Évidemment non. Encore une fois, cette lecture superficielle des choses est d'une rare indigence. Car les faits qu'on allègue pour instruire le procès de la famille moderne signifient seulement qu'on est entré, sans doute de manière définitive, dans la logique de l'union amoureuse et que, dans ces conditions, en effet, il est normal que le divorce devienne une réalité courante. Si on y réfléchit bien, on pourra même retourner assez aisément l'argument des conservateurs nostalgiques : c'est presque un miracle, quand on y songe, qu'en étant fondés uniquement sur l'amour, 50 % des mariages tiennent la route. Et pour aggraver définitivement mon cas, j'ajouterai même que, s'agissant des enfants, il n'est pas totalement impossible qu'ils soient moins malheureux et moins troublés sur le plan psychique dans un divorce réussi que dans un mariage raté, miné, comme le fut si souvent le mariage bourgeois, par des secrets, des mensonges, des haines recuites que les enfants, capteurs ultrasensibles, ne manquent jamais de percevoir.

De tout cela, bien entendu, on peut discuter. Ce qui est clair, à tout le moins, c'est que sans cette approche tout à la fois historique et philosophique, on ne peut guère comprendre l'époque. Chacun, après, en fera ce qu'il juge bon à titre personnel ou dans ses arrangements avec le ciel.

La logique générale de cette histoire étant maintenant bien en place, je me bornerai à en évoquer plus rapidement les autres conséquences avant de reprendre le fil principal de notre raisonnement en vue de montrer comment, après avoir entraîné une déconstruction sans pareille des valeurs traditionnelles, le capitalisme mondialisé nous fait étrangement entrer dans un tout nouvel âge de l'humanisme.

La laïcité républicaine, corrélat du mariage d'amour

La *deuxième conséquence,* et la plus visible après le divorce, c'est tout naturellement la laïcité républicaine. Aussi paradoxal que cela puisse paraître à nos républicains, généralement peu enclins à prendre en compte l'histoire de la vie privée, c'est bien de cette dernière qu'est née la valeur qu'ils prisent entre toutes : celle de la république laïque. Pourquoi et comment ? C'est assez simple à comprendre. Il est évident, tout d'abord, que ce n'est pas par l'histoire des idées que les Lumières se sont répandues. Rappelons qu'au XIXe siècle, la France est encore très largement analphabète, au point qu'on voit mal comment l'influence de Voltaire, de Condorcet ou de Rousseau pourrait être tenue en quoi que ce soit pour décisive. Le peuple n'a pratiquement aucun accès à la vie intellectuelle. Il ne lit pas, ni les livres ni la presse, quant à la radio ou la télévision, elles n'existent évidemment pas encore. C'est donc par la vie quotidienne et de manière pour ainsi dire inconsciente que les exigences nouvelles des Lumières vont cheminer, à commencer par celles qui ont fondé les valeurs les plus chères à la république. Voici le processus fondamental par lequel la vie quotidienne a fait changer celle des idées : en s'arrachant, sous l'effet du salariat, aux communautés villageoises d'origine pour « monter » travailler dans les villes, les individus se sont en même temps éloignés du poids des religions. Car le lien communautaire, comme l'indique assez l'étymologie du mot religion, était d'abord et avant tout le fait de l'Église. S'éloigner du village, c'était, pour commencer, se soustraire à l'emprise du clocher, des prêtres et des croyances, c'était s'ouvrir la possibilité de réfléchir autrement, à distance du lien social et culturel le plus puissant qui soit, celui qu'imposent les rites spirituels. La laïcité, qui n'est pas l'athéisme mais la liberté de choix, supposait cette distance. Sans cette dernière, elle était impossible. Il fallait que l'individu fût né comme être indépendant de la communauté, il fallait que le holisme ait fait place à l'individualisme, pour que, d'un même mouvement, le mariage d'amour et la laïcité, ces deux piliers de l'Europe moderne, deviennent seulement pensables. En quoi, comme on voit, le capitalisme ne fut pas seulement destructeur de valeurs, mais aussi créateur.

La naissance de l'intimité

Troisième conséquence, après le divorce et la laïcité : la naissance de l'intimité, de la vie privée. Ce thème, déjà bien connu, a longuement été analysé par les sociologues et les historiens, de sorte que je n'y insiste pas davantage. Mais il est clair que l'invention des portes et des couloirs dans nos maisons, invention qui ne remonte guère avant le XVIIIe siècle[1], marque une rupture, elle aussi radicale, avec les modes de vie communautaires traditionnels. Dans les habitations de l'ancien temps, aussi étrange que cela puisse nous paraître d'aujourd'hui, l'intimité n'existait tout simplement pas, que ce soit dans le peuple ou même chez les élites. En ville comme à la campagne, l'immense majorité des familles vivaient dans une seule pièce,

1. Là encore, les travaux d'Ariès sont infiniment précieux : « C'est à la fin du XVIIe siècle et au XVIIIe que j'ai situé, en partant de sources surtout françaises, la retraite de la famille loin de la rue, de la place, de la vie collective, et son repli à l'intérieur d'une maison mieux défendue contre les intrus, mieux préparée pour l'intimité. Cette nouvelle organisation de l'espace privé avait été obtenue par l'indépendance des pièces qui communiquaient entre elles par un couloir (au lieu d'ouvrir l'une sur l'autre en enfilade) et par leur spécialisation fonctionnelle (salon, salle à manger, chambre à coucher... », *op. cit.*, préface.

ce qui excluait, *de facto,* la possibilité d'une quelconque forme de *privacy.* Mais ce qui donne à penser qu'elle n'était pas encore un objet de désir, c'est qu'elle n'était pas davantage respectée dans la bourgeoisie ou l'aristocratie, lors même que leurs moyens économiques la rendaient possible. Philippe Ariès a montré, à travers ses analyses de l'architecture des grandes maisons nobles ou bourgeoises, comment les pièces, pourtant nombreuses, n'y avaient aucune fonction particulière et s'ouvraient généralement les unes sur les autres en une promiscuité qui nous semblerait aujourd'hui insupportable. Il faudra attendre le XVIIIe siècle pour que naissent des cloisons et des couloirs destinés à assurer l'autonomie et l'isolement des différents lieux. On pourra, pour s'en convaincre, visiter à Versailles les appartements privés. Qu'il s'agisse des nobles qui y séjournaient ou du roi lui-même, l'exiguïté des lieux laisse songeur. On se souvient d'ailleurs qu'à l'école, on fait généralement rire les enfants en enseignant que le Roi-Soleil « faisait ses besoins en public », signe que l'intimité, même pour lui, n'était pas encore de mise. Nous verrons un peu plus tard comment la prise en compte de cette nouvelle donne va paradoxalement bouleverser la vie publique et politique.

Un amour parental plus historique que naturel

La *quatrième rupture,* ou quatrième conséquence, est sans doute la plus importante pour ce qui va suivre, notamment pour comprendre la naissance des nouvelles valeurs du second humanisme. C'est celle que constitue l'avènement de l'amour parental tel que nous le connaissons aujourd'hui, tout à la fois inconditionné et supérieur à toutes les autres formes d'amour. À l'évidence, cette révolution dans les sentiments voués aux enfants est, elle aussi, un effet de l'invention du mariage d'amour. Le fait que ce dernier soit choisi par les individus, qu'il soit motivé par la passion et non plus imposé par la tradition, constitue l'une des conditions les plus sûres de l'affection portée aux enfants. Les produits de l'amour, en général, sont des objets d'amour.

Or là encore, aussi étrange que cela puisse paraître, l'amour des enfants n'était nullement la chose du monde la mieux partagée tout au long du Moyen Âge. Contrairement à l'opinion tenace qui voudrait que l'amour maternel soit naturel, instinctif et, par là même, présent de toute éternité, il semble bien que la mort d'un petit fût alors, dans la plupart des cas, beaucoup moins grave au sein d'une famille pauvre que celle d'un cochon ou d'un cheval. Jean-Louis Flandrin a montré de la façon la plus factuelle combien, à l'encontre des idées reçues, notamment par les biologistes et les médecins d'aujourd'hui, la mortalité infantile n'était pas exclusivement due, tant s'en faut, au seul manque d'hygiène ni à l'état encore embryonnaire de la science[1]. Rappelons que cette mortalité

1. Voir sur ce point la façon dont Ariès rend hommage à Flandrin, dans la préface de la réédition de son livre, lorsqu'il évoque les changements qu'il y introduirait s'il devait le réécrire : « En premier lieu, j'attirerais l'attention sur un phénomène très important et qui commence à être mieux connu : la persistance, jusqu'à la fin du XVIIe siècle, de l'infanticide toléré. Il ne s'agit pas d'une pratique admise, comme l'exposition à Rome. L'infanticide était un crime sévèrement puni. Il était cependant pratiqué

était considérable au XVIIIe siècle encore, puisque seul un enfant sur deux parvenait jusqu'à l'âge de dix ans[1] ! Or, il faut bien se résoudre à admettre que trois pratiques, aussi intentionnelles que courantes, non seulement dans les classes populaires, mais également dans certaines familles relativement aisées, contribuaient puissamment à élever le taux de mortalité des enfants : d'abord la mise en nourrice, dont Flandrin montre comment elle doublait carrément la mortalité infantile, ensuite l'abandon et, enfin, aussi invraisemblable que cela

---

en secret, peut-être assez couramment, camouflé sous la forme d'accident : les enfants mouraient étouffés naturellement dans le lit des parents où ils couchaient. On ne faisait rien pour les garder ni pour les sauver. Jean-Louis Flandrin a analysé cette pratique cachée... Il a montré comment la diminution de la mortalité infantile qu'on observe au XVIIIe siècle ne peut pas s'expliquer par des raisons médicales et hygiéniques : on a seulement cessé de laisser mourir ou d'aider à mourir les enfants qu'on ne souhaitait pas garder. » Voir aussi dans le livre de Jean-Louis Flandrin lui-même, *Familles*, Seuil, 1984, les passages sur ce point très éclairants consacrés à la mortalité infantile, ainsi que les deux derniers chapitres de l'ouvrage de François Lebrun sur la vie conjugale dans l'Ancien Régime. L'auteur y pose la bonne question s'agissant de la mise en nourrice, de l'abandon ou de l'étouffement : « Pourquoi, d'une façon générale, cette absence de précaution élémentaire autour du petit enfant chez sa mère ou *a fortiori* en nourrice, du moins avant la prise de conscience collective des années 1760-1770 ? On peut au moins se poser la question à la suite de Philippe Ariès : le fait d'aider la nature à faire disparaître des sujets aussi peu doués d'un être suffisant n'était pas avoué, mais n'était pas non plus considéré avec honte. Il faisait partie des choses moralement neutres, condamnées par les éthiques de l'Église, de l'État, mais pratiquées en secret, dans une demi-conscience, à la limite de la volonté, de l'oubli, de la maladresse... »

1. Voir sur ce point les chiffres terrifiants qu'indique et commente François Lebrun, op. cit., p 147 sq.

nous paraisse aujourd'hui, l'habitude que les parents prenaient alors de dormir avec les nourrissons au risque (mais c'était un risque calculé) de les écraser et de les étouffer pendant la nuit. Cette dernière pratique était, semble-t-il, si courante qu'elle donnait lieu à de vives admonestations de la part de l'Église.

De l'abandon, on voit souvent la trace dans les contes de fées, encore chez Perrault par exemple, où le thème présent dans *Le Petit Poucet*, à l'encontre des lectures psychanalytiques, n'a malheureusement rien d'un fantasme mais reflète au contraire fort bien la réalité de l'époque. On estime que l'oblation touchait encore au XVIIIe siècle environ 30 % des petits[1]. Quant à la mise en nourrice, si fréquente à l'époque dans les villes, y compris chez les commerçants relativement aisés, elle équivalait souvent à une véritable mise à mort. Jean-Louis Flandrin rapporte le cas, nullement exceptionnel, d'une nourrice à laquelle on confie douze enfants en vingt ans… et qui n'en rend pas un seul vivant au bout du compte ! Ce qui sidère, par rapport à nos valeurs d'aujourd'hui, c'est qu'elle ne fut aucunement inquiétée pour autant, pas même mise en examen, ce qui indique assez combien la chose était passée dans les mœurs. Jean-Louis Flandrin évoque encore le cas de Montaigne qui déclare tranquillement à l'un de ses amis qu'il a perdu « deux ou trois enfants en nourrice » : il hésite, il n'en connaît pas très exactement le nombre ! Quel père de famille

1. Cf. John Boswell, *Au bon cœur des inconnus. Les enfants abandonnés de l'Antiquité à la Renaissance*, traduction, Gallimard, 1993.

pourrait aujourd'hui prononcer simplement une telle phrase ?

On sait, dans le même registre, que l'auteur de l'*Émile*, l'excellent Rousseau, abandonna ses cinq enfants, ce qui n'avait rien d'exceptionnel à l'époque. Ce qu'on sait moins, c'est que, pour prendre le seul exemple des enfants abandonnés recueillis à l'hôpital de Paris, seul un sur dix parvenait à survivre jusqu'à l'âge de dix ans[1], de sorte que l'abandon, présenté par Rousseau comme un moindre mal, se rapprochait en réalité très fortement d'une condamnation à mort, qui plus est précédée par une vie de misère et de souffrances indescriptibles. De son côté, François Lebrun évoque le cas de ce garde champêtre qui, dans la deuxième moitié du XVIIIe siècle, porte sur son dos, dans une boîte matelassée, les enfants nouveau-nés abandonnés qu'il conduit vers l'hôpital. Lorsqu'il ouvre ce qui ressemble fort à un cercueil, il y a presque toujours un ou deux petits morts à l'intérieur. Or cela se passe au vu et au su de tous sans susciter ni protestation ni indignation d'aucune sorte. Sans parler même de la pratique de l'abandon, l'insouciance dans l'éducation des enfants était telle, y compris dans des familles relativement aisées, que leur mort prenait tout au plus l'apparence d'un incident regrettable, pour ne pas dire d'une circonstance habituelle. Du reste, dans la perspective qui domine le monde ancien, et qui remonte à la pensée grecque, l'enfant n'est qu'un être inachevé, au sens propre du terme « imparfait », à tous égards, donc de moindre importance qu'un adulte

1. *Ibid.*

parvenu à maturité. On comprend que dans cette optique, même des hommes aussi éclairés pour le temps que Luther ou Bach aient pu perdre chacun une dizaine d'enfants sans particulièrement sourciller. Ils en avaient du regret, sans doute, car c'était de braves gens, déjà fort évolués, mais guère plus... Voyez bien qu'à l'inverse, aujourd'hui, dans l'immense majorité des cas, la mort d'un enfant est la pire chose qui puisse arriver dans une famille. C'est l'horreur par excellence, ce contre quoi nous tentons en permanence de nous protéger.

Bien entendu, il serait absurde de prétendre pour autant que l'amour maternel, voire paternel, n'existait d'aucune façon avant la naissance du mariage d'amour. L'Antiquité grecque et romaine fourmille d'exemples qui plaident contre une telle caricature. Mais il faut d'abord, comme je l'ai déjà suggéré, remarquer que le Moyen Âge n'est pas l'Antiquité. Il faut ensuite observer avec les historiens que, dans l'Ancien Régime, les preuves factuelles abondent du fait que l'amour des enfants ne fut pas toujours la chose du monde la mieux partagée. On peut bien entendu discuter, comme l'ont fait plusieurs collègues d'Ariès, notamment Emmanuel Leroy-Ladurie et Jean-Louis Flandrin lui-même[1], de la nature exacte du sentiment qui liait ou ne liait pas parents et enfants au Moyen Âge ainsi que de la périodisation des ruptures que marque la naissance de l'amour moderne voué aux petits. Le débat est encore ouvert et je n'aurais pas la prétention de le refermer ici. Une chose, cepen-

1. Pour une mise au point sur ces débats historiques, cf. Egle Becchi et Dominique Julian, *Histoire de l'enfance en Occident*, tome I, p. 112 sq., Seuil, 1998.

dant, est certaine, c'est que le changement d'attitude face à la question du sentiment de l'enfance est consommé à la fin du XVIIe. C'est à partir de cette époque qu'il ne fera, du moins en Occident, que croître et embellir.

À défaut de disposer, vu l'ancienneté des temps considérés, de tous les documents et de tous les éléments qui permettraient de trancher les débats touchant le Moyen Âge, il est particulièrement intéressant d'observer comment cette révolution de l'amour moderne s'introduisit de manière assez analogue sur d'autres continents. Ce fut le cas, notamment, aux États-Unis, dont l'histoire, plus récente que la nôtre, nous permet de mesurer avec plus de certitude la nature et le sens des évolutions touchant le statut de l'enfant dans les sociétés démocratiques modernes. Sur ce point, les travaux de Viviana Zelizer, une économiste et sociologue professeur à l'université de Princeton, apportent un éclairage tout à fait décisif. Dans son livre, *Pricing the Priceless Child* (1985), titre qu'on pourrait traduire par quelque chose comme « *Le prix de l'enfant qui n'a pas de prix*[1] », Viviana Zelizer s'intéresse aux changements radicaux intervenus en Amérique dans le rapport à l'enfance entre les

1. *Pricing the Priceless Child, The Changing Social Value of Children*, Princeton University Press, 1985, réédition avec une préface nouvelle en 1994 chez Princeton Paperback. La première partie du livre qui porte sur la « sacralisation de la vie des enfants » est particulièrement instructive. Voir aussi le très intelligent compte-rendu que Jeanne Lazarus a donné des œuvres de Viviana Zelizer dans un remarquable article intitulé « La famille n'a pas de prix. Une introduction aux travaux de Viviana Zelizer », qu'on trouvera facilement sur le Net, *in* « La vie des idées.fr ».

années 1870 et 1930, changements d'autant plus intéressants pour nous qu'ils sont presque en tout point comparables à ceux que l'Europe a connus sur une période beaucoup plus longue, disons entre le XVIe et le XIXe siècle. En substance, le cœur de son analyse réside dans l'idée suivante : il s'agit d'étudier ce qu'on pourrait appeler l'évolution du « prix » d'un enfant à travers ces trois critères économiques, mesurables objectivement, que sont les jugements rendus par les tribunaux en cas d'accident mortel, les assurances-vie et le « marché » de l'adoption (lequel, tout à fait prohibé en Europe, existe bel et bien aux États-Unis). Autant dire que Viviana Zelizer brise au passage quelques tabous – son étude n'en étant bien évidemment que plus instructive.

À quoi aboutit-elle ?

Là encore, allons à l'essentiel. Dans les années 1870 encore, l'enfant, surtout celui qui vit à la campagne, dans une ferme, travaille dès qu'il en a la force, autour de l'âge de sept ans, comme c'était d'ailleurs aussi le cas dans la France du Moyen Âge. C'est donc encore un être qui peut rapporter, puisqu'il possède clairement une « utilité économique » au sein de la famille. En 1870, huit enfants sur dix occupent un travail rémunéré. Au contraire, dans la période moderne, que Viviana Zelizer fait commencer autour des années 1930 (mais bien entendu, il ne s'agit que d'un repère commode, l'histoire étant toujours plus ou moins continue), au fur et à mesure que l'amour familial se développe, l'enfant, même dans les campagnes, cesse de travailler. Les cas où malgré tout il travaille (enfants mannequins, enrôlés dans des publicités, etc.) deviennent l'exception qui confirme la règle – exception du reste plutôt mal vue dans l'opinion publique et surveillée de près par les services sociaux. Le seul travail qu'on exige désormais de l'enfant est le travail scolaire, c'est-à-dire une activité destinée exclusivement à servir ses intérêts propres et non plus ceux de ses parents. Il n'a donc plus aucune utilité économique. De ce point de vue, il devient même une charge, et le seul lien d'argent qu'il entretient encore avec ses parents est celui de l'argent de poche ou des étrennes, c'est-à-dire un argent qui coûte et ne rapporte pas. Pour résumer, on pourrait dire ceci : au fur et à mesure que l'amour mène à une véritable sacralisation de l'enfant, il l'extrait de l'univers économique pour l'installer dans celui de l'affectivité à proprement parler « hors de prix ». C'est lorsque l'enfant est sans prix, au sens où l'on dit par exemple que la santé n'a pas de prix... qu'il coûte le plus cher (comme la santé d'ailleurs). Et c'est cette évolution que Viviana Zelizer, en Américaine pragmatique qui aime les faits tangibles, entreprend de mesurer objectivement. Dans cette perspective, la comparaison avec les jugements rendus par les tribunaux en cas de décès d'un enfant s'avère particulièrement instructive.

Il est remarquable, en effet, que dans les temps anciens, disons avant les années 1930, pour reprendre les repères de Viviana Zelizer, en cas de mort accidentelle causée par un tiers identifié, les tribunaux évaluent l'indemnisation due aux parents en fonction de la seule perte « économique » qu'ils subissent du fait de la disparition d'une force de travail, l'affectivité et les sentiments blessés, le fameux *pretium doloris* des juristes, n'entrant nullement en ligne de compte. Viviana

Zelizer compare ainsi deux jugements parfaitement significatifs de sa thèse. Le premier se situe en 1896. Il s'agit d'un procès intenté par des parents à la compagnie des chemins de fer de Géorgie, reconnue coupable de la mort, par accident, de leur enfant de deux ans. Le jury déclare sans sourciller que la compagnie en question n'a rien à verser aux parents attendu qu'à cet âge, l'enfant ne gagne rien ! Jugement qui, bien évidemment, choque au plus haut point la conscience moderne mais qui, à l'époque, va presque de soi. Par contraste, en 1979, une clinique est condamnée à verser 750 000 dollars aux parents d'un petit garçon de trois ans dont elle est reconnue coupable du décès intervenu au cours d'une opération. En clair : moins l'enfant possède d'utilité économique, plus il est sacralisé par l'amour, et plus il devient « hors de prix » dans les deux sens de l'expression, tout à la fois hors économie, à l'inverse de son homologue des années 1870, et d'une valeur inestimable – que les tribunaux doivent bien malgré tout estimer, mais par un montant qui eut semblé proprement délirant aux juges du XIXe siècle.

Deuxième critère retenu par Viviana Zelizer, celui des assurances-vie. C'est en 1875 que, pour la première fois, une compagnie d'assurances a l'audace de proposer aux parents une protection contre l'éventuel décès d'un de leurs enfants de moins de dix ans. Sans entrer ici dans les détails, il est remarquable que le montant de la prime soit alors exclusivement calculé en fonction des critères de compensation économique qu'une telle perte risque d'entraîner. À aucun moment, la perte « sentimentale » n'est le moins du monde évoquée, lors même que ce type d'assurance rencontre un succès prodigieux puisqu'il devient le deuxième poste de dépenses fixes après le loyer. Avec la montée en puissance de l'amour moderne, ce contrat finira tout simplement par disparaître sous la réprobation générale !

Enfin, troisième critère, Viviana Zelizer étudie le contraste saisissant qui oppose la logique de la mise en nourrice à celle de l'adoption. Là encore, n'entrons pas dans les détails et bornons-nous à formuler la thèse d'ensemble : alors que la mise en nourrice consiste à payer quelqu'un pour qu'il vous débarrasse de votre propre enfant (n'oublions pas que, dans les temps anciens, cette mise en nourrice pouvait se faire en pension complète et durer plusieurs années), l'adoption, qui avec le désir d'enfant, lui-même lié au développement de l'amour familial, va devenir un phénomène social global, consiste tout à l'inverse à payer des sommes parfois considérables (encore une fois, on est aux États-Unis où cette pratique est autorisée) pour accéder aux joies de l'amour parental. Ici encore, on mesure comment le prix de ce qui est sans prix peut être, paradoxalement, évalué de manière objective.

En résumé, on pourrait dire que Viviana Zelizer décrit bel et bien, pour les États-Unis et sur une période historique nécessairement très brève, un processus tout à fait analogue à celui qui a, selon Ariès, marqué en Europe, mais sur un laps de temps beaucoup plus long, l'évolution affective de la famille et du rapport à l'enfant. Il faut tout particulièrement insister sur un point, qui fait souvent débat encore aujourd'hui, et qui est tout à fait crucial : c'est avec beaucoup de clairvoyance et une véritable audace intellectuelle dans l'atmosphère intellectuelle américaine que Viviana Zelizer réfute, faits et arguments à l'appui, la thèse, pourtant si populaire dans la sociobiologie scientiste, selon laquelle le manque d'amour qui entourait l'enfant dans les temps anciens était tout simplement dû à un taux extrêmement élevé de mortalité infantile, taux lui-même parfaitement explicable par le manque d'hygiène, l'absence de médecins dignes de ce nom, l'état archaïque des sciences, etc. Investir affectivement dans un être aussi fragile que l'enfant des temps anciens eût été « émotionnellement déraisonnable », telle est l'opinion d'ordinaire avancée pour expliquer le manque d'amour dont il faisait l'objet. Viviana Zelizer, faisant du reste explicitement un parallèle avec les travaux d'Ariès et Shorter sur le Moyen Âge français, renverse la perspective, de manière tout à fait convaincante et démonstrative : ce n'est pas parce que la mortalité infantile baisse avec le progrès de la médecine moderne qu'on se met peu à peu à aimer ses enfants, mais tout à l'inverse, c'est parce qu'on se met à les aimer, à la suite d'un changement d'attitude culturel et historique, que la mortalité commence à baisser[1]. Et comme le remarquait Ariès à propos de la France du XVIIIe siècle – mais la remarque vaut parfaitement,

1. *Op. cit.*, p. 32 : « C'est seulement lorsque les enfants, dans toutes les classes sociales, commencèrent à être considérés comme des biens émotionnels à proprement parler hors de prix, que leur mort devint, non plus un incident domestique fâcheux, mais le signe d'une catastrophe collective. Les réponses qu'y apportèrent les individus et les groupes furent par conséquent préformées par un contexte culturel qui éleva la vie d'un enfant au rang de quelque chose d'unique et de sacré tandis que sa mort devint singulièrement tragique. »

avec un siècle de distance, pour le contexte américain que décrit Viviana Zeliger –, c'est avec l'époque moderne, avec la naissance du mariage d'amour, que l'affectivité, s'installant au cœur de la famille, va se traduire par la mise en place d'un système éducatif spécifique à l'enfant, destiné à servir son épanouissement personnel et non plus les intérêts économiques de ses parents :

> « *La famille,* écrit en ce sens Ariès, *est devenue un lieu d'affection nécessaire entre les époux ainsi qu'entre parents et enfants, ce qu'elle n'était pas auparavant. Cette affection s'exprime surtout par la chance désormais reconnue à l'éducation... Sentiment tout à fait nouveau : les parents s'intéressent aux études de leurs enfants et les suivent avec une sollicitude habituelle aux* XIXe *et* XXe *siècles, mais inconnue autrefois... La famille commence alors à s'organiser autour de l'enfant, à lui donner une importance telle qu'il sort de son ancien anonymat, qu'on ne peut pas sans grande peine le perdre et le remplacer, qu'on ne peut pas non plus le répéter trop souvent et qu'il convient de limiter son nombre pour mieux s'en occuper*[1]. »

On notera au passage que la limitation des naissances, à l'encontre là encore d'une idée des mieux reçues sans le moindre examen critique, n'est pas tant due aux progrès de la contraception que, paradoxalement, à ceux de l'amour qui suppose, en effet, qu'on puisse en quelque sorte se concentrer sur l'objet de ses affections. Quand situer au juste la rupture ? Tout l'intérêt des études qui portent sur l'Amérique est, justement, de permettre d'apporter une réponse assez tangible et factuelle

1. Philippe Ariès, *L'Enfant et la vie familiale sous l'Ancien Régime*, *op. cit.*, préface.

à ce type de question. Aux États-Unis, en effet, tout indique que la rupture s'effectue clairement, les documents cités par Viviana Zelizer l'attestent parfaitement, entre les années 1870 et 1930. En France, comme nous l'avons vu, les historiens en ont discuté et en discutent encore – discussion d'autant plus légitime que l'histoire est toujours plus continuiste que ne l'imaginent les théoriciens contemporains de la « coupure épistémologique » radicale. Ce qui est certain, à tout le moins, c'est que le XVIIe siècle est le siècle charnière, et que le XVIIIe nous fait à coup sûr entrer, même si c'est seulement de manière lente et progressive, dans l'atmosphère moderne.

On cite souvent, à l'appui de cette thèse, la fameuse lettre, il est vrai désespérée et pleine d'émotion, que Diderot adresse à Sophie Volland en août 1762, au lendemain de la mort de sa fille chérie. Comme le ferait n'importe quel parent d'aujourd'hui, il fait état de son infinie tristesse. Il se dit inconsolable, mais, comme le note avec beaucoup de finesse François Lebrun[1], la lettre de Diderot, bien que déjà moderne par l'amour dont elle témoigne en direction d'un enfant, porte encore secrètement la trace du sentiment ancien selon lequel il est presque illicite, pour ne pas dire un peu ridicule, d'attacher tant de prix à un être encore si imparfait et inachevé. Diderot, malgré l'affliction qui le frappe et qui n'est pas douteuse, ne peut s'empêcher de justifier sa peine. Il se sent pour ainsi dire obligé de s'en expliquer, en déclarant que la petite était, par ses qualités, par son

1. *Op. cit.*, p. 145.

intelligence, bien « au-dessus de son âge », de sorte qu'en l'occurrence (sous entendu : « mais en l'occurrence seulement »), la douleur causée par sa disparition n'est pas illégitime : « *Je permets,* écrit il, *de s'affliger à ceux qui perdent des enfants comme celui-là* » (nouveau sous-entendu : « mais pas aux autres ! »).

Quoi qu'il en soit de ces réserves, le sentiment que traduit malgré tout Diderot représente sans aucun doute un changement d'attitude radical par rapport à l'ambiance qui domine, par-delà les exceptions qu'on pourra toujours invoquer, l'Ancien Régime. Impossible de nier, quoi qu'en aient les tenants des thèses naturalistes sur l'intangibilité de l'amour parental, notamment maternel, que cet amour soit malgré tout largement préformé par l'histoire de ce mariage moderne qui possède des conséquences incommensurables (bien que parfois mesurables !) sur la sacralisation de l'humain en général, et pas seulement enfantin, dont nous verrons dans un instant en quel sens elle est la clef du second humanisme.

L'amour dans la vie privée : non pas repli sur soi, mais élargissement vers le collectif

Mais n'anticipons pas, et continuons encore l'énumération des principaux effets de cette formidable mutation du mariage d'amour, en évoquant une *cinquième conséquence* : contrairement, là encore, aux idées reçues, l'amour, dans la sphère privée, fut un extraordinaire facteur d'ouverture aux autres, d'élargissement de la pensée et de l'horizon. Non pas un repli sur soi, un enfermement, une privatisation de la vie, comme on l'a cru si souvent, mais, tout à l'inverse, un souci nouveau et plus profond du collectif. Par où cette révolution de l'amour va nourrir aussi la morale et la politique du second humanisme. En témoigne notamment le fait que l'histoire de l'humanitaire moderne est strictement parallèle à celle du mariage d'amour et ce, de toute évidence, pour des raisons de fond. C'est l'amour, pourtant développé dans la sphère privée, qui a mis en sympathie le monde occidental avec les autres civilisations. Lorsque nous voyons un père kurde ou somalien pleurer l'enfant mort qu'il porte dans ses bras, nous ne pouvons nous empêcher de participer un tant soit peu à sa souffrance – ce que le grec nomme très exactement *sym-pathos*, la sympathie, que l'allemand *Mitleid*, qui signifie « souffrir avec », rend mieux que notre condescendante « pitié ». Il est bien possible qu'il possède une couleur de peau, une langue ou une religion fort différentes des nôtres, rien n'y fait : nous sommes pour ainsi dire obligés, en raison de notre propre expérience vécue, de supposer qu'il éprouve les mêmes sentiments que nous et que, dès lors, nous n'avons pas le droit à l'indifférence.

On dira, je connais par cœur l'argument, que ce « souffrir avec », cette prétendue sympathie humanitaire ne dure pas bien longtemps et qu'elle reste fort superficielle. Peut-être. Elle ne nous privera pas, un quart d'heure après le journal télévisé ou la lecture de la presse, d'aller dîner avec des amis, de rire avec eux, de penser à tout autre chose. Il n'empêche. La sympathie, pour embryonnaire qu'elle soit, n'en est pas moins bel et bien là, et plutôt que se gausser de l'humanitaire, comme il est de bon ton de le faire aujourd'hui dans le milieu intellectuel, on ferait peut-être mieux de noter qu'on a connu des passions plus funestes dans l'histoire et que celle-là va, malgré tout, plutôt dans le bon sens. Elle possède, du reste, une incontestable réalité, car elle offre le mérite de conférer à l'action caritative moderne une force et une ampleur qu'elle n'avait jamais connues, ni de près ni de loin, dans les siècles passés. Par où l'on commence peut-être à mesurer en quoi l'amour qui s'épanouit dans la sphère privée n'est pas si privé qu'on pourrait le croire hâtivement, en se bornant à suivre les schémas bien balisés d'une politique traditionnelle qui, à droite comme à gauche, dans la tradition socialiste comme dans la libérale, a toujours chassé les ressorts de l'intimité hors de la vie publique.

Au demeurant, l'opposition classique du privé et du public n'est plus où l'on croit. La vérité, c'est que nous avons tous, à peu de chose près, les mêmes préoccupations, les mêmes problèmes de mariages ratés et de divorces réussis (ou l'inverse), d'enfants qui peuvent échouer à l'école, se droguer, se heurter à des accidents de la vie, le même souci de vieux parents qu'on aime et que la vieillesse puis la mort emportent, les mêmes angoisses face à des carrières professionnelles de plus en plus aléatoires et que nous voudrions tous enrichissantes, dans tous les sens du terme... On pourra ajouter les variations qu'on voudra, mais il est clair que, pour l'essentiel, nous sommes globalement logés à la même enseigne, engagés dans le même film, de sorte que le privé n'est plus aussi privé qu'on le croit. Il est temps de comprendre, ce qui constituera bientôt une véritable révolution dans la pensée politique, que les problèmes que l'on considérait naguère encore comme privés sont les problèmes collectifs d'aujourd'hui : la dette publique ou le rapport au choc des civilisations n'auraient pas cette importance si la question qu'ils recouvrent en filigrane n'était celle du monde que nous voulons ou devons laisser à nos enfants ou, comme on dit pour faire plus chic, aux « générations futures ».

Du reste, la plupart du temps, les expériences les plus fortes que nous vivons dans la sphère de l'intimité depuis l'invention de l'union familiale amoureuse, ne nous replient pas sur nous-mêmes de manière « individualiste », comme le dit sans réflexion la pensée molle et facile qui domine aujourd'hui l'espace public. C'est en vérité tout l'inverse qui a lieu. Naguère encore, quand dans une famille bourgeoise un enfant « n'allait pas droit », quand une jeune fille tombait enceinte hors mariage, quand un jeune se droguait, voire quand il s'avérait homosexuel, on s'empressait de fermer portes et fenêtres, de mentir à l'extérieur et si possible aussi à l'intérieur, pour protéger la bienséance. La logique de l'amour nous emmène peu à peu vers d'autres horizons, d'autres attitudes, vers des logiques de compréhension plus ouvertes et, par là même, plus collectives. Quand une famille connaît un accident de parcours (ou du moins ce qu'elle perçoit à tort ou à raison comme tel), le plus souvent, aujourd'hui, elle s'ouvre à des sensibilités nouvelles, elle élargit l'horizon plus qu'elle ne le ferme – en quoi le privé devient de plus en plus un facteur d'ouverture aux autres, donc à la sphère publique, et non l'inverse.

Au total, et ce sera la *dernière conséquence*, de loin la plus importante, car elle résume toutes les autres, ce que nous visons aujourd'hui n'a rien à voir, ni de près ni de loin, avec ce fameux « désenchantement du monde » ou cette « ère du vide » dont on nous rebat depuis des années les oreilles[1]. Nous vivons au contraire la naissance d'un nouveau visage du sacré et, avec lui, d'un nouvel âge de l'humanisme. Il suffit d'y réfléchir un instant dans le silence du forum intérieur pour en prendre conscience. Qu'est-ce, en effet, que le sacré ? Étymologiquement comme philosophiquement, je l'ai déjà suggéré mais il me faut y revenir ici, on peut le définir, non seulement comme l'opposé du profane, mais surtout comme « ce pour quoi on peut se sacrifier », risquer sa vie, voire la donner. Des valeurs nous apparaissent à tort ou à raison, peu importe ici, comme sacrées, quand on pourrait à la limite s'arracher à soi, sortir de soi et prendre pour elles le risque de la mort. Et c'est ce sacré-là, bien entendu, qui donne aussi du sens à nos existences. Posez-vous maintenant la question en vous-même, sérieusement, en mettant un instant entre parenthèses les discours platement pessimistes que véhicule d'ordinaire la vulgate médiatique : pour

1. Il ne faut pas entendre cette assertion comme une critique de ce qu'ont apporté de parfaitement juste les livres de Gauchet et Lipovetsky qui portent ces titres. Ils ont au contraire eu raison, l'un comme l'autre, d'analyser la logique démocratique du déclin du religieux dans les sociétés modernes. Ce sont les conséquences qu'on en tire d'ordinaire sur le « déclin du collectif » et « l'éclipse du sacré » qui me paraissent en revanche totalement myopes.

qui ou pour quoi seriez-vous prêts, le cas échant, pas de gaieté de cœur bien entendu, mais s'il le fallait vraiment, à risquer votre vie, peut-être même à la donner ?

Réponse évidente, pour l'immense majorité des Européens d'aujourd'hui : les seuls êtres pour lesquels nous serions prêts à risquer nos vies sont des êtres humains, à commencer par nos proches, bien entendu nos enfants, mais à coup sûr pas des entités abstraites. Dans les jeunes générations notamment, plus personne ou presque (il y a toujours des exceptions pour confirmer la règle) n'est disposé à mourir pour les trois entités majeures qui ont constitué, au sens où je l'entends, l'histoire du sacré en Europe : Dieu, la patrie, la révolution. Quelles furent en effet, dans notre histoire et sur notre continent, les principales causes de mort violente et massive ? Réponse, là encore évidente : les guerres de religion, les guerres nationalistes (la dernière en date fit plus de cinquante millions de morts) et les guerres révolutionnaires (le communisme fera au bas mot cent vingts millions de morts dans le monde). Or, sans qu'on semble même s'en étonner, ni en tirer les conséquences morales, politiques et philosophiques, ces trois motifs de sacrifice ont, en à peine un demi-siècle, quasi totalement disparu de notre vieille Europe. Au point même que leur liquidation suscite des nostalgies. À ma droite, j'en connais qui déplorent la fin du patriotisme, voire du nationalisme, qui se lamentent sur ces jeunes générations qui ne sont à coup sûr plus enclines à sacrifier leur existence pour la France ; à ma gauche, tout aussi nostalgiques, on verse des larmes de crocodile sur les utopies de 68 dont on reconnaît, certes, au passage, qu'elles étaient « erronées » (c'est bien le moins quand on songe aux dizaines de millions de morts atroces du maoïsme), mais dont on souligne aussitôt qu'elles avaient malgré tout du panache, de l'allure, qu'elles donnaient du sens et de la force à la vie politique comparée à la fadeur d'aujourd'hui.

Je n'ai, je vous l'avoue, aucune de ces nostalgies. Pas le plus petit regret de ces entités mortifères que furent la patrie et la révolution, pas plus, pour tout dire, que je ne déplore l'absence de « fous de Dieu » en Europe. L'éradication des ces motifs de sacrifice de masse par un siècle de déconstruction, animée par des bohèmes et motivée par des bourgeois, me semble au contraire la meilleure nouvelle du millénaire. Encore une fois : champagne, et laissons les morts enterrer les morts !

Est-ce dire pour autant, comme le pense toujours cette conscience malheureuse qui perçoit ce qui passe et jamais ce qui naît, que nous vivons l'ère du vide, le déclin de la morale civique et le désenchantement du monde ? Pas du tout. Là encore permettez-moi d'y revenir et d'y insister : faites l'effort de réfléchir en vous-même, de ne pas suivre la vulgate, et vous verrez que vous êtes prêts, le cas échéant, à prendre les armes. Non pour défendre la patrie, peut-être, ni pour faire la révolution, encore moins pour vous embrigader dans je ne sais quelle croisade, mais pour protéger ceux que vous aimez, oui, sans aucun doute – ce qui prouve bien que le sacré n'a nullement disparu. *Il s'est simplement déplacé, incarné ailleurs, dans l'être humain et non plus dans des abstractions vides* et à l'échelle de l'histoire, ce déplacement est, je le répète, un événement inédit qui appelle une nouvelle réflexion philosophique.

Il y a quelques années, un fait divers avait marqué la France entière. Un « forcené », comme on dit dans la presse, avait pris en otage une classe de maternelle dans une école de Neuilly. Le maire de l'époque, Nicolas Sarkozy, m'avait un jour raconté l'affaire en détail, me disant que, peut-être pour la première fois de sa vie, il avait réellement ressenti de la peur. L'homme, qui s'était baptisé lui-même « HB », pour « Human Bomb », était vraiment dangereux : les explosifs dont il était bardé étaient bel et bien amorcés, prêts à l'usage, et on fut malheureusement obligé de le tuer pour sauver la classe. Or le plus frappant dans l'histoire, c'est que non seulement le maire de Neuilly n'hésita pas une seconde à entrer dans l'école pour négocier avec le fou furieux, mais que tous les parents, sans aucune exception, se portèrent aussitôt volontaires pour s'y rendre avec lui. Signe que, sans même y réfléchir, ils tenaient pour évident qu'il y avait là du sacré au sens où je l'entends : un motif incontestable de sacrifice, de sortie de soi. Nous sommes, comme on voit, loin, très loin, du Moyen Âge et de Montaigne, qui ne savait plus très bien au juste combien il avait perdu d'enfants en nourrice...

On objectera, avec les biologistes, que ce nouveau sens du sacrifice ne vaut que pour « les siens », pour protéger son ADN, que ce n'est qu'un prolongement de soi, un égoïsme à peine voilé et que les autres, les vrais autres, ceux qui ne sont pas de la famille, peuvent toujours courir. On convoquera au besoin la théorie de l'évolution, la génétique et l'éthologie pour expliquer la chose.

Voire ! À l'évidence – qui songerait à le nier ? – nous entretenons avec nos proches un rapport d'amour incomparable et c'est bien entendu d'abord et avant tout pour eux que le sens du sacrifice, donc du sacré, s'est développé. Pour autant, ce qui frappe dans cette partie de l'histoire européenne, c'est que, du proche au prochain, qui est pourtant son contraire, l'anonyme, celui qu'on ne connaît pas en personne, le passage s'opère plus aisément que ne le disent les théoriciens de l'égoïsme biologique. C'est là, comme je l'ai déjà suggéré, ce dont témoigne toute l'histoire de l'humanitaire moderne. Mue, au sens propre, par la sympathie, elle a su transfigurer l'égoïsme en une certaine dose d'altruisme. À tout le moins, et c'est là le point essentiel dans cette analyse, celui sur lequel même les sociobiologistes les plus radicaux me rejoindront, seul l'humain, proche ou prochain, nous apparaît désormais comme sacré et non plus Dieu lui-même, encore moins la patrie ou la révolution

Idolâtrie, objectera-t-on encore, *hybris* démentielle, divinisation terrifiante de l'humain qui dans sa démesure folle prétend prendre la place d'un Dieu dont il croit dans sa folie qu'il est mort. Point du tout. Dans cette affaire, l'humain n'est nullement transformé en idole. Comme je l'ai également laissé entendre au début de ce livre, à aucun moment nous ne pensons qu'il est épatant, merveilleux, extraordinaire, doté de toutes les qualités les plus sublimes. Il suffit d'observer autour de soi, ou même, hélas, de se regarder dans la glace, pour voir que ce petit humain que nous sommes n'a rien de si merveilleux que cela, qu'il est souvent médiocre, égoïste et parfois même méchant. Là n'est nullement la sacralisation. Elle tient seulement que, malgré tout ses défauts, l'être humain n'en est pas moins le seul être pour lequel il vaille désormais la peine de prendre le risque de la mort. Et sans cet amour, dont l'histoire est liée à l'invention de la famille moderne, ce trait d'union de la sympathie n'aurait sans doute jamais eu lieu.

Pour prendre une métaphore, qui vaudra mieux peut-être que de plus longs discours, souvenez-vous de ce que Max Weber disait des valeurs sacrificielles de la tradition. Si vous voulez les comprendre, disait-il en substance, pensez au code d'honneur du marin, ce commandant d'un navire qui vient de faire naufrage et qui meurt avec son bateau, quand bien même l'équipage et les passagers auraient été évacués. Pour dire les choses d'une phrase : plus personne aujourd'hui, en Europe, n'est prêt à donner sa vie pour la coque du bateau. Pour les personnes qui sont dessus, en revanche, peut-être, mais pour un morceau de bois ou de ferraille, sûrement pas ! Et c'est là, je crois, une excellente nouvelle.

Voilà qui va en tout cas changer, de manière encore inimaginable, la donne dans tous les domaines de la vie démocratique. Sur le plan moral et politique, bien entendu, et nous y reviendrons dans les prochains chapitres. Mais aussi dans l'espace de l'art, qui va enfin pouvoir, après un siècle de déconstructions et d'avant-gardes qui avaient fini par tourner au grotesque et à l'insignifiance, mettre l'humain au cœur de l'œuvre d'art, et ce avec un regard neuf, marqué justement par ce siècle de déconstruction qui aura eu, malgré tous ces errements, au moins le mérite de libérer des dimensions de l'existence humaine jusqu'alors refoulées ou ignorées. C'est surtout, bien entendu, sur le plan des valeurs spirituelles que la révolution à venir sera sans doute la plus marquante, comme je tâcherai de vous le montrer dans la troisième partie de ce livre.

Nous allons maintenant pouvoir commencer à esquisser, par-delà le rationalisme des Lumières et la déconstruction qui en fut faite ou, si l'on veut, par-delà Kant et Nietzsche, les contours de ce second humanisme que j'évoque depuis le commencement de ce livre. Il est indispensable de le situer non seulement par rapport à l'ancien, mais aussi par rapport à cette déconstruction qui aura tant marqué le XXe siècle dans le champ de l'art et des mœurs, comme de la philosophie.

Par-delà Kant et Nietzsche, par-delà les Lumières et la déconstruction : les trois âges de la philosophie moderne – l'humanisme des Lumières, la déconstruction et l'humanisme de l'amour

Si l'on veut comprendre notre époque, il est tout simplement indispensable de percevoir enfin en toute clarté en quel sens il existe bel et bien deux humanismes, de saisir aussi en quoi la période de la déconstruction, c'est-à-dire l'essentiel du XXe siècle, prend pour ainsi dire place entre les deux.

Le premier humanisme, l'humanisme de Kant et de Voltaire, du droit et de la raison, est aussi un humanisme de la nation. Les droits de l'homme, qu'il place au sommet de la hiérarchie des valeurs morales, ne sont pas tout à fait des droits de l'homme *en général et absolument*, quel qu'il soit, mais seulement des droits de l'homme *et du citoyen*. La restriction nationaliste est d'importance. Par là même, il peut aisément dériver vers ce monstre, en apparence paradoxal mais cependant assez compréhensible, que constitue un humanisme de la colonisation, de l'éducation du genre humain par les « nations éclairées », s'il le faut, en recourant à la force et à la violence. C'est un humanisme de *la* Civilisation au singulier, ce singulier désignant l'Europe, qui peut étrangement, malgré la déclaration des droits de l'homme et le républicanisme, aller jusqu'à l'ethnocentrisme le moins complexé. Les propos des philosophes du XVIIIe siècle sur les « palestiniens » (entendez : les juifs), sur les Noirs ou sur les autres civilisations sont, la plupart du temps, et même chez les plus grands, consternants si on les juge à l'aune de nos critères actuels. Ils tranchent de manière presque incompréhensible avec l'universalisme républicain professé par ailleurs, souvent de façon réellement sublime. Ils confinent parfois au racisme, et sans ce racisme ouvert ou latent, il n'y aurait évidemment pas eu de colonisation.

La déconstruction des principes fondamentaux du premier humanisme, pour injuste qu'elle soit souvent, nous a fait entrer dans la logique de la décolonisation, notamment avec Lévi-Strauss, mais pas seulement : d'une manière générale, ce que j'ai appelé la « Pensée 68 », c'est-à-dire la pensée déconstructrice qui souffle sur la France et les États-Unis dans les années 1970, est avant tout marquée par le souci de la « différence » – en quoi d'ailleurs elle va bientôt alimenter la revendication du droit des minorités mais aussi, au final, légitimer la terrible mode du « politiquement correct ». Pourtant, sans le savoir ni le vouloir, elle va aussi préparer, au sens d'une espèce de propédeutique bien involontaire, l'espace de ce nouvel humanisme, postnietzschéen et postmétaphysique, que j'essaie de penser aujourd'hui. Un humanisme, comme je l'ai dit, non plus des droits de l'homme et de la raison (des Lumières), mais un humanisme de la transcendance de l'autre, un humanisme de l'amour – thème que Kant, par exemple, n'aborde pour ainsi dire jamais ou, il faut bien l'avouer, fort mal et fort peu dans l'ensemble de son œuvre. Il me faudra donc faire, et j'y reviendrai à la fin de la deuxième partie de ce livre, la démonstration que cet humanisme de l'amour, cet humanisme du sacré à visage humain, même au regard des principes déconstructionnistes nietzschéens ou heideggériens les plus rigoureux qui soient, n'est pas et ne peut pas être un humanisme métaphysique, une des figures du nihilisme ou des illusions de la métaphysique.

L'histoire de la philosophie moderne présente ainsi trois temps et il est essentiel de les penser enfin clairement comme articulés entre eux.

Vient en premier lieu l'humanisme des Lumières, puis le temps de la déconstruction, et enfin celui de l'humanisme de l'amour (ou humanisme de l'homme-dieu). Ce dernier humanisme est profondément marqué par des interrogations radicalement nouvelles sur le plan moral, d'abord, mais aussi touchant la spiritualité laïque ou la sagesse des Modernes. La question de ce qu'on pourrait appeler la sagesse de l'amour ou sagesse des mortels se pose désormais à nous en termes neufs, qui ne sont plus ceux des Anciens, pas non plus ceux de l'humanisme traditionnel ni de la déconstruction. Quel type de vie, quelle relation adopter avec les autres, notamment avec ceux que nous aimons – mais potentiellement, tout homme est aimable et on peut faire des rencontres tout au long de sa vie –, sachant que dès qu'un être est né il est assez vieux pour mourir ?

Comme j'ai tenté de le montrer dans ce premier volet d'une philosophie du temps présent, si on se place sur un plan d'abord seulement théorique, sur le plan de la connaissance, et non pas sur celui de la morale ou de la sotériologie, pour reprendre les trois catégories que j'ai exposées dans mon *Apprendre à vivre,* toute la question aujourd'hui est de savoir quelle théorie correspond à ce deuxième âge de l'humanisme. Pour les raisons que j'ai seulement suggérées, je pense que c'est l'autoréflexion et l'histoire, ce que certains nommaient dans les années 1930 la « théorie critique » – et je retrouve là mes amours de jeunesse, ce qu'il y avait de plus intéressant à mes yeux chez Horkheimer et Adorno. La place prépondérante de l'histoire dans l'univers démocratique où le second humanisme prend son essor n'a rien d'accidentel. Ils sont en fait intimement liés entre eux, inséparables à vrai dire, de sorte que nul ne peut plus, dans le monde de la pensée, faire l'économie d'un regard historique sur ce qui nous entoure. Pourquoi ? Parce que la démocratie passe par l'autonomie des individus et que cette autonomie suppose que l'on tire au clair, sur le modèle de la psychanalyse, le passé qui, sans cela, nous détermine à coup sûr et nous plonge dans l'hétéronomie – au sens où l'on dit que celui qui ignore son passé est condamné à le revivre sous la forme du « retour du refoulé ». Il y a un lien indissoluble entre la recherche de l'autonomie, cet idéal de liberté qui nous pousse toujours vers l'exigence de « penser par soi-même », et l'autoréflexion que suppose et permet tout à la fois la science historique.

Nous aborderons dans la troisième partie ce qui touche à la sagesse et à la spiritualité laïques. On comprend, d'après ce que nous avons vu de l'évolution si puissante de la logique de l'amour-passion jusqu'au sein de la famille, que la sagesse des Modernes ne peut plus se satisfaire des principes anciens. Pour le dire d'une phrase, mais nous allons y revenir longuement : là où les Anciens cherchaient plutôt une sagesse cosmique, une sagesse du monde, nos contemporains sont davantage en quête d'une sagesse de l'amour fondée sur une nouvelle conception de la transcendance, qui n'est ni celle des Grecs ni celle des chrétiens, pas davantage celle de ces croyants sécularisés que sont les grands penseurs républicains ou socialistes du premier humanisme. Comment vivre avec ceux que nous aimons sachant qu'ils sont mortels et nous aussi ? Comment vivre le deuil de l'être aimé dans une société qui ne croit plus guère en l'immortalité de l'âme ni en des retrouvailles heureuses *post mortem* ? Comment accepter les transformations de la passion amoureuse au sein du couple, sachant qu'elle n'a en général qu'un temps et que ce n'est pas toujours une douce amitié qui prend le relai ? Comment élever nos enfants, comment les « équiper » pour réussir leur vie du mieux possible ? Que signifie d'ailleurs l'expression « réussir sa vie », si on ne la réduit pas à sa dimension purement sociale et matérielle ? Quel monde voulons-nous leur laisser, confier aux générations futures, non seulement en termes d'écologie mais aussi d'économie, de politique, de culture ? Voilà quelques-unes des questions, parmi beaucoup d'autres, que la sagesse des Modernes est, très concrètement, contrainte d'affronter aujourd'hui en raison de cette étrange histoire de la vie privée qui fut celle des Européens au cours des deux derniers siècles.

Mais c'est d'abord sur le plan moral, qui fait l'objet de la deuxième partie de ce livre, qu'il nous faut maintenant nous situer pour saisir également ce que ce nouvel humanisme a d'inédit par rapport à l'ancien, pour comprendre ce en quoi la grande déconstruction du XXe siècle que nous avons longuement évoquée l'a conduit, parfois très radicalement, à évoluer. Tout le monde a pu constater combien, dans la deuxième moitié du XXe siècle justement, nous avions assisté à l'émergence d'une nouvelle génération de droits de l'homme : par-delà les fameux droits-liberté de la grande Déclaration canonique de 1789, par-delà même les droits-créances (droit au travail, droit à l'éducation, à la santé, etc.) qui fleurissent dans les Constitutions européennes de l'après-guerre et qui animent pour l'essentiel la dynamique démocratique, c'est bien évidemment l'humanitaire à l'extérieur et le caritatif à l'intérieur qui font leur apparition au grand jour. « Médecins du monde » et « Restos du cœur », devoir d'ingérence face à l'ignominie, mais aussi, tout simplement, à l'incurie des États, enlèvent progressivement la vedette au vieux débat entre libéraux et socialistes sur les droits formels et les droits substantiels. Ce qui, malgré tous les défauts et toutes les apories de l'action humanitaire qu'on voudra invoquer, n'est pas une évolution anodine, loin de là. Elle signifie que les droits de l'homme et du citoyen, ces droits qui sont garantis par le cadre national, s'élargissent à la dimension du monde. En d'autres termes, c'est la nature même de l'universalisme de référence qui change : on passe de l'universel national, si je puis dire, de cet universel républicain hérité de la Révolution française, qui promouvait certes les droits de l'homme, mais qui s'accommodait cependant fort bien d'un colonialisme éducateur du genre humain comme de la barbarie des dictateurs auxquels le droit international accordait pleine souveraineté au sein de « leur » nation, à un universalisme beaucoup plus large, en grande partie postnational puisqu'il s'étend aux apatrides et qu'il renonce sans condition aux objectifs d'une gloire nationale passant par la constitution d'un empire.

Mais l'essentiel est encore ailleurs : dans le fait que cet universalisme d'un genre nouveau n'a plus, en tout cas plus seulement, le droit et la raison pour moteurs. S'il prétend traverser les frontières, s'il entend ne pas se résoudre à la logique juridique et rationnelle de la souveraineté des États, c'est bien évidemment au nom du « cœur », de la sympathie, entendue au sens propre, étymologique, comme la capacité de « souffrir avec », c'est-à-dire de ne pas en rester à la seule logique de l'indifférence que permet et peut-être même justifie le droit international traditionnel. En d'autres termes, c'est à nouveau la logique de l'amour qui est ici à l'œuvre, c'est elle qui va bouleverser l'ordre moral ancien au nom d'exigences radicalement nouvelles. Avant de le juger, de déclarer, comme on l'a fait si souvent dans le monde intellectuel, que les « droits de l'homme ne sont pas une politique », formule qui sert souvent à justifier la *Realpolitik* en renvoyant l'action humanitaire au vestiaire des bons sentiments inefficaces et vains, encore faut-il comprendre le sens exact de la rupture que représente, par rapport à l'histoire des anciennes visions morales du monde, l'avènement du second humanisme.

Tel est l'objet du prochain chapitre.

II

MORALE

UNE BRÈVE HISTOIRE DE L'ÉTHIQUE

La naissance d'un nouvel humanisme ou les valeurs du XXIe siècle

Le but du présent chapitre est d'éclairer les implications éthiques[1] de ces deux événements majeurs, indissolublement liés entre eux, que furent au XXe siècle la déconstruction des traditions et la naissance de la famille moderne. Dans quelle mesure la première fait-elle table rase des visions anciennes de l'éthique ? En quoi la victoire de la seconde sur les figures traditionnelles de la famille implique-t-elle, sinon de nouvelles valeurs, du

1. Un mot sur le vocabulaire : je ne ferai pas ici de distinction entre éthique et morale. A priori, il n'existe entre les deux termes aucune différence significative, sinon que le premier vient du grec (*êthos, les mœurs*) et le second du latin (*mos / mores*), le latin ne faisant en l'occurrence que traduire le grec. Or ce qui m'intéresse, ce ne sont pas les jeux de langage, mais la chose même, disons, pour parler d'une manière qu'on pourra juger un peu rustique, mais que chacun comprendra : la question du bien et du mal, du juste et de l'injuste dans nos rapports avec autrui, question que je distingue clairement, comme on verra au chapitre III, de celle de la vie bonne. Ce qui m'importe, c'est de comprendre où nous en sommes aujourd'hui en matière d'éthique.

moins une réorganisation complète des anciennes sous l'égide d'un principe nouveau, celui de l'amour, porteur de conséquences proprement bouleversantes sur le plan moral autant que politique ? Voilà les deux questions qui doivent maintenant nous guider pour comprendre, non pas sans doute l'abandon, mais malgré tout l'incontestable dépassement d'une première phase de l'humanisme – celui des Lumières et de la république naissante. Un nouvel humanisme est né, qui enregistre et prend en compte les évolutions du siècle dernier. Il conserve bien entendu (et c'est heureux) une large part de l'ancien. Pour être enraciné dans une raison plus amoureuse que pure, il ne renonce en rien – je dis bien *en rien* – ni à l'État de droit, ni à la liberté des Modernes, ni aux exigences de la rationalité scientifique, en quoi il reste profondément attaché aux cadres de la république. Simplement, il lui faut intégrer, et c'est là l'élément neuf, cette déconstruction des traditions comme cet épanouissement de la sphère privée dont nous avons dit comment ils conduisaient bien davantage à la sacralisation de l'humain qu'à celle des Idoles de la Révolution, de la Colonisation ou de la Nation. En quoi et pourquoi l'idéal de l'amour qui s'introduit désormais dans les relations humaines comme jamais dans les siècles passés va-t-il jouer, sur le plan éthico-politique, le rôle d'un principe organisateur de valeurs ? Telle est l'interrogation qui, dans le récit qui va suivre, doit nous servir de fil conducteur.

Je distinguerai cinq grandes visions morales du monde, cinq conceptions des valeurs éthiques, du bien et du mal, du juste et de l'injuste, toutes assez puissantes et, au sens propre, géniales (car ce sont bien des créations sociales-historiques) pour avoir marqué notre histoire comme nulles autres. Sans une perception adéquate de ces grands moments, il est rigoureusement impossible de comprendre où nous en sommes aujourd'hui. Repérons-les d'entrée de jeu, avant de les reprendre une à une pour en saisir les traits caractéristiques les plus fondamentaux, le sens et la portée.

I. La conception aristocratique de l'éthique telle qu'elle prend son essor dans l'Antiquité grecque en référence à l'idée d'un ordre du monde, d'un cosmos hiérarchisé et harmonieux, dont la cité juste doit être l'imitation et le reflet. C'est ce qu'on peut appeler le « cosmologico-éthique », c'est-à-dire la morale déduite d'une certaine représentation du cosmos.

II. La fondation religieuse de la morale ou le « théologico-éthique » : comment, avec la morale judéo-chrétienne, apparaissent les premiers linéaments de cette égalité et de cette liberté modernes dont l'univers démocratique européen sera l'héritier.

III. Le premier humanisme ou l'éthique républicaine des Lumières : il place l'homme, et non plus le cosmos ou la divinité, au centre du monde. Il fait de sa raison et de sa liberté les deux principes fondateurs de toutes les valeurs. Sa naissance ne s'en opère pas moins très largement à partir d'une sécularisation du judéo-christianisme dont il conserve à bien des égards les valeurs les plus essentielles : le libre arbitre, l'égalité au sens de l'égale dignité des êtres humains, la valorisation du travail et du mérite...

IV. L'éthique de l'authenticité ou le nouveau statut du bien et du mal à l'âge de la déconstruction. Il ne s'agit plus, après la grande déconstruction du XXe siècle, de s'élever par le travail pour atteindre des normes transcendantes, morales ou culturelles, comme le voulait la méritocratie républicaine, notamment dans le cadre de l'école. Il s'agit désormais de dénoncer toutes les formes d'aliénation pour parvenir enfin à être vraiment soi-même, à épanouir sa personnalité, voire à « s'éclater ». La bohème préparant l'essor de la mondialisation et la « Pensée 68 », celui du capitalisme moderne, le souci de soi et la logique de l'hédonisme, du ludique et de la consommation deviennent centraux.

V. Le second humanisme et les valeurs du xxie siècle. Après le principe cosmique, le principe théologique et le principe humaniste entendu au sens du rationalisme des Lumières, après la déconstruction et l'éthique de l'authenticité ou du culte de soi qui l'accompagne, c'est l'idéal de l'amour, de la fraternité et de la sympathie qui fait son entrée en scène. Le deuxième humanisme, postkantien autant que postnietzschéen, postrépublicain autant que post-soixante-huitard, ne sera plus seulement un humanisme des droits et de la raison, mais aussi du cœur et de l'affectivité – ce qui le conduira notamment, par souci de l'altérité, à rompre avec l'impérialisme colonial qui caractérisait, malgré ses prétentions à l'universalisme, le premier humanisme. En ce sens, nous vivons aujourd'hui un événement historique majeur, l'avènement d'une nouvelle vision morale du monde comparable en ampleur aux anciennes. C'est cela qu'il va s'agir ici de comprendre.

Encore deux brèves remarques, avant d'entrer dans le cœur de chacune de ces grandes éthiques.

La première, c'est que ces « types-idéaux », que je vais maintenant tenter de vous présenter de la manière la plus claire et la plus vivante possible, constituent toujours pour nous des horizons de sens possibles. Les philosophies anciennes, à la différence de ce qui a lieu, par exemple, avec les théories scientifiques, ne sont pas anéanties, jetées au rebut. Même si nous ne les partageons plus, comme c'est le cas, pour l'essentiel, de l'éthique aristocratique, elles n'en conservent pas moins une signification actuelle – un peu à l'image des œuvres d'art du passé dont personne ne songerait à déclarer qu'elles sont rendues obsolètes par les plus récentes. C'est aussi pour cette raison que l'histoire des grandes visions morales du monde possède un charme que celle des théories scientifiques périmées n'offrira jamais, car toutes les pensées que nous allons y rencontrer, même les plus anciennes, nous parlent encore, fût-ce parfois en nous choquant – en quoi elles ne sont point vidées de leur substance ni destinées même à l'être un jour. J'ai tenté d'expliciter ailleurs[1] cette

1. Dans *Apprendre à vivre*, tome I, en proposant une distinction entre l'histoire des sciences, celle des arts et celle de la philosophie. Disons, là aussi, les choses simplement : dans l'histoire des sciences, on rencontre incontestablement ce que Bachelard nommait des « vérités sanctionnées », en bien ou en mal d'ailleurs, c'est-à-dire consacrées ou rejetées. Par exemple, il est clair et indiscutable d'un point de vue strictement scientifique que la physique de Newton l'emporte définitivement sur celles

conception de l'histoire de la philosophie. Je n'y reviens pas. Il me suffira de noter ici que, sans pour autant renoncer au souci de la vérité, elle est

---

d'Aristote ou de Descartes, et on n'y reviendra pas. Sans doute Newton sera-t-il à son tour dépassé par Einstein, mais point pour autant rejeté : sa théorie de la gravitation universelle reste parfaitement juste au niveau des forces où elle se situe, de sorte qu'elle est intégrée dans la physique moderne dont elle est et restera désormais une partie importante. Descartes a fait sans doute quelques avancées. On lui doit notamment la formulation juste du principe d'inertie, mais ses lois du choc, par exemple, et la théorie des tourbillons qui les accompagne, sont fausses et parfois même franchement absurdes. Contrairement à la physique de Newton, elles ne peuvent plus intéresser que les érudits, les historiens des idées, ceux qui font une thèse de doctorat sur le cartésianisme. Du point de vue scientifique, elles ne valent plus rien, elles ne présentent aucun intérêt et nul savant contemporain ne s'y réfère plus.
Il en va tout autrement dans l'histoire des arts. Personne ne songerait par exemple à dire que Debussy est plus « juste » ou plus « performant » que Beethoven, ou les œuvres de Monet « supérieures » à celles de Vermeer. Ce serait ridicule. Giacometti n'est pas non plus au-dessus de Rodin, qui ne l'emporte pas sur la statuaire grecque. Les grandes visions du monde philosophiques sont en cela comparables aux grands moments de l'histoire de l'art : on peut bien sûr, à titre personnel, préférer Spinoza à Kant, Aristote à Hegel, le classicisme au romantisme, et ce dernier à l'art moderne. Mais l'inverse est tout aussi possible. Celui à qui telle ou telle de ces visions « parle » davantage que les autres la trouvera sans doute plus juste que celles qu'il rejette, ignore ou face auxquelles il se sent mal à l'aise. Mais en vérité, les philosophes, comme les artistes, ouvrent des perspectives sur la vie, des façons pour les êtres humains d'aborder la question du salut, la question de ce qui nous sauve des peurs et peut nous rendre plus sereins – ce que les Grecs appelaient la *sophia*, la sagesse – et ces possibles une fois ouverts, ils restent à jamais offerts à l'humanité : rien ne vous interdit aujourd'hui d'adopter nombre d'aspects de la sagesse grecque plutôt que de la religion chrétienne ou de l'humanisme moderne, de même que rien ne vous interdit de trouver l'amphithéâtre de Zeus qui se trouve au pied du Parthénon à Athènes plus beau que le musée de Beaubourg.

malgré tout plus proche de l'histoire de l'art que de celle des sciences – ce qui est une autre manière de justifier l'intérêt d'une approche historique de l'éthique, puisqu'elle ne sombre pas dans une

---

Cela signifie-t-il que la philosophie ne vise pas la vérité, qu'elle se réduirait à une variante de l'esthétique ? Non, évidemment non. Ce serait une autre erreur que de tenir l'histoire de la philosophie pour absolument identique à celle des arts. Il ne s'agit ici que d'une analogie destinée à mieux faire comprendre ce qui la distingue de l'histoire des sciences. Bien entendu, la philosophie vise une vérité, même si cette dernière ne se définit pas comme dans les sciences positives, soit de manière déductive (mathématiques et logique), soit de manière expérimentale (physique et biologie). Contrairement à l'idée naïve selon laquelle la pluralité des philosophies plaiderait contre leur prétention à la vérité, il faut au contraire affirmer que toutes les grandes philosophies, si différentes ou divergentes soient-elles, sont profondément vraies en ce sens qu'elles représentent toujours, ne fût-ce que partiellement et même pour les plus anciennes d'entre elles, des attitudes possibles face à la vie, face à la finitude humaine. Si Kant avait raison contre Spinoza ou Spinoza contre Platon, cela se saurait depuis belle lurette, exactement comme on sait sans le moindre doute que Newton a raison contre Descartes. Ici encore, la philosophie se rapproche des arts. Les grandes visions philosophiques du monde, à l'image des grandes œuvres d'art, sont comme des châteaux, comme des palais somptueux, tous magnifiques, mais dont les styles sont différents, tout simplement parce que les stratégies de lutte contre les peurs liées à la finitude humaine sont multiples et divergentes. On peut aimer l'ancien ou préférer le moderne, priser les architectures dépouillées ou au contraire celles, plus alambiquées, qui vous réservent des recoins et des cachettes, se complaire dans les intérieurs sombres ou ne supporter que les espaces lumineux… On pourrait dire par analogie qu'il en va de même face à la question de la finitude, de la mort et de la peur qu'elle inspire. Les attitudes peuvent varier : certains se sentiront aussitôt à l'aise avec des doctrines de la sagesse qui invitent à la contemplation plutôt qu'à l'action, à l'amour et à la réconciliation avec le monde plutôt qu'à un travail visant toujours à le transformer et à l'améliorer. C'est affaire de choix et il serait absurde de dire que les premiers ont raison et les seconds, tort, ou l'inverse.

forme d'érudition passée et dépassée, mais vise au contraire à la compréhension du présent.

Ma seconde remarque n'est au fond qu'un complément de la première : il est clair à mes yeux que la vision morale du monde propre au second humanisme tend à l'emporter aujourd'hui sur toutes les éthiques plus anciennes, du moins dans notre vieille Europe et dans les continents qui s'y rattachent sur le plan intellectuel, moral et politique. Pour autant, elle ne les élimine pas. Il est évident, par exemple, qu'il reste, au sein des civilisations même les plus démocratiques, de nombreux croyants dont la foi, légitime et respectable, ne saurait être réduite à une simple survivance archaïque. De même, on y rencontre quotidiennement des républicains à l'ancienne, héritiers purs et durs des Lumières, et il n'est pas jusqu'au monde aristocratique qui ne conserve un sens, par

---

Mais, une fois encore, cette pluralité n'est pas en philosophie le signe d'un renoncement à la vérité, car le type de vérité qui est ici recherché, j'y reviens de nouveau un instant, ne s'apparente ni à la déduction mathématique, ni à la méthode expérimentale des sciences empiriques. Il peut par conséquent y avoir plusieurs perspectives vraies, comme il peut y avoir plusieurs formes de beauté. Sans entrer ici dans le détail d'une argumentation qui nous écarterait par trop de notre propos principal, il est évident que la proposition du sage stoïcien ou bouddhiste qui invite son disciple à ne pas s'attacher aux biens de ce monde parce qu'ils passent et sont éphémères n'a pas le même statut de vérité que la loi de Claude Bernard sur la fonction glycogénique du foie. On n'est pas en philosophie dans le domaine de ce que Popper nommait le « falsifiable », dans le domaine de ce qu'on peut réfuter par le recours à une expérimentation factuelle, mais dans celui du *sens* et du rapport à la vie qui supporte une pluralité de réponses sans que, pour autant, il faille en déduire des conclusions sceptiques, comme si cette pluralité démontrait que tout est faux.

exemple dans les sports et les arts où l'excellence naturelle continue de briller au sein de l'univers contemporain. Nombre d'aspects des éthiques antérieures à ce que j'appelle ici « le second humanisme » gardent ainsi une signification pour nous et, ce qui est plus remarquable encore, une place au sein de cette nouvelle vision morale du monde. Nous verrons plus loin en quel sens précis, en considérant notamment certains cas concrets, ceux du sport et de l'éducation par exemple, au sein desquels les modèles plus anciens, aristocratiques, judéo-chrétiens ou républicains « première manière », demeurent encore très présents, ne fût-ce que sous une forme remaniée et dans un cadre renouvelé.

Mais là encore, n'anticipons pas, et commençons par le commencement, c'est-à-dire, justement, par l'Antiquité aristocratique.

I. L'ÉTHIQUE ARISTOCRATIQUE DES ANCIENS

À bien des égards, la vision aristocratique du monde que l'Antiquité grecque nous a léguée[1] a largement dominé l'Europe féodale depuis le Moyen Âge jusqu'à la Révolution française. Impossible,

1. L'idéal aristocratique qui donne leur souffle aux principales morales antiques ne se limite évidemment pas aux formulations qu'on en trouve dans des traités théoriques dus à des grands philosophes comme Platon ou Aristote. En vérité, c'est toute la culture commune et les institutions politiques grecques qu'il inspire et infiltre, en même temps qu'il marque de son empreinte ce fond commun extraordinairement riche et puissant qu'est la mythologie.

par conséquent, de comprendre la naissance des morales méritocratiques, chrétienne ou républicaine, sans avoir une connaissance assez claire des principes fondamentaux de l'éthique aristocratique avec laquelle elles entendaient rompre. Trois d'entre eux ressortent de manière particulièrement profonde et cohérente[1].

Le premier réside dans ce que j'ai nommé le cosmologico-éthique, c'est-à-dire l'idée que le bien et le mal, le juste et l'injuste trouvent une définition et des critères objectifs dans une certaine représentation de l'harmonie cosmique : si l'ordre naturel des choses est inégalitaire et hiérarchisé, la cité juste se devra, elle aussi, de refléter la hiérarchie naturelle qui existe universellement, qu'on le veuille ou non, entre les êtres – animaux, végétaux ou humains. *Le deuxième* tient au fait que, dans cette perspective, la vertu se définira, non comme un idéal à réaliser, un « devoir-être » qui supposerait que l'on fasse violence à une nature rétive, mais, tout à l'inverse, comme un prolongement harmonieux des dispositions naturelles. *Le troisième* est une conséquence directe du deuxième : si la vertu n'est pas un combat contre la nature, mais au contraire un accomplissement de dispositions naturelles, alors il va de soi que le travail, entendu comme une activité qui domestique la nature en nous (travail « sur soi ») ou hors de nous (transformation du monde), ne saurait être

1. Il est évidemment facile de faire valoir, comme on peut le faire contre tout type-idéal, telle ou telle objection particulière. J'accepte par avance ce genre de critique, mais cela n'affaiblit en rien l'intérêt du type-idéal qui continue de fournir un modèle pour la pensée.

moralement valorisé. Voilà pourquoi l'aristocrate, c'est-à-dire au premier chef celui qui est bien né et bien doué, doté généreusement en talents divers par nature, va se définir d'abord et avant tout comme quelqu'un qui ne travaille pas. Là encore, c'est un trait qui, malgré certains aspects du christianisme, dominera l'univers aristocratique en Occident jusqu'à la Révolution française.

Reprenons.

A. Le cosmologico-éthique : l'harmonie avec l'harmonie du monde ou la définition du juste comme ce qui tend à imiter l'ordre inégalitaire et hiérarchisé du cosmos tout entier

Le premier trait du monde aristocratique, le plus remarquable sans aucun doute, c'est que le juste et l'injuste ne se définissent en aucun cas par rapport à une « volonté générale », voire une majorité, encore moins en référence à ce que nous nommons aujourd'hui les « droits de l'homme ». L'idée de justice renvoie à un tout autre modèle, celui d'un univers, d'un « cosmos » que les Grecs[1] se

1. Parler « des Grecs » en général est sans doute une facilité. Je ne l'ignore pas. C'est un peu comme quand nous parlons aujourd'hui de « l'Europe » et des « Européens », comme s'ils formaient un clan homogène, alors qu'il y a des philosophies et des visions politiques très diverses et très opposées, avec des courants, comme l'extrême droite ou encore l'altermondialisme par exemple, qui prétendent incarner une sorte de « contre-culture » par rapport à « l'idéologie dominante ». Pourtant, il nous semble que la démocratie européenne, avec sa culture de l'État de droit, de la laïcité et de l'État-providence possède bel et bien une certaine unité. Il y a bien entendu aussi des exceptions dans la philosophie antique par rapport à la tradition des

représentaient tout à la fois comme parfaitement harmonieux et de part en part hiérarchisé. Pour dire les choses de la manière la plus simple qui soit : il existe par nature des bons et des mauvais, et ce qui est juste, c'est que les bons soient en haut et les mauvais en bas. Voilà tout. En d'autres termes, la cité juste est celle qui imite le mieux possible l'ordre naturel, plaçant les plus doués aux commandes et les moins talentueux dans les soutes. Si l'on veut maintenant complexifier davantage le schéma, on dira que l'image de référence, celle que véhicule constamment le stoïcisme par exemple, et qui permet de comprendre le cœur de cette vision du monde, est celle de l'être organisé : de même que, dans un organisme vivant, chaque membre et chaque organe doivent être à leur juste place pour que le tout fonctionne harmonieusement, de même, il faut, dans la cité des hommes, que chacun trouve ce qu'Aristote nomme son « lieu naturel », c'est-à-dire la fonction qui lui revient en rapport avec sa nature propre. Dans le

---

sagesses cosmologiques, notamment celles des atomistes, des sophistes et des épicuriens, qui constituent déjà elles aussi une espèce de « contre-culture » au sein du monde grec. Je parle donc ici de la vision du monde largement dominante telle qu'elle s'est inscrite non seulement dans la grande tradition philosophique qui va de Parménide aux stoïciens en passant par Platon et Aristote, mais plus encore sans doute dans la vie politique et culturelle des Grecs. Au reste, nul ne peut échapper tout à fait à ce type de généralisation. Adversaires et partisans de « l'Europe » parlent bien d'elle au singulier, quitte à détailler après, parce qu'il y a, de fait, une culture européenne, avec des traits communs (l'esprit critique, le rationalisme, la laïcité et les droits de l'homme, etc.) qui définissent malgré tout une espèce de singularité commune (Humboldt aurait dit une « individualité ») par-delà nos divergences.

cosmos, dans cet ordre naturel commun à tous les êtres, il y a un haut et un bas, avec, entre les deux, toute une hiérarchie naturelle des êtres, des meilleurs dans leur genre jusqu'aux plus médiocres. Dans ces conditions, il est juste et bon que les *aristoi*, les meilleurs, détiennent le pouvoir, *cratos*. C'est eux, incontestablement, qui doivent se trouver « en haut », tandis que ceux qui sont moins parfaits, disons les « moyens », doivent prendre place plutôt au milieu, les moins bons se logeant tout aussi naturellement vers le bas.

Voilà par exemple ce qu'indique Socrate, de manière on ne peut plus claire, dans un des passages les plus célèbres de la *République* de Platon[1]. Il n'est pas inutile de s'y arrêter un instant car c'est sans doute le premier modèle, au sein de la philosophie, d'une représentation parfaitement aristocratique du monde en même temps que du droit, de l'éthique et de la politique. Elle offre en outre le mérite d'être à la fois d'une très grande richesse de significations et cependant d'une totale clarté.

S'interrogeant sur la définition de la justice, Socrate propose à ses interlocuteurs d'accepter l'idée que la cité doit se diviser *selon la nature* en trois classes : celle des dirigeants qui en conduisent d'en haut la politique, celle des gardiens qui la protègent, font la guerre, mais se situent un cran en dessous, et enfin celle des artisans et des ouvriers, le cas échéant des esclaves, qui la font

1. La légende selon laquelle Socrate, voire Platon lui-même, ne s'intéressent pas à la cosmologie est évidemment une absurdité : simplement, le cosmos, l'ordre naturel de l'univers, ne se confond nullement avec le « monde sensible » qu'en effet ils dévalorisent.

vivre matériellement et se trouvent, bien entendu, au bas de l'échelle. Trois vertus viennent compléter ce tableau : celle qui est requise des chefs est avant tout l'intelligence qui, bien comprise, mène à la sagesse ; pour les gardiens, qui sont aussi des soldats, c'est le courage qui doit prévaloir ; et pour tous, mais particulièrement quand même pour les artisans et les ouvriers, il faut ajouter la tempérance, la modération.

Socrate apporte encore deux précisions qui nous éclairent sur le sens de cette vision aristocratique de « l'ordre juste » : cette organisation – ce *cosmos* – doit correspondre, comme un parfait analogue, aux trois parties de l'âme (la raison, le courage, l'appétit), mais aussi aux trois grandes divisions du corps (la tête, ce haut du corps où siège l'intelligence ; le diaphragme, logé au milieu, qui est le lieu du courage et du cœur, et enfin le bas-ventre, partie bien évidemment inférieure dans les deux sens du terme). Nous avons là l'exemple même d'une vision indissolublement aristocratique et cosmique de la politique, une quintessence de ce que j'ai nommé ici le cosmologico-éthique, c'est-à-dire l'enracinement de la morale dans une certaine représentation de l'ordre naturel du monde. Selon Socrate, qui illustre ici le trait le plus fondamental de cet univers antique, la justice ne consiste en rien d'autre qu'en l'imitation de cet ordre naturel en tant que tel (dans le texte grec original, c'est encore et toujours le mot « cosmos » qui est employé) – de sorte que l'égalité démocratique à laquelle nous tenons tant aurait sans nul doute constitué à ses yeux le comble de l'injustice.

Il faut avant toute chose que la cité réelle imite la nature, inégalitaire par essence, il faut qu'elle s'y

« ajointe » afin de pouvoir être dite « juste » et « harmonieuse », comme un microcosme qui reflète le macrocosme. En un sens presque physique, le juste, c'est ce qui est « ajusté » à l'ordre cosmique, ce qui est en accord avec lui, en harmonie, donc, avec l'harmonie du monde. La justice n'a dans ces conditions rien à voir ni avec l'obéissance à des commandements divins (comme dans une perspective religieuse), encore moins avec je ne sais quelle « volonté générale » qu'exprimerait une majorité d'êtres humains réunis dans une république. Nous sommes aux antipodes du principe judéo-chrétien comme du principe humaniste ou démocratique et, en revanche, de plain-pied dans le principe cosmologique : la justice n'est rien d'autre que la *justesse*, si l'on entend par là, très concrètement, l'ajustement ou la mise en harmonie de la cité avec la hiérarchie inégalitaire qui prévaut au sein de l'âme et du corps dont Socrate vient d'esquisser la description[1].

1. Ce cosmos n'est évidemment pas aux yeux de Socrate une réalité essentiellement « sensible », mais au contraire intelligible, c'est-à-dire tout à la fois *naturelle et divine*. Intelligible parce qu'il est accessible surtout aux yeux de l'esprit. C'est pour le savant que le monde apparaît comme un ordre magnifique, merveilleusement bien fait, par exemple pour le biologiste qui découvre à quel point un organisme vivant est supérieur à toutes les machines humaines même les plus ingénieuses. Mais c'est en quoi, précisément, le cosmos, l'ordre intelligible du monde, est aussi divin : non seulement il est parfait, mais il n'est pas créé par les hommes. Il est supérieur et extérieur à eux, et c'est cela même que les Grecs nomment le divin (qu'on ne doit pas confondre avec le dieu personnel des chrétiens et, plus généralement, des grands monothéismes). De là aussi le fait que ce principe cosmique soit vécu par les hommes comme

Toujours selon ce même passage emblématique de la *République*, la tâche de l'organisateur suprême de la cité, dont Platon pense qu'il doit être philosophe, consiste avant toute chose à choisir ceux qui sont « *aptes par nature* » à diriger ou à garder. S'agissant, par exemple, des gardiens, la comparaison suivante ne laisse aucun doute sur ce point : « *Crois-tu*, demande Socrate à son interlocuteur, *que le naturel d'un jeune chien de bonne race diffère, pour ce qui concerne la garde, de celui d'un jeune homme bien né ?* » (374-375). La réponse ne tarde pas : non, bien sûr, si l'on se place dans cet horizon cosmologico-naturaliste. De là le fait que l'injustice suprême consiste dans le désordre, c'est-à-dire dans la révolte contre la nature (433-434) :

> « *La justice consiste à ne détenir que les biens qui nous appartiennent en propre et à n'exercer que notre propre fonction... Par contre, quand un homme que la nature destine à être artisan ou quelque autre emploi lucratif, exalté par sa richesse {...} tente de s'élever au rang de guerrier ou un guerrier au rang de chef et de gardien dont il est indigne {...} cette confusion entraîne la ruine de la cité.* »

Où l'on voit que l'égalité démocratique constituerait dans cette optique le pire des désordres et, par là même, la pire des injustices.

Transcendant par rapport aux hommes – ce qui l'oppose par avance à l'humanisme moderne –

---

s'imposant du dehors, comme extérieur et supérieur à eux, jamais comme produit ou engendré par eux. En quoi le principe aristocratique est toujours perçu, du moins aux yeux de ceux auxquels il s'applique, comme une *hétéronomie*, au sens étymologique du terme, comme imposant une loi de l'extérieur.

l'étalon du juste et de l'injuste ne l'est pourtant pas par rapport au monde, au cosmos entendu comme cet ordre naturel dont il n'est au contraire que le reflet ici bas – ce qui distingue cette transcendance grecque de celle du Dieu des juifs et des chrétiens. Que cet ordre soit désigné comme « divin » autant que comme naturel, comme intelligible autant que biologique ou physique, ne doit pas nous égarer : nous ne sommes ni dans la théologie, ni dans la science moderne, mais bel et bien dans le cosmologico-éthique, dans une morale naturaliste au sens, très précisément, que Platon donne à ce terme lorsqu'il déclare qu'il serait « antinaturel », donc injuste, que les individus destinés *par nature* à remplir les trois cases prévues pour eux se trompent d'aiguillage. On pourrait multiplier les exemples qui vont dans le même sens, à commencer par la légitimation antique de l'esclavage que les spécialistes de philosophie grecque préfèrent parfois (pas toujours) passer sous silence. À tort, car elle est bien évidemment inhérente à la logique la plus profonde du monde aristocratique dont elle ne peut être dissociée comme s'il s'agissait d'un simple accident de parcours, ainsi qu'en témoigne, parmi tant d'autres, un fameux passage de la *Politique* d'Aristote[1].

1. « Y a-t-il quelqu'être pour lequel il soit préférable et juste d'être esclave ou, au contraire, n'en est-il rien, et l'esclavage est-il toujours contre nature ? Voilà ce que nous avons maintenant à examiner. La réponse n'est pas difficile : le raisonnement nous le montre, en même temps que les faits nous l'enseignent. L'autorité et la subordination sont non seulement des choses nécessaires, mais encore des choses utiles ; et c'est immédiatement après la naissance qu'une séparation s'établit entre certaines réalités, les unes étant destinées au commandement, et

Bien entendu, l'idée choque au regard de l'éthique humaniste, républicaine et démocratique, qui est la nôtre aujourd'hui. Elle prend de plein fouet nos convictions égalitaristes, antiracistes et antisexistes – au point qu'il est même aujourd'hui fort risqué de l'évoquer sur un campus américain. Mais il faut bien comprendre que du point de vue d'une vision cosmologique de l'univers, c'est notre égalitarisme qui est profondément choquant, radicalement injuste. Car l'équité doit l'emporter sur l'égalité et l'équité exige que chacun soit à sa place dans un ordre naturel dont la hiérarchie est perçue comme une des caractéristiques les plus essentielles. Du reste, même pour ceux qui, comme c'est évidemment mon cas, rejettent les effets pervers de cette morale aristocratique, à commencer par

---

les autres à l'obéissance... Les animaux domestiques sont d'un naturel meilleur que les animaux sauvages, et il est toujours plus expédient pour eux d'être gouvernés par l'homme, car leur conservation se trouve ainsi assurée. De même, dans les rapports du mâle et de la femelle, le mâle est par nature supérieur, et la femelle inférieure, et le premier est l'élément dominateur et la seconde l'élément subordonné. C'est nécessairement la même règle qu'il convient d'appliquer à l'ensemble de l'espèce humaine ; par suite, quand les hommes diffèrent entre eux, autant qu'une âme diffère d'un corps et un homme d'une brute (et cette condition inférieure est celle de ceux chez qui tout travail consiste dans l'emploi de la force corporelle, et c'est là d'ailleurs le meilleur parti qu'on peut tirer d'eux), ceux-là sont par nature des esclaves pour qui il est préférable de subir l'autorité d'un maître. [...] Est, en effet, esclave par nature celui qui est apte à être la chose d'un autre (et c'est pourquoi il l'est en fait), et qui a la raison en partage dans la mesure où elle est impliquée dans la sensation, mais sans la posséder pleinement [...] Il est donc des cas où par nature certains hommes sont libres et d'autres esclaves, et pour ces derniers demeurer dans l'esclavage est à la fois bienfaisant et juste. » *Politique*, I, 5. 1254 a – 1255 a.

la légitimation de l'esclavage et du sexisme, il n'en reste pas moins essentiel de percevoir en quel sens tout un pan de cette vision du monde reste à certains égards présent dans nos représentations contemporaines – non sur le plan moral et politique, bien sûr, mais par exemple dans les arts, ou plus encore peut-être dans le sport qui, malgré le souci d'une parfaite égalité dans le respect des règles du jeu, n'en fait pas moins droit à l'idée fort inégalitaire d'une hiérarchie naturelle des êtres. Quoi qu'on en dise, tout le monde ne peut pas, par la seule vertu de ses efforts et de son travail, parvenir à être champion du monde de natation ou de tennis. La nature s'y ajoute, avec ses dons fort parcimonieux dont tout démontre quotidiennement combien ils sont d'essence terriblement inégalitaire.

De là, justement, le fait que les valeurs aristocratiques ne se présentent pas sous la forme d'un devoir, d'un impératif qui nous inviterait à lutter contre une nature rétive mais, tout au contraire, comme le prolongement harmonieux d'une nature excellente et généreuse.

B. Être et devoir-être. De la vertu, non comme un combat contre une nature rétive *mais* au contraire comme une actualisation de bonnes dispositions naturelles

Pour nous, Modernes, l'idée de « vertu » morale, avec ce qu'elle peut avoir aujourd'hui d'un peu désuet, est, sans même que nous ayons besoin d'y réfléchir, immédiatement liée à celle d'effort. Que ce soit dans les familles ou au sein de cette école républicaine naguère encore marquée par les bons points, les bonnets d'âne et les « peut mieux faire ! », on l'associe presque insensiblement, sans même y penser le moins du monde, à l'idée d'un combat mené contre une nature humaine toujours encline à l'égoïsme et à la paresse, bref, à la notion d'un *travail* accompli sur soi en vue de nous contraindre à faire un tant soi peu place aux autres – ce qui n'a rien de *naturel*, le « cher moi », comme dit Freud, étant omniprésent et toujours soucieux de ses prérogatives. Le bien moral, qui s'identifie alors à l'altruisme, au « souci de l'autre » comme on dit aussi, s'impose à nous le plus souvent (en vérité dès qu'il s'agit de ceux que nous n'aimons pas ou qui nous sont indifférents) sous la forme d'un impératif, comme un idéal difficile à accomplir, bref, comme un « devoir-être » et nullement comme un « être » ou un fait qui irait toujours de soi.

Il en va tout autrement dans la pensée aristocratique. Non seulement le bien n'y est pas perçu comme un devoir, comme un idéal ou un impératif qui traduirait une exigence antinaturelle, une sorte de combat contre soi-même, contre sa propre nature égoïste, mais au contraire comme l'actualisation de virtualités parfaitement naturelles que les êtres les plus doués, c'est-à-dire les mieux nés, les mieux dotés à la naissance, possèdent en eux dès l'origine. Et cette logique aristocratique s'applique à tous les êtres – plantes, animaux, humains, ou même organes d'un corps vivant. Un organisme, quel qu'il soit, peut être dit « vertueux » dès lors qu'il réunit deux conditions : d'abord être excellent par nature dans son genre, ensuite avoir su faire passer à l'acte ces qualités naturelles qui n'étaient au départ que des virtualités. C'est ainsi qu'Aristote peut parler dans son grand traité de morale, l'*Éthique à Nicomaque,* d'un « cheval » ou d'un « œil vertueux »[1], formules qui n'ont plus guère de sens pour nous et prêteraient même à sourire si nous devions les utiliser encore en public. En revanche, replacées dans le contexte d'une pensée aristocratique, elles sont tout à fait sensées : un œil vertueux, par exemple, c'est un œil qui se trouve *par nature* à égale distance de ces deux défauts opposés que sont la myopie et la presbytie, et qui, du coup, peut être dit excellent ou parfait dans son genre, ce qui est la vertu même aux yeux de l'aristocratie.

Où l'on voit que cette vertu-là, à la différence de celle que les Modernes vont priser par-dessus tout dans nos écoles républicaines, n'a aucun rapport ni avec la volonté, ni avec l'effort : elle tient seulement à des héritages, aux caractéristiques d'une nature originelle que chacun reçoit en partage sans rien y pouvoir dire ou faire, ainsi qu'à la capacité de l'éducation aristocratique de faire passer les bonnes dispositions de départ de la virtualité à la réalité, de la *puissance à l'acte*, de la *dunamis* à l'*energeia*, pour reprendre le vocabulaire d'Aristote. De la même manière, le « cheval vertueux », c'est le cheval tout à la fois excellent

1. « Nous devons remarquer que toute vertu, pour la chose dont elle est vertu, a pour effet à la fois de mettre cette chose en bon état et de lui permettre de bien accomplir son œuvre propre : par exemple, la vertu de l'œil rend l'œil et sa fonction également parfaits, car c'est par la vertu de l'œil que la vision s'effectue en nous comme il faut. De même, la vertu du cheval rend un cheval à la fois parfait en lui-même et bon pour la course, pour porter son cavalier et faire face à l'ennemi. », *Éthique à Nicomaque,* 1106 a 15.

par nature et assez bien dressé pour que toutes ses qualités innées soient, elles aussi, parfaitement actualisées. En ce sens, les fins, ou les objectifs, que l'éducation à la vertu doit se proposer de réaliser ne sont pas extérieures à la nature, encore moins opposées à elle. Elles ne relèvent nullement d'un « devoir-être » qui viendrait contrecarrer l'être réel d'une nature égoïste et paresseuse à laquelle il faudrait faire violence pour faire un peu de place aux considérations morales ou culturelles, mais, tout au contraire, les fins sont ici considérées comme « domiciliées dans la nature[1] ». Elles sont inscrites en elles, et il suffit pour ainsi dire d'en suivre les pointillés (les dispositions encore virtuelles) pour trouver sa destination suprême.

On notera encore une autre différence avec nos temps républicains : l'éducation, du point de vue aristocratique, n'est pas infinie. Son terme est fixé dès le départ : il s'agit d'actualiser les dispositions naturelles et, une fois cette tâche accomplie, une fois ce qui est en puissance dans un être doué passé à l'acte, son éducation est terminée. La notion moderne « d'éducation tout au long de la vie » n'a donc ici aucune place. Là encore, le sport en est l'héritier : la trajectoire vers l'excellence n'a qu'un temps et, une fois parvenu au point culminant, c'est un déclin irrémédiable qui commence, la seule issue étant de passer à autre chose, d'entamer,

1. L'expression est de Hans Jonas. Il faudrait ajouter que pour les Modernes, héritiers de Descartes et de Newton, la nature est un tissu de forces et de chocs aveugles alors que celle des grandes cosmologies anciennes est perçue avant tout comme harmonieuse, juste et belle.

comme on dit, une « seconde carrière » dans un autre domaine...

De là aussi, le troisième trait, également remarquable, qui va opposer par avance cette éthique ancienne à celle des chrétiens comme à celle de nos modernes républicains.

C. L'aristocrate ne travaille pas

Bien né et bien doté par nature, il chasse, pratique les arts de la guerre, ripaille et fait la fête, il joue, il lui arrive même de se livrer à la méditation et à l'étude, mais, en conséquence directe de tout ce que nous venons de dire, il ne travaille pas. Il s'exerce, sans doute, mais l'exercice n'est pas un travail. Ce dernier, en effet, vise toujours à changer en profondeur l'homme et le monde auxquels il s'applique. L'exercice, lui, possède une tout autre finalité. Il ne cherche nullement à transformer celui qui s'y adonne – l'aristocrate n'ayant en principe nul besoin d'un quelconque changement puisqu'il est censé, par définition, être virtuellement parfait d'entrée de jeu, par nature. L'exercice relève d'une tout autre logique : il tend seulement à faire passer une virtualité, une disposition naturelle, de la puissance à l'acte. En d'autres termes, il s'agit d'accomplir l'homme, non de le modifier, de faire en sorte que les bonnes graines présentes dès l'origine se développent et s'épanouissent, pas d'en semer de nouvelles. Pas question de bouleverser ni même d'améliorer par un quelconque labeur une nature déjà excellente par elle-même. Voilà pourquoi, dans cette perspective, le travail proprement dit ne saurait être perçu par contraste que comme une activité inférieure, pour ne pas dire servile : pour tout ce qui relève du monde du travail, l'aristocrate se doit, comme nous l'avons vu chez Aristote et Platon, de posséder des serviteurs ou des esclaves.

Et là encore, aussi curieux que cela puisse paraître a priori, il n'en reste pas moins dans notre monde démocratique certains secteurs de l'existence dans lesquels cette vision typiquement aristocratique de la différence entre l'exercice et le travail garde une signification pertinente. À nouveau, il s'agit des arts et des sports. Dans ces deux domaines, l'excellence de la nature et des talents reçus dès la naissance conservent une part éminente. Malgré tous nos louables efforts pour imputer coûte que coûte leur réussite au travail, les exemples abondent de grands artistes ou de grands champions si insolemment doués qu'ils n'ont guère eu besoin, en vérité, de travailler pour atteindre des sommets dans leur discipline. L'exercice leur a suffi, à côté, bien entendu, des dons exceptionnels de la nature. La preuve ? Le petit Menuhin jouait les grands concertos romantiques, réputés les plus difficiles à exécuter, ceux de Mendelssohn, Brahms, Beethoven ou Max Bruch, dès l'âge de huit ou neuf ans. Ce qui signifie, en tout état de cause, qu'il n'avait pas pu travailler bien longtemps – de toute façon pas plus de cinq ans, puisqu'il avait eu son premier violon à trois ans. Or en cinq ans, quelqu'un qui n'est pas formidablement doué, même en travaillant comme une bête de somme, n'a aucune chance de parvenir au même résultat. Il y a là, incontestable, un don de nature que le monde aristocratique parvient à penser mieux et plus aisément que celui de la démocratie. Même chose pour notre joueur de tennis.

Il suffit de regarder les images filmées des champions junior pour constater qu'à peine âgés de huit ou dix ans, les gestes sont déjà parfaits, la vitesse de balle impressionnante, la vista incomparable. Tout est déjà en place comme si la nature y avait pourvu bien davantage que la liberté et la volonté.

Dans ce contexte, on mesure à nouveau la différence abyssale qui sépare l'exercice aristocratique du travail laborieux que recommande, en s'aidant de la carotte et du bâton, notre méritocratie républicaine : alors qu'il faut forcer à travailler l'élève peu doué, il faut parfois empêcher de s'exercer celui que la nature a doté dès sa naissance des dons d'un champion. Une fois passée la toute petite enfance, où leur actualisation a sans doute pu prendre la forme d'une contrainte exercée par les parents, tout change pour celui dont les talents sont hors du commun : à la limite, ne pas laisser jouer Menuhin ou McEnroe, c'est les priver d'un bonheur si naturel que tout l'oppose à cette torture qu'est le travail pour l'immense majorité d'entre nous. Pour eux, en effet, on peut bien dire que les « fins sont domiciliées dans la nature », que les pointillés sont tracés par elle et qu'il suffit de les suivre pour achever sa destination. Il n'est point, ici, de nature rétive et paresseuse à transformer laborieusement, à la force des poignets, par la volonté méritante de celui qui fait tout son possible. En quoi, malgré la puissance de l'univers de la méritocratie républicaine et démocratique, nous ne parvenons jamais tout à fait à éradiquer les restes des visions anciennes, aristocratiques, de l'opposition entre l'exercice, qui convient à l'élite, et le travail, qu'on doit réserver au peuple.

C'est ainsi que pendant des siècles, l'aristocrate, en Europe, se définira avant tout comme quelqu'un qui, à la différence des esclaves, des serfs ou même des bourgeois, n'a pas à travailler, ni pour « gagner sa vie » (il a des terres), ni pour se former (il est bon par nature). Nous allons voir dans un instant comment et par quels détours la nouvelle vision morale du monde instaurée par le christianisme va anéantir cette conception péjorative du travail au point qu'aujourd'hui, dans notre Europe chrétienne ou postchrétienne, un homme qui ne travaille pas risque non seulement d'être un homme pauvre, parce qu'il n'aura pas de revenu, mais pire encore, un pauvre homme : livré à lui-même, désœuvré, privé de cette formation tout au long de la vie qui est devenue une des exigences premières du monde moderne, il est déconnecté des autres et du reste de la société. On le plaint, ce qui eût paru risible dans le monde aristocratique...

II. Le théologico-éthique : la morale judéo-chrétienne et la rupture avec l'univers aristocratique

La parabole des talents, qu'on trouve dans l'Évangile selon Matthieu, peut servir ici de fil conducteur idéal pour nous guider dans la révolution judéo-chrétienne. C'est sans doute le texte le plus simple et peut-être aussi le plus profond pour saisir le bouleversement radical que le christianisme, dans le sillage du judaïsme, va instaurer par rapport à la morale aristocratique des Grecs. Lisons-la attentivement – ou relisons-la – et nous pourrons en tirer quatre conséquences tout à fait fondamentales pour comprendre le cœur de l'éthique nouvelle, mais aussi pour mesurer l'ampleur des coups qu'elle porte déjà, comme par une sorte d'anticipation du monde démocratique, contre l'univers mental de l'aristocratie antique. Pour faciliter la lecture, on rappellera que les « talents » – *talenta* dans le texte grec de l'Évangile – désignaient alors des pièces d'argent, mais que le terme est entendu aussi dans ce passage au sens figuré, pour désigner ces fameux « dons naturels » dont se pare l'aristocratie. C'est d'ailleurs depuis cette parabole que le mot a fini par ne plus désigner en français que les seules qualités reçues à la naissance sous la forme d'un héritage :

« Un homme, partant en voyage, appela ses serviteurs et leur remit sa fortune. À l'un il donna cinq talents, deux à un autre, un seul à un troisième, à chacun selon ses capacités, et puis il partit. Aussitôt celui qui avait reçu les cinq talents alla les faire produire et en gagna cinq autres. De même, celui qui en avait reçu deux en gagna deux autres. Mais celui qui n'en avait reçu qu'un s'en alla faire un trou en terre et enfouit l'argent de son maître. Après un long temps, le maître de ces serviteurs arrive et il règle ses comptes avec eux. Celui qui avait reçu les cinq talents s'avança et présenta cinq autres talents : "Seigneur, dit-il, tu m'as remis cinq talents : voici cinq autres talents que j'ai gagnés. – C'est bien, serviteur bon et fidèle, lui dit son maître, avec peu de choses tu as été fidèle, sur beaucoup je t'établirai ; entre dans la joie de ton seigneur." Vint ensuite celui qui avait reçu deux talents : "Seigneur, dit-il, tu m'as remis deux talents : voici deux autres talents que j'ai gagnés. – C'est bien, serviteur bon et fidèle, lui dit son maître, avec peu de choses tu as été fidèle, sur beaucoup je t'établirai ; entre dans la joie de ton seigneur." Vint enfin celui qui détenait

un seul talent : « Seigneur, dit-il, j'ai appris à te connaître pour un homme âpre au gain : tu moissonnes où tu n'as point semé, et tu ramasses où tu n'as rien répandu. Aussi, pris de peur, je suis allé cacher ton talent dans la terre : le voici, tu as ton bien." Mais son maître lui répondit : « Serviteur mauvais et paresseux ! Tu savais que je moissonne où je n'ai pas semé, et que je ramasse où je n'ai rien répandu. Eh bien, tu aurais dû placer mon argent chez les banquiers, et à mon retour j'aurais recouvré mon bien avec un intérêt. Enlevez-lui donc son talent et donnez-le à celui qui a les dix talents. Car à tout homme qui a, l'on donnera et il aura du surplus ; mais à celui qui n'a pas, on enlèvera ce qu'il a. Et ce propre-à-rien de serviteur, jetez-le dehors, dans les ténèbres : là seront les pleurs et les grincements de dents. »

À première vue, la morale de l'histoire pourra paraître à nos yeux de Modernes particulièrement dure, pour ne pas dire franchement… immorale. D'autant que dans le contexte actuel, la référence à la banque et aux profits purement financiers n'arrangera rien. Il est donc essentiel de replacer la parabole dans son contexte *à elle* afin d'éviter de la lire avec des lunettes colorées par le nôtre. Ce qui est visé ici, bien entendu, c'est l'éthique aristocratique à l'ancienne, et ce qui émerge de neuf, par contraste, c'est une vision morale du monde tout à la fois égalitaire et méritocratique dont nous verrons plus loin comment le républicanisme, pour une large part, ne sera que la version non religieuse, laïque et sécularisée.

Que signifie en effet la parabole ? D'abord et avant tout ceci : à l'encontre de ce que prétend la vision morale aristocratique, *la dignité d'un être ne dépend pas des talents qu'il a reçus à sa naissance, mais de ce qu'il en fait, non pas de la nature et des dons naturels, mais de la liberté et de la volonté de la personne humaine, quelles que soient ses dotations de départ*. Voilà le message fondamental de cette allégorie. Au moins quatre principes éthiques cruciaux en découlent, tous en rupture radicale avec l'éthique aristocratique que nous venons de décrire. À eux quatre, ils forment une architecture d'une grande cohérence et d'une grande puissance, une conception de l'origine des valeurs éthiques qui va dominer l'Europe jusqu'à nos jours, et ce de manière d'autant plus étendue que le républicanisme, malgré son hostilité de surface aux religions, n'en est sur ce plan que le prolongement sécularisé, ainsi que nous aurons l'occasion de le montrer en profondeur un peu plus tard.

Tentons d'abord de caractériser de manière plus précise ces quatre principes qui, pris ensemble, forment comme le type-idéal de la morale judéo-chrétienne.

A. La naissance de l'idée moderne d'égalité

Comme on le voit clairement dans le texte de Matthieu, le premier et le deuxième serviteur sont félicités par le maître dans des termes parfaitement identiques. Ce n'est évidemment nul hasard. D'un point de vue littéraire, si l'on voulait faire ce qu'on nomme à l'école un « commentaire de texte », il faudrait noter que les formules de remerciements sont, dans les deux cas, semblables à la virgule près. Comme dans les contes de fées de notre enfance, la répétition à l'identique d'une même expression possède bien entendu un sens fort. Il s'agit de faire ressortir les similitudes essentielles par-delà les différences secondaires, en l'occurrence, de marquer clairement que, par-delà l'écart qui sépare les sommes rapportées – dix talents pour le premier serviteur, quatre pour le deuxième –, ce qui importe, c'est la progression, l'effort accompli : tous deux ont multiplié dans la même proportion la somme initialement reçue. Bien que leurs dotations initiales, leurs talents soient différents, leurs mérites sont identiques : chacun d'entre eux a réussi à faire fructifier ses dons de manière parfaitement analogue, en doublant la mise originelle. Au contraire du troisième et mauvais serviteur, ils ne l'ont pas laissée en friche.

Transposons maintenant à l'éthique. La métaphore signifie que ce qui compte moralement, ce qui fait la dignité morale d'un être humain, et ce quels que soient les dons qu'il a reçus en partage à sa naissance (cinq ou deux talents, quelle importance !), c'est ce qu'il en fait. Non la nature, donc, mais la liberté et la volonté. Or de ce point de vue, nous sommes tous à égalité. Bien entendu, il existe entre nous des inégalités naturelles. Il serait tout à fait vain de vouloir le contester au nom d'un égalitarisme mal compris. Vain pour deux raisons : d'abord parce que ce serait nier l'évidence, ensuite parce que, d'un point de vue moral, ce n'est de toute façon pas le sujet. Nous n'y pouvons rien, c'est un fait : certains sont *de facto* plus forts, plus beaux et même plus intelligents que d'autres. Qui peut nier qu'Einstein ou Newton soient plus intelligents que la moyenne de leur concitoyens, *a fortiori* qu'un petit trisomique ? C'est un constat simplement factuel, comme c'en est un que le premier serviteur a cinq talents tandis que le deuxième n'en a que deux. Et alors ? En quoi cela importe-t-il sur le plan éthique ? La réponse chrétienne ne fait aucun doute : en rien ! Car ce qui compte c'est ce que chacun va en faire. Dire qu'une telle réponse marque une rupture avec la morale aristocratique serait un euphémisme. C'est bel et bien à une révolution que nous assistons là, à un bouleversement de perspective dont la portée morale est incomparable. Son message de fond peut aujourd'hui nous paraître évident, mais dans un univers encore tout pétri d'éthique aristocratique, il représente un véritable séisme dont il faut prendre la mesure. Il introduit tout simplement l'idée moderne d'égalité morale de tous les êtres humains dans le champ de la réflexion éthique.

Voyons plus précisément encore comment et en quel sens.

Si le troisième serviteur, au lieu d'enterrer son talent, l'avait lui aussi multiplié par deux, nul doute qu'il aurait été remercié et félicité dans les mêmes termes que les deux premiers. Mais il se trouve qu'il a péché par paresse et, pire encore, par *peur*, par manque de cette confiance que le latin traduira par le mot *fides*, qui donnera en français le mot « foi », qualité suprême du point de vue chrétien puisque c'est elle, en dernière instance, qui fondera tout l'édifice et permettra d'accéder au salut. Mais tenons-nous-en pour l'instant à l'aspect seulement éthique de la parabole, sans considérer ses racines métaphysiques et religieuses. Ce qu'elle signifie d'abord, nous l'avons vu, c'est que la dignité morale d'un être réside non dans la nature, laquelle est neutre et sans aucune valeur d'un point de vue strictement moral, mais dans la liberté. Or c'est là le point de rupture absolu avec l'aristocratie. Car si c'est la liberté de la volonté qui fait la dignité, alors, on peut dire qu'en cette matière, tout dépend de nous, non de ces héritages naturels auxquels on ne peut, par définition, rien. *Nous sommes donc tous, de ce point de vue, parfaitement à égalité* – en quoi c'est bien le christianisme (et non le stoïcisme, comme le disent et le répètent à tort certains manuels[1]) qui est l'inventeur de l'idée moderne, égalitaire, d'humanité, qui s'exprime dans le célèbre passage de l'*Épître aux Galates* de saint Paul[2] :

> *« Vous êtes tous fils de Dieu, par la foi dans Christ Jésus... il n'y a plus ni Juif ni Grec, il n'y a ni esclave ni homme libre, il n'y ni homme ni femme ; car tous vous ne faites qu'un dans le Christ Jésus. »*

La notion grecque de « barbare » – synonyme d'étranger – tend ici à disparaître au profit de cette conviction inouïe, radicalement nouvelle, que l'humanité est non seulement une entité unique, mais qui plus est composée d'êtres moralement équivalents a priori. On peut dire en ce sens que le christianisme est la première morale universaliste – en quoi il est évidemment aussi à l'origine de notre conception moderne des droits de l'homme, lesquels ne seront, pour l'essentiel, qu'une simple sécularisation du message chrétien.

---

1. Au motif qu'il serait un « cosmopolitisme », ce qui est exact, mais n'empêche nullement l'idée qu'au sein de ce cosmos politique règne, non l'égalité, mais une hiérarchie naturelle des êtres parfaitement inégalitaire.
2. *Épître aux Galates*, 3, 8-9 et 26-29.

De tout ce que nous venons de voir découle une seconde conséquence : si ce n'est plus la nature qui fait la dignité, mais l'usage qu'en fait chacun d'entre nous par sa libre volonté, alors, les fins morales ne sont plus domiciliées en elles. Elles n'appartiennent plus à l'ordre de l'être, mais à celui du devoir-être, ou, pour parler plus clairement, elle deviennent des objectifs transcendants qu'on se propose de réaliser dans un combat contre ce qui résiste naturellement en nous, ou pour mieux dire encore, elles prennent la forme tout à la fois d'un idéal et d'un impératif[1].

B. L'élément juif par excellence : des fins qui ne sont plus domiciliées dans la nature

C'est là la deuxième conséquence, tout aussi cruciale que la première, qu'on peut tirer de cette parabole dont la richesse, décidément, apparaît presque sans limites. Nous avons dit comment l'aristocrate, censé être doté de toute les qualités dès sa naissance, n'a qu'à suivre les pointillés déjà tout tracés par les dispositions naturelles qui sont inscrites en lui pour connaître sa destination. Les fins qu'il doit se proposer de réaliser au cours de son existence sont là, d'entrée de jeu, gravées dans le réel, dans sa nature, et nulle part ailleurs, surtout pas dans un idéal, une « idole » dirait Nietzsche. Bref, les fins sont bien domiciliées dans

1. Ce qui explique au passage pourquoi Nietzsche fera du christianisme le premier et plus parfait modèle de tous les nihilismes à venir, c'est-à-dire de toutes les doctrines qui opposent l'idéal au réel. Nous y reviendrons un peu plus loin.

l'être et non dans je ne sais quel devoir-être transcendant la nature, voire opposé à elle. Il en va tout autrement aux yeux de la morale judéo-chrétienne. Pour les raisons qu'on vient d'examiner, elle fait de l'être humain un être foncièrement antinaturel. Loin d'être enracinées de toute éternité dans le réel d'un cosmos harmonieux, juste, beau et bon, les fins qu'il doit se proposer de réaliser pour se conduire dignement s'opposent presque toujours aux inclinations, égoïstes ou paresseuses, de sa nature la plus profonde. Pour lui, le souci des autres, la réalisation de l'idéal moral altruiste est un travail, pas un exercice, c'est un devoir souvent difficile, voire pénible, pas une partie de plaisir – morale chrétienne, puis républicaine, dont on comprend sans peine pourquoi elle fut si souvent la cible de tous les hédonistes.

En quoi l'on voit aussi en quel sens le christianisme reprend ici un héritage juif de premier plan, celui qui consiste à voir en l'être humain le seul animal qui ne soit pas un animal, le seul vivant qui ne soit point de part en part rivé à ce monde, *enraciné* et englué dans la nature. Comme le note Levinas, dans ce beau passage de *Difficile liberté*, un titre qui dit bien cet écart ou cet excès de l'être humain par rapport à la nature : « *L'homme juif découvre l'homme avant de découvrir les paysages et les villes. Il est chez soi dans une société avant de l'être dans une maison. Il comprend le monde à partir d'autrui plutôt que l'ensemble de l'être à partir de la terre… Cette liberté met au deuxième plan les valeurs d'enracinement et institue d'autres formes de fidélité et de responsabilité.* »

« L'homme juif » – mais on serait tenté de dire l'homme tout court – n'est pas pris de part en part dans la nature, comme un insecte fossilisé est pris dans la pierre. Il n'est pas un animal comme les autres et, curieusement, du point de vue juif et chrétien, c'est à l'animalité que le réduit finalement l'éthique aristocratique. Bien entendu, elle fait de l'être humain un animal à part, ultra-sophistiqué et doué de raison, un « bel animal » comme on dit parfois, mais un animal quand même, dans la mesure où il est, à l'image de tous les autres vivants, un être de nature et non, comme ici, un être à proprement parler sur-naturel, un être qui possède l'étrange et mystérieuse capacité de transcender cette glaise dont il est peut-être sorti, mais à laquelle il ne se réduit point et où il ne peut plus rien lire de sa destinée, encore moins de sa dignité. Voilà aussi pourquoi, comme dans la parabole des talents, comme plus tard dans l'éthique républicaine, la responsabilité dont il hérite comme créature extérieure à la terre et supérieure à elle prend pour lui la forme d'une injonction, d'un impératif ou d'un appel, bref, qu'on le veuille ou non, d'un devoir-être ou d'un idéal à réaliser.

Du coup, bien entendu, le travail, d'activité servile qu'il était dans la perspective aristocratique, va changer du tout au tout de signification.

C. Comment le travail cesse d'être une activité servile et méprisable pour devenir le vecteur de l'hominisation de l'homme

J'ai déjà indiqué les raisons pour lesquelles l'aristocrate pouvait, à la limite, se définir comme celui qui ne travaille pas. Il fait la guerre ou la fête, il contemple le monde et il prie, mais il ne met jamais, comme on dit, la main à la pâte. Je n'y reviens pas. En revanche, au point où nous en sommes de nos réflexions, la question se pose : la révolution judéo-chrétienne, telle que je l'évoque ici, a-t-elle eu, dans l'histoire réelle et non seulement dans celle des idées, une influence sur l'évolution de nos relations avec le travail ? La réponse est oui, clairement oui. On peut même dire qu'historiquement, comme le remarque à juste titre Marc Ferro[1], ce sont les moines, en particulier les bénédictins, qui, les premiers dans les couches supérieures de la société, vont revaloriser – ou tout simplement valoriser – le travail comme tel. Car si l'on en croit la parabole des talents, la méditation et la prière ne suffisent pas à accomplir et épanouir l'humanité de l'homme. Il faut y ajouter la lutte contre la paresse et l'égoïsme qui sont les deux traits désormais les mieux établis de notre nature, tant sur le plan moral que sur le plan physique[2].

De là le travail de ces moines qui se doivent désormais de ne point rester inactifs : il leur faut cultiver la terre, comme de simples paysans, en tirer les fruits les plus précieux – et les plus délicieux

---

1. *Des Grandes Invasions à l'an mille*, Plon, 2007, p. 65 sq.

2. Il faudrait montrer comment la révolution scientifique des XVIIe et XVIIIe siècle fera le passage entre la révolution judéo-chrétienne et le républicanisme démocratique : avec Newton, notamment, la nature cesse d'être perçue comme une niche harmonieuse, comme un monde clos et paisible, pour devenir un univers infini et chaotique : ce sont désormais les « lois du choc » qui font l'objet de l'étude des physiciens, et même si l'ensemble forme un système, celui de la gravitation universelle, ce dernier n'a pour autant rien de chaleureux ni de douillet, car c'est un champ de forces et chocs aveugles et dysharmonieux.

parfois, ce qui vaudra à l'humanité des innovations particulièrement savoureuses : les conserves, le confit d'oie, le champagne, bien sûr, mais aussi la Bénédictine, le Cointreau, la Chartreuse, et autres liqueurs qui portent encore jusque dans leurs noms les traces de leur origine religieuse... L'invitation au travail ne tient pas seulement, comme le déclarait Benoît XVI dans le discours qu'il prononça en 2008, à Paris, au couvent des Bernardins, au fait que le dieu des juifs et des chrétiens, contrairement à celui des Grecs, est un dieu qui s'active la semaine et se repose le dimanche. Elle provient d'abord et avant tout de cette parabole des talents avec laquelle le labeur quotidien cesse d'être une malédiction, une activité inférieure réservée aux « brutes » et aux serfs, pour devenir une discipline de soi, une domestication de la nature sans laquelle l'humanisation de l'humain, l'hominisation de l'homme, n'est pas possible. En quoi le christianisme prépare, là encore, le passage vers une république laïque et méritocratique : malgré l'apparence et l'anticléricalisme qu'ils professent, nos hussards de la république, avec leurs bons points, leurs bonnets d'âne et leurs « *Peut mieux faire !* », sont bien davantage qu'ils ne l'imaginent eux-mêmes des continuateurs du Christ. Peppone, comme on sait, est en sous-main le meilleur allié de Don Camillo...

D. La lettre et l'esprit : une religion qui permet la laïcité

Le christianisme introduit à cet égard un nouveau bouleversement, directement lié à ceux que nous venons d'examiner. Sa portée, rarement observée, est pourtant considérable, puisque qu'il recèle le germe de la laïcité à venir – par où la religion chrétienne apparaît sans doute comme le seul grand monothéisme capable d'autoriser sans trop de réticences une distinction entre le monde de César et celui du Christ. Elle dispose en effet que, sur le plan moral, l'esprit est plus important que la lettre, le « *forum intérieur* » plus décisif que l'observance littérale de la loi de la cité, laquelle ne reste jamais qu'une loi extérieure. Plus encore que le fameux passage où le Christ déjoue les pièges tendus par les Pharisiens et invite ses disciples à rendre à César ce qui est à César, c'est, dans l'Évangile de Jean, l'épisode de la femme adultère qui illustre de la manière la plus profonde la signification du geste par lequel le Christ renvoie chacun à sa conscience, à son for intérieur, pour juger du bien et du mal. Relisons-le :

> « *Les scribes et les Pharisiens amenèrent une femme surprise en adultère et, la plaçant au milieu, ils dirent à Jésus : "Maître, cette femme a été surprise en flagrant délit d'adultère. Or, dans la Loi, Moïse nous a prescrit de lapider ces femmes-là. Toi donc, que dis-tu ?" Ils disaient cela pour le mettre à l'épreuve, afin d'avoir matière à l'accuser. Mais Jésus, se baissant, se mit à écrire avec son doigt sur le sol. Comme ils persistaient à l'interroger, il se redressa et leur dit : "Que celui d'entre vous qui est sans péché lui jette le premier une pierre !" Et se baissant de nouveau, il écrivit sur le sol. Mais eux, entendant cela, s'en allèrent un à un, à commencer par les plus vieux ; et il fut laissé seul, avec la femme toujours là au milieu. Alors, se redressant, Jésus lui dit : "Femme, où sont-ils ? Personne ne t'a condamnée ?" Elle dit : "Personne, Seigneur." Alors Jésus dit : "Moi non plus, je ne te condamne pas. Va, désormais ne pèche plus.* »

C'est en ce point précis – pourtant rarement vu par les théoriciens de la sécularisation du monde – qu'on perçoit le mieux en quel sens le christianisme a permis l'avènement de cet univers laïc et démocratique auquel les autres grands monothéismes auront tant de mal à faire droit : glorifiant la loi, ils ignorent trop largement la notion de « *forum intérieur* » pour admettre aisément une laïcité qui, de part en part, s'en nourrit. Ce qui permet aussi, je crois, de jeter une lumière nouvelle sur la transition du christianisme vers une éthique républicaine. La continuité est, en effet, infiniment plus importante que ne l'ont cru et ne le croient encore la plupart des républicains purs et durs. En apparence, bien sûr, le combat contre les catholiques fut acharné. Depuis l'affaire des prêtres réfractaires sous la Révolution française jusqu'à celle de la séparation de l'Église et de l'État en 1905, les exemples abondent qui illustrent la violence du conflit. La littérature s'est en outre si souvent fait l'écho de l'opposition canonique entre l'instituteur, forcément radical-socialiste, et le curé, forcément réactionnaire, que les images d'Épinal ont fini par l'emporter sur la réalité. La vérité, c'est que l'éthique républicaine, bien qu'elle rompe de manière parfois violente avec les éléments proprement *religieux* du christianisme (avec la foi et tout ce qui relève des prétendus mystères de la Révélation), se contente en revanche, sur le plan proprement *moral*, de séculariser un contenu qui subsiste en elle pratiquement inchangé.

Ce qui nous conduit tout naturellement à l'examen de notre troisième vision morale du monde et nous montre encore combien l'approche historique n'est pas simplement historienne, tournée vers le passé, mais au contraire orientée vers la compréhension de notre présent, et ce, en un double sens : d'abord parce qu'il reste aujourd'hui, dans le monde, près de deux milliards de chrétiens attachés aux principes éthiques que l'on vient de mettre en lumière, mais aussi parce que ces principes conservent une part essentielle de leur valeur aux yeux des « Modernes », républicains, matérialistes ou athées, lors même qu'ils pensent naïvement s'être affranchis des oripeaux de la religion.

III. L'ÉTHIQUE RÉPUBLICAINE : LA CRITIQUE DE LA MORALE ARISTOCRATIQUE, LA SÉCULARISATION DU CHRISTIANISME ET LA NAISSANCE DU PREMIER HUMANISME

Si l'on entreprend, comme va le faire l'humanisme républicain, de fonder la morale, la distinction entre le bien et le mal, le juste et l'injuste, non plus sur une cosmologie, pas davantage sur une représentation du divin et de ses commandements, mais sur le propre de l'homme comme tel, sur son *humanitas*, encore faut-il être en mesure de préciser ce qu'on entend par là, de dire aussi en quoi ce qu'on met en exergue dans l'humain comme tel justifie qu'on en fasse, contre toutes les traditions morales antérieures, le seul et unique fondement du bien et du mal. Là est tout l'enjeu des débats qui vont marquer la naissance de l'humanisme moderne – à commencer par le plus célèbre d'entre eux, celui qui va concerner la distinction entre l'homme et l'animal : qu'y a-t-il donc dans l'être humain de si admirable, de si exceptionnel qu'on puisse prétendre fonder sur lui, et non plus sur le cosmos ou la divinité, tout l'édifice de l'éthique ? Voilà bien la question à laquelle il va falloir apporter une réponse claire et distincte. La rupture avec les anciennes visions morales du monde va être, on le pressent, tout à fait radicale.

Nous avons vu, en effet, comment l'éthique aristocratique des Anciens se fondait sur une représentation naturaliste et inégalitaire de l'échelle des êtres. Nous avons également dit en quel sens cette vision morale du monde s'enracinait dans l'idée d'un cosmos hiérarchisé et harmonieux, d'un ordre naturel de l'univers que la cité idéale se devait d'imiter autant qu'il est possible par des êtres humains – en quoi cette conception des rapports du juste et de l'injuste mérite bien le nom de « cosmologico-éthique ». Je vous ai aussi indiqué en quoi le christianisme avait rompu avec cette aristocratie morale en situant la dignité de l'homme dans la liberté plus que dans la nature, instaurant ainsi l'idée moderne d'une humanité une et composée d'êtres a priori égaux entre eux sur le plan éthique. Même si j'ai surtout insisté sur la dimension morale du christianisme, elle ne prend bien entendu toute sa signification qu'en se fondant en dernière instance, elle aussi, dans la représentation d'un ordre juste, offert en partage aux humains par un Dieu transcendant et garanti de toute éternité par lui – en quoi nous avons bien affaire à une figure du théologico-éthique, c'est-à-dire à une conception des valeurs qui puise sa source dans une théologie.

La troisième vision morale du monde, celle qui va caractériser le premier âge de l'humanisme et culminer dans les grandes éthiques laïques (le kantisme en Allemagne, l'utilitarisme en Angleterre, le républicanisme en France), va rompre également avec ces deux morales anciennes. Au nom de la liberté, de l'égalité et de la laïcité, avec, aussi, l'appui de la science moderne, elle va faire voler en éclats tout à la fois le cosmologico-éthique, fondement de l'aristocratisme ancien, et le théologico-éthique qui arrimait les principes moraux à des commandements divins et fondait ainsi la morale sur une conception religieuse du juste et de l'injuste.

Pour des raisons que j'ai analysées ailleurs en profondeur[1], la révolution scientifique des Lumières va ruiner à la racine les cosmologies qui, depuis l'Antiquité, servaient très largement de fondement théorique aux éthiques aristocratiques. Au XVIIe siècle, il devient clair que la cosmologie d'Aristote est définitivement réfutée par la science moderne telle qu'elle apparaît avec Newton, et cela n'est pas sans conséquences sur la crédibilité de l'ensemble des conceptions antiques, y compris sur le plan moral et métaphysique. Quant au christianisme, la naissance du rationalisme moderne ne le laisse pas non plus intact, comme en témoignent les nombreux procès, à commencer par celui de Galilée, qui vont émailler l'histoire des rapports de Dieu et de la science. L'esprit critique et le culte du doute thématisés par Descartes vont porter un coup fatal au dogmatisme clérical et aux arguments d'autorité dont usait imprudemment l'Église[2]. De sorte qu'au XVIIe siècle, les plus grands esprits

1. Notamment dans *Qu'est-ce qu'une vie réussie ?*
2. Laquelle, notons-le au passage, ne commet plus ce genre d'erreurs aujourd'hui et accepte désormais sans barguigner les résultats des sciences, comme en témoigne de manière lumineuse l'avant-dernière encyclique de Jean-Paul II, *Foi et raison*.

européens sont désorientés, à l'image du libertin de Pascal que le silence des espaces infinis libérés par la science moderne effraie : si la morale ne s'enracine plus ni dans une cosmologie, ni dans une théologie, où lui trouver une nouvelle source, un nouveau fondement compatible avec la révolution rationaliste et critique qui caractérise désormais la vie des idées en Europe et qui va s'épanouir au grand jour avec les Lumières et l'entreprise des encyclopédistes ?

La réponse, qui se profilait déjà avec le *cogito* cartésien, tient en un mot : l'Homme. C'est l'être humain lui-même – le « sujet », l'« individu », la « personne », peu importe le nom qu'on lui donne – qui va désormais servir de fondement à l'éthique, et non plus le cosmos ni la divinité. Comment va-t-on s'y prendre pour légitimer cette véritable révolution dans la pensée que représente l'avènement de l'humanisme moderne ? Pour y parvenir, la première chose à faire est de mettre en place une nouvelle conception de l'Homme, une définition de l'humain et de ce qui lui est absolument propre, qui puisse justifier la place incomparable, éminente entre toutes, qu'on veut désormais lui attribuer au sein de la création.

C'est là tout l'objet du débat qui va s'ouvrir, dès la Renaissance, sur la différence entre humanité et animalité. À partir de Pic de la Mirandole jusqu'aux encyclopédistes en passant par la fameuse théorie cartésienne des « animaux-machines », cette gigantesque discussion qui mobilisera des centaines de penseurs à travers toute l'Europe et des milliers de publications va présider à la naissance de l'humanisme moderne, c'est-à-dire à l'avènement des grandes morales rationalistes et républicaines, tout à la fois humanistes (non cosmologiques) et laïques (non religieuses), qui vont s'imposer un peu partout en Europe après la Révolution française. Il est essentiel d'en saisir convenablement la nature exacte si l'on veut comprendre en quoi et pourquoi ce premier humanisme va fonder les concepts fondamentaux de la morale sur la liberté et la raison, sur les droits de l'homme et le souci de l'intérêt général. Si nous voulons avoir une chance de percevoir ce que le deuxième humanisme, en s'appuyant sur le principe de l'amour, prétendra apporter de nouveau et de supérieur par rapport au premier, encore faut-il bien en cerner les contours exacts.

C'est donc par un débat touchant les animaux que tout commence. La chose ne doit point surprendre : si c'est maintenant sur l'homme, comme on vient de le voir, que doit se fonder la morale nouvelle, il faut bien, j'y insiste, qu'on indique ce qui, dans cet être, est si exceptionnel, si extraordinaire qu'on puisse construire cet édifice de l'éthique à partir de lui, et non du lapin, de l'huître ou du cheval. Ce n'est pas en vain qu'on parlera bientôt, avec une solennité sacrée, des « droits de l'homme » et de « l'humanisme », terme qu'il faut entendre au sens propre, comme désignant une vision du monde désormais centrée sur l'être humain, fondée par et pour lui. Mais pourquoi pas, après tout, un « animisme », qui protégerait la vie en général, voire un « animalisme », qui plaiderait, comme certains le feront bientôt, pour un droit des animaux complétant celui des humains ? D'où lui vient, à cet homme, ce privilège moral ? Qu'a-t-il de si singulier qu'on puisse l'élever ainsi au rang plus qu'éminent de principe suprême du juste et de l'injuste ? N'est-ce pas là pur orgueil de sa part ?

Tout naturellement, c'est dans une comparaison avec l'être le plus proche de lui, l'animal, que vont se jouer les réponses à ces interrogations. C'est en identifiant ce qui le distingue de ses « frères inférieurs », comme dira Michelet, en dévoilant sa différence spécifique d'avec les bêtes, mais aussi avec les anges qui planent au-dessus de lui, que sa qualification morale pourra ressortir sans équivoque et l'humanisme prendre ainsi son envol. Et dans l'histoire, encore embryonnaire, des cheminements de cette nouvelle vision morale du monde vers la lumière, c'est un jeune homme, un Florentin âgé d'à peine vingt-cinq ans, Pic de la Mirandole, qui le premier va découvrir la formule de la singularité humaine, ce propre de l'homme auquel va s'adosser par la suite la quasi-totalité de la philosophie moderne. C'est lui qui va rompre radicalement avec les visions anciennes, hiérarchisées, de l'être humain mi-ange mi-bête, intermédiaire, au sein de la grande hiérarchie des êtres, entre les esprits supérieurs et les animaux, pour lui accorder la place à part, à proprement parler exceptionnelle, sans laquelle on ne comprendrait pas comment nos fameux droits de l'homme, tout à fait étrangers à la pensée antique, pourraient même avoir un sens.

Sa réflexion est donc fondatrice. Comme vous allez pouvoir le constater, elle est en outre intrinsèquement passionnante, pour nous, encore aujourd'hui. Car elle possède une histoire, un passé et un avenir, un amont et un aval. D'un côté, elle puise ses sources les plus profondes dans la mythologie grecque, de l'autre, elle trouve des prolongements dans la philosophie moderne, chez Rousseau, Kant et jusque dans l'existentialisme de Sartre et la phénoménologie de Husserl et Heidegger. C'est donc par Pic qu'il nous faut commencer si nous voulons saisir à sa racine la nature exacte de l'humanisme moderne et, par là même, celle des grandes morales laïques qui vont reprendre et amplifier sa réflexion tout au long du XVIIIe et du XIXe siècle.

1. Pic de la Mirandole : si le cosmos des Grecs vole en éclats, si Dieu n'est plus crédible, comment refonder la morale ? Réponse : sur l'homme lui-même

Quelques mots, très brefs, sur le contexte historique de cette première révolution de l'humanisme. C'est en 1485 que Pic de la Mirandole, alors âgé de vingt-trois ans, conçoit le projet fou de rassembler toutes les connaissances philosophiques, scientifiques et religieuses disponibles dans les plus grandes traditions culturelles alors connues en Europe – entre autres, celles des Grecs, des Hébreux, des chrétiens, des Arabes, des Perses... – pour les soumettre à une large discussion publique où seraient représentés les plus grands savants et théologiens de son pays, l'Italie. Lisant l'hébreu, l'arabe, le grec et le latin, il rassemble ainsi des thèses sur maints sujets métaphysiques et, en guise de préface, il entreprend la rédaction d'un bref discours qui va bientôt devenir célèbre, un *Discours sur la dignité humaine* dont il achève la rédaction en 1486. C'est dans ce petit texte que le jeune homme pose très directement la question fondamentale, celle dont on peut dire sans exagération qu'elle va conduire à poser la première pierre du grand édifice de l'humanisme : qu'y a-t-il, au fond, de si admirable en l'homme qu'on puisse prétendre sur lui fonder une nouvelle morale ?

Bien entendu, la question de la spécificité de l'homme n'est pas nouvelle. De très nombreux ouvrages l'ont déjà abordée depuis l'Antiquité, et la scolastique du temps de Pic s'en est-elle aussi nourrie à l'envi. Mais c'est la réponse de Pic qui est singulière, à vrai dire, même, révolutionnaire. Pic n'ignore rien des réflexions élaborées dans la tradition, notamment chrétienne, sur la préséance de l'homme comme tel au regard des autres êtres, surnaturels ou animaux, supérieurs ou inférieurs à lui. Tout au contraire, il commence par rappeler, dès les premières lignes du *Discours,* que nombreux sont les penseurs anciens qui souscrivent à cette exclamation qu'on prête au dieu Mercure selon laquelle « c'est une grande merveille que l'être humain ». Simplement, Pic n'est guère convaincu par les arguments qu'on avance d'ordinaire pour justifier ce primat, et il le fait savoir d'entrée de jeu :

> *« Réfléchissant au bien-fondé de leurs assertions, je n'ai pas trouvé suffisantes les innombrables raisons qu'avancent, en faveur de la supériorité de la nature humaine, une foule de penseurs : l'homme, disent-ils, est un intermédiaire entre les créatures, familier des êtres supérieurs, souverain des inférieurs, interprète de la nature – grâce à l'acuité de ses sens, à la perspicacité de sa raison, à la lumière de son intelligence –, situé entre l'éternel immobile et le flux du temps, copule ou plutôt hymen du monde selon les Perses, à peine inférieur aux anges selon le témoignage de David. De tels arguments sont certes de taille, mais ce ne sont pas les arguments fondamentaux… Car*

pourquoi ne pas admirer davantage les anges eux-mêmes et les bienheureux chœurs du ciel[1] *?* »

Une foule de raisons peu satisfaisantes... De quelles raisons s'agit-il au juste et que leur reproche-t-il ? Leur principal défaut, aux yeux de Pic, c'est que les motifs invoqués depuis l'Antiquité pour justifier la préséance de l'homme restent tous prisonniers de la vision hiérarchique du monde qui caractérise les cosmologies anciennes et sert depuis lors à fonder les éthiques aristocratiques. Toutes, en effet, continuent de s'appuyer encore et toujours sur l'idée que l'homme tire sa dignité de sa place particulière au sein d'une échelle naturelle des êtres, celle d'un intermédiaire entre les anges et les bêtes, entre les êtres supérieurs et les inférieurs. Toutes demeurent donc en quelque façon « scalaires » : l'homme n'est valorisé qu'en qualité de « milieu de l'échelle », jamais comme être *hors échelle*. Or c'est justement cette qualité non scalaire, non inscrite dans une hiérarchie, cette qualité qu'on pourrait dire, en ce sens, parfaitement transcendante par rapport au cosmos inégalitaire et hiérarchisé, que cherche Pic. Et pour la trouver, il a recours à une fable, à un mythe dont nous verrons un peu plus loin comment il n'est qu'une variation sur un mythe plus ancien, le fameux mythe de Prométhée tel que le sophiste Protagoras en fait le récit dans le célèbre dialogue de Platon qui porte son nom.

De quoi s'agit-il ? Au premier abord, d'un récit fabuleux de la création du monde par Dieu.

1. *De la dignité de l'homme*, éditions de l'Éclat, p. 5 (avec une excellente présentation d'Yves Hersant).

Le Grand Architecte s'est mis au travail pour créer un univers sublime et merveilleusement ordonné. Il crée le ciel et la terre, les animaux et les plantes, attribuant aux uns et aux autres les qualités qui leur conviennent le mieux et qui leur permettent surtout de coexister au sein d'un monde parfait. Mais une fois l'œuvre achevée, Dieu se met à souhaiter que quelqu'un puisse l'admirer, en comprendre la raison, en goûter la beauté, en apprécier la parfaite harmonie. Pour une telle fin, les créatures inférieures que sont les plantes et les animaux ne suffisent évidemment pas. De là l'idée qui vient à Dieu de créer des êtres, les humains, qui soient dotés des qualités nécessaires pour comprendre toute la splendeur de sa création. Hélas, Dieu a pour ainsi dire déjà tout dépensé. Tous les modèles, tous les archétypes dont il disposait ont déjà servi à la création des autres espèces vivantes inférieures (les bêtes et les plantes) ou supérieures (comme sont les anges). Tous les dons leur sont déjà distribués de sorte qu'il n'en reste plus un seul à attribuer aux humains :

« Quand tout fut terminé (comme l'attestent Moïse et Timée), Dieu pensa en dernier à créer l'homme. Or il n'y avait pas dans les archétypes de quoi façonner une nouvelle lignée, ni dans les trésors de quoi offrir au nouveau fils un héritage, ni sur les bancs du monde entier la moindre place où le contemplateur de l'univers pût s'asseoir. Tout était déjà rempli, tout avait été distribué aux ordres supérieurs, intermédiaires et inférieurs[1]*… »*

1. *Ibid.*, p. 7.

On notera la profondeur métaphorique du mythe : non seulement cette nouvelle espèce que Dieu a en tête n'aura plus ni modèle, ni don particulier, mais en outre, contrairement à ce qu'affirme toute la tradition, elle n'aura pas non plus nulle part, ni au milieu ni ailleurs, la moindre place dans la hiérarchie des êtres. Souvenons-nous que c'est pourtant sur cette idée, celle d'une situation intermédiaire, que se fondaient justement les cosmologies antiques pour expliquer tout à la fois le privilège relatif de l'humain, mais aussi le fait que ce n'est pas sur lui qu'on aurait pu fonder une morale. Membre éminent d'un cosmos par sa place spéciale au centre de l'univers, certes ! Mais fondement d'une éthique, certainement pas, dans la mesure où d'un point de vue ancien, l'homme n'était malgré tout qu'une partie du monde, pas un être transcendant par rapport à lui.

Les privant, à la différence des autres espèces, de tout « équipement » particulier, Dieu n'aimerait-il donc pas les hommes ? Est-ce pour cette raison que ces derniers seraient, et de loin, les moins doués, les moins bien dotés de toute la création, les seuls à ne rien recevoir en partage de leur propre père ? Ni fourrure épaisse qui les protège des intempéries, ni carapace, ni bec ni ongles, ni griffes ni puissance exceptionnelle, ni mission particulière à remplir, ni lieu spécifique à occuper dans l'univers... Et, dans ces conditions, que pourrait-il bien y avoir de si admirable chez un être aussi peu talentueux qui puisse nous convaincre d'en faire une source du juste et de l'injuste, un nouveau fondement de l'éthique ?

C'est en ce point du mythe que tout se renverse et que l'argumentation humaniste prend l'ensemble de la tradition à contre-pied : c'est justement parce qu'il n'est rien de déterminé a priori, parce qu'il n'est préformé par aucun modèle particulier, que l'Homme va pouvoir, unique en cela parmi tous les autres vivants, devenir librement tout ce qu'il voudra, adopter toutes les destinées, remplir toutes les fonctions et toutes les missions. On commence à comprendre dans quelle direction la fable de Pic nous emmène, à vrai dire vers une contrée totalement inouïe, presque inimaginable à l'époque, un sol dans lequel toute la philosophie moderne va bientôt prendre pied : si l'homme n'est rien au départ, s'il est « néant » comme dira encore Sartre, après Kant et dans le même sens que Pic, si aucun modèle, aucun archétype ne le prédétermine ni ne préfigure en quoi que ce soit son destin sur cette terre, alors, oui, il est admirable entre tous, car il est bel et bien l'unique vivant en ce monde radicalement *libre d'inventer son futur*, plus admirable même que ces êtres supérieurs, anges ou séraphins, qui ne peuvent guère choisir d'autres voies que celles du bien et sont, en ce sens, dépourvus de libre arbitre et privés de la possibilité d'avoir une autre destinée que celle qui leur est par nature prescrite. Son absence de dons est le don suprême, son manque de talents le plus noble des talents, une grâce insigne, car c'est par cette absence même qu'il peut seul accéder au bien le plus précieux et le plus estimable entre tous, celui dont aucun autre être, ni ange ni bête, ne dispose : la liberté. En ne lui attribuant aucune dotation particulière, Dieu lui a offert le présent suprême, preuve que son amour pour l'homme est infini, comme en témoigne la façon dont il s'adresse à lui dans la suite du mythe :

« Si nous ne t'avons donné, Adam, ni une place déterminée, ni un aspect qui te soit propre, ni aucun don particulier, c'est afin que la place, l'aspect, les dons que toi-même aurais souhaités, tu les aies et les possèdes selon ton vœu, à ton idée. Pour les autres, leur nature définie est tenue en bride par des lois que nous avons prescrites : toi, aucune restriction ne te bride, c'est ton propre jugement auquel je t'ai confié qui te permettra de définir ta nature… Si nous ne t'avons fait ni céleste ni terrestre, ni mortel ni immortel, c'est afin que, doté pour ainsi dire du pouvoir arbitral et honorifique de te modeler et de te façonner toi-même, tu te donnes la forme qui aurait ta préférence[1]*… »*

Passage sidérant de modernité, qui contient déjà en germe, non seulement la pensée de Rousseau, la philosophie critique de Kant, mais ce que l'existentialisme de Sartre et la phénoménologie de Husserl et Heidegger auront peut-être bien de plus profond. Pour formuler le message de Pic dans le langage de la philosophie contemporaine, on pourrait dire que c'est parce que l'homme n'est rien qu'il est libre, parce qu'il n'est déterminé par aucune « nature humaine », parce qu'il n'a ni définition préalable, ni « identité naturelle » qu'il peut choisir toutes les identités et toutes les destinées. Alors que les êtres inférieurs, plantes et animaux, sont d'emblée tout ce qu'ils sont appelés à être de sorte qu'ils n'ont pas d'histoire, pas de culture ni de politique, seul l'homme, parce qu'il est néant, accède à la sphère de l'historicité. Seul il possédera une histoire véritable, c'est-à-dire un itinéraire libre, non préformé par une nature, au sein de l'existence.

1. *Ibid.*, p. 9.

En quoi Pic peut bien le comparer au très admirable caméléon, l'animal aux mille facettes :

> « *Qui n'admirerait notre caméléon ? Ou, d'une manière plus générale, qui aurait pour quoi que ce soit d'autre davantage d'admiration ? Asclepios d'Athènes n'a pas eu tort de dire que dans les mystères, en raison de sa nature changeante et susceptible de se transformer elle-même, on désigne cet être par Protée. De là les métamorphoses célébrées chez les Hébreux et les pythagoriciens*[1]. »

L'Antiquité qui, en l'occurrence, fournit son inspiration à Pic n'est en réalité ni celle des Hébreux, ni celle des pythagoriciens. C'est bien dans un dialogue de Platon, le *Protagoras*, du nom du plus célèbre sophiste de son époque, qu'il puise ses sources et il n'est pas inutile d'y revenir un instant. Cela nous permettra de confirmer le fait que cette histoire de l'éthique n'est pas seulement historienne. S'il y a plusieurs visions morales du monde, il n'y a qu'une seule humanité, de sorte que les idées morales, même les plus modernes, doivent bien avoir quelque équivalent dans les temps anciens, comme les éthiques anciennes une présence dans les temps modernes. Or dès les premiers pas de la philosophie en Grèce, l'idée apparaît déjà que l'homme est néant, qu'il est libre au sens où, à la différence des animaux, il n'est rien de déterminé au départ. Et ce n'est nul hasard si c'est chez les sophistes qu'on rencontre cette conviction, chez ces antiphilosophes dont Heidegger se demandait s'ils sont vraiment des Anciens à part entière tant leur pensée prend la forme d'une

1. *Ibid.*, p. 11.

contre-culture au regard de la culture dominante du cosmologico-éthique.

2. En amont de Pic, le premier visage de l'humanisme moderne : le mythe de Protagoras

La scène se passe à l'époque où les hommes et les animaux n'existent pas encore. Les dieux sont donc seuls dans l'univers, dans le cosmos. Ce dernier est cependant bien établi, enfin garanti dans son être. Son équilibre et sa stabilité sont assurés depuis que Zeus a gagné la guerre contre les forces du désordre et du chaos qu'incarnaient les Titans. Tout est maintenant paisible et calme. Mais justement, cette stabilité sans nuages finit par être pesante. Tout est parfaitement immobile, il n'y a pas d'histoire, dans tous les sens du terme, et pour tout dire, les dieux commencent à s'ennuyer ferme. Un beau jour, ils décident donc de créer les mortels, humains et animaux. Ravis par leur trouvaille, ils s'y mettent joyeusement et fabriquent avec de la terre, du feu et, comme dit Platon, « avec tout ce qui peut se mélanger avec de la terre et du feu », des figurines, des statuettes aux formes diverses. Ce sont là, très exactement, les fameux « archétypes » dont nous parle Pic : avant de donner la vie, il faut d'abord façonner des modèles. C'est donc chose faite, et les dieux chargent maintenant deux subordonnés de terminer le travail. Il s'agit de deux frères, Épiméthée et Prométhée, tous deux fils d'un des premiers Titans, Japet. Pour bien comprendre la suite de l'histoire, il faut se rappeler qu'Épiméthée, en grec, désigne celui qui est lent d'esprit, qui a, comme on dit parfois,

« l'esprit d'escalier » : il a toujours un temps de retard, tandis que son frère est au contraire celui qui « pense d'abord », celui qui est astucieux et possède toujours un coup d'avance sur les autres.

Épiméthée supplie que, pour une fois, on lui fasse confiance, qu'on lui laisse au moins commencer le travail. Prométhée accepte, non sans inquiétude, et son frère se met aussitôt à l'œuvre, s'attaquant d'abord aux espèces animales dépourvues de raison. Comment procède-t-il ? Malgré ce que je viens de dire à propos de son nom, il est loin d'être aussi bête qu'on pourrait le craindre. On doit même reconnaître que sa distribution des qualités aux différentes espèces animales est fort habile. Épiméthée construit un véritable « cosmos », un ordre naturel tout à fait harmonieux. Dans le langage d'aujourd'hui, on parlerait d'un « écosystème » parfaitement équilibré et viable, faisant en sorte que chaque espèce animale ait sa chance de survivre par rapport aux autres de manière que toutes puissent coexister de façon durable. Par exemple, s'il s'agit d'animaux petits ou faibles, comme un moineau ou un lapin, alors il donne à l'un des ailes, pour qu'il puisse fuir les prédateurs, et à l'autre, pour la même raison, la rapidité à la course ainsi qu'un terrier où il peut s'abriter en cas de danger.

Voici comment Protagoras décrit le travail d'Épiméthée :

« En tout, la distribution consistait de sa part à égaliser les chances. Et dans tout ce qu'il imaginait, il prenait ses précautions pour éviter qu'aucune race ne s'éteignît… Il habillait les

uns d'une épaisse fourrure ou encore de solides carapaces, propres à les protéger contre le froid, mais capables également d'en faire autant contre les brûlantes chaleurs. Sans compter que quand ils iraient se coucher, cela constituerait aussi une couverture, chacun ayant la sienne propre puisqu'elle ferait naturellement partie de lui-même. Il chaussait telle race de sabots de corne, telle autre de griffes solides et dépourvues de sang. Ensuite de quoi, il choisissait des aliments différents pour les différentes races : pour certains l'herbe qui pousse de la terre, pour d'autres les fruits des arbres, pour d'autres des racines ; il y en a auxquels il a accordé que leurs aliments fussent la chair des autres animaux, mais il leur attribua une fécondité restreinte tandis qu'il attribuait une abondante fécondité à ceux qui se dépeuplaient ainsi et, par là, il assurait une sauvegarde à leur espèce. »

Bref, comme on voit, Épiméthée conçoit et réalise ce que les Grecs appellent un cosmos, un ordre harmonieux, juste et viable, au sein duquel chaque espèce doit pouvoir survivre à côté des autres. Il se conduit très exactement comme le dieu de la fable de Pic. Mais comme ce dernier aussi, il « dépense » sans compter de sorte que lorsqu'il achève de fabriquer des plantes et des animaux, il s'aperçoit, mais trop tard, qu'il ne lui reste plus rien pour les hommes – en quoi il justifie malgré tout son nom, celui du nigaud qui réalise toujours après coup qu'il a fait une bêtise. C'est alors son frère qui va devoir réparer les dégâts. Pour bien saisir le parallèle entre le mythe originel de Protagoras et sa reprise par Pic, on pourrait dire que le dieu de sa fable est en quelque sorte Épiméthée et Prométhée tout à la fois, sauf, bien sûr, que chez Pic, c'est à dessein et non par bêtise que Dieu a donné tous les talents aux animaux et n'a rien gardé pour les humains.

Voyons maintenant comment Prométhée entreprend de rattraper les erreurs de son frère :

« Comme Épiméthée, chacun sait cela, n'était pas très intelligent, il ne se rendit pas compte qu'après avoir ainsi gaspillé le trésor des qualités au profit des êtres privés de raison, il lui restait encore la race humaine à pourvoir en dons ; et il était embarrassé de savoir qu'en faire. Or tandis qu'il est dans cet embarras, arrive Prométhée pour contrôler la distribution. Il voit les autres animaux convenablement pourvus sous tous les rapports, tandis que l'homme est tout nu, pas chaussé, dénué de couvertures, désarmé… Alors Prométhée, en proie à l'embarras de savoir quel moyen il trouverait pour sauvegarder l'homme, dérobe à Héphaïstos et à Athéna le génie créateur des arts ainsi que le feu (car, sans le feu, il n'y aurait pas moyen d'acquérir ce génie ou de l'utiliser). Et c'est en procédant ainsi qu'il fait à l'homme son cadeau. »

Prométhée, sans l'accord de Zeus (qui va le lui faire payer cher…), dote ainsi les hommes d'un pouvoir nouveau, *d'un pouvoir de création quasi divin* dont on peut supposer qu'il risque fort de conduire un jour les humains à se prendre pour des dieux. Car, grâce à ces dons, ils apparaissent désormais comme les seuls « animaux » capables de fabriquer des objets « techniques », artificiels, c'est-à-dire comme les seuls êtres vivants susceptibles de s'écarter de la nature, voire de la transcender : chaussures, couvertures, vêtements, aliments tirés de la terre, etc. *C'est dire qu'à l'égal des dieux, ils deviennent de véritables créateurs, des êtres capables le cas échant, justement parce qu'ils n'appartiennent pas totalement à la nature, de changer le cours de l'histoire du monde – ce qu'aucune espèce animale ne peut prétendre faire.* Derrière l'absence de don initiale, compensée par le cadeau que fait Prométhée, c'est la liberté humaine qui se profile. Comme chez Pic, un lien profond s'établit déjà dans le mythe de Protagoras entre le fait que l'homme, à la différence des animaux, n'est originairement rien, qu'il ne possède a priori aucune nature particulière qui viendrait déterminer par la suite tous ses comportements, et le fait qu'il est un créateur, c'est-à-dire un être capable d'inventer son histoire, de façonner lui-même sa destinée.

Du reste, Protagoras précise que les hommes vont être aussi, grâce au présent des arts et du feu offert par Prométhée, les seuls êtres vivants en ce bas monde à pouvoir articuler des sons de manière à leur donner un sens, c'est-à-dire les seuls à maîtriser le langage. Un lien s'établit ainsi entre le fait d'être libre, de n'être rien de déterminé au départ, la capacité de faire l'histoire et celle de posséder un langage. En quoi ces quatre éléments sont-ils reliés entre eux pour former le propre de l'homme, sa différence spécifique par rapport aux animaux ? La réponse, pour simple qu'elle soit, n'en est pas moins d'une profondeur abyssale. Ne pas avoir de nature, nous l'avons déjà compris, c'est la condition même de la liberté : c'est parce qu'il n'est pas programmé d'avance par une nature impérieuse que l'homme peut inventer son avenir, être le créateur, non seulement de nouvelles techniques, mais de sa propre destinée sur cette terre. C'est aussi en quoi le troisième élément, celui de l'histoire, lui appartient en propre puisqu'il peut façonner librement son destin – là où l'animal, guidé par une nature commune à son espèce mais identique dans tous les individus, est pour ainsi dire contraint de répéter éternellement, sans la moindre créativité, les mêmes comportements. Que vient faire alors dans tout cela le langage, quatrième élément définissant l'humain comme tel ? Réponse : *il est par excellence le lieu du récit, le principe même, grâce à l'écriture, de la conservation du passé et de sa transmission de génération en génération, transmission sans laquelle l'histoire proprement dite ne serait pas possible. En ce sens, il n'est pas d'histoire véritable sans langage, comme il n'en est pas non plus sans liberté.*

Dernière question, mais c'est aussi la plus importante : en quoi ces éléments qui définissent l'humanité de l'homme, éléments qu'on trouve déjà chez Protagoras et Pic, vont-ils pouvoir être réutilisés par l'humanisme naissant en vue d'enraciner dans l'être humain une nouvelle vision morale du monde ?

C'est à cette interrogation que Rousseau et Kant vont apporter une réponse originale qu'il nous faut maintenant examiner. Formulons-en le principe général, avant d'entrer dans la logique de leur argumentation : c'est parce que l'homme n'est pas réductible à la nature, c'est parce qu'il n'est pas, au même titre que les animaux, totalement intégré dans le monde (même s'il en est aussi une partie), qu'il va pouvoir établir avec lui une distance sans laquelle aucune morale ne serait possible aux yeux des Modernes : car cette distance est justement celle qui sépare le réel et l'idéal, l'être et le devoir-être, et sans elle, aucun jugement de valeur n'est possible. Comment, en effet, pourrais-je déclarer que tel acte, tel comportement, tel événement est bon ou mauvais si je ne pouvais prendre de la distance par rapport à lui afin de le juger ? Il faut, pour que la distinction entre l'être et le devoir-être sans laquelle l'éthique républicaine n'aurait plus aucune assise, accepter d'abord l'idée d'une liberté elle-même enracinée dans une absence de nature : c'est parce que l'homme est en quelque façon, par sa liberté justement, transcendant par rapport au monde, extérieur et supérieur à lui, qu'il peut le juger moralement au nom d'un idéal qui n'est pas inscrit en lui.

C'est là ce que Rousseau d'abord, puis Kant après lui, vont non seulement entrevoir, comme Pic l'avait fait avant eux, mais développer de manière systématique sur le plan éthique, juridique et politique. Il vont donner à ce qui n'est encore chez Protagoras et Pic qu'une intuition mythique la forme rationnelle d'une nouvelle vision morale du monde, en rupture avec celles que nous avons vues à l'œuvre dans l'univers mental des Grecs et des chrétiens.

3. En aval de Pic : les développements de l'humanisme chez Rousseau, Kant et Sartre

Comme Protagoras et Pic, et dans le même sens qu'eux, Rousseau revisite dans son *Discours sur l'origine de l'inégalité parmi les hommes* la désormais classique question de la différence entre humanité et animalité. Comme eux, il conclut que l'animal est tout entier guidé par la nature tandis que l'homme possède une part de liberté, c'est-à-dire une part d'excès par rapport à toute logique naturelle, une capacité à s'émanciper de tous les archétypes, de tous les modèles et de tous les « programmes » dans lesquels les pensées traditionnelles prétendent l'enfermer. Et là encore, c'est par sa dimension à proprement parler « sur-naturelle » qu'il va pouvoir, à la différence des animaux, entrer dans une double histoire : la première, individuelle, s'appelle l'éducation et la seconde, collective et commune à l'espèce, prend la forme de la politique et la culture[1]. Mais c'est aussi par cette place spéciale qui lui revient en ce monde, ou pour mieux dire hors de ce monde où il n'est en vérité assigné à aucune place, qu'il va pouvoir aussi construire une éthique et une métaphysique, ce dernier terme étant à entendre au sens propre : comme une capacité à s'interroger, au-delà (méta) de la nature (physis) sur le bien et le mal, le sens ou le non-sens de ce qu'il fait (ce pourquoi il sera aussi le seul être à enterrer les siens, à célébrer les morts). Si l'humain diffère de l'animal, ce n'est donc ni par la raison, ni par la sociabilité, comme on le croit d'ordinaire, mais par sa capacité à s'arracher, à s'émanciper de tous les codes, de tous les « logiciels » naturels.

Dans le *Discours sur l'origine de l'inégalité*, Rousseau avance, en faveur de cette thèse, deux arguments qui se situent en parfaite continuité avec ceux de Protagoras et Pic.

Le premier, c'est que « *la bête ne peut s'écarter de la règle qui lui est prescrite, même quand il lui serait avantageux de le faire, et que l'homme s'en écarte souvent à son préjudice. C'est ainsi qu'un pigeon mourrait de faim près d'un bassin rempli des meilleures viandes et un chat sur des tas de fruits ou de grains quoique l'un et l'autre pût très bien se nourrir de l'aliment qu'il dédaigne s'il s'était avisé*

1. Je reprends ici une idée chère à Alexis Philonenko, une idée qu'il a développée avec le talent qu'on lui connaît dans sa belle introduction aux *Réflexions sur l'éducation* de Kant.

d'en essayer ». Au contraire, l'homme peut commettre des excès jusqu'à en mourir, car en lui, ajoute Rousseau d'une phrase qui pourra servir de principe à toute la politique moderne, « *la volonté parle encore quand la nature se tait* ». Il faut bien voir le sens de l'argument, qui laisse percevoir en creux toute la définition moderne de la liberté : l'animal n'est pas libre, en ce sens qu'il est prisonnier d'un instinct naturel commun à son espèce. Il n'est au fond qu'un exemplaire d'un archétype qui le détermine de part en part. Le pigeon est un granivore, et comme tous les pigeons depuis que son espèce existe, il est programmé pour se conformer au modèle naturel qui lui est prescrit par son appartenance à son espèce. Il en va de même pour ce carnivore qu'est le chat. L'instinct fonctionne, dirions-nous aujourd'hui, comme une espèce de programme, de logiciel dont il ne peut jamais s'évader. À l'inverse, l'homme est si peu programmé par la nature qu'il peut s'en arracher pour le pire (il peut fumer et s'enivrer jusqu'à en mourir) comme pour le meilleur (il peut, parfois, faire preuve d'une générosité sans aucun équivalent dans la nature). Là est sa liberté entendue comme une capacité de s'évader de tous les codes, de s'émanciper de toutes les catégories qui fonctionneraient comme une prison.

On connaît le mot célèbre de Rabaud Saint-Étienne, mot qui résume à lui seul l'esprit de la Révolution française, du processus révolutionnaire qui resterait totalement incompréhensible si l'on n'acceptait pas la distinction entre le réel et l'idéal, l'être et le devoir-être : « *Notre histoire n'est pas notre code !* », ce qui signifie : nous ne sommes pas prisonniers d'un modèle façonné par les traditions, en l'occurrence celui de l'Ancien Régime. Nous pouvons inventer librement notre avenir, faire la révolution au nom d'un idéal qui n'est nullement domicilié dans la nature mais qui relève, au sens propre, de l'u-topie, du non-lieu. L'inspiration de la sentence est rousseauiste, à ceci près que Rousseau, pour être plus complet, aurait pu dire : « Ni la nature ni le passé ne sont pour nous des codes », car nous sommes libres, c'est-à-dire capables, à la différence des animaux, de transformer le monde, de l'améliorer dans le sens d'une plus grande « perfectibilité ».

C'est là, justement, ce que précise le second argument que Rousseau formule de la façon suivante : il existe en nous une faculté de se perfectionner qui réside autant dans l'individu (éducation) que dans l'espèce (culture et politique), *« au lieu qu'un animal est au bout de quelques mois ce qu'il sera toute sa vie, et son espèce au bout de mille ans ce qu'elle était la première année de ces mille ans »*. Factuellement, Rousseau n'a pas tort. Nous avons tous en tête ces reportages animaliers qui montrent des animaux capables, dès le jour même de leur naissance, de se comporter très exactement comme des adultes, sans avoir le moins du monde besoin d'une éducation. C'est le cas de ces petites tortues marines qui, à peine sorties de l'œuf, savent trouver toutes seules la direction de l'océan et qui parviennent, sans aucune aide extérieure, à marcher, nager, manger… là où le petit d'homme reste volontiers à la maison jusqu'à l'âge de vingt-cinq ans ! C'est que les animaux, guidés d'entrée de jeu par l'instinct naturel inhérent aux archétypes dont ils sont issus, n'ont guère besoin d'éducation.

Au niveau de l'espèce, le constat est le même. Alors que nos villes – Paris, Londres ou New York – changent presque chaque année, au point qu'en mille ans elles sont tout à fait méconnaissables, les sociétés animales sont immuables : ruches, fourmilières, termitières sont les mêmes, rigoureusement identiques à elles-mêmes, depuis des milliers et des milliers d'années. Conclusion du raisonnement : c'est parce que l'animal est de part en part programmé par la nature qu'il n'a pas besoin d'histoire. C'est parce que le logiciel naturel le guide en permanence et dès l'origine qu'il ne se perfectionne jamais, tout parfait qu'il est déjà en son genre, comme la petite tortue, dès sa sortie de l'œuf. Au contraire, c'est parce qu'il est libre, en excès par rapport à la nature, que l'homme doit s'inventer lui-même, s'éduquer et se perfectionner sans cesse, « tout au long de la vie » comme le disent aujourd'hui nos politiques éducatives. Ainsi entendue comme un effet de la liberté, son historicité est le signe même de sa non-appartenance à la nature.

Bien entendu, l'homme est aussi un animal, et tout biologiste pourrait nous dire qu'il a acquis au fil d'une autre histoire, celle de l'évolution, cette capacité à être libre. Il est pour ainsi dire programmé pour cette liberté et cette historicité qui en découle est comme inscrite dans ses gènes. De même, le biologiste insistera sur le fait que certains animaux, à la différence de la tortue, ont des embryons de culture et d'histoire qui les rapprochent de nous. Tout cela n'est pas douteux. Mais le fait demeure : au total et quelle que soit l'explication qu'on en donne, c'est bien cette liberté, cette extraordinaire capacité d'arrachement à la naturalité en nous comme hors de nous qui caractérise l'humain comme tel. Et c'est sur cette découverte que la philosophie moderne, à partir de Kant, va reconstruire une morale qui viendra remplacer les cosmologies et les théologies traditionnelles.

La révolution kantienne et la fondation de la morale républicaine : universalité et désintéressement nouveaux fondements de la laïcité et des droits de l'homme

On se trompe si souvent sur la pensée de Kant, qu'on a toujours quelque peine à redresser les erreurs qu'elle suscite en nombre presque infini. Sans même parler des livres franchement stupides, qui en font par pure haine et sans le moindre argument sérieux l'un des maîtres à penser des petits chefs d'Auschwitz (?) – alors qu'il inspira non seulement l'école de Marburg, mais la social-démocratie d'Eduard Bernstein ainsi qu'une large part de l'École de Francfort, c'est-à-dire trois des plus importants foyers de résistance intellectuelle et morale au nazisme en Allemagne, on attribue souvent à Kant, faute de l'avoir lu, une doctrine morale « formaliste » et « rigoriste ». C'est, disons-le sans fard, un peu moins haineux, mais cependant tout aussi niais. C'est surtout passer totalement à côté de la révolution qu'introduit Kant sur le plan éthique et qui tient à ceci : si le *Cosmos* des Grecs a été liquidé par la science moderne, si la nature n'est plus un modèle harmonieux où je puisse déchiffrer des finalités morales, comment désormais répondre à l'interrogation la plus fondamentale qui soit en la matière : « Que dois-je faire ? » « Comment me comporter avec justice envers autrui ? » Comment pourrais-je, ainsi que nous y invitent par exemple les stoïciens, imiter un ordre du monde si cet ordre, tout simplement, est introuvable ?

Non seulement la nature ne paraît nullement bonne en soi, mais la plupart du temps, il semble même qu'il nous faille nous opposer à elle et la combattre pour parvenir à quelque bien que ce soit. Et cela est vrai tout autant en nous qu'hors de nous. Hors de nous ? Voyez le tremblement de terre de Lisbonne, qui, en 1755, fait en quelques heures plusieurs dizaines de milliers de morts. Est-ce bien cela le signe du merveilleux *Cosmos* des Anciens ? Est-ce cette nature-là, hostile et dangereuse, pour ne pas dire méchante, que nous devrions prendre pour modèle ? Et en nous, les choses, si possible, sont pires encore : si j'écoute ma nature, c'est sans cesse et avec force l'égoïsme le plus viscéral qui parle en moi, qui me commande de suivre mes intérêts particuliers au détriment de ceux des autres. Comment pourrais-je un instant imaginer que je parvienne au bien commun, à l'intérêt général, si c'est elle qui me sert de guide ? La vérité c'est qu'avec elle, les autres peuvent toujours attendre...

D'où la question cruciale de l'éthique dans un univers humaniste et républicain qui a fait son deuil des cosmologies anciennes : dans quelle entité enraciner un nouvel ordre, un « *Cosmos bis* » ou une seconde nature si l'on veut, qui soient tout à la fois antinaturels et a-religieux ? Réponse, qui fonde l'humanisme moderne et, avec lui, toute l'idée démocratique, tant sur le plan moral que politique et juridique : sur la seule volonté des hommes, pourvu qu'ils acceptent de s'autolimiter en comprenant que leur liberté doit s'arrêter là où commence celle d'autrui. Ce nouveau *Cosmos*, cette « seconde nature », Kant les désignera sous l'expression de

« règne des fins ». Son principe suprême, c'est le respect d'autrui qui est la chose la moins naturelle du monde et qui suppose un effort sur soi, une volonté qui s'arrache aux penchants égoïstes. De là le fait que la loi morale s'impose à nous sous la forme d'un *impératif*, d'un devoir : non pas par goût du rigorisme ou du formalisme, comme le croient ceux qui n'ont rien compris au sens de cette révolution, mais justement parce que la loi n'est plus naturelle dans tous les sens du terme, parce qu'elle n'est pas inscrite dans un introuvable ordre juste et qu'elle ne va pas non plus de soi, mais suppose des efforts ou, comme dit Kant, de la « bonne volonté », voire une « volonté bonne ». En d'autres termes, derrière la révolution morale à laquelle invite le républicanisme kantien, il y a tout simplement la révolution scientifique inaugurée par Newton, celle qui nous fait passer d'une nature conçue comme un cosmos harmonieux, à une nature définie au contraire comme un système de forces et de chocs aveugles. De là la nécessité de construire un nouvel espace de vie pour les humains, un ordre qui n'est plus donné, comme celui des Anciens, mais de part en part construit pour et par la liberté des hommes – en quoi nul démocrate aujourd'hui ne peut, sans se renier lui-même, ne pas être en quelque façon kantien.

Du coup, la finalité de la construction d'un « règne des fins », c'est-à-dire d'une société des hommes où ces derniers ne soient plus de simples « membres » d'un grand tout organique qui les englobe de toute part, mais des personnes absolument respectables, des « fins en soi » (où l'on voit mal, franchement, le rapport avec le nazisme !), n'a plus aucun rapport avec je ne sais quel formalorigorisme : le but du règne des fins n'est évidemment pas l'ordre en tant que tel, lequel n'a en soi aucun intérêt, mais la liberté humaine, la création d'une communauté des hommes où ces derniers puissent enfin s'épanouir et chercher librement leur bonheur à la seule condition de respecter autrui absolument, comme fin et pas seulement comme « membre » ou comme moyen.

Mais laissons là les malentendus, et concentrons-nous sur les traits caractéristiques les plus fondamentaux de cette morale républicaine à l'état naissant.

Voici, en effet, les deux conséquences morales les plus marquantes que Kant et les républicains français avec lui vont tirer de la nouvelle définition de l'homme par la liberté que nous avons vu émerger déjà chez Pic : la première touche l'idée que la vertu réside d'abord et avant tout dans une certaine forme de désintéressement ; la seconde est qu'une action, pour être authentiquement morale, doit être orientée, non vers l'intérêt particulier et égoïste, mais vers le bien commun, c'est-à-dire vers une fin universalisable – ou, pour parler simplement, vers ce qui ne vaut pas seulement pour moi, mais aussi pour tous les autres. Si on laisse de côté les doctrines utilitaristes[1], désintéresse-

1. Dominantes dans le monde anglo-saxon, les théories utilitaristes ont repris et réaménagé aux conditions de l'individualisme moderne l'idée chère aux Anciens, selon laquelle le but de l'activité humaine resterait fondamentalement le bonheur. De ce point de vue, l'utilitarisme peut apparaître légitimement comme une alternative radicale au kantisme. Pour le comprendre, il faut toutefois écarter un malentendu trop fréquent : l'utilitarisme n'est nullement réductible, comme le veut à tort une opinion courante, à la doctrine de l'égoïsme personnel généralisé.

ment et universalité apparaissent ainsi comme les deux piliers des grandes éthiques laïques et républicaines qui vont largement dominer, en Europe,

---

Il se présente au contraire chez tous ses grands théoriciens – notamment chez Bentham, Mill et Sidgwick – comme une morale « universaliste » dont le principe pourrait s'énoncer de la façon suivante : une action est bonne quand elle tend à réaliser la plus grande somme de bonheur pour le plus grand nombre de personnes concernées par cette action. Elle est mauvaise dans le cas inverse, c'est-à-dire lorsqu'elle tend à augmenter la somme globale des souffrances en ce monde. On voit donc que ce principe se confond si peu avec celui d'un hédonisme égoïste qu'il entre même directement en conflit avec lui : c'est bien ici de sommes globales de souffrance ou de bonheur qu'il s'agit, et non seulement du point de vue de tel ou tel individu particulier. Il peut par conséquent, dans la perspective de l'utilitarisme, y avoir parfois, comme dans le kantisme, incompatibilité entre mon bonheur personnel et celui du plus grand nombre. Toute la question (que pose d'ailleurs clairement Sidgwick) est dès lors de savoir pour quelles raisons je devrais préférer l'éthique utilitariste universaliste au point de vue de l'hédonisme égocentrique. C'est là qu'on rencontre aussitôt la difficulté principale et peut-être insoluble de toute doctrine utilitariste. Car le passage d'un terme (l'égoïsme) à l'autre (l'altruisme, si l'on veut, c'est-à-dire la prise en compte du bonheur général) ne peut guère se comprendre, dans le cadre de l'anthropologie qui inspire l'utilitarisme, que sur le mode de la continuité : si l'homme est avant tout un être de calcul, un individu qui soupèse les divers intérêts en présence avant d'agir, si la rationalité qui, dans le meilleur des cas, l'anime est celle de « l'intérêt bien entendu », on voit mal, en effet, comment et pourquoi il « s'arracherait » à ses propres penchants pour prendre en considération le bien d'autrui. Il va de soi que ce problème n'a pas échappé aux grands penseurs utilitaristes. Ils l'ont tous perçu et traité à leur façon. Ils ont donc dû trouver une réponse en harmonie avec leurs principes initiaux : pour comprendre comment un individu qui soupèse les divers intérêts en présence peut être conduit, toujours par intérêt, à dépasser parfois ses propres intérêts (du moins immédiats), il suffit d'admettre l'existence de certains sentiments qui permettent d'établir ce passage et de surmonter le paradoxe : par exemple, l'espace public, familial et scolaire jusque dans les années 1960. Aujourd'hui, elles paraissent sans doute d'une grande banalité tant nous y sommes accoutumés. Elles n'en marquent pas moins, à l'époque où elles se mettent en place, une rupture radicale avec le monde ancien, car elles découlent directement de la nouvelle définition de l'homme mise en place par Rousseau dans le sillage des deux grands mythes que nous avons analysés. C'est là ce qu'il faut bien comprendre si nous voulons saisir comment elles vont littéralement révolutionner la problématique de l'éthique au point de rester en vigueur jusqu'à ce que la grande déconstruction du XXe siècle ne vienne les remettre en question.

Commençons par l'idée de désintéressement.

L'action vraiment morale, c'est d'abord et avant tout l'action désintéressée, *c'est-à-dire celle qui témoigne de ce propre de l'homme qu'est la liberté entendue comme faculté de s'affranchir de la logique des penchants naturels*. Il faut bien avouer que ces

---

la pitié ou la sympathie feraient en sorte que la question du bonheur d'autrui ne m'étant pas indifférente, elle devienne l'un des aspects de mon propre bonheur. J'aurais donc parfois intérêt à préférer, si l'on peut dire, les intérêts d'autrui à ceux qui, à première vue du moins ou à court terme, seraient logiquement les miens. On mesure combien l'utilitarisme s'oppose ici au kantisme, malgré le souci « universaliste » du bien commun qui les anime tous les deux : loin que le passage de l'égoïsme à l'altruisme soit le fait d'une vertu désintéressée, d'une action courageuse qui mobiliserait la liberté entendue comme faculté d'arrachement à ses intérêts propres, elle résiderait tout à l'inverse dans un sentiment lui-même intéressé par lequel j'intégrerais le souci d'autrui dans la sphère de mon propre ego.

derniers nous portent toujours vers l'égoïsme. La capacité de résister aux tentations auxquelles il nous expose est très exactement ce que Kant nomme la « bonne volonté », en quoi il voit le nouveau principe de toute moralité véritable : alors que ma nature – puisque je suis, *aussi*, un animal – tend à la satisfaction de mes seuls intérêts personnels, j'ai également, telle est du moins la première hypothèse de la morale républicaine, la possibilité de m'en écarter pour agir de façon désintéressée, altruiste, tournée vers les autres et non seulement vers moi. Sans l'hypothèse de la liberté entendue au sens de la perfectibilité rousseauiste, une telle idée n'aurait aucun sens : il faut bien supposer que nous sommes capables d'échapper au programme de la nature pour admettre que nous puissions parfois mettre notre « cher moi », comme dit Freud, de côté.

Ce qui est peut-être le plus frappant dans cette nouvelle perspective morale, antinaturaliste, c'est que la valeur éthique du désintéressement s'impose à nous avec une telle évidence que nous ne prenons même plus la peine d'y réfléchir. Si je découvre, par exemple, qu'une personne, qui se montre bienveillante et généreuse avec moi, le fait dans l'espoir d'obtenir un avantage quelconque qu'elle me dissimule (par exemple mon héritage), il va de soi que la valeur morale attribuée par hypothèse à ses gestes s'évanouit d'un seul coup. Dans le même sens, je n'attribue aucune valeur morale particulière au chauffeur de taxi qui accepte de me prendre en charge parce que je sais qu'il le fait, et c'est normal, par intérêt. En revanche, je ne puis m'empêcher de remercier, comme s'il avait agi avec une générosité plus que normale, celui qui, sans intérêt particulier, a l'amabilité de me prendre en stop un jour de grève et de faire un détour pour me déposer à mon bureau.

La seconde déduction éthique fondamentale à partir de la pensée rousseauiste est liée directement à la première : il s'agit de l'accent mis sur l'idéal du bien commun, sur « l'universalité », comme dit Kant, des fins qui président aux actions morales, cette universalité se définissant justement par le dépassement des seuls intérêts particuliers. Le bien n'est plus lié à mon intérêt privé, à celui de ma famille ou de ma tribu. Bien entendu, il ne les exclut pas, mais il doit aussi, au moins en principe, prendre en compte les intérêts d'autrui, voire ceux de l'humanité tout entière – comme l'exigera d'ailleurs la Déclaration des droits de l'homme.

Là encore, le lien avec l'idée rousseauiste de liberté est clair. La nature, par définition, est particulière : je suis homme ou femme (ce qui est déjà une particularité), j'ai tel corps, avec ses goûts, ses passions, ses désirs qui ne sont pas forcément (c'est une litote) altruistes. Si je suivais toujours ma nature animale, il est probable que le bien commun et l'intérêt général pourraient attendre longtemps avant que je daigne seulement considérer leur éventuelle existence (à moins, bien sûr, qu'ils ne recoupent mes intérêts particuliers, par exemple mon confort moral personnel). Mais si je suis libre, si j'ai la faculté de m'écarter des exigences de ma nature, de lui résister si peu que ce soit, alors, dans cet écart même et parce que je me distancie pour ainsi dire de moi-même, je puis me rapprocher des autres pour entrer en communication avec eux et, pourquoi pas, pour prendre en compte leurs propres exigences – ce qui constitue la condition minimale d'une vie commune respectueuse et pacifiée.

Liberté, vertu de l'action désintéressée (« bonne volonté »), souci de l'intérêt général : voici les trois maîtres mots qui définissent les modernes morales du devoir – du « devoir », justement, parce qu'elles nous *commandent* une résistance, voire un combat contre la naturalité ou l'animalité en nous.

Voilà pourquoi aussi la définition moderne de la moralité va, dans l'esprit républicain, s'exprimer désormais sous la forme de commandements indiscutables ou, pour employer le vocabulaire de Kant, d'*impératifs catégoriques*. Étant donné qu'il ne s'agit plus, comme chez les Anciens, d'imiter la nature, de la prendre pour modèle, mais presque toujours de la combattre, et notamment de lutter contre l'égoïsme naturel en nous, il est clair que la réalisation du bien, de l'intérêt général ne va pas de soi, qu'elle se heurte au contraire à des résistances. De là son caractère impératif. Si nous étions spontanément bons, naturellement orientés vers le bien, il n'y aurait pas besoin de recourir à des commandements impérieux. Mais, comme chacun de vous l'a sans doute remarqué, ce n'est pas toujours et systématiquement le cas... Pourtant, la plupart du temps, nous n'avons aucune difficulté à savoir ce qu'il faudrait faire pour bien agir, mais nous nous permettons sans cesse des exceptions, tout simplement parce que nous nous préférons aux autres. Voilà pourquoi l'impératif catégorique nous invite à faire, comme on dit aux enfants, des « efforts sur soi-même » et, par là même, à essayer sans cesse de progresser et de nous améliorer.

Les deux moments de l'éthique moderne – l'intention désintéressée et l'universalité de la fin choisie – se rejoignent ainsi dans la définition de l'homme comme « perfectibilité ». C'est en elle qu'ils trouvent leur source ultime : car la liberté signifie avant tout la capacité à agir hors la détermination des intérêts naturels, c'est-à-dire particuliers ; et en prenant ses distances à l'égard du particulier, c'est vers l'universel, vers la prise en compte d'autrui, que je m'élève. De là aussi le fait que cette éthique repose tout entière sur l'idée de mérite : nous avons tous du mal à accomplir notre devoir, à suivre les commandements de la moralité, lors même que nous en reconnaissons le bien-fondé. Il y a donc du mérite à bien agir, à préférer l'intérêt général à l'intérêt particulier, le bien commun à l'égoïsme. Il y faut du courage, en quoi réside très exactement la vertu. Telle est la conception qui sous-tendra tous les principes fondamentaux de notre école républicaine avec ses bons points et ses bonnets d'âne, ses *« peut mieux faire ! »* et ses prix d'excellence. Qu'elle soit aujourd'hui en grande difficulté ne doit nous inciter que davantage à comprendre ce qu'elle fut pour mesurer aussi ce que nous avons perdu et qu'on désigne parfois, sans doute pour se consoler, comme le « prix du progrès »...

Étrangement, cette vision morale du monde va traverser le temps, du moins jusqu'aux années 1960. On va même la retrouver là où on l'attendrait peut-être le moins, dans certains secteurs de la philosophie contemporaine qui, par ailleurs, se montrent très critiques à l'endroit de l'humanisme classique. C'est le cas, notamment, de la tradition existentialiste et phénoménologique qui, sur ce point particulier mais cependant crucial, est l'héritière directe, souvent sans le savoir, de la conception rousseauiste et kantienne de l'homme comme « néant » et comme liberté, c'est-à-dire comme être de transcendance par rapport à la nature et à l'histoire. Outre l'intérêt intrinsèque de ces philosophies contemporaines, il nous faut en dire quelques mots, ne fût-ce que brièvement, si nous voulons comprendre comment la grande déconstruction de l'humanisme républicain par la « Pensée 68 » va également les prendre pour cible[1] afin de parvenir à construire à son tour une nouvelle vision morale (ou antimorale) du monde.

Comment l'existentialisme et la phénoménologie poursuivent la révolution inaugurée par Pic, Rousseau et Kant : Sartre, Husserl et Heidegger

Commençons par Sartre qui, dans une conférence destinée à un large public, *L'existentialisme est un humanisme,* reprend presque mot pour mot, mais sans le savoir (Sartre n'était guère passionné d'histoire et celle de la philosophie n'était pas son fort), l'héritage de Pic, Rousseau et Kant touchant la définition de l'homme comme être qui échappe à toutes les définitions dans lesquelles on prétendrait l'emprisonner. Pour se faire comprendre de son auditoire, Sartre prend un exemple simple, censé illustrer la différence entre l'être humain et un objet fabriqué. Dans le cas de ce dernier, comme pour les animaux de Protagoras et Pic, il

1. Sartre était considéré par Foucault et Deleuze comme un « humaniste bêlant », une vieille baderne issue de l'ancien monde...

existe inévitablement un modèle préalable, un archétype ou, comme dit Sartre, une « essence » qui lui préexiste. Au contraire, le propre de l'homme est de n'avoir a priori aucun modèle, son existence précédant pour ainsi dire toute essence.

Voici comment Sartre présente lui-même son argumentation, présentation dans laquelle nous allons reconnaître sans difficulté les éléments les plus fondamentaux des mythes de Protagoras et de Pic :

« Lorsqu'on considère un objet fabriqué, comme par exemple un livre ou un coupe-papier, cet objet a été fabriqué par un artisan qui s'est inspiré d'un concept ; il s'est référé au concept de coupe-papier, et également, à une technique de production préalable qui fait partie du concept, et qui est au fond une recette. Ainsi, le coupe-papier est à la fois un objet qui se produit d'une certaine manière et qui, d'autre part, a une utilité définie, et on ne peut pas supposer un homme qui produirait un coupe-papier sans savoir à quoi l'objet va servir. Nous dirons donc que pour le coupe-papier, l'essence, c'est-à-dire l'ensemble des recettes et des qualités qui permettent de le produire et de le définir, précède l'existence… Lorsque nous concevons un Dieu créateur, ce Dieu est assimilé la plupart du temps à un artisan supérieur ; et quelle que soit la doctrine que nous considérions, qu'il s'agisse d'une doctrine comme celle de Descartes ou de la doctrine de Leibniz, nous admettons toujours que la volonté suit plus ou moins l'entendement ou tout au moins l'accompagne, et que Dieu, lorsqu'il crée, sait précisément ce qu'il crée. Ainsi le concept d'homme, dans l'esprit de Dieu, est assimilable au concept de coupe-papier dans l'esprit de l'industriel… L'existentialisme athée que je représente [...] déclare que si Dieu n'existe pas, il y a au moins un être chez qui l'existence précède l'essence, un être qui existe avant de pouvoir être défini par aucun concept et que cet être c'est l'homme… »

L'amusant dans l'affaire, c'est que Sartre s'imagine être ici tout à fait original. Il pense sincèrement qu'avec la formule selon laquelle « *l'existence précède l'essence* », il vient d'inventer la pierre philosophale, de découvrir une philosophie radicalement nouvelle, l'existentialisme précisément, qu'il cherche à promouvoir ainsi qu'à rendre inséparable de son nom. En fait, comme vous pouvez le voir, il reprend, presque au mot près, la pensée de la liberté humaine élaborée par Pic, Rousseau et Kant – d'où l'intérêt, cela dit au passage, de ne pas négliger l'histoire des idées : cela peut vous éviter, comme dit la sagesse des nations, de « découvrir l'Amérique ».

En fait, pour Sartre comme pour ses illustres prédécesseurs, l'homme est libre en ce sens qu'il échappe à toutes les catégories, à toutes les idées platoniciennes, à tous les modèles et archétypes, mais aussi à tous les « programmes » dans lesquels on voudrait l'enfermer. En quoi il n'est, en effet, déterminé ni par la nature ni par l'histoire. Voilà d'ailleurs pourquoi, aux yeux de Sartre, le premier adversaire de l'existentialisme, c'est la religion, et notamment la théologie chrétienne – le second étant le déterminisme marxiste qui prétend expliquer les comportements des hommes par leur « appartenance de classe ». Selon la vision théologique du monde, en effet, l'essence (le plan, l'archétype) vient avant l'existence (sa réalisation), de sorte qu'il faut supposer au préalable une *finalité* de l'être créé d'où l'on pourrait déduire une réflexion sur sa destination – en ce qui concerne l'homme, une morale. De même que le coupe-papier est « fait pour » ouvrir des livres ou l'horloge pour donner l'heure, on doit imaginer que l'être humain, lui aussi, dans la perspective où il est « fabriqué » par un Dieu, doit répondre à un objectif et remplir une certaine mission (par exemple, servir Dieu, obéir à ses commandements, etc.). Bien que cela paraisse paradoxal, l'historicisme marxiste fonctionne de manière analogue à la théologie traditionnelle : lui aussi prétend déduire les fins de l'homme d'une catégorie (d'une classe) qui lui préexiste – catégorie qui, pour être sociale et « matérielle », n'en est pas moins déterminante que celle du christianisme : celui qui appartient à la classe bourgeoise est programmé pour être conservateur comme celui qui est membre du prolétariat doit bien un jour ou l'autre aller vers la révolution.

C'est ce schéma classique, avec toutes ses implications éthiques, que l'existentialisme sartrien propose de renverser : si l'être humain n'est pas à proprement parler une *créature*, s'il n'est pas non plus un exemplaire d'une classe sociale qui le déterminerait de part en part, si aucun « plan », aucune « essence » ne précèdent son existence, alors il faut aussi admettre qu'aucune finalité particulière ne s'attache a priori à son être – comme il en existe en revanche pour tous les objets fabriqués. L'être humain est en ce sens le seul qui soit pleinement libre, le seul qui puisse, comme nous l'avons vu chez ses prédécesseurs, façonner son histoire par et pour lui-même. Il est le caméléon par excellence et c'est en quoi réside son incomparable liberté, une liberté dont sa capacité unique à faire histoire porte en quelque sorte témoignage – les êtres de nature étant par définition sans histoire, guidés qu'ils sont de toute éternité par l'instinct commun à leur espèce. Il lui revient, non point de suivre des commandements divins qui s'attacheraient à son statut de créature, pas davantage de faire automatiquement la révolution parce qu'il est ouvrier ni de défendre la classe dominante s'il lui appartient, mais au contraire d'inventer par et pour lui-même son destin comme de choisir en toute liberté entre le Bien et le Mal. De cette simple approche de l'existentialisme se déduit déjà une thèse cruciale : pour Sartre, comme pour Pic, Rousseau ou Kant, il n'y a pas de « nature humaine », pas d'archétype intangible, pas de destination de l'homme gravée a priori dans une essence éternelle. L'être humain est de part en part prométhéen, au sens où l'entend le mythe platonicien, c'est-à-dire capable, au même titre que les dieux, d'inventer son itinéraire en ce monde.

C'est dans une perspective très proche que Husserl, avant Sartre, avait développé une critique radicale de ce qu'il nommait le « psychologisme », mais aussi du biologisme et de l'historicisme, toutes doctrines qui prétendent, à l'image du marxisme et de la psychanalyse, enfermer l'être humain dans des catégories déterminantes et nier ainsi sa liberté au nom d'un déterminisme matérialiste. Paradoxalement, c'est dans une optique très proche que Heidegger définit l'homme authentique (ce qu'il nomme le *Dasein,* en opposition au sujet illusoire des métaphysiciens) par une caractéristique fondamentale qu'il appelle « liberté », « ek-sistance » ou « transcendance », c'est-à-dire par la capacité à ne pas être englué, comme l'est l'animal, dans le monde naturel.

Mais laissons maintenant de côté l'histoire de la philosophie : sa prise en compte plus approfondie nous entraînerait trop loin sans apporter pour autant quoi que ce soit de véritablement neuf par rapport à ce que nous avons maintenant compris. Tournons-nous plutôt vers les conséquences morales que le premier humanisme va déduire de cette anthropologie nouvelle (même si, comme nous l'avons vu, ses racines plongent dans l'Antiquité, c'est seulement avec l'époque moderne qu'elle va vraiment prendre son essor). Voyons comment elles vont, prises ensemble, former le socle fondamental d'une éthique républicaine qui, notamment à travers l'enseignement des écoles, va largement dominer l'Europe jusqu'aux années 1960.

Les implications fondamentales du premier humanisme : universalisme républicain, antiracisme, antisexisme, droits de l'homme... et colonialisme !

La définition de l'homme comme l'être qui n'a pas de définition, comme celui qui transcende toutes les catégories, toutes les essences et tous les archétypes est semblable à la pelote dont use Ariane pour sauver Thésée du labyrinthe. Il suffit d'en dévider le fil pour voir apparaître une à une des conséquences morales et politiques d'une profondeur abyssale et pourtant d'une simplicité presque parfaite. Ce sont elles, je l'ai dit, qui vont former le socle de l'éthique républicaine. S'il n'y a pas de « nature humaine », au sens où une essence prédéterminerait l'existence de l'être humain, alors, nous tenons le fondement des droits de l'homme, de l'anticommunautarisme, de la laïcité, de l'antiracisme et de l'antisexisme, bref, de la morale républicaine et méritocratique tout entière. Voyons très simplement comment.

Commençons par le racisme et le sexisme. En quoi consistent-ils, sinon dans l'idée qu'il existe une *essence ou une nature* de la femme, de l'Arabe, du Noir, de l'Asiatique ou du Juif qui précéderait leur existence et d'où l'on pourrait déduire des caractéristiques nécessaires et communes à leur « espèce » ? C'est ainsi qu'il serait dans la « nature » de « la » femme de s'occuper des enfants, de ne point participer à la vie publique pour s'enfermer dans la domesticité, d'être douce et sensible, intuitive plus qu'intellectuelle, rétive aux abstractions et autres clichés du même genre – on parle d'elle au singulier puisqu'il n'y en a désormais plus qu'une seule, toutes les autres n'étant pour ainsi dire que des exemplaires, en leur fond identiques, d'un concept unique qui s'appliquerait également à chacune d'entre elles. De même que tous les chats poursuivent les souris, toutes les femmes sont préformées pour s'atteler aux fameux « trois K » du protestantisme allemand : *Kinder, Kirsche, Küche,* les enfants, l'Église et la cuisine... Dans le même sens, il est, selon les poncifs ordinaires du racisme et de l'antisémitisme, dans la nature « du » Noir d'avoir le « rythme dans le sang » mais d'être infantile (« l'Africain est joueur »), dans l'essence même de « l'» Arabe d'être fourbe, « du » Juif d'être intelligent, d'aimer l'argent, et autres balivernes du même acabit.

Mais s'il n'existe aucune « nature » de l'être humain en général, il n'en est pas davantage de tel sexe ou de telle « race ». C'est d'ailleurs sur cette conviction parfaitement républicaine que l'existentialisme aura pour vocation de fonder un féminisme et un antiracisme de type *universaliste,* comme on le voit encore avec les travaux d'Élisabeth Badinter, héritière de l'égalitarisme qu'avait inauguré Simone de Beauvoir : la femme est un homme comme les autres et ce qui donne sa dignité à l'être humain en général, mâle ou femelle, c'est le fait qu'il est, à la différence des objets ou des animaux, un être fondamentalement libre, transcendant toutes les étiquettes qu'on prétend lui accoler. Ce qui fait sa valeur, ce n'est pas son appartenance à une communauté sexuelle, ethnique, nationale, linguistique ou culturelle particulière, mais, au contraire, le fait qu'il soit toujours aussi capable de s'élever au-dessus de tous ces enracinements possibles pour participer de l'humanité *en général*.

Où l'on voit se profiler une nouvelle conséquence de cette anthropologie républicaine : celle qui associe d'un même mouvement l'anticommunautarisme, la laïcité et les droits de l'homme. C'est parce que l'être humain est libre, au sens où il peut s'arracher de toutes les communautés, qu'il mérite d'être protégé par les fameux droits de 1789. Que signifie, en effet, la grande Déclaration, sinon que l'Homme (avec un grand H, c'est-à-dire l'homme et la femme) mérite le respect *abstraction faite* de tous les enracinements communautaires auxquels les pensées traditionalistes ou contre-révolutionnaires voudraient l'assigner ? L'Homme est respectable indépendamment de toutes ses appartenances possibles à une ethnie, une langue, une nation, une culture, une religion... En quoi c'est aussi la laïcité qui devient possible : si l'Homme ne se définit plus par son appartenance à une communauté religieuse, s'il est, pour ainsi dire, au-delà, parce qu'il est, en général, au-delà de tout enracinement communautaire quel qu'il soit, alors la distance lui est permise d'avec la religion.

Pas de malentendu : contrairement à une erreur commune, notamment chez ceux qui, de l'extérieur, souvent au nom d'un libéralisme mal compris, critiquent l'idée républicaine à la française et lui font reproche d'être dure aux différences communautaires, l'humanisme abstrait qui découle de cette anthropologie nouvelle n'est nullement hostile aux communautés. Bien au contraire, il reconnaît sans la moindre difficulté à chaque citoyen le droit plein et entier d'appartenir à tous les groupements intellectuels, culturels, religieux, linguistiques, voire ethniques qu'il souhaitera fréquenter. Cela s'appelle les associations et n'a rien que de pleinement légitime aux yeux de la république. Simplement, à l'encontre des visions traditionnelles ou contre-révolutionnaires, ce ne sont pas ces appartenances qui fondent sa dignité morale. Ce ne sont pas non plus elles qui peuvent conférer à quiconque ces droits particuliers qu'on nomme des « privilèges » et que la Révolution française abolit – ce pourquoi la tradition française de la république est et restera toujours hostile aux politiques de « quotas » et de discrimination positive qui, à ses yeux, ne peuvent apparaître que comme des résurgences de l'Ancien Régime. Ce n'est pas en tant que membre d'une communauté, fût-elle celle des femmes, pas même comme membre d'une nation, celle des Allemands, des Anglais, des Italiens ou des Français, que l'Homme est respectable mais bel et bien en tant qu'être humain « nu », abstraction faite de tout enracinement communautaire quel qu'il soit. Nul hasard, en ce sens, si le féminisme républicain que j'évoquais à l'instant a toujours été hostile à des lois telles que celles portant sur la parité.

Pour les mêmes raisons, ni l'histoire, ni la nature ne sauraient être tenues pour des « codes » déterminants. Certes, l'être humain est « en situation », comme dit Sartre : il est homme ou femme, membre d'une nation et d'une culture particulières, d'une famille, d'un milieu social, etc. Bref, il a une nature et une histoire. Mais justement, à l'encontre de ce que prétendent les divers visages, anciens ou contemporains, du déterminisme, il n'*est* pas cette nature ni cette histoire et nul ne saurait l'y réduire. Il les *a, il ne les est pas,* il peut les mettre en perspective, voire, dans une certaine mesure, s'en abstraire pour jeter sur elles un regard critique. Pour être femme, on n'en est pas moins Homme et pour être bourgeois, comme Marx et Engels eux-mêmes, on n'en est pas moins potentiellement révolutionnaire au même titre qu'on peut être ouvrier et partisan de l'extrême droite la plus conservatrice.

Autre conséquence non négligeable de cette philosophie nouvelle, cette anthropologie de la liberté vient servir de fondement à l'idée révolutionnaire /réformiste qui va dominer toute la politique moderne en Europe, et même au-delà. Si, pour reprendre la formule de Rabaud Saint-Étienne, « notre histoire n'est pas notre code », alors nous pouvons non seulement nous retourner contre elle, abolir l'Ancien Régime pour faire la révolution mais, plus généralement, nous pouvons opposer en permanence l'idéal au réel ou, comme disent les juristes, le droit naturel au droit positif en vigueur. Bref, à l'encontre de ce que prétendent les morales aristocratiques, les fins ne sont plus domiciliées dans la nature. L'idéal et le réel ne coïncident plus, le devoir-être n'est plus inscrit dans l'être.

De là aussi, jusqu'au sein de l'école républicaine, la valorisation, fondamentalement antiaristocratique, du travail. La parabole des talents est enfin tout à fait sécularisée. Si le propre de l'homme est de pouvoir s'arracher à sa particularité d'origine pour s'élever vers des niveaux supérieurs, si c'est cela qu'on nomme l'Éducation, alors oui, au sein de l'École, l'enfant sera au sens le plus plein du terme celui qu'on *élève* ou qu'on incite à s'élever par lui-même, celui qu'on invite à entrer dans l'histoire et dans le monde des adultes, par son travail autant qu'il le peut, afin de devenir autre que ce qu'il était au départ. Là encore, nous retrouvons la signification philosophique profonde de notre pourtant très banal et très professoral « peut mieux faire ! » : moins superficielle qu'il y paraît à première vue, la formule canonique de nos vieux professeurs marque la volonté d'accorder plus de mérite, sur le plan moral s'entend, à celui qui part de loin pour s'élever très haut qu'à celui qui, à l'image de l'aristocrate, est doué, talentueux dès l'origine, mais ne fait pas fructifier ses dons par un travail adéquat.

Enfin, si nous voulions être complet, il nous faudrait aussi montrer comment cette nouvelle valorisation morale du travail s'étend jusqu'au domaine de la connaissance et de la science : au sein de cette éthique républicaine naissante, la pensée elle-même va se définir, non plus comme une simple « vision » – terme à quoi renvoient les concepts traditionnellement utilisés pour décrire la connaissance tels que « l'idée », « l'évidence », « la théorie »… Mais désormais, la pensée est conçue comme un travail, comme une pratique qui consiste non à « découvrir » le réel, mais bel et bien à « inventer » des lois qui relient entre eux les phénomènes et dévoilent les causes des événements naturels ou historiques.

Mais laissons là ces considérations épistémologiques. Ce que nous avons vu suffit à comprendre combien l'éthique républicaine « première version » est déjà grandiose. Avec son souci des droits de l'homme, de la laïcité, de l'égalité par le travail et le mérite, elle renverse toutes les visions morales traditionnelles, le cosmologico-éthique comme le théologico-éthique qu'elle sécularise. Le monde qu'elle nous promet, celui de la démocratie et de la république, de la raison et du progrès, semble merveilleux et l'on comprend que les plus grands esprits de l'époque des Lumières aient été littéralement éblouis par la Révolution française, quelles que fussent par ailleurs les horreurs auxquelles elle devait conduire durant la période de la Terreur.

Faiblesse de la pensée néorépublicaine : un esprit critique incapable de la moindre autocritique

Du coup, la question ne s'en impose que davantage : pour quelles raisons n'en sommes-nous pas restés là ? Pourquoi va-t-il y avoir, notamment dans la seconde moitié du XXe siècle, une telle remise en cause, une telle déconstruction de l'idée républicaine comme de l'éthique universaliste et méritocratique qui en constituait le cœur vivant ? Est-ce seulement, comme le pensent, aujourd'hui encore, les républicains purs et durs, ceux qui s'enferment avec un air triste et renfrogné dans le souvenir des blouses grises, des plumes Sergent-Major et des films de Pagnol, parce que l'humanité européenne serait en voie d'américanisation libérale, c'est-à-dire en plein déclin ? C'est en général ainsi que pensent nos républicains de droite comme de gauche. Qu'ils dénoncent (au demeurant à juste titre) les méfaits de la rénovation pédagogique à l'École ou ceux du « néolibéralisme » dans la vie politique, ils ne voient que régression dans l'abandon réel ou supposé des bons vieux principes de la méritocratie républicaine. Tous ces mauvais coups, à leurs yeux, ne peuvent venir que de l'extérieur. Jamais il ne leur vient à l'esprit de s'interroger sur ce qui, dans leur propre vision du monde, est intenable, pour ne pas dire inacceptable, y compris sur le plan éthique et politique. Jamais ils ne se remettent eux-mêmes en question, tout préoccupés qu'ils sont par la critique antimoderne de ce monde moderne qui sombre dans « l'affairisme américanisé » et la « pipolisation médiatique ». Au point que leur attitude tourne au rituel, pour ne pas dire au fonds de commerce. Elle fournit un point d'ancrage commode pour fabriquer des livres honnêtement pessimistes – attitude dont j'ai déjà dit au commencement de ce livre combien elle contribuait à donner à qui l'adoptait une apparence de profondeur incomparable.

Cette option intellectuelle, morale et politique est sans doute respectable. Elle donne même lieu parfois, je le dis sans ironie, à des livres salutaires en ce qu'ils stigmatisent à juste titre certains traits nuisibles ou dérisoires du temps présent. Elle n'en offre pas moins un inconvénient majeur, mortel à mes yeux sur le plan intellectuel, celui d'éluder totalement la vraie question, celle qu'il faut bien poser aujourd'hui à l'éthique républicaine, malgré toute l'estime et l'admiration qu'on peut avoir pour elle :

comment expliquer qu'avec tant de belles idées, avec cet universalisme et ces magnifiques droits de l'homme, cette valorisation du travail, de la culture, de l'École et du mérite personnel, les plus grands penseurs de la république, de Voltaire à Jules Ferry en passant par Kant, se soient si aisément accommodés d'un colonialisme associé à une condescendance si pleine de mépris à l'égard des « primitifs » qu'aujourd'hui nous tiendrions comme une évidence le fait qu'elle confine au racisme ? Du reste, très factuellement, les propos de Voltaire ou de Kant sur les Juifs, les Palestiniens ou les « nègres » qui, à l'époque, semblaient aller de soi tomberaient de nos jours sous le coup de la loi.

Préjugés détestables, sans doute, mais qu'il y aurait anachronisme à juger avec nos yeux d'aujourd'hui ? Bien sûr, cela va de soi, l'argument est recevable et je l'ai moi-même si souvent utilisé pour défendre mes chers philosophes des Lumières que j'aurais mauvaise grâce à ne plus entendre aujourd'hui la part de vérité qu'il recèle. Mais il y a plus, hélas, et autre chose dans ce mépris, et si attaché que l'on soit à l'idée républicaine comme à l'œuvre admirable de ses Pères fondateurs, il ne sert à rien de le nier : c'est aussi de manière intrinsèque que le premier humanisme est sans cesse menacé de verser dans son contraire, non pas dans cette belle philosophie universaliste, rationaliste et laïque des droits de l'homme, mais, hélas derechef, dans une idéologie ethnocentrique et impérialiste qui rejette naturellement hors de la civilisation tout ce qui n'est pas européen.

L'éthique républicaine telle qu'elle s'arrime à ce premier humanisme dont j'ai tenté de cerner ici la racine, en allant, je crois, à ce qui est le plus essentiel en lui, va être attaquée par la grande déconstruction du XXᵉ siècle sur deux fronts : celui de l'anticolonialisme, que je viens à l'instant d'évoquer, mais aussi celui des grandes critiques des illusions de la métaphysique, à commencer par celle de Nietzsche, qui va lui reprocher de poursuivre, malgré des dehors laïcs et rationalistes, ce que la religion a de plus fondamental, à savoir la distinction entre le ciel et la terre, l'au-delà et l'ici-bas, l'idéal et le réel.

Il faut absolument mesurer l'importance de ces deux critiques si nous voulons, à la différence des républicains dogmatiques et pessimistes, comprendre ce qui s'est passé, saisir en quoi, malgré tout ce qu'elle pouvait avoir de grandiose, l'éthique républicaine du premier humanisme devait céder, au moins en partie, sous les coups de la déconstruction. C'est seulement en percevant la pertinence, fût-elle seulement partielle et relative, des critiques qui lui furent adressées qu'on pourra aussi commencer à saisir en quel sens le premier humanisme allait, après sa déconstruction, être dépassé par un second humanisme. Là encore, comme on voit, il ne s'agit pas simplement d'histoire des idées, mais de compréhension proprement philosophique du temps présent.

Première critique de l'éthique républicaine : derrière l'universalisme, une idéologie colonialiste et impérialiste qui n'a rien d'accidentel mais qui appartient essentiellement à la logique du premier humanisme

Allons à l'essentiel : si le propre de l'homme réside dans sa liberté entendue comme capacité d'arrachement, si cette liberté se traduit dans les faits, comme nous l'avons vu avec Rousseau, par cette double historicité de l'être humain qui l'oppose radicalement à l'animal, alors comment éviter la « conclusion coloniale » ? Comment ne pas voir dans les sociétés sans histoire, dans ces sociétés qu'on disait naguère encore « primitives » ou « sauvages » et qu'on préfère aujourd'hui désigner comme « traditionnelles », un analogue presque parfait des sociétés animales ? Creusons encore l'argument fatal : si le propre d'une société traditionnelle réside justement dans le fait qu'elle est tout entière organisée, comme le montre par exemple Pierre Clastres dans ses études consacrées aux Indiens d'Amérique du Sud, autour d'un objectif central qui est la préservation des traditions, des coutumes, bref, du passé ; si ce type de société refuse, non par accident mais par nature, toute forme d'innovation, toute logique de réforme orientée vers le futur ; si, par voie de conséquence, elle rejette de toutes ses forces le souci d'entrer dans ce que les sociétés modernes tiennent au contraire pour l'essentiel, à savoir les processus historiques ; si, en d'autres termes qui parodient un discours désormais célèbre[1], « l'homme africain n'est pas

1. Il va de soi, mais peut-être mieux en le disant, que je ne m'associe en rien aux accusations de racisme, parfaitement ridicules et désagréables, qui ont été lancées contre ce discours et son auteur, Henri Gaino. Il suffit de lire ce texte en entier pour y trouver au contraire un très admirable et très vibrant plaidoyer contre tous les racismes. Dire que les sociétés traditionnelles sont « sans histoire » au sens où l'entendent les sociétés modernes est une remarque factuelle, au demeurant incontestable, qui n'implique en rien le moindre relent de racisme et que justifie toute l'ethnologie contemporaine.

entré dans l'histoire », alors, en effet, comment ne pas le considérer comme un enfant qu'il faut éduquer de l'extérieur, de force si nécessaire, voire comme un être légèrement infra-humain, un sous-homme ou un sur-animal, comme on voudra, selon que l'on considérera que les causes de son arriération (de sa non-entrée dans l'historicité) sont accidentelles ou essentielles ?

Il n'y a au fond que deux hypothèses, que deux explications possibles à ce qui apparaît au républicain comme une espèce de refus de l'évolution. Si c'est par accident que le « primitif » reste hors histoire, alors on tentera de l'élever au sens où l'on parlait, au XVIIIe siècle, d'une « éducation du genre humain » : on lui apportera du dehors les Lumières de la civilisation qui lui manquent si cruellement. Nul hasard, dans cette perspective, si colonisation et Éducation marchent d'un même pas, comme en témoigne la politique de Jules Ferry ; mais si on tient le « sauvage » pour arriéré par nature, ce qui est le racisme même, alors on se bornera à l'élever, non plus au sens scolaire du terme, mais au sens agricole, comme on « élève » du bétail pour en faire son esclave.

La république, bien sûr, opte par principe pour la première hypothèse et rejette la seconde comme raciste. Aux yeux du républicain, l'homme des sociétés traditionnelles est bien entendu un homme, pas un animal, et s'il faut, en effet, l'élever, c'est au sens premier du terme, au sens noble. Reste que, *de facto*, il ne peut s'empêcher de constater avec une certaine réprobation qu'il n'est pas vraiment entré dans l'histoire au sens où l'entendent les peuples démocratiques, comme une invention volontaire de son futur, et que, malgré tout, cela fait problème.

On peut, bien entendu, comme le font volontiers les anthropologues d'aujourd'hui, valoriser cette absence d'historicité, en faire, comme Pierre Clastres ou comme certains écologistes, une sorte de résistance, plus ou moins volontaire, à la modernité occidentale, une façon de rester pur, de rester libre, en marge de l'aliénation qui caractériserait les sociétés capitalistes. Là n'est évidemment pas la voie qu'emprunte le premier humanisme, celui du XVIIIe et du XIXe siècle. À ses yeux, le « sauvage » doit bel et bien être considéré comme un primitif, comme un enfant, comme un être humain certes, mais qui s'ignore encore comme tel ou, pour parler le langage juridique de ces époques pas si lointaines, comme un « citoyen passif ». La preuve ? Non seulement, *de facto,* il n'a pas, ou presque pas d'histoire, régi qu'il est par des coutumes héritées du passé et parfaitement intangibles, mais en outre, il ne sait ni lire ni écrire, ce qui signifie que, *de jure,* il ne peut pas avoir cette mémoire véritable, ce rapport authentiquement historique au passé qui suppose des documents écrits et des archives. Il faut donc, tel est le but le plus avouable et le plus volontiers avoué de la colonisation, humaniser cet homme, l'éduquer comme on éduque un élève, afin que sachant lire et écrire, il puisse entrer dans l'historicité hors de laquelle il n'est point de communauté humaine.

Qu'on le veuille ou non, et quelle que soit par ailleurs la grandeur de l'idée républicaine, on voit bien que le risque est en permanence présent d'un glissement d'une logique éducatrice du genre humain à une logique, tout simplement, raciste. Car le colonisateur républicain ne peut s'empêcher de forger, fût-ce en son for intérieur, le soupçon que, tout bien pesé, si l'Africain n'est pas entré dans l'histoire, c'est peut-être bien qu'il existait dans sa nature, pour ne pas dire dans sa race, quelque frein qui l'empêchait d'y entrer par lui-même. Bref, l'anthropologie qui fonde l'idée républicaine menace en permanence de contrecarrer ses conséquences les plus nobles, à commencer par celles qui touchent au respect des droits de l'homme.

On m'objectera peut-être un argument factuel, qui tient en un mot, ou plutôt en un nom : « Sartre ! » Oui, Sartre : n'ai-je pas démontré à l'instant même qu'il partait d'une anthropologie semblable à celle de Pic et Rousseau ? Et pourtant : comment nier qu'il fut par excellence le prototype de l'intellectuel anticolonialiste ? Sans doute, mais ne nous y trompons pas : ce que Sartre soutient dans la révolte des « damnés de la terre », ce n'est pas l'anhistoricité, ce n'est pas le droit à la différence, mais le geste de la révolte en tant que tel, geste par lequel, justement, le colonisé entre dans l'historicité moderne et devient pour ainsi dire un Européen comme les autres. Pour être plus clair encore peut-être, ce n'est nullement, comme Lévi-Strauss ou Clastres, le caractère traditionnel, voire réfractaire à l'innovation qu'admire Sartre, mais tout au contraire la capacité des Africains, et plus généralement des colonisés, à prendre en charge leur destin au sein de ce qu'on nomme à l'époque les « mouvements de libération nationale », mouvements dont les idéologies doivent à peu de chose près tout (l'idée de nation, celle de révolution, la référence au marxisme, à l'impérialisme, etc.) à l'Occident colonisateur moderne. Où l'on voit comment ce premier humanisme n'est universaliste, pour ainsi dire, qu'à moitié. Ce qu'il faut lui reprocher, ce n'est pas son trop d'universalisme comme vont le faire, avec Lévi-Strauss et la « Pensée 68 », les différencialistes de tout bord, mais son trop peu d'universalisme : l'éthique républicaine n'est encore qu'à mi-chemin d'elle-même, incapable qu'elle est d'accorder à celui qui n'est pas assez entré dans l'histoire à ses yeux un statut autre que celui de l'infériorité.

Nous verrons comment le deuxième humanisme, celui qui fait suite à la révolution de l'amour-passion que j'ai décrite dans la première partie de ce livre, n'aura, au contraire, aucune difficulté à critiquer la colonisation, à dénoncer les méfaits de l'impérialisme pour faire enfin droit à l'altérité des formes de vie différentes de celles que l'Europe moderne a privilégiées. Le passage de la logique coloniale à celle de l'Aide publique au développement, quoi qu'on pense par ailleurs de son efficacité, de ses insuffisances ou de ses suffisances, témoigne à l'évidence d'un changement d'attitude si profond qu'il serait vain de vouloir le nier en accusant encore et toujours les pays occidentaux de « néocolonialisme ». La vérité, c'est que le colonialisme est mort et enterré. On ne trouve plus une seule voix pour le défendre en Europe. Le souci de l'aide a remplacé définitivement celui de l'éducation forcée et nul ne peut sérieusement contester l'importance de ce changement d'attitude radical sur le plan éthique. Plutôt que de nier cette réalité, il faudra tenter de la comprendre, tenter de saisir ce qui, dans ce second humanisme, a pu venir corriger les méfaits du premier.

Reste à examiner en quoi, par-delà cette question de l'impérialisme colonial, intrinsèquement inscrit dans le programme philosophique de l'éthique républicaine, le premier humanisme allait faire aussi l'objet d'une autre critique, sur un plan purement philosophique cette fois-ci : celle que Nietzsche, modèle en cela de la grande déconstruction des valeurs traditionnelles au XXe siècle, devait mener contre les illusions métaphysiques et nihilistes des Lumières, du « Progrès », de la « Démocratie » et de la « Raison ».

Deuxième critique de l'éthique républicaine : la déconstruction nietzschéenne du premier humanisme comme « nihilisme achevé »

Selon Nietzsche, qui ouvre en cela la voie à toutes les déconstructions qui vont marquer la pensée au XXe siècle, les visions morales du monde héritées du passé, y compris l'éthique républicaine dont nous venons d'examiner les principes les plus fondamentaux, sont marquées par une tache indélébile : celle du nihilisme. Il est essentiel de comprendre ce que Nietzsche entend par là, de saisir le sens du soupçon qu'il fait ainsi peser sur l'ordre moral en général. Ce n'est pas, là encore, simple affaire d'histoire des idées. Nietzsche n'est pas un penseur parmi d'autres : il est LE penseur de la modernité, celui qui, pour reprendre la formule de Hegel, est parvenu à « saisir son temps dans la pensée ». C'est à ce titre qu'il importe de percevoir en quoi la critique qu'il adresse à l'éthique républicaine et au premier humanisme finira, au terme d'un siècle de déconstruction tous azimuts qu'on pourrait dire sans exagération nietzschéen, par l'emporter auprès d'une fraction non négligeable de l'intelligentsia européenne, au point de préparer l'avènement d'une nouvelle vision morale du monde, plus en phase avec l'esprit de la déconstruction : celle que je désigne ici sous le nom « d'éthique de l'authenticité » et dont nous allons étudier les principes fondamentaux dans un instant.

Mais d'abord, de quoi s'agit-il et que recouvre exactement l'accusation de « nihilisme » lancée par Nietzsche contre la morale en général et l'éthique républicaine en particulier ? Méfions-nous du langage courant, il est en l'occurrence tout à fait trompeur. Aujourd'hui nous disons de quelqu'un qu'il est « nihiliste » pour signifier qu'il ne croit en rien, qu'il ne défend aucune valeur, qu'il est « cynique », bref, qu'il n'a pas d'idéal. Chez Nietzsche, le nihilisme désigne rigoureusement l'inverse : le nihiliste, c'est justement celui qui est bourré de convictions fortes et hautement morales. C'est celui qui possède des valeurs transcendantes, des idéaux supérieurs, quels qu'ils soient, religieux, métaphysiques ou laïcs, humanistes ou matérialistes, peu importe. Pourquoi employer un tel terme, dont la racine latine renvoie à l'idée du *nihil*, du rien, du néant[1] ? Tout simplement parce que aux yeux de Nietzsche, les idéaux, toutes les « idoles », comme il les appelle, reconduisent la structure métaphysico-religieuse de l'au-delà opposé à l'ici-bas, de ce ciel dont on

1. Rappelons que le mot « nihilisme » est l'invention d'un des premiers grands philosophes romantiques, Jacobi, qui l'emploie pour la première fois, dans la toute fin du XVIIIe siècle, pour critiquer la pensée rationaliste qui serait, selon lui, incapable de saisir l'être des choses, ce dernier n'étant accessible qu'à l'intuition et à la foi.

se sert toujours pour « annihiler » la terre et jeter sur elle un regard négatif. C'est dire, si l'on poursuit l'analyse, que les valeurs transcendantes et pourvoyeuses de sens, dont Nietzsche annonce le crépuscule et la fin prochaine (« la mort de Dieu »), sont inventées par les humains pour donner une signification à la vie, pour se consoler de sa dureté, donc, à bien des égards, pour la refuser telle qu'elle est, c'est-à-dire pour la *nier*. Et c'est en quoi l'idéalisme, entendu au sens propre, comme le fait d'avoir des idéaux, est un nihilisme, une attitude qui dénonce le réel au nom de l'idéal, une entreprise d'amélioration de ce qui est au nom d'un avenir meilleur, d'un sens caché, d'un projet supérieur. Bien entendu, c'est le christianisme qui fournit le modèle du nihilisme, sa matrice la plus fondamentale, comme Nietzsche l'explique dans un petit texte de 1886, pour une fois parfaitement limpide, qui devait servir de postface à la réédition de son premier livre, *La Naissance de la tragédie* :

> *« Dès le début, le christianisme a été essentiellement et foncièrement le dégoût et l'ennui de vivre, mais on les a déguisés, dissimulés, fardés sous la foi en une "autre vie", en une "vie meilleure". La haine du "monde", la réprobation des passions, la haine de la beauté et de la sensualité, un Au-delà céleste inventé pour mieux calomnier l'existence terrestre, au fond une aspiration au néant, à la fin, au repos, au "sabbat des sabbats", tout cela joint à la volonté absolue du christianisme de ne reconnaître que des valeurs morales, m'est toujours apparu comme la forme la plus dangereuse et la plus inquiétante d'une aspiration à la mort… La morale ne serait-elle pas une volonté de nier la vie, un secret instinct de destruction, un principe de déchéance, de rabaissement, de calomnie, le commencement de la fin ? »*

On fera peut-être observer que le marteau de Nietzsche s'attaque ici au christianisme, pas à l'humanisme rationaliste et républicain qui lui est à bien des égards opposé puisqu'il met notamment fin, comme nous l'avons vu, au théologico-politique. Sans doute, mais du point de vue de Nietzsche, humanisme laïc et christianisme se ressemblent infiniment plus qu'ils ne s'opposent entre eux. Bien plus, même l'athéisme militant des Lumières s'avère être, si on y réfléchit soigneusement, tout aussi nihiliste, sinon davantage, que la religion proprement dite. À la place du monde intelligible de Platon ou du paradis des chrétiens on met certes le Progrès, les Droits de l'homme, la Science, la République, la Liberté, la Raison et, bientôt, le socialisme, l'anarchisme, le communisme… Mais ces nouvelles figures de l'idéal, pour être en apparence laïques, voire athées et en tout cas dédivinisées, n'en conservent pas moins l'élément le plus essentiel du religieux : la structure, justement, de l'Au-delà opposé à l'Ici-bas, de l'idéal opposé au réel, dualisme où se concentre tout l'esprit de ce que Nietzsche nomme le nihilisme. Que le paradis réside dans un jardin angélique dont saint Pierre aurait les clefs ou dans une société sans classes et sans exploitation dont le prolétariat serait le vecteur ne change au fond rien à l'affaire : les religions de salut terrestre ont beau clamer leur athéisme, jurer qu'elles ont enfin tué Dieu, elles n'en restent pas moins structurellement religieuses.

En d'autres termes, que Foucault, en cela fidèle disciple de Nietzsche, fera siens, si « Dieu est mort », l'Homme de l'humanisme l'est aussi. Les Lumières, Nietzsche l'accorde parfois[1], ont sans doute eu le

1. Par exemple dans la préface d'*Aurore*.

mérite de critiquer la religion de sorte que, dans un premier temps du moins, le rationalisme moderne put avoir quelque chose de salutaire en ce qu'il mettait fin aux illusions véhiculées par l'Église. Mais bientôt, il se renverse en son contraire, il réinvente des idéaux supérieurs pour déclarer que le monde (l'Ancien Régime ou le capitalisme, peu importe) est mauvais, qu'il faut le nier au nom d'un idéal, en quoi il devient à son tour la bête noire de Nietzsche. C'est de l'idéalisme sous toutes ses formes qu'il faut se débarrasser, si l'on veut, d'après la logique selon laquelle deux négations valent une affirmation, parvenir à la véritable sagesse : celle qui consiste à se réconcilier enfin avec le réel, à regretter un peu moins, espérer un peu moins pour l'aimer tel qu'il est – ce que Nietzsche, renouant avec la sagesse des anciens Grecs, nomme *« l'amor fati »*, l'amour du destin, du réel qui est là, du présent tel qu'il nous est donné.

Comme il le souligne dans *Ecce homo*, l'esprit critique doit donc se remettre en marche, et continuer à déconstruire ce que les Lumières elles-mêmes, par une espèce d'inconséquence, par manque de radicalité, ont laissé subsister des anciennes formes religieuses :

> *« Améliorer l'humanité ? Voilà bien la dernière chose que moi, j'irais promettre. N'attendez pas de moi que j'érige de nouvelles idoles ! Que les anciennes apprennent plutôt ce qu'il en coûte d'avoir des pieds d'argile ! Renverser les "idoles" – c'est ainsi que j'appelle tous les idéaux – voilà plutôt mon vrai métier. C'est en inventant le mensonge d'un monde idéal qu'on a fait perdre à la réalité sa valeur, sa signification, sa véracité... Le mensonge de l'idéal a été jusqu'à présent la malédiction pesant sur la réalité, l'humanité même en est devenue menteuse et fausse*

jusqu'au plus profond de ses instincts – jusqu'à l'adoration des valeurs opposées à celles qui auraient pu lui garantir une belle croissance, un avenir... »

On mesure ici à quel point le républicanisme des Lumières n'avait aucune chance de survivre à la grande déconstruction que nous avons évoquée dans la première partie de ce livre. Pris en tenaille entre l'accusation de colonialisme et celle de nihilisme, il allait tout naturellement subir l'épreuve de l'acide à nouveau répandu par les « philosophies du soupçon » dans la seconde moitié du XXe siècle. La critique nietzschéenne du nihilisme, telle qu'elle sera reprise par la « Pensée 68 », ne pouvait que renforcer celle que Lévi-Strauss avait déjà exercée dès la fin des années 1950 contre l'humanisme première manière, ce qui, au passage, nous permet de mieux saisir la vraie nature du sentiment de nostalgie qui nous habite irrépressiblement lorsqu'il nous arrive de regretter l'érosion, visible à droite comme à gauche, de l'idée républicaine au sein du libéralisme contemporain.

Qu'est-ce qui vient après ? Voilà la vraie question, si du moins on refuse de s'engluer dans les impasses inhérentes à toute tentative de Restauration politique (on l'a compris je pense : on ne trouvera ici nul plaidoyer moralo-pessimiste pour un retour en arrière vers les blouses grises, les tableaux noirs et les plumes Sergent-Major...). Réponse : deux nouvelles visions morales du monde.

L'une, associée à une revalorisation des idéologies du droit à la différence, va s'épanouir avec la critique des impérialismes coloniaux de toute nature. Elle apparaît comme un effet direct du grand mouvement de déconstruction/décolonisation que nous avons déjà longuement évoqué. Il s'agit de cette « éthique de l'authenticité » dont nous allons maintenant voir comment, dans le sillage des révoltes étudiantes des années 1960, elle va marquer comme nulle autre les années 1970 dans tout l'Occident démocratique.

L'autre, infiniment plus profonde et plus intéressante à mes yeux, reste encore à penser : il s'agit justement du second humanisme ou, si l'on veut, du second républicanisme, postmétaphysique et postcolonial, postkantien et postnietzschéen – une vision morale du monde, donc, qui vient après l'immense aventure de la déconstruction/décolonisation, mais aussi, et ce n'est pas un hasard ni un accident sans conséquences, après la naissance de l'amour-passion au sein de la famille moderne et la victoire sans partage, avec tous les espoirs et toutes les illusions aussi qu'elle soulève, de l'union affective et choisie.

Examinons-les toutes deux pour poursuivre jusqu'à son terme (provisoire) cette brève histoire de l'éthique.

IV. L'ÉTHIQUE DE LA DÉCONSTRUCTION : LE CULTE DE L'AUTHENTICITÉ ET DE LA DIFFÉRENCE

L'éthique de l'authenticité, qui va fleurir dans les années 1960, est directement issue des aventures de cet individualisme révolutionnaire dont nous avons vu comment il s'engageait dans la déconstruction des valeurs traditionnelles au nom d'utopies radicales dont la « vie de bohème » fournit la matrice première. On pourrait, si l'on va à l'essentiel, la caractériser par deux traits majeurs : l'antiaristocratisme et l'antirépublicanisme.

L'antiaristocratisme est lié, cela va presque de soi, à la montée en puissance de la dynamique, si admirablement décrite par Tocqueville, de l'égalité démocratique. Au nom de l'égalitarisme, cette nouvelle vision morale du monde décrète volontiers que tout se vaut, que toutes les cultures se valent, toutes les musiques (la populaire comme la savante), toutes les pratiques sexuelles (l'homo comme l'hétéro), toutes les littératures (la BD comme le roman classique), et tous les modes de vie, pourvu du moins qu'ils soient *authentiques,* vécus avec sincérité, et qu'ils expriment véritablement la singularité ou l'être profond de l'individu qui s'y reconnaît *dans sa différence.* Car c'est justement au nom du droit à la différence, conçu comme un droit à être soi, quelles que soient ses particularités, que l'éthique de l'authenticité rejette non seulement l'aristocratisme, mais tout autant la méritocratie républicaine qu'elle tient pour le comble de « l'aliénation » (ce grand mot de Mai 68). De son point de vue, en effet, l'école républicaine, « appareil idéologique d'État » par excellence, cherche – et c'est vrai – à *élever* les enfants qu'on lui confie, c'est-à-dire à les rendre bel et bien *autres* qu'ils n'étaient au départ. Or l'éthique de l'authenticité ne veut pas entendre parler d'un tel projet. À ses yeux, le but de l'école n'est ni d'élever ni de rendre autre, c'est-à-dire, au sens propre, d'*aliéner,* mais d'*épanouir* les êtres qu'on lui confie, ce qui est tout autre chose. En son sein, l'élève doit, selon une formule qui convient aussi bien à

Nietzsche qu'à Freud, « devenir ce qu'il est », nullement changer de nature sous l'effet répressif de l'instruction. De là aussi le fait que le droit à la différence, qui caractérisait les idéologies contre-révolutionnaires, fait l'objet d'un retour en force au sein du gauchisme culturel qui, au terme de la déconstruction, entend bien promouvoir jusqu'au sein de l'école, grâce à la fameuse « rénovation pédagogique », ce nouvel idéal centré sur l'impératif du *be yourself*, en quoi culmine l'idéologie de l'authenticité et de la différence.

Voyons cela d'un peu plus près, en nous intéressant à l'exemple, en l'occurrence au plus haut point significatif, des politiques scolaires.

Rénovation pédagogique contre pédagogie du travail

Toute la « rénovation pédagogique » des années 1970 tend, en vue d'assumer l'héritage de Mai, à délégitimer la pédagogie du travail et de l'effort qui formait le cœur de l'école républicaine, avec ses bons points, ses bonnets d'âne et ses « peut mieux faire ! ». Elle plaide au contraire pour une pédagogie du jeu (opposé au labeur) et de l'autoconstruction (opposée au « cours magistral ») qui privilégie d'abord et avant tout les « méthodes actives ». C'est dans cette optique que les funestes « disciplines d'éveil » font leur entrée en scène, célébrées en grande pompe par cette autre innovation que représentent les « sciences de l'éducation ». Il s'agit, non plus d'enseigner des contenus et des savoirs, mais « d'apprendre à apprendre », selon le slogan qui fait alors fureur, donc « d'éveiller » l'enfant afin qu'il soit l'auteur de son parcours scolaire, plutôt que de lui « bourrer le crâne » à coups de « par cœur » et de savoirs qui lui sont inculqués de l'extérieur.

Le débat, à vrai dire, n'est pas nouveau. Il remonte au XVIIIe siècle. On le trouve notamment évoqué[1] au fil des nombreuses discussions qui suivent la publication de cet immense traité de pédagogie qu'est *l'Émile* de Rousseau. Kant, en particulier, oppose déjà de manière prémonitoire trois pédagogies : la pédagogie par le jeu, la pédagogie par le dressage et la pédagogie par le travail. Ces trois approches ont structuré toute la réflexion sur l'enseignement en Europe depuis le XVIIIe siècle. Toutes trois mettent en jeu des principes éthiques fondamentaux. Si l'on ne les connaît pas, on ne comprend pas non plus la révolution que va introduire l'éthique de l'authenticité en s'appuyant notamment sur l'armée nouvelle de ceux qu'on va bientôt nommer, dans l'après 68, les « pédagogues ». Kant, fidèle disciple de Rousseau sur ce point, propose de distinguer trois conceptions de l'éducation qui sont, et c'est là tout l'intérêt de cette distinction pour notre propos, liées à trois manières différentes d'envisager la morale et la politique.

La première laisse une liberté absolue à l'enfant : c'est l'éducation par le jeu, ancêtre de ce qu'on nommera plus tard « l'éveil », qui correspond, selon une analogie d'une très grande profondeur, à l'anarchie et, plus généralement, à l'idée que tout savoir qui viendrait d'en haut et serait transmis de l'extérieur par le maître serait dogma-

1. Comme l'a montré Alexis Philonenko dans sa belle introduction aux *Réflexions sur l'éducation* de Kant.

tique et liberticide. Dès le XVIIIe siècle, on discute de l'opportunité qu'il pourrait y avoir à remplacer, par exemple, l'apprentissage des mathématiques par le jeu d'échecs ou par certains jeux de cartes qui mobilisent des opérations intellectuelles abstraites et, pourquoi pas, tout aussi formatrices que le travail sur les opérations et les équations. Le risque, bien entendu, c'est qu'en l'absence de toute contrainte, le ludique pur échoue, comme échoue toujours l'anarchie, le travail disparaissant tout simplement au profit de la paresse et du « n'importe quoi ».

La deuxième conception de l'éducation est le contraire exact de la première : il s'agit du modèle ancien, traditionnel, de la pédagogie du dressage, équivalent politique de l'absolutisme. Kant objecte aussitôt, en bon républicain, qu'il convient sans doute à des animaux, mais point à des êtres libres.

Si l'on renvoie dos à dos l'anarchie et l'absolutisme, la pédagogie du jeu et celle du dressage, la question se pose : comment concilier ce que ces deux visions extrêmes, toutes deux également fausses, peuvent avoir de juste, au moins au départ, ou pour mieux dire : comment respecter la liberté de l'enfant tout en lui enseignant une discipline ? Réponse républicaine : par le travail. C'est lui qui fournit le « concept synthétique », la solution de l'antinomie du jeu et du dressage. Car, en travaillant – si du moins il ne n'agit pas pour l'enfant, ici regardé comme un *élève,* simplement d'une contrainte imposée du dehors – il exerce sa liberté. Mais cette liberté ne s'en heurte pas moins à une certaine contrainte, non pas celle du dresseur, mais celle que constituent les obstacles objectifs, par exemple ces fameux « problèmes » à résoudre que le maître propose à l'élève. Étymologiquement, le mot « problème » est d'ailleurs parfaitement significatif de cette troisième pédagogie du travail : le *pro-blème*, c'est ce qui est « jeté devant » l'élève. Par qui, demandera-t-on ? Par le maître, justement, qui pour n'être pas un dresseur à l'ancienne n'en demeure pas moins, à la différence de ce qui a lieu dans la pédagogie du jeu, rigoureusement indispensable. Lorsqu'ils sont bien choisis, les problèmes peuvent se montrer au plus haut point formateurs pour l'élève qui doit, dans cette perspective nouvelle, parvenir à les surmonter *activement*.

À l'anarchie du jeu et à l'absolutisme du dressage succède ainsi la citoyenneté *républicaine* du travail qui entend allier indissolublement liberté et discipline. En quoi, demandera-t-on peut-être, le travail entretient-il un lien quelconque avec la citoyenneté républicaine ? Le lien, en vérité, est non seulement bien présent, mais il est même essentiel. On retrouve en lui la quintessence de l'éthique républicaine « première manière », car la pédagogie du travail n'est rien d'autre que l'équivalent, au sein de l'École, de ce qu'est la théorie républicaine de la loi pour l'ensemble de la société. Le raisonnement est aussi simple que profond : le citoyen d'une république authentique est un homme dont on considère, en effet, qu'il est libre lorsqu'il vote la loi, et contraint cependant par l'autorité de cette même loi dès lors qu'il l'a approuvée. Contrairement à ce qui a lieu dans l'absolutisme, le citoyen républicain possède le droit de vote. Mais à l'encontre cependant de ce qui a lieu dans l'anarchisme, une fois la loi votée, il faut une puissance publique, celle de l'État, pour la faire appliquer et respecter. Le citoyen républicain est donc en quelque sorte, d'un même mouvement, actif et passif ou, comme dit si bien Rousseau dans les passages célèbres du *Contrat social* qui portent sur la théorie de la loi, il est tout à la fois *souverain et sujet* : souverain, c'est-à-dire actif, quand il vote, sujet, c'est-à-dire soumis à la loi, une fois que cette dernière est votée. Où l'on retrouve, dans une analogie dont on commence peut-être à mesurer la portée, les deux moments, liberté et discipline, activité et passivité, jeu et dressage, que la notion de travail réconcilie en elle : pour réussir, l'élève soit s'investir de lui-même, librement et activement, dans des exercices scolaires dont il doit cependant respecter les contraintes.

Voilà pourquoi, depuis le XVIIIe siècle, les principes éthiques régissant la vie de l'école républicaine ont été indissociables de la notion d'*effort* accompli par les individus en vue d'égaler ou de réaliser certaines normes transcendantes. Non pas *be yourself*, comme dans l'éthique postdéconstructionniste de l'authenticité, mais bel et bien, « deviens autre » que ce que tu étais. « Élève-toi, le maître t'aidera », voilà la formule indissolublement pédagogique, morale et politique de l'esprit républicain. Vers quoi s'élever, demandera-t-on encore ? Vers des normes transcendantes, c'est-à-dire extérieures et supérieures à l'individu, et ce en un double sens : transcendantes parce que idéales (personne ne parvient à tout savoir et les programmes scolaires, par définition, représentent un objectif que nul n'atteint jamais parfaitement) ; mais transcendantes aussi au sens où ces fameux programmes, l'idéal de connaissance et de savoir-faire qu'ils tentent de tracer, sont bien évidemment nationaux, c'est-à-dire collectifs et non pas propres à chaque élève en particulier.

C'est à proportion de l'effort accompli en vue de réaliser l'idéal que l'action éducative accédait à une dimension proprement « vertueuse », selon une logique méritocratique qui s'incarnait parfaitement, dans le cadre scolaire, j'y reviens encore, par nos fameux « bons points », nos bonnets d'âne et nos « peut mieux faire ! » : on comprend pourquoi ce que le hussard de la république valorise, ce n'est pas la facilité des dons naturels, mais la rugosité du travail et de l'effort, non pas l'enfant doué, qui a des facilités sans avoir assez de vertu pour en profiter, mais l'enfant qui, même peu talentueux au départ, s'élève vers les sphères supérieures par l'effort et le travail. Ainsi nos instituteurs jugeaient-ils moins les talents ou les aptitudes héritées que la qualité de l'effort et du travail fournis par les élèves, leur capacité, justement, à *s'élever* pour atteindre la norme, tout à la fois idéale et collective, incarnée par les programmes scolaires. L'éthique républicaine, en tant que discipline particulière au sein de la philosophie, apparaissait dans cette perspective comme une réflexion fondatrice sur des concepts tels que ceux de « devoir », « impératif », « bonne volonté », « désintéressement », « résistance aux penchants égoïstes », « dépassement de soi », « altruisme », etc. En ce sens, elle allait historiquement de pair avec la montée en puissance des services publics et, sinon le mépris de l'argent, du moins le refus de le considérer comme la seule et unique boussole de l'existence humaine. Comme dans le roman de Pagnol, *La Gloire de mon père*, ou comme l'instituteur de Camus si admirablement décrit dans *Le Dernier homme*, le fonctionnaire, par définition mal payé, trouvait sa dignité ailleurs que dans la réussite sociale. Dans le service des autres, de la nation, du collectif, dans la contribution à l'élévation du niveau intellectuel et culturel de ses concitoyens. Il suffit de comparer cette image d'Épinal (mais qui fut à coup sûr réalité) à celles que le monde libéral véhicule aujourd'hui (en gros, le fonctionnaire est un planqué qui s'il n'est pas en grève est sans doute en vacances) pour mesurer la puissance dévastatrice de la déconstruction libéralo-bohème...

La victoire sans partage du droit à la différence

Tout indique qu'après ce grand mouvement de déconstruction au fil duquel l'éthique républicaine passe à la moulinette, nous assistons à une mutation liée à la formidable montée de l'individualisme démocratico-révolutionnaire. Aux États-Unis comme en France, les idéologies hédonistes et narcissiques s'emparent dans les années 1960 des questions morales traditionnelles. Si l'on voulait en dresser la fiche signalétique, le mot-clef ne serait plus le devoir, encore moins le mérite, l'effort et le travail, mais bien, on commence j'espère à mieux comprendre en quoi, « l'authenticité » individuelle, la sincérité (qui n'est pas la vérité[1]) et le souci de la différence. L'essentiel, en effet, n'est plus de se confronter à des normes collectives extérieures à soi, proprement « imposantes », mais de parvenir

1. Comme le notait très justement Jean-Paul II dans *Veritatis Splendor*.

à l'expression de sa propre personnalité, à l'épanouissement de soi. Comme je l'ai suggéré, mais la formule prend enfin tout son relief, *be yourself* est désormais le seul impératif qui subsiste. Il vaut du reste dans tous les domaines, celui de l'éducation, de la culture de l'esprit, comme dans celui du corps, désormais « libéré » des carcans traditionnels.

Ce n'est, en ce sens, nul hasard si, depuis quelques décennies maintenant, on a vu dans les pays occidentaux se multiplier les techniques censées permettre de réaliser l'idéal d'une « désaliénation complète de l'individu » sur le plan physique comme sur le plan psychique. Victoire du jogging et des psychothérapies en tous genres, pour être « bien dans sa peau, bien dans sa tête », avec deux conséquences massives dont on ne cesse de percevoir les effets en profondeur : d'un côté le rejet de toute forme d'autorité, y compris celle du travail, au profit de l'hédonisme (il est désormais essentiel de « s'éclater ») ; de l'autre, le culte de la différence propre à un individualisme qui se détourne de tous les engagements collectifs dès lors qu'ils ne sont pas à la carte. Militer dans un groupe, donner du temps à une association, pourquoi pas ? Mais encore faut-il que l'engagement soit librement consenti, compatible en permanence avec l'exigence de liberté qui caractérise désormais l'individu. Si le but est d'être soi, et non de se conformer à des normes collectives extérieures à soi, toute normativité est vouée à n'apparaître que comme une forme plus ou moins insidieuse d'aliénation. Et si chacun possède un droit imprescriptible à être lui-même, on doit cultiver les différences, quelles qu'elles soient.

Voilà pourquoi la rénovation pédagogique, dans le sillage de Mai 68, associera la critique de l'aliénation au culte de la différence.

L'amour de la diversité, le souci de préserver pour elle-même la variété des espèces naturelles comme des cultures traditionnelles ne sont plus aujourd'hui l'apanage d'une extrême droite romantique. Le rejet de l'uniformité propre à la mondialisation, le mépris pour la consommation de masse, la critique de l'universalisme abstrait sont aujourd'hui des thèmes largement portés par la gauche. Jadis, la revendication d'un droit à la différence se situait clairement dans l'orbite de la Contre-Révolution : face à l'abstraction formelle de la grande Déclaration de 1789, ce sont les partisans de l'Ancien Régime qui réclamaient, Joseph de Maistre en tête, le retour à la tradition du droit des Anglais, des Français, des Italiens..., bref de chaque communauté concrète et particulière. Comment cet attachement aux héritages singuliers, ce culte de la différence qui s'affichaient sans fard sous les auspices de la Réaction ont-ils pu se ranger sous la bannière du progressisme ?

La réponse ne fait guère de doute. Elle est liée au poids de l'histoire autant qu'à la logique des idées. Elle tient en deux mots, dont nous comprenons mieux maintenant en quoi ils se rejoignent et se complètent : déconstruction et décolonisation. La conquête des peuples du tiers-monde, inscrite dans la logique du premier humanisme et de l'idée républicaine, devait apparaître aux yeux des déconstructeurs comme animée par une impérieuse et détestable volonté d'assimilation, voire d'éradication des différences. Pour le meilleur parfois, mais souvent pour le pire, nous sommes entrés dans l'ère du soupçon généralisé à l'égard des Lumières et de leur universalisme. Du même coup, l'idéologie du droit à la différence a cessé d'être ou de paraître « réactionnaire » pour s'identifier à l'aspiration toute naturelle des colonisés à une singularité bafouée par l'impérialisme européocentriste.

Ce n'est donc plus la nostalgie de l'Ancien Régime qui s'exprime dans la volonté de restaurer les identités communautaires des nations soudées par l'esprit des peuples hostiles à l'esprit géométrique des Jacobins. C'est au contraire la parole des opprimés, des « damnés de la terre », qui réclament l'accès à une culture que le colonisateur aurait, selon eux, tout fait pour anéantir. « Nos ancêtres les Gaulois » ne font plus recette à Dakar ou à Kairouan... D'où le formidable paradoxe dont nous sommes loin d'être quittes : le repli sur soi et l'éloge de la différence ont pris la forme de la révolution. Le mot d'ordre, désormais, vaut à l'extrême droite comme à l'extrême gauche : il faut apprendre à « resingulariser » les modes de vie, à les redifférencier, contre « l'unidimensionalité » du monde moderne.

Dans *Le Nouvel Ordre écologique* déjà, j'avais analysé ce sidérant chassé-croisé du différencialisme, ce passage saisissant de la contre-révolution à la révolution. On le trouve formulé jusqu'à la caricature dans les écrits que Félix Guattari, l'ancien acolyte de Gille Deleuze, a consacrés à l'écologie après son adhésion, en 1985, au parti d'Antoine Waechter. Dans un article rédigé en collaboration avec Dany Cohn-Bendit, il formulait ainsi son programme sur un mode qui offrait au moins le mérite d'une incroyable clarté :

« *Le but*, écrivait-il, *n'est pas de parvenir à un consensus approximatif sur quelques énoncés généraux couvrant l'ensemble des problèmes en cours, mais, tout au contraire, de favoriser ce que nous appelons une culture de dissensus œuvrant à l'approfondissement des positions particulières et à une resingularisation des individus et des groupes humains. Quelle ineptie que de prétendre accorder sur une même vision des choses : les immigrés, les féministes, les rockers, les régionalistes, les pacifistes, les écologistes et les passionnés d'informatique ! Ce qui doit être visé, ce n'est pas un accord programmatique gommant leurs différences*[1]. »

Oserai-je l'avouer ? Je ne vois pas ce qu'il y a d'inepte à rechercher l'accord, ni en quoi une telle visée est inéluctablement destructrice des différences. En revanche, on mesure combien, dans la perspective qui est ici celle de Guattari, ce sont toutes les valeurs de la *res-publica*, cet espace publique au sein duquel seul il est possible de construire librement, par la discussion et l'argumentation, le consensus de la loi et de l'intérêt général, qui sont bel et bien balayées au profit d'un discours que la Nouvelle Droite pourrait signer sans la moindre difficulté. Car si les différents groupes humains et les différentes cultures ne peuvent ni ne doivent chercher à communiquer entre eux, si toute référence à des valeurs communes n'est que tyrannie et violence de l'universel, il n'y a plus guère de choix : avec cette nouvelle éthique de l'authenticité, nous assistons bel et bien à la dissolution de l'idée républicaine au profit

1. « Contribution pour le mouvement », in *Autogestion, l'Alternative* (hebdomadaire du PSU), novembre 1986.

d'un retour à la vision romantique de communautés viscéralement closes sur elles-mêmes, incapables de dépasser leurs singularités ataviques pour entrer en communication avec autrui[1].

Nul hasard, dans ces conditions, si l'éloge de la différence, ainsi compris en un sens antirépublicain, en vient à se couler dans des formules qui sont à la limite, sinon du racisme, du moins du racialisme. Écoutons encore Guattari :

> *« Les divers niveaux de pratique, non seulement n'ont pas à être homogénéisés, raccordés les uns aux autres sous une tutelle transcendante, mais il convient de les engager dans des processus d'hétérogenèse. Jamais les féministes ne seront assez impliquées dans un devenir-femme, et il n'y a nulle raison de demander aux immigrés de renoncer aux traits culturels qui collent à leur être ou bien à leur appartenance nationalitaire[2]. »*

1. De là une véritable aversion pour la « discussion » qui s'exprime chez Deleuze et Guattari dans *Qu'est-ce que la philosophie ?* On y lit que les théoriciens de l'éthique de la communication (cela vise au premier chef Jürgen Habermas, mais pas seulement lui...) s'épuisent « dans la recherche d'une opinion universelle libérale comme consensus sous lequel on retrouve les perceptions et affections cyniques du capitalisme » ! Habermas appréciera... Dans l'entretien accordé au *Nouvel Observateur* pour la sortie du livre (eh oui, il faut bien sacrifier quand même aux lois du genre et se rendre aux impératifs de la « communication »), on trouve encore ceci, qui laisse rêveur : « Discuter est un exercice narcissique où chacun fait le beau à son tour : très vite, on ne sait plus de quoi on parle. Ce qui est très difficile, c'est de déterminer le problème auquel telle ou telle proposition répond. Or si l'on comprend le problème posé par quelqu'un, on n'a aucune envie de discuter avec lui : ou bien on pose le même problème, ou bien on en pose un autre et on a plutôt envie d'avancer de son côté. Comment discuter si l'on n'a pas un fonds commun de problèmes et pourquoi discuter si l'on en a un ? » En effet...
2. *Les Trois écologies*, Paris, Galilée, 1989, p. 46.

Des « traits culturels qui collent à leur être » : version « de gauche » du « délit de faciès » ? Du point de vue d'une éthique de l'authenticité, comme pour les romantiques contre-révolutionnaires, la culture est une réalité ontologique, pas une abstraction : elle est inscrite dans l'être des hommes, au même titre que leur état biologique – ce pourquoi il importe avant tout de renoncer au projet républicain de l'intégration. Où l'on voit aussi comment le premier humanisme devait largement, sinon totalement, succomber sous les coups de la déconstruction libérale/libertaire, bourgeoise et bohème, qui devait emporter avec elle les principes de la république. De là aussi, bien sûr, l'interminable débat qui devait s'ouvrir sur l'École entre « pédagos » et « républicains », les premiers, modernistes, partisans d'une radicale déconstruction des vieilles lunes républicaines au nom de l'éthique de l'authenticité, les seconds, « réactionnaires » malgré eux, en plaidant pour une conservation, voire au besoin une restauration des bons vieux principes de la lettre aux instituteurs de Jules Ferry. Comme on l'aura maintenant compris, ce n'est pas tant d'école qu'il s'agissait dans ce débat que d'un conflit éthique, d'une « guerre des dieux » eût dit Max Weber, qui opposait le libéralisme libertaire de l'authenticité et du droit à la différence aux partisans de l'universalisme, de l'espace public et du désintéressement à l'ancienne…

Sans même y penser, je viens d'évoquer l'arrière-fond du conflit entre « pédagos et républicains » à l'imparfait, comme s'il était déjà dépassé, mort et enterré. Ce n'est le cas, je le crains, que dans mon esprit, parce que j'ai en tête la cinquième vision morale du monde, celle qui vient justement après l'antinomie du républicanisme et de sa déconstruction « bobo », du premier humanisme et de l'idéologie libérale/libertaire. Mais, bien évidemment, tel n'est pas le cas dans la réalité. La vérité, c'est qu'au contraire, le conflit renaît en toute occasion comme les têtes de l'hydre. Un ministre de l'Éducation veut-il réduire les horaires d'une discipline canonique, alléger des programmes, défendre une politique de quotas ou mêler la notion d'argent à celle d'enseignement et la guerre recommence, sinon comme en 14, du moins comme en 68. C'est que les visions morales du monde qui l'animent en arrière-fond sont loin d'avoir disparu, et rien n'indique d'ailleurs qu'elles disparaîtront un jour.

Il n'est pas inutile de s'arrêter un instant pour tenter de comprendre les raisons de cette étrange situation qui tient à ce que les principes éthiques, même les plus anciens ou les plus contestés, ne sont jamais totalement vidés de leur sens par l'avènement de valeurs nouvelles ou prétendues telles.

Bilan d'étape : en quoi les quatre premières visions morales du monde conservent une actualité

J'ai déjà suggéré que l'histoire de la philosophie n'était pas seulement historienne. Comparable à celle des arts plutôt qu'à celle des sciences, elle conserve ce qu'elle dépasse, les visions morales anciennes gardant une signification non négligeable au sein de l'univers moderne. Au point où nous en sommes parvenus de notre brève histoire de l'éthique, il est maintenant possible de le montrer très concrètement, en considérant un exemple d'autant plus intéressant que toutes nos éthiques successives peuvent y jouer un rôle tout à fait actuel : celui de l'enseignement des arts ou des sports, d'un instrument de musique ou d'une discipline sportive ayant une dimension de sociabilité telle que le ski ou le tennis. Les parents, conscients que de tels apprentissages deviennent fort difficiles, voire impossibles passé un certain âge, conscients aussi du fait qu'ils peuvent constituer un avantage personnel et social pour leurs enfants, sont de plus en plus en plus soucieux de les leur offrir. Trois motivations éthiques peuvent guider leur choix, motivations dans lesquelles nous allons reconnaître nos quatre visions morales du monde (la chrétienne et la républicaine se rejoignant en l'occurrence, pour des raisons que je vous ai d'ailleurs indiquées clairement et qui tiennent au fait que l'éthique républicaine s'est largement contentée de séculariser la valorisation du travail, déjà présente dans la parabole des talents).

On peut d'abord choisir, dans une perspective aristocratique, de donner un enseignement sportif ou artistique à ses enfants pour qu'ils deviennent les meilleurs, des maîtres de musique ou des champions. Il suffit d'aller au bord d'un court de tennis ou dans un conservatoire le jour du concours annuel pour mesurer à quel point cette dimension aristocratique des arts et des sports est encore présente dans nos sociétés pourtant hyperdémocratiques. Du reste, qu'est-ce qu'un championnat sportif ou un concours musical sinon la réorganisation d'un espace proprement aristocratique au sein de l'univers démocratique ? Tout y est : l'incontestable hiérarchie naturelle des talents, le fait que la vertu se définit d'abord et avant tout en termes d'excellence, mais aussi l'éclipse du travail « laborieux » au profit de ce que nous avons nommé l'exercice, le souci d'actualiser des dispositions naturelles talentueuses avec quoi le dur labeur des êtres naturellement peu doués ne saurait être confondu. Allons plus loin encore : l'un des ressorts les plus fondamentaux du plaisir, voire de la passion admirative qui s'empare des simples spectateurs à la vue des grands champions, est directement lié à ce mélange d'aristocratie et de démocratie. Du côté de l'aristocratie, je viens de le dire, on peut compter l'importance considérable, tant d'ailleurs dans les arts que dans les sports, des dons et des talents naturels qui fondent de manière incontestable une véritable hiérarchie des êtres. La part de la démocratie n'est cependant pas nulle : les règles du jeu sont rigoureusement les mêmes pour tous les participants et rien ne choque davantage le spectateur que le dopage et « la triche » qui viennent rompre le principe égalitaire auquel il est viscéralement attaché. En d'autres termes, il n'est pas de spectacle sportif ni de concours artistique imaginable sans qu'en arrière-fond, et fût-ce de manière inconsciente, ne se mélangent en permanence des éléments aristocratiques et méritocratiques.

On peut ensuite adopter une perspective qu'on décrira, pour faire court, comme catho-républicaine. Il s'agit alors pour les parents, non de viser pour leur enfant l'excellence absolue, l'idéal aristocratique du champion qui surpasse tous les autres, mais, plus modestement, de lui permettre, sur le modèle de la parabole des talents autant que de la méritocratie républicaine, de se cultiver et de se discipliner par le travail, tout en entrant dans des relations de sociabilité avec les autres. Dans cette perspective, ce ne sont plus tant les dons naturels qu'on prétend actualiser, faire passer de la puissance à l'acte, que l'effort et la volonté qu'on va valoriser. Dans l'esprit des parents, il n'est pas nécessairement exclu que l'enfant devienne un champion, mais cela reste hautement improbable et ce n'est de toute façon pas le but visé. Peut-être aussi, c'est déjà plus raisonnable à imaginer, fera-t-il un jour de son art ou de son sport un métier, pourquoi pas comme professeur, ne fût-ce qu'un temps dans sa vie. Mais là encore, rien n'est certain et même si cette perspective ne doit pas être écartée a priori, elle ne constitue pas non plus l'objectif poursuivi. Ce qui compte ici, c'est la culture au sens le plus fort et presque agricole du terme, la formation de soi par le travail qui vous transforme et vous façonne, qui vous humanise et vous conduit à être, au final, autre que vous n'étiez au départ. Mais le travail possède aussi une autre dimension. Il s'inscrit en général, même lorsqu'il s'agit d'un art ou d'un sport individuels, dans un cadre social, plus ou moins collectif – école de musique, club sportif, etc. – où l'enfant fera des rencontres qui peuvent l'enrichir par la suite. Et s'il n'est pas un concertiste de génie, un soliste hors pair, peut-être pourra-t-il du moins jouer en société, « faire un bœuf » avec des amis, partir en vacances avec d'autres familles sans avoir l'air niais de celui qui n'a rien appris… Bref, c'est ici l'éducation, le « dépassement de soi » en même temps que les résultats relationnels de l'effort et du mérite qui sont recherchés, non l'excellence absolue en tant que telle. L'essentiel, pour reprendre la formule canonique qu'on attribue à Roland Garros, est de « participer ».

On peut enfin, dans une troisième perspective, celle d'une éthique de l'authenticité, faire découvrir à ses enfants la pratique d'un art ou d'un sport, non pour qu'ils deviennent des surhommes, encore moins pour qu'ils « en bavent », se disciplinent et se forment par le travail, mais tout simplement pour qu'ils « se fassent plaisir », pour qu'ils se « réalisent », s'épanouissent et « s'éclatent », comme on dit si bien après la déconstruction de la subjectivité contraignante propre à la morale républicaine. Ce qui est alors recherché, ce n'est plus l'instruction mais l'épanouissement de l'enfant, pas le fait qu'il « aille loin » ni davantage celui qu'il se contraigne et se discipline de manière laborieuse. On lui « paye un prof », on lui offre des stages : s'il « mord » à la chose, tant mieux, s'il y renonce parce que c'est trop dur, tant pis, on aura essayé. Comme dans les autres visions morales du monde, rien n'est exclu a priori. Il est possible que l'enfant, même dans cette perspective, devienne excellent. Il n'est pas inimaginable qu'il se mette à travailler, mais c'est peu probable. Pourquoi ? Parce que les parents laissent d'emblée la porte du renoncement ouverte ou, pour mieux dire encore : si l'enfant se met d'aventure à travailler, ce sera librement, par plaisir, ce sera « son choix », pas celui que lui imposeront les adultes.

On pourra bien entendu compléter comme on voudra cette esquisse. On y rajoutera de la couleur et les ornements en fonction de ses expériences personnelles. Il me semble d'ores et déjà suffisamment déchiffrable pour qu'on y lise l'essentiel, à savoir que nos quatre visions morales du monde demeurent bel et bien en quelque façon présentes jusqu'au sein de l'univers moral d'aujourd'hui. Reste à comprendre ce qui vient après pour ajouter encore une nouvelle couche au tableau qui commence à se dessiner sous nos yeux.

V. Après la déconstruction / décolonisation, après l'avènement du mariage d'amour, la naissance d'un deuxième humanisme

Nous touchons là la question essentielle du statut de l'éthique, mais, à travers elle, de toute la philosophie *après* la déconstruction. À moins de s'imaginer, comme le firent nombre de contemporains, que la pensée est vouée éternellement à déconstruire les illusions de la métaphysique et du nihilisme, à moins de se persuader qu'il n'est pas d'autres philosophies possibles que celles qui s'inscrivent exclusivement dans l'espace critique ouvert par Marx, Nietzsche ou Heidegger, on ne peut pas en rester là. De même qu'on ne peut pas éternellement répéter les gestes de Schönberg, de Picasso, de Kandinsky ou de Duchamp – à quoi bon produire encore, pour ainsi dire au kilomètre, des « ready-made » ou des compositions sérielles alors qu'ils ne choquent ni ne touchent plus personne ? –, il est vain de multiplier à l'infini les thèses qui déconstruisent encore et toujours tel ou tel aspect de la « microphysique du pouvoir » ou du « phallo-logo-centrisme », pour employer le jargon à la mode dans les années 1970. Il est temps, grand temps, de passer à autre chose. C'est très exactement ce que je voudrais vous proposer ici. Mais pour mesurer cet « autre chose », justement, pour être certain qu'on ne découvre pas une fois encore l'Amérique, pour prévenir, surtout, cette cohorte des « retours à » et autres « restaurations », il faut avoir une pleine et entière conscience des défis que nous lèguent ces grands déconstructeurs qui, dans le sillage de Nietzsche, Marx, Freud ou Heidegger, ont voulu en finir de manière radicale et définitive avec ce qu'ils nommaient les « illusions de la transcendance ». Nous avons vu combien, de ce point de vue, la critique nietzschéenne du républicanisme comme nihilisme est forte, combien elle offre, en effet, un modèle dont certains, et non des moindres – Foucault et Deleuze entre autres – ont pu penser qu'il allait permettre de « liquider » toutes les idoles, tous les idéaux supérieurs passés et à venir.

Nul ne saurait revenir en arrière et négliger l'apport proprement incontournable de la gigantesque entreprise de déconstruction qui a marqué, au XXe siècle, l'essentiel de la philosophie occidentale. Est-ce dire pour autant que tout rapport à la transcendance, à des valeurs supérieures, voire, tout simplement, à un idéal quel qu'il soit relève de l'illusion ? Est-ce dire qu'après la déconstruction des idoles, nous sommes voués à adorer le monde tel qu'il est, fuyant toute utopie au nom de la critique du nihilisme ?

Une telle reddition au cynisme le plus brutal serait bien étrange, bien paradoxale dans le contexte actuel de la mondialisation libérale, de la part d'intellectuels hypercritiques – je pense en particulier à la cohorte innombrable des « nietzschéens de gauche » – qui faisaient et font encore profession quasi exclusive de dénoncer les divers scandales du « réel capitaliste tel qu'il va ». C'est pourtant la conclusion à laquelle parviennent d'ordinaire les nietzschéens scolaires, ceux qui en restent à la lettre de l'œuvre du maître, sans en saisir l'esprit. Pour eux, toute référence à une quelconque transcendance est par définition nihiliste, métaphysique, donc à proscrire. Bel exemple de lecture parfaitement myope d'un grand auteur. Nietzsche est pourtant tout à fait clair. Ce qu'il rejette de toutes ses forces, c'est une transcendance qui, prenant la forme d'une « idole », d'un idéal opposé au réel, vient nier ce réel, le déclarer mauvais et, par là même, différer la possibilité de l'*amor fati*, de cette vie bonne que l'idéalisme renvoie de manière fallacieuse à un futur plus ou moins lointain, à une sérénité qui viendrait plus tard, quand on sera au paradis, quand on aura fait la révolution, quand la science et ses progrès seront achevés, quand les droits de l'homme et la démocratie seront solidement installés, etc. Christianisme, communisme, scientisme et progressisme nous promettent toujours un avenir meilleur, mais c'est, aux yeux de Nietzsche comme des sages grecs, ici et maintenant qu'il faut vivre, ici et maintenant qu'il faut aimer, et lorsque la transcendance prend la forme d'une idole, d'un idéal à venir, c'est très exactement cela, cette réconciliation avec le réel, qu'elle nous interdit d'atteindre.

Je repose donc la question dont vous comprenez bien, je pense, qu'elle est préalable à l'appréciation de toute pensée réellement postdéconstructionniste, postmétaphysique ou postnietzschéenne : la critique du nihilisme signifie-t-elle que toute transcendance fonctionne nécessairement sur ce mode que dénonce Nietzsche à juste titre, comme une idole, comme une négation de la vie, comme un nouveau masque du nihilisme ? Rien n'est moins certain, et c'est cela, justement, que je voudrais vous montrer à propos de ce deuxième humanisme qui vient *après la déconstruction,* pas avant elle, et qu'il s'agit de penser, par-delà Kant et Nietzsche, par-delà les catégories du nihilisme comme de leur première déconstruction.

Tâchons d'être tout à fait clair sur ce point essentiel, qui engage à mes yeux la crédibilité de toute philosophie contemporaine. Je ne suis pas nietzschéen, mais en revanche, je suis depuis toujours convaincu qu'il faut accepter la critique nietzschéenne du nihilisme et des idoles parce que, tout simplement, elle est profonde et juste. J'ajouterais, même si je n'en ai pas parlé à nouveau ici, pour ne pas trop alourdir le propos, qu'il nous faut aussi reprendre à notre compte, quels que soient par ailleurs les innombrables défauts intellectuels et moraux de Heidegger, sa géniale critique de la métaphysique, comme préalable à toute pensée future. Je vous l'ai dit en commençant : de même qu'on ne peut pas peindre comme si Picasso n'avait pas existé, ni composer comme si Schönberg n'était pas passé par là, de même on ne peut pas non plus philosopher comme si Nietzsche et Heidegger n'avaient pas bouleversé la pensée philosophique.

D'où l'intérêt de bien comprendre que l'humanisme à venir, ce second humanisme que j'essaie ici de décrire et de penser, n'est justement pas celui des Lumières, de Kant et de Voltaire, de la raison et des droits de l'homme, ce premier humanisme dont nous avons dit ici même en quoi et pourquoi, malgré toute sa grandeur parfois, il était aussi, pour des raisons essentielles, encore prisonnier des catégories du nihilisme comme de celles de la colonisation et de l'impérialisme. Il s'agit donc de penser un autre humanisme, un humanisme qui, pour ne pas être cynique, n'oppose cependant plus de manière illusoire et métaphysique des idoles au réel, un ciel qui ne nie plus la terre ni ne blasphème à son encontre. Cet humanisme, que j'ai commencé à désigner voici quelques années déjà comme un « humanisme de l'homme-dieu », comme un humanisme non seulement postmétaphysique, mais aussi postcolonial et postimpérialiste, entend bien s'enraciner dans une nouvelle conception, non métaphysique, de la transcendance – ce que j'appellerai, en reprenant la formule de Husserl, la « transcendance dans l'immanence », une transcendance qui n'est plus une idole, qui n'est plus un idéal qui servirait à nier le présent et à différer la vie bonne, bref, une transcendance inscrite au cœur du réel, dans l'immanence au monde.

J'ai souvent observé, lors de conférences publiques, qu'il en va de cette notion comme de celle de « spiritualité laïque » évoquée au commencement de ce livre : son caractère paradoxal heurte l'esprit habitué aux concepts traditionnels de l'humanisme comme à ceux de la déconstruction, laquelle est désormais devenue un académisme comme les autres. Elle le rebute même au point qu'il se ferme. Voilà pourquoi j'aimerais maintenant, comme une espèce de couronnement de cette brève histoire de l'éthique, tenter de vous faire partager ma conviction que, comme pour la spiritualité laïque dont je parlerai dans la troisième partie, nous avons affaire ici à une notion cruciale de la philosophie contemporaine, à une idée tout simplement indispensable à la compréhension de la nouvelle vision morale du monde qui est en train de s'installer dans notre vieille Europe et qui est, je le crois et je l'espère, promise à un très grand avenir.

Matériaux pour une vision morale du monde postrépublicaine et postnietzschéenne

Quc cette nouvelle éthique puisse ne plus relever des illusions de la métaphysique, qu'elle puisse échapper au marteau de Nietzsche et à sa déconstruction des idoles, c'est là ce qui apparaîtra de manière difficilement contestable si l'on comprend en quel sens elle repose sur une conception nouvelle, non « idolâtre », de la transcendance – ce que je désigne justement ici comme une « transcendance dans l'immanence ».

Reformulons une dernière fois, avant d'expliciter ce point essentiel, l'équation à résoudre afin que le cahier des charges soit lui aussi bien compris.

Au cœur de la logique de l'amour, qu'une approche phénoménologique nous permettra de mieux décrire aussi dans la troisième partie de ce livre, se situe un paradoxe qui résume à lui seul toute la question du statut de la transcendance après la déconstruction. Chacun le comprendra intuitivement, sans même avoir besoin de recourir à l'analyse philosophique : l'amour n'est guère pensable sans un rapport à l'autre qui révèle, au sens large, un irrépressible sentiment de transcendance. Celui ou celle que j'aime m'apparaît comme « plus important que moi », il me met, au sens propre, « hors de moi », il m'oblige, quelle que soit l'explication qu'on donne de ce phénomène bien connu et qui rejoint par certains points les grandes expériences religieuses ou mystiques, à « sortir de moi », à me dépasser, à me détourner de mon ego pour regarder ailleurs, dans une direction parfois tout à fait opposée. Pour autant, ce sentiment de transcendance qui nous saisit et accompagne l'état amoureux dans tous les instants de la vie ne trouve bien évidemment son siège nulle part ailleurs qu'en nous-même, voire, comme l'indique la métaphore universelle du « cœur », dans les régions les plus intimes de notre personnalité. Il s'agit donc bien, en ce sens très concret, malgré le caractère en apparence abstrait de la formule, d'une « transcendance dans l'immanence », d'un rapport à l'extériorité, au tout autre, qui prend cependant sa source dans l'intériorité la plus intime.

Sur un plan plus philosophique, toute la question du statut de la vérité et des valeurs après les grandes déconstructions du XXe siècle se résume au fond à savoir dans quelle mesure cette nouvelle figure de la transcendance qui, pour la première fois sans doute dans l'histoire, s'enracine dans une immanence radicale à l'humanité elle-même peut prétendre échapper aux divers acides répandus par les philosophes du soupçon tout au long de ce siècle. C'est là tout l'enjeu théorique de ce que j'appelle le « deuxième humanisme », cet humanisme dont on comprend peut-être mieux maintenant pourquoi je le dis « postnietzschéen », « post-avant-gardiste » ou « postdéconstructionniste » – peu importe les termes qui ici se rejoignent et disent au fond la même chose. Le défi est redoutable. Il n'en est pas moins évident dans son principe. On peut l'exprimer très simplement de la façon suivante : peut-on concevoir de nouveaux visages de la transcendance, de la vérité comme des valeurs morales et spirituelles, sur un mode qui ne soit pas « idolâtre », « nihiliste », « métaphysique » ou, pour parler plus simplement, illusoire[1] ? En d'autres termes, qui me semblent ici adéquats : *y a-t-il des idéaux, éthiques autant que théoriques ou spirituels, qui, dans un monde où tout semble immanent à la logique matérialiste de la nature et du marché comme ultimes figures de la compétition, puissent prétendre à nouveau s'élever dans le cœur des êtres humains sans pour autant rentrer dans le giron de la vieille métaphysique, avec sa logique funeste du « retour à » ?* Je le pense, et c'est ce que recouvre à mes yeux le concept de « transcendance dans l'immanence », l'idée d'une transcendance qui ne soit plus une « idole », une boursouflure métaphysique, mais, comme le montre la phénoménologie héritée de la philosophie transcendantale qu'elle renouvelle en profondeur, une « expérience vécue », une transcendance non pas tombée des cieux mais née directement de la terre ou, pour parler à nouveau comme Husserl, du « monde de la vie » (*Lebenswelt*).

Tâchons maintenant de passer des formules et des mots à la chose même.

En quoi le second humanisme s'écarte du premier tout en le conservant

L'homme de la métaphysique est peut-être mort, l'humanisme en général ne l'est pas pour autant.

1. C'est déjà sur cette interrogation que s'achevait mon dialogue avec Marcel Gauchet dans l'ouvrage que nous avions coécrit, *Le Religieux après la religion*, Grasset, 2004.

Ce dernier reste en réalité la vision morale la plus riche et la plus profonde, pourvu du moins qu'il parvienne à intégrer en lui, comme je viens de suggérer qu'il pouvait le faire, trois éléments.

D'abord, bien entendu, ce que l'ancien républicanisme, qui se confond avec l'humanisme des Lumières, des droits et de la raison, a de plus juste et de plus profond, à commencer par l'anthropologie de la liberté dont nous avons vu comment, de Pic à Sartre, elle engendrait des effets d'émancipation grandioses (anticommunautarisme, laïcité, antiracisme, antisexisme, etc.). Mais il lui faut *ensuite* tenir compte de la déconstruction, notamment de la critique nietzschéenne de la métaphysique comme idéalisme nihiliste. *Enfin*, il faut aussi qu'il parvienne à intégrer ce que l'éthique de l'authenticité peut avoir de juste. Non seulement le droit à « être soi », à s'épanouir – qu'on ne va certainement pas rejeter au seul motif dogmatique qu'il alimenterait l'idéologie des « pédagos » –, mais aussi la conviction proprement altruiste qu'il y a quelque chose à apprendre, non plus seulement *à* l'étranger, mais aussi *de* l'étranger, de l'altérité entendue dans tous les sens du terme, en nous comme hors de nous : du « sauvage », de l'inconscient, de l'animal, du primitif, de l'archaïque, de l'ancien, de l'irrationnel, du fou, de l'homme dans la femme et de la femme dans l'homme, bref, de cette différence sous toutes ses formes qui fut largement découverte et même libérée par la grande aventure de la déconstruction.

Comment et sur quel fond intégrer ces trois éléments ? En s'appuyant bien entendu sur le principe nouveau dans lequel s'enracine au plus profond le deuxième humanisme, à savoir le principe de l'amour donateur de sens que l'histoire de la famille moderne a rendu plus présent que jamais dans nos sociétés laïques. C'est sur cette base nouvelle, sur ce renouvellement à proprement parler inouï de la notion de « fraternité », que l'intégration de ces trois éléments, en apparence irréconciliables et pourtant inséparables, va conduire le deuxième humanisme à s'écarter du premier sur plusieurs points fondamentaux. Contentons-nous ici de les repérer avant de mesurer plus précisément – ce qui sera l'objet de la troisième partie de ce livre – en quoi ils préparent l'avènement d'une nouvelle spiritualité laïque.

1. Des droits de l'homme à l'action humanitaire

En premier lieu, ce sont les droits de l'homme « nationaux », ceux de 1789 comme de 1848, qui vont s'ouvrir à une nouvelle dimension de l'universalité. On me dira que leur prétention à l'universel était déjà inscrite en eux. Sans doute et c'est d'ailleurs en quoi il ne s'agit pas de les contredire, mais plutôt de leur faire tenir une promesse qu'ils ne tenaient pas encore. Car les droits formels, comme d'ailleurs les substantiels, n'avaient de sens véritable qu'au sein d'une Nation particulière, dans le cadre d'un État. Ils n'étaient pas, on l'oublie trop souvent, des droits de l'homme en général, mais des « droits de l'homme *et du citoyen* », précision évidemment capitale, qui venait singulièrement limiter le champ d'application des droits de la première génération. En d'autres termes, leur prétention à l'universalité restait encore restreinte, dépendante qu'elle était du cadre national. Sous l'effet de la montée en puissance du sentiment de sympathie, largement préformé lui-même par l'histoire de la famille moderne, les droits de l'homme s'élargissent pour prendre la forme supranationale d'un « devoir d'ingérence ».

Ce n'est pas ici le lieu de revenir une fois encore sur les réticences et les innombrables critiques que cette évolution a pu susciter, à droite comme à gauche d'ailleurs, de la part des souverainistes de toute obédience. J'ai longuement analysé ailleurs[1] ces objections. Au fond, elles tournent toutes autour du même slogan, celui selon lequel « les droits de l'homme ne sont pas une politique[2] ». Soit. Il n'en reste pas moins qu'ils peuvent évidemment orienter le politique – certaines interventions militaires récentes, par exemple celle qui fut conduite au Kosovo en dehors de tout intérêt économique direct, en apportent la preuve peu contestable. On pourrait bien entendu en débattre et, du reste, cette intervention elle-même suscita de nombreuses objections. Quoi qu'il en soit, il est clair que la transformation de l'idéal des droits de l'homme en action humanitaire traduit une évolution non négligeable. Si problématique qu'on puisse parfois la trouver, nul ne peut à tout le moins prétendre qu'elle soit nulle et non avenue. Elle témoigne au contraire d'un réel changement de paradigme moral, changement qu'on pourrait au plus simple, mais aussi à mes yeux au plus profond, caractériser de la manière suivante : le premier humanisme, celui de Kant et des républicains

1. Dans *Le Nouvel Ordre écologique*, *L'Homme-Dieu ou le sens de la vie*, ou encore dans *La Sagesse des Modernes*.
2. Formule que l'on doit à Marcel Gauchet et qui allait faire florès dans les milieux souverainistes.

français, s'appuyait très largement, nous avons vu en quel sens, sur une sécularisation de la morale chrétienne. Comme elle, il construisait la morale autour de la formule canonique « *Ne fais pas à autrui ce que tu ne voudrais pas qu'on te fît* » – formule dont l'impératif kantien n'est au fond qu'une variante laïque et rationaliste.

On pourrait dire, pour le caractériser d'une phrase, que l'humanitaire contemporain s'appuie sur une autre devise, en apparence à peine différente de la première, mais qui, en réalité, recouvre un abîme : « *Ne laisse pas faire à autrui ce que tu ne voudrais pas qu'on te fît.* » Qu'est-ce à dire ? D'abord et avant tout qu'il ne s'agit pas simplement d'éviter de faire le mal, mais qu'il faut aussi, pour se conduire de manière pleinement morale, ne pas le laisser faire à autrui sans intervenir. La tâche est bien entendu infinie, donc impossible. Mais elle trace une ligne et désigne un nouvel ennemi, auquel l'humanisme républicain pense finalement assez peu, assez mal et assez rarement : l'indifférence, dont il s'accommode, si l'on peut dire, en douceur. Sans remonter plus avant, au temps de l'esclavage et de la colonisation, on doit bien constater que, du génocide des Arméniens à celui des Juifs en passant par les exactions de l'Italie en Libye, l'Europe de la première moitié du XXe siècle est encore marquée par une incroyable capacité d'indifférence. On laisse faire, on ne bouge pas, cela se passe chez le voisin, c'est son affaire. Nul hasard, du reste, si la conviction qu'on ne peut pas en rester là s'épanouit dans l'après-Seconde Guerre mondiale, quand on découvre l'horreur des camps et qu'on mesure pour la première fois à quel point on s'en est, au final, peu soucié, personne n'ayant songé une seconde à bombarder Auschwitz. Au lendemain de la guerre encore, ce sont les résistants que l'on célèbre, pas les victimes que l'on entoure. On s'accommode sans la moindre gêne des bombardement de Trèves ou de Dresde, comme on n'objectera rien à ceux d'Hiroshima ou de Nagasaki, dont on mesure au contraire aujourd'hui combien ils furent des abominations, qui plus est parfaitement inutiles.

Au nom de l'amour, de la sympathie, du « souffrir avec », et non plus seulement des droits et de la raison, le second humanisme se livre sans cesse davantage à une critique de l'indifférence. Des gens « avertis » affectent de se gausser de ce « sentimentalisme mièvre ». Ils dénoncent, parfois à juste titre d'ailleurs, les travers de l'humanitaire. Mais disons-le tout net : sur le fond, ils ont tort, totalement tort, et c'est ici la « conscience naïve », pour parler comme Hegel, qui a raison. Du reste, ce n'est pas seulement en théorie que les choses commencent à bouger, mais bel et bien aussi dans la pratique. L'érosion du cadre national, fût-il républicain, et la critique du sacro-saint principe de la souveraineté des États ne font plus tout à fait reculer les exigences morales du second humanisme et c'est une bonne, une excellente nouvelle. Un réel progrès. Nous ne tenons plus pour évident, comme on le faisait encore dans la Société des Nations des années 1930, que « charbonnier est maître chez lui » et que Hitler, après tout, a bien le droit de massacrer « ses » Juifs. C'est que justement, ils ne sont plus les « siens », mais, si j'ose dire, les nôtres à tous, en quoi le génocide, quel qu'il soit d'ailleurs, comme tous les crimes contre l'humanité d'une manière générale, n'est plus une affaire intérieure, seulement nationale, ni même celle de la communauté concernée, mais il touche en principe, et de plus en plus aussi en fait, l'humanité tout entière. C'est là du moins l'idée qui anime le deuxième humanisme et bien que, *de facto*, elle ne soit pas encore universellement partagée, avouons qu'elle ne cesse de faire son chemin en Europe, où elle est désormais non seulement omniprésente sur le plan médiatique, mais aussi solidement ancrée dans les esprits. On peut toujours, comme il en va pour toutes les idées nouvelles, critiquer ses applications politico-militaires, mais je vois vraiment mal en quoi on devrait en contester la légitimité morale.

2. De l'anthropologie de la liberté à celle de l'amour

C'est donc sur la question de la place des sentiments privés, de l'amour et de la sympathie dans l'espace public que le second humanisme se sépare essentiellement du premier. Et c'est d'ailleurs pour cette raison même qu'il suscite l'ire des républicains souverainistes habitués depuis deux siècles à rejeter hors de l'espace public tout ce qui pourrait venir de la vie privée. Pas de malentendu : quand je parle ici d'une intrusion des sentiments dans la sphère du collectif, je ne l'entends évidemment pas au sens, désastreux entre tous, de la « pipolisation » de la vie publique, mais au sens où l'universalisme, le souci de l'autre, ne s'enracine plus seulement dans les exigences du droit et de la raison (qu'il ne rejette nullement pour autant). Qu'on s'en réjouisse ou qu'on s'en irrite, « Médecins sans frontières » et « Les Restos du cœur », qui n'ont pas volé leur nom, sont peu imaginables dans une perspective républicaine première manière. Mais si l'on veut aller plus loin, si l'on veut comprendre en profondeur, sur un plan proprement philosophique, ce qui tout à la fois sépare et relie nos deux humanismes, il faut bien voir en quoi l'emphase mise aujourd'hui sur le sentiment, sur l'affectivité et la sympathie, tout à la fois se rattache et s'éloigne de l'anthropologie républicaine héritée de Pic.

Les deux passions fondamentales, proprement humaines, que sont l'amour et la haine sont, en effet, directement liées à cette expérience de la liberté entendue au sens où la comprend la tradition qui va de Pic à Sartre en passant par Rousseau, Kant et Husserl. Je vous montrerai dans un instant en quoi, de fait, amour et haine ne sont pas des passions animales, en quoi elles supposent bel et bien la liberté définie comme capacité d'arrachement à la nature. Mais alors, la question se pose : pourquoi cet amour et cette sympathie où je vois les fondements du second humanisme ne sont-ils pas présents avec la même force dès l'origine, dans l'idée républicaine première manière ? Réponse toute simple, et qui justifie à certains égards ce que je considère par ailleurs comme la part de folie du XXe siècle : parce qu'il fallait la déconstruction, la libération de l'affectivité, du sentiment, de la sexualité, de l'inconscient, etc., bref parce qu'il fallait aussi l'art moderne et Mai 68 pour que la victoire du mariage d'amour soit enfin complète. Car c'est elle, bien entendu, qui va, pour les raisons que nous avons déjà dites, féconder les potentialités « sentimentales » de l'homme moderne. Au reste, il est impossible de ne pas être sensible à la concordance des temps : la victoire complète du mariage d'amour sur le mariage arrangé interviendra seulement après la Seconde Guerre mondiale, en même temps que la décolonisation, les deux phénomènes étant largement corrélés à la montée en puissance de la mondialisation / déconstruction dont nous avons suffisamment décrit les effets.

Mais reprenons encore un instant le raisonnement. En quoi, demandera-t-on sans doute, l'amour et la haine sont-ils réellement des « propres de l'homme », des passions inconnues du monde animal ? En quoi, surtout, sont-ils liés en quelque façon à la liberté telle que la tradition humaniste la dévoile dans sa phénoménologie de « l'arrachement » ? N'y a-t-il pas de toute évidence, chez les animaux aussi, de l'agressivité et de la sympathie, ne serait-ce que dans la prise en charge des petits par les mères ? De l'agressivité, sans doute, de la protection des petits, parfois, de l'amour et de la haine à proprement parler, voilà qui est fort discutable. Ce qui frappe, en particulier, dans les recherches portant sur l'intelligence, le langage et, d'une manière générale, sur la sociabilité des grands singes les plus évolués, par exemple les bonobos, c'est le fait que les meilleurs spécialistes – et ce malgré la sympathie inévitable et légitime que leur inspirent ces animaux – soulignent une différence cruciale, elle-même directement liée à cette notion de liberté, entre le chimpanzé et l'enfant. C'est là ce que montrent en particulier, de manière particulièrement éloquente et honnête, les travaux de David Premack, un de nos plus grands spécialistes du monde des primates. Une expérience, notamment, est à cet égard décisive.

À la différence de l'enfant, explique-t-il, le singe même le plus évolué « *n'éprouve pas le besoin de partager avec vous sa découverte du monde. Un jeune enfant, avant même de savoir parler, va traîner sa mère vers la fenêtre pour lui montrer tel ou tel objet – pas parce qu'il veut cet objet : simplement pour partager l'excitation de sa découverte avec elle. Cela, je ne l'ai jamais vu faire à un chimpanzé*[1] ». Cette remarque sur la différence entre le singe et l'enfant est capitale. Lors même que le singe est sur d'autres plans infiniment plus « avancé » que le petit d'homme, voire plus intelligent techniquement, il reste incapable de s'arracher à la logique de l'instinct et de la nature qui semble le dominer de part en part, incapable d'un acte gratuit, de cette ouverture à l'autre qui est déjà chez l'enfant le signe le plus manifeste de l'amour.

Comme le souligne, dans le même sens, un autre éminent spécialiste, Jacques Vauclair, le langage des singes même les plus doués pour cet apprentissage ne s'évade jamais du contexte des demandes adressées au maître, à l'exclusion de toute forme de partage désintéressé et réciproque d'une expérience avec autrui. C'est, par exemple, le cas de la fameuse Kanzi, une charmante petite bonobo aujourd'hui célèbre dans le monde des primatologues et des biologistes en raison de ses capacités exceptionnelles à maîtriser un certain langage (Kanzi connaît de nombreux symboles graphiques et comprend parfaitement près de 150 mots). Au contraire, selon Vauclair, « *chez l'homme, en plus de cette modalité "impérative", les*

1. David Premack, in *Le Cerveau et la Pensée,* éditions Sciences humaines, 1999, p. 147.

mots sont aussi dotés d'une fonction déclarative qui a pour finalité de commenter le monde et de partager ses connaissances avec autrui[1] ». Cette limitation dans l'expression, explique alors Vauclair, est liée au fait que « *contrairement aux humains, il semble que les singes rencontrent en fait de sérieuses difficultés à doter les autres d'intentions* ». Quelles que soient leur intelligence et leur capacité, parfois remarquable, à communiquer par un langage abstrait, les bonobos ne maîtrisent pas cette relation au sens qui permet, non seulement de se faire comprendre, mais surtout de comprendre autrui, de saisir ce qu'il veut dire, de se distancier de soi afin de s'intéresser à lui suffisamment en profondeur pour lui imputer des intentions et prendre plaisir à partager des expériences ou des connaissances avec lui. *En d'autres termes, c'est faute d'une capacité de décentrement suffisante, faute de cette liberté entendue comme faculté de s'écarter pour ainsi dire de soi en même temps que du monde dans lequel on est englué, que le sens de la réciprocité lui fait défaut.* Or pouvoir s'émanciper de la tyrannie du particulier, c'est non seulement se frayer un accès vers l'universel sans lequel on voit mal comment l'idée de moralité, de respect mutuel aurait un sens, mais c'est aussi accéder à la sphère de l'amour.

Lorsque nous évoquons le passage des premiers droits de l'homme à l'action humanitaire, nous incluons dans cet ensemble un certain nombre de devoirs d'assistance envers les autres. Parfois, ce souci de l'altérité peut déborder le genre humain.

1. *Ibid.*, p. 157.

Ainsi voit-on souvent des hommes secourir des animaux, aider par exemple des bébés singes à survivre lorsque leurs parents ont été tués par des chasseurs. Où a-t-on jamais vu la réciproque, sinon dans les mythes d'enfants élevés par des bêtes, dont nous savons aujourd'hui qu'ils relèvent du pur fantasme[1] ? Y a-t-il sur terre un seul grand singe, l'animal pourtant le plus évolué et le plus proche de nous, pour se soucier du sort de l'humanité ? Tout nous invite à en douter. *Par où il me semble à nouveau pertinent et légitime de situer le propre de l'humain dans cet écart par rapport à tous les enracinements historico-naturels, écart qui témoigne de la liberté fondatrice du premier humanisme, mais qui permet aussi le partage et l'amour qui fondent le second.*

Du coté de l'autre passion, cette haine symétrique de l'amour, la démonstration de son caractère libre et proprement humain est, hélas, encore plus aisée. Car la nature semble en ignorer jusqu'à l'existence. J'entends bien l'objection, qui vient aussitôt à l'esprit : les animaux ne sont-ils pas aussi agressifs et cruels que les hommes ? Ne dit-on pas d'ailleurs que ces derniers se conduisent « comme des bêtes sauvages » quand ils sont particulièrement ignobles ? Sans doute, et l'on pourrait en donner une infinité d'exemples. Mais le mal radical est ailleurs. Paradoxalement, il ne réside nullement dans la simple action de « faire du mal ». Il consiste, ce qui est tout autre chose, à viser le mal, à le prendre en tant que tel comme projet – ce que la théologie traditionnelle désignait

1. Voir, sur ce point, les travaux de Bruno Bettelheim sur le mythe des enfants-loups, notamment dans *La Forteresse vide*.

comme le fait du diable, comme le démoniaque, si l'on ose dire, par excellence. Or ce démoniaque, hélas, semble bien être le propre de l'homme. À preuve le fait qu'il n'existe rien, dans le monde animal, naturel, qui s'apparente à la torture. Comme le fait observer Alexis Philonenko[1], il existe, à Gand, en Belgique, un musée qui laisse songeur : le musée de la torture, justement. On peut y voir, exposés dans des vitrines, les étonnants produits de l'imagination humaine en la matière : ciseaux, poinçons, couteaux, tenailles, serre-tête, arrache-ongles ou langues, écrase-doigts, rien n'y manque. Les animaux, notamment les félins, dévorent souvent leurs proies encore vivantes. Les chats agissent ainsi avec les souris, les lions avec les antilopes. Ils nous semblent alors cruels. Mais il suffit d'y réfléchir un instant pour comprendre que, sauf à céder à des projections anthropomorphiques, ce n'est pas le mal comme tel qu'ils visent et que leur cruauté ne tient, bien sûr, qu'à l'indifférence qui est la leur à l'égard de la souffrance d'un autre. Et lorsqu'ils tuent « pour le plaisir », du moins est-ce parfois l'apparence qu'ils donnent, ils ne font, en vérité, qu'exercer au mieux un instinct qui les guide et les tient, pour ainsi dire, en laisse.

L'être humain, lui, n'est pas indifférent. Et lorsqu'il prend le mal comme projet, lorsqu'il torture gratuitement, il est en excès par rapport à toute logique naturelle. Ses gestes deviennent, au sens propre, excessifs, inutiles, presque incompréhensibles par rapport à quelque objectif « ration-

1. Dans son beau livre, *L'Archipel de la conscience européenne*, paru chez Grasset.

nel » que ce soit. Ils ne prennent sens que dans une optique en effet démoniaque, celle qui consiste à faire le mal pour le mal, à infliger la souffrance pour le plaisir de faire souffrir. On objectera que le sadisme est un plaisir comme un autre, qu'il est dans la nature de l'être humain. Mais l'explication est une pure tautologie : elle explique le sadisme par la jouissance prise à la souffrance de l'autre... c'est-à-dire par le sadisme ! La vraie question est bien celle-ci : pourquoi tant de plaisir gratuit à transgresser l'interdit, pourquoi cet excès dans le mal, lors même qu'il est inutile et ne s'inscrit dans aucune logique naturelle ? On pourrait en donner des exemples en nombre infini. L'homme torture ses semblables sans but aucun, autre que la torture elle-même. Pourquoi des miliciens serbes obligent-ils un grand-père croate à manger le foie de son petit-fils encore agonisant ? Pourquoi des Hutus coupent-ils les membres de nourrissons vivants pour mieux caler leurs caisses de bière ? Pourquoi, même, la plupart des cuisiniers dépècent-ils et découpent-ils si volontiers les grenouilles vivantes, alors qu'il serait plus simple et plus logique de les tuer au préalable – car on s'en prend aisément à l'animal quand la matière humaine fait défaut, mais point, comme le notait Maupertuis en critiquant Descartes, aux automates qui ne souffrent pas. A-t-on jamais vu un homme prendre plaisir à torturer une montre ?

À ces questions, je crains qu'il ne soit pas de réponse naturaliste convaincante : le démoniaque, parce qu'il est justement d'un autre ordre que celui de la nature, échappe à toute logique utilitaire. Il ne sert à rien, il est même le plus souvent contre-productif. Il relève des passions, point des intérêts.

C'est cette vocation antinaturelle, cette constante possibilité de l'excès que nous lisons dans l'œil humain : parce qu'à la différence de celui de l'oiseau ou de la langouste, qui sont comme des miroirs et reflètent seulement la nature, nous pouvons y déchiffrer le pire et le meilleur, le mal absolu et la générosité la plus étonnante. C'est cet excès que Pic et Rousseau nomment liberté. C'est lui qui permet à l'attachement instinctif de devenir amour, à l'agressivité naturelle de se transformer en haine. Il suffisait de féconder le premier humanisme pour que cette liberté, alors essentiellement conçue comme une liberté pour la raison et pour le droit, devienne liberté pour l'amour. Et c'est là ce que fit, comme nous l'avons vu, l'histoire de la famille moderne. En quoi, à l'encontre de ce que pensaient Machiavel, Hobbes, et même encore Tocqueville, les passions démocratiques les plus communes ne sont plus nécessairement vouées à l'égoïsme et au repli sur soi. Elles peuvent au contraire, même si d'évidence la chose est plus rare, relever d'une autre logique, celle de la sympathie qui, dans l'espace public, porte le beau nom de « fraternité ».

3. De la transcendance classique à la « transcendance dans l'immanence »

Enfin, et c'est là l'essentiel sur le plan proprement philosophique, notre second humanisme s'appuie, comme j'ai commencé à le suggérer, sur une conception radicalement inédite de la transcendance, sur une idée de la transcendance qui échappe à la déconstruction nietzschéenne et même heideggérienne de la métaphysique – en quoi notre humanisme se situe bien par-delà Kant mais aussi par-delà Nietzsche et Heidegger. Je voudrais y revenir encore un instant pour préciser et approfondir cette notion en vue d'indiquer, non plus seulement sa signification éthique, mais aussi ses potentialités sur le plan spirituel que nous allons aborder au prochain chapitre.

Commençons par la sphère de la vérité, de la théorie. Quelle que soit la valeur considérée, qu'il s'agisse de la vérité, de la justice, de la beauté ou de l'amour (ce sont les quatre grandes valeurs qui, avec des poids relatifs selon les individus et les époques, animent l'humanité depuis la nuit des temps), c'est donc d'abord en moi, dans l'immanence à ma conscience et nulle part ailleurs, dans je ne sais quel ciel des idées ou par l'effet de quelque argument d'autorité, que j'éprouve le sentiment de la transcendance. Que 2 + 2 fassent quatre, c'est par moi-même que j'en prends conscience, sans référence à une autorité extérieure et supérieure à moi, à un « maître » ou une institution telle qu'Église ou État. Comme le petit esclave d'un célèbre dialogue de Platon[1], qui redécouvre le théorème de Pythagore par ses propres raisonnements, nous ne parvenons jamais à des convictions véritables et solides qu'en suivant des démarches intellectuelles qui nous sont propres, qui sont, même quand elles viennent au départ de l'extérieur, intériorisées finalement par nous. Pour autant, au cœur de cette immanence même, s'insinue de manière irrépressible et parfaitement incontournable, le sentiment

1. Il s'agit du *Ménon*.

de la transcendance. Je « sens » bien que je n'y puis rien, que dans cette vérité, pourtant triviale, selon laquelle, en effet, 2 + 2 font forcément 4, il se joue quelque chose qui me dépasse infiniment et ne relève plus de ma particularité subjective : ce constat élémentaire ne dépend en rien de mon bon vouloir subjectif. Elle n'est pas affaire de goût ou de volonté, il ne relève pas d'une décision de ma part et, à ce titre, il me dépasse et me déborde de toute part. En quoi la conscience de la transcendance est paradoxalement immanente à mon vécu. Elle ne prend donc pas la forme d'un idéal, d'une idole qui s'exposerait aisément aux coups de la déconstruction.

Situons-nous maintenant dans la sphère de l'éthique, dans l'univers des valeurs morales et non plus seulement des vérités scientifiques. Il pourrait sembler à première vue que, ces valeurs étant « plus subjectives », plus dépendantes de mes choix et de mes décisions, le sentiment de transcendance va s'estomper. Or, quoi qu'on en dise ici ou là, il n'en est rien. Que je le veuille ou non, de manière tout aussi irrépressible que dans l'ordre de la science, le sentiment s'impose à moi que le racisme, par exemple, n'est pas défendable, que les droits de l'homme valent mieux que la violence, que l'injustice, quelle qu'elle soit, est pire qu'un désordre ou, à tout le moins, qu'elle n'a pas le même statut moral. On me dira qu'il y a des racistes sincères. À vrai dire, j'en doute. À preuve les contorsions et les dénégations infinies auxquelles ils se livrent en permanence pour vous expliquer, justement, qu'ils ne sont pas racistes, qu'ils ont un ami juif ou noir, leur hypocrisie étant, comme on sait, l'hommage involontaire que le vice rend à la vertu. On pourrait même, en parodiant un raisonnement que Hume, dans ses essais sur l'esthétique, utilisait à propos du goût, retourner l'argument selon lequel les valeurs morales seraient plus subjectives que les vérités scientifiques. Hume faisait astucieusement observer qu'il y a, à l'encontre du lieu commun selon lequel le goût serait subjectif, un consensus beaucoup plus large sur les grandes œuvres, par exemple celles d'Homère ou de Shakespeare, que sur la physique de Ptolémée, d'Aristote ou de Kepler. Dans le même sens, je dirais volontiers qu'aujourd'hui, l'adhésion aux valeurs morales qui sous-tendent les droits de l'homme fait *de facto*, si l'on y réfléchit bien, beaucoup moins problème que certaines théories scientifiques. Qu'il s'agisse du réchauffement climatique, des théories de la lumière ou de l'opposition entre la mécanique relativiste et celle des quanta, les débats furent et restent encore parfois tout aussi vifs, sinon plus que sur les valeurs morales qui, au final, font très largement consensus et apparaissent à ce titre comme transcendantes par rapport à la subjectivité de chacun d'entre nous. Nous nous croyons souverains en la matière, parce que notre conviction personnelle est toujours requise en matière d'éthique. Mais ce n'est pas parce que cette exigence, en effet, est légitime, qu'il faut en déduire pour autant que nous *inventons* les valeurs morales. La vérité est que nous les *découvrons* infiniment plus que nous ne les créons par nous-mêmes, en quoi elles sont bel et bien transcendantes par rapport à nos choix subjectifs. Pour autant, cette transcendance n'est pas le seul effet d'un habitus de famille ou de classe, encore moins celui d'une foi en un dieu ou d'une loi morale rationnellement démontrée. Les valeurs morales m'apparaissent sans nulle doute, même si mon adhésion est requise, comme venant en quelque façon de « plus haut que moi », et pourtant, à bien y réfléchir, je ne les trouve pourtant nulle par ailleurs qu'en moi-même, dans l'immanence, justement, à ma propre réflexion, à cette « voix intérieure » dont parlait Rousseau à propos de la conscience morale.

Même expérience, presque plus troublante encore, avec la beauté. Quand j'écoute une suite de Bach ou que je contemple un paysage somptueux, la beauté de l'œuvre d'art comme celle de la nature me sautent aux oreilles ou aux yeux. Elles me « tombent » littéralement dessus, elles m'enveloppent et me saisissent sans que j'y puisse quoi que ce soit. À coup sûr, elles me parviennent de l'extérieur, d'un monde de sonorités et de lumières qui me transcende absolument et que, d'évidence, je n'ai pas moi-même créé. Et pourtant, ici encore, je dois bien constater que rien n'est plus subjectif, plus immanent à ma sensibilité, que le jugement de goût. Comme dit l'adage, « des goûts et des couleurs on ne dispute pas », mais comme ajoutait aussitôt Nietzsche : « et pourtant, on ne fait que ça ! », traduisant ainsi par l'humour cette insondable dualité de la transcendance dans l'immanence à la subjectivité.

Du côté de l'amour, enfin, et c'est par lui que nous irons vers la sphère de la spiritualité, le paradoxe est plus frappant encore. Je « tombe » amoureux, comme dit si bien le langage courant pour signifier qu'en effet, on ne fait jamais exprès d'aimer. Lorsque le Christ, reprenant l'un des plus beaux passages du *Lévitique*, nous recommande d'aimer son prochain comme soi-même, ce n'est bien évidemment pas au sentiment intérieur qu'il fait appel, mais à des actes et des comportements qui doivent, là est l'impératif, s'inscrire dans une réalité tangible. Car le sentiment comme tel, qu'il soit d'ailleurs amoureux ou amical, ne se commande pas. Il s'empare de nous. Nous pouvons sans doute lui résister, mais l'idée de résistance indique assez par elle-même qu'il s'est insinué en nous hors de notre volonté. Il nous requiert, comme un don gratuit qui vient d'une altérité. Et cependant, comment le nier, il n'est nulle part ailleurs situé que dans l'intériorité de ce cœur qui possède ses raisons que la raison ne connaît pas et qui renvoie par là à l'intimité la plus subjective qui se puisse concevoir. Là encore, il y a bien transcendance, mais dans l'immanence la plus radicale qui soit, extériorité, mais dans l'intériorité la plus grande.

On objectera bien sûr – l'argument matérialiste, nourri de sociologie ou de biologie, revient aussi régulièrement que les hirondelles au printemps – que ce sentiment est illusoire et que l'expérience prétendue d'une transcendance ne prouve rien par elle-même. C'est une fiction comme une autre, une de ces croyances naïves que le matérialisme, historique ou biologique, adore faire exploser en vol. Qu'il fasse appel à l'hormone du lien, cette fameuse ocytocine qui, paraît-il, nous rend mécaniquement amoureux de tout ce qui la suscite en nous, à des habitus de classes ou aux méandres de notre passé familial, le matérialisme ne manque jamais de dénoncer les illusions de la transcendance que fait naître la vie amoureuse. D'une manière générale, la notion de transcendance dans l'immanence suscite d'autant plus d'objections qu'elle déplaît autant aux croyants traditionnels qu'aux tenants de la déconstruction, matérialistes historiques, sociobiologistes ou nietzschéens scolaires. Il est assez aisé de comprendre les racines de cette hostilité et il importe de le faire, car c'est en percevant à quel point ces objections sont mal centrées qu'on saisira mieux, par contrecoup, le sens et l'intérêt du nouveau fondement que l'amour offre à nos valeurs.

Pour les croyants, en effet, l'idée d'une transcendance qui s'incarnerait « seulement » au cœur de l'humanité, malgré la sympathie qu'elle peut susciter par ses aspects antimatérialistes, paraît tout de même trop idolâtre pour être honnête. J'ai déjà suggéré en quoi l'humanisme de l'amour, cet humanisme qui repose sur l'idée d'un sacré à visage humain, n'est pas à mes yeux idolâtre. Mais d'un point de vue religieux traditionnel, il n'est cependant de transcendance véritable que de Dieu, et cette immanence du sacré au monde humain ne saurait satisfaire un esprit théologique. Pour le matérialisme du soupçon et de la déconstruction, en revanche, même ainsi formulée de manière « humaine », voire trop humaine selon les croyants, cette transcendance semble spiritualiste à l'excès, et, par là même, irrecevable. Face à la transcendance, fût-elle inscrite dans l'immanence la plus patente, le matérialiste pur et dur ne peut que ressortir le marteau, celui de Nietzsche, mais alourdi le cas échéant de marxisme et de biologie contemporaine[1]. C'est chez lui affaire de reflexe plus que de pensée.

---

1. Il faut lire Husserl et Heidegger pour bien comprendre que ces nouveaux réductionnismes, ces tentatives de nier toute forme de transcendance quelle qu'elle soit, retombent lourdement dans les illusions métaphysiques les plus classiques. Les penseurs qui, en particulier, n'ont pas vraiment lu Heidegger ne se rendent pas compte que leurs explications des « illusions de la conscience de la transcendance » par l'infrastructure, qu'elle soit d'ailleurs économique ou « neurale », relèvent d'une forme patente, évidente, d'onto-théologie : on place l'infrastructure en position d'Étant suprême et elle joue alors le même rôle que le dieu de Leibniz. Que l'on ait affaire à une onto-théologie de type leibnizien, où c'est l'Être suprême qui fonde le savoir, ou à une onto-théologie de type marxien, où c'est l'infrastructure qui le fait, ou encore de type biologique, où c'est l'infrastructure neurale qui joue le rôle de l'économie chez Marx, on a bien affaire dans tous les cas de figure à une onto-théologie pré-heideggérienne. Heidegger, à la suite d'ailleurs des critiques que Husserl adressait déjà au psychologisme et à l'historicisme, montre parfaitement en quoi le matérialisme, malgré son athéisme de façade, possède bel et bien une structure fondamentalement théologique. D'ailleurs, il n'est pas besoin d'être grand clerc pour flairer qu'à l'évidence, le marxisme est encore une religion, fût-elle de salut terrestre. Comme nous l'avons vu, c'est là aussi ce que Nietzsche avait parfaitement compris. Le marxisme, mais aujourd'hui aussi bien le « biologisme » de la sociobiologie (fût-elle « de gauche »), est d'abord une ontologie puisqu'il décrète que l'économie (ou l'infrastructure neurale) est « plus réelle » que la conscience, laquelle n'est qu'un reflet illusoire du réel. On a donc bien affaire à une définition de l'être, de « l'étantité de l'étant » comme dit Heidegger, qui pour être implicite n'en est pas moins omniprésente. Mais en outre, cette ontologie vire aussitôt à l'onto-théologie en servant de fondement non seulement à la connaissance, mais au réel historique. Où l'on retrouve au passage, mais bien sûr sous une forme déguisée, la structure la plus fondamentale de l'argument ontologique : grâce à la connaissance des lois de l'histoire fondée sur le concept d'infrastructure-cause (dialectique) – des-superstructures, on va pouvoir déduire l'existence du concept, par exemple la nécessité absolue de l'avènement du communisme,

L'humanisme postkantien et postnietzschéen que je professe ici repose au contraire sur une phénoménologie de l'extériorité ou de la transcendance radicales de valeurs qui ne se manifestent nulle part ailleurs que dans l'immanence à la conscience. Comme on l'aura compris d'après ce qui précède, son principe fondateur est que nous n'inventons pas la vérité, la justice, la beauté ou l'amour. Nous les découvrons bel et bien en nous-mêmes, pas dans un ciel des idées, mais comme des entités qui, malgré tout, nous dépassent et nous sont pour ainsi dire données du dehors – sans que l'on puisse identifier l'origine ou le fondement ultime de cette donation. Mélange mystérieux d'hétéronomie et d'autonomie qui correspond bien à notre expérience vécue.

Faut-il chercher à l'expliquer par une logique causale ? J'en doute. Car il y a nécessairement un mystère de la transcendance. Irrationalisme ! objecte aussitôt le matérialisme. Pas du tout. Ce mystère qui enveloppe l'origine des valeurs les plus profondes, loin d'être justifié par un quelconque renoncement aux exigences de la raison, est tout au contraire parfaitement rationnel, car il est rationnel, et même absolument nécessaire rationnellement, qu'il y ait de l'irrationnel. Pourquoi ? Tout simplement parce que du point de vue d'un vrai rationalisme, d'un rationalisme qui ne tourne

---

à partir de l'analyse des contradictions du capitalisme. Comme dans la théologie la plus traditionnelle, on déduit le futur du présent, donc l'existence à venir du concept d'aujourd'hui. À cet égard d'ailleurs, le marxisme finit par être moins déconstructeur de la métaphysique, que piégé lui-même par les illusions les plus classiques de celle-ci..

pas au délire métaphysique du « savoir absolu », aucune science ne peut jamais s'achever, aucune entreprise de fondation ultime ne peut jamais parvenir à supprimer pour les êtres finis que nous sommes le mystère de la transcendance. Il ne saurait jamais être intégralement résorbé, sauf à retomber lourdement dans les illusions d'une « cause première », c'est-à-dire dans la métaphysique la plus dogmatique.

Or c'est précisément ce mystère que le matérialisme déconstructeur et la théologie ne peuvent que rejeter. L'un comme l'autre, ils entendent en finir avec cet insoutenable flottement de la transcendance, en l'arrimant de manière enfin solide et ferme à une origine première bien identifiable : matérielle pour les uns, divine pour les autres. Dans le premier cas, on cherche à expliquer le sentiment de transcendance par l'infrastructure économique, libidinale ou neurale, dans le second par les bienfaits insondables d'un Être suprême qui nous aurait fait la grâce de nous donner des valeurs. Dans les deux cas, on croit enfin tenir une cause certaine et définitive, en quoi le matérialisme et la théologie communient dans l'illusion métaphysique du savoir et du fondement absolus. Pour l'un comme pour l'autre encore, une philosophie qui ne s'achève pas dans la découverte d'une fondation ultime[1] laisse l'explication de notre sentiment de transcendance imparfaite, incomplète, pour ne pas dire irrationnelle.

Mais c'est justement cette quête qui est illusoire, lourdement métaphysique et irrationnelle. En quoi

1. Fût-il lui-même infondé et multiple, comme les pulsions chez Nietzsche.

elle passe aussi à côté de ce que notre vécu touchant la transcendance dans l'immanence recèle tout à la fois de spécifique et de précieux, et que l'analyse phénoménologique découvre comme lié au sentiment d'une contrainte de nature tout à fait particulière. Quand je dis, pour reprendre cette image symbolique, que 2 + 2 font 4, j'éprouve bel et bien le sentiment irrépressible, pour ainsi dire incontournable, qu'il ne peut en aller autrement, que ce n'est pas affaire de goût, que ma subjectivité est pour ainsi dire muselée par l'objectivité de la vérité. Et cela vaut bien sûr pour toutes les vérités scientifiques qui s'imposent à nous comme incontestables, du moins dès lors qu'elles relèvent de cette sphère que Bachelard désignait comme celle des vérités « sanctionnées » (ou, comme dit Popper, « non falsifiées ») par l'expérience. Au contraire, si je pense à la table sur laquelle j'écris en ce moment, je n'éprouve nullement la même impression d'avoir affaire à quelque chose d'incontournable : alors que 2 + 2 ne peuvent faire que 4, il se pourrait fort bien que la table ne soit pas là, que j'écrive sur un autre support ou sur une autre table.

La description phénoménologique que j'esquisse ici pourrait être longuement développée, étendue aussi de la vérité aux trois autres valeurs – justice, beauté, amour – que nous avons aussi évoquées comme relevant de la catégorie de la « transcendance dans l'immanence » qui fonde ce nouvel humanisme. Mais il me suffit pour l'instant qu'on en comprenne le principe, que l'on saisisse combien ce sentiment de la transcendance, c'est-à-dire du caractère incontournable de certaines valeurs, est irréductible aux explications métaphysiques traditionnelles, qu'elles soient matérialistes ou théologiques. En d'autres termes, l'expérience des valeurs transcendantes, pour n'être pas reliée à une idole, à une idée platonicienne, une entité matérielle ou religieuse, qui prétendrait en expliquer sans reste la réalité, n'en possède pas moins une vérité propre, une spécificité que j'éprouve au sein du vécu comme une contrainte dont seule une description phénoménologique peut parvenir à rendre compte.

Un cas concret de l'écart et des liens entre le second humanisme et le premier : retour à la question de l'éducation

De ce sentiment, on pourrait donner mille exemples. Mais, pour illustrer encore ce que ce deuxième humanisme apporte de nouveau par rapport à l'ancien, poursuivons un instant le fil de nos réflexions sur l'antinomie scolaire qui oppose « pédagos » et républicains, partisans de l'éthique de l'authenticité et défenseurs du républicanisme traditionnel.

Bien évidemment, s'il fallait choisir, ma sympathie irait sans hésiter vers l'idée républicaine. Ceux qui ont lu ma *Pensée-68* savent pourquoi. À l'intention des autres, je dirai simplement que l'éthique du travail et de la transcendance des valeurs communes me convient mieux que celle de l'hédonisme et du narcissisme qui entoure chaque jour davantage les revendications libérales / libertaires de l'authenticité et de la différence. Mais j'ai bien conscience que l'option inverse n'est pas négligeable. Le droit à être soi, l'idée que l'éducation doit viser aussi l'épanouissement des enfants, chercher à ce qu'ils ne s'ennuient pas trop, à ce que le lycée ne ressemble pas à une caserne, à ce que le sens l'emporte aussi souvent que possible sur l'autorité dogmatique, le privilège accordé aux méthodes actives : tout cela peut aussi séduire et convaincre. « Chacun ! », comme disent les paysans de mon pays d'enfance. Mais ce qui m'importe ici, à vrai dire, ce ne sont pas les goûts et les dégoûts subjectifs. Ce à quoi j'essaie de parvenir, c'est à une compréhension juste de cette extraordinaire histoire des grands systèmes de valeurs.

Or à cet égard, l'éthique de l'amour que j'ai tenté de décrire sous les espèces du second humanisme bouleverse la donne, même si, en apparence, les différences qu'elle introduit par rapport au premier humanisme, celui de l'idée républicaine, pourraient sembler, mais à tort, mineures. Qu'est-ce, en effet, que l'éducation ?

Établissons d'abord une distinction entre l'enseignement, qui concerne les professeurs et les élèves dans un espace public, celui de l'École, et l'éducation proprement dite, qui mobilise les parents et les enfants dans la sphère privée de la famille : les mots ont un sens et il ne faut pas confondre, comme on le fait si souvent dans le débat public, l'éducation et l'enseignement. S'agissant de la première – j'y reviens – elle réside à mes yeux dans trois grands principes : l'amour, la loi, les œuvres. Pour dire les choses plus simplement encore, l'éducation, du moins pour nous les Européens d'aujourd'hui, est chrétienne, juive et grecque. Sans l'amour, un enfant n'aura pas, ou à un moindre degré, cette capacité de rebond face aux difficultés de la vie que les psychologues nomment la « résilience ». Sans la loi mosaïque, il ne s'insérera pas, ou à tout le moins plus difficilement, dans le monde « symbolique » de la civilité, c'est-à-dire dans l'espace public et collectif de la cité. Mais sans les œuvres, l'élément grec puisque c'est dans l'Antiquité que se mettent en place les grands genres littéraires et philosophiques, l'enfant ne parviendra pas à se comprendre lui-même ni à comprendre le monde qui l'entoure. Il sera privé des schémas intellectuels les plus puissants, ceux qui permettent, par-delà même l'intelligence pure, non seulement de se repérer dans l'univers social et affectif, mais pour ainsi dire de s'humaniser.

L'amour, la loi, les œuvres, l'élément chrétien, l'élément juif, l'élément grec, voilà pour l'essentiel ce que toute éducation réussie doit parvenir à transmettre aux enfants. Dans la période post-soixante-huitarde, chacun a pu constater par lui-même, et cela correspond par ailleurs à l'analyse que nous avons faite de la famille moderne, que le principe de l'amour tendait à l'emporter de manière presque exclusive sur les deux autres. Au point, il faudrait être aveugle ou d'une singulière mauvaise foi pour le nier, que la loi et les œuvres, l'autorité et la transmission des savoirs se sont retrouvées en grande difficulté. L'amour dévore littéralement les autres domaines, ceux de la loi et des savoirs. Nous aimons tellement nos enfants, de manière parfois si sentimentale, si narcissique aussi, que nous ne supportons pas l'idée qu'ils nous en veuillent. Nous ne parvenons même plus à les coucher à une heure raisonnable, à les faire travailler, à les arracher aux écrans pour les tourner vers les écrits. De là, du reste, l'apparence de bon sens et même de vérité qui entoure le discours républicain traditionnel, celui du premier humanisme de l'effort, du travail et des savoirs, lorsqu'il s'oppose à juste titre à la déréliction pédagogiste « authenticitaire » post-soixante-huitarde. Si bien qu'aujourd'hui, nous assistons à ce qui ressemble fort à un retour de bâton. Les parents ne sont plus dupes. Qu'ils soient de gauche ou de droite, ils demandent aux professeurs comme aux ministres de « remettre de l'ordre », de rétablir l'autorité, le respect de la loi, le goût de l'effort et du travail, de recentrer l'école sur la transmission des savoirs « fondamentaux », etc. La plupart de mes amis anciens de 68, qui ont réclamé à cor et à cri la « rénovation pédagogique », sont revenus de leurs illusions en même temps que grandissaient leurs enfants. Aujourd'hui, dans un congrès organisé sur ces questions d'éducation et d'enseignement, un orateur qui défend la restauration du « goût de l'effort », de l'autorité et des savoirs fondamentaux, le retour aux bonnes vieilles méthodes de lecture, voire aux uniformes et aux plumes Sergent-Major est en général applaudi à tout rompre avant d'avoir pu terminer sa phrase. À gauche comme à droite, encore une fois.

Est-ce là pour autant une victoire du républicanisme première manière, une réhabilitation de l'humanisme des Lumières et de la morale kantienne ? Rien n'est moins sûr. La vérité, c'est que l'éthique de l'authenticité est passée par là et que nul, du moins pour ses propres enfants, ne veut l'enterrer tout à fait. Qu'ils soient heureux, bien dans leur tête et dans leur peau, est désormais un objectif « incontournable », et même si l'on veut à nouveau de l'autorité, de la loi et des savoirs, en quoi l'on a évidemment raison, ce n'est pas au prix d'une éradication totale de ce que les pédagogies modernistes ont malgré tout apporté parfois, même si moins que prévu, de positif. Mais il y a plus. Si les parents d'aujourd'hui veulent restaurer la loi et les savoirs, c'est en vérité, non par un réflexe « réactionnaire » de retour vers la tradition, mais, au contraire, en fonction d'une considération hypercontemporaine : c'est évidemment par amour pour leurs enfants qu'ils finissent par comprendre, même et parfois surtout quand ils furent dans leur jeunesse des militants du gauchisme culturel et pédagogique, que s'ils ne transmettent pas la loi et les œuvres, l'autorité et les savoirs, ils ne les équiperont pas pour le monde qui vient, ils ne les armeront pas assez pour affronter la vie réelle avec de bonnes chances de réussite. Le principe du retour en arrière n'est donc pas lié à la tradition mais au contraire à l'hypermodernité, non pas au rigorisme à l'ancienne, mais au souci des êtres qu'on aime. C'est pour leur bien qu'il faut se forcer – car naturellement l'amour n'y pousse guère – à retrouver de l'autorité et à renouer avec des savoirs qu'on déclarait volontiers « répressifs » et « aliénants » quelques années plus tôt. Victoire conjointe, en quelque sorte, de l'amour et du bon sens…

Reste à comprendre maintenant à quel type de sagesse nous invite l'éthique du second humanisme.

III

SPIRITUALITÉ

SAGESSE DES MODERNES ET SPIRITUALITÉ LAÏQUE

Les métamorphoses de la vie de l'esprit : politique, art et philosophie

À l'ère du cosmologico-éthique, c'est avec le cosmos que l'humanité était invitée à s'accorder pour parvenir à la vie bonne, chacun devant trouver sa juste place, son « lieu naturel » dans l'ordre de l'univers.

Avec le théologico-éthique, c'est aux promesses et aux commandements du divin qu'elle devait s'ajuster pour gagner son salut, pour obtenir une éternité d'amour qui valait bien la peine qu'on s'efforçât en cette vie de respecter des préceptes religieux.

Sous le règne du premier humanisme, celui des Lumières et de la laïcité républicaine, ce n'est plus un accord avec un terme extérieur à elle que l'humanité doit viser. Désormais, c'est avec elle-même qu'elle entend se réconcilier. Le grand projet démocratique et républicain qui prend son essor à la fin du XVIIIe siècle possède pour objectif ultime de construire, au sein de ce qu'on appellera plus tard un « État de droit », une espèce d'équivalent humain du cosmos des Anciens, une sorte de « seconde nature », un nouvel ordre juste, à ceci près que ce dernier n'est justement plus naturel et donné, comme celui des Grecs, mais de part en part artificiel et construit : il s'agit d'édifier un ordre social et politique nouveau où les hommes seront enfin maîtres chez eux, libres d'édicter leurs propres lois au lieu d'être contraints de suivre celles qui sont censées émaner du cosmos ou de la divinité. Ce n'est plus par rapport à une transcendance radicale, cosmique ou divine, que la question de la vie bonne se pose. La formule fondatrice de l'artefact qu'il s'agit de créer de toutes pièces, à partir de lois élaborées *par et pour* les hommes au sein de Parlements, n'est autre que celle du droit moderne : les libertés individuelles doivent accepter de s'autolimiter à la condition de leur accord avec celles d'autrui, exigence tout à la fois juridique et rationnelle qui fournit le principe suprême de la construction d'une société enfin égalitaire, au moins formellement, d'un espace public où chacun sera désormais libre de définir à son gré, mais dans la sphère privée, ce qu'il considère comme une « vie bonne ».

Question qui doit maintenant servir de fil directeur à nos réflexions sur la spiritualité laïque contemporaine, sur les perspectives nouvelles ouvertes sur la vie bonne par la révolution de l'amour-passion : avec quoi s'agit-il de s'accorder à l'ère du second humanisme ? Réponse tout aussi directe : c'est toujours, comme dans le premier humanisme, de la réconciliation de l'humanité avec elle-même qu'il va être question. Mais c'est maintenant un accord beaucoup plus large et beaucoup plus profond qui est recherché, parce qu'il ne porte pas seulement sur l'humanité considérée comme sujet de raison et de droit, mais aussi comme sujet de passions, d'amour et de fraternité, le cas échéant de haine et de conflit.

On pourrait dire, pour tenter de clarifier cette distinction, que le premier humanisme et le second se rapportent l'un à l'autre comme les deux notions de fraternité qui dominent le monde contemporain. La première, celle qui figure aux frontons des édifices républicains aux côtés de la liberté et de l'égalité, mériterait mieux, à vrai dire, le nom de solidarité. Elle culmine dans l'édification d'un État protecteur, providentiel, qui est censé mettre en place de vastes programmes de redistribution et d'assistance en direction de ceux qui en ont le plus besoin : éducation et santé gratuites, assurance chômage, retraite, etc. La préservation de nos systèmes de protection sociale est du reste aujourd'hui l'un des enjeux majeurs de notre rapport à la mondialisation : comment y parvenir dès lors que deux milliards et demi d'Indiens et de Chinois qui vivent quasiment sans aucune sécurité sociale, avec des salaires de misère comparés à ceux des Européens, entrent dans le circuit de l'économie et du commerce internationaux ? L'équation, presque impossible à résoudre, du moins sans réformes de fond, préoccupe tous les gouvernements d'Europe, conscients qu'ils sont de l'importance vitale du sujet. Si indispensable soit-elle, cette première fraternité n'en reste pas moins abstraite et impersonnelle. En quoi elle ne saurait évidemment remplacer la seconde, celle qui prévaut en temps normal dans les familles entendues au sens large, amis compris, et qui constitue le seul lien réel, pour ainsi dire charnel, en cas d'accident de la vie : maladie grave, invalidité, perte d'emploi, divorce, mort d'un être cher... Chacun comprend bien que cette fraternité-là n'est pas du même ordre que la première, et ce quels que soient les mérites réellement admirables de la construction qui aboutit à sa création. On est ici au cœur de l'humanité affective et charnelle, pas dans l'humanité juridico-rationnelle.

On objectera qu'on n'aime pas l'humanité en général, laquelle reste et restera toujours une abstraction, mais seulement ses proches. Du reste, au cours de notre vie, nous n'aurons par définition qu'un petit nombre de parents et d'amis, un cercle étroit qui restera en toute hypothèse à des années-lumière de pouvoir recouvrir l'humanité tout entière. Cela va de soi, mais ne constitue en rien une objection, ni contre la distinction des deux fraternités et des deux humanismes, ni contre le fait que l'humanité en général, et pas seulement les *happy few*, est concernée tout autant pas la seconde que par la première. Même si le prochain est le contraire du proche, s'il est l'anonyme, celui qu'on ne connaît pas et que, par suite, on ne peut pas aimer comme on aime ses amis ou ses enfants, il n'en demeure pas moins vrai que l'humanité peut être légitimement perçue comme une espèce de réservoir de rencontres amicales (ou, le cas échéant, inamicales) : c'est en elle que nous trouverons nos prochaines amours (ou nos prochains ennemis) et nulle part ailleurs. Que notre existence soit bornée dans l'espace et dans le temps ne change rien au fait que nous puissions chaque jour que Dieu fait nouer des liens avec autrui. Nous savons bien qu'ils sont limités *de facto*, mais pas de droit, et cela peut suffire à donner à ceux qui ont l'esprit ouvert un sentiment de sympathie qui ne relève pas seulement de la logique juridico-rationnelle à laquelle, pour l'essentiel, se restreignent sur le plan politique les considérations du premier humanisme républicain.

L'idéal de l'accord de l'humanité avec elle-même sous ce nouveau rapport pose une infinité de problèmes en même temps qu'il ouvre une infinité de perspectives nouvelles. Ce sont ces nouveaux horizons que je voudrais commencer d'explorer ici, avec d'autant plus de prudence et d'humilité que j'ai conscience d'avancer sur une *terra incognita*, vers des lieux que la pensée philosophique n'a encore pratiquement jamais abordés. Je me bornerai pour cette raison à quelques réflexions touchant trois sphères fondamentales relevant de ce que Hegel nommait la « vie de l'esprit » et que je désigne ici sous le nom de « spiritualité laïque » : l'art, la politique et la philosophie, cette dernière étant considérée maintenant dans sa partie la plus haute, non plus seulement sur un plan théorique ou éthique comme dans les deux premières parties de ce livre, mais sur un plan spirituel, c'est-à-dire en lien avec la question de la vie bonne.

Ne nous leurrons pas. La révolution de l'amour qui s'est installée dans nos vies privées avant de venir bouleverser notre rapport au collectif et à la politique, pour exaltante, riche de promesses et d'espérances qu'elle puisse être, ne simplifie nullement les choses. Dans la sphère de l'intimité, la fréquence des séparations et des divorces en témoigne assez. Le mariage d'amour, comme le prévoyaient tous ceux, de Montaigne à Maupassant, qui se sont intéressés à en déchiffrer les arcanes avant même qu'il ne soit installé dans la réalité de nos sociétés modernes, est hautement fragile, infiniment plus friable et sujet à l'échec que le mariage arrangé et imposé par les adultes. Il faut le rappeler une fois encore, afin que ceux qui auraient tendance à idéaliser l'amour redescendent sur terre : dans nos grandes villes occidentales, 50 % des mariages se soldent par un divorce, épisode le plus souvent dramatique et traumatisant pour les divers protagonistes, y compris bien sûr les enfants. Mais à l'autre extrême, dans la sphère de la vie la plus collective, celle de la politique, la montée en puissance du « chacun pour soi » lié à la logique de la compétition tous azimuts qui est l'essence la plus intime de la mondialisation libérale semble à beaucoup d'observateurs infiniment plus frappante que celle de la fraternité. On peut en discuter, bien sûr, et nous allons le faire dans un instant, mais l'objection, à tout le moins, ne peut être écartée : elle renvoie d'évidence à une réalité plus contrastée que ne le laisserait croire une apologie béate de la montée en puissance de la logique de l'affectivité.

Il y a plus. Sur un plan qu'on pourrait dire métaphysique, par-delà les vicissitudes de la vie quotidienne, privée ou publique, la contradiction entre l'amour et la mort prend un tour nouveau avec la révolution de l'intimité que nous avons analysée ici. Plus aimants, affectifs et sentimentaux que jamais, mais aussi, laïcité oblige, plus que jamais privés des secours de la religion, nous sommes aussi démunis comme jamais face aux tourments du deuil de l'être aimé. Non seulement nous supportons de plus en plus mal les séparations que, pourtant, en un singulier paradoxe, nous nous infligeons de plus en plus souvent à nous-mêmes, mais la séparation suprême, qui est la mort même, nous paraît désormais parfaitement absurde et dénuée de sens, isolée qu'elle est pour la plupart d'entre nous des perspectives consolantes qu'ouvraient les spiritualités religieuses.

Bref, s'il est encore permis, par les temps qui courent, de faire référence au grand Freud, nous sommes de plus en plus semblables à ses chers petits hérissons[1] : lorsqu'ils ont froid, il se rapprochent pour se réchauffer, alors, bien sûr, ils se piquent et, contraints par la douleur, ils s'éloignent à nouveau pour se retrouver dans l'isolement et la froidure. Glacés, ils tentent derechef un rapprochement, mais les piquants sont toujours là, et la nouvelle tentative est évidemment vouée elle aussi à l'échec. Ce mouvement indéfini d'accordéon dissuade-t-il l'humanité contemporaine d'aimer l'amour ? Certainement pas. Malgré les ratés et les déceptions, les tourments et les souffrances endurés, la plupart des hommes et des femmes d'aujourd'hui n'en repartent pas moins dès que possible vers de nouvelles aventures. On ne désespère jamais tout à fait de la vie affective parce que c'est désormais elle qui enchante ou réenchante des vies qui, hors d'elle, semblent ne pas vraiment valoir la peine d'être vécues. Certains, bien sûr, poussés par l'atmosphère libérale qui régit la mondialisation, essaient de se réfugier dans le pouvoir, l'argent, la réussite sociale, mais il faut bien avouer que les rêves à la Perrette ne sont jamais totalement satisfaisants, outre le fait qu'ils peuvent eux aussi se briser comme le pot au lait de la fable. Paradoxe de l'amour impossible et cependant aimable entre toutes choses, révolu-

1. La fable, comme on sait, fut empruntée par Freud à Schopenhauer.

tion de la passion dont je voudrais examiner les effets dans les trois grandes sphères de la vie de l'esprit que je viens d'évoquer : la philosophie, entendue comme spiritualité laïque, l'art et la politique.

J'ai bien conscience, cependant, de ce que la notion de « spiritualité laïque » peut avoir de paradoxal. Elle n'en est pas moins cruciale. Si philosopher, comme le croyait Deleuze, consistait à inventer des concepts nouveaux, c'est ce concept de « *spiritualité laïque* » que je mettrais, pour ce qui me concerne, en exergue. C'est lui qui commande toutes les réflexions qui vont suivre, lui qui est au cœur de ce que la philosophie fut depuis toujours : à l'opposé des spiritualités religieuses, une quête de sagesse et de spiritualité sans dieu. Or le fait est que la formule semble à première vue contradictoire et, par là même, insaisissable. Face à elle, les croyants dogmatiques (mais ils ne le sont pas tous) sont en général saisis par un réflexe de rejet. Supportant mal la concurrence de la philosophie, ils l'accusent volontiers de ne désigner qu'un succédané, un ersatz de la « vraie » spiritualité, laquelle ne saurait bien sûr être à leurs yeux que religieuse. Quant aux athées militants (mais tous les athées ne le sont pas), la notion même de spiritualité fonctionne spontanément chez eux comme un répulsif : elle fleure l'eau bénite et flirte par trop avec les concepts de la religion pour être honnête.

Il faut apprendre à dépasser ces deux réflexes qui ne mènent nulle part. Comme je voudrais le montrer dans un instant, le concept de spiritualité laïque est non seulement parfaitement compréhensible, cohérent et consistant, mais il est tout simplement irremplaçable : il exprime mieux qu'aucun autre ce que la philosophie fut depuis toujours et qu'elle doit, contre vents et marées, continuer d'être aujourd'hui. Pour bien le faire comprendre et lui donner un contenu que chacun pourra s'approprier aisément, je vous propose de revenir un instant à ce qu'on peut considérer comme la première spiritualité laïque dans l'histoire de l'Occident et, à ce titre, comme la matrice de toute la philosophie continentale, à savoir, la sagesse d'Ulysse telle qu'Homère nous l'a si merveilleusement décrite dans l'*Odyssée*, au VIIIe siècle avant J.-C. Je voudrais la présenter ici une fois encore[1], en reprenant les choses à la racine. Laissons de côté les péripéties des aventures du héros grec. Intéressons-nous seulement au fil conducteur proprement philosophique qui les relie. Nous allons voir comment il nous mène insensiblement vers une définition de la vie bonne qui confère un sens laïc, non religieux, à l'existence de ces mortels que nous sommes irrémédiablement. Le but du bref récit qui va suivre est de faire comprendre aux sceptiques qu'il existe bel et bien, à l'écart du religieux comme de la morale, une spiritualité sans dieu, et que cette sphère de la pensée, que j'identifie à la plus haute partie de toute philosophie, est non seulement puissante et rigoureuse, mais tout à fait indispensable aujourd'hui à la réflexion sur la sagesse qui, après tout, constitue, selon l'étymologie même, la fin ultime de la *philo-sophia*.

Que le lecteur m'accorde donc un instant pour que je lui rappelle en quelques mots la signification de cette sublime histoire : non seulement il

1. Je l'avais fait, mais dans une optique légèrement différente, dans *Apprendre à Vivre II, La Sagesse des mythes*, Plon, 2008.

percevra ainsi de manière concrète et parlante ce que peut être une spiritualité laïque, mais il verra en outre à quel titre, malgré tout ce qui nous en sépare, l'idéal qui s'en dégage peut servir, sinon de modèle, à tout le moins de terme de comparaison et de fil conducteur à la philosophie contemporaine pour réfléchir à nouveaux frais à la manière d'aborder de nos jours la question de la vie bonne.

Qu'est-ce qu'une spiritualité laïque ? Ne pas confondre valeurs morales et valeurs spirituelles

Commençons par écarter une confusion qui, pour être fréquente, hypothèque d'entrée de jeu toute compréhension de la notion de spiritualité laïque. À l'encontre d'un confusionnisme d'autant plus fâcheux qu'il passe en général inaperçu, il est tout à fait indispensable de distinguer clairement deux types de valeurs, les valeurs morales d'un côté, les valeurs spirituelles de l'autre. Rien n'est plus nuisible à l'intelligence de la philosophie, mais surtout de la réalité humaine, que de mélanger ces deux sphères pourtant très évidemment distinctes. Or constamment, la confusion s'installe entre elles, non seulement dans le débat public et politique, mais parfois aussi dans la littérature philosophique où le terme vague et général d'« éthique », employé à tort et à travers, vient brouiller sans cesse les frontières.

Les choses sont pourtant assez simples. La morale, en quelque sens qu'on l'entende et quelle que soit sa doctrine de référence, c'est d'abord et avant tout le respect de l'autre, à quoi il faut ajouter la bienveillance, la générosité et même, lâchons le mot, la bonté. On peut bien sûr consacrer si l'on y tient un séminaire universitaire d'une année à cette définition, mais on peut aussi bien dire les choses simplement : je me conduis moralement avec mes voisins, proches ou prochains, quand je les respecte et que je les aide, quand je leur reconnais un droit imprescriptible à penser autrement que moi et que, même dans cette hypothèse, je fais ce que je peux pour leur rendre la vie plus douce et plus facile. Pour nous, Européens d'aujourd'hui, la morale commune a pris pour l'essentiel la forme d'une charte, celle des Droits de l'homme, à laquelle il convient d'adjoindre, comme je viens de le suggérer, la volonté de bien faire, d'aider activement les autres – ce qu'on appelle, au sens propre, la bienfaisance ou la générosité. Médecins sans frontières + Sœur Emmanuelle, les Droits de l'homme + la bonté, le respect de l'autre + le souci de l'autre, voilà, pour aller vite, la morale commune dans laquelle se retrouvent idéalement aujourd'hui la plupart de nos concitoyens (ce qui ne signifie évidemment pas qu'ils soient toujours au niveau de l'idéal).

Rêvons un peu et imaginons un instant, pour le plaisir de la réflexion, que nous disposions d'une baguette magique qui nous permettrait de faire en sorte que, d'un seul coup d'un seul, tous les êtres humains en ce monde se conduisent de manière parfaitement morale les uns vis-à-vis des autres. Il n'y aurait plus, sur cette planète, ni massacres ni viols, ni vols ni meurtres, ni injustices, ni guerres ni génocides. À la limite, les nations n'auraient plus besoin d'armée, de police, de prisons, ni de système judiciaire répressif. Ce serait tout simplement une révolution. Pourtant, et là apparaît en pleine lumière la différence entre valeurs morales et valeurs spirituelles, cela ne nous empêcherait ni de vieillir, ni de mourir, ni de perdre un être cher, de faire l'épreuve du deuil d'un être aimé, ni même, le cas échéant, d'être malheureux en amour, d'être amoureux de qui ne nous aime pas, de mettre, comme on dit, le « pied sur un râteau » ou, tout simplement, de nous ennuyer au fil d'une vie quotidienne engluée dans la banalité. Qui n'a jamais rêvé d'une autre existence ? Pensé parfois que la « vraie vie est ailleurs » ? Qui n'en a jamais eu assez de se réveiller chaque matin avec le même homme ou la même femme dans le même lit, le même métier, les mêmes nez au milieu des mêmes figures autour de soi ?

La logique de l'amour et celle de la morale sont choses fort différentes. La littérature, depuis *La Princesse de Clèves* jusqu'à *Un amour de Swann* en passant par *Andromaque* ou *Les Travailleurs de la mer*, est tout emplie d'histoires de cœur qui finissent mal parce que des gens, pourtant épatants moralement, ne sont pas aimés par ceux dont ils sont tombés amoureux. Nous pourrions nous conduire comme des saints, vivre dans la générosité, le respect et la bonté les plus admirables qui soient, appliquer les principes de la morale la plus sublime de la manière la plus parfaite que cela ne changerait rien à l'affaire : non seulement l'amour n'est affaire ni de raison ni d'éthique, mais, par ailleurs, nous vieillissons quoi qu'il arrive, nous perdons ceux que nous aimons, nous n'échappons pas à la souffrance, à la maladie, à la banalité et à l'ennui, pas davantage qu'aux éventuelles déconvenues de la vie affective. Or qui oserait prétendre que ces différents thèmes existentiels ne sont pas investis par des valeurs, et même avouons-le, par des valeurs autrement plus puissantes et plus préoccupantes que les valeurs morales ?

Allons plus loin. Si l'on y réfléchit avec quelque honnêteté, il faut bien avouer qu'il est en vérité assez rare, dans l'existence réelle, qu'on se réveille le matin avec en tête d'authentiques préoccupations morales. Il arrive, bien sûr, que nous nous heurtions parfois à des décisions difficiles. Mais de fait, quand même nous ne suivons pas toujours le bien et le juste, nous savons dans la plupart des cas où ils se trouvent. D'un point de vue strictement moral, ce que nous devrions faire ou ne pas faire est assez clair et ne fait guère l'objet de longues méditations. Pour reprendre un exemple bien connu des historiens de la philosophie, même un enfant de douze ans sait que, si on lui a confié une somme d'argent et que celui qui la lui a remise vient par hasard à mourir, il doit la rendre à la famille du défunt quand bien même nul ne serait au courant du dépôt. Il existe sans doute, notamment en matière de bioéthique, voire de déontologie de telle ou telle profession, des problèmes de morale appliquée plus compliqués ou plus « techniques », mais ils restent, dans nos vies quotidiennes, très largement marginaux. En revanche, les questions que j'appelle ici existentielles ou « spirituelles » parce qu'elles relèvent de « la vie de l'esprit », celles qui touchent à l'amour et au deuil, aux âges de la vie, à l'éducation de nos enfants, à nos relations avec nos proches, à ce qu'il nous faut faire face aux accidents de l'existence, dans nos professions pour ne pas nous y morfondre, pour leur donner du sens, etc. – tout cela nous occupe et nous préoccupe à longueur de temps. La passion amoureuse ou la souffrance du deuil suscitent en nous des sentiments autrement puissants que ceux qui peuvent le cas échéant s'attacher à des questions de bioéthique ou de déontologie.

Or ces sentiments, j'y insiste, n'ont rien à voir avec la morale. Vous pouvez vivre comme un saint ou une sainte, respecter et aider autrui à merveille, appliquer les droits de l'homme comme personne... et vieillir, et mourir, et souffrir. Car ces réalités, comme dit Pascal, sont d'un autre ordre, qui relève bel et bien de ce que la philosophie tenait, en effet, pour la « vie de l'esprit », et que j'appelle ici, en cela fidèle à la tradition, la « spiritualité », laquelle va bien au-delà de la morale, mais ne se confond pas non plus avec le religieux.

C'est là le second aspect : de même que les valeurs spirituelles ne se réduisent nullement à des valeurs morales, de même il faut bien comprendre qu'il existe deux types très différents de spiritualités. Les unes procèdent avec Dieu, et ce sont bien sûr les religions, les autres sans Dieu, et ce sont les grandes philosophies. Pour dire, là encore, les choses le plus simplement possible, les spiritualités religieuses entendent définir la vie bonne, la vie bienheureuse comme dit saint Augustin, par référence à un dieu et en passant, pour l'essentiel, par la foi. D'où l'emphase qu'elles mettent en général sur les vertus de cette humilité au nom de laquelle on s'en remet à l'Être suprême pour ce qui est de notre salut. Les grandes philosophies, au contraire, du moins celles qui ne sont pas aux service d'une religion[1], culminent toujours dans

1. J'ai longuement examiné, dans mon *Apprendre à vivre*, tome I, la question du statut des « philosophies religieuses », notamment bien sûr de la philosophie chrétienne.

une tentative d'apporter une réponse laïque à la question de la vie bonne, dans une quête de la sagesse qui surtout ne passe ni par un dieu ni par la foi, mais par les moyens du bord, en acceptant la condition de mortel, et par la simple lucidité de la raison. En quoi, du reste, les théologiens ne manquent jamais, depuis l'aube des temps, de dénoncer la vanité de la philosophie, de l'accuser en toute occasion de pécher par orgueil à la manière d'un saint Augustin, jetant si volontiers cette apostrophe : « *Vous, les superbes !* », à la face de ces philosophes néoplatoniciens qu'il aurait tant voulu convaincre d'adhérer à sa foi.

L'une des grandes faiblesses intellectuelles de la période contemporaine, c'est que, sous l'effet de la montée en puissance conjointe des sciences humaines et des pensées du soupçon, la philosophie a cédé le plus souvent[1] à cette tendance fâcheuse qui consiste à déserter les interrogations sur la sagesse et la vie bonne, à fuir le terrain de la spiritualité, fût-elle résolument laïque, pour l'abandonner aux religions. Du coup, la philosophie s'est la plupart du temps réduite à n'être que critique de la tradition, déconstruction, généalogie ou archéologie des pensées antérieures. Et quand elle a voulu être plus positive, elle s'est pour l'essentiel limitée à une réflexion sur la sphère morale et politique, comme on le voit par exemple chez des auteurs, par ailleurs aussi respectables, que Rawls ou Habermas. Cette réduction de la philosophie à une simple morale ou à une « théorie de la société » s'est accompagnée

1. Il y a bien sûr des exceptions. Je pense par exemple à André Comte-Sponville, ou encore à Roger-Pol Droit. Voir, de ce dernier, *Les Héros de la sagesse*, Plon, 2009.

parfois de ce qu'on appelle une épistémologie, une réflexion sur la connaissance touchant les sciences dures (Popper en est un bon exemple), voire les sciences humaines (Habermas en est un autre). Mais dans tous les cas, on a déserté l'essentiel de la philosophie, ce qui faisait son nom et son but : la sagesse, cet apprentissage de la vie bonne sans lequel la notion même de *philo-sophia* n'aurait plus aucun sens ni la moindre raison d'être encore maintenue[1].

Voyons maintenant par un exemple concret, celui des aventures d'Ulysse, en quoi consista la première spiritualité laïque en Occident, en quoi elle allait devenir la matrice de la philosophie. Nous verrons ainsi de manière parfaitement claire et convaincante comment une sphère de réflexion sur la vie bonne est apparue qui ne se confondait ni avec la morale, ni avec la religion.

Le premier cas de spiritualité laïque en Occident : l'histoire d'Ulysse, matrice de la philosophie

De quoi s'agit-il ? Pendant dix longues années, Ulysse, roi d'Ithaque et héros grec par excellence,

1. Je me souviens, à cet égard, d'une conversation que j'eus avec Habermas, il y a vingt-cinq ans de cela. Je lui demandais en quoi il se sentait plus philosophe que sociologue, ou, comme il dit dans son jargon, « théoricien de la société » au sens de sa *Gesellschaftstheorie*. Il me répondit, gentiment mais fermement, que ma question était au fond sans intérêt à ses yeux, que ce genre de distinction avait depuis longtemps cessé de le préoccuper. Elle m'intéresse au plus haut point, non pas par goût des catégories et des étiquettes, mais parce que je crois que la question de la vie bonne, de la sagesse est plus que jamais celle de la philosophie alors qu'elle n'est en rien celle de sciences humaines qui, à juste titre d'ailleurs, prétendent décrire ce qui est plutôt que ce qui doit être.

prend part, contre son gré, à la terrible guerre de Troie, celle qui oppose les Grecs et les Troyens. Tout commence donc pour lui par le chaos, par la discorde, par le contraire absolu de l'harmonie, et le sens de son voyage, qui est aussi le sens de sa vie, c'est justement de retrouver cette harmonie perdue, dévastée par la guerre. Ulysse va faire gagner son camp, celui des Grecs, grâce à la fameuse ruse du cheval de Troie, cette statue en bois que les Troyens font faire entrer imprudemment dans la ville et dont les flancs sont remplis de soldats grecs qui vont, la nuit venue, quitter leur abris pour massacrer jusqu'au dernier les Troyens endormis.

Lorsque que le conflit prend fin, après dix années de chaos, de sang et d'atrocités, Ulysse n'a plus qu'une idée en tête : renouer enfin avec une existence paisible, rentrer chez lui, à Ithaque, pour retrouver son monde à lui, son palais, sa femme Pénélope, son fils Télémaque. Il est donc pressé. Il y a, en effet, urgence à remettre de l'ordre dans sa vie, d'autant que les souffrances déjà endurées frisent l'insoutenable. Pourtant, son voyage de retour va encore durer dix longues années, c'est-à-dire autant que la guerre elle-même. Pourquoi si longtemps ? Parce que, au cours d'un des épisodes sans doute les plus fameux de ce récit, Ulysse a crevé l'œil d'un cyclope, un certain Polyphème. Or ce Polyphème, personnage bien peu sympathique qui passe son temps à dévorer les compagnons d'Ulysse, n'en est pas moins un des nombreux fils d'un dieu terrible, Poséidon, le dieu de la mer et des eaux. Poséidon doit venger son rejeton. C'est la règle. Il va donc semer des embûches effroyables tout au long du chemin d'Ulysse vers Ithaque.

Or ces embûches ne sont pas choisies par hasard, elles ont au contraire une signification très remarquable. À les regarder d'un peu près, on percevra que ces obstacles possèdent tous, sans exception, un sens philosophique : dans tous les cas, ils sont liés à la notion d'oubli. Il s'agit pour Poséidon de faire oublier à Ulysse le sens de son voyage qui va de la guerre à la paix, du chaos à l'harmonie, du « hors de chez soi » vers le « chez soi ». Poséidon fait tout ce qu'il peut pour faire en sorte qu'Ulysse perde la mémoire, pour qu'il s'arrête en chemin et cesse d'avoir conscience du sens même de sa vie. Le chant des sirènes, celui de Circée la magicienne, les grains de Lotus qui rendent amnésique, les sommeils qui saisissent le héros au plus mauvais moment, lorsqu'il touche au but, qu'il voit déjà la côte d'Ithaque et qu'il s'endort alors que le vent se lève et le rejette vers la pleine mer où il est à nouveau perdu : tous ces accidents de parcours relèvent des figures de l'oubli. Notons aussi que, pendant les dix ans de guerre comme pendant les dix ans que dure le voyage de retour, Ulysse ne vit jamais dans le présent : il est toujours dans le passé ou dans le futur, dans le souvenir d'Ithaque ou dans l'espoir d'y revenir un jour, jamais dans la réconciliation avec la réalité actuelle d'Ithaque. Il est en quelque sorte « hors de lui », jamais réconcilié avec ce qui est, jamais dans la paix et l'harmonie que seule confère la réconciliation avec l'ordre du monde, avec le cosmos. Si l'on veut élargir encore le propos et rejoindre un thème philosophique que nous aurons l'occasion de retrouver, Ulysse est aux antipodes du *carpe diem* d'Horace, de cet *amor fati*, cet amour du destin, du présent, de ce qui est donné, ici et maintenant, dont les sages stoïciens, bien avant Nietzsche, feront l'apologie. Bref, il n'est jamais dans la « vie bonne », qui est son but, le sens de toute sa vie, mais qui n'est nullement donnée au départ.

Nous allons y revenir.

Mais abordons dès maintenant le moment essentiel dans cette aventure, le point qui compte plus que tout autre pour faire comprendre au lecteur qui n'en aurait pas encore une représentation nette l'idée même de spiritualité laïque telle qu'elle émerge progressivement du plus profond de ce récit. Parmi tous les obstacles que Poséidon dispose sur le chemin d'Ulysse, il en est un qui va livrer la signification philosophique de cette histoire fondatrice. Cet obstacle possède un joli nom, il s'appelle « Calypso ». Calypso est une déesse, ce qui signifie au moins deux choses : elle est d'une beauté parfaite et elle est immortelle. Elle ne connaît évidemment ni la vieillesse ni la mort, mais elle est en outre irrésistiblement portée sur le sexe. C'est pour tout dire une espèce de « canon atomique », une bombe sexuelle.

Or cette sublime divinité tombe folle amoureuse de ce malheureux mortel qu'est Ulysse. Dès qu'il pose le pied sur son île, elle s'éprend de lui et décide de le retenir prisonnier. En grec, son nom vient d'ailleurs du verbe *calyptein*, qui signifie « cacher ». Elle est belle, je l'ai déjà dit, mais son île est en plus un véritable paradis. Il y a là tout ce dont un homme peut rêver : des nourritures délicieuses, un climat doux, des paysages d'une grande beauté et toute une armée de nymphettes ravissantes qui s'emploient à rendre la vie belle et douce aux deux amants. Calypso passe son temps à faire l'amour avec Ulysse et elle est prête à tout pour le garder à ses côtés, pour l'empêcher de rentrer chez lui. En d'autres termes, elle fait tout pour lui faire *oublier* Ithaque, comme le souligne d'ailleurs explicitement le texte de l'*Odyssée*. Pourtant, Ulysse est attiré comme un aimant vers son coin d'univers. Il ne peut pas s'empêcher de vouloir rentrer chez lui, de retrouver son « lieu naturel », comme dira Aristote, c'est-à-dire sa place dans l'ordre cosmique. Il lui faut coûte que coûte retrouver l'harmonie perdue, de sorte que chaque soir, malgré toutes les merveilles qui l'entourent, il grimpe sur un rocher et verse des larmes en contemplant la mer qui le sépare d'Ithaque...

Un beau jour, Athéna entend ses pleurs et se résout à lui venir en aide. Elle obtient alors de son père, Zeus, qu'il envoie son fidèle messager, Hermès, pour donner l'ordre à Calypso de laisser Ulysse rentrer enfin chez lui. Dès qu'Hermès lui annonce la mauvaise nouvelle, Calypso est à la fois furieuse et désespérée. Elle se lance dans une interminable diatribe contre les dieux de l'Olympe, qui se croient tout permis et qui, surtout, détestent voir s'installer l'amour entre une immortelle et un simple mortel... Son venin déchargé, Calypso n'en est pas moins obligée d'obéir. Les ordres de Zeus ne se discutent pas. Pour essayer malgré tout de garder Ulysse auprès d'elle, elle fait une dernière tentative. Elle invente un stratagème qu'on pourrait dire religieux, voire « chrétien » avant la lettre. Elle lui offre quelque chose d'impossible pour un mortel, le plus beau cadeau qu'on puisse faire à un humain : elle lui propose tout simplement l'immortalité, mais qui plus est, pour faire bonne mesure et tenter son amant, elle ajoute à son offre la jeunesse éternelle. Cette dernière précision est d'ailleurs assez savoureuse. En fait, Calypso a conservé le souvenir d'une autre histoire, celle d'une autre déesse, Aurore, qui elle aussi était tombée amoureuse d'un mortel, un certain Tython. Et Aurore, pour le conserver à ses côtés, lui avait elle aussi offert l'immortalité mais – pas de chance ! – elle avait oublié d'y ajouter la jeunesse... Faute de quoi, le malheureux Tython avait fini par se ratatiner dans un coin du palais pour finalement se transformer en une ignoble chose tout à fait impropre à la consommation. Pour s'en débarrasser, Aurore se résoudra, à défaut de pouvoir l'éliminer tout à fait, à le transformer en cigale. Calypso entend bien éviter cette catastrophe. Voilà pourquoi elle ajoute soigneusement la jeunesse à l'immortalité. Pourtant, rien n'y fait. Contre toute attente, Ulysse décline son offre, car il n'a pas oublié Ithaque, ni perdu de vue la définition de la vie bonne qui donnait du sens à sa vie.

La signification de ce refus est d'une profondeur abyssale. On peut y lire, comme je l'annonçais en commençant ce récit, la naissance même de ce que j'appelle la spiritualité laïque, la première définition de la vie bonne qui ne passe ni par le salut accordé par un dieu, ni par la foi. Ce refus recèle, en effet, le message le plus profond des grands mythes grecs, celui que la philosophie va pouvoir reprendre à son compte de manière plus conceptuelle et rationnelle.

Voici ce message, en quelque sorte antireligieux par avance : le but de l'existence humaine n'est nullement, comme le prétendront les religions monothéistes, de gagner le salut éternel, de parvenir à l'immortalité, *car, en vérité, une vie de mortel réussie est bien supérieure à une vie d'immortel ratée.* Contrairement à ce que tendent à nous faire croire la plupart des religions, le but ultime de la vie n'est pas de gagner l'immortalité, pour survivre éternellement. Le but, c'est d'abord de vaincre, non la mort elle-même, ce qui est impossible, mais les tourments que la peur de la mort nous inflige, ce qui est tout différent et suppose au contraire que l'on accepte d'abord et avant tout, comme le signifie le refus d'Ulysse, la condition de mortel. Le but, c'est aussi, une fois cette acceptation réellement intégrée dans sa conscience, de parvenir à la vie bonne sur cette terre, ici et maintenant pourrait-on dire, sans l'aide des dieux, mais par la lucidité de la raison et la réconciliation avec l'ordre cosmique. En d'autres termes, la « délocalisation », la vie loin de chez soi, mais aussi loin de soi, sans harmonie, hors de son lieu naturel, est aux yeux d'Ulysse bien pire que la mort elle-même. Par contrecoup, comme en creux, c'est la définition de la vie bonne qui s'esquisse. Et c'est là que la notion de spiritualité laïque commence à se remplir, à prendre des couleurs, à acquérir une cohérence et une force qu'on ne lui soupçonnait sans doute pas dès l'origine.

En l'occurrence, elle va reposer sur *trois critères fondamentaux*, trois éléments que l'on va plus tard retrouver dans une large part de la philosophie grecque, notamment dans le stoïcisme, non plus, bien entendu, sous la forme littéraire de l'épopée ou du mythe, mais conceptuelle et sécularisée qui convient à la philosophie. Pour achever de donner du sens à cette antique spiritualité, indiquons rapidement ces trois critères qui, dès l'origine, viennent la fonder, lui conférer sa cohérence et son contenu rationnel.

Le *premier trait caractéristique de la sagesse* d'Ulysse telle qu'elle se dégage de son itinéraire, c'est qu'il faut, comme le héros s'y efforce avec un courage incomparable, vivre avec lucidité. Et la lucidité consiste d'abord et avant tout dans l'acceptation de la condition qui est la nôtre, celle de mortels. Il faut préférer une existence humaine, donc finie, mais réconciliée avec le monde et avec les siens, aux mirages de l'immortalité. Vivre en accord avec ce que l'on est réellement, en accord avec la condition humaine, ne pas vouloir s'égaler aux divinités éternelles, tel est le premier message que nous lègue la sagesse d'Ulysse et qui correspond d'ailleurs aux plus fameuses devises du temple d'Apollon : « Rien de trop » et « Connais-toi toi-même », sache qui tu es, un mortel et non un dieu. Car c'est seulement lorsqu'on a vaincu autant qu'il est possible la peur de la mort qu'on peut espérer parvenir à la vraie sérénité sans laquelle aucune vie bonne n'est possible. « Que philosopher c'est apprendre à mourir » : le thème sera repris à satiété de Platon jusqu'à Schopenhauer en passant par Montaigne. Que signifie-t-il en réalité ? La philosophie peut-elle vraiment aider à surmonter cette angoisse ou ne permet-elle, en mettant les choses au mieux, que de l'accepter ? Grande question sur laquelle nous reviendrons dans quelques instants. Mais dès maintenant, on peut noter qu'Ulysse n'est pas un fanfaron, quelqu'un qui fait le bravache sans savoir, s'agissant de la mort, de quoi il retourne. Car au moment où il refuse l'offre « religieuse » de

Calypso, il est un des seuls mortels (avec Orphée) à avoir pu contempler la mort en face. Non seulement il l'a affrontée cent fois au cours de la guerre comme durant son voyage de retour, mais qui plus est, il a pu visiter les enfers et contempler de près la situation de ceux qui s'y trouvent après avoir perdu la vie. C'est au livre XI de l'*Odyssée* que la scène nous est décrite. Elle pourrait aisément fournir, aujourd'hui encore, le parfait scénario d'un film d'horreur, voire d'épouvante. La mort est atroce et les enfers sont un lieu littéralement abominable. Les malheureux qui y séjournent n'ont plus de visage, plus de voix, ils ont perdu toute identité, toute personnalité pour devenir des « sans nom », des anonymes. Le brouhaha confus qui s'élève de cette masse informe d'où se dégagent un terrible sentiment de malheur, une tristesse infinie, est effrayant. C'est en pleine connaissance de cause qu'Ulysse décline l'offre de Calypso, en toute conscience de ce qui l'attend qu'il choisit malgré tout d'accepter sa condition de mortel. Pourquoi ? Parce qu'il sait bien que la mort fait partie de la vie, qu'elle est liée à notre identité la plus profonde et que ce qui nous perdrait, c'est de la refuser. Ce n'est donc pas la mort en tant que telle, mais bien plutôt la peur qu'elle nous inspire qu'il faut parvenir à surmonter autant qu'il est possible si nous voulons accéder à la sagesse sans laquelle il n'est pas de vie bonne.

Le second élément, qui, lui aussi, sera repris par la philosophie, aussi bien d'ailleurs dans l'épicurisme que dans le stoïcisme, réside dans la conviction que deux maux pèsent en permanence sur toute vie humaine : le passé et l'avenir. Ce sont là les deux principaux foyers des angoisses qui nous tourmentent en vain et dont il nous faut apprendre à nous « sauver » autant qu'il est possible pour parvenir à la sérénité véritable.

Pourquoi le passé et l'avenir ?

Parce que le passé, pour commencer par lui, ne cesse de nous tirer en arrière, pour ne pas dire vers le bas. S'il a été heureux, nous sommes plongés dans la nostalgie. S'il a été douloureux, nous nous laissons aller à ce que Spinoza nommait joliment les « passions tristes », c'est-à-dire les remords, les regrets, les culpabilités qui nous réveillent la nuit et nous gâtent l'existence.

Nous fuyons alors le passé pour chercher refuge dans le futur et entrer, comme disent parfois les chrétiens, dans l'espérance. Mais rien n'est pire que l'espérance aux yeux des Grecs. Sans cesse, elle nous invite à céder aux illusions selon lesquelles « tout ira mieux après », lorsque nous serons au paradis ou, plus simplement et pour nous en tenir à l'ici-bas, lorsque nous aurons changé de ceci ou de cela, de voiture, de coiffure, de chaussures, de métier, de maison, d'amis, de femme ou de mari... Ce qui, naturellement, est tout aussi vain qu'erroné. Car le véritable problème, c'est que les peurs et les espoirs qui gisent dans les deux dimensions non réelles du temps – non réelles puisque le passé n'est plus et l'avenir pas encore – nous font à coup sûr manquer le présent. Comme le suggère un proverbe bouddhiste – qui est à bien des égards l'équivalent oriental de cette sagesse grecque : « *Le moment que nous vivons ici et maintenant ainsi que les personnes qui sont avec nous à l'instant présent sont toujours par définition même le moment et les personnes les plus importantes de notre vie.* » Pour la simple et bonne raison que ce sont les seules réelles. Or, j'y reviens, tout au long de ces vingt années qu'Ulysse consacre à la guerre puis à son voyage de retour vers l'harmonie, vers son lieu naturel dans l'ordre cosmique, vers sa famille et sa patrie, il est contraint en permanence de vivre dans le passé et dans l'avenir, dans la nostalgie d'Ithaque ou dans l'espérance d'Ithaque, jamais dans le présent amoureux d'Ithaque. Comme le dira si bien Sénèque, dans ces fameuses *Lettres à Lucilius* qu'on nous faisait traduire au lycée sans jamais nous en indiquer la signification philosophique, à force de séjourner dans l'imaginaire du passé et du futur, « nous manquons, tout simplement, de vivre »...

En s'accordant au présent, ce qui n'est possible, on l'aura compris, qu'au moment où Ulysse retrouve enfin Ithaque et Pénélope, le héros se réconcilie aussi avec son lieu naturel, avec cette contrée du cosmos qui est sienne. Pour la première fois depuis vingt ans, il est chez lui, à sa place dans l'univers. Il peut enfin vivre en harmonie avec l'harmonie du monde. Or comme le monde, l'ordre cosmique est éternel, en s'ajustant à lui, Ulysse devient pour ainsi dire un fragment d'éternité, un atome de cosmos. Pour lui, la mort ne sera plus qu'un passage, une espèce de transformation d'un état en un autre, une transition dont il est désormais inutile d'avoir peur. Vivre au présent, habiter l'ici et le maintenant, c'est déjà goûter à l'éternité. Lorsque Ulysse retrouve Pénélope, lorsqu'ils rejoignent ensemble le lit nuptial, les dieux distendent cet instant des retrouvailles pour que les deux amants puissent se raconter tout ce qu'ils ont à se dire, pour qu'ils puissent s'aimer autant qu'il le faut. Cet instant-là, cet instant distendu – combien de temps ? Nul, bien sûr, ne peut le dire –, c'est ce qu'on pourrait nommer l'éternité des mortels, celle à laquelle ils peuvent accéder, du moins pourvu qu'ils acquièrent cette sagesse qui leur permet de séjourner dans le présent, de se débarrasser des illusions de la nostalgie comme de l'espérance. Car cet instant-là, cet instant de sagesse et de sérénité, n'est plus relativisé par le passé qui précède ni l'avenir qui le suit.

Ce qui nous conduit vers *la troisième condition de la vie bonne,* le troisième critère de la spiritualité laïque telle qu'Ulysse la choisit face à Calypso.

Le but de la vie humaine n'est pas la survie éternelle. Là n'est pas le salut, nous l'avons déjà dit. Mais il faut ajouter que cette quête religieuse n'est pas seulement vaine. La vérité est qu'elle se renverse en son contraire, qu'elle nous condamne à mort dès cette vie même, en nous faisant perdre notre être propre, notre identité fondamentale d'être humain. S'arracher à soi, renier sa condition de mortel en acceptant une promesse d'immortalité, c'est paradoxalement se vouer à devenir semblable à ces ombres qui peuplent les enfers, qui ne sont plus des personnes parce qu'elles ont perdu leur visage, leur nom et leur voix, parce qu'elles ne sont plus elles-mêmes. Paradoxe d'une profondeur abyssale : la quête de l'immortalité est une autre manière de mourir, de dissoudre son être. Voilà, au fond, ce que pense Ulysse et c'est sans nul doute cela qui le conduit à renoncer aux mirages que la charmante déesse lui fait miroiter. L'acceptation de la mort n'a dès lors rien d'une résignation morbide. Elle est au contraire une condition de la vie, de la sérénité et de la joie, un préalable indispensable à la vie bonne. Message dont nous verrons comment il peut encore porter aujourd'hui nos aspirations à une sagesse des Modernes, à une spiritualité laïque contemporaine.

Où l'on voit que, comme les grandes religions, la spiritualité philosophique entend bien *sauver* les hommes, avec cette différence qu'elle prétend le faire sans passer par les dieux ni par la foi. Le salut, nous disent les dictionnaires, réside dans « le fait d'être sauvé d'un grand danger ou d'un grand malheur ». En latin comme en grec, le mot « salut » vient du verbe « sauver » (en grec : *sotérios* vient de *sauzein*). De quel grand danger ou de quel grand malheur convient-il de se sauver ? Réponse : il s'agit d'abord et avant tout de se sauver des peurs qui menacent nos existences, qui les cernent, qui littéralement les « coincent » et les rétrécissent. L'idée qui anime le désir de sagesse, la quête de la sérénité – et c'est ainsi qu'on peut traduire au mieux le terme *philo-sophia* – c'est la conviction que tant qu'on est bloqué, enfermé par les peurs, il est impossible d'accéder à la vie bonne, impossible de parvenir à la sérénité, impossible d'être libre dans sa pensée ni de s'ouvrir aux autres, donc privé d'intelligence et d'amour. Quand la peur s'empare de nous – peur de la maladie, phobie de la solitude, du noir, d'être enfermé dans un espace clos, ou toute autre angoisse que l'on voudra ici imaginer –, nous perdons d'un coup lucidité et générosité. À défaut de nous débarrasser du poids qui s'abat sur nous et nous glace le cœur, nous sombrons dans un égocentrisme qui nous rend aussitôt incapables d'aimer et de penser sereinement, c'est-à-dire librement. Pour accéder à la sérénité, il faut donc parvenir à vaincre les peurs autant qu'il est possible et la philosophie, contrairement aux grands monothéismes, nous invite à les considérer avec les moyens qui sont les nôtres, ceux de la raison, et non pas par un Autre et par la foi. Voilà l'ultime message qui se niche dans le refus qu'Ulysse oppose à Calypso.

Si je la résume, la spiritualité laïque qui s'en dégage pourrait tenir dans cette formule d'inspiration stoïcienne[1] : « *Sage est celui qui parvient à regretter un peu moins, à espérer un peu moins, à aimer un peu plus.* » Ce que Nietzsche reprendra en définissant la sagesse la plus haute par ce qu'il nommait l'*amor fati*, l'amour du destin, de ce qui est là, devant nous, ici et maintenant. Parvenir à habiter l'instant présent, à ne pas le nier aussitôt au nom de ces « passions tristes » que sont les nostalgies, les regrets et les remords qui nous tirent vers le passé, mais aussi les illusions de ces projets et de ces espérances qui nous propulsent en pensée dans l'avenir, voilà la vraie sagesse. Pourquoi ? Parce que c'est elle, finalement, qui nous fait goûter à l'éternité en ce monde, pourtant mortel et périssable.

Je n'entre pas davantage ici dans le détail de cette belle définition de la vie bonne. Comme on verra dans quelques instants, malgré toute sa grandeur et sa puissance inspiratrice, ce n'est pas celle que je proposerai pour notre temps, qui est, on l'aura compris d'après ce qui précède, bien davantage préoccupé d'une sagesse de l'amour que d'une sagesse du monde. Ce qui m'intéresse avant tout dans l'itinéraire d'Ulysse, c'est que l'on comprenne

1. André Comte-Sponville l'a remise au goût du jour, avec son talent habituel, en s'inspirant aussi d'Épicure, de Lucrèce et de Spinoza.

bien en quel sens il nous offre un premier exemple, pour ne pas dire un premier modèle, de ce que peut être une spiritualité laïque, une définition non religieuse de la vie bonne, une vision du monde qui ne tient ni par un dieu salvateur, ni par une foi plus ou moins hostile à la raison. *Où l'on voit aussi au passage combien la spiritualité laïque ne se réduit nullement à une morale, ni ne se confond aucunement avec une religion, mais fournit bel et bien la matrice de la philosophie.* Comme l'avait du reste bien vu Jean-Pierre Vernant : à l'encontre d'une opinion commune, il y a du mythe à la raison, de la mythologie à la philosophie, plus de continuité que de rupture. On peut, c'est l'évidence, ne pas adhérer au message d'Ulysse, choisir une autre perspective sur la vie bonne, une autre spiritualité. Mais ce qu'on ne peut pas faire, c'est prétendre que cette sphère de la pensée n'existe pas, que la philosophie se réduit à une réflexion critique sur la morale, la politique ou la science, et c'est cela que je voulais montrer d'emblée à mon lecteur, afin qu'ensemble nous puissions maintenant aller plus loin.

Pas de malentendu : je ne plaide pas ici, j'y insiste, pour qu'on reprenne intacte la sagesse d'Ulysse, comme si elle pouvait convenir à notre temps. Là n'est pas mon propos. Bien que le message d'Homère nous parle encore, bien qu'il conserve sans doute à nos yeux une part de vérité et de grandeur, notamment s'agissant de l'acceptation de la mort, je ne prétends évidemment pas qu'on puisse le reprendre tel quel, ni qu'il suffise à notre époque. Si tel était le cas, du reste, je pourrais mettre dès maintenant un point final à ce livre. De toute évidence, nous ne vivons plus au temps de la mythologie ni de la philosophie antique, et la sagesse qui fut la leur n'est plus, ou en tout cas plus totalement, la nôtre. Depuis lors, nous avons connu plusieurs révolutions dont nul ne peut sous-estimer l'impact sur la question qui nous préoccupe, celle de la vie bonne, de la sagesse ou de la spiritualité laïques : la révolution chrétienne, la révolution scientifique, les révolutions démocratiques et humanistes, mais aussi cette fameuse révolution de l'amour qui fonde le second humanisme. En conséquence de quoi, il nous faut bien chercher une sagesse des Modernes qui ne saurait se confondre, quelque admiration qu'on ait pour elle, avec celle des Anciens.

Ce qui m'intéresse dans l'aventure d'Ulysse et qui sert en effet de fil conducteur à ces réflexions sur l'époque actuelle, c'est l'idéal qui est le sien, cette quête d'une existence réussie qui me semble correspondre à l'exigence de lucidité laïque qui est aujourd'hui très largement la nôtre. On pourrait dire que préchrétiens et postchrétiens se rejoignent – cela dit sans vouloir nullement offenser ceux qu'habite la foi mais qui, comme ceux qui ne l'ont pas, doivent bien eux aussi enregistrer le fait qu'ils vivent dans des sociétés désormais très profondément sécularisées. Les analyses et réflexions que je voudrais ici proposer, pour attentives à l'histoire qu'elles soient, se situent donc dans une perspective résolument contemporaine. En d'autres termes, ce que je puise dans l'histoire d'Ulysse, c'est la forme du projet, pas directement le contenu qu'Homère lui donne, étant entendu qu'il nous faut en construire un qui corresponde aux interrogations du temps présent.

La condition de l'homme moderne : un nouveau rapport à la mort lié à la montée en puissance de deux logiques inséparables : celle de l'amour et celle de la laïcité

Notre situation, en effet, n'est plus celle d'Ulysse. L'idéal qui animait tout le voyage du héros grec était avant tout, nous venons de le voir, celui d'une sagesse du monde. Il consistait d'abord dans un projet de réconciliation avec l'ordre cosmique. La condition de l'homme contemporain, privé de cosmos et livré à des passions nouvelles, est toute différente et cette différence tient notamment à ce que nous avons dit de la naissance du mariage d'amour et de la famille moderne, eux-mêmes résultats de notre émancipation à l'égard des structures anciennes, à la fois religieuses et rurales, des communautarismes villageois traditionnels. Si elle est assez simple à comprendre en son principe, ses effets sont pratiquement infinis. De quoi s'agit-il ? Pour aller à l'essentiel, de cela : cet arrachement aux communautés dont nous avons vu qu'il était à la fois l'effet du salariat, donc du capitalisme, et la condition du mariage d'amour, cet éloignement, qui conditionne aussi la distance prise par rapport au poids des religions et, par là même, l'avènement de la laïcité, nous rend, d'un même mouvement, *tout à la fois moins protégés des souffrances du deuil et plus exposés que jamais à ses tourments*. De là l'existence d'une dimension incontestablement tragique dans la condition de l'homme moderne.

Expliquons-nous.

L'individu, qui n'existait guère au Moyen Âge que comme membre d'une communauté, vivait sans doute la mort avec moins d'angoisse que nous aujourd'hui. Pour autant que nous puissions en juger par la littérature ainsi que par les documents qu'analysent les historiens, celui qui avait la foi du charbonnier possédait au moins l'assurance que cette vie n'est pas la seule, qu'il allait retrouver d'autres joies dans un autre monde, de sorte que la religion pouvait fonctionner, même si elle ne se réduit pas à cela, comme un gigantesque filet de sécurité. C'est là une des raisons majeures qui expliquent notre changement radical, si bien décrit par Philippe Ariès[1], à l'égard de la mort par rapport aux temps Anciens. Disons pour aller à l'essentiel que la mort, au Moyen Âge, était une mort *annoncée, préparée, publique* et *personnelle*. Précisons qu'au sein de cette formule, chaque mot compte : il était d'usage que le mourant, en des temps où presque toutes les maladies graves étaient mortelles, « sente sa mort venir ». Ses proches, du reste, ne cherchaient pas à lui dorer la pilule, car il était essentiel, dans une perspective chrétienne, de pouvoir faire son examen de conscience afin de disposer du temps nécessaire pour remettre son âme à Dieu en bon état. En quoi la mort était bien *annoncée,* car *prévisible,* et *préparée,* pour ne pas dire « apprivoisée ». Paradoxe s'il en fût, elle était tout à la fois une affaire radicalement personnelle, puisque c'est bien évidemment son âme et pas celle d'un autre qu'il s'agissait de remettre à Dieu, et cependant tout à fait publique : dans la mesure où elle ne suscitait pas la phobie que nous connaissons aujourd'hui, il

1. Cf. *Essais sur l'histoire de la mort en Occident du Moyen Âge à nos jours,* Seuil, 1975.

était d'usage qu'elle ne fût pas dissimulée dans un lieu tel que notre hôpital, de sorte que la maison du mourant était signalée non seulement aux proches, mais aussi aux simples passants afin qu'ils puissent y entrer pour l'assister dans ses derniers moments.

Aujourd'hui tous les signes se sont inversés. Selon une logique d'amour bien compréhensible, on dissimule autant qu'il est possible la mort imminente au malade. On cherche par tous les moyens, y compris le mensonge, à le rassurer, de sorte que, d'individuelle qu'elle était, la mort devient peu à peu l'affaire des proches, voire de toute la famille à l'exclusion, en revanche, de ceux qui n'en font pas partie. Changement d'attitude radical, assurément lié au fait que l'individu moderne, la personne qui existe, non plus comme membre d'une communauté villageoise, mais, à l'inverse, comme quelqu'un qui s'arrache à cette totalité sociale et acquiert sa liberté par cet arrachement même, perd une grande part du filet de sécurité que représentait la religion. Il entre ainsi, selon le processus que nous venons de décrire, dans une logique nouvelle, celle de l'amour, du sentiment, qui va l'exposer plus que jamais aux tourments du deuil. Que ce soit sous la forme du divorce, de la séparation ou de la mort comme telle, l'individu moderne se révèle terriblement fragile face à tout ce qui évoque la fin de l'existence. Plus exposé et moins protégé que jamais, plus affectif et moins croyant, sa situation face aux accidents de la vie devient redoutable, à proprement parler tragique, ce qui explique largement le refoulement massif de tout ce qui touche à la mort au sein des sociétés modernes.

De la sagesse cosmique à la sagesse de l'amour. Que le principe de l'amour est plus puissant que tous les anciens foyers de sens (cosmos, divinité, cogito rationaliste du premier humanisme républicain)

Voilà aussi pourquoi la sagesse d'Ulysse n'est plus la nôtre. Son idéal était cosmique plus qu'amoureux et c'est à tort qu'on lit aujourd'hui dans l'*Odyssée* une histoire passionnelle et romantique, comme si les retrouvailles avec Pénélope étaient son principal motif alors qu'il y est avant tout question de cosmologie. L'homme moderne est à bien des égards dans une situation inverse, et ce d'autant plus que l'amour occupe dans sa vie une place que les principes anciens n'avaient sans doute jamais tenue dans le cœur des humains. Bien évidemment, l'amour n'est pas un principe en tant que tel nouveau – il habite l'humanité depuis qu'elle existe. Ce qui est nouveau, nous l'avons dit, c'est son introduction, sous la forme de la passion et à titre d'idéal, dans la vie quotidienne et familiale où il n'était pas, dans les temps anciens, le bienvenu. D'évidence aussi, cette mutation dans la vie privée, puis dans la vie collective, ne renvoie pas au musée les anciennes valeurs, notamment celles de l'éthique chrétienne ou républicaine. Du reste, l'apparition de « nouvelles valeurs morales » n'est pas un phénomène avéré. Il faut, en la matière, se méfier au plus haut point des idéologies de la nouveauté radicale. Si tant est qu'elle existe, la naissance de nouvelles valeurs doit être à tout le moins considérée comme un événement extraordinairement rare. Car depuis des siècles et des siècles, les grandes morales, quelles qu'elles soient, valorisaient l'honnêteté, la douceur et la bonté davantage que le mensonge, la violence et la méchanceté. Là n'est donc pas la nouveauté que va représenter l'intrusion du principe de l'amour-passion comme idéal, sinon comme réalité, de l'existence quotidienne. Elle va se situer plutôt ailleurs, sur un triple plan.

D'abord, il s'agit d'un sentiment qui tend à devenir universel, du moins dans les civilisations qui sont sorties de la logique traditionnelle du mariage arrangé. Désormais, tout le monde ou presque éprouve un jour ou l'autre, sous une forme ou sous une autre au sein du « monde vécu », de la *Lebenswelt* qui forme le socle de l'expérience démocratique, la puissance de l'amour-passion. Chacun commence à comprendre que c'est ce sentiment d'une force incomparable qui, finalement, donne du sens et de la valeur à nos existences – ce qui n'était certainement pas le cas des principes anciens, cosmos, divinité ou raison républicaine, dont l'appropriation comme principe de vie restait le plus souvent réservée à une élite philosophique ou religieuse.

Ensuite, ce principe, à défaut de créer des valeurs nouvelles, va permettre de réorganiser différemment les valeurs anciennes, de les hiérarchiser, de les mettre en perspective avec des connotations inédites. Pour en donner un exemple bien connu, tous ceux qui ont pour la première fois des enfants ne peuvent en général pas s'empêcher de remarquer que cette expérience nouvelle « remet les choses en place », qu'elle rééchelonne et redistribue de part en part les priorités existentielles. On ne vit plus de la même façon, les peurs et les soucis sont différents, les instants de bonheur aussi, au point que la liberté perdue apparaît souvent comme un moindre mal. Mais ce sentiment individuel possède son équivalent collectif et politique. Pour en donner un exemple, parmi tant d'autres possibles, il suffit de considérer un instant l'ampleur des changements qui caractérisent le rapport des sociétés démocratiques modernes à leurs anciennes colonies. Si l'on considère toujours que les peuples « sauvages », au sens où Lévi-Strauss entend l'expression, disons les sociétés traditionnelles, ne sont pas entrés dans l'histoire et qu'il serait peut-être préférable pour eux qu'ils le fassent, encore faut-il noter qu'il y a, pour les y inviter, différentes façons de faire. Pour dire les choses un peu brutalement mais de manière claire, l'aide au développement qui s'impose aujourd'hui au sein du second humanisme comme un devoir moral évident relève d'une tout autre logique et d'une tout autre approche que la colonisation impérialiste, avec son cortège de mépris et parfois de racisme qui caractérisait l'idéal éducateur du genre humain porté par la république du premier humanisme.

Enfin et surtout, voici peut-être l'essentiel : une fois installé, ne fût-ce qu'à titre d'idéal, sinon de réalité, dans la vie quotidienne et familière, l'amour engage la totalité de l'être humain. Comme l'eau ou l'air que l'on respire, il s'infiltre partout, il irrigue tous les compartiments du jeu de l'existence, il s'empare de toutes ses dimensions. Je ne suis pas certains que les Grecs pensaient toujours au cosmos en allant faire leurs courses, que les croyants aient constamment Dieu à l'esprit quand ils font l'amour ou les républicains purs et durs, la raison, l'anticommunautarisme et la laïcité quand ils sont sur les plages au mois d'août. L'amour, lui, du moins quand il s'empare de nous, nous accompagne partout. Où que nous allions et quoi que nous fassions, en vacances comme au travail, il nous arrive de penser à ceux que nous aimons, à nos enfants, à nos proches, aux passions qui nous habitent et nous amènent à réfléchir à la construction de nos vies.

Je voudrais, comme je l'ai annoncé, examiner maintenant en quoi cette différence avec les principes de sens anciens change la donne dans ces trois domaines de la vie de l'esprit que sont la philosophie, entendue comme spiritualité laïque, mais aussi l'art et la politique. Sur le premier point, de loin le plus important à mes yeux, je voudrais montrer comment deux attitudes s'opposent diamétralement touchant ce que j'ai appelé le tragique de la condition de l'homme moderne dans son rapport à la mort.

On peut, ce fut le cas général dans l'histoire de la philosophie, tenter de démontrer que la mort n'est rien pour nous, que le sage se définit justement comme celui qui parvient à surmonter la peur qu'elle inspire, que philosopher c'est apprendre à mourir, que du reste, pour parler comme Spinoza, « le sage meurt moins que le fou », bref, que la mort n'est pas à redouter. On considère alors que la victoire sur l'angoisse est en quelque sorte le préalable à la vie bienheureuse, la propédeutique ou la précondition à remplir pour parvenir à la sérénité et à la sagesse. Nous verrons plus loin en détail ce qu'il en est des efforts que les sagesses anciennes, notamment le stoïcisme, le bouddhisme et l'épicurisme, mais aussi la philosophie moderne, notamment avec

Schopenhauer, ont déployés dans cette voie. Mais on peut aussi penser que cette façon de poser la question n'est pas la bonne, que les efforts en question, pour admirables qu'il soient sur le plan intellectuel, sont vains dans la pratique, que la peur, finalement, subsiste et que l'interrogation sur la vie bonne doit être formulée en des termes différents. Non pas comment se débarrasser d'abord des peurs pour être enfin tranquille, mais plutôt : comment parvenir à la vie bonne malgré cette horreur qu'est la mort des êtres chers, sans se dorer la pilule ni se raconter que la sagesse consisterait à ne plus la craindre. Dans cette optique, différente des tentatives traditionnelles, il s'agit de penser ce que peut être une vie bonne malgré la persistance de l'angoisse, pas en faisant comme si on pouvait en faire abstraction ni la vaincre parce qu'elle ne serait qu'un effet secondaire d'une existence non philosophique et, comme telle, dépourvue de sagesse.

De ce point de vue, la sagesse de l'amour vers laquelle tend la philosophie, du moins telle que je la conçois ici, n'a plus aucun rapport avec un quelconque impératif moral. Il ne s'agit plus de stigmatiser, voire de culpabiliser au nom d'une sagesse impossible, l'homme ordinaire, ce pauvre fou, ce non-sage qui ne parvient pas à éradiquer la peur de la mort, mais plutôt de s'interroger sur le sens d'une vie passée avec ceux que nous aimons et dont nous savons qu'ils mourront avant nous ou que nous mourrons avant eux (en même temps est plus rare, mais pas forcément plus réjouissant), que de toute façon la fin est aussi pénible qu'inéluctable, mais que, pour autant, une vie bonne est possible, et même d'autant plus souhaitable et urgente que nos jours sont comptés. Laquelle, comment, avec quelle perspective de sens ? Voilà l'autre façon de poser la question existentielle fondamentale, la manière nouvelle par rapport à Ulysse de reformuler nos interrogations touchant la spiritualité laïque ou la sagesse des Modernes.

I. Les révolutions de la philosophie : un nouveau rapport à la finitude humaine

J'ai déjà dit comment la philosophie tout à la fois se rapprochait des religions par sa finalité (la quête de la vie bonne) et s'en distinguait fondamentalement par les voies empruntées (l'acceptation de la finitude humaine et la volonté de s'en tirer par les moyens du bord, sans recourir à Dieu ni à la foi). Je n'y reviens pas. Reste une question, qu'on me pose souvent : si la philosophie a pour but d'« apprendre à vivre », de « vaincre les peurs » autant qu'il est possible ou du moins de « faire avec », si même elle est, comme la définissaient Épicure et nombre de penseurs de l'Antiquité avec lui, une espèce de « médecine de l'âme », en quoi la distinguer de la psychanalyse ? N'est-elle pas au fond, comme le pensait d'ailleurs Freud, une espèce de préfiguration, une sorte d'esquisse plus littéraire que scientifique de ce qui allait devenir la véritable psychologie des profondeurs ? Cette vision des choses, qui connut pendant quelque temps une certaine vogue dans les départements de sciences humaines, repose sur une erreur si fondamentale qu'il n'est pas inutile de la dissiper avant d'aller plus loin.

Ce n'est pas parce qu'on définit la philosophie comme une quête de la sagesse, comme un apprentissage de la vie bonne, voire, avec Épicure, comme une « médecine de l'âme » qu'on doit pour autant la confondre avec la psychologie. Elle s'en distingue au contraire radicalement. La confusion vient du fait qu'à première vue l'objectif peut paraître identique : il s'agit de parvenir autant qu'il est possible à une forme de sérénité en faisant un sort à l'angoisse. Mais ce n'est pas du même sentiment que l'on parle ici et là, l'angoisse métaphysique et l'angoisse seulement psychologique étant de nature radicalement différente, les moyens de les aborder n'étant pas non plus les mêmes. Voici, en quelques mots, pourquoi.

Pour Freud, l'apparition de l'angoisse s'explique essentiellement par la « désintrication », disons l'éclatement de la personnalité. Lorsque surgit un conflit interne entre le ça et le surmoi, entre les désirs et les interdits, et lorsque cet « économe » qu'est censé être le moi ne parvient pas à régler le différend, le refoulement et l'angoisse se mettent en marche. En principe, le but de l'analyse est, *via* le transfert, de rendre autant qu'il est possible au moi la maîtrise de ce conflit afin de parvenir à des solutions qui calment l'angoisse et remettent le sujet en état de « jouir et d'agir », selon le célèbre mot de Freud. Imaginons un instant que quelqu'un parvienne ainsi, grâce au travail analytique et au transfert, sinon à un état de santé psychique parfait, ce qui n'a guère de sens, du moins à une situation dans laquelle les principaux conflits seraient sous contrôle. La perfection est bien sûr impossible en la matière, mais faisons l'hypothèse une seconde qu'on s'en approche : alors, en principe, l'angoisse psychique serait vaincue, les phobies ou les idées obsédantes les plus invalidantes commenceraient à s'estomper, permettant à l'individu de s'approcher d'une parfaite sérénité... Or c'est là, exactement en ce point idéal, qu'apparaîtrait malgré tout en pleine lumière la différence entre l'approche psychanalytique et ce qui préoccupe depuis toujours la philosophie.

Car notre individu, par hypothèse proche de cette parfaite santé psychique, n'en aurait pas moins toujours à affronter, comme vous et moi, non plus des conflits internes, mais des problèmes existentiels intrinsèquement liés à la finitude humaine, ceux que j'évoquais tout à l'heure à propos de la différence entre morale et spiritualité. La santé mentale même la plus sublime ne nous empêcherait ni de mourir, ni de perdre un être cher, ni de souffrir ni, le cas échéant, de nous ennuyer ou d'être malheureux en amour... Bref, *l'angoisse liée aux conflits psychiques et l'angoisse liée à la finitude humaine ne sont pas de même nature*. En ce sens, on pourrait dire – je force volontairement le trait pour me faire comprendre – que la psychanalyse s'occupe de l'angoisse pathologique, de celle qui naît de conflits internes dont, à la limite, on devrait, au moins en droit sinon en fait, pouvoir faire l'économie. La philosophie s'intéresse à l'angoisse existentielle, si je puis dire, « normale », liée *quoi qu'on fasse, santé ou pas, à la condition humaine en tant que telle*. Quand bien même on en aurait fini avec l'angoisse pathologique, l'angoisse que j'appelle ici « normale » ou « existentielle » resterait intacte.

Lorsqu'un avion s'écrase ou qu'un enfant meurt accidentellement dans un collège, les autorités, tétanisées par l'atmosphère sentimentale qui règne aujourd'hui dans nos démocraties, se précipitent pour dépêcher sur place une cellule de psychologues. Fort bien. Si les proches et les parents le demandent, s'ils en sont contents, de quel droit trouverait-on à y redire ? À titre personnel, je serais, je l'avoue, tout simplement exaspéré qu'on prétende traiter la mort par la psychologie, comme si la souffrance qu'elle peut causer était une forme de maladie dont il faudrait se relever. L'expression « faire son deuil » est à mes yeux l'une des plus absurdes et des plus ignorantes qui se puissent concevoir. Car approcher la mort par la psychologie, c'est oublier un peu vite que la souffrance liée à la disparition d'un proche n'a rien de pathologique ni de « médical ». Elle est au contraire intrinsèquement liée à la condition humaine et la psychanalyse, au fond, n'a rien à en dire. Bien plus, si le proche est un être qu'on aime réellement, je prétends qu'on n'a pas forcément envie de voir la souffrance s'estomper à tout prix ni l'oubli s'installer. Le dialogue intérieur qu'on entretient toujours avec les morts qui nous sont proches est infiniment plus précieux que le prétendu traitement de la douleur, laquelle, ceci dit sans aucun masochisme, n'est pas, et de loin, le pire dans l'affaire. À vrai dire, la psychologie, ici, n'est pas de mise, elle n'est tout simplement pas à sa place. La mythologie, les religions et la philosophie nous en disent infiniment plus. Elles nous font visiter, avec une tout autre profondeur, les mécanismes de l'angoisse normale, non pathologique : non seulement il est légitime d'avoir peur de la mort, notamment de celle des êtres que nous aimons le plus, mais il est tout aussi légitime d'en souffrir, et même atrocement, de sorte que ce qui serait pathologique, c'est de ne pas éprouver de tels sentiments.

On voit qu'en ce sens, psychanalyse et philosophie ne se recouvrent nullement. Elles ne s'opposent pas non plus d'ailleurs, en tout cas pas forcément, tant que l'une ne prétend pas de manière impérialiste et dogmatique prendre la place de l'autre, comme ce fut parfois le cas dans la mode « psy ». À la limite, elles peuvent plutôt se compléter.

Une fois cela posé, on peut comprendre que notre rapport à la mort ait singulièrement changé ces derniers temps sous l'effet de deux logiques dont nous avons déjà suggéré en quoi elles étaient inséparables : celle de la laïcité et celle de l'amour-passion au sein de la famille moderne. Il est temps d'y revenir si l'on veut comprendre en quoi la philosophie doit elle aussi affronter, comme la politique et l'art, une nouvelle donne.

Dire pour autant que les interrogations sur la mort seraient occultées dans les sociétés modernes serait absurde. Tout au contraire, bien que nous n'y pensions sans doute pas en permanence, la question du sens de la finitude obsède nos contemporains comme jamais. On ne compte plus les ouvrages qui lui sont consacrés de la part de philosophes, comme Heidegger, d'historiens tels qu'Ariès, mais aussi de psychologues ou de théologiens d'horizons les plus divers. Le succès d'ouvrages comme le *Livre tibétain de la vie et de la mort* en témoigne parmi cent autres. Comment expliquer ce paradoxe d'une mort à la fois refoulée et omniprésente ? De toute évidence parce que la contradiction entre la logique de l'amour et celle d'une finitude humaine qui se révèle, avec le retrait de plus en plus massif des anciennes croyances religieuses en l'immortalité de l'âme, de plus en plus radicale, est, elle aussi, de plus en plus difficile à penser et à supporter.

En quoi nous nous retrouvons non seulement, comme Ulysse, en quête de sens et de vie bonne, mais aussi, comme un autre héros d'une aventure plus ancienne encore, Gilgamesh, totalement démunis face à la contradiction qui oppose l'amour et la mort. Comme on va voir, cette épopée, elle aussi magnifique, peut nous servir de premier guide, de fil conducteur pour la réflexion sur cette sagesse de l'amour à laquelle aspire le deuxième humanisme.

L'épopée de Gilgamesh, l'histoire du grand homme qui ne voulait pas mourir...

L'épopée de Gilgamesh est la première œuvre littéraire de l'histoire de l'humanité. Ce qui n'est pas rien. D'autant que c'est aussi, comme celle que conte Homère, une histoire éminemment philosophique. Bien que la culture générale des peuples occidentaux l'ignore encore trop souvent, de très nombreuses versions en furent rédigées et sa renommée fut immense depuis des millénaires dans d'autres civilisations. Son influence sur la mythologie grecque autant que sur la Bible est avérée. Or il n'est pas indifférent de noter qu'elle porte tout entière sur notre sujet : la contradiction insupportable qui oppose l'amour et la mort, cet arrêt stupide de la vie auquel le héros ne parvient à accorder aucune espèce de signification acceptable. Nous ne connaissons pas l'auteur de ce sublime poème, mais les meilleurs historiens de la Mésopotamie supposent que son personnage principal, à la différence par exemple du légendaire roi Arthur, fut très probablement un être réel qui vécut vers 2650 avant J.-C. : Gilgamesh aurait été l'un des grands rois de la ville d'Uruk, une cité située entre le Tigre et l'Euphrate, dans l'actuel Irak, non loin du golfe Persique. Les premiers fragments qui relatent ses hauts faits furent rédigés en langue sumérienne, autour du XVIIIe siècle avant notre ère. La version la plus complète et la plus riche des aventures de Gilgamesh, version retrouvée dans la ville de Ninive, fut rédigée voici trente-cinq siècles, en langue akkadienne, cette écriture cunéiforme gravée dans des tablettes d'argile que l'on parvint miraculeusement à déchiffrer au XIXe siècle[1]. L'œuvre, malheureusement, est lacunaire, mais cependant assez bien conservée pour qu'on puisse parfaitement en saisir la trame principale, le sens et les articulations. Malgré la distance abyssale qui nous sépare des temps comme de la langue dans lesquels elle fut rédigée, on en ressent encore le style et la puissance comme si nous étions en parfaite communauté de compréhension avec celui qui l'a écrite. Le texte est incroyablement émouvant. Nous partageons les sentiments et les pensées des personnages qu'il met en scène, comme s'ils étaient nos contempo-

1. Sur toutes ces questions historiques et philologiques, je renvoie à la passionnante introduction de Jean Bottero à sa traduction en français moderne des différentes versions de l'épopée, Gallimard, 2005. On lira aussi avec profit son impressionnant ouvrage, *Lorsque les dieux faisaient l'homme : mythologie mésopotamienne*, Gallimard, 1989.

rains, de sorte qu'il nous parle encore d'une manière si présente qu'on a peine à l'imaginer aussi ancien.

Or que raconte-t-il ? Comme l'*Odyssée*, c'est d'abord et avant tout une aventure métaphysique, celle d'un homme qui découvre presque en même temps l'amour et la mort, la contradiction, pour lui invivable, qui oppose l'attachement et la séparation, le lien d'amitié qui veut l'éternité et la réalité de la condition humaine au regard de laquelle tout n'est qu'éphémère. Il s'agit avant tout d'une réflexion sur le deuil de l'être aimé et sur ses conséquences dans la vie d'un héros, Gilgamesh, qui refuse cette horreur qu'est l'irréversibilité de la disparition d'un être cher. Dès lors, il entreprend de résister et part en quête de l'immortalité. Sa démarche commence donc par être plutôt religieuse, mais l'échec par lequel elle se solde nous renvoie à la philosophie au sens où je l'entends ici, à une spiritualité laïque qui conduira Gilgamesh à accepter avec lucidité, comme plus tard Ulysse, sa condition de mortel.

Mais n'anticipons pas et commençons par rappeler les grands épisodes de cette merveilleuse aventure métaphysique. On peut y distinguer quatre grands moments, qui s'enchaînent selon les lois d'une parfaite dramaturgie.

Tout commence par un portrait de Gilgamesh. Comme Ulysse, c'est un être exceptionnel. Il est d'une force et d'une beauté inimaginables, tellement hors du commun que l'épopée le décrit comme étant « aux deux tiers humain et pour un tiers divin ». Roi de la belle et puissante cité d'Uruk, sa gloire rayonne sur la ville et ses habitants. Mais Gilgamesh ne parvient à maîtriser ni sa force ni son pouvoir. Il asservit les jeunes hommes et enlève les jeunes filles pour en faire ses courtisanes, de sorte que les habitants d'Uruk, exaspérés, en appellent finalement à la justice des dieux. Le déséquilibre entre Gilgamesh et le commun des mortels est si manifeste et si profond que les dieux, semble-t-il soucieux d'harmonie, entendent les plaignants et décident de lui envoyer un alter ego. Ils fabriquent à cette fin un être, Enkidu, aussi impressionnant, beau et puissant que Gilgamesh, afin que ce dernier soit en quelque sorte équilibré, pour ainsi dire « recadré » par son double. Lorsqu'ils se rencontrent et font connaissance, Gilgamesh et Enkidu, percevant aussitôt la rivalité qui les oppose, se battent comme des chiffonniers. Même si Enkidu semble avoir un certain avantage, dont il se garde pourtant de profiter, aucun ne parvient à terrasser l'autre. C'est finalement le respect mutuel qui sort vainqueur de l'affrontement entre les deux hommes. À l'issue du combat, ils tombent littéralement dans les bras l'un de l'autre. Bientôt, cette mutuelle admiration cède la place à une de ces histoires d'amitié comme seule la grande littérature en connaît.

Ces deux êtres-là sont devenus des inséparables. Ensemble, ils vont chercher la gloire, cette gloire que les actions héroïques et dangereuses, celles où l'on risque sa vie, sont seules capables de procurer aux humains. Deux hauts faits vont marquer leur histoire. D'abord, ils vont partir, pour l'affronter en combat singulier, à la recherche d'un être démoniaque et monstrueux, un certain Humbaba, qui garde une forêt de cèdres que nos deux héros aimeraient bien s'approprier. Doté de pouvoirs aussi magiques que maléfiques, Humbaba semble invincible, mais à force de ténacité conjointe et de courage surhumain, nos deux aventuriers en viennent à bout : ils lui tranchent la tête et s'emparent des arbres magnifiques qui vont enrichir le roi et sa cité où les héros reviennent entourés d'un prestige sans égal parmi les mortels. Car tel est bien, à ce stade de l'épopée, le but du jeu : il s'agit, comme Enkidu le dit lui-même à son illustre ami, de l'aider à acquérir « *la réputation éternelle d'avoir toi-même vaincu Humbaba* ».

C'est maintenant chose faite. Les deux héros s'empressent aussitôt de passer à d'autres aventures : il s'agit à présent de terrasser un autre monstre, un terrifiant taureau céleste, qu'une déesse, Istar, a envoyé sur terre contre Gilgamesh pour se venger du refus qu'il lui oppose de devenir son amant. Istar la ravissante, divinité de l'amour et du mariage, premier visage de l'Aphrodite grecque, a eu vent des exploits des deux héros. Du coup, elle est tombée amoureuse du roi d'Uruk auquel elle propose ses services. Mais Gilgamesh sait qu'Istar est une espèce de Don Juan au féminin. Elle prend et consomme ses amants comme on mange des cerises avant d'en cracher le noyau et Gilgamesh se soucie peu de finir dans les poubelles de la déesse. D'où son refus, d'où aussi la vengeance d'Istar qui demande à son père, Anu, l'un des dieux les plus puissants et les plus sages, d'envoyer sur terre pour châtier Gilgamesh un taureau magique, monstre aussi dévastateur que, jusque-là du moins, invincible. Anu n'est pas très chaud, car il sait combien l'animal est dangereux, mais sa fille le supplie d'abord, puis exerce tant et si bien son chantage (elle menace de libérer les morts des enfers qui viendront chercher les vivants) qu'Anu finit par céder. Dès qu'il lâche l'animal démoniaque dans la ville d'Uruk, ce dernier commence à la ravager. Chaque fois qu'il s'ébroue et frappe le sol, une crevasse s'ouvre au sein de laquelle deux à trois cents malheureux sont engloutis. Enkidu et Gilgamesh, malgré la peur qui les tenaille face au terrible péril, attaquent la bête et parviennent à la terrasser en lui plantant un long poignard entre les épaules.

Notons encore qu'au cours de cette deuxième époque de l'épopée, le but recherché par nos deux héros est toujours la gloire. Voici d'ailleurs le chant qu'ils entonnent, après avoir débarrassé la ville du monstre taurin :

« Gilgamesh et Enkidu lavèrent leurs mains dans l'Euphrate
Et s'en furent de compagnie déambuler à Char
Par les rues de leur ville sous les regards
Des habitants d'Uruk rassemblés
Et Gilgamesh disait aux femmes qui servaient son palais :
"Qui est le plus beau des gaillards
Qui est le plus glorieux des mâles
Le plus beau des gaillards, c'est Gilgamesh
Le plus glorieux des mâles, c'est Enkidu." »

Comme quoi, jusqu'à ce point de l'épopée, nous ne sommes guère plongés dans les angoisses métaphysiques et religieuses mais plutôt englués dans les affaires humaines, trop humaines, de mâles en quête de succès, de sexe et de vanités les plus ordinaires qui soient. À moins, bien sûr, qu'on ne décèle déjà, sous ce désir de gloire en apparence fort prosaïque, une quête plus secrète d'éternité, une volonté de durer, de laisser un nom dans l'histoire, de trancher avec l'anonymat commun que la suite de l'épopée viendra approfondir et transformer en véritable quête métaphysique. Quoi qu'il en soit, c'est au cours du troisième moment du récit que tout va se jouer.

Enkidu fait un rêve terrible, un cauchemar atroce dont il ne va jamais se remettre. Les dieux ont tenu conseil pour venger la mort d'Humbaba comme celle du taureau céleste. Après tout, ces êtres étaient leurs créatures. En les défiant, nos héros ont aussi défié les dieux. Ils ont péché par ce que les Grecs nommeront plus tard l'*hybris*, l'arrogance et la démesure. Le conseil des dieux, équivalent de l'Olympe avant la lettre, délibère puis décide, après force débats, de faire mourir Enkidu. Ce dernier comprend en songe que sa fin est proche. Et de fait, il tombe malade. Gilgamesh, de plus en plus désespéré au fur et à mesure que l'état de son ami empire, le veille durant des jours, sans le quitter un instant. Enkidu a beau implorer les dieux, rien n'y fait. La maladie s'aggrave et finit par l'emporter. L'affolement de Gilgamesh est total. Le texte si émouvant de l'épopée tente de décrire ses gestes désordonnés et impuissants. Il fait tout pour ranimer son ami, mais ce dernier est déjà mort, entré, comme dit joliment le poème, « *dans la demeure obscure d'où ne ressortent jamais ceux qui y sont entrés, par le chemin de l'aller sans retour* ». Le roi d'Uruk continuera de le serrer dans ses bras durant sept nuits et sept jours :

« Mais Enkidu
Ne levait même pas la tête
Gilgamesh lui tâta le cœur :
Il ne battait plus du tout !
Alors, comme à une jeune épousée,

Il voila le visage de son ami.
Il lui tournait autour comme un aigle,
Ou comme une lionne privée de ses petits
Il ne cessait d'aller et de venir
Devant lui et derrière lui
Il arrachait et semait les boucles de sa chevelure !
Il dépouillait et jetait
Ses beaux habits
Comme pris en horreur... »

Avec cette troisième phase de l'histoire, la vie de Gilgamesh bascule. Plus question de gloire et de conquêtes, d'honneurs et de vanité. Il est anéanti, tout lui semble désormais aussi vain qu'inutile... sauf une interrogation et une seule, qui devient obsédante, pour ne pas dire omniprésente et monomaniaque : quel est le sens de la mort, la signification de ce séjour des enfers que l'akkadien nomme « Irkalla », autre nom de la « *demeure obscure d'où ne ressortent jamais ceux qui y sont entrés* ». Gilgamesh est envahi par le sentiment terrible et puissant de l'irréversibilité, du « plus jamais » comme dira, mais beaucoup plus tard, dans un autre poème lui aussi consacré à la mort, le corbeau d'Edgar Poe. Lui qui ne se posait jamais la moindre question, lui qui vivait dans la gloire et l'esprit de conquête, commence, pour la première fois, à se préoccuper du sens de sa vie :

« *Devrai-je donc mourir, moi aussi*
Ne me faudra-t-il pas ressembler à Enkidu
L'angoisse m'est entrée au ventre
C'est par peur de la mort que je cours la steppe... »

Tétanisé par l'angoisse, Gilgamesh s'interroge sur son propre sort. Il paraît d'un coup tout égocentrique, soucieux de lui-même plus que de son ami. Mais le lecteur ne doit pas s'y tromper : c'est parce qu'il a aimé, vraiment aimé, et parce qu'il a fait l'épreuve du deuil de l'être cher entre tous que le noble roi d'Uruk est saisi par la panique. Car la mort sans amour, il l'a déjà vue mille fois, l'a lui-même provoquée au cours des nombreux combats qu'il a livrés. Il l'a vue de près, il l'a affrontée sans être paralysé pour autant, face à Humbaba ou au taureau céleste. Simplement, transfigurée par l'amour, elle prend aujourd'hui un tout autre sens. Elle n'est plus cette peur centrée sur un objet précis, incarnée dans un monstre maléfique mais identifiable, que le courage commande d'affronter malgré le danger. Avec l'amour, la peur devient angoisse, elle cesse de porter sur un être identifiable pour se faire planante et générale. Ce n'est plus tel ou tel monstre qui inquiète, mais l'existence tout entière qui semble, d'un coup, privée de sens, si l'on peut dire aux deux sens du terme : privée de direction (à quoi bon recommencer les conquêtes si l'ami avec qui l'on partageait tout n'est plus là ?) et privée de signification (que faisons-nous ici, sur cette terre, si tout se termine par le néant ?) :

« Si l'on pouvait
Fermer la porte de l'angoisse
Si on pouvait l'obturer
Au bitume, à l'asphalte !
Mais le destin
Ne m'a pas laissé m'amuser
Il m'a déchiré
Malheureux que je suis… »

Alors commence la quatrième partie de l'épopée, celle qui va prendre la forme d'une quête religieuse, d'un désir d'éternité qui va peu à peu, avec les progrès de la lucidité, se transformer pour devenir philosophique à partir du moment où Gilgamesh renoncera à l'espoir illusoire d'immortalité. C'est le sommet du récit, son moment le plus fort. Il est merveilleusement servi par un artifice littéraire dont on peut aujourd'hui mesurer à quel incroyable destin il sera promis dans diverses civilisations, à commencer par celles d'Athènes et de Jérusalem : il s'agit du déluge, qui est décrit dans l'épopée en des termes qu'on retrouvera, bien des siècles plus tard, presque inchangés, dans la Bible avec l'arche de Noé et dans la mythologie grecque, avec le mythe de Deucalion et Pyrrha. Dans ces trois versions, la description du déluge est très proche, mais c'est bien dans l'épopée de Gilgamesh qu'on découvre la matrice première, le récit primitif le plus ancien. Les dieux, à commencer par leur chef, Enlil, sont exaspérés et même révoltés par l'arrogance et la méchanceté des hommes. Ils décident de les faire périr et, après discussion, ils choisissent de les noyer en inondant la terre, mais ils épargnent un couple de justes, auxquels ils recommandent de construire une arche et d'y abriter à leurs côtés un couple de chaque espèce animale. Le reste de l'histoire se déroule, jusque dans les détails, comme dans les autres récits du déluge que nous connaissons par ailleurs.

Tout le génie de l'auteur inconnu consiste à insérer cette description dans la trame philosophique que nous commençons à voir clairement apparaître et qu'on pourrait résumer de la manière suivante : Gilgamesh a appris au cours de ses voyages qu'il existait un homme auquel les dieux ont fait le don inouï de l'immortalité. Il s'agit d'un certain Utanapisti, qui vit dans une lointaine forêt, retiré de tout, avec sa femme, elle aussi rendue immortelle par les dieux. Ces deux êtres-là, comme plus tard Noé et Deucalion, ont survécu au déluge... C'est à leur recherche que part Gilgamesh. Je laisse ici de côté le récit des obstacles effrayants – hommes-scorpions terrifiants, tunnel obscur, eau mortelle, etc. – qu'il doit affronter pour parvenir à ses fins : on retrouvera des épisodes analogues dans l'*Odyssée* ou encore dans le grand mythe des Argonautes qui, à n'en pas douter, ont subi l'un comme l'autre l'influence de l'épopée mésopotamienne. Disons seulement que Gilgamesh, après un parcours épuisant et terrible, finit par atteindre son but : il retrouve Utanapisti, l'immortel, lequel, malheureusement, lui apprend que sa quête est vaine, qu'il n'y a pas et qu'il n'y aura jamais d'autre exception que la sienne : tous les mortels, Gilgamesh compris, doivent mourir. Le voyant accablé, la femme d'Utanapisti, prise de pitié, demande à son mari d'offrir au héros, épuisé par son long et éprouvant voyage, un présent qui le réconforte, une sorte de lot de compensation : une herbe de jouvence qui, à défaut de rendre immortel celui qui la consomme, lui permet du moins de retrouver pour un temps sa vigueur et sa jeunesse. Puis elle demande à leur nocher, un homme qui sait comment traverser la mer des eaux mortelles, de le raccompagner chez lui. Malheureusement, Gilgamesh perd en cours de route la précieuse herbe de jouvence qu'un serpent lui dérobe[1]. Tout penaud, il s'en retourne à Uruk, sachant qu'il doit désormais accepter sa condition d'humain dont rien, décidément, ne peut plus le sauver.

On interprète en général la fin de l'épopée comme un renoncement lucide à la quête d'immortalité, comme un retour à la raison et à la condition mortelle des humains ou, pour employer le langage qui est le mien dans ce livre, comme un passage de la religion à la philosophie. Mais quelle philosophie ? Le texte de l'épopée ne nous en dit rien. Que pense Gilgamesh au fond de son cœur et de son esprit lorsqu'en compagnie du nocher qui l'a raccompagné chez lui, il contemple du haut des remparts la ville d'Uruk étendue à nouveau devant lui ? Nul ne sait. La fin de l'épopée reste parfaitement énigmatique. Elle ne nous dit rien, strictement rien, sur les sentiments qui habitent le héros au sens propre, désespéré. Aucun indice ne nous est fourni sur ce qu'il peut ressentir. On sait seulement qu'arrivé à Uruk il monte sur les remparts de la ville. Il en contemple les fondations anciennes, édifiées par les sept sages, il embrasse du regard les divers districts qui la composent, les hectares construits, ceux qui sont réservés aux jardins, ceux qui sont vierges... Puis le texte s'arrête là, sans autre indication d'aucune sorte. Va-t-il revenir aux vanités de ses débuts, retraverser sa ville en fanfaron qui chante à la face du monde et des femmes des

1. Thème qu'on retrouvera, cela dit au passage, dans certains épisodes qui entourent la mythologie d'Hermès et d'Asclepios et qui font du serpent l'être d'une deuxième vie, ses mues témoignant de sa capacité à renaître plusieurs fois.

chansons de soldat ? On peut en douter. Il n'a certainement plus l'esprit à cela. Mais à quoi l'a-t-il ? Nul ne sait, de sorte que l'épopée se clôt sur un mystère. Comme certains dialogues de Platon, elle reste aporétique.

Quand on la lit et qu'on la relit, on est toutefois frappé par un indice qui peut sans nul doute servir à l'interprétation. Il concerne la première mort importante dans toute cette histoire, celle de l'autre héros, Enkidu, cette mort dont on a dit comment elle lui était annoncée par un songe. Enkidu sait d'avance que sa mort est imminente, il en a le présage, et ses réactions préfigurent parfaitement celles qu'aura plus tard son ami Gilgamesh.

Pour les bien comprendre, il faut revenir un instant à la naissance d'Enkidu. Il a été fabriqué par les dieux eux-mêmes, nous avons vu pourquoi : il s'agissait d'équilibrer, en quelque sorte de civiliser, la force de son alter ego, Gilgamesh. Enkidu n'a donc pas de vrais parents. Privé d'éducation, toute la première partie de sa vie ressemble à celle des bêtes. Il ne connaît encore aucun langage et son corps, du reste, semble plus animal qu'humain : velu comme un singe, c'est à plat ventre qu'il boit le soir dans les étangs, et le jour, il court dans la forêt, les cheveux en bataille et les pieds nus. C'est un chasseur qui le découvre le premier. Effrayé par cet être, en effet épouvantable, il court avertir Gilgamesh. Pour apprivoiser Enkidu, ce dernier lui envoie une femme, une de ses courtisanes les plus ravissantes, une certaine « Lajoyeuse », dont le nom indique assez qu'elle pratique le plus ancien métier du monde. Lajoyeuse, elle, n'a peur de rien : elle connaît les hommes et sait le pouvoir qu'elle exerce sur eux. En la voyant, Enkidu ne tarde pas, lui non plus, à comprendre tout l'usage qu'il peut en tirer. Pour aller à l'essentiel, il passe une semaine entière, nuit et jour, dans ses bras et, ma foi, il en ressort tout chamboulé. Lajoyeuse mène le monstre par le bout du nez. Dompté par l'amour, docile comme un petit chien, il fait ses quatre volontés. Elle en profite, c'est la tâche que lui a assignée Gilgamesh, pour le civiliser : elle le lave, le rase, l'habille, lui apprend le langage des hommes afin de le conduire à Uruk, auprès du roi, dans son nouvel état d'être humain. Mission accomplie.

Mais revenons maintenant à la mort d'Enkidu. Lorsqu'il comprend en songe qu'elle est imminente, il passe par deux étapes. La première est celle de la révolte. Il maudit les dieux, le chasseur qui l'a aperçu le premier et qui a prévenu Gilgamesh, et plus encore, Lajoyeuse, qui l'a humanisé et arraché ainsi à sa condition première, animale, cet état de bonheur et de sérénité innocente qu'aucune question métaphysique ne venait troubler. Il maudit Lajoyeuse, qu'il tient désormais pour la principale responsable de sa mort prochaine. Sans elle, en effet, il n'en serait pas là puisqu'il n'aurait pas tué les créatures divines, Humbaba et le taureau céleste, de sorte qu'il n'aurait pas non plus suscité la colère des dieux. Il lui jette un sort et lui promet un avenir effroyable. Mais Samas, le dieu qui a inspiré ses rêves, intervient et lui fait valoir que Lajoyeuse, en vérité, lui a rendu le plus grand des services et qu'elle mérite à ce titre, non l'anathème, mais au contraire la plus grande gratitude.

Avant de citer les propos de Samas, il faut bien comprendre le sens de son intervention. Elle signifie que, certes, la mort est bien liée à l'entrée dans la condition humaine, cela n'est pas douteux et, c'est vrai, si Enkidu était resté à l'état d'animal, non seulement il serait encore en vie, mais de toute façon, la mort venant ne l'aurait pas troublé, elle n'aurait pas suscité l'angoisse qu'elle réserve aux humains et que les bêtes ne connaissent pas. Cela dit, sans Lajoyeuse, il n'aurait pas non plus connu les joies que seule la vie des hommes, justement parce qu'elle est civilisée et distante de celle des animaux, peut procurer. Sans l'aide de la courtisane, il n'aurait rien découvert de la beauté d'une vie cultivée, embellie par la civilisation, il n'aurait rien su non plus du bonheur de l'amour et de l'amitié. Où l'on comprend enfin ce que veut dire le dieu : la beauté de la vie à laquelle seuls les hommes accèdent vaut bien qu'on meure pour elle. Du reste, elle est inséparable de la mort : sans la pression que cette dernière exerce sur eux, ils ne feraient plus rien, n'entreraient ni dans la culture, ni dans la civilisation qui supposent un travail constant sur soi comme sur le monde. Le ferions-nous si nous avions l'éternité devant nous ? Pas sûr… En écoutant Samas, Enkidu change d'avis. Au lieu de maudire Lajoyeuse, il finit par la bénir. Il faut citer ce passage, car il contient, si je ne me trompe, la clef du poème, et il explique le côté lapidaire de la fin, tout ayant finalement été dit dans cet épisode central sur le sens de la mort, sur le lien qui l'unit inévitablement à la vie :

« Lorsque Samas ouït le propos d'Enkidu, incontinent du haut du ciel, il l'interpella : "Mais pourquoi, Enkidu, as-tu maudit la courtisane Lajoyeuse ? Elle qui t'a alimenté de nourriture divine, qui t'a abreuvé de royale boisson, qui t'a paré d'un ample vêtement, et qui t'a procuré pour compagnon ce

Gilgamesh parfait ! N'est-il pas à présent pour toi un ami, un vrai frère ? Il va te faire reposer dans un grand lit, t'allonger dans une couche agréable, après t'avoir ménagé à sa gauche une place inamovible. Les princes du territoire te viendront baiser les pieds…" Lorsqu'il entendit ainsi parler Samas le preux, sa profonde colère s'apaisa aussitôt et sa fureur se calma. Allons, dit-il, Lajoyeuse, que je t'assigne un autre destin. Ma bouche qui t'avait maudite va au rebours te bénir… »

Le revirement d'Enkidu est très clairement la clef de toute cette histoire. Au moment de mourir, il comprend que le sens de la vie n'est pas dans la survie, mais dans l'humanisation de soi, dans le passage de l'état animal initial à l'état humain, dans la conquête d'une vie bonne, c'est-à-dire humaine et civilisée, une vie dans laquelle on a la chance merveilleuse de rencontrer l'amour et l'amitié, une vie qui se termine par des rites funèbres que les animaux ne connaissent pas, une vie qui se passe à tenter désespérément de conquérir l'idéal absurde et insensé de l'immortalité. Au lieu de maudire Lajoyeuse, il bénit enfin celle qui l'a conduit vers cette existence sophistiquée.

Est-ce dans cette direction que s'oriente Gilgamesh ? C'est plus que probable mais, une fois encore, la fin du poème, énigmatique et abrupte, ne délivre aucune sagesse constituée. Elle nous laisse le soin de la déduire par nous-mêmes.

Imaginons que Gilgamesh ait traversé l'histoire jusqu'à nos jours…

Imaginons toutefois, pour la beauté de l'hypothèse et pour prolonger ses aventures spirituelles, que Gilgamesh n'ai pas perdu l'herbe de jouvence et que le serpent ne la lui ait pas dérobée. L'ayant conservée par-devers lui, il en consomme en petite quantité chaque fois qu'il se sent faiblir et vieillir, de sorte qu'il parvient à vivre jusqu'à nos jours. Imaginons encore que, poursuivant sa quête du sens de la vie et de la mort, il ait, tout en acceptant avec lucidité de se réconcilier avec sa condition d'humain mortel, voulu cependant savoir ce que les sages, les philosophes et les théologiens disaient de la contradiction si cruelle que notre finitude instaure inévitablement avec la logique de l'amour. Qu'aurait-il bien pu découvrir de neuf ? Essayons d'esquisser les réponses les plus marquantes que ces nouvelles aventures auraient pu lui apporter. La fiction n'est pas aussi décalée qu'il peut y paraître, car l'épopée de Gilgamesh nous met sur la voie de nos propres interrogations. Étrangement, bien que beaucoup plus éloignée dans le temps et dans l'espace, elle est à certains égards plus proche de nous encore que celle d'Ulysse dont la sagesse réside davantage dans un projet de réconciliation avec l'ordre cosmique qu'avec les humains qui le peuplent. En revanche, Gilgamesh est clairement préoccupé par l'amour. Son intérêt pour la mort est directement lié à sa passion amoureuse pour Enkidu. C'est par là, et pour nulle autre raison, que la mort devient pour lui un thème central, en quoi il apparaît comme un moderne, pour ainsi dire comme notre alter ego.

On objectera que sa quête a quelque chose de pathologique, qu'en temps ordinaire nous ne pensons guère à la mort, que Gilgamesh en rajoute à force de faire de ce thème morbide l'alpha et l'oméga de toutes ses interrogations métaphysiques.

En vérité, à moins qu'elle ne nous paraisse imminente, que le médecin ne nous diagnostique une maladie fatale, qu'un accident ne survienne, nous oublions très volontiers la mort. Du moins quand il s'agit de notre mort à nous. Mais s'agissant de celle des autres, de ceux que nous aimons, c'est une tout autre histoire et c'est là que notre épopée touche juste. Combien de parents ne pensent jamais à leur propre fin mais s'inquiètent à en perdre le sommeil au moindre incident qui touche leur progéniture ? On les voit tétanisés d'angoisse lorsqu'un de leurs enfants part en voyage, souffre d'un accès de fièvre, d'un chagrin d'amour qui pourrait le conduire à faire une folie. Et s'il est particulièrement jeune, faible, ou s'il est handicapé, alors on s'inquiète sans doute pour sa propre mort, mais en fonction de l'être aimé, parce qu'on sait que, seul au monde, nul ne pourra comme nous prendre soin de lui. À l'encontre d'une idée reçue, la peur de la mort n'est pas forcément égocentrique. La plupart du temps, même, elle prend place dans le rapport à autrui, comme dans l'épopée où Gilgamesh ne découvre l'existence de l'angoisse qu'à l'occasion de la disparition de l'être qu'il aime le plus au monde. Voilà pourquoi il n'est pas insensé de se demander comment il aurait pu réagir face aux grandes philosophies de la mort, si l'herbe de jouvence, restée en sa possession, lui avait permis de traverser l'histoire jusqu'à nos jours.

Parmi les sagesses anciennes les plus directement préoccupées par ses interrogations touchant la finitude humaine, on lui aurait certainement suggéré, pour commencer, d'aller consulter un ou deux philosophes grecs et un sage d'Orient : Épicure, Épictète et Bouddha, tout particulièrement.

Pour faire bonne mesure, un homme de bon conseil l'aurait aussi invité, s'avançant dans le temps, à regarder du côté des « sagesses modernes », à s'intéresser par exemple à un philosophe, le premier des déconstructeurs ou des généalogistes, un certain Schopenhauer, qui faisait, comme lui, de la question de la mort le point de départ et l'horizon ultime de toute réflexion sur la vie.

Voici, à peu de chose près, ce qu'il aurait pu apprendre.

I. Gilgamesh chez Hésiode et les stoïciens : comment la vie en harmonie avec l'ordre cosmique chasse la peur de la mort

« Tout repose sur l'idée de cosmos », aurait commencé par déclarer le sage stoïcien. On ne peut rien comprendre, ni à la vie, ni à la mort, si on ne voit pas que l'univers est un ordre merveilleux, harmonieux et bon, supérieur et extérieur aux hommes. Il est indispensable de s'en faire avant toute chose une idée juste. Comment s'est-il formé, comment la représentation que nous pouvons nous en faire permet-elle de donner un sens à la vie et de surmonter la peur de la mort ? Voilà ce qu'il faut en premier lieu percevoir pour parvenir à cerner la question qui nous préoccupe. C'est dans un poème, la *Théogonie* d'Hésiode, que, pour la première fois dans l'histoire humaine, la notion de cosmos se met en place, et puisque Gilgamesh, comme tous les rois, aime les histoires, il est bien possible que le sage stoïcien ait commencé par la lui raconter.

Voici, en substance, ce qu'il lui aurait pu lui dire.

Au commencement était une première et bien étrange divinité, celle qu'on appelle « Chaos ». Chaos, c'est le contraire de l'harmonie, le contraire, justement, de ce cosmos qui n'est pas encore là et dont la construction va être, comme on va voir, terriblement lente, conflictuelle et difficile. Chaos n'est pas une personne : il n'a pas de visage, pas de caractère, pas de conscience. C'est juste un abyme, un trou noir, une espèce de puits sans fond, un lieu où tout est indistinct (*apeiron* : sans délimitation, sans contours identifiables). Si l'on veut se faire une idée plus concrète de Chaos, il suffit de se souvenir de ces rêves, de ces cauchemars que nous faisons tous un jour ou l'autre, où l'on tombe sans fin, sans pouvoir jamais s'accrocher à quoi que ce soit qui puisse arrêter la chute. Chaos c'est exactement cela. C'est un trou noir et, si l'on tombait dedans, rien, rigoureusement rien ne pourrait plus jamais nous empêcher de tomber à l'infini. Nous serions totalement perdus.

Fort heureusement, une deuxième divinité apparaît – on ne sait pas trop comment, c'est une sorte de miracle. Cette divinité est comme les roses : elle est « sans pourquoi », elle n'a pas d'explication, c'est le miracle de l'Être. Elle s'appelle Gaïa, la terre. En tout cas, une fois qu'elle est là, ce qui est certain, c'est qu'elle est tout le contraire de Chaos. Gaïa, elle, ne nous laisse pas tomber. Dans tous les sens du terme. C'est du solide. Si l'on pose le pied sur elle, elle nous soutient. C'est à la fois la terre, mais c'est aussi la mère sur laquelle on peut compter, sur laquelle on peut s'appuyer. C'est d'elle que vont sortir quasiment toutes les autres divinités, à commencer par la troisième : Ouranos, le ciel.

Gaïa engendre Ouranos, le ciel, par ses propres forces. Elle le tire d'elle-même, sans avoir besoin pour cela d'un quelconque partenaire. Mais une fois qu'Ouranos est né, il devient son amant. Ouranos est pour Gaïa comme une seconde peau. Il est en permanence couché sur elle. Il n'y a pas un centimètre carré de Gaïa qui ne soit pas recouvert par un centimètre carré d'Ouranos. Ils sont un peu comme deux mains qui se recouvrent parfaitement. Donc, Ouranos passe son temps à faire l'amour à sa femme (qui est aussi sa mère), de sorte qu'il lui fait toute une série d'enfants, à vrai dire assez différents entre eux, puisqu'ils se regroupent en trois catégories de frères et sœurs. D'abord, il y a les douze êtres effroyables qu'on appelle les Titans – six hommes et six femmes. Ils sont terribles, ils possèdent une force inimaginable. Ils sont bien sûr, comme tous les dieux, immortels, donc totalement indestructibles. Ce sont des êtres de guerre, et ce pour une raison de fond : en tant que premiers dieux personnels, ils sont encore très proche du chaos originel, des forces obscures de destruction, de ces forces chaotiques qu'il va falloir circonvenir si l'on veut un jour réussir à créer quelque chose comme un cosmos, comme un ordre harmonieux du monde. Ensuite, viennent trois Cyclopes, dont les noms sont parlants : ils s'appellent la foudre, le tonnerre et l'éclair. Ils vont plus tard donner leurs armes à celui qui deviendra le roi des dieux, Zeus, quand il conduira la guerre contre le chaos des Titans afin de créer justement le cosmos, l'ordre juste, beau et bon qui doit l'emporter sur la guerre et dominer l'univers tout entier. Enfin, la troisième catégorie des enfants d'Ouranos et de Gaïa est celle des « Hécatonchires », ce qui en grec veut simplement dire « Cent-Bras » : ce sont des espèces de monstres qui possèdent, comme leur nom l'indique, chacun cent bras gigantesques. Ils sont encore plus violents et plus forts si c'est possible que les Titans. Eux aussi viendront en aide à Zeus lors de la guerre qu'il va bientôt mener contre les Titans pour installer cosmos contre Chaos.

Mais, pour le moment, tous ces enfants – les douze Titans, les trois Cyclopes et les trois « Cent-Bras » – sont enfermés dans le ventre de Gaïa comme dans une prison. Pourquoi ? Tout simplement parce que Ouranos, leur père, ne veut surtout pas les laisser sortir. À vrai dire, Ouranos a peur de ses enfants. Il craint qu'ils ne lui prennent sa place, qu'ils ne s'emparent de sa femme et de son pouvoir. Ouranos reste donc collé à Gaïa. Il la couvre si bien qu'il ne laisse aucun espace pour que sa progéniture puisse sortir et voir le jour. Mais Gaïa, elle, en a assez, par-dessus la tête de ce mari – ou de ce fils, Ouranos est les deux – qui ne veut pas laisser sortir ses propres enfants de son ventre. En plus, ce ventre est devenu énorme, et il lui fait mal. Et puis elle aimerait tout de même bien voir la tête qu'ils ont... Alors Gaïa a une idée. À l'intérieur de son ventre, elle s'adresse à eux et elle leur dit ceci : « Y en a-t-il un parmi vous qui aura le courage de nous débarrasser d'Ouranos, de nous débarrasser enfin de ce père qui ne veut pas vous laisser sortir de mon ventre pour voir le jour ? Si vous voulez naître et voir la lumière, je vous y aiderai. » Et c'est le cadet des Titans, le plus jeune d'entre eux, le petit Kronos, qui répond « oui » à sa mère. Il est prêt à combattre son père, Ouranos. Alors Gaïa fabrique dans son ventre un couteau, à vrai dire une petite faucille en métal. Elle la donne à son fils et quand Ouranos fait à nouveau l'amour avec Gaïa, quand il plonge en elle, Kronos saisit le sexe de son père et il le coupe, avec la main gauche – qui à cause de cela deviendra pour toujours la mauvaise main, la « *sinistra* ».

Quel rapport avec la construction du cosmos ? L'histoire de la naissance des dieux ne nous fait-elle pas perdre le fil conducteur de l'interrogation philosophique qui portait initialement sur les rapports que peut entretenir l'idée d'ordre cosmique avec le projet d'une victoire sur l'angoisse de mort ? Il n'en est rien et c'est là toute la profondeur de cette théogonie. La castration d'Ouranos, par-delà les rebondissements dramatiques qu'Hésiode se plaît à mettre en scène, représente un moment crucial dans la lente mais inexorable élaboration de cette idée de cosmos sans laquelle l'essentiel de la philosophie grecque, et en particulier de son approche de la finitude humaine, n'aurait pas vu le jour.

Car cette castration va symboliser la naissance de l'espace et du temps, les deux éléments fondateurs du cosmos. C'est d'abord la naissance de l'espace, parce que, sous l'effet de la douleur, Ouranos se décolle enfin de Gaïa. Le ciel s'écarte de la terre pour laisser un espace libre entre les deux. Ouranos cesse de couvrir Gaïa, de la coller en permanence. Il s'enfuit en hurlant « vers le haut », là où il est aujourd'hui, et il devient une espèce de « plafond du monde ». Ça, c'est la naissance de l'espace. Mais justement, c'est aussi dans cet espace nouveau que les enfants vont pouvoir sortir du ventre de leur mère. La castration d'Ouranos est donc aussi naissance du temps, de l'histoire, car c'est seulement à partir de cet événement premier que les enfants vont concevoir eux-mêmes d'autres enfants, de sorte que les générations vont pouvoir se succéder. Avant la castration d'Ouranos, le temps, l'histoire étaient pour ainsi dire arrêtés, bloqués. La naissance des Titans symbolise ainsi la naissance de la succession des générations. Kronos avec un K va devenir Chronos avec un « Ch », c'est-à-dire le dieu du temps.

Résumons brièvement la suite de l'histoire. Kronos épouse une de ses sœurs, une « Titanide », du nom de Rhéa. Et avec elle, il aura à son tour six enfants. Mais comme son père Ouranos, il se méfie d'eux. Il faut dire qu'il est bien placé pour savoir que les enfants sont dangereux, lui qui a coupé le sexe de son propre père. Kronos décide donc de les avaler avant qu'ils ne commencent à grandir. On retrouve là aussi un symbole du temps qui « se mange » pour ainsi dire lui-même en permanence : les années « mangent » les mois et les semaines qui absorbent les jours, lesquels avalent les heures, les heures dévorant les minutes qui engloutissent les secondes... Kronos, ici, est bien Chronos. Mais Rhéa réagit à son tour comme Gaïa, sa mère. Elle aussi aimerait que ses enfants puissent voir le jour. Alors, elle décide de sauver le petit dernier, le cadet là encore – Zeus, celui qui va devenir le roi des dieux et construire le cosmos dès qu'il aura mis fin au règne prolongé de Chaos. Pour que Kronos ne dévore pas le petit Zeus, Rhéa le cache dans une grotte, dans une caverne profonde que Gaïa a aménagée à cet effet. Puis elle met une pierre dans les linges du bébé et elle fait avaler le tout à Kronos. Pendant ce temps, Zeus grandit dans son abri, soigné par une chèvre magique, la fameuse Amalthée, avec sa « corne d'abondance » d'où coulent des nourritures divines. Il devient un adolescent magnifique, puis un jeune adulte d'une beauté et d'une force incomparables, au point qu'un beau jour il envisage de faire la guerre contre son père afin de libérer ses frères et sœurs qui, bien qu'ayant été avalés, sont encore en vie dans le ventre de Kronos (puisqu'ils sont immortels).

C'est là le début de la fameuse « guerre des dieux », du terrible conflit qui va opposer la première génération des dieux, celle des Titans, et la seconde, celle de Zeus et de ses frères et sœurs, ceux qu'on va appeler les Olympiens parce qu'ils font la guerre depuis le mont Olympe. L'enjeu de cette bataille est clair : il s'agit pour Zeus d'établir pour l'éternité un ordre harmonieux du monde, ce qui suppose que l'on éradique définitivement les forces chaotiques et anticosmiques qui continuent de marquer de leur empreinte les dieux de la première génération, ceux qui sont encore trop proches du Chaos initial pour vouloir l'établissement d'un cosmos harmonieux et paisible.

Sans entrer dans les détails, on dira simplement que grâce à sa force, à sa ruse, mais aussi à sa sagesse et à son sens de la justice, Zeus parvient à remporter la guerre et, par là même, la victoire sur les forces du Chaos. C'est grâce à lui que le cosmos va enfin pouvoir être instauré. Car une fois le conflit achevé, Zeus décide de partager le monde selon la justice et c'est de ce partage originaire, de cet *Ur-teil* comme le dit si bien l'allemand, que le cosmos va naître dont toute la philosophie stoïcienne va hériter. Comme le dira plus tard la formule canonique du droit romain, Zeus « rend à chacun le sien », il donne à chacun ce qui lui revient. Il établit chacun à sa juste place : il récompense les bons et punit les méchants selon la justice. Il enferme les Titans dans les sous-sols de la terre (dans le « Tartare »), et il donne à chacun des autres dieux la partie du monde qui lui revient : la mer à Poséidon, la terre à Gaïa, le ciel à Ouranos, les sous-sols infernaux à Hadès, les saisons et les moissons à Demeter, etc. Et c'est de ce juste partage que naît enfin l'idée d'un monde harmonieux, l'idée d'un cosmos équilibré, bien organisé comme un organisme vivant où chaque membre, chaque organe est à sa place.

Et c'est justement ce monde que les stoïciens vont désigner sous le nom de cosmos. C'est de lui qu'ils vont dire qu'il est à la fois divin et logique, divin parce que fait par les dieux et non par les hommes, mais logique, parce qu'il est compréhensible par la raison. Mais c'est surtout lui, ce cosmos harmonieux, qui va servir à définir la vie bonne, à définir le sens de la vie, comme dans l'histoire d'Ulysse : la vie bonne c'est la vie en harmonie avec l'harmonie du monde. Comme dans l'*Odyssée,* le sens de la vie va du chaos vers l'ordre cosmique, de la guerre à la paix, d'Éris, la discorde, à Ithaque. Car pour pouvoir définir la vie bonne comme un ajustement à ce qui est juste, comme une mise en harmonie de soi avec l'ordre du monde, il fallait d'abord au moins que cet ordre, ce cosmos existât. C'est maintenant chose faite.

Quel rapport avec la mort et la peur qu'elle inspire aux humains mortels ? Il est aussi simple que profond. Une fois créé, l'ordre cosmique est éternel, garanti qu'il est pour l'éternité par la puissance, l'intelligence et la justice de Zeus. Il est donc clair qu'en s'ajustant à lui, comme l'a fait Ulysse en rejoignant Ithaque, voire en se fondant littéralement en lui dans une espèce de « mysticisme cosmique », de fusion en cosmos, l'être humain devient lui-même une espèce de fragment d'éternité. Alors il peut comprendre qu'il ne doit pas avoir peur de la mort, que cette dernière n'est plus pour lui qu'un simple passage, non pas un anéantissement, mais une transition d'un état à un autre qui n'a plus rien de redoutable. Dès lors, selon le sage stoïcien, la préparation à la mort (au sens où on dit que « philosopher c'est apprendre à mourir ») s'organisera pour l'essentiel autour de *trois principes simples*.

Le premier, dont on trouvera, cela dit au passage, un parfait analogue dans le bouddhisme, consiste à s'exercer le plus tôt possible à la pratique du « non-attachement », ainsi que le recommande Épictète dans le chapitre III de ses *Entretiens* :

> *« Le premier et principal exercice, celui qui mène d'emblée aux portes du bien, c'est lorsqu'une chose nous attache, de considérer qu'elle n'est pas de celles qu'on ne peut vous enlever, qu'elle est du même genre qu'une marmite ou une coupe de cristal dont on ne se trouble pas lorsqu'elle se brise, parce qu'on se rappelle ce qu'elle est. Il en est de même ici : si tu embrasses ton enfant, ton frère ou ton ami, ne t'abandonne pas sans réserve à ton imagination. Rappelle-toi que tu aimes un mortel... Il t'a été accordé pour le moment, mais pas pour toujours, ni sans qu'il puisse t'être enlevé... Quel mal y a-t-il à murmurer entre ses dents, tout en embrassant son enfant : "Demain, il mourra" ? »*

L'attachement, en effet, est la pire des folies et Gilgamesh l'a payé assez cher pour être maintenant en état de le comprendre. La vérité de ce monde réside dans le changement, dans le fait que tout passe, que rien de ce qui relève de la vie des humains n'est immortel. Sage sera donc d'abord et avant tout celui qui parvient à ne s'attacher à rien ni à personne. Il peut sans doute pratiquer la compassion, ne pas être indifférent aux autres, mais l'attachement, jamais.

Le deuxième principe est que tout se transforme, rien ne se perdant jamais ni ne se créant jamais non plus *ex nihilo*. Le réel est perpétuelle métamorphose. La mort elle-même n'est donc qu'un passage parmi d'autres, non pas un anéantissement, mais une simple transition d'un état vers un autre. Comme telle, elle ne doit pas nous effrayer : « *Les feuilles tombent, la figue sèche remplace la figue fraîche, le raisin sec la grappe mûre... En fait, il n'y a là que la transformation d'états antérieurs en d'autres. Il n'y a pas de destruction, mais un aménagement et une disposition bien réglés* », la mort elle-même étant du même ordre que les autres changements qu'on observe quotidiennement dans la nature...

Quant au troisième principe, il n'appartient qu'au sage et réside dans la capacité à distinguer ce qui dépend de nous et ce qui n'en dépend pas. Pour aller à l'essentiel, seule notre attitude morale dépend de nous, tandis que le cours du monde, intégralement déterminé, nous échappe de toutes parts. Je puis mourir dans quelques minutes, voire quelques secondes, en traversant la rue, en chutant dans l'escalier ou d'une crise cardiaque imprévue... Cela ne m'appartient pas, ne dépend pas de moi. Je dois donc l'accepter. C'est du reste dans cette acceptation même que réside la véritable réconciliation avec l'ordre cosmique, l'adhésion au cours du monde tel qu'il va. Il faut apprendre à diriger ses pensées de telle sorte que la mort ne nous encombre plus. Comment ? En se disant (ce qui réunit les trois principes en un seul) qu'une fois ajusté à l'ordre cosmique, une fois assez sage pour n'être plus attaché à rien, il apparaît clairement que la mort n'est qu'un passage, non pas une disparition complète puisque je continue d'exister sous d'autres formes : je deviens une espèce d'atome cosmique, un fragment d'éternité. Alors, je finis par comprendre que la peur de la mort n'a pas lieu d'être, qu'elle ne s'empare que de ceux qui stagnent encore trop loin de la sagesse et de la vie philosophique.

Appliquons ces trois principes, et le tour est joué ! Bien entendu, la chose n'est pas aussi simple qu'il y paraît à première vue : pour parvenir à la sagesse, la théorie et le raisonnement purs ne suffisent pas. Il y faut de la pratique, des exercices de sagesse nombreux et répétés quotidiennement durant des années. L'objectif est de parvenir à penser sa vie au futur antérieur, de pouvoir se dire que, quand la catastrophe arrivera, on y sera préparé, ce qui, bien entendu, n'est pas aisé au premier abord. Mais avec du temps, de la patience et de la constance, le résultat ne fait aucun doute.

Gilgamesh, bien qu'impressionné par la puissance de cette construction intellectuelle, n'est cependant pas tout à fait convaincu. L'idée de non-attachement ne lui convient guère. Il se dit qu'au fond, si pour ne pas souffrir et ne pas s'attacher, il faut finalement renoncer à l'amour, la vie risque d'être bien sinistre. Et puis, il ne peut s'empêcher de se poser quelques questions sur ce fameux cosmos auquel il convient de s'ajuster afin de devenir un fragment d'éternité – ça, ça lui plaît déjà un peu plus, mais malgré tout pas entièrement : pour être éternel, ce fragment de poussière auquel on l'invite à s'identifier ne lui présente pas une perspective assez alléchante pour le convaincre tout à fait. Avoir pour seul avenir sa propre métamorphose en atome cosmique, en poussière d'éternité, voilà qui n'a rien de bien réjouissant : en quoi cela me consolera-t-il de la mort d'Enkidu, l'être aimé ? se demande-t-il. En quoi le fait d'être un fragment cosmique, certes éternel, mais cependant anonyme, inconscient et aveugle, est-il plus réjouissant que de n'être rien du tout ? Pas évident...

On lui suggère alors d'aller voir du côté d'une autre école de pensée, celle des épicuriens, qui sont justement en très grande opposition avec les stoïciens. Ainsi, il aura deux sons de cloche, et il pourra peut-être se forger sa propre opinion.

II. Gilgamesh dans le jardin d'Épicure : « la mort n'est rien pour nous » et la crainte qu'elle suscite est absurde. Les doutes de Lucrèce...

D'entrée de jeu, le sage épicurien, après avoir tourné en ridicule les croyances cosmiques des stoïciens, propose à Gilgamesh de le persuader lui aussi, mais par des voies toutes différentes et beaucoup plus sûres, que la crainte de la mort est absurde, qu'elle est le signe d'un manque d'intelligence et de sagesse puisque, à bien y réfléchir, elle n'est, par définition, rien pour nous. Face au malheureux roi d'Uruk, il développe alors la fameuse argumentation si clairement et fermement exposée par Épicure dans sa *Lettre à Ménécée* :

> « *La mort n'est rien pour nous, puisque tant que nous sommes, la mort n'est pas là, et quand elle est là, c'est nous qui ne sommes plus. Elle n'est donc en rapport ni avec les vivants, ni avec les morts puisqu'elle n'est pas pour les premiers, et que les seconds ne sont plus.* »

CQFD !

Bien entendu, le sage épicurien a bien conscience que cette argumentation sèche, pour rationnelle qu'elle soit (ou justement parce qu'elle est trop rationnelle), n'aura sans doute pas suffi d'emblée à rassurer l'homme qui cherchait désespérément l'immortalité. Il faut plus qu'une simple phrase, fût-elle d'une parfaite cohérence logique, pour calmer une angoisse si profondément enracinée au cœur de l'humain. Si l'on veut vraiment vaincre les peurs, il faut donc aller plus loin, en saisir les motifs à la racine, en faire la « généalogie » afin d'en rendre conscients les ressorts les plus profonds et les plus secrets. C'est là, du reste, un aspect que Lucrèce, en fidèle et admiratif disciple d'Épicure, souligne dans son poème sur la *Nature des choses* comme particulièrement crucial dans l'œuvre de son maître. Un point concerne tout particulièrement Gilgamesh dans son argumentation puisque, selon lui, ce sont précisément les hommes les plus riches et les plus célèbres, ceux qui sont, comme les deux héros de l'épopée, placés au sommet de la hiérarchie sociale, qui la plupart du temps sont aussi les plus inquiets : tout à la fois tourmentés à l'extrême par la peur de l'Achéron, ce fleuve des enfers qui symbolise la finitude humaine, ils sont d'éternels insatisfaits de leur vie présente, pourtant en apparence si réussie. C'est en s'attachant à mieux comprendre cet étrange constat qu'on se rapprochera des causes souterraines de l'angoisse, comme l'indique ce passage magnifique du *De natura rerum* :

> « *Épicure vit que les hommes puissants avaient en abondance richesses, honneurs et gloire, et se montraient fiers du renom de leurs fils. Mais il vit aussi que chacun d'eux gardait en son for intérieur le cœur rempli d'angoisse et que son âme était sans répit en proie à des tourments pénibles qui le poussaient à s'emporter en plaintes agressives. Il comprit alors que le mal venait du vase lui-même, dont les défauts faisaient se perdre au-dedans toutes les choses, même profitables, qui lui étaient versées du dehors, d'une part parce qu'il le voyait fuyant et percé au point de ne pouvoir en aucune manière le remplir jamais, d'autre part parce qu'il constatait que sa saveur repoussante infectait pour ainsi dire tout ce qu'il avait reçu au-dedans* » (VI, 1-41).

Voilà bien l'essentiel. Le malheureux, fût-il riche et célèbre, c'est d'abord celui qui a peur de la mort ; et ce dernier, à son tour, c'est celui qui désire toujours ce qu'il n'a pas et ne désire pas ce qu'il a, de sorte qu'il ne parvient jamais à habiter réellement l'instant présent. Constamment emporté par la logique du désir, il vit en permanence dans le projet, dans la dimension du futur, qui abrite toutes les espérances. Ballotté de conquête en conquête, il n'a pas une seconde pour comprendre que seul le présent, vécu pour lui-même, sans être relativisé par le passé ou l'avenir, confine à l'éternité.

Il faut s'arrêter à cette critique du divertissement que développe Lucrèce[1] dans le droit-fil d'Épicure. Faisant suite à l'*Ecclésiaste*, annonçant Pascal et Schopenhauer, elle est infiniment plus profonde qu'on ne pourrait le croire à première vue. Car derrière l'apparence d'une analyse politique et sociale, elle révèle une authentique composante métaphysique de l'angoisse. De toute évidence, les mirages de la consommation infinie nous conduisent à privilégier l'Avoir au détriment de l'Être, les possessions au mépris de la sagesse intérieure. L'argument est bien connu. Mais ce qui l'est moins et qu'explicite Lucrèce, c'est que cette logique consumériste rend compte au plus profond de l'emprise que la crainte de la mort finit par avoir sur nous. Le raisonnement est assez simple (nous l'avons exposé ici même, dans la première partie de ce livre, sous une forme proche) : la consommation frénétique possède la même structure que l'addiction. Comme le drogué doit, passé un certain seuil d'assuétude, constamment augmenter les doses et rapprocher les prises, celui qui court après la gloire, la richesse et les honneurs passe de succès en succès sans jamais trouver le repos. De là la métaphore du vase percé, qui évoque aussi le supplice des Danaïdes, de là aussi celle de la moisissure qui tapisse le fond du vase et gâche toutes les saveurs qu'on peut y déposer. Toute pause est pour ainsi dire interdite à celui qui succombe à cette course folle et se voue

1. Dans le livre III de son poème.

à la logique usante de l'immédiateté et, par là même, de ce temps qui passe en vain et qui est déjà comme la mort même au sein de l'existence :

« Tel s'est précipité hors sa vaste demeure
Lassé d'être chez lui, puis soudain y retourne,
Ne sentant aucun mieux à s'ennuyer dehors
Il presse le pas, court, harcèle sa monture
Comme allant au secours de sa maison en flammes.
Le seuil à peine atteint il se met à bâiller
Tombe en un lourd sommeil pour y chercher l'oubli
À moins qu'il ne se hâte à nouveau vers la ville
Chacun cherche à se fuir, personne n'y parvient...
Et puis l'on tourne en rond dans le cercle de vivre
Où nul plaisir nouveau ne peut plus nous surprendre
Tant que nous n'avons pas l'objet tant convoité
Le manque fait son prix. L'avons-nous obtenu ?
C'est un autre aussitôt que visent nos désirs[1]. »

En quoi l'homme de la consommation et du divertissement est bien comparable à ce fameux tonneau des Danaïdes, ces jeunes filles condamnées à remplir sans fin des récipients dont le fond laisse échapper le liquide qu'on y verse. Il rappelle encore Tantale et Sisyphe, dont les supplices évoquent aussi, chacun à leur façon, l'idée d'une insatisfaction infinie.

Voilà en substance, ce que Lucrèce, en disciple d'Épicure, aurait pu dire à Gilgamesh, à savoir que la peur de la mort est d'abord et avant tout liée à une mauvaise façon d'habiter le temps, à une

1. Je cite le texte de Lucrèce dans la très belle traduction qu'en donne André Comte-Sponville dans *Le Miel et l'Absinthe*, Hermann, 2008.

incapacité de séjourner calmement dans le présent, inaptitude elle-même liée à un désir de conquête et de divertissement qui égare l'homme et le rend fou. Mais il aurait certainement ajouté qu'en retour, c'est aussi le désir d'immortalité, celui-là même qui ronge le cœur et l'esprit de Gilgamesh, qui pousse les hommes vers la course aux vanités. Le cercle se ferme et il est terriblement vicieux : c'est parce que nous fuyons la mort que nous cherchons les honneurs et les plaisirs artificiels mais, en retour, c'est justement cette logique du désir indéfiniment insatisfait qui nous fait mourir avant l'heure parce qu'elle nous plonge dans une temporalité funeste, celle de la course en avant qui nous interdit d'habiter le présent et d'atteindre ainsi cette espèce d'éternité en cette vie que peuvent constituer l'ici et le maintenant lorsqu'ils ne sont pas gâtés par les nostalgies ou les fausses espérances – où Gilgamesh n'aurait pu s'empêcher de reconnaître au passage, malgré le mépris affiché des épicuriens pour leurs frères stoïciens, un thème que ces derniers avaient pourtant déjà développé en des termes finalement assez proches…

Comme le dit Lucrèce dans son style inimitable :

« *C'est la cupidité, c'est le désir de gloire,*
Qui poussent les humains à transgresser la loi,
Jusqu'à se faire auteurs ou complices d'un crime.
Ils œuvrent nuit et jour, jusqu'à l'épuisement,
Pour atteindre au sommet. Mais toutes ces passions,
C'est la peur de la mort surtout qui les nourrit.
Car être méprisé, croupir dans la misère,
C'est pour eux l'opposé d'une vie douce et stable,

C'est comme être déjà dans l'ombre de la mort.
Aussi souhaitent-ils, mus par cette vaine peur,
Fuir loin de ces maux, les écarter loin d'eux.
Ils font couler le sang pour accroître leurs biens...
C'est cette même peur de la mort, bien souvent,
Qui les ronge d'envie...
Ils mourraient pour avoir leur statue et leur gloire... »

L'angoisse de la mort pousse vers les vanités, elle nous donne l'illusion que l'argent, les honneurs et la gloire vont nous permettre de tenir notre fin à distance, la pauvreté, l'anonymat et la misère étant comme une petite mort dans la vie même. Mais en retour, ce sont les vanités qui nous plongent dans la logique mortelle du temps qui passe en vain, du présent qui n'est jamais habité, jamais vraiment vécu pour ce qu'il est. En quoi la course aux vanités apparaît comme un *ersatz* de la vraie sagesse, comme son double illusoire et mortifère. Seule la foi peut nous sauver de la funeste logique du divertissement, dira Pascal. Seule la sagesse le peut, diront Épicure et Lucrèce, c'est-à-dire cet état que vise la philosophie entendue comme spiritualité laïque.

Mais quelle sagesse ? aurait pu demander Gilgamesh aux philosophes qui lui tenaient ce langage. La critique du divertissement, de la course aux vanités et de la déréliction qu'elle implique, est sans doute convaincante, mais que mettre à la place ? Que nous recommande cette philosophie positivement, et non plus sur le mode de la critique ? Que peut-elle proposer de neuf au roi qui veut bien se résoudre à accepter la mort, qui accepte par hypothèse de renoncer à la richesse, aux honneurs et même à la gloire, mais qui se demande quand même ce qu'il va bien pouvoir mettre en lieu et place de la vie à laquelle on le somme de s'arracher ? Pour quel autre type d'existence et en quoi se terminera-t-elle, de toute façon, autrement que l'autre ?

Quelle sagesse pour vaincre les peurs ?
De la philosophie épicurienne comme doctrine du salut

Dans un premier temps, la réponse d'Épicure et de Lucrèce réside dans la fameuse distinction entre trois types de désirs : les désirs naturels et nécessaires, comme la faim et la soif ; les désirs naturels mais non nécessaires, tels que la sexualité ; et enfin les désirs non naturels et non nécessaires, ceux qui animent le divertissement et la course aux vanités : richesse, honneurs, pouvoir ou gloire – la thèse de l'épicurisme étant bien sûr qu'il est sage de s'en tenir, pour l'essentiel, aux premiers, qui ont en outre l'obligeance d'être faciles à satisfaire. Les deuxièmes sont admissibles, sans doute, mais avec modération, car ils poussent à l'amour qui, lorsqu'il se transforme en passion, nous plonge à coup sûr dans le malheur (décidément, les épicuriens ne sont, là encore, pas si éloignés des stoïciens). Quant aux désirs non naturels ni nécessaires, on aura déjà compris qu'il faut les fuir comme la peste puisqu'ils nous font entrer dans une logique mortifère : celle du temps qui passe en vain.

À première vue, la réponse semble aussi plate que peu séduisante. Tous ces détours, toute cette intelligence critique... pour en arriver là ! À une doctrine de la frugalité au regard de laquelle les séductions de la vanité et du divertissement risquent fort, il faut bien l'avouer, de n'avoir aucune peine à l'emporter. Peut-être. Encore faut-il examiner, avant de fermer les livres de nos philosophes, ce qui se cache derrière cet éloge de la vie simple et naturelle. Car elle n'est peut-être pas, comme on pourrait le croire hâtivement, une fin en soi, mais plutôt un moyen de parvenir à une existence « divine », une existence qui ne soit plus troublée par la fuite du temps ni par la peur de la mort. Cette apologie de la simplicité naturelle, loin de sombrer dans la platitude, revêt en réalité une profondeur métaphysique insoupçonnée :

> *« On s'étonnera peut-être de voir attribuer une telle transcendance à la simple suppression de la faim ou de la soif et à la satisfaction des besoins vitaux. Mais on peut penser que cet état de suppression de la souffrance du corps, cet état d'équilibre, ouvre à la conscience un sentiment global, cénesthésique, de l'existence propre : tout se passe alors comme si, en supprimant l'état d'insatisfaction qui l'absorbait dans la recherche d'un objet particulier, l'homme était libre de pouvoir enfin prendre conscience de quelque chose d'extraordinaire, qui était déjà présent en lui de manière inconsciente, le plaisir de son existence[1]... »*

La maxime, sans aucun doute, pourrait être signée par Épicure. Elle fait écho à cette autre, extraite des *Sentences vaticanes* :

> *« Souviens-toi que, tout en ayant une nature mortelle et en disposant d'un temps limité, tu t'es élevé grâce aux raisonnements sur la nature jusqu'à l'illimité et l'éternité... Nous sommes nés une fois, mais deux fois cela n'est pas possible, et*

1. Pierre Hadot, *Qu'est-ce que la philosophie antique ?*, Gallimard, 1995, p. 182.

il faut pour l'éternité ne plus être : toi, qui n'es pas de demain, tu diffères la joie : mais la vie périt par le délai[1]... »

On pense encore à Horace et à ses *Odes* fameuses sur le thème du *carpe diem* :

« Que l'âme trouve sa joie dans le présent et prenne en haine l'inquiétude du futur[2]. »

Même si c'est au terme d'un raisonnement très différent (celui des stoïciens repose sur la nécessité et l'ordre du monde, celui des épicuriens sur son caractère contingent et chaotique), l'épicurisme, comme le stoïcisme, culmine dans une apologie de l'instant présent. Ce qui est visé comme un idéal, c'est la capacité qu'a le sage, justement parce qu'il a su rompre avec la logique des plaisirs et des désirs artificiels, de revenir en lui-même pour habiter chaque instant de sa vie comme s'il était l'éternité. On peut bien, dans cet ici et ce maintenant, faire entrer si l'on y tient des souvenirs ou des prévisions, mais pour autant que ces sentiments qui touchent au passé ou au futur ne sont pas là pour annihiler le moment que l'on vit, pour le relativiser et finalement le gâter comme une poignée de boue vient troubler une eau claire. C'est en ce point, comme dira beaucoup plus tard un autre philosophe, décidément très proche ici des sages grecs, que l'âme n'a pas « *besoin de rappeler le passé ni d'enjamber l'avenir...* » car ici, « *le présent dure toujours sans néanmoins marquer sa durée ni aucune trace de succession* », formule qui

1. Épicure, *Lettres, maximes sentences, sentences vaticanes*, LGF, 1994, p. 212.
2. *Odes II*, 16, 25.

explicite parfaitement l'idéal épicurien, celui d'un homme qui vit enfin comme un dieu parmi les hommes, c'est-à-dire comme un être qui ne se fuit plus lui-même, qui ne cherche rien de plus que ce qu'il a, qui habite ainsi le moment présent comme si ce dernier était un fragment d'éternité que rien, plus rien, ne peut venir gâter ou relativiser :

> *« De quoi jouit-on dans pareille situation ? De rien d'extérieur à soi, de rien sinon de soi-même et de sa propre existence, tant que cet état dure on se suffit à soi-même, comme Dieu*[1]*. »*

Comme le dit encore, dans le même sens exactement, un « adversaire » stoïcien :

> *« Il faut séparer ces deux choses : la crainte de l'avenir et le souvenir des difficultés d'autrefois : ceci ne me concerne plus, ceci ne me concerne pas encore. Le sage jouit du présent sans dépendre du futur. Libéré des lourds soucis qui torturent l'âme, il n'espère rien, il ne désire rien et il ne s'élance pas dans l'incertain car il se contente de ce qu'il a. Et ne crois pas qu'il se contente de peu car ce qu'il a, c'est toutes choses*[2]*. »*

Nous savons maintenant ce que cet éloge du présent comme seul lieu réel de l'éternité accessible au

---

1. Il s'agit de Rousseau. Pierre Hadot a consacré un livre admirable à l'analyse de ce sentiment, notamment tel qu'il est thématisé par Goethe, *N'oublie pas de vivre. Goethe et la tradition des exercices spirituels*, Albin Michel, 2008.
2. Sénèque, *Lettres à Lucilius*, VII. Comme le montre encore Pierre Hadot, on retrouvera la même pensée chez Nietzsche, avec la doctrine de l'*amor fati*, mais aussi chez Goethe, comme en témoignent les propos qui suivent et qui sont abondamment développés dans son œuvre : « *Tenez ferme au présent. Toute circonstance, tout instant est de valeur infinie, car il est le représentant de toute une éternité.* »

mortel signifie concrètement. Nous pouvons même connaître encore de nos jours, malgré l'omniprésence de la logique addictive de la consommation, ces moments de grâce où nous nous sentons comme enfin réconciliés avec le monde, non plus en état de manque, avides d'acheter et de bouger sans cesse, mais gracieusement comblés par l'univers qui nous entoure et même, parfois, par les êtres qui le peuplent. Pourtant, il ne faut pas s'y tromper : cet attachement au présent n'a rien à voir avec le « bougisme » des Modernes, qui se moquent du passé parce qu'il ne constitue plus un objet de jouissance consumériste. Les sages grecs ne font ni l'éloge de l'ignorance, ni celui de l'ingratitude. Ce qu'ils visent à travers l'incitation à fuir les illusions du passé et du futur, c'est tout l'inverse : la concentration sur la dimension actuelle du temps est directement liée à une critique du divertissement, de la course aux possessions et aux honneurs qui caractérise la logique de l'avoir au détriment de celle de l'être. Il ne s'agit pas de vivre dans l'instant au sens où l'on chercherait à oublier l'histoire pour se contenter de vivre à la manière des animaux. Là n'est évidemment pas le propos d'Épicure, pas plus que celui d'Épictète.

Épicure est donc un sauveur, un véritable dieu, ce qui signifie en retour quelque chose de crucial : la philosophie n'est pas seulement une thérapeutique, mais bel et bien une doctrine du salut

Épicure le sauveur, Épicure « semblable à un dieu » ? La formule, qui est de Lucrèce[1], n'a rien

---

1. Voici ce que Lucrèce écrit à propos de son maître au Livre V du *De natura* : « *Qui est capable, par la vigueur de son génie, de*

d'anodin. Il faut au contraire, dans la perspective qu'on vient d'évoquer, la prendre au sérieux, lui donner toute sa signification qui éclaire d'un jour singulier la nature profonde de la philosophie telle que les épicuriens la conçoivent. Au sens strict, ils font de cette dernière un parfait analogue des doctrines religieuses du salut. Analogie n'est cependant pas identité. La philosophie reste radicalement différente des religions, du moins sur le point essentiel : si, comme ces dernières, elle propose bien aux hommes le salut, c'est cependant en eux-mêmes et par eux-mêmes qu'ils doivent le trouver, pas en attendant l'aide extérieure d'une divinité quelle qu'elle soit (sinon celle, malgré tout très humaine, d'Épicure lui-même). La philosophie, et là est la véritable analogie, n'en remplit pas moins, une fois cette différence fondamentale posée, la même fonction salvatrice que les religions : ici comme là, il s'agit bien de sauver les hommes, sinon de la mort, du moins des craintes qu'elle suscite et qui nous précipitent vers notre perte, cette perte dont, justement, la vie philosophique entreprend de nous délivrer – en quoi l'image du « sauveur » que Lucrèce accole au nom d'Épicure n'a rien de contingent. Il s'agit bien de sauver les hommes de la peur de la

composer un poème digne de la grandeur du sujet et de pareilles découvertes ? Qui a un tel don d'éloquence qu'il puisse célébrer selon ses mérites celui qui nous a laissé de tels bienfaits, œuvre et produit de son génie ? Personne, à mon avis, qui soit né d'un corps mortel. Car s'il faut en parler comme l'exige elle-même la grandeur enfin connue d'un tel sujet, celui-là fut un dieu, oui, un dieu glorieux... C'est à juste titre que nous regardions comme un dieu celui à qui l'on doit ces principes de vie douce et paisible répandus aujourd'hui encore parmi les grandes nations et qui mettent la tranquillité dans les âmes. »

mort et des diverses variétés de fuite en avant qu'elle suscite en général. Mais les moyens, comme on voit, sont tout différents de ceux qu'emploient les religions et si Lucrèce tient Épicure pour un sauveur, c'est d'abord parce qu'il délivre les hommes, non pas seulement de l'angoisse, mais plus encore peut-être des fausses solutions que leur vendent obstinément les prêtres, comme en témoigne ce célèbre passage du *De natura rerum* :

> *« Alors que le genre humain donnait le spectacle honteux d'une vie se traînant sur la terre écrasée sous le poids de la religion qui, du haut des régions célestes, montrait sa tête et menaçait les mortels de son aspect effrayant, pour la première fois, un homme de Grèce {Épicure} osa lever contre elle des yeux de mortels et, le premier, contre elle se dresser... Aussi, par la force active de son intelligence il obtint la victoire... Ainsi, la religion renversée est foulée aux pieds à son tour, et nous, la victoire nous égale au ciel »* (I 62-79).

La dernière phrase est particulièrement significative : elle montre à quel point la philosophie qui déconstruit la religion prend aussitôt sa place, pour nous « égaler au ciel », nous aider à vivre comme des dieux – ce qui est le salut même, au sens propre, ce qui nous sauve de l'angoisse de vivre. C'est dire que non seulement la philosophie parvient (ou devrait à tout le moins parvenir) à nous libérer des peurs, à commencer par celle de la mort qui commande toutes les autres, mais aussi à nous faire entrer dans cette espèce d'éternité que devient l'instant présent dès lors que, grâce à la vie philosophique, nous parvenons à l'habiter comme il convient.

Voilà sans doute l'ultime message que Gilgamesh aurait pu puiser dans l'épicurisme : la religion et la course aux vanités, la vaine quête d'une impossible immortalité comme la déréliction qu'implique inévitablement la recherche assoiffée de l'avoir et des honneurs, sont les deux pièges à éviter, les deux concurrentes, nuisibles et illusoires, de la philosophie authentique définie comme spiritualité laïque, comme doctrine du salut sans dieu.

Gilgamesh aurait pu, au passage, s'il s'était converti à l'épicurisme, trouver dans l'enseignement du maître l'indication précieuse de véritables « exercices de sagesse » à pratiquer très concrètement pour parvenir à se déprendre de ces illusions funestes : vivre dans la frugalité et la simplicité ; pratiquer l'amitié (mais pas la passion) et penser en commun, notamment à travers des exercices de confession entre amis qui permettent de pratiquer une sorte de correction fraternelle ; contempler l'infinité de l'univers et la majesté des dieux qui ne se soucient en rien de notre sort ; songer quotidiennement à la mort pour se convaincre qu'elle n'est rien pour nous et parvenir ainsi à vivre comme un dieu parmi les hommes ; étudier les quatre maximes fondamentales (les dieux ne sont pas à craindre, la mort non plus, le bien est facile à acquérir si l'on voit qu'il ne tient qu'aux plaisirs les plus naturels et les plus nécessaires, le mal est facile à supporter car il ne dure jamais indéfiniment)... Bref, un guide pratique pour « apprendre à vivre », pour vaincre la peur de la mort, pour parvenir à la sagesse authentique qui ne suppose pas seulement la conversion de l'esprit, mais aussi l'« orthopraxie », la pratique juste dans la vie quotidienne sans laquelle la « guérison » de l'âme est impossible[1]...

Les doutes de Lucrèce, pourtant fidèle disciple d'Épicure, auraient probablement convaincu Gilgamesh d'aller quand même à nouveau voir ailleurs...

Gilgamesh le désespéré aurait-il choisi de séjourner « éternellement », c'est-à-dire jusqu'à sa mort, dans le jardin d'Épicure ? Possible, mais pas certain si l'on en juge par les doutes que le plus fidèle, le plus admiratif et le plus talentueux disciple, Lucrèce lui-même, n'a cessé d'exprimer dans son poème, pourtant tout entier rédigé à la gloire de son maître. Si Lucrèce adhère de part en part à son enseignement sur un plan théorique, il ne peut s'empêcher, dans la pratique, de n'y voir qu'un idéal impossible à atteindre. La sagesse épicurienne est sublime, mais elle n'est pas de ce monde, si bien que le sentiment de cette mort, qui devrait idéalement n'être plus rien pour nous, tend *de facto*, exercices de sagesse ou pas, à envahir nos vies. Voici, sans doute, ce que Gilgamesh aurait pu à peu de chose près se dire en son for intérieur après avoir lu les vers de Lucrèce :

> *« Vivre "comme un dieu parmi les hommes" ? C'est l'idéal de la sagesse ou la sagesse comme idéal. Et Lucrèce, sans doute, y a cru, s'agissant d'Épicure. Mais sans prétendre l'avoir lui-même vécu. Au reste, qui parmi nous peut y atteindre ? Qui peut s'y installer durablement ? Cette sagesse n'est qu'une*

1. Sur ces exercices de sagesse, cf. Pierre Hadot, *op. cit.*, p. 191 sq.

exception, si tant est qu'elle soit possible, ou qu'un leurre. Laissons les dieux à leurs intermondes ou à nos rêveries. Vivre comme un homme parmi les hommes : c'est le seul objectif qui ne mente pas. L'humanité n'est pas une maladie dont il faudrait guérir, ni un salut qu'il faudrait atteindre. Elle est le point de départ et le point d'arrivée, le chemin et le but... Il ne s'agit pas d'échapper à l'humanité. Il s'agit d'échapper à l'angoisse, au malheur, à la superstition, à la maladie non d'être homme ou mortel, mais de ne pouvoir point l'accepter[1]. »

On ne saurait mieux dire, et cette lucidité, cela dit au passage, devrait valoir non seulement pour Épicure, mais pour tous les autres dogmatismes, à commencer par celui des stoïciens (et de Spinoza) – si l'on tient pour « dogmatiques » les philosophies qui tentent, sans jamais y parvenir, de dépasser la finitude humaine pour nous faire épouser le point de vue de dieu.

Je gage que Gilgamesh aurait donc continué sa quête, et sur ce chemin, il aurait certainement croisé cet autre grand versant des sagesses anciennes, mais cette fois-ci venu d'Orient, qu'est le bouddhisme. De ce côté, il aurait pu faire à nouveau la connaissance de grands théoriciens de la victoire sur l'angoisse de mort.

1. André Comte-Sponville, *Le Miel et l'Absinthe*, *op. cit.*, p. 82. Je reprends ici son analyse qui me paraît aussi juste que sa traduction est belle. Voir aussi, dans le même sens, p. 98.

III. Gilgamesh chez le Bouddha : le désespoir et la béatitude

Comme avec Lucrèce, Épicure et les stoïciens, Gilgamesh aurait trouvé chez les sages bouddhistes une oreille compatissante. Car à l'image des philosophes grecs, loin de se moquer de ses angoisses métaphysiques, les moines d'Orient lui auraient eux aussi accordé sans difficulté que la question de la mort est bien la question centrale. C'est dans la réflexion sur la finitude humaine et sur le mal sous toutes ses formes qu'il faut situer le sens de cette vie. Le sage lui aurait sans doute tenu ces propos : « *En réfléchissant à la mort et à l'impermanence, vous commencerez à donner un sens à votre vie*[1] », car seule une telle méditation, si elle est bien conduite, pourra nous aider à nous débarrasser de tous les « attachements »[2] qui nous rendent vulnérables à la souffrance, que ces attachements soient d'ailleurs d'ordre matériel ou affectif : « *Qui pratique le dharma [l'enseignement du Bouddha] pense chaque jour à la mort, réfléchit aux souffrances des humains – les tourments de la*

1. Dalaï-Lama, *La Voie de la liberté,* Calmann-Lévy, 1995, p. 67.
2. « La pratique bouddhiste nous avise de ne pas ignorer les malheurs mais de les reconnaître et de les affronter en nous y préparant d'emblée de façon qu'à l'instant de les expérimenter, la souffrance ne soit pas totalement intolérable... Vous vous efforcerez, en vertu de votre pratique spirituelle de vous détacher des objets de l'attachement... », *ibid.*, p. 68. D'autres bouddhistes insistent davantage que le Dalaï-Lama sur le fait que la lutte contre l'attachement ne conduit pas au détachement, à l'indifférence, mais à un « non-attachement » qui n'exclut pas la joie de vivre. Cf. Sogyal Rinpoché, *Le Livre tibétain de la vie et de la mort*, éditions de la Table Ronde, Paris, 1993, p. 63.

naissance, du vieillissement, de la maladie et de la mort. C'est comme mourir mentalement chaque jour. En raison de sa familiarité avec elle, il sera fin prêt quand il finira par la rencontrer[1]. » Outre l'effet bénéfique ainsi produit par cette préparation, les exercices et les pratiques qu'elle implique, nombreux et difficiles, offriront l'intérêt d'assigner une finalité claire à l'existence humaine tout entière : « *L'avantage d'être conscient de la mort est de donner un sens à la vie, et goûter son approche fait que l'on meurt sans regret*[2]. » Et le disciple de Bouddha y aurait peut-être même insisté et insisté encore, toujours ou presque dans des termes identiques, afin de bien montrer sa sympathie pour les interrogations du malheureux roi d'Uruk : « *En réfléchissant à la mort et en en étant constamment conscient, votre vie prend tout son sens*[3]. »

Puis, pour le mettre en condition et le préparer à recevoir leur enseignement, les sages bouddhistes auraient pu rapporter à Gilgamesh l'histoire de Krisha Gotami[4], cette jeune femme qui vivait encore au temps du Bouddha lorsqu'une maladie foudroyante emporta son petit garçon âgé d'un an : écrasée de chagrin, serrant contre elle son enfant chéri, Krisha se mit à errer dans les rues, implorant ceux qu'elle rencontrait de lui indiquer quelque moyen de le ramener à la vie. Certains

1. Dalaï-Lama, *op. cit.*, p. 69.
2. Cf. Dalaï-Lama, *op. cit.*, p. 70.
3. Cf. Dalaï-Lama, *op. cit.*, p. 72. Et encore p. 82 : « La conscience de la mort est la pierre angulaire du chemin. Avant cette prise de conscience pleine et entière, toutes les autres pratiques demeurent entravées. »
4. Cf., sur cette histoire, Sogyal Rinpoché, *op. cit*.

l'ignorèrent, d'autres la crurent folle, mais finalement, un homme sage lui conseilla de s'adresser au Bouddha. Elle alla donc le voir, déposa le petit corps à ses pieds, et lui conta son malheur. Le Sage l'écouta avec une infinie compassion et lui dit doucement : « Il n'y a qu'un remède au mal qui t'assaille. Descends à la ville et rapporte-moi une graine de moutarde provenant d'une maison où il n'y a jamais eu de mort... »

Gilgamesh aurait pu reconnaître ses propres tourments dans ceux de Krisha et se sentir ainsi en sympathie avec elle. Il aurait sans doute, déjà mis sur la voie par les sages grecs, pressenti la suite de l'histoire. Sa morale aussi. Krisha a beau frapper à toutes les portes, sans cesse la même réponse lui est faite : pour la graine de moutarde, pas de difficulté, mais pour le reste, tous les foyers ont eu leurs morts, nul n'est indemne. Lorsque la jeune femme retourne vers le Bouddha, elle est déjà sur la Voie : rien, dans le monde humain, n'est permanent. Le seul élément éternel, c'est l'« impermanence » elle-même, le caractère fluctuant et périssable de toute chose. Celui qui est assez fou pour l'ignorer s'expose aux pires souffrances. Si l'on prend conscience des véritables causes du mal, si l'on perçoit qu'elles tiennent aux illusions d'un moi qui s'attache à des êtres périssables, choses ou personnes, quand la loi du monde est celle du changement, on peut parvenir à s'en libérer. Là est la véritable sagesse.

Poursuivant son initiation, Gilgamesh aurait retrouvé trois ou quatre enseignements qu'il avait déjà cru percevoir chez les penseurs stoïciens : l'éloge du désespoir et la critique de l'espérance, celle de l'attachement, la déconstruction des illusions du moi égocentrique, l'éloge de l'amitié, sans doute, mais le rejet absolu de la passion, prohibition qui culmine à la limite dans un éloge de la vie monastique. Voici comment ces quelques thèmes fondamentaux auraient pu lui être présentés.

La critique de l'espérance et l'éloge du dés-espoir

Nous avons déjà croisé en chemin cette conviction qu'à l'encontre d'une idée reçue, ce n'est pas l'espérance, mais, au sens propre, le dés-espoir qui est la condition d'un bonheur authentique, d'une véritable sérénité. Il suffit, pour s'en persuader, de réfléchir un instant à ceci : espérer, par définition même, c'est n'être pas heureux, mais dans l'attente, le manque, le désir insatisfait et impuissant : « *Espérer, c'est désirer sans jouir, sans savoir, sans pouvoir*[1]. » Sans jouir, puisqu'on n'espère jamais que ce qu'on n'a pas ; sans savoir, puisque l'espérance implique toujours une certaine dose d'ignorance quant à la réalisation des fins visées ; sans pouvoir, étant donné que nul ne saurait espérer ce dont la réalisation lui appartient pleinement. Espérer la santé quand on est malade, c'est bien désirer ce dont on ne jouit pas, ce dont on ne sait pas quand il adviendra, ce qui échappe à notre contrôle. Frustration, ignorance et impuissance : telles sont, contrairement à ce qu'enseigneront certaines religions, les principales caractéristiques de l'espérance, ce mal funeste qui ronge le cœur des hommes en leur faisant croire qu'il est un bien.

1. Cf. André Comte-Sponville, *Sagesse et désespoir*, in *Une éducation philosophique*, PUF, 1989, p. 352.

Non seulement l'espoir nous installe dans une tension négative, mais en outre, il nous fait manquer le présent : préoccupés d'un avenir meilleur, toujours différé, nous en oublions que la seule vie qui vaille d'être vécue, la seule qui, tout simplement, soit, est celle qui se déroule sous nos yeux, ici et maintenant. Comme le dit un proverbe tibétain, c'est l'instant présent et la personne située en face de moi qui, toujours, devraient compter pour moi plus que tous les autres puisque ce sont les seuls réels. Pourquoi faudrait-il, dans ces conditions, « entrer dans l'espérance » ? Il conviendrait plutôt de la fuir comme l'enfer si l'on en croit cet aphorisme hindou du XVe siècle : « *Le désespéré est heureux... Car l'espoir est la plus grande douleur, et le désespoir la plus grande béatitude*[1]. » Sage est celui qui sait se déprendre du monde et parvenir à l'état de « non-attachement ». S'il subsiste encore un espoir légitime, c'est celui d'accéder un jour, par la patience et l'exercice, à la béatitude du désespoir.

Mais pour y parvenir, il convient d'abord et avant tout de se débarrasser d'une des illusions les plus tenaces : l'illusion de l'ego.

Le non-attachement, l'impermanence et la déconstruction des illusions du Moi : qu'il s'agit moins de le libérer que de s'en libérer

La finalité d'une existence authentique, d'une existence qui prend tout son sens en devenant préparation à la mort ? Elle réside au premier chef dans la déconstruction la plus radicale possible des

1. Cité par André Comte-Sponville, *ibid.*, p. 349.

illusions du Moi : c'est lui, toujours, qui est « attaché », lui qui refuse de voir et plus encore d'accepter la réalité de l'impermanence. C'est lui, l'égoïste, qui résiste et se cramponne à ses diverses possessions au lieu de se fondre, comme par anticipation, dans l'esprit universel et impersonnel auquel il se devrait sagement d'appartenir. La course aux vanités, comme Lucrèce l'avait vu, nous fait courir après les possessions, elle nous conduit à délaisser l'Être au profit de l'Avoir. C'est elle qui nous fait « *désirer fortement de belles personnes, de belles choses ou des expériences agréables*[1] ». Or, à bien réfléchir, elle n'est qu'une conséquence directe de l'illusion première, matricielle, celle dont dépendent toutes les autres : celle du « Soi » qui se croit autonome et libre[2]. Dès lors, « *l'antidote qui éliminera les illusions est la sagesse réalisant l'absence de soi*[3] ». Ce n'est pas le moi qu'il faut libérer, comme le pensent bêtement les Modernes, embrigadés dans leurs occidentales idéologies individualistes et personnalistes, mais c'est bien plutôt de lui qu'il faut se déprendre : là est l'esprit fondamental de la sagesse authentique qui seule peut nous prévenir contre les souffrances que la mort engendre inévi-

1. *Ibid.*, p. 143.
2. « De la même manière, nous croyons à tort que le corps et l'esprit possèdent une espèce de soi – de là découlent tous les autres leurres, comme le désir et la colère. En raison de cette attitude égoïste, de cette méprise du soi, on fait la distinction entre nous et les autres. Puis, en fonction de la manière dont les autres nous traitent, nous en aimons certains à qui nous nous attachons, et en considérons d'autres comme plus lointains, en les classant parmi les ennemis. Nous faisons alors l'expérience de la colère et de la haine... » (cf. Dalaï-Lama, *op. cit.*, p. 144).
3. P. 148.

tablement chez ceux qui n'ont pas eu la chance ou le courage de s'élever jusqu'à elle.

Tant qu'il ne l'aura pas atteinte, l'être humain sera condamné à des réincarnations. L'erreur serait d'y voir, comme dans certaines religions, à commencer par la religion chrétienne que Gilgamesh découvrira d'ici peu, une promesse d'immortalité personnelle. La réincarnation est bien plutôt son exact opposé : non pas la récompense d'une fidélité au divin, mais le châtiment que le destin réserve à celui qui n'a pas encore atteint l'éveil authentique, à celui dont la vie n'a pas suffi à s'affranchir des illusions du Moi. Alors, il se voit condamné à revenir encore dans cet océan de souffrance qu'est la vie prisonnière des cycles de naissance et de mort (ce que le sage bouddhiste nomme le *Samsara*). Une session de rattrapage, en somme, pour que le Moi personnel, qui est tout entier englué dans l'illusion de l'attachement, reçoive une autre chance de s'abolir enfin au profit de l'esprit, qui est par essence impersonnel. Pour les Maîtres orientaux, il faut le dire et le redire : « *Le sujet n'est pas ce qu'il s'agit de sauver, mais ce dont il faut se sauver*[1]. »

À l'encontre de l'idée selon laquelle le gouffre entre l'Orient et l'Occident serait insurmontable et les deux cultures à jamais imperméables l'une à l'autre, Gilgamesh retrouve ici des éléments communs avec la tradition philosophique qu'il avait commencé à découvrir, celle des Grecs, surtout des stoïciens, cet éloge du dés-espoir lui ayant déjà été enseigné de façon, finalement, assez proche.

1. André Comte-Sponville, *Sagesse et désespoir* in *Une éducation philosophique*, *op. cit.*, p. 352.

Si l'on accepte les considérations qui précèdent, il en découle tout naturellement que la vie la plus authentique est la vie monastique, au sens étymologique et métaphysique du terme : une vie solitaire, non pas tout à fait coupée des autres, le moine ayant des compagnons envers lesquels amitié et compassion sont vivement recommandées, mais à tout le moins retirée des attachements amicaux ou familiaux. En effet, si l'impermanence est la loi de notre univers, les « attachements » affectifs – et la famille en est fatalement entachée – sont une erreur radicale, une cause certaine et absurde de souffrance. Non seulement il est insensé de s'attacher à ses proches, mais cet attachement, qui est la source de tous nos malheurs (puisqu'ils vont mourir et nous aussi), est également à l'origine de ceux des autres. Il ne peut qu'engendrer des préférences, donc des haines, comme le déclare un sage entre les sages, le Dalaï-Lama lui-même :

> *« À tant se préoccuper de cette vie, on tend à travailler pour ceux que l'on aime bien – nos proches, nos amis – et on s'efforce à ce qu'ils soient heureux. Si d'autres essaient de leur nuire, on leur colle aussitôt l'étiquette d'ennemis. De la sorte, les illusions, tels le désir et la haine, croissent comme une rivière en crue d'été*[1]. »

Si l'adversaire est bien le « Moi haïssable », alors, comme y insiste encore le Dalaï-Lama, « *l'antidote qui éliminera les illusions est la sagesse*

1. *La Voie de la liberté, op. cit.*, p. 68.

réalisant l'absence de soi ». Or de toute évidence, seule la vie monacale permet de parvenir à cette sagesse, car seule elle autorise une véritable libération à l'égard des attachements qu'implique inévitablement la vie laïque. Écoutons encore le Dalaï-Lama :

> *« Parmi les humains, la vie profane est bourrée de turbulences et de problèmes, et les laïcs sont impliqués dans toutes sortes d'activités qui ne favorisent guère l'exercice du dharma {enseignement du Bouddha}. La vie monastique est beaucoup plus favorable, dit-on, à la pratique en vue d'en finir avec ce cycle. Selon Tsong-Khapa, réfléchir aux difficultés et aux désavantages de la vie laïque, ainsi qu'aux avantages de la vie monacale, renforce l'engagement dans celle-ci si vous avez déjà pris l'habit. Pour quiconque n'a pas encore choisi ce mode de vie, y réfléchir laisse une très forte empreinte Karmique sur l'esprit, si bien que plus tard, l'occasion se présentera de mener cette vie. »*

La dynamique du raisonnement est aussi claire que peu contestable du point de vue bouddhiste : tous nos maux proviennent des attachements, ces attachements eux-mêmes tiennent aux illusions du moi ; il faut donc se déprendre des uns et de l'autre, ce pourquoi la vie monacale est plus appropriée que la vie laïque. Pour qui n'est pas encore prêt à cet engagement, une retraite pourra préparer le terrain… à faire fructifier si possible, après réincarnation, dans une prochaine vie. CQFD.

Gilgamesh est prévenu, il sait ce qui l'attend, dans le meilleur des cas s'entend, si ses prochaines réincarnations lui permettent de parvenir à davantage de sagesse. Pour l'instant, pris de toute son âme dans la passion amoureuse, attaché comme un fou à l'être qu'il aime, soucieux à l'extrême de son propre moi, il est clair qu'il n'est pas sur la « Voie » et qu'il lui reste un sacré bout de chemin à parcourir. Une vie n'y suffira certainement pas, d'autant qu'on le voit mal porter l'habit...

La morale du dés-espoir, pourtant, n'est pas sans charme. Sans doute apporte-t-elle un précieux réconfort à ceux qui rêveraient d'en terminer une bonne fois avec les angoisses de la finitude et les tourments de l'amour-passion. Qui n'aimerait vivre dans la grâce, pouvoir goûter sans réticence ni faux-fuyants chaque instant, cette existence au présent qu'en effet, les interrogations sur l'avenir ou les nostalgies du passé risquent de gâter à ceux qui restent dépendants de la dimension du « projet ». Et pourtant le soupçon s'introduit : cette sagesse oublieuse du moi est-elle, tout simplement, plausible ? Gilgamesh a beau faire, il ne parvient pas à trouver l'univers si parfait, ni l'ordre cosmique si harmonieux que l'exigence d'y adhérer sans réticence, au point d'aimer toujours le présent, ait quelque signification. L'argument paraîtra trivial, et c'est sans doute vrai, mais il lui semble cependant irréfutable : comment recommander la réconciliation avec ce qui est, l'adhésion totale au destin, l'*amor fati,* quand il prend la forme de la mort de l'être aimé ? Pourquoi et pour qui un tel impératif ?

Pour le moine, dira-t-on, qui vit sur ses plateaux, entre ciel et terre. Et l'on nous prescrira sans doute quelque retraite. Mais le moine, ce *monos* qui vit seul, qui ne se marie pas, n'a ni famille, ni femme, ni amants, ignore l'amour humain. Il veut éradiquer son moi. Soit. Mais Gilgamesh veut résolument l'inverse. Au nom de quoi pourrait-on le convaincre d'y renoncer ? Que la mort soit certaine, c'est bien l'évidence, mais est-ce une raison suffisante pour renoncer à la vie ? Et que vaut-elle sans amour, sans passion ? Certaines méthodes diététiques nous proposent tout à la fois de manger et de maigrir. On voudrait, sur le même modèle, aimer et ne pas souffrir, prendre ce que le souci de la personne offre à nos yeux de meilleur, et le corriger de quelques doses de bouddhisme : cela ne se peut, et le bouddhisme, pour qui n'est pas moine, pour qui, donc, ne le prend pas au sérieux, pourra-t-il jamais être plus qu'une diététique spirituelle ? Admettons même la vie du moine. Comment pourrait-il ne pas rester en quelque façon un moi ? Comment un moi pourrait-il déconstruire les illusions du moi ? S'il *veut* le dés-espoir, n'est-il pas encore en quelque façon dans l'espérance, dans la volonté et l'idéal, et s'il *vise* à s'émanciper de tout projet, n'est-il pas encore inscrit dans un projet ? Contradiction performative : le dogmatique a bien pensé, mais il a seulement oublié de penser sa propre pensée. Sans cesse le « sage » est hors de lui, sans cesse il décerne des « il faut », retombe dans la critique du présent, veut changer le monde, ne serait-ce qu'en invitant ses disciples au non-attachement... En un paradoxe, en lequel on pourra voir la plus grande profondeur du bouddhisme ou son talon d'Achille, il assigne pour sens à notre vie de parvenir à une vision du monde en laquelle la question du sens disparaisse.

Gilgamesh, pensif, plein de belles questions mais peu convaincu, décide de poursuivre encore son chemin.

IV. Les premiers pas de Gilgamesh dans l'âge de la déconstruction : la lucidité et l'art du bonheur selon Schopenhauer

Glissons sur une étape qu'on épargnera à Gilgamesh : celle de l'humanisme républicain première manière et de ses divers avatars. J'ai déjà dit ailleurs[1] en quoi, malgré mon attachement indéfectible aux Lumières et à l'idée républicaine, les nouvelles idoles dont elles accouchent en termes de salut terrestre – pour l'essentiel : le scientisme, le patriotisme et l'idée révolutionnaire – sont philosophiquement si pitoyables et si funestes sur un plan humain que j'éviterais à notre ami la peine d'aller se perdre dans ces parages peu réjouissants. Même avec de l'herbe de jouvence en poche, n'oublions pas que son temps est malgré tout compté, qu'il doit bien un jour finir par rendre l'âme. Autant lui faire grâce des détours inutiles. Dans la meilleure hypothèse, l'humanisme s'est contenté, soit d'abandonner la question de la spiritualité aux religions traditionnelles, le cas échéant réinterprétées de manière déiste aux conditions de leur accord avec le rationalisme moderne (ce fut le cas pour des penseurs comme Descartes, Kant, Voltaire ou Hugo par exemple), soit de construire lui-même, comme l'avait vu Nietzsche, de nouvelles religions de salut terrestre. Dans cette seconde voie, où s'illustrent avant tout le marxisme, le scientisme et les nationalismes patriotiques, on peut dire, pour aller à l'essentiel, que la déesse « His-

1. Dans *Apprendre à vivre*, tome I, à la fin du chapitre consacré à l'humanisme moderne.

toire » a remplacé l'ordre cosmique des anciens : les individus sont invités, comme dans les cosmologies antiques, à trouver leur place dans l'histoire comme Ulysse la trouvait dans l'ordre cosmique, voire, à l'instar du stoïcisme ou du bouddhisme, à sacrifier leur moi, leur vilain petit ego, sur l'hôtel de la patrie ou de la révolution. Comme le dit de manière tragi-comique l'hymne national cubain, qui, façon « deux en un », réunit agréablement le nationalisme et l'idée révolutionnaire : « *mourir pour la patrie, c'est entrer dans l'éternité* », substitut pitoyable des promesses religieuses qui ne trompe heureusement plus grand monde, mais fait chaque jour le malheur de ceux qui doivent encore le chanter...

Passons notre chemin, donc, et dirigeons-nous directement vers l'âge de toutes les désillusions : celui de la déconstruction. Pas de doute, sur ce versant, c'est un philosophe allemand, Schopenhauer, qui, le premier d'une longue lignée, tient le haut du pavé. C'est lui qui lance la mode, qui donne le *la*. Au sujet de la mort, il est aussi direct et décisif que Lucrèce, les stoïciens ou les bouddhistes : comme eux, il n'hésite pas à déclarer haut et fort que le principal objectif de la philosophie, pour ne pas dire sa seule et unique finalité, est de nous apprendre à vivre en surmontant la peur que la finitude instille en nous :

> « *La mort est proprement le génie inspirateur, le "musagète" de la philosophie. Socrate a pu d'ailleurs la définir comme une "préparation à la mort" (thanatou mélétè : Phédon, 81 a). Sans la mort, il n'y aurait sans doute pas de philosophie... Cette réflexion, source de l'idée de la mort, nous élève à des opinions métaphysiques, à des vues consolantes dont le besoin*

comme la possibilité sont également inconnus de l'animal. C'est avant toute chose vers ce but que sont dirigés tous les systèmes religieux et philosophiques. Ils sont ainsi d'abord et avant tout comme le contrepoison que la raison, par la force de ses seules médiations, fournit contre la certitude de la mort. Ce qui diffère, c'est la mesure dans laquelle ils atteignent ce but et sans doute telle religion ou telle philosophie rendra l'homme bien plus capable que telle autre de regarder la mort en face et d'un œil tranquille[1]. »

Le thème de la mort n'est pas, pour la philosophie, un thème parmi d'autres possibles, un sujet de réflexion qui se situerait à côté de la théorie de la connaissance, de l'esthétique ou de l'éthique. Non, c'est son alpha et son oméga, son point de départ et sa finalité dernière :

« *C'est la connaissance des choses de la mort et la considération de la douleur et de la misère de la vie qui donnent la plus forte impulsion à la pensée philosophique et à l'explication métaphysique du monde. Si notre vie était infinie et sans douleur, il n'arriverait peut-être à personne de se demander pourquoi le monde existe et pourquoi il a précisément telle nature particulière*[2]... »

Il y a là, à coup sûr, de quoi attirer l'attention de Gilgamesh, de quoi lui laisser enfin espérer une solution à la mesure de ses interrogations, et ce d'autant plus certainement qu'aux yeux de Schopenhauer, il ne fait aucun doute que sa propre philosophie est, parmi toutes les tentatives

1. *Le Monde comme volonté et comme représentation*, traduction française PUF, p. 1203.
2. *Ibid.*, p. 852.

antérieures, la seule réellement propre à vaincre la peur de la mort, pourvu du moins qu'on possède un esprit assez puissant et assez audacieux pour la suivre sur des chemins, il est vrai, peu fréquentés : ceux d'une pensée radicale de l'absurdité de la vie, du non-sens absolu de l'existence. Où l'on voit aussitôt qu'un des lieux communs les mieux associés à l'image de Schopenhauer doit être relégué d'urgence au vestiaire si l'on veut avoir une chance de comprendre la finalité ultime qu'il assigne de manière pourtant tout à fait claire à sa propre philosophie : une consolation, voire un art de vivre heureux qui doit nous conduire à relativiser singulièrement son légendaire pessimisme.

De sa pensée, en effet, on se contente trop souvent de ne garder que quelques poncifs vagues et faciles, du genre : « La vie n'a pas de sens, le monde est absurde et notre seule consolation se situe dans l'art. » C'est court, terriblement court. Si le message de Schopenhauer se réduisait à ces clichés, on voit mal pourquoi il faudrait encore en parler. Bien entendu, et nous allons y revenir, l'intuition la plus fondamentale de Schopenhauer est bien que l'existence est radicalement dénuée de toute espèce de signification – en quoi il est sans doute le philosophe le plus antichrétien qui soit, sa référence au bouddhisme et son rejet de l'héritage juif du christianisme étant d'ailleurs parfaitement explicites. Il est clair aussi, disons-le tout de suite, que l'art du bonheur qu'il entend développer n'est bien entendu que négatif : il ne s'agit pas positivement de « s'éclater », de se vautrer dans les plaisirs. Comme on s'en doute, l'objectif est plus modeste. Il est seulement de parvenir, ce qui serait déjà beau, à éviter la souffrance, en quoi Schopenhauer rejoint pour l'essentiel la position des sages anciens, stoïciens ou bouddhistes. Il n'en reste pas moins, le passage qu'on vient de citer en témoigne, que le but de sa philosophie est bien, contrairement à ce que laissent entendre certains de ses disciples les plus neurasthéniques, de nous *apprendre à vivre* (formule qu'il utilise explicitement pour la décrire) et même, d'apprendre à pratiquer ce que *lui-même nommait « l'art du bonheur » ou Eudémonique*[1] *– ouvrage inachevé auquel il consacra* une grande partie de sa vie et qui supposait d'abord et avant tout à ses yeux que l'on parvînt, grâce à la puissance de la pensée, à se débarrasser de la crainte absurde entre toutes qui entoure notre rapport à la mort. Si Schopenhauer est pessimiste en ce qui concerne l'existence humaine en général, il est en revanche plein d'optimisme s'agissant des capacités de la réflexion philosophique, à commencer par la sienne, à nous tirer d'affaire.

Si l'on veut saisir en quoi sa pensée est tout entière tendue vers l'objectif ultime de vaincre la peur de la mort, si l'on veut comprendre en quel sens elle pourrait donner enfin une réponse qui tienne la route à notre malheureux Gilgamesh, il nous faut au préalable rappeler, ne fût-ce qu'en quelques mots, les grands principes qui conduisent Schopenhauer à décréter, comme nul autre philosophe avant lui, que l'existence est radicalement dénuée de toute signification.

---

1. Cf. Arthur Schopenhauer, *L'Art d'être heureux à travers cinquante règles de vies*, traduction française au Seuil, Paris, 2001.

Pour aller à l'essentiel, ce qui anime ses démonstrations[1], c'est la conviction que l'absurde, qui forme le fond du réel, la trame du monde, réside, non pas dans le fait que l'univers entier serait totalement irrationnel et chaotique, ce qui est faux, mais, bien plus profondément, dans le constat qu'en dernière instance toutes les explications rationnelles, même les plus parfaites, et toutes les significations, même les plus sublimes, finissent toujours par se perdre dans les sables. Là est la véritable absurdité du réel historique aussi bien que naturel. La véritable originalité de l'enseignement que Schopenhauer s'apprête à dispenser à notre héros[2] réside dans l'idée, rigoureusement argumentée, que l'univers de la conscience – de la « représentation » – n'est qu'un moment infime du réel, la partie émergée de l'iceberg – son soubassement étant constitué par ce qu'il appelle la « volonté ». La chose pourra paraître banale aujourd'hui. Sans doute. Mais la conséquence qu'en tire Schopenhauer avec une rare cohérence l'est moins : tous les grands récits scientifiques, métaphysiques ou religieux au fil desquels nous cherchons à donner du sens à nos vies sont de pures et vaines fictions. Le fond du réel, qui s'identifie à une espèce de vouloir aveugle, anonyme et cosmique, est l'absurde même, le règne sans partage de pulsions dépourvues de toute cause et de toute

1. Et Dieu sait que dans son grand, et surtout très gros livre, *Le Monde comme volonté et comme représentation*, il ne se prive pas de les aligner en long, en large et en travers, sans le moindre souci d'éviter les répétitions...
2. Comme l'a brillamment montré Clément Rosset dans son *Schopenhauer, philosophe de l'absurde*, PUF, 1967.

fin. Contrairement à la fameuse sentence de Hegel, non seulement le réel n'est pas rationnel, mais il est, en dernière instance, le non-rationnel par excellence. Ce sont ainsi toutes les consolations et promesses religieuses, mais aussi bien tous les idéaux des Lumières, toutes les « idoles » de l'optimisme et de l'humanisme rationalistes et progressistes qui se trouvent, comme Nietzsche le comprendra en lisant celui qui fut d'abord son maître, anéantis.

Parlons simplement, comme nous invite à le faire Schopenhauer lui-même, rare dans ce cas au sein d'une époque et d'un pays, l'Allemagne du XIXe siècle, où les philosophes se doivent à tout prix d'être virtuoses.

La science, chaque jour nous en apporte la preuve, progresse à grands pas. Elle découvre sans cesse des explications nouvelles et plus sûres des phénomènes qu'elle tente d'appréhender. Nous savons beaucoup de choses certaines sur le monde, nous connaissons par exemple de mieux en mieux l'origine de la plupart des maladies, les mouvements des planètes, la structure de la matière et des atomes, etc. À première vue, donc, le monde est tout sauf absurde. Il semble même de plus en plus rationnel, plein d'enchaînements de causes et d'effets que nous maîtrisons, que nous pouvons comprendre et reproduire. Où est donc l'irrationnel dans tout cela ? Aux yeux de Schopenhauer, il est précisément dans le contraste saisissant, pour ne pas dire la contradiction manifeste qui oppose la clarté lumineuse des explications scientifiques et le fait qu'étant par définition partielles (plus personne ne croit pouvoir parvenir au savoir absolu qui égalerait l'homme à

Dieu), elles finissent toujours, en dernière instance, par ne reposer sur rien, rigoureusement rien. Toutes les causes qu'on donne des phénomènes sont elles-mêmes sans cause, toutes les raisons sans raison. Comme Kant, le maître à penser de Schopenhauer, l'avait déjà démontré, aucune explication scientifique ne peut jamais atteindre la cause suprême, l'inconditionné qui donnerait la raison ultime de tout ce que nous voyons dans l'univers. Les sciences, si intelligentes et performantes soient-elles, ne nous livrent jamais que des bribes de compréhension, des raisonnements dont les prémices, les points de départ, reposent pour ainsi dire sur du vent, du sans-fond, du néant. Tout se passe comme si la rationalité scientifique était un disque magnifique, un cercle de plus en plus parfait, certes, mais flottant dans un océan d'absurdité et de non-sens. Des causes sans cause, une nécessité sans nécessité, une finalité sans fin : voilà le fond de l'absurde même.

Si nous nous tournons vers la sphère, non plus des causes, mais des significations et des fins, celle des actions humaines en apparence guidées par des intentions conscientes et volontaires, la contradiction est plus frappante encore. Dans la vie quotidienne, nous savons toujours ou presque (laissons de côté cette exception que représentent les actes manqués) ce que nous faisons et ce pour quoi nous le faisons. Le monde semble, là aussi, comme du côté des sciences, tout sauf absurde. Il paraît même plein de sens. Il est, par exemple, tout à fait intelligible et sensé de prendre ses clefs et son portefeuille pour aller faire des courses, d'enfiler une veste pour sortir dans la rue ou un manteau, s'il fait froid, d'aller chercher ses enfants à l'école à quatre heures et demie afin qu'ils ne restent pas sur le trottoir, etc. Chacune de nos actions semble posséder *a priori* une signification claire et nette, de sorte que le non-sens en paraît tout à fait exclu. Mais quelle est la finalité dernière, le sens ultime de toute cette agitation ? Là, pour le coup, nous serions bien en peine de répondre, comme le remarque Schopenhauer dans ce passage typique du *Monde comme volonté et comme représentation* :

> *« Ainsi, l'homme a toujours un but et des motifs qui règlent ses actions. Il peut toujours rendre compte de sa conduite dans chaque cas. Mais demandez-lui pourquoi il veut ou pourquoi il veut être, d'une manière générale. Il ne saura que répondre. La question lui semblera même absurde. »*

Comme le note Heidegger dans une perspective proche[1], le monde des significations qu'on pourrait dire « utilitaires » (du genre « je fais telle chose *pour* telle raison ») est intrinsèquement contradictoire. Comme avec l'enfant qui demande sans cesse « pourquoi ? », le questionnement se perd rapidement dans la chaîne infinie des réponses possibles. Aucune signification ultime ne s'impose plus. De même que la série des causes s'abîmait dans une régression vers le sans-fond, vers le sans-cause (le *grundlos*), c'est ici dans une progression vers le « sans-sens » que nous sommes embarqués sans pouvoir stopper à aucun moment le train fou

1. Notamment dans *Qu'est-ce que la métaphysique ?* Il est évident que Heidegger, bien qu'il le cite peu (ou peut-être est-ce là une raison de cette étrange discrétion), a beaucoup lu Schopenhauer.

qui nous conduit vers l'absurde. Les sens partiels de nos actions nous apparaissent bien, mais le « sens du sens », lui, reste totalement opaque, impossible à définir.

De cette double contradiction, Schopenhauer donne, sinon une explication (on comprend aisément pourquoi il n'en est aucune possible), du moins une description dont le principe est simple, mais les applications potentielles quasiment infinies : l'être humain est forgé de deux parties, de deux moments qui sont en complète opposition entre eux. D'un côté, il y a la volonté, ou, pour mieux dire, le *vouloir* inconscient et aveugle, qui est, comme dira Nietzsche, sur ce point encore fidèle disciple de Schopenhauer, « l'essence la plus intime de l'être », le fond commun de tout ce qui vit, végétal, animal ou humain, et même de ce qui ne vit pas mais qui est, comme la matière en mouvement, mû par des forces, elles aussi aveugles et dépourvues de toute finalité autre qu'un désir de persévérer dans l'être. Ce vouloir aveugle, présent dans tout ce qui est, ignore la notion d'individualité. Il est général, commun à tous les êtres. Au contraire, et tel est le second côté, celui que Schopenhauer désigne sous le nom de « représentation » est de l'ordre de la conscience, donc de l'individualité. L'individu se croit volontiers (mais c'est l'illusion par excellence) autonome et libre, détaché du vouloir-vivre en général, singulier par rapport à lui, différent de tout ce qui est comme les empreintes digitales diffèrent toutes les unes des autres. Il cherche alors désespérément un sens à l'existence – sans jamais pouvoir le trouver autrement que sur le mode dérisoire et illusoire de la métaphysique ou de la religion, en inventant, au niveau du monde partiel et fictif de sa représentation, des grands récits qui consolent, mais dont une analyse généalogique un tant soit peu poussée montre aussitôt, que, à l'image des explications scientifiques dont nous parlions un instant plus tôt, ils flottent dans le vide et nagent dans le non-sens le plus complet.

De là le pessimisme de Schopenhauer : si la vie était dure, mais sensée, ce serait encore supportable. Mais une existence à la fois pénible et dénuée de toute signification vaut-elle vraiment la peine d'être vécue ? Pour Schopenhauer, la réponse est évidemment non. Mieux vaudrait, à vrai dire, ne pas être né, mais nous sommes là, nous n'y pouvons rien et le suicide n'est pas une solution, nous verrons pourquoi dans un instant : il supposerait que la mort de l'individu règle le problème, ce qui n'est pas le cas, le vouloir en général restant tout aussi absurde après qu'avant.

On a bien compris en quoi l'existence était insensée. Mais pourquoi, demandera-t-on peut-être, affirmer qu'elle est en outre mauvaise, pénible et douloureuse ? La réponse de Schopenhauer, étalée sur des centaines et des centaines de pages qu'il serait d'autant plus fastidieux de commenter qu'elles sont d'une clarté parfaite, réside au fond dans une analyse de la logique du désir, dont on sait depuis Lucrèce qu'elle est structurellement insatisfaisante. En effet, soit les désirs sont insatisfaits et, livrés à un état de tension qui peut devenir aisément insupportable, nous souffrons ; soit ils sont comblés, et nous commençons alors à nous ennuyer en attendant qu'ils renaissent, mais que revienne aussi avec eux la souffrance. De là cette conviction bien connue, elle aussi exprimée dans une infinité de formules, selon laquelle l'existence est tissée de longues plages d'ennui entrecoupées de souffrances plus ou moins vives, mais dont la survenue est de toute façon garantie, le tout s'achevant par la mort. Pour se débarrasser de cette sinistre situation, il faut passer par trois étapes, qui forment l'essentiel de ce fameux art de vivre, de cet apprentissage paradoxal du bonheur que vise l'*Eudémonique* schopenhauérienne : la consolation dans l'art, la morale de la pitié et l'élévation vers le nirvana par les voies de l'ascétisme qui seul parvient finalement à nous arracher à la logique absurde du vouloir universel, aveugle et insensé.

Arrêtons là cet exposé des motifs. Il pourrait se poursuivre presque indéfiniment, comme l'œuvre de Schopenhauer le démontre, mais les quelques clefs dont on dispose maintenant devraient suffire à notre propos, qui était d'en venir aux considérations sur la mort du plus grand pessimiste, du théoricien par excellence du non-sens de l'existence. Surprise : comme je le suggérais plus haut, s'agissant de la mort, le pessimiste va se révéler d'un singulier optimisme.

La peur de la mort est le propre de l'esprit borné, pas du philosophe qui sait, à l'instar de Spinoza, que nous sommes éternels

« *Il n'y a que les têtes étroites et bornées pour redouter sérieusement dans la mort la destruction totale de l'être : quant aux esprits vraiment privilégiés, de telles craintes sont bien loin d'eux* »[1]. En

1. Cf. Schopenhauer, *op. cit.*, p. 1218.

effet, ce qui meurt, c'est l'illusion de l'individu, liée elle-même à cette autres supercherie qu'est la conscience, cet épiphénomène purement superficiel qui relève seulement du monde de la représentation. Mais le vouloir, lui, qui est le vrai réel, le fond et pas seulement la surface, la chose en soi et pas le phénomène, demeure intact, parfaitement éternel, comme l'avait vu Spinoza que Schopenhauer ne manque pas de citer à cette occasion :

> *« La profonde conviction de l'impossibilité pour la mort de nous anéantir, cette conviction que chacun porte au fond de son cœur... cette conviction, dis-je, tient fortement à la conscience de notre nature primitive et éternelle. De là les termes par lesquels l'exprime Spinoza :* sentimus experimurque nos aeternos esse – *nous sentons et nous éprouvons que nous sommes éternels* (Éthique, *V, prop. 23, scho.)... En réalité, le fondement le plus solide de notre éternité est le vieux dicton :* ex nihilo nihil fit et in nihilum nihil posest reverti *(rien ne naît de rien et rien ne peut redevenir rien)*[1]. »

L'espèce est éternelle, seul l'individu meurt, mais l'individu n'étant qu'une illusion de la conscience, un phénomène et non une chose en soi, on peut dire qu'en vérité rien ne meurt jamais. Celui qui parvient à s'élever jusqu'à cette conviction ne doit donc plus rien craindre de la mort. Il sait désormais, selon une analogie que Schopenhauer déve-

1. Pour un commentaire exact de cette proposition de Spinoza, on se reportera avec profit au cours de Deleuze, publié sous forme de CD, chez Gallimard, dans la collection « À voix haute ». Pour être simpliste, l'interprétation qu'en donne Schopenhauer n'est cependant pas absurde.

loppe, sous tous les aspects possibles, que la disparition des individus n'est, par rapport à la pérennité de l'espèce, que comme le sommeil par rapport au reste de la vie, ou comme un clignement d'yeux par rapport à la vue en général, c'est-à-dire un presque rien, un quasi-néant sans la moindre importance. De même que nous continuons à vivre une fois passée cette petite mort qu'est le sommeil ou à voir après le clignement des yeux, l'espèce, ou plus généralement le vouloir universel, continue d'exister éternellement à travers la disparition de ces micro-phénomènes de surface que sont les individus. Si nous comprenons cela, si nous percevons enfin que notre vérité, ce n'est pas notre individualité fictive, pure illusion de la conscience, mais notre participation à la vie de l'espèce, au vouloir-vivre en général, alors non seulement nous pouvons vivre en toute confiance, et même de façon joyeuse (où l'on voit encore combien le fameux pessimisme de Schopenhauer est tout relatif), non seulement nous pouvons affronter sereinement la mort, laquelle n'est que l'illusion d'une illusion (de la conscience), mais nous accédons en outre à cette belle et heureuse idée que nous faisons partie d'une communauté éternelle, celle où nous sommes déjà réunis dès lors que nous savons dépasser les limites absurdes du moi conscient et de l'individualité fictive.

Où l'on retrouve le message essentiel du bouddhisme, auquel Schopenhauer fait du reste une référence explicite et constante. Se débarrasser des illusions de l'ego, tel est l'objectif de la philosophie comme quête de la sagesse et de la sérénité :

« L'espèce, voilà ce qui vit toujours et, dans la conscience de l'immutabilité de l'espèce et de leur identité avec elle, les individus existent confiants et joyeux. La volonté de vivre se manifeste dans un présent sans fin, parce que le présent est la forme de la vie de l'espèce. Par là, l'espèce ne vieillit pas mais reste toujours jeune : la mort est pour elle ce que le sommeil est pour l'individu ou ce qu'est pour l'œil le clignement des paupières… Telle est l'immortalité dans le temps. C'est par suite de cette immortalité que, malgré les milliers d'années de mort et de décomposition, il ne s'est encore rien perdu, aucun atome de matière n'a encore disparu, et moins encore une seule parcelle de l'essence intime qui se présente à nous sous l'aspect de la nature. Aussi pouvons-nous nous écrier à tout moment d'un cœur joyeux : "Malgré le temps, malgré la mort et la décomposition, nous voici tous encore réunis !"[1]. »

Admirable optimisme du pessimiste, dont on se demandera s'il est propre à satisfaire la quête de notre bon roi d'Uruk. Mais complétons encore un instant le tableau idyllique que nous propose l'art de vivre schopenhauérien. Grâce au schéma qu'on vient d'esquisser, non seulement c'est bel et bien une quête de bonheur qui se dessine à l'horizon de la vie humaine, mais, comme en creux, par contraste en quelque sorte, nous comprenons mieux ce qui agite les humains quand ils craignent bêtement la mort : c'est que, s'enfermant dans les illusions de la conscience, ils s'imaginent qu'ils sont des individus, des êtres à part, singuliers, coupés de l'espèce et du vouloir-vivre universel. Quelle aberration, et quelle source de malheur ! C'est d'elle, bien sûr, que provient le sentiment effrayant

1. *Le Monde…*, *op. cit.*, p. 1223.

que les personnes meurent et disparaissent alors qu'un point de vue adéquat leur permettrait de comprendre qu'appartenant en soi à l'espèce, ils ne sauraient jamais vraiment mourir :

> « *L'espèce est l'objectivation la plus immédiate de la chose en soi, c'est-à-dire de la volonté de vivre. L'essence intime de tout animal et même de l'homme a donc pour siège l'espèce. C'est dans l'espèce et non pas en vérité dans l'individu, que prend racine, pour croître avec tant d'énergie et d'ardeur, la volonté de vivre. L'individu seul, au contraire, contient la conscience immédiate : de là l'illusion par laquelle il se croit différent de l'espèce, et de là aussi sa crainte de la mort*[1]. »

Voilà pourquoi le philosophe qui parvient à s'élever jusqu'au point où l'individu et la conscience sont surmontés, où l'espèce et l'individu ne font par conséquent plus qu'un, se « rirait » (*sic !*) de l'idée qu'il disparaîtra alors que le monde continuerait d'exister, « *car se rendre compte de l'immortalité de notre être et de l'identité du macrocosme et du microcosme, c'est tout un*[2] » : « *Si l'homme pouvait prendre conscience de tout ce qui complète encore sa nature* », à savoir, en dehors de son petit ego individuel, la totalité du vouloir-vivre universel, alors, « *il se résoudrait sans peine à la disparition de son individualité, il sourirait de la ténacité de son attachement à cette forme, et dirait : "pourquoi m'inquiéter de la perte de cette individualité, moi qui porte en moi-même la possibilité d'individualités sans nombre"* », puisque, en effet, dans la perspective de la métempsycose, de

1. *Ibid.*, p. 1229.
2. *Ibid.*, p. 1231.

la réincarnation telle que la pensent les bouddhistes auxquels Schopenhauer fait ici allusion, c'est toujours la même force vitale qui perdure dans la succession des individus. Sans le savoir, ils ne font qu'un, ils ne sont qu'un seul et même être qui se réincarne sans cesse, du moins jusqu'à ce qu'ils atteignent à cette sagesse la plus haute, qui leur permet de quitter une bonne fois pour toutes le carcan des individualités et la série des réincarnations, pour accéder enfin au nirvana.

Voilà pourquoi le christianisme, à l'opposé de la sagesse orientale, représente l'erreur suprême, la plus grande bévue qu'on puisse commettre à propos de notre rapport à la mort, car dans la perspective qui vient d'être ici rappelée, il est parfaitement clair que « *désirer l'immortalité de l'individualité, c'est à vrai dire vouloir perpétuer une erreur à l'infini*[1] ». Les chrétiens s'imaginent à tort qu'ils vont se retrouver, en tant qu'individus doués chacun d'une conscience singulière, en tant que personnes, après la mort, dans une espèce de paradis, alors que pour les bouddhistes, à l'inverse, c'est justement lorsque nous parvenons à surmonter l'illusion du moi individuel que nous gagnons la possibilité de nous savoir réunis ici et maintenant, de comprendre que nous sommes d'ores et déjà membres d'une communauté universelle où cette absurdité que sont les ego a enfin disparu :

> « *Ainsi les chrétiens se consolent par l'espérance de se revoir dans un autre monde, où on se retrouve dans une complète individualité, où on se reconnaît aussitôt. Pour les autres reli-*

---

1. *Ibid.*, p. 1238.

gions, au contraire, cette reconnaissance commence à s'opérer dès maintenant, quoique incognito : c'est-à-dire que, dans le cycle des naissances et en vertu de la métempsycose ou de la palingénésie, les personnes aujourd'hui en relation intime ou en contact avec nous renaîtront en même temps que nous "lors de la prochaine naissance"[1]. »

Bel optimisme, à nouveau, où la mort non seulement n'est plus à craindre, mais apparaît même comme une chance magnifique, radicale et ultime, de se débarrasser enfin de l'illusion du moi :

« *Par-dessus tout, la mort est la grande occasion de n'être plus le moi : heureux alors, qui sait en profiter... La mort est le moment de l'affranchissement d'une individualité étroite et uniforme qui, loin de constituer la substance intime de notre être, en représente bien plutôt comme une sorte d'aberration... De là, semble-t-il, cette expression de paix et de calme qui se peint sur le visage de la plupart des morts. En général, la mort de tout homme de bien est douce et tranquille, mais mourir sans répugnance, mourir volontiers, mourir avec joie est le privilège de l'homme résigné, de celui qui renonce à la volonté de vivre et la renie*[2] », c'est-à-dire du sage qui a suffisamment pratiqué l'ascétisme, l'abandon de soi, le « lâcher prise », pour partir rejoindre avec joie le vrai réel, le vouloir-vivre universel et éternel...

La mort apparaît dès lors comme une leçon de sagesse, une manière de supprimer cette erreur absurde qu'est le moi individuel. Elle sera d'autant plus douce que celui qui la subit sera plus sage et détaché de son ego, d'autant plus dure qu'il sera

1. *Ibid.*, p. 1253.
2. *Ibid.*, 1258.

plus fou et attaché à lui – thème qui rejoint là encore l'enseignement de Spinoza selon lequel « le sage meurt beaucoup moins que le fou[1] ». Dans cette perspective, la mort est une récompense pour le sage, mais un châtiment pour le fou :

> *« La mort est la grande leçon infligée par le cours des choses à la volonté de vivre et plus intimement encore à l'égoïsme qui en est l'élément essentiel. On peut la concevoir comme un châtiment de notre existence... C'est la destruction, due à l'intrusion d'une force externe, de l'erreur fondamentale de notre être : c'est la grande désillusion. Nous sommes au fond quelque chose qui ne devait pas être, aussi cessons-nous d'exister[2]. »*

Bref, *viva la muerte* !

V. L'échec de la philosophie, la tentation du christianisme

Gilgamesh, satisfait ? J'en doute. Pourquoi ? Parce que, comme Schopenhauer lui-même le reconnaît, toutes les philosophies (y compris la sienne ?) échouent, malgré l'ampleur des arguments rationnels qu'elles mobilisent en vain, à vaincre la peur de la mort, la raison étant impuissante face à ce vouloir-vivre aveugle et sourd qui n'a d'autre objectif que de persévérer dans son être. La volonté se révèle, malgré toutes les démonstrations qu'on voudra invoquer, incapable de se séparer de la représentation aussi facilement qu'elle le devrait pour ne plus craindre la mort[3].

---

1. Voir aussi, sur ce thème étrange, l'enseignement de Deleuze.
2. *Le Monde...*, *op. cit.*, p. 1257.
3. *Ibid.*, p. 1247 et 1248.

Mais il y a plus, beaucoup plus.

La vérité, si l'on veut avouer la difficulté commune à toutes les philosophies que nous avons évoquées, c'est qu'aucune ne répond vraiment à la question posée. Elles essaient plutôt de noyer le poisson, de contourner la difficulté en nous persuadant que nous sommes fous de nous plaindre d'un événement nécessaire et qui, du reste, est sans importance puisqu'il ne concerne que notre petite personne. Le problème, c'est que la petite personne en question est la seule que nous habitions, la seule qui soit concernée directement par l'amour comme par la mort – la vie universelle, l'espèce ou le cosmos se réduisant pour nous, si l'on y réfléchit bien, aux représentations que nous nous en faisons. Je puis bien essayer de me faire une idée adéquate de ces entités abstraites, de les décrire de manière aussi détaillée qu'on voudra, je puis même m'efforcer de m'y plonger et de me fondre en elles. Il n'empêche. Pour parler comme Hegel, le « point de vue de la réflexion », celui de la conscience finie, ne disparaît jamais. La Vie, l'Espèce et le Cosmos restent des abstractions : on ne voit pas pourquoi leur réalité universelle et abstraite devrait l'emporter sur celle, particulière et concrète, de la conscience individuelle, de sorte que les promesses qu'on nous fait en leur nom ne valent finalement pas grand-chose.

Par contraste, il faut bien reconnaître que les grandes religions, et singulièrement la religion chrétienne, offrent au moins le mérite d'affronter la question posée, de ne pas l'éluder ou la prendre de biais. Elles lui apportent qui plus est une solution qui est à sa mesure. Sans barguigner, le christianisme nous promet très exactement ce que nous voulons entendre : la résurrection des âmes et des corps, et pour couronner le tout, il nous assure que nous pourrons retrouver après la mort, dans une autre vie, ceux que nous aimons en celle-là. Gilgamesh enfin réuni avec Enkidu. Pas une pseudo-victoire sur la peur de la mort, mais une vraie victoire sur la mort elle-même. Comment résister ? Il est clair, en tout cas, que la perspective religieuse tranche singulièrement avec les méandres philosophiques qui ne pouvaient, c'est l'évidence, que décevoir profondément le roi d'Uruk. Pour sortir de la peur, pour faire enfin, selon le fameux thème chrétien, « mourir la mort » et permettre ainsi aux humains d'aimer sans crainte et sans retenue, il faut, comme les croyants[1] l'ont parfaitement compris, que quatre conditions soient réunies :

> *« Que la mort ne soit pas le terme ; qu'il y ait une persistance de l'identité personnelle après la mort ; qu'il y ait une relative hétérogénéité entre la forme d'être que nous connaissons actuellement et celle placée après la mort ; qu'il soit permis d'espérer que cette continuation post mortem s'opère dans des conditions relativement heureuses, voire très heureuses. »*

En d'autres termes, nous ne serons pleinement sereins et rassurés que si nous avons la certitude qu'une autre vie reprendra après notre disparition, une vie dans laquelle nous resterons bien nous-mêmes, de vraies personnes individuelles, avec

1. Voir l'excellent livre de Denis Moreau, *Les Voies du salut*, Bayard, 2010, p. 181. Bien que non-croyant, je suis ici son argumentation. Dans son genre, qui est celui de la religion, elle me semble parfaite.

leur âme et leur corps. Évidemment, il faut que cette nouvelle vie soit un peu différente de l'ancienne, mais surtout, il faut qu'elle soit plus heureuse, beaucoup plus heureuse, puisque la mort n'y aura plus sa place et que l'amour y régnera en maître. Stupéfiante coïncidence : c'est là justement ce que promet le Christ à ceux qui acceptent de le suivre. Et tout naturellement, cette promesse de résurrection personnelle bouleverse l'attitude existentielle du chrétien :

« *L'existence du croyant est une existence caractérisée par la foi en la résurrection du Christ et par l'espérance en sa propre résurrection. Si l'on prend au sérieux cette foi et cette espérance, elles ne sont pas quelque chose que l'on pourrait avoir parallèlement à d'autres idées, à titre d'ornement ou de consolation de la vie, mais elles déterminent l'être entier du chrétien et le place dans un rapport spécifique avec le monde qui modifie son être au monde*[1]. »

À l'appui de son argumentation, le penseur chrétien est tout heureux de pouvoir citer[2] des philosophes, de toutes époques et de tous horizons, qui confessent l'impuissance de la philosophie à nous convaincre que la mort n'est pas à craindre, renforçant par contrecoup ses convictions les plus intimes. Écoutons, par exemple, l'excellent La Rochefoucauld :

« *Rien ne prouve davantage combien la mort est redoutable que la peine que les philosophes se donnent pour persuader qu'on*

1. R. Bultmann, cité par Denis Moreau, *ibid.*, p. 295.
2. C'est toujours Denis Moreau qui donne et commente ces citations que je lui emprunte, *ibid.*, p. 76 sq.

la doit mépriser... Il est raisonnable de dire quelque chose de la fausseté du mépris de la mort. J'entends parler de ce mépris de la mort que les païens se vantent de tirer de leurs propres forces... On a écrit... tout ce qui peut le plus persuader que la mort n'est point un mal. Et les hommes les plus faibles aussi bien que les héros ont donné mille exemples célèbres pour établir cette opinion. Cependant, je doute que personne de bon sens l'ait jamais cru. Et la peine que l'on prend pour le persuader aux autres et à soi-même fait assez voir que cette entreprise n'est pas aisée. »

Écoutons encore Marcel Conche, l'auteur, pourtant, d'un essai sur *La Mort et la Pensée*, dans lequel il reprenait volontiers certains thèmes épicuriens qui lui paraissaient alors convaincants, mais qui lui semblent désormais presque dérisoires :

« La Mort et la Pensée *fut publié en 1973, il y a trente-trois ans. Je parlais alors de "la" mort qui n'était pas encore "ma" mort. Les choses changèrent l'année suivante. J'eus un cancer. Dès lors, je fus hanté par la mort... Épicure ne m'aide pas... La mort est aussi obscène qu'inéluctable... J'admets avec Épicure, non comme lui par démonstration, mais simplement par conviction, qu'il n'y a donc rien à craindre dans la mort – dans le fait d'être mort. Mais pour être mort, il faut mourir. Je crains le passage qui, même s'il est passage de quelque chose à rien, en lui-même n'est pas rien.* »

Écoutons enfin Jacques Derrida, d'autant plus émouvant qu'à l'époque où il tient ces propos, il lutte contre le cancer qui allait l'emporter quelques mois plus tard :

« Apprendre à vivre, cela devrait signifier apprendre à mourir, à prendre en compte, pour l'accepter, la mortalité absolue (sans salut ni résurrection, ni rédemption, ni pour soi ni pour les autres). Depuis Platon, c'est la vieille injonction philosophique : philosopher, c'est apprendre à mourir. Je crois à cette vérité sans m'y rendre, de moins en moins. Je n'ai pas appris à accepter la mort... Je reste inéducable quant à la sagesse du savoir mourir. Je n'ai encore rien appris ou acquis à ce sujet. »

Oui, se dit le chrétien, la philosophie aide peu. Seule la religion nous apporte le véritable salut, lequel réside dans la « mort de la mort » elle-même. Quant à Gilgamesh, il est tout simplement sous le charme. Souvenons-nous : son expérience initiale, celle qui l'anéantit dans un premier temps, puis déclenche sa conversion radicale à la quête métaphysique de l'immortalité, tient à la contradiction intolérable entre l'amour et la mort. C'est parce qu'il ne supporte pas la disparition de son ami Enkidu, parce qu'il le tient serré dans ses bras jusqu'à ce que les « vers lui tombent du nez », que Gilgamesh décide de tout quitter : sa ville, les femmes, la gloire, la richesse et les honneurs, pour se mettre à la recherche de celui qui, ainsi croit-il, pourra lui dévoiler les secrets de la « vie sans fin ».

Jusqu'à présent, Gilgamesh est plutôt déçu par l'enseignement des sages. Bien entendu, ils ont le mérite de poser le problème, de s'y attaquer, ce qui est déjà beaucoup et contribue sans doute à faire baisser l'angoisse. Mais enfin, soyons francs, leurs réponses font irrésistiblement penser à celle du Renard dans cette fable de La Fontaine que Gilgamesh ne découvrira que plus tard : voyant que les raisins délicieux de l'immortalité sont inaccessibles, ils les déclarent « trop verts et bons pour les goujats ». Le sage fait contre mauvaise fortune bon cœur. À défaut d'avoir accès à la vie éternelle, il thématise et justifie les beautés du renoncement, de la vie frugale et naturelle, de l'existence fondue dans des réalités supérieures à l'individu. Mais, avec Lucrèce, on sent clairement que c'est « faute de mieux ». Quant aux bouddhistes, leur éloge de la vie monastique, leur apologie du renoncement aux vains plaisirs de ce monde ne sont guère séduisants que sur le papier, pour qui (comme c'est l'usage en Occident) ne met guère leurs conseils en pratique. Tout cela, sans doute, est intelligent, astucieux, bien argumenté, parfois profond… mais franchement peu convaincant et totalement impraticable : il est peu probable qu'un seul sage de ce type ait jamais vu le jour parmi les hommes.

En revanche, lorsqu'il entend pour la première fois la parole du Christ, Gilgamesh sent d'entrée de jeu qu'il est peut-être arrivé à bon port. Enfin quelqu'un qui parle de la chose même, de l'immortalité, qui lui promet qu'elle est, moyennant quelques conditions auxquelles il est tout prêt à réfléchir, accessible même au plus humble des mortels. Voilà, à tout le moins, une proposition qui mérite qu'on s'y arrête. D'autant qu'en plus de cette magnifique promesse que Jésus fait miroiter à ses disciples, il leur assure que c'est par l'amour, et non par je ne sais quel détachement, qu'on peut parvenir à la réaliser. De sorte que de problème qu'il était chez les sages anciens, l'amour semble devenir la solution. Se pourrait-il que je retrouve un jour mon cher Enkidu ? se demande alors

Gilgamesh. Il s'approche du maître, se fond dans la foule, et lui prête l'oreille la plus attentive du monde.

Et voici ce qu'il retient des paroles sublimes qu'il vient littéralement de boire...

Le salut par la foi : « la mort de la mort », enfin vaincue par l'amour, et la promesse de la résurrection

Gilgamesh a entendu parler de la résurrection de Lazare et il est encore sous le choc. On lui a raconté en détail toute l'affaire. Lazare est un ami du Christ, et pourtant, lorsque ce dernier apprend, par un message de ses sœurs, que cet ami est gravement malade, il ne s'empresse pas de le rejoindre. Au contraire, comme le raconte Jean l'Évangéliste, Jésus fait exprès d'attendre que passent deux jours, pour être certain que Lazare est bien mort. De fait, quand il le rejoint, Lazare est au tombeau depuis quatre jours. Sa chair dégage déjà l'odeur de corruption qui accompagne la mort. Le point est essentiel, car il annonce une résurrection qui ne sera pas seulement celle de l'âme, mais aussi du corps, donc de la personne individuelle complète. Lorsque Jésus s'approche du tombeau, lorsqu'il voit Marthe et Marie, les sœurs de Lazare, et ses amis en pleurs, il se met lui aussi à pleurer. Ce qui prouve que, bien que divin, il est aussi vraiment humain, capable de ressentir la peine dans une attitude de sympathie, de compassion pleine d'humilité. Pourtant, il sait qu'il va ressusciter son ami, que l'amour est plus fort que la mort. Lorsqu'il lui dit : « Lazare, viens dehors », le mort sort « les pieds et mains liés de bandelettes et le visage enveloppé d'un suaire ». Image forte, propre à éveiller la foi. Lazare est à nouveau bien vivant, de sorte que beaucoup de ceux qui assistent à la scène se mettent à croire en la vérité de la parole du Christ…

Cet épisode, sans doute le plus important des Évangiles (c'est en tout cas ce que pensera saint Paul), montre comment la résurrection chrétienne offre la particularité unique d'associer étroitement trois thèmes fondamentaux pour sa doctrine de la vie bienheureuse : celui de l'immortalité personnelle de l'âme, celui d'une revivification des corps qui permet après la mort les retrouvailles – celle, notamment, de la singularité des visages aimés –, celui d'un salut par l'amour, qui autorise même, contrairement à la compassion stoïcienne ou bouddhiste, l'attachement aux personnes singulières, pourvu du moins que cet amour soit rattaché à Dieu par certains liens. La résurrection apparaît ainsi comme le point nodal de toute la doctrine chrétienne du salut. Sans elle – que de manière significative les Actes des Apôtres nomment la « bonne nouvelle » –, c'est tout le message du Christ qui s'effondre. C'est là ce que souligne sans ambiguïté aucune la première Épître aux Corinthiens (15, 13-15) : « *Si l'on proclame que Christ a été relevé d'entre les morts, comment certains parmi vous peuvent-ils dire qu'il n'y a pas de résurrection des morts ? S'il n'y a pas de résurrection des morts, alors Christ non plus n'a pas été relevé, vide alors est notre proclamation, vide est notre foi.* » On ne saurait trop y insister : ce n'est pas seulement l'âme qui est ressuscitée, mais bien le « composé âme-corps » tout entier, la personne singulière en tant que telle. Lorsque Jésus lui-même, après sa propre résurrection, reparaît devant ses disciples, il leur propose, pour lever tous leurs doutes, de le toucher et, comme preuve de sa « matérialité », il demande un peu de nourriture qu'il mange devant eux. Comme le déclare l'Épître aux Romains : « *Et si l'Esprit de Celui qui a relevé Jésus d'entre les morts habite en vous, Celui qui a relevé d'entre les morts Christ Jésus fera vivre aussi vos corps mortels par son Esprit qui habite en vous.* »

Que la chose soit difficile, voire impossible à imaginer (avec quel corps allons-nous renaître ? À quel âge ? Que veut-on dire lorsqu'on parle d'un corps « spirituel », « glorieux » ? etc.), qu'elle fasse assurément partie des mystères insondables d'une Révélation qui, sur ce point, dépasse de beaucoup notre entendement, ne change rien à l'affaire. L'enseignement de la doctrine chrétienne est constant : à l'encontre des interprétations hâtives, qui y voient un rejet de la chair, il faut dire au contraire : « *La chair est le pivot du salut. Nous croyons en Dieu qui est le créateur de la chair ; nous croyons au Verbe fait chair pour racheter la chair ; nous croyons en la résurrection de la chair, achèvement de la création et rédemption de la chair... Nous croyons en la vraie résurrection de cette chair que nous possédons maintenant*[1]. » Mais toute l'astuce, si l'on ose dire, consiste à faire de l'amour, non plus un obstacle, une passion funeste qui conduit à l'attachement et, par là même, prépare aux humains les pires souffrances, mais au contraire une solution. Avec le christianisme, l'amour de Gilgamesh pour Enkidu n'est plus coupable, même s'il prend la forme d'un

1. Cette assertion figure dans le Catéchisme officiel de l'Église catholique.

sentiment qui crée des liens, pourvu du moins qu'il soit relié à Dieu.

Voici pourquoi et comment.

L'amour enfin permis puisqu'il sauve et mène à l'éternité, pourvu du moins qu'il soit « amour en Dieu »

Nous avons vu en quoi et pourquoi les sagesses anciennes condamnaient sans appel l'amour-passion qui fait obstacle au « non-attachement », comment elles nous invitaient même, pour cette raison, à la vie monastique. Le raisonnement chrétien est tout différent. Non qu'il fasse, bien sûr, l'éloge de la passion en tant que telle. Ce serait trop dire et l'on trouverait de nombreux textes pour infirmer cette opinion. Mais pour autant, l'amour qui porte sur les personnes singulières n'a rien de répréhensible, bien au contraire, pourvu du moins que l'on ne s'attache pas à ce qui passe, mais à ce qui dure et parvient en elles à l'éternité. C'est cette nouvelle forme d'amour que saint Augustin décrit de façon remarquable dans un passage des *Confessions* où il évoque la perte d'un ami d'enfance auquel il s'était attaché « plus que de raison ». Avec un réel talent de psychologue qui pourra enchanter Gilgamesh et le convaincre qu'il a enfin trouvé un frère, Augustin dépeint les affres d'un deuil qui intervient dans sa vie avant sa conversion au christianisme, à un moment, donc, où, comme Gilgamesh avec Enkidu, il ignore encore tout de la doctrine chrétienne du salut par la résurrection : « *Je crois que d'autant plus que j'aimais alors passionnément mon ami, je haïssais la mort qui me l'avait enlevé et la regardait comme ma plus cruelle ennemie, m'imaginant que puisqu'elle avait bien pu me le ravir, elle ravirait bientôt le reste des hommes. Voilà l'état misérable où j'étais alors.* » Et Augustin insiste longuement sur la contradiction qui oppose, dans cet état, l'amour et la mort : « *J'étais misérable ; il n'y a point de cœur qui, étant engagé dans l'amour des choses mortelles, ne soit misérable, qui ne soit déchiré lorsqu'il les perd, et qui alors ne connaisse et ne sente la misère par laquelle il était déjà misérable avant même qu'il ne les eût perdues.* » Et à ce stade, dans une perspective préchrétienne donc, Augustin rejoint bien entendu la pensée stoïcienne et, plus généralement, toutes les sagesses hostiles à l'attachement aux êtres périssables : « *Car d'où venait que cette affliction m'avait si aisément pénétré le cœur, sinon de ce que j'avais répandu mon âme sur l'instabilité d'un sable mouvant, en aimant une personne mortelle comme si elle eût été immortelle ?* » Si l'on n'a pas la foi, il vaut mieux savoir résister aux attachements lorsqu'ils sont exclusifs, puisque « *tout dépérit en ce monde, tout est sujet à la défaillance et à la mort* ». Dès qu'il s'agit de créatures mortelles, il faut que « *mon âme ne s'y attache point par cet amour qui la tient captive lorsqu'elle s'abandonne aux plaisirs des sens. Car comme ces créatures périssables passent et courent à leur fin, elle est déchirée par ces différentes passions qu'elle a pour elles et qui la tourmentent sans cesse ; parce que l'âme, désirant naturellement se reposer dans ce qu'elle aime, il est impossible qu'elle se repose dans ces choses passagères puisqu'elles n'ont point de subsistance et qu'elles sont dans un flux et un mouvement perpétuel* ». On ne saurait mieux dire et le sage stoïcien, comme le bouddhiste, pourrait, il me semble, signer ces propos augustiniens.

Mais qui a dit que l'homme était mortel ? Qu'on ne doive pas s'attacher à ce qui passe, fort bien. Mais pourquoi le faudrait-il pour ce qui ne passe point ? Et n'est-ce pas, justement, toute l'originalité du message chrétien qu'avec la bonne nouvelle de la résurrection, non seulement des âmes, mais des corps singuliers, les humains ne sont plus de simples mortels ? Là où, pour le sage bouddhiste, l'individu n'est qu'une illusion, un agrégat provisoire voué à la dissolution et à l'impermanence, là où, pour le stoïcien, le moi est destiné à se fondre dans la totalité du cosmos, le christianisme promet l'immortalité de la personne singulière dès lors qu'elle est sauvée par la grâce de Dieu. Pour faire bonne mesure, il soutient que c'est par l'amour, non seulement de Dieu, non seulement du prochain, mais tout autant des proches que le salut se gagne ! En quoi l'on voit comment l'amour, de problème qu'il était, devient bien solution, pourvu du moins qu'il ne soit pas exclusif de Dieu mais que, portant sur des créatures singulières, sur des personnes, il soit, selon la formule d'Augustin, amour *en* Dieu. Et c'est là, bien sûr, où Augustin veut en venir : « *Seigneur, bienheureux celui qui vous aime et qui aime son ami en vous, et son ennemi pour l'amour de vous. Car celui-là seul ne perd aucun de ses amis qui n'en aime aucun que dans celui qui ne se peut jamais perdre. Et qui est celui-là, sinon notre Dieu… Nul ne vous perd, Seigneur, que celui qui vous abandonne* », et, pouvons-nous ajouter dans le droit-fil de ce propos, nul ne perd non plus les êtres singuliers qu'il aime, sinon celui qui cesse de les aimer en Dieu.

Augustin n'exclut pas l'amour d'attachement lorsque son objet est le divin, de Dieu lui-même, bien sûr, mais aussi des créatures en Dieu en tant qu'elles échappent elles aussi à la finitude pour entrer dans la sphère de l'éternité : « *Que si les âmes te plaisent, aime-les en Dieu, parce qu'elles sont errantes et muables en elles-mêmes, et qu'elles sont fixes et immobiles en lui de qui elles tiennent toute la solidité de leur être et sans qui elles s'écrouleraient et périraient... Attachez-vous fortement à lui, et vous serez inébranlables.* » Rien n'est plus frappant, à cet égard, que la sérénité avec laquelle Augustin évoque les deuils qui l'ont touché, non plus cette fois avant sa conversion au christianisme, mais après elle, à commencer par la mort de sa mère, dont il était pourtant si proche : « *Il se passa quelque chose de semblable dans mon cœur, où ce qu'il y avait de faible et qui tenait de l'enfance se laissant aller aux pleurs était réprimé par la force de la raison et se taisait. Car nous ne croyions pas qu'il fût juste d'accompagner ses funérailles de larmes, de plaintes et de soupirs, parce que l'on s'en sert d'ordinaire pour déplorer le malheur des morts, et comme leur entier anéantissement : au lieu que la mort de ma mère n'avait rien de malheureux et qu'elle était encore vivante dans la principale partie d'elle-même.* » En faisant « mourir notre mort » et « rendant immortelle cette chair mortelle », Jésus apparaît enfin comme le seul sage à nous promettre que notre vie d'amour ne s'achèvera pas avec la mort terrestre.

Gilgamesh a enfin de quoi être rassasié. La réponse chrétienne est assurément la plus « performante » : si l'amour et même l'attachement ne sont pas exclus dès lors qu'ils portent sur Dieu ou sur le divin en l'homme – si les êtres singuliers, non le prochain mais les proches eux-mêmes, sont partie intégrante de ce divin en tant qu'ils sont sauvés par Dieu et appelés à une résurrection singulière, le salut chrétien apparaît bien comme le seul qui nous permette de dépasser non seulement la peur de la mort, mais la mort elle-même.

Reste un détail, une toute petite fissure dans la sublime construction. Un doute infime qui s'empare de l'âme, mais qui ne cesse de grandir à la réflexion : et si cette promesse était trop belle pour être vraie ? Se pourrait-il que, correspondant tellement à ce que nous voulons tous entendre, nous l'ayons inventée ? Une chose est certaine, c'est que sans la foi, sans cette confiance que le latin *fides* rend mieux que le français, elle ne tient pas. Que voulons-nous, en effet ? Ne jamais connaître la solitude, être aimés, ne pas mourir, ou en tout cas pas vraiment, pas de manière irrémédiable, pour pouvoir retrouver pour toujours, après cette « petite mort » qu'est la fin de la vie biologique, ceux que nous aimons. Qu'à cela ne tienne ! Jésus ne fait pas de détail, il nous offre le tout d'un seul bloc. On peut y croire, bien sûr, et Gilgamesh est libre de choisir parmi les doctrines qu'il a rencontrées celle qui lui convient le mieux. On peut aussi penser que le christianisme, pas plus que les sagesses anciennes d'Orient ou d'Occident, ne parvient si peu que ce soit à nous faire oublier que la mort de ceux que nous aimons, pour ne rien dire de la nôtre, quoi qu'on en dise ou qu'on y fasse, reste bel et bien pour nous la pire catastrophe qui soit.

Où Gilgamesh, après tout ce périple, s'apprête à retourner sur les remparts de sa ville pour y méditer tranquillement la moisson d'idées qu'il vient d'achever...

VI. Les leçons de Gilgamesh : la spiritualité laïque et la sagesse de l'amour

A-t-il perdu son temps ? Évidemment non. D'abord parce qu'il a fait le tour de la question. Il pourra toujours approfondir tel ou tel aspect des sagesses qu'il a rencontrées sur sa voie, en visiter peut-être une ou deux autres, mais globalement, il éprouve le sentiment d'avoir suffisamment exploré le sujet pour s'en faire une idée adéquate. Inutile d'aller encore voir ailleurs. Il a tous les éléments en main, en tout cas l'essentiel, et sa quête peut prendre fin. Il continuera à réfléchir par lui-même, bien sûr, mais le fait qu'il dispose du matériau pour le faire, déjà en soi, n'est pas rien. Il y a plus. S'il rentre chez lui, prêt comme Ulysse à accepter la condition de mortel, à ne plus chercher à la fuir dans une sagesse ou dans une religion auxquelles il ne parvient guère à croire, c'est toutefois muni d'un certain nombre de convictions : celles qui relèvent d'une spiritualité laïque, d'une sagesse de l'amour qu'il peut conserver par-devers lui pour les laisser reposer, puis les méditer quand il en aura le loisir.

Les voici, très simplement, en guise de conclusion à cet itinéraire philosophique.

I. Contre Schopenhauer : le simple fait d'exister n'est ni souffrance ni ennui mais joie

D'abord, à l'encontre du pessimisme de Schopenhauer, et malgré le deuil qui l'a accablé, mais qui, malgré tout, laisse encore place à la vie, Gilgamesh est, tout bien pesé, à nouveau convaincu que le simple fait d'exister n'est pas un malheur, mais une joie. Rien n'a pu le persuader que l'existence n'était tissée que de longues plages d'ennui entrecoupées de souffrances jusqu'à la mort. Au contraire, comme Ulysse et les sages grecs, comme Rousseau, Goethe ou Nietzsche après eux, il tient que l'existence en tant que telle est une grâce. Si elles n'ont pas réussi à emporter son adhésion au sujet de la mort, les sagesses anciennes l'ont du moins convaincu sur un point essentiel, qu'il tient pour un acquis de ses aventures philosophiques et qu'il compte bien ramener avec lui vers Uruk : apprendre à vivre au présent, ne pas se laisser tyranniser par le passé et le futur, voilà la clef, le moyen de parvenir à habiter le réel, de se réconcilier avec lui quand il le permet, voire à l'aimer autant qu'il est possible. Cette sagesse-là, oui, il l'accepte et il se promet de tout faire pour la mettre en pratique. Les exercices que recommandaient les Anciens ne lui paraissent pas superflus[1]. Comme Ulysse lorsqu'il embrasse enfin Pénélope, lorsque les dieux distendent l'instant présent afin qu'il puisse abriter les deux amants, il lui faudra apprendre à habiter le monde à l'écart de ces deux tyrans que sont l'espérance vaine et les passions tristes, regrets, remords et culpabilités. Alors et alors seulement, l'existence n'est plus l'ennui ni la douleur que décrit Schopenhauer, mais elle semble au contraire un don gratuit, une faveur qui

1. Après Pierre Hadot, Roger-Pol Droit a bien exploré les simplifications de tels exercices de sagesse, cf. *101 expériences de philosophie quotidienne*, Odile Jacob, 2001.

nous est faite et pour laquelle nous éprouvons parfois comme une espèce de gratitude, comme une sourde envie de remercier... Qui ou quoi ? Pas un dieu, bien sûr, si l'on n'y croit pas, mais peut-être bien l'existence elle-même, le simple fait d'être en vie, le miracle de l'être.

Qu'on me comprenne bien : je parle ici de l'existence en tant que telle, ni embellie par un projet grandiose, ni abîmée par un deuil, juste du simple fait d'être au monde, de pouvoir goûter la douceur de l'air, du soleil, le spectacle de la nature, des jeunes filles en fleurs et de toutes ces beautés inimaginables qui sont à portée de main quand bien même nous n'en ferions rien de particulier, comme dans cette *Élégie de Marienbad*, où Goethe laisse parler l'un de ses personnages dans un élan poétique où chaque mot compte, où chaque vers exprime une idée juste :

« *Heure après heure*
Comme une grâce, la vie nous est offerte.
Du passé, nous avons peu appris
De demain, tout savoir est interdit...
Fais donc comme moi, avec une sagesse joyeuse,
L'instant regarde-le dans les yeux, N'attends pas !
Vite ! Fais-lui accueil avec une vivante bienveillance
Que ce soit pour l'action, pour la joie, ou l'amour
Où que tu sois, sois tout cela, toujours dans cette disposition d'enfant.
Si tu es tout cela, tu es invincible[1]. »

1. Cité et admirablement commenté par le regretté Pierre Hadot, *N'oublie pas de vivre*, Albin Michel, 2008, p. 76.

Schopenhauer a beau accumuler les arguments qui tentent à tout prix de nous prouver que l'existence est atroce, il ne fait en vérité, comme le dira méchamment mais justement Nietzsche, que nous démontrer l'inanité de *son* existence. S'il ne l'aime pas, qu'il n'en dégoûte pas les autres ! Le seul regret qu'on puisse éprouver selon Goethe, aux antipodes de ce malheureux Schopenhauer, c'est que cela doive s'arrêter un jour, et le seul souhait, c'est que cela dure le plus longtemps possible. Sagesse toute simple en théorie, mais que Gilgamesh, le guerrier et l'amant passionné, mettra sans doute un certain temps à mettre en pratique...

II. Contre Schopenhauer encore : seule la singularité est aimable et ce qu'on aime est toujours irremplaçable

Toujours à l'encontre de l'enseignement de Schopenhauer, mais aussi d'une large part des sagesses antiques d'Orient et d'Occident dont le philosophe allemand assume ici l'héritage, Gilgamesh a compris que, du point de vue de l'amour et, plus généralement, du sujet fini, la singularité non seulement n'est pas une illusion, mais elle est bel et bien la seule et unique réalité dont il faut partir pour situer toutes les autres. Au nom de quoi, alors qu'il se dit kantien, Schopenhauer pourrait-il désavouer la conscience finie, sinon en cédant à un dogmatisme de la chose en soi[1] qui

1. Si, selon le schéma vaguement kantien qu'installe Schopenhauer, la volonté = la chose en soi, et la représentation = le phénomène, on ne voit pas, sauf à avoir de Kant une interprétation dogmatique qui ne tient pas la route, au nom de quoi l'en-soi devrait relativiser le phénomène !

est incompatible avec la lucidité de la philosophie transcendantale ? Du point de vue fini, mais il n'y en a aucun autre, sauf à retomber lourdement dans la métaphysique dogmatique qui croit pouvoir parler du point de vue de Dieu ou de l'en-soi, dire que la mort n'est rien pour nous, qu'elle n'est qu'un passage ou que l'individu doit joyeusement se fondre dans la vie universelle et disparaître dans l'espèce, c'est se payer de mots. Ce point est essentiel. Il faut s'y arrêter car nombre de penseurs contemporains se laissent emporter par cette illusion.

La « connaissance du troisième genre », pour parler comme Spinoza, disons la sagesse qui est censée vous élever jusqu'au point où vous devez aimer le réel tel qu'il est, quel qu'il soit, n'a jamais emporté l'adhésion d'aucun être humain, et ce pour une raison de fond : elle se situe toujours en un lieu – le point de vue de Dieu et non celui de l'homme, celui de l'espèce et non celui de l'individu, celui du sage et non celui de la conscience commune, celui de l'en-soi et non du pour-nous – qui est structurellement, par essence même, radicalement inaccessible à la conscience humaine finie. On lui demande de faire un saut hors d'elle-même, de sortir de soi et d'en finir avec les illusions du moi. Mais si c'était justement ce malheureux moi qui avait raison, si c'était lui qui disait la vérité et le prétendu sage qui refusait de la voir ? Plein de bonne volonté, le disciple néophyte essaie de parvenir à s'oublier lui-même, il s'efforce d'accomplir les exercices de sagesse, à vrai dire d'anéantissement de soi, que les différentes écoles philosophiques d'Orient ou d'Occident lui recommandent de pratiquer du soir au matin. Mais rien n'y fait : sa conscience est finie, sa personne est limitée et elle le restera. Son point de vue ne sera jamais celui de Dieu, de la vie universelle, du cosmos, de l'espèce, de l'en-soi, de la connaissance du troisième genre ou de l'*amor fati*. On veut arracher l'individu à lui-même, surmonter l'humain par l'humain, mais la chose est impossible. Blotti au fond du prétendu sage, le petit homme continue de faire entendre, fût-ce faiblement, la voix de cette conscience qui aime les singularités et déteste toujours autant la mort.

De là l'écart entre Lucrèce et Épicure...

Nous sommes des humains et vouloir à tout prix que nous devenions des dieux est, tout simplement, absurde. Pour nous, définitivement, l'amour porte à l'attachement et l'on n'y pourra jamais rien. Pour nous encore, il n'a pour objet que des personnes singulières. *On n'aime ni n'aimera jamais l'universel, l'interchangeable, mais seulement l'irremplaçable.* « Parce que c'était lui, parce que c'était moi », disait Montaigne. Pour nous, irrémédiablement, la mort de l'être aimé est et restera une catastrophe absolue, et il est vain, à vrai dire même obscène, de vouloir à toute force s'épargner le risque de cette souffrance, en effet indicible, en se privant dès maintenant et pour toujours d'aimer, en pratiquant, par cette anticipation qui n'a d'autre moteur qu'une peur panique, la vie monastique, la mort dès aujourd'hui pour qu'elle ne puisse plus nous troubler demain.

Quant au bonheur, si la philosophie n'y a jamais préparé personne, si les ouvrages en quinze leçons, les « arts du bonheur » qui, de Schopenhauer au Dalaï-Lama, prétendent nous faire découvrir « La Voie » en nous livrant quelques préceptes ne peuvent jamais convaincre non plus, c'est que le bonheur, tout simplement, n'existe pas. Je les ai lus et relus, et je ne suis ni plus ni moins heureux qu'avant. Nous vivons sans doute des moments de joie, de sérénité, de grâce, mais il n'y a aucune chance pour que nous entrions un jour dans un état stable et permanent qui mériterait le nom de bonheur. Comme si nous étions arrivés au port, comme si nous allions pouvoir nous établir enfin durablement sur la terre ferme. Nous connaissons tous des « instants champagne » et même, parfois, si nous avons de la chance, que la maladie ou la mort d'un proche ne frappent pas trop fort, des périodes heureuses. Mais tous aussi, nous savons, sauf les ravis de la crèche, que ça ne dure qu'un temps et que la séparation, la mort et le malheur font aussi partie intégrante et inévitable de la vie. Qu'il faille les accepter, « faire avec » comme on dit, est une chose. Qu'on prétende qu'ils n'existent que pour le fou, mais qu'aux yeux du sage ils ne seraient plus rien, relève, il faut bien le dire, de l'imposture. Je n'ai jamais vu, et je suis certain que je ne verrai jamais quelqu'un sauter de joie quand il apprend la mort de l'être aimé entre tous. Or cela arrive tous les jours à des milliers de gens. Prétendre qu'ils ont peur du bonheur sous prétexte qu'ils sont plongés dans le malheur est non seulement faux, mais à la limite de l'indécence.

Pire, pour un philosophe, c'est une preuve d'imbécillité, cette imbécillité qu'on retrouve dans cette insupportable formule qui déclare, avec une ironie pesante qu'accompagnent inévitablement des airs entendus, pour se moquer et rabattre son caquet aux prétentions à la singularité, que les « cimetières sont pleins de gens irremplaçables ».

Eh bien, oui, ils le sont, en effet. Je vois mal ce qui pourrait, par exemple, « remplacer » chacun des Juifs assassinés par des salauds pendant la dernière guerre : personne ne le peut et le mal est radical, sans remède, sans solution de remplacement, sans consolation possible d'aucune sorte. Il ne faut ni oublier, ni chercher à compenser. Si la vie continue, c'est *par ailleurs*, pour d'autres raisons, avec des sources de joie qui parfois subsistent ou renaissent. Encore que, ne nous leurrons pas non plus, le malheur et l'échec absolus soient aussi possibles, comme ils le furent pour certains, irrémédiablement et sans réparation imaginable, à Auschwitz ou à Goma. Les humains sont des êtres singuliers et rien ne peut remplacer ceux qu'on a aimés et, plus généralement, ceux qui nous manquent, même lorsqu'on nous a ôté la chance de les connaître.

III. C'est l'amour qui donne le sens du sens, sinon « à » nos existences, du moins « dans » nos existences

Le schopenhauérien neurasthénique n'en continue pas moins de gémir et de protester : « *On peut toujours discuter la validité du pessimisme, penser, si l'on y tient vraiment et qu'on est assez niais pour y croire, que la vie est pleine de joies et de passions plutôt que de souffrances et d'ennui, mais ce qui, à tout le moins, est indubitable, c'est qu'elle n'a aucun sens. Cela, personne ne peut sérieusement le nier et les idéologies du sens de la vie sont grotesques.* » Ainsi argumente encore aujourd'hui le disciple de Schopenhauer (disciple qui prend toujours grand soin d'oublier au passage le paradoxal

« art du bonheur » rédigé par son maître). Face à cette conviction, qui se veut démonstrative, on peut, à ce qu'il me semble, adopter deux attitudes fort différentes.

La première, qui est déjà celle de Spinoza, mais que Nietzsche poussera à son comble, consiste à faire sienne, sans restriction aucune, la conviction de Schopenhauer, mais à en renverser la conclusion. Oui, c'est l'évidence, la vie n'a aucun sens. Pour qu'elle en ait un, il faudrait d'ailleurs lui fixer un terme en dehors d'elle, ce qui, par définition, est impossible (sinon dans une optique religieuse qu'on écarte ici par hypothèse). La vie est, en effet, parfaitement absurde, du moins si l'on entend par là qu'elle ne tend vers aucun but assignable qui lui donnerait une signification globale. Mais à la différence de Schopenhauer, il n'y a rien là aux yeux de Nietzsche qui doive porter à la désolation. Tout au contraire, cette absence totale de sens est une libération joyeuse qu'il faut mettre à profit. Constamment, Schopenhauer pleurniche. Sans cesse, il exprime sa déception de ne trouver aucun fondement dernier aux explications scientifiques, aucune finalité ultime aux actions des hommes. Mais c'est qu'il n'a rien compris à l'essence même de la vie. Ainsi pense Nietzsche, qui rejoint ici Spinoza. La vérité, c'est que cette radicale absence de sens est à ses yeux la meilleure nouvelle qui soit. En quoi on doit distinguer soigneusement deux pessimismes et, corrélativement, deux manières de se rapporter au tragique : d'un côté un pessimisme geignard et neurasthénique, qui culmine toujours dans une philosophie de la consolation par l'art, la pitié, le nirvana, qui refuse la vie et tente de s'en détacher par tous les moyens ; de l'autre, le pessimisme actif et joyeux qui dit « oui » à la vie telle qu'elle est, et qui trouve son achèvement le plus parfait, je n'y reviens pas, dans une philosophie de l'*amor fati*.

J'aime Nietzsche, je le trouve génial, mais pour le dire enfin sans fard, sa doctrine de l'*amor fati* m'a toujours semblé absurde. Je n'arrive pas à y croire une seconde, et comme je l'ai souvent fait savoir à nombre de mes amis qui se disent spinozistes ou nietzschéens, je n'ai pas encore rencontré un seul disciple de Nietzsche ou de Spinoza qui soit capable de réfuter sérieusement le fameux « argument du bourreau » auquel Clément Rosset, en bon spinoziste, entend toujours faire un sort : si nous devons aimer le réel tel qu'il est, le réel en totalité, quelle que soit la tête qu'il a, ainsi commence l'argument en question, alors, cela signifie qu'il faut aussi aimer les bourreaux qu'il compte inévitablement en lui. Ce qui suppose, en effet, que l'on dise oui à la vie, même quand elle inclut Auschwitz, quand les nazis emportent votre femme, vos enfants vers la chambre à gaz et les assassinent sous vos yeux. On me dit que non, que ce n'est pas du tout ça, que je n'ai rien compris, que l'*amor fati* aime aussi la lutte contre les méchants, que ce combat fait lui aussi partie du réel. Soit, mais alors en quoi l'impératif d'aimer ce qui est en totalité se distingue-t-il de la vision ordinaire de tout un chacun, et pourquoi plaider avec tant de force pour un « oui » total, pour une adhésion sans faille au réel si ce réel inclut en lui… le refus du réel ? Je ne vois pas, franchement, où ces sophismes nous conduisent, sinon à faire comme tout le monde : à ne pas aimer le monde quand il n'est pas aimable et à l'aimer quand il l'est, conclusion de bon sens, à vrai dire, mais qui n'a à tout le moins nul besoin de tout cet attirail conceptuel sophistiqué.

Je n'ai jamais rencontré aucun spinozodeuleuzo-nietzschéen capable de répondre si peu que ce soit à cette objection autrement qu'en la déclarant banale – ce qui, au demeurant, est parfaitement exact, mais ne la rend nullement fausse pour autant. Une proposition peut être banale, mais vraie. C'est même le cas le plus courant : rien de plus banal que 2 + 2 = 4 et cependant quoi de plus juste ?

Du coup, l'impératif de l'*amor fati* se révèle, non seulement de peu de secours – à vrai dire d'aucun –, parce que totalement impraticable (qu'on me montre une seule personne au monde aimant le réel quand il est mortel et je veux bien être pendu sous un fraisier !), mais pire encore, en réintroduisant un idéal, voire une idole, il ressemble comme deux gouttes d'eau à ce que Nietzsche déteste le plus et qu'il appelle le nihilisme : une injonction permanente à se conformer à des exigences idéales, irréelles et impossibles, qui culpabilisent l'individu et réintroduisent les passions tristes à leur pire niveau d'efficacité. Vous n'êtes pas heureux ? C'est votre faute, c'est que vous manquez de courage, de lucidité, de sagesse ! Ainsi parle aujourd'hui le nietzschéen mâtiné de spinozisme. Faisant son intéressant, il prétend, lui, avoir la force du bonheur tandis que vous, pauvre faiblard nihiliste, vous vivez dans la peur et le malheur au prétexte que votre fils vient de mourir, que votre femme ou votre amant vous a quitté. Pleurnichard médiocre, incapable de ce gai savoir qui conduit le véritable sage à danser sur l'océan scintillant de la vie. Cette nouvelle figure de la culpabilisation prêterait à rire si elle n'avait rendu Nietzsche lui-même aussi tragiquement malade, son malheur qui accompagne tous les âges de sa vie, avec les femmes et ses amis comme avec le reste du monde, étant le seul trait réellement saillant de son effroyable biographie[1].

Voilà pourquoi, devant l'affirmation du non-sens de l'existence, je suggère d'abandonner les idéologies de l'*amor fati*, qui ne mènent nulle part et reviennent aussi vite qu'elles l'avaient quitté au simple point de vue de la conscience commune : après avoir professé de manière grandiose le culte héroïque du « oui » à la vie et de l'amour du monde tel qu'il va, on fait le tri comme tout le monde, on aime le bien et les gentils, on n'aime pas le mal ni les salauds. Ce qui me conduit à préférer à toute cette rhétorique grandiloquente une simple phénoménologie de l'amour qui montre en quoi il est bel et bien désormais le seul et unique principe donateur de sens.

Pour le comprendre, souvenons-nous encore un instant de l'objection principale que Schopenhauer élève contre l'idée selon laquelle la vie aurait du sens : dans nos actions quotidiennes, disait-il en substance, nous accédons à des significations partielles ou relatives, jamais à des significations absolues et ultimes. Je sais pourquoi je prends mon portefeuille et ma veste quand je sors acheter des cigarettes, mais, en dernière instance, si je remonte de signification en signification, si je répète encore et toujours le fameux « pourquoi ? »

1. Cf. l'admirable *Vie de Friedrich Nietzsche* rédigée par Daniel Halévy, Calmann-Lévy, 1909.

des enfants, je finis par m'apercevoir que le « sens du sens », le pourquoi du pourquoi, m'échappe radicalement et que tout cela, finalement, n'a rigoureusement aucun sens. Les actions partielles paraissent sensées, mais la vie, dans son ensemble, est parfaitement insensée, le sens du sens nous échappant de part en part.

Sauf, justement, dans l'expérience de l'amour, qui est à cet égard la seule valeur absolue, la seule qui donne du sens à toutes les autres : à la vérité, comme à la justice et à la beauté, qui ne valent rien si je ne les aime. Je puis toujours, cela arrive, préférer le mensonge à la vérité, mon intérêt personnel à la justice (à l'intérêt général). Je puis même préférer l'agréable au beau, un bon dîner à un beau concert. Mais lorsque j'aime vraiment, et ce quel que soit l'amour dont on parle – amour-passion, amour d'amitié, amour paternel ou maternel –, alors, non seulement je ne puis rien lui préférer, mais je prends conscience qu'il donne du sens au sens, qu'il unifie mes actions pour les orienter vers un but global. C'est lui qui répond à l'objection principale de Schopenhauer.

Il suffit, comme je viens de le suggérer, d'esquisser une phénoménologie de l'expérience amoureuse pour en prendre conscience. Dans l'état amoureux, tout prend sens par rapport à une fin unique, non pas forcément la conquête, mais la préservation, l'amplification et surtout la réalisation de l'amour. Que ce soit à son bureau ou sous sa douche, le soir ou le matin, au volant ou dans le train, l'amoureux « ne pense qu'à ça ». Tout son être est requis par la passion, toutes ses actions prennent un sens par rapport à elle. Ici, les significations partielles s'unifient, elles se regroupent sous le primat d'un foyer principal qui, de fait, donne du sens aux sens. On objectera que ce que je dis là vaut seulement de l'amour-passion et que, chacun sait ça, il n'est qu'une illusion éphémère, sa fin ou son apaisement nous rejetant de nouveau vers l'océan du non-sens schopenhauérien. Voire... Un jour, un chauffeur de taxi libanais, ancien professeur de mathématiques dans son pays d'origine qu'il avait dû quitter en raison de la guerre, m'a dit tranquillement ceci : « *J'ai un métier difficile, peu gratifiant pour moi qui ai connu autre chose avant. Je travaille dix ou onze heures par jour, dans des conditions qui ne sont pas toujours plaisantes et, malgré tout, je gagne assez mal ma vie. Mais savez-vous, monsieur ? Ma fille vient d'être admise dans une grande école et mon fils termine ses études de médecine, et moi, au moins, je sais pourquoi je travaille...* » Sans être dans l'amour-passion, cet homme avait trouvé le sens du sens, il savait au nom de quoi les moindres gestes de l'existence quotidienne s'organisaient et ce qu'il fallait faire pour que l'amour s'épanouisse, se prolonge et se transmette, bref, pour que, tout simplement, il se vive. Simplicité de la sagesse du sens conféré par l'amour, joie qui contraste avec la sophistication des arguties pessimistes.

Bien entendu, il va de soi que, pour un non-croyant, l'existence, entendue globalement, n'a pas de sens, si l'on entend par là qu'elle serait suspendue à un terme extérieur à elle qui lui assignerait une direction et un objectif ultimes. Il n'en reste pas moins que l'amour est cet absolu au sein du relatif, cette transcendance dans l'immanence, qui nous offre, ici et maintenant, un accès privilégié au sens du sens. C'est lui qui donne, sinon un sens *à* l'existence, du moins du sens *dans* l'existence. Et cela suffit à celui qui accepte, comme Ulysse, la condition de mortel.

IV. La philosophie est « méditation de la vie, non de la mort[1] », en quoi l'amour de la sagesse devient sagesse de l'amour

Du coup, la vraie question devient la suivante : non pas que faire pour vaincre la mort, pour affecter de croire qu'elle n'est rien pour nous ou que nous sommes immortels, mais comment vivre avec ceux que nous aimons sachant qu'ils sont mortels et nous aussi, qu'il n'est, face à cette réalité, aucune consolation possible, peut-être pas même de consolation souhaitable – elle ressemblerait trop à un reniement pour être acceptable. Si l'amour est par excellence le lieu du sens du sens, de l'absolu au cœur du relatif, de la transcendance au cœur de l'immanence, alors celui qui perd un être aimé éprouve inévitablement le sentiment d'une insupportable éclipse du sens, l'impression que la vie est absurde, que la mort n'a aucune signification... jusqu'à ce que d'autres amours obligent à rester, à revivre. Non qu'ils remplacent celui qu'on a perdu, comme un lot de consolation qui viendrait nous changer les idées. L'irremplaçable ne se remplace pas. Mais, simplement, pour autant que l'amour renaisse, ou, plus simplement encore, qu'il subsiste ailleurs, avec d'autres êtres aimés, c'est aussi le sens qui revient ou qui demeure, et avec lui, c'est tout un, le goût de vivre. Là est, à mes yeux, le véritable « oui » à la vie :

1. La formule, bien sûr, est de Spinoza, cf. *Éthique,* IV, 67.

non pas l'aimer quand elle n'est pas aimable, comme voudraient nous le persuader sans jamais y parvenir les philosophies de l'*amor fati*, mais renoncer à chercher de fausses consolations, mais accepter l'irréparable, le regarder en face, sans se leurrer sur l'ampleur de la perte, sans renier pour autant ce que l'on a vécu, en continuant d'aimer la vie tant que l'amour habite encore ce monde. Celui qui veut vivre après un deuil, après une séparation qui semble irrémédiable doit savoir que d'autres amours sont possibles, s'ils ne sont déjà là, et qu'ils donnent du sens à l'existence, sans nullement remplacer ou annuler pour autant l'expérience qu'on a vécue. En cela, oui, il faut tout prendre dans le destin.

Mais par-delà la métaphysique de la finitude, par-delà la question du deuil de l'être aimé, il y a la vie de tous les jours, avec, comme on dit, ses joies et ses peines, les moments de bonheur mais aussi les lassitudes et les anicroches, les disputes et les infidélités. Bref, l'usure que le temps fait subir à l'amour-passion. Parfois, il se transforme en tendre amitié, voire en amitié amoureuse. C'est ce qu'on appelle les couples heureux. Disons-le sans fard : ils sont de plus en plus rare. La liberté des mœurs qui accompagne chaque jour davantage le mouvement de l'individualisme démocratique a achevé de déculpabiliser, et par là même de faciliter le divorce. Mal vu dans les milieux bourgeois il y a quelques décennies encore, il ne choque aujourd'hui plus personne, pas même lorsqu'il est le fait d'un homme politique de premier plan (ce qui eût été impensable au début du siècle dernier et aurait à coup sûr brisé sa carrière). Souvent, donc, l'usure conduit à des séparations qui, à leur manière, sont elles aussi des deuils, avec tout ce que cela signifie de souffrance et de non-sens. Nous l'avons dit : fonder le mariage sur l'amour, et qui plus est sur l'amour-passion, c'était dès l'origine prendre le risque de la rupture. Et, de fait, plus de 50 % des couples divorcent aujourd'hui dans les grandes villes d'Occident.

L'antinomie du mariage d'amour est bien connue. Denis de Rougemont en a fait le tour de manière réellement admirable[1], en explorant jusqu'en leurs racines métaphysiques et religieuses les plus profondes les deux mythes archétypiques que symbolisent en Occident les noms de Tristan et de Don Juan. Arrêtons-nous un instant au cœur de son analyse.

L'antinomie fondamentale : Tristan et Don Juan

D'un côté, donc, il y a Tristan. Comme son nom l'indique assez, cet homme est voué à la tristesse et au malheur. Pourquoi ? Parce que l'amour auquel il se laisse emporter est d'emblée impossible : Yseut est mariée au roi Marc, qui est son souverain mais aussi son ami, et lui enlever sa femme, comme Tristan, saisi par la passion, finit par s'y résoudre, ne peut conduire qu'au désastre. Comme le montre Rougemont, ce désastre n'a cependant rien d'anecdotique ni de contingent. Il est programmé d'entrée de jeu, pour ainsi dire consubstantiel à la logique même de l'amour-passion. Car ce dernier ne se nourrit que du manque de l'autre, pas de sa présence. Une fois

1. Cf. *L'Amour et l'Occident,* Plon, 1972, ainsi que *Les Mythes de l'amour,* chez Albin Michel, 1996.

les amants réunis, la passion s'apaise et c'est l'ennui qui prend sa place et s'empare de leur vie. Symbole de ce vide sans lequel l'amour-passion s'éteint peu à peu : l'épée qui sépare les deux amants au moment où le roi Marc, qui est parti à leur poursuite, les découvre enfin, endormis, couchés l'un à côté de l'autre à même le sol, dans une attitude d'autant plus chaste et digne qu'ils sont séparés par cette arme que rien n'explique, sinon le besoin d'instaurer une distance pour que l'amour ne meure pas. Comme si éros lui-même, une fois les deux amants en présence l'un de l'autre, devenait impossible. Logique du désir infini qui nous renvoie, une fois encore, à Lucrèce : éros, l'amour-passion par excellence, n'est jamais si tendu, si poussé à son comble que lorsque l'objet de son désir lui échappe. Ce dont, en effet, une impressionnante littérature semble témoigner.

On pense, bien sûr, à Proust, à *Un amour de Swann* ou, plus encore, à *Albertine disparue*. L'amant, lassé de sa maîtresse au point de n'avoir plus d'yeux que pour les autres, découvre à quel point il en est amoureux le jour où elle le quitte. Alors, éros tourne littéralement à l'obsession, le manque de l'autre étant son principal combustible. Mais on songe aussi, avec Rougemont, au *Lolita* de Nabokov ou encore à *L'Homme sans qualités* de Musil qui, chacun à leur façon, s'attachent à décrire des amours illégales ou incestueuses, des amours d'autant plus passionnées qu'elles sont d'entrée de jeu si interdites qu'elles en deviennent impossibles. En quoi elles ne se nourrissent, comme dans le cas de Tristan qui est leur modèle caché, que de cette impossibilité même de posséder l'être aimé, fillette ou sœur, que les bonnes mœurs et le tabou de l'inceste rendent dès le départ inaccessible. Sur un mode mineur, tragi-comique, une nouvelle de Boris Vian met en scène un mari qui ne parvient à désirer sa femme que lorsqu'elle le trompe, qui la supplie de l'appeler quand elle est avec son amant, de lui raconter jusque dans les détails comment elle le cocufie...

À l'opposé de Tristan, il y a Don Juan. Tristan, c'est par excellence le soupirant, ce personnage central de l'amour courtois qui s'annule dans la passion pour l'autre. Comme le mystique, qui est prêt à s'abolir pour faciliter sa fusion avec le divin et s'inflige à cette fin les mortifications les plus humiliantes, Tristan est prêt à mourir pour son amour, à s'anéantir lui aussi dans la sacralisation d'Yseut. Don Juan, en apparence au moins, c'est tout l'inverse. Comme dans une dialectique hégélienne, l'essentiel a changé de pôle : c'est désormais lui, l'amant, qui est tout, et l'autre qui n'est rien, une simple silhouette que l'on prend et que l'on rejette aussitôt pour passer à une autre. Mais la vérité, c'est que ces deux figures mythiques renvoient l'une à l'autre, passent même l'une dans l'autre pour parler, là encore, comme Hegel, au point finalement de se confondre. Car si Don Juan change sans cesse, c'est parce qu'il est un autre Tristan, parce qu'il craint par-dessus tout, lui aussi, que la possession anéantisse l'amour. Au lieu de se séparer de l'être aimé par une épée, au lieu de choisir un amour d'emblée impossible, il opte sans doute pour une autre stratégie : celle qui consiste à ne jamais s'attacher, à séduire et abandonner sans cesse. Mais fondamentalement, comme le montre Kierkegaard, cela revient au même et Don Juan souffre du même mal que celui qui ronge Tristan : l'impossibilité, pour éros, pour la passion amoureuse, de s'assouvir, l'impossibilité, pour elle, de subsister autrement que par et dans le manque de l'autre. La figure de l'impossible et celle du changement, l'amour interdit ou le « papillonnage », selon l'heureuse formule de Fourier, représentent les deux impasses de la passion amoureuse. En quoi cette dernière ne dure qu'un temps et doit soit échouer, soit se transformer.

Des solutions de l'antinomie ?

C'est cette transformation que la plupart des théoriciens de l'amour ont tenté de penser et, plus encore, de légitimer. On comprend aisément pourquoi : elle apparaît, dans la logique de l'antinomie qu'on vient de retracer, comme la seule issue heureuse imaginable. En quoi l'on est tenté de faire l'éloge du passage d'éros vers d'autres formes d'amour, réputées « plus hautes » et, à tout le moins, plus durables et plus heureuses. C'est là ce que propose Rougemont lui-même, suivi en cela par André Comte-Sponville. Tous deux plaident pour une transition de « l'amour-passion » vers « l'amour-action[1] ». En clair, et si on laisse de côté les jeux de mots, s'il commence toujours par la passion, par éros, il faut que l'amour authentique, s'il veut « progresser » et durer, se transforme en décision volontaire, en choix assumé, dès que la passion commence, c'est son destin inévitable, à s'estomper. Il faut choisir l'autre, décider de façon

1. Voir par exemple, les trois CD consacrés par André Comte-Sponville à l'amour aux éditions Frémeaux et associés.

volontariste de vivre avec lui, il faut tenter, comme on dit, de « construire » quelque chose et ne plus se laisser porter par la seule logique de la passion.

C'est dans ce sens que Comte-Sponville propose une réinterprétation des fameux trois termes grecs qui définissent l'amour : éros, *philia* et *agapè*. Éros, nous l'avons dit et compris, c'est l'amour qui prend et qui consomme, l'amour qui se nourrit du manque de l'autre plus que de sa présence. *Philia*, qu'on traduit d'ordinaire par l'amitié, mais qui peut aussi comprendre l'amour entre un homme et une femme, c'est tout le contraire d'Éros. *Philia* ne se réjouit pas du manque, mais de la présence de l'être aimé. *Philia*, c'est cette joie gratuite, désintéressée, que nous éprouvons à la simple existence de l'autre. C'est l'expérience que nous faisons lorsque, par un hasard qui parfois fait bien les choses, nous croisons dans la rue une personne qui nous tient à cœur. Le sourire nous vient alors aux lèvres avant tout calcul, sans réfléchir, sans savoir le moins du monde encore ce que nous allons faire de cette rencontre : s'embrasser, prendre un café, se donner rendez-vous pour plus tard ? On verra, le sourire, lui, est déjà là. Formule de *philia* : « *Merci d'exister !* » Et puis il y a *agapè*, l'amour chrétien, celui qui pousse le désintéressement et la gratuité à l'extrême, jusqu'au point où il peut devenir amour de l'ennemi. Si éros est l'amour qui prend, et *philia* celui qui partage, *agapè* est l'amour qui donne, celui des parents pour les enfants, celui de Dieu pour les hommes :

> « *Éros, philia et agapè : l'amour qui prend, qui ne sait que jouir ou souffrir, l'amour qui se réjouit et qui partage, l'amour*

qui accepte et qui protège, qui donne et qui s'abandonne... Je t'aime de toutes ces façons : je te prends avidement, je me donne joyeusement, je m'abandonne doucement. Merci d'être ce que tu es : merci d'exister et de m'aider à exister[1]. »

Pourquoi pas ? Je respecte et j'admire. Je soupçonne même mon vieil ami André d'être capable, comme il le dit souvent lui-même, de « penser sa vie et de vivre sa pensée ». Tant mieux pour lui. Je n'en ai pas moins quelques doutes sur l'universalité du schéma. D'abord, je ne suis pas tout à fait convaincu que cette vision de la passion, d'éros, soit juste, qu'éros ne se nourrisse que du manque de l'être aimé. Je dirais plutôt de la *distance,* ce qui n'est pas la même chose. La passion, curieusement, ne veut pas tout maîtriser, elle aime le mystère, que l'autre échappe un tant soit peu, qu'il ne soit pas totalement prévisible, transparent, bref, ennuyeux comme tout ce qu'on peut manipuler et contrôler, comme tout ce à travers quoi on a le sentiment de voir au point de se sentir seul avec l'autre. C'est cela que refuse éros, nullement la présence de l'être aimé. Est-ce si incompréhensible et si funeste ? Pas sûr. Si Albertine redevient séduisante quand elle échappe, c'est que d'un coup, son amant mesure qu'elle est plus complexe qu'il ne le pensait, plus intéressante aussi, et qu'il est passé à côté d'elle : il croyait en avoir fait le tour, il se trompait, voilà tout. Ce n'est pas le manque qu'il aime, mais bel et bien cette nouvelle réalité d'Albertine dont il comprend par son

1. Cf. André Comte-Sponville, *Pensées sur l'amour,* Albin Michel, 1998, présentation.

départ qu'il l'a bêtement manquée tandis que d'autres, châtiment suprême, vont en profiter.

Et puis, il y a autre chose encore. Dans la réalité, trop d'impondérables viennent troubler la pureté du modèle idéal d'une ascension d'éros vers *agapè*. À commencer par ceux qui tiennent aux dimensions non théoriques ou non religieuses de l'amour auxquelles Rougemont et Comte-Sponville sont peu sensibles. C'est leur droit, bien entendu, mais cela limite leur propos. Car l'approche, au sens propre idéaliste, celle qui s'appuie seulement sur l'idéal qu'on peut se faire d'une belle progression de bas en haut, d'éros vers *agapè via philia*, n'épuise pas tout. Il y existe aussi une biologie des passions, trop matérialiste sans doute, mais qui n'en joue pas moins un rôle bien réel, une biologie du lien (de l'ocytocine et des phéromones[1]) et du coup de foudre, mais également une biologie de l'usure et de la séparation. On ne saurait la mettre tout à fait de côté dans l'analyse des difficultés auxquelles se heurte l'amour dans la réalité. Il y a même, quoi qu'on en dise, une psychologie des profondeurs, qui ne dit pas que des choses insensées sur ces sujets. Je pense par exemple, mais il en est mille autres, à cette remarque que fait Freud dans un petit article, d'une lucidité impressionnante, sur la dissociation des tendances affectives et des tendances sexuelles, dissociation qui explique à ses yeux l'existence d'un autre mythe, moins noble et moins joli que ceux qu'évoque Rougemont, mais peut-être bien aussi puissant : celui de la maman et de la putain.

1. Voir sur ce point les ouvrages de Lucy Vincent.

Qu'on souhaite ardemment réconcilier éros, *philia* et *agapè*, qui pourrait en douter ? Ce serait l'idéal, mais si le réel s'y refuse, que peut-on lui opposer ? Or, selon Freud, qui touche probablement ici à quelque chose de juste, beaucoup d'hommes éprouvent une grande difficulté à réconcilier le sexe et l'amour. De là, chez eux, statistiquement plus que chez les femmes, la force irrépressible d'éros. L'explication qu'il donne pourra sembler partielle ou controuvée, elle n'en a pas moins quelque apparence de vérité. Nous reproduisons souvent, sinon toujours, ainsi commence son argumentation, des schémas familiaux lorsque nous choisissons un partenaire. Là, rien de bien nouveau ni de très original, j'en conviens. Mais ce qui l'est plus, c'est que dans ces schémas, le tabou de l'inceste fonctionne à plein régime. La mère, la femme aimée par excellence, est aussi celle avec laquelle il est au plus haut point interdit de faire l'amour. De là la fameuse dissociation à laquelle songe Freud : d'un côté, il y a l'épouse idéale, la nouvelle mère, celle qu'on investit de toute son affection, de sa tendresse, celle aussi que l'on respecte par-dessus tout, qu'on ne supporterait pas de voir insultée (« Ta mère ! »), mais aussi, celle avec laquelle on ne couche pas ; de l'autre, il y a la femme qu'on méprise, la « chienne » dont parle déjà Hésiode dans *Les Travaux et les Jours,* celle qui a du chien, en effet, mais pour laquelle on n'éprouve guère de sentiment, pas de tendresse ni d'attachement du cœur, mais que l'on désire comme aucune autre parce qu'elle est, au sens propre, « sexy ». C'est la putain. On aime la première, mais on n'y touche pas, on touche la seconde, mais on ne l'aime pas.

Observation juste et profonde ou tissus d'approximations délirantes ? À chacun d'en juger. Il entre trop de subjectivité dans l'approche psychanalytique pour que l'on prétende trancher objectivement. Ce qui est sûr, à tout le moins, et c'est là où je voulais en venir, c'est que les dimensions inconscientes, biologiques et historiques de nos existences viennent sans cesse biaiser la logique de l'amour. La vie amoureuse est exposée en permanence à des complexités non théoriques, complexités qui me paraissent rendre assez vains les schémas idéaux. S'agissant de la vie des couples, chacun fait comme il peut, la théorie servant davantage de repoussoir que de modèle[1].

Ma seule certitude, à vrai dire, c'est que Don Juan se porte de plus en plus mal. Le changement pour le changement n'est plus d'actualité. On ne divorce pas pour le plaisir de divorcer – c'est presque toujours une plaie. En quoi nous sommes plutôt devenus, selon l'heureuse formule de Rougemont, des « Don Juan au ralenti » : deux ou trois mariages par vie, voilà tout. Si l'on se sépare, si l'on divorce, c'est parce que les histoires d'amour, comme toutes les histoires, comme les contes autant que les œuvres musicales qui en sont une analogie sonore, ont un début, un développement et une fin – cette fin pouvant parfois être la mort elle-même. Le divorce, bien sûr, est un échec. Mais on peut y voir aussi, tout simplement, la fin normale d'une histoire, une fin qui ne signifie pas nécessairement que ce qui a existé était une pure et simple erreur, que l'aventure n'avait pas lieu

1. Pascal Bruckner a bien exploré cette réalité, cf. *Le Paradoxe amoureux*, Grasset, 2009.

d'être. Il faut, contrairement à Don Juan, accepter d'entrer dans ces histoires, prendre le risque de les vivre, car tout est mieux quand on se connaît, même l'amour physique, et changer tout le temps n'a rien d'aussi réjouissant qu'il peut y paraître à qui n'a pas tenté l'expérience. En d'autres termes, Don Juan au ralenti n'est plus du tout Don Juan qui, lui, change pour changer, séduit pour séduire.

Il en va de la fin des histoires d'amour et des divorces comme de la mort : le seul moyen d'éviter cette dernière serait de ne pas vivre, le seul moyen de ne pas risquer la fin d'une histoire serait de ne pas aimer. Ce qui prouve que nous n'avons aucune envie de nous en protéger, c'est que nous recommençons dès que possible. Un clou chasse l'autre, et rien ne nous ennuierait plus que de revenir au temps du mariage bourgeois comme à celui du mariage arrangé. Nos histoires passées sont comme des bulles achevées, douloureuses et émouvantes, parce qu'elles sont le symbole ou peut-être même la marque de la mort dans la vie. En quoi je suis de moins en moins certain qu'il faille culpabiliser les existences réelles au nom de modèles idéaux de sagesse. La vie des couples, fondée sur l'amour-passion ou à tout le moins enracinée en lui au départ, est trop complexe pour qu'on puisse ainsi l'enfermer dans un schéma essentialiste. Montaigne avait sans doute raison : l'amitié et la tendresse sont des fondements plus solides que la passion amoureuse. Simplement, maintenant que le mariage d'amour est né, rien ne nous ennuierait davantage que de revenir à cette vision ancienne, sage peut-être, mais désormais située aux antipodes de ce que nous souhaitons vivre avec ceux que nous aimons. Un couple sans éros, sans passion ne nous tente plus guère. Est-ce si grave ? Pas certain, là encore.

D'autant que, ne l'oublions pas, il existe bien évidemment, en dehors de cette entité qu'est le couple, d'autres formes d'amour, d'amitié ou de fraternité, qui elles aussi contribuent puissamment à donner du sens à nos vies tout en étant à bien des égards moins difficiles et plus durables. À commencer, bien sûr, par l'amour des enfants qui est peut-être bien le seul, ou en tout cas l'un des rares à nous accompagner tout au long de la vie et qui, plus que tout autre peut-être, requiert notre sagesse.

Hors l'amour-passion, d'autres amours

Entre tous, l'amour des enfants est particulier. Il est peut-être le seul qui nous donne une image réelle d'*agapè*. Arrêtons-nous-y un instant. *Agapè*, nous l'avons vu, est censé dans la théologie chrétienne qui invente d'ailleurs le terme à cette fin, être si désintéressé, si gratuit qu'il peut aller jusqu'à l'amour de l'ennemi. Enfant, à ce catéchisme qu'on me força à suivre contre mon gré jusqu'à l'âge de raison, j'entendais parler d'*agapè* par le prêtre qui expliquait gravement combien il était grand et beau de parvenir à aimer son ennemi, à tendre la joue gauche quand la droite avait été frappée, à pardonner leurs offenses à ceux qui nous ont offensés... Je faisais semblant d'écouter. Au fond de moi, je n'en pensais pas moins. J'étais, non sans raison, persuadé qu'il s'agissait des balivernes habituelles qui ornent, comme les images pieuses, les inévitables leçons de morale que le catéchisme était là pour nous dispenser. Je dois avouer que, pendant des décennies, je n'ai jamais cru une seconde en l'existence d'*agapè*. Jusqu'à ce que j'aie moi-même des enfants. Voici pourquoi.

Comme le note Hans Jonas, quelque part dans son *Principe responsabilité*, l'amour qu'on éprouve pour ses enfants, parfois même pour ceux des autres, a ceci de très particulier qu'il commence toujours par être non réciproque, un amour, si je puis dire, à fonds perdu. Nous aimons les petits, nous prenons soin d'eux, bien avant qu'ils ne nous rendent la pareille et à vrai dire, aussi curieux que cela puisse paraître, nous le faisons, comme on dit dans l'armée, « sans idée de manœuvre », sans espoir de retour. Une mère qui s'occupe de son bébé ne le fait pas pour qu'il lui renvoie son amour, elle le fait pour lui, pour qu'il vive et qu'il soit à l'aise, heureux autant qu'il est possible, voilà tout. Avec les adultes, il en va tout différemment. Même avec ceux que nous aimons le plus, nous attendons toujours, sauf à être masochiste, un minimum de réciprocité. On ne peut pas vivre indéfiniment avec quelqu'un qui ne vous aime pas, qui ne vous renvoie jamais aucun égard. Le principe d'une certaine égalité s'impose, et quand cette égalité fait défaut, c'est que les choses vont mal : en amour, le déséquilibre, qui se traduit si souvent par le fait que l'un demande toujours plus que l'autre, constitue toujours une « amorce de rupture » qui ne présage rien de bon. Avec les enfants, en revanche, et plus ils sont petits plus ce principe est vrai, nous aimons sans rien demander, sans exigence de retour, simplement pour les rendre heureux, pour les protéger, pour les voir grandir, bref, pour eux plus que pour nous. De là aussi sans doute le fait qu'ils nous arrachent littéralement des sentiments dont on n'avait aucune idée avant. On a beau avoir aimé ses frères et sœurs, ses parents, ses femmes, ses hommes ou ses amis, on ne sait pas vraiment ce que c'est qu'aimer, en tout cas pas ce qu'est *agapè*, tant qu'on n'a pas eu d'enfant. Paradoxe qui devrait faire réfléchir les hommes et les femmes d'Église, les inciter, peut-être, à penser en d'autres termes la question du mariage, comme le fit d'ailleurs la tradition protestante.

Quelle que soit l'explication qu'on donne de ce fait (et la biologie, nourrie de darwinisme, en a toujours une bien bonne sous la main), il semble peu contestable d'un simple point de vue descriptif, phénoménologique. Il fonctionne ainsi comme une des rares images (Kant aurait dit une « présentation symbolique ») d'*agapè*. Car *agapè*, c'est très exactement cela, cet amour sans retour, sans exigence, la grâce sans aucune pesanteur, pour reprendre les catégories de Simone Weil. Simone Weil, d'ailleurs, qui se souvenant parfois de ses origines, évoque, à propos de l'amour d'*agapè* que Dieu est censé éprouver pour les hommes, la fameuse théorie juive du *Tsimtsum*, de la création du monde. Dieu l'aurait créé par amour, non par une forme de surpuissance, pour faire état d'une force infinie qui déborderait pour ainsi dire de lui dans la création des hommes et de l'univers, mais tout au contraire, pour laisser être quelque chose d'extérieur à lui. C'est par un retrait, nullement par une excroissance, en se retirant, en se faisant plus petit et plus faible, que Dieu nous aurait laissé la place. Au contraire de l'air ou de l'eau, qui envahissent tous les espaces disponibles, qui comblent tous les vides, Dieu se serait fait manque d'être pour qu'il y ait de l'être. Voilà bien *agapè*, et si l'on y réfléchit, c'est souvent comme cela que nous nous conduisons avec nos enfants. Nous sommes prêts, parfois, à nous retirer pour leur laisser la place ou, pour parler plus simplement et faire état d'une expérience sans doute plus commune, à nous priver pour leur donner, à économiser pour qu'ils puissent dépenser, pour leur offrir, par exemple, des études et, plus généralement, une vie agréable et douce.

C'est cet amour qui guide aussi l'éducation que nous leur donnons. Pas toujours réussie, cela va de soi. Notamment, je l'ai déjà suggéré, parce que l'amour ne peut remplacer la loi et les œuvres dont, trop souvent aujourd'hui, il tend à occuper la place. Mais comme je l'ai dit aussi, c'est par amour, pourtant, que nous en venons à corriger le tir, à comprendre que sans la loi et les œuvres, sans l'autorité et les savoirs, nous ne les armons pas suffisamment pour affronter le monde et y trouver une place plus assurée. Sagesse de l'amour, là aussi, qu'il n'est pas toujours facile de comprendre ni d'acquérir.

*

*   *

Gilgamesh commence à percevoir que la philosophie n'échoue que si on lui adresse une demande religieuse, quand on la juge, comme le fait le christianisme, à l'aune d'un impossible désir d'immortalité. Est-ce, dans ces conditions, la réponse qui est faible, ou la demande qui est insensée ? Si l'on opte pour le second membre de l'hypothèse, alors on admettra que la philosophie peut remplir à merveille sa mission qui est de nous ramener, comme déjà la sagesse d'Ulysse, de l'illusion au réel, des mirages de l'immortalité à l'acceptation de la condition humaine, sans pour autant nous conduire au désespoir. Si le simple fait d'exister est une grâce et une joie, si l'amour est là pour mettre du sens dans nos existences, alors, oui, à l'encontre du pessimisme schopenhauérien, il faut dire et penser que la vie vaut la peine d'être vécue. Il faut même travailler à accroître autant qu'il est possible la quantité d'amour qui peut y prendre place.

Dans ces conditions, dire que la mort n'est rien pour nous ne sert pas à grand-chose et ne convainc personne, pas même Lucrèce. La vie est mortelle et la contradiction entre l'amour qui porte à l'attachement singulier et la mort qui le dénoue est insoluble. Si le seul moyen de la surmonter selon les sages, c'est de ne pas vivre et de ne pas aimer, alors leur sagesse ne vaut guère mieux que celle de ces métaphysiciens soviétiques dont certains prétendraient qu'ils avaient ouvert au sein de l'Académie de philosophie matérialiste de Moscou un concours général sur le thème : « Existe-t-il une vie avant la mort ? » Le renoncement à soi, l'abandon de soi dans la vie monastique ? Merci bien ! Contre les philosophes et les théologiens qui veulent le faire mourir en cette vie afin que la mort ne soit plus rien pour lui, Gilgamesh a appris que l'existence valait la peine d'être vécue, qu'elle était déjà en soi un don merveilleux, qu'il ne servait à rien de la fuir, que la souffrance en faisait partie, certes, mais qu'elle n'était pas un motif de retrait du monde. Se priver de l'amour singulier parce qu'il se termine toujours par une séparation, c'est se jeter à la mer pour éviter d'être mouillé par la pluie. Comme Goethe, Gilgamesh pense qu'il lui faut habiter l'instant, ne pas le laisser passer en vain, prendre le temps de l'accueillir, sans précipitation, mais assez vite pour que ce moment précieux ne s'enfuie pas sans profit. Il apprend à se hâter lentement.

Rien ne presse, mais il n'a plus une seconde à perdre.

II. En guise de conclusion. Réflexions sur quelques effets de la révolution de l'amour sur deux autres sphères de la vie de l'esprit : l'art et la politique

Aux yeux de tout ceux qui aiment vraiment l'art, non dans le dessein d'en faire commerce et réaliser de bons investissements, mais pour lui-même et pour eux-mêmes, la question se fait chaque année plus pressante : ce qu'on nous propose sous le nom d'art contemporain ne relève-t-il pas trop souvent de l'imposture ? N'en avez-vous pas un peu assez, vous aussi, des inévitables *ready made*, tas de charbons, pots cassés et autres chiffons froissés contre un mur ? Si le veau au formol de Damien Hirst ou le homard à l'hélium de Jeff Koons ne vous épatent pas totalement, est-ce vous qui êtes nul ou ceux qui s'extasient qui sont snobs ? Difficile à dire, tant l'argent qui inonde aujourd'hui le marché de l'art impressionne. Comment trouver le courage d'avouer qu'une œuvre vendue plusieurs millions d'euros vous laisse de marbre alors que la logique marchande l'a littéralement sacralisée aux yeux du grand nombre ? Et que peut-on bien attendre, en la matière, de cette révolution de l'amour qui sert de fil conducteur à ce livre ?

I. Les révolutions de l'art : après la déconstruction avant-gardiste, l'exploration des nouvelles dimensions de l'humain

Faisant part, un soir, de ma perplexité lors d'un dîner en ville, j'osai affirmer, en rasant les murs il est vrai, qu'à mes yeux l'art, même aujourd'hui, aujourd'hui plus que jamais peut-être, devait conserver un minimum de lien avec l'idée de beauté pour continuer à mériter son nom. L'éclat de rire général qui accueillit mon observation, comme si j'avais fait une bonne blague qu'on allait bien vite oublier pour revenir aux choses sérieuses, acheva de me convaincre que, soit j'appartenais irrémédiablement à l'univers de *Jurassic Park,* soit que j'étais tombé au beau milieu d'une assemblée de bourgeois / bohèmes si typiques de ce que j'ai décrit dans la première partie de ce livre que cela frisait le cas d'école. Ce qui est certain, à tout le moins, c'est que j'étais minoritaire. Du moins dans cette soirée peuplée de bobos. Mais ailleurs, chez les « vraies gens », comme on dit dans les rédactions des grands journaux ? Ne sont-ils pas nombreux à souhaiter, comme moi, voir émerger des œuvres qui, sans revenir au passé, en assumant sans réticence aucune le temps présent, n'en aient pas moins l'audace de rompre enfin avec la rupture, d'en finir avec la seule et unique logique de la créativité pure, de l'innovation radicale, de l'originalité à tout prix, fût-elle débile, insignifiante et dépourvue de tout attrait ? Ne sommes-nous pas nombreux à partager cette aspiration, à espérer que des œuvres résolument contemporaines n'en retrouvent pas moins un rapport à ce qui fit depuis toujours la finalité spécifique de l'art par rapport à la religion et à la philosophie, à savoir, tout simplement, l'émotion sensible liée à l'idée du beau ?

J'ai donc plaidé, sans trop croire à mes chances d'être entendu, que dans l'histoire de la pensée occidentale, l'œuvre d'art avait toujours fait l'objet d'une définition univoque : de tout temps et dans toutes les écoles esthétiques, elle fut d'abord et avant tout conçue comme la belle incarnation d'une « grande idée » dans un matériau sensible, comme la mise en scène de symboles éthiques, intellectuels ou spirituels majeurs dans une réalité qui semble *a priori* réfractaire à l'esprit – le marbre, le bois ou le bronze du sculpteur, la toile et la couleur du peintre, les vibrations sonores du compositeur... Chaque fois, l'artiste, à la différence du philosophe ou du savant, était celui qui avait le génie d'exprimer des valeurs, des sentiments, des idées ou des symboles, non par des concepts et des formules abstraites, mais par la mise en forme d'une matière immédiatement perceptible par tout un chacun. L'art était un langage, sans doute, mais son médium n'était pas celui des mots, encore moins celui de la démonstration ou de l'argumentation. Comme disait Nietzsche dans son *Crépuscule des idoles*, pour marquer son attachement aux valeurs esthétiques plutôt qu'à cette « volonté de vérité » qui anime la philosophie et la science, « *ce qui a besoin d'être démontré ne vaut pas grand-chose* ». Loin d'utiliser le médium de la rationalité, l'art passait toujours par le sensible. C'est cela qui le rendait, presque au sens propre, « touchant », et c'est cette émotion qu'on était convenu de désigner sous le nom de « beauté ». Il fallait sans doute, du moins depuis la naissance des temps modernes, être original, inventer une œuvre inédite, faire preuve de créativité, voire de génie, mais là n'était pas le seul critère. La créativité sans talent, l'innovation sans beauté, l'originalité sans émotion n'étaient pas un but en soi.

On m'objecta avec commisération que l'art avait une histoire, qu'on ne pouvait pas en rester aux statues grecques ni à cette peinture hollandaise (que j'aime tant), qu'il fallait vivre avec son temps, etc. Soit. Mais n'était-ce pas enfoncer à nouveau une porte grande ouverte ? Qui songerait à nier qu'il y eût une histoire de l'art ? Certainement pas moi qui lui ai consacré plusieurs ouvrages. Il me fallut donc affirmer plus clairement encore qu'il n'y a aucune contradiction entre la stabilité d'une définition générale de l'œuvre comme incarnation belle de symboles liés à une grande vision du monde et le fait évident de l'historicité des grands moments qui scandent la vie esthétique : par-delà l'extraordinaire permanence de la conception de l'art comme incarnation d'une vision du monde dans un matériau sensible, il y a bien évidemment, comme dans tous les autres domaines de la vie de l'esprit, une histoire des arts et des artistes. C'est justement que les idées qui les animent, et qu'ils tentent d'incarner dans cet élément matériel d'où se dégagera un sentiment de beauté, changent selon l'époque.

L'art grec, par exemple, cherche à traduire par le visage calme et serein des statues, par la juste proportion des corps ou des temples, une conception générale de l'univers où l'harmonie cosmique, la perfection du Grand-Tout, joue un rôle central. Chaque œuvre particulière, tel un microcosme, doit en figurer l'incarnation. Le Moyen Âge célèbre de mille façons les splendeurs du divin. Et si, pour prendre un seul exemple, il délaisse assez largement la perspective au profit d'une autre forme d'organisation des personnages qui peuplent les tableaux, ce n'est pas tant par ignorance (on connaissait déjà la perspective au temps des Grecs), mais parce que dans l'univers hiérarchique qui domine la féodalité chrétienne, il est bon et sensé que les gens importants soient plus grands que les petites gens. Avec l'art hollandais, magnifique héritier de la réforme protestante, une troisième révolution s'opère, à nulle autre pareille : c'est désormais l'humain comme tel qu'il s'agit de mettre en scène à l'écart des principes transcendants du passé, cosmiques ou divins, qui se voulaient extérieurs et supérieurs à l'humanité. Pour la première fois sans doute avec cette visée explicite, des œuvres enfin « laïques », ni cosmiques ni religieuses et, en ce sens, purement humaines, sont appelées à représenter des scènes de tous les jours, les moments les plus simples et les plus banals de la vie ordinaire d'êtres eux-mêmes anonymes. Un art républicain, en somme, et parallèle à la naissance du premier humanisme. Dans les toiles de Pieter de Hooch, Ter Borch, Jan Steen, Brekelenkam, Ostade ou Vermeer, les personnages représentés n'appartiennent plus nécessairement à la mythologie grecque ou à l'histoire sainte. Ils ne sont pas non plus forcément des « grands hommes », les héros de batailles fameuses, des personnages illustres, rois, princes, nobles ou riches, mais de simples humains, des paysans ou des bourgeois saisis dans les instants les plus clairement profanes de la journée : une laitière qui prépare sa crème, une femme qui s'est déchaussée pour lire un roman, une fillette jouant avec son petit chien, des hommes dans une taverne en galante compagnie, une épouse qui se querelle avec un mari aviné, des paysans qui dînent dans un intérieur modeste, une jeune fille faisant sa toilette, bref : rien de grandiose, la vie des simples humains dans ce qu'elle a de plus ordinaire. C'est qu'il s'agit, selon la belle formule de Tzvetan Todorov, de faire *« l'éloge du quotidien »* comme tel – je dirais même : l'apologie du sacré à visage humain –, tout le pari de la peinture hollandaise, comme l'avait admirablement vu Hegel dans ses *Leçons sur l'esthétique*, tenant à la conviction que cette banalité même n'est pas sans charme, que l'humain, fût-il le plus commun, est intéressant, pour ne pas dire sacré.

Mais dans l'art contemporain, c'en est fini de cette vision de l'art. Ce qu'il s'agit de « présenter » ou d'illustrer dans l'œuvre n'a plus aucun rapport direct avec l'émotion, la sensibilité, l'illustration par la beauté d'une grande idée cosmique, divine ou humaniste. Désormais, c'est la rupture et l'innovation, la créativité pure et l'invention radicale, l'originalité et la table rase du passé qu'il s'agit de mettre en scène. Il faut, comme le disait à juste titre Jean-François Lyotard, *« présenter ce qu'il y a de l'imprésentable »*, de la différence absolue, du dissonant, de l'inconscient, du « hors concept », quelque chose comme cet absolument indicible qu'est l'Être de Heidegger ou la « Différance » de

Derrida… Dans ces conditions, à la question de savoir si l'art contemporain est nul ou passionnant, il n'est tout simplement aucune réponse possible. Tout dépend du critère d'appréciation retenu. Si on pense l'art en termes d'innovation et de rupture avec la tradition, en termes de créativité pure, de représentation de l'irreprésentable comme tel, alors rien n'est plus génial que l'art contemporain. Si on le pense en termes de beauté, aucune période n'est plus misérable. De là, sans doute, les polémiques inextinguibles qu'il suscite encore aujourd'hui.

Mais il y a plus, du moins si l'on ose sortir un tant soit peu des sentiers battus et de la chape de plomb qui pèse aujourd'hui encore sur qui ose jeter le moindre regard libre et critique sur la période actuelle : même en termes de créativité pure, il faut bien avouer que les retombées positives, réellement émancipatrices et créatrices de la déconstruction des traditions classiques qui fut menée tout au long du XXe siècle au nom de l'avant-garde, se sont souvent révélées bien plus fécondes dans d'autres domaines que celui de l'art proprement dit. Quitte à assumer, toute honte bue, le rôle du paysan du Danube, j'avoue qu'entre une Bugatti ou une Jaguar des années 1950, une belle Jaeger-Lecoultre, une collection de Saint Laurent ou d'Ungaro d'un côté, et un Rothko, un Klein, un Basquiat ou un concert de Stockhausen de l'autre, je n'ai aucune hésitation : je choisis la voiture, la montre et la collection qui me touchent infiniment plus, me paraissent non seulement mille fois plus belles, mais, si ce sont désormais les critères retenus, plus charnelles, plus sensuelles, plus créatives, plus innovantes, bref, plus séduisantes et plus profondes à tous égards. Ce que l'art moderne a voulu libérer – l'inconscient, la violence, le sexe, l'irrationnel en nous, le bizarre, l'absurde, le différe(a)nt(d), le brutal, le corporel, le primitif, l'archaïque, le pervers polymorphe de l'enfant qui sommeille dans l'adulte, voire l'animal que nous sommes aussi, tout cela qui pourrait avoir sa place dans l'art même, y être transfiguré dans l'élément de la beauté et de l'émotion, le fut plutôt ailleurs : dans le monde des objets plus que dans celui des « œuvres ».

Où j'en reviens au début de mon propos, à ce dîner en ville où l'on me fit remarquer que l'idée de beauté n'avait plus rien à faire en matière d'art et qu'en dehors des Pierrafeux plus personne n'avait de l'art une conception aussi dramatiquement ringarde. Il y avait au fond, dans cette remarque, quelque chose de juste, quelque chose que j'ai eu l'occasion de vérifier auprès de tous mes amis passionnés d'art contemporain : ce qui les intéresse au premier chef, c'est la créativité, la capacité d'innovation et, par voie de conséquence, c'est tout un, de rupture avec la tradition – l'émotion provoquée par la beauté ne passant qu'au second plan, et ce pour une raison de fond : la beauté est traditionnellement liée à l'idée d'harmonie. Mozart, encore tout enfant, déclarait tenter de *« mettre ensemble les petites notes qui s'aiment »*, formule admirable qui dit en peu de mots ce que le beau fut sans doute de tout temps, en tout cas chez les classiques. Mais dans un art de la rupture, de la dissonance et de la différence, quel rôle pourrait bien encore jouer l'harmonie ? Comme l'écrivait Leibowitz, celui qui fut le professeur de Boulez et de tant d'autres compositeurs contemporains, dans son *Introduction à la musique des douze sons*[1], l'idée même de beauté relève d'un « *psychologisme faux et confus* », elle est à la vérité stupide, pour ne pas dire « odieuse », l'auteur se lançant dans une de ces diatribes contre le beau qu'on retrouve si fréquemment dans la littérature des pères fondateurs de l'art moderne et contemporain.

Je partage d'autant moins ce point de vue qu'à défaut de beauté, je ne vois pas ce que l'art peut apporter de plus que la science, la littérature, la politique ou la philosophie. S'il ne s'intéresse qu'à la recherche et aux idées, s'il ne vise qu'à innover, à choquer ou à faire réfléchir, qu'apporte-t-il de spécifique par rapport à d'autres manifestations de la vie de l'esprit ? Ne perd-il pas ce qui faisait son essence même ? Qu'on me permette donc d'assumer mes choix, et même de les justifier comme chacun tente d'ailleurs de le faire selon un paradoxe que Kant avait déjà merveilleusement mis en lumière : en art, nous le savons bien, il n'est aucune démonstration qui vaille. Nul ne peut jamais démontrer *stricto sensu* qu'on a raison ou tort d'aimer ou de ne pas aimer telle œuvre plutôt qu'une autre. Des goûts et des couleurs on ne discute pas, dit l'un de ces fameux dictons que j'évoquais à l'instant. Et pourtant, comme disait Nietzsche, pour une fois dans le même sens que Kant, on ne fait que cela ! Là est bien le plus énorme paradoxe des discussions sur l'art : bien qu'intimement convaincus que la démonstration est impossible, nous n'en éprouvons pas moins le besoin irrépressible d'argumenter, d'expliciter nos choix, de justifier nos goûts, parfois

1. L'Arche, 1949, p. 13-14.

du reste avec une passion qui l'emporte de très loin sur celle qui pourrait habiter des débats que la simple raison peut trancher.

J'en reviens donc à l'explicitation de mon propre jugement : dans le meilleur des cas, je trouve les œuvres contemporaines décoratives. Un « beau » Rothko, bien orange, avec sa jolie patine décolorée accrochée au mur, pourquoi pas après tout ? Je n'ai rien contre, rien pour non plus, à vrai dire. Même chose pour un pot géant de Raynaud bien disposé entre des arbres, sur une belle pelouse verte, ou un bleu de Klein : pourquoi, d'ailleurs, devrais-je le rejeter puisque j'aime celui de la mer et du ciel ? Mais de là à dire qu'il s'agit d'autre chose que de décoration ou de provocation, que ce sont des œuvres d'art au même sens qu'un Peter de Hooch ou un Vermeer, il y a un abîme qu'il me semble toujours aussi absurde de vouloir franchir. Pourquoi ? Tout simplement parce que dans le Peter de Hooch ou le Vermeer, il y a un univers de significations d'une richesse extraordinaire, une vision du monde, en l'occurrence celle de l'humanisme naissant, qui s'attache à dépeindre l'homme comme tel, non pas les personnages grandioses, mais la quotidienneté de l'humain. Or cette vision du monde, qui se trouve être en outre incarnée dans des œuvres d'une beauté à couper le souffle, n'appartient pas au seul artiste individuel. L'art hollandais, pour continuer avec cet exemple, mais il en est heureusement bien d'autres possibles avant que le modernisme ne déploie, sous la fausse apparence de la diversité, sa gigantesque monoculture, n'exprime pas seulement les lubies d'un individu isolé. Il incarne une vision du monde qui exprime toute une époque et qui vaut pour des peuples entiers. De ce simple fait, elle possède quelque chose de grandiose, de transcendant, de supérieur et d'extérieur à l'individu isolé qui se prend ou que l'on prend pour un génie solitaire – thème, cela dit au passage, d'un des textes les plus significatifs que Schönberg ait écrits à son propre sujet.

Ce n'est nullement le caractère abstrait des œuvres contemporaines qui gêne. Il peut n'être pas désagréable, voire plaisant, comme peuvent l'être un tapis oriental ou une affiche de pub. Pas pire, pas mieux non plus... Mais de là à les sacraliser comme y invite inévitablement le marché qui régit de part en part l'univers mondialisé des œuvres contemporaines, il y a un pas que je me refuse à franchir seulement pour être dans le moule et avoir enfin la paix dans les dîners. Et si l'on m'explique, avec cette exaspérante pédagogie qu'on réserve aux enfants un peu attardés, accompagnée d'airs entendus, comme s'il s'agissait d'une clef ouvrant sur des profondeurs abyssales, que les derniers Rothko sont gris, tirant même sur le noir, comme de gros nuages lourds, parce qu'il va bientôt se suicider, je peux m'étrangler de rire. Comme si on cernait avec ces poncifs d'une banalité consternante, à peine dignes du Lagarde et Michard sur le lien entre la vie et l'œuvre, la puissance d'un message pictural, le signifiant d'une œuvre. Misère...

Nul ne peut plus en douter : les avant-gardes ont fait long feu, elles se sont dialectiquement renversées en leur contraire, l'académisme, ainsi qu'Octavio Paz l'avait déjà prévu de manière prophétique dans ses conférences de 1972 sur le destin de la poésie moderne : « *L'art moderne,* écrivait-il alors, *commence à perdre de ses pouvoirs de négation.*

Depuis des années, ses négations sont des répétitions rituelles : la rébellion est devenue procédé, la critique rhétorique, la transgression cérémonie. La négation a cessé d'être créatrice. Je ne dis pas que nous vivons la fin de l'art, nous vivons celle de l'idée d'art moderne[1]. » Dans une société où il n'y a plus rien à transgresser, dans un monde démocratique où il est, selon la formule consacrée, « interdit d'interdire », où tout est possible et dicible, il n'y a plus que l'idéologie de la transgression pour refuser elle-même d'être transgressée. En clair, c'est aujourd'hui le geste hypercritique par excellence, celui de la déconstruction et de la subversion inscrit dans la mythologie bohème, qui désormais refuse de toutes ses forces de faire à son tour l'objet de la moindre interrogation. Comme l'apprenti sorcier, les grands maîtres de la déconstruction, que ce soit du côté de la « Pensée 68 » ou dans l'art contemporain, ont tout fait pour déchaîner les forces de la critique. Dès lors que cette dernière ne vise plus les traditions, dès lors qu'elle risque de se retourner contre eux, ils sont littéralement pris de panique. De Derrida à Bourdieu et Buren, de Foucault à Deleuze et Boulez, ou pire encore, avec leurs disciples fanatiques, on se heurte sans cesse au souci angoissé, pour ne pas dire obsessionnel, d'étouffer toute remise en question. La critique du traditionnel, oui, celle du transgressif, jamais…

Sans le marché qui anime encore l'avant-gardisme, selon un paradoxe qui explique cette sainte alliance bourgeois / bohème que nous avons

1. *Point de convergence. Du romantisme à l'avant-garde*, Gallimard, 1974, p. 190 pour la traduction française.

décrite et sur laquelle je ne reviens pas, l'avant-garde passerait pour ce qu'elle est la plupart du temps : un rituel figé, incroyablement superficiel et, pour tout dire, le plus souvent risible. Une gigantesque grue qui pêche au hasard des fripes et qui symbolise l'absurdité de la mort : quelle platitude et quelle laideur à la fois ! Sans le marché et la complicité de ministres de la Culture rongés par l'inculture et la démagogie, ma conviction est que tout cela n'existerait pas. N'était le prix des œuvres qui impressionne toujours plus ou moins, valeur pourtant artificielle s'il en fut, chacun oserait enfin déclarer haut et fort, comme le petit garçon de la fable, que le roi est nu. Pour le dire plus brutalement, trop sans doute, mais c'est à mes yeux le fond du problème : l'histoire de l'avant-garde n'aura eu finalement que peu d'intérêt en elle-même. Sauf à vénérer l'innovation pour l'innovation, comme y invite la mondialisation où séjournent en permanence les grands capitaines d'industrie, il faut bien se résoudre à reconnaître que la plupart des œuvres d'art contemporain sont plus étranges que belles, plus choquantes que profondes, plus superficielles que sensées. Comme les gadgets électroniques qui changent à toute vitesse et qui nous épatent par leurs capacités infinies à la mobilité, les expositions d'art contemporain peuvent fasciner ceux qui vivent de plain-pied dans la logique du marché. Ainsi que me le faisait un jour remarquer André Comte-Sponville dans un débat sur l'art contemporain où nous étions tous deux conviés : si ce dernier plaît tant aux banquiers, aux financiers et aux chefs de grandes entreprises, c'est qu'au fond, c'est le seul qui leur donne raison. Loin d'être aussi subversif que ne l'imaginaient les premiers bohèmes et autres artistes maudits, il ne fait qu'accompagner le mouvement général qui suppose aujourd'hui, mondialisation oblige, que tout change sans cesse afin que rien ne change.

La grande question qui subsiste, la seule qui vaille à mes yeux aujourd'hui, est la suivante : qu'est-ce qui vient après ? Quel art sera capable, tout la fois de tenir compte des bouleversements inouïs vécus au XXe siècle, de s'abstenir par conséquent de tout « retour à », sans pour autant les répéter de façon morne et vide comme continuent encore aujourd'hui de le faire nombre d'artistes qui se bornent à reproduire indéfiniment le geste inaugural de la rupture avec la tradition, geste déjà si bien incarné par Marcel Duchamp, qu'ils finissent par n'apporter que de l'infinitésimal ? Dans le domaine musical, Satie, Debussy ou Ravel, mais aussi bien Mahler, Stravinski ou Bartók, à ce qu'il me semble, avaient pourtant ouvert une autre voie, infiniment plus difficile et plus féconde, avant que le dogmatisme des écoles sérielles ne vienne recouvrir leurs avancées. Ils cherchaient, mais ô miracle, ils ne se contentaient pas de chercher, ils trouvaient aussi les premiers linéaments d'une beauté moderne. *Le Sacre* et *L'Oiseau de feu*, tout particulièrement, inauguraient une musique tout à la fois postwagnérienne, une musique absolument impensable encore au XIXe siècle, et cependant d'une beauté puissante, capable de toucher et d'émouvoir comme aucune autre ne le fit peut-être à ce degré après elle. Dans le domaine des arts plastiques, les œuvres de Staël ou de Bacon, si je ne me trompe, cheminent sur une voie analogue, celle d'une modernité qui ne renonce ni au sens ni même à certaines formes, sans doute atypiques, mais cependant réelles, de beauté.

On peut bien sûr en discuter, j'en ai pleinement conscience. Mais il me semble que c'est sans doute dans le domaine de la littérature que des réponses nouvelles à la crise des avant-gardes commencent le plus clairement d'apparaître. On y sort enfin des impasses du Nouveau Roman, cet équivalent littéraire de la musique atonale et de l'art abstrait. Des auteurs comme Philip Roth ou Milan Kundera sont à la fois totalement de leur temps, absolument contemporains, littéralement inimaginables au XIXe siècle, et cependant, ils ont eu le courage d'en finir avec l'obligation mécanique de casser l'intrigue et la psychologie des caractères pour faire moderne. Leurs personnages tiennent la route. Leurs itinéraires dans des aventures spirituelles, historiques, politiques ou amoureuses passionnent le lecteur, parce qu'elles traduisent des expériences humaines fondamentales et lui apportent cette compréhension du monde comme de soi que seule la littérature peut offrir.

Mais il y a sans doute plus. Il me semble que l'humanité de l'homme qui les préoccupe et qu'ils s'attachent manifestement à explorer jusque dans ses recoins les plus secrets, voire les plus inavouables, relève bien de ce deuxième âge de l'humanisme, celui de l'amour, ou pour mieux dire peut-être, celui de l'humain saisi dans ses dimensions extrarationnelles. Les romans de Roth ont pour écrin le monde américain, celui des universités dominées par ce nouveau terrorisme que représenta la sinistre mode du politiquement correct. Ceux de Kundera ont pour arrière-fond une autre chape de plomb, celle du communisme des pays de l'Est. Mais tous deux nous parlent de l'amour, du sexe ou de la vieillesse (par exemple dans *Risibles amours* ou *Exit le fantôme*) avec une perspicacité incisive, une lucidité cruelle, une crudité parfois qui eussent été sans doute impossibles tant que les aventures de l'art moderne au XXe siècle n'avaient pas émancipé dans l'être humain ces dimensions souterraines que Nietzsche ou Dostoïevski entendaient déjà faire sortir du néant. Ce fut là, à mes yeux, la principale et peut-être unique vertu de l'histoire des avant-gardes. Non pas créer de la beauté – il y en a si peu –, non pas même seulement innover et rompre avec la tradition, comme la superstructure de la mondialisation libérale se devait de toute façon de le faire, mais permettre à ceux qui venaient après de nous offrir des œuvres nouvelles en libérant les dimensions affectives, inconscientes, absurdes ou violentes, mais aussi émouvantes et au sens propre aimables, de cette humanité que le premier humanisme n'envisageait encore que sous un prisme trop raisonnable.

À quand l'équivalent pictural et musical ? Je ne sais. Peut-être est il déjà là, dans le sillage des noms que j'ai évoqués. À tout le moins, je suis certain qu'il viendra.

II. Les révolutions de la vie politique : ni la gloire de la nation ni l'idée révolutionnaire, mais le souci d'autrui et des générations futures

Parler d'amour dans la sphère politique autrement que pour évoquer à la manière des magazines people les aléas de la vie privée de ceux qui nous gouvernent ? J'avais eu l'imprudence de tenter la chose au cours de mon débat avec André Comte-Sponville, dans *La Sagesse des Modernes*. C'était un peu tôt, et l'idée d'une « politique de l'amour » semblait si baroque, elle prêtait encore à tant de malentendus que je l'ai remise de côté, me promettant d'y revenir lorsque l'évolution des mœurs rendrait le projet, disons, moins « décalé ». Mon interlocuteur et ami se délecta de ma naïveté et m'objecta, non sans raisons bien sûr, que l'amour était d'ordre privé, la politique par excellence publique, que l'amour était individuel tandis que la politique appartenait tout entière au collectif, enfin que la politique était une affaire sérieuse, le monopole exclusif de ces monstres froids que sont les États, lesquels gèrent essentiellement des intérêts qui n'ont, c'est le moins qu'on puisse dire, que faire de la logique des sentiments. C'était au fond une belle et bonne variation sur le thème, désormais populaire, selon lequel « les Droits de l'homme ne sont pas une politique ».

Pourtant, si l'on approfondit un tant soit peu les choses à la lumière de l'histoire de l'intimité que nous avons maintenant en tête, l'idée que des révolutions de la vie privée d'une telle ampleur pourraient n'avoir aucun effet sur la vie publique devient tout simplement absurde : on voit mal comment, dans des démocraties qui sont plus sensibles que jamais au moindre mouvement de l'opinion, des mutations aussi profondes dans l'existence des individus pourraient ne rien changer à leurs objectifs. Pour être paradoxale, bien sûr, l'idée que la sphère privée la plus intime puisse faire bouger la sphère publique la plus collective n'en est pas moins évidente.

Bien entendu, elle ne signifie nullement que le public se réduise au privé, encore moins que les missions de l'État se désintéressent si peu que ce soit des grandes questions macro-économiques ou diplomatiques qui régissent traditionnellement la vie politique. Tout au contraire, je prétends même que les bouleversements qui ont marqué l'histoire de l'intimité depuis la naissance du mariage choisi vont dans les années qui viennent nous conduire à réinvestir comme jamais la sphère publique. Elles vont insensiblement lui assigner des finalités nouvelles qui ne seront plus celles qu'elle possédait traditionnellement, disons la gloire de l'empire ou de la nation à droite, l'idée révolutionnaire et ses divers avatars à gauche. Le souci des proches, notamment des enfants, rendra chaque jour davantage plus pressant celui des générations futures et ce dans tous les domaines de la vie publique, pas seulement dans celui de l'écologie. Nous allons y revenir dans un instant. Mais cette conviction, dont l'évidence me paraît pourtant crever les yeux, ne s'en heurte pas moins *a priori*, avant même que d'être examinée, à toute une série d'objections liées à l'exclusion des considérations touchant la vie privée qui prévaut depuis toujours dans la tradition libérale autant que socialiste. Elles semblent aller tellement de soi qu'elles font aussitôt obstacle à une réflexion nouvelle sur les rapports entre la sphère publique et la sphère privée : il n'est donc pas inutile de les évoquer d'entrée de jeu, ne fût-ce que pour tenter de déblayer un tant soit peu le terrain.

Trois objections fortes contre une « politique de l'amour »

À l'idée que l'amour installé au principe de l'union familiale puisse et, pire encore, *doive* changer quoi que ce soit à la vie politique, on oppose aussitôt, avec l'assurance de ceux qui méprisent les naïfs mais ne s'intéressent guère aux faits ni à l'histoire réelle, que jamais notre société n'a été aussi inégalitaire, aussi « individualiste », concurrentielle, compétitive, égoïste et peu soucieuse des faibles, des pauvres ou des étrangers, bref, aussi peu aimante qu'aujourd'hui : « *Voyez les bonus des traders, les profits des banques, les expulsions d'immigrés, l'arrogance des riches face à la misère des huit ou neuf millions de nos concitoyens qui vivent, au cœur même de la France d'aujourd'hui, avec moins de neuf cents euros par mois quand tel patron quitte son entreprise avec deux cent cinquante millions d'euros en poche. Fraternité, tu parles ! Amour, cause toujours ! Il est même indécent d'évoquer les sentiments dans une atmosphère d'où ils sont aussi clairement absents. Non, ce qu'il nous faut, ce n'est pas un appel lénifiant et stérile à la fraternité, mais un changement de cap radical, voire une révolution qui permettra de mettre enfin un terme à l'injustice.* » L'affaire semble entendue et, comme on dit à l'Assemblée nationale, les applaudissements garantis sur les bancs de l'hémicycle.

À ceci près que cette analyse est tout simplement erronée, pour ne pas dire franchement contradictoire. D'abord parce qu'elle exclut, comme tous les dogmatismes, la prise en compte du point de vue de celui qui l'exprime. D'où parlet-il, celui qui dénonce ainsi les injustices et l'insolence des puissants, sinon (du moins si l'on exclut par hypothèse les seuls ressorts de la jalousie et de l'envie) au nom d'une exigence de fraternité dont on aura quelque peine à me démontrer qu'elle n'entretient aucun lien avec la montée en puissance de la logique nouvelle des sentiments ? Et que vaudrait sa diatribe si elle n'était de part en part soutenue par le souci des autres ? La question n'est pas de savoir si le révolutionnaire qui dénonce l'égoïsme et « l'individualisme » de la société actuelle aime ou non son prochain, mais de se demander si cette sympathie affichée avec le sort d'autrui n'est pas, fût-ce à son insu, secrètement renforcée par l'histoire de la vie privée qui l'a développée de manière exponentielle depuis plus d'un siècle au sein des familles ?

Mais laissons même de côté ces considérations subjectives. Intéressons-nous seulement à la vérité, factuelle, historique et objective : contrairement à ce que déclare notre défenseur du peuple, jamais aucune société ne fut plus soucieuse des autres, plus attachée à leur liberté, à leurs droits et à leur bien-être, que celles dans lesquelles nous vivons au sein de notre vieille Europe. Jamais et nulle part, je le répète, le souci d'autrui, de ses droits et de son bien-être, ne fut plus grand. Je mets quiconque au défi de prouver le contraire, de montrer un seul exemple d'une société réelle, soit dans l'histoire, soit dans la géographie, qui eût, crise ou pas, protégé davantage que la nôtre, non seulement ses ressortissants mais aussi les étrangers, fussent-ils en situation irrégulière, qui ait développé un État-providence plus puissant et plus efficace que celui dont tous bénéficient aujourd'hui automatiquement, dès la naissance, dans notre bonne vieille Europe. Que ce soit encore insuffisant, qui le niera ? Que les inégalités se creusent en période de crise, qui le contestera ? Mais où a-t-on fait mieux avant ou ailleurs ? Qu'on me le dise !

Comme l'écrit fort justement André Comte-Sponville :

> « *Certains espèrent qu'avec la crise, "on va revenir à un peu plus de générosité, à un peu moins d'égoïsme". C'est qu'ils n'ont rien compris à l'économie, ni à l'humanité. Revenir ? Mais à quoi, grands dieux, ou à quand ? Croyez-vous que la société du* xixe *siècle était plus généreuse ou moins égoïste que la nôtre ? Relisez Balzac et Zola ! Et au* xviie *siècle ? Relisez Pascal, La Rochefoucauld, Molière ! Au Moyen Âge ? Relisez les historiens ! Dans l'Antiquité ? Relisez Tacite, Suétone, Lucrèce ! L'égoïsme n'est pas une idée neuve*[1]*...* »

On ne saurait mieux dire. Qu'on doive faire appel à l'idéal pour critiquer le réel, j'en conviens volontiers. Mais dans ces conditions, la moindre des exigences consiste à indiquer de quel réel on parle et de quel idéal on se réclame. Or en l'occurrence, malgré tous les défauts qu'on voudra lui trouver, le réel des États-providence européens est tout simplement le plus doux qu'on ait connu dans l'histoire humaine. Quant à l'idéal au nom duquel on le critique, le minimum est qu'il exhibe clairement les motifs qui nous permettraient d'avoir le moindre espoir qu'il fera mieux, et non pas, comme d'habitude, infiniment pire. On me permettra de douter encore et toujours, à vrai dire

1. André Comte-Sponville, *Le Goût de vivre*, Albin Michel, 2010, p. 388.

plus que jamais, que le marxisme-léninisme agrémenté de quelques bribes de maoïsme ou de trotskisme, ces doctrines qui ont toujours engendré les pires catastrophes humaines partout où elles furent imposées aux peuples, soit aujourd'hui en mesure de faire mieux que ce mixte admirable de liberté et de bien-être qu'ont réussi, tant bien que mal, à nous assurer nos républiques démocratiques.

Ne nous empressons pas de lâcher la proie pour l'ombre.

La vérité, c'est que si les injustices ou les inégalités nous paraissent aujourd'hui plus insupportables que jamais, ce n'est pas parce que la réalité serait pire qu'auparavant. Elle est à l'évidence, et ce malgré toutes ses imperfections, incontestablement meilleure. C'est nous qui avons changé, nos exigences qui sont devenues plus hautes, plus fraternelles justement : et sous quelle influence, sinon sous celle de l'histoire d'une vie privée qui a développé peu à peu, en Europe, l'idéal de la sympathie et nous a rendus de manière indéniable un peu moins indifférents à la misère et à la souffrance. C'est là, du reste, ce dont témoigne l'inexorable progression des préoccupations humanitaires et caritatives. Bien que ce soit difficile à admettre par tous ceux, et ils sont nombreux, qui se complaisent dans le ressentiment et la culture de l'esprit négatif : notre monde n'est assurément pas plus dur que dans les époques plus anciennes, mais peut-être bien est-ce nous qui sommes un peu moins mauvais, façonnés que nous sommes par une histoire, celle de ces passions démocratiques dont parlait déjà Tocqueville, qui n'est pas aussi funeste que notre goût du pessimisme aimerait à nous le persuader.

Malgré la puissance du ressentiment qui s'exprime dans la critique de nos républiques modernes, il faut réaffirmer posément que c'est bel et bien grâce à l'économie de marché adoucie par les correctifs que lui impose l'État-providence que nos sociétés européennes ont fait des progrès matériels et moraux apportant une douceur de vivre si exceptionnelle que l'univers entier nous l'envie. Les flux d'immigration en témoignent, qui vont tous dans le même sens, et jamais à l'inverse. Mais si les arguments historiques ne suffisaient pas à convaincre, je suggère cette expérience mentale : lisez ou relisez les utopistes du XIXe siècle, Saint-Simon, Leroux, Fourier, ou mieux encore, voyez tout simplement le vieil Hugo et ses *Misérables*. Même dans leurs rêves les plus fous, aucun d'entre eux n'aurait osé imaginer une seconde le dixième, que dis-je, le centième de ce que nos sociétés capitalistes tant décriées offrent à chacun de nos enfants à leur naissance en termes de liberté de circulation, d'expression, de droit à l'éducation, à la culture, à la santé, aux loisirs...

Imaginez un instant qu'on ait dit à Hugo qu'au siècle prochain l'enseignement et la médecine seraient gratuits, accessibles même aux plus pauvres, que les ouvriers bénéficieraient de retraites et de congés payés, qu'existeraient des revenus minimum garantis, que la liberté d'opinion serait garantie et que nul ne risquerait plus d'être exilé à Guernesey ni ailleurs pour avoir critiqué son gouvernement, que des machines volantes permettraient à tous de découvrir le vaste monde en des temps record, qu'une étrange lucarne ouverte chaque soir dans des millions de foyers offrirait à ceux qui le souhaitent des moyens de s'informer, d'assister, voire de participer à des débats contradictoires, d'entendre parler de livres ou de théâtre par ceux qui les font vivre et que, pour couronner le tout, l'espérance de vie moyenne passerait de quarante à quatre-vingts ans ! À coup sûr, il aurait hurlé de rire. On objectera sans doute qu'il s'agit là aussi de conquêtes des syndicats et du mouvement ouvrier. Bien sûr, qui le conteste ? Mais quel autre système que le système libéral associé au marché autorise une opposition, des grèves, des élections libres ? Le maoïsme ? Quelle blague ! Le capitalisme, ce n'est pas les *Misérables*, c'est ce qui nous en a séparés.

Pour le dire simplement, s'il fallait définir nos démocraties européennes d'une formule, ce pourrait être la suivante : les Droits de l'homme + le marché, un souci inédit de morale et de respect d'autrui, du moins par rapport à toutes les sociétés connues jusqu'alors dans l'histoire et la géographie humaines, et une non moins formidable richesse, là aussi du moins, en comparaison avec le reste du monde comme avec notre histoire passée. Selon l'économiste Daniel Cohen[1], notre niveau de vie est aujourd'hui, en moyenne, trois à quatre fois plus élevé en France que du temps de mon enfance. Il suffit d'aller en Afrique, en Inde ou même dans nombre de pays d'Amérique latine pour mesurer à quel point, malgré toutes les critiques qu'on peut toujours formuler, nos vieux États européens sont

1. Dans son excellent livre, *La Prospérité du vice*, Albin Michel, 2009.

encore incroyablement privilégiés en termes de protection juridique et sociale.

Qu'on ait mille fois raison de chercher aujourd'hui à mettre en place des instruments de gouvernance qui permettraient à l'avenir de réguler l'économie, de mettre ainsi des bornes à la folie du monde de la finance, chacun en conviendra. Mais n'oublions pas non plus cette vérité : la création sociale-historique unique et irremplaçable qu'incarnent nos sociétés libérales est aujourd'hui menacée de toutes parts, y compris sur le plan démographique. Elle est comme la flamme infiniment fragile d'une bougie exposée aux vents de tous horizons. Au lieu de la protéger en l'entourant de nos mains et de nos soins, une part croissante de nos concitoyens s'acharne à souffler dessus. Si nous voulons conserver et embellir le modèle indissolublement économique et politique qui est le nôtre en Europe et nulle par ailleurs dans le monde, le rendre plus juste encore, combattre les inégalités qui l'abîment, il nous faut commencer par stopper ce démentiel masochisme qu'un surmoi d'extrême gauche continue inlassablement de nourrir. En revanche, il n'est que trop clair que nos sociétés sont singulièrement dépourvues de grand dessein, de « politique de civilisation », pour reprendre une formule demeurée jusqu'alors d'une singulière vacuité, leur seul objectif visible étant la pure et simple adaptation à la mondialisation telle qu'elle va. Or je prétends que la révolution de l'amour-passion dans la vie privée doit nous amener à jeter sur la politique un tout autre regard que celui qui la domine encore actuellement.

Nous allons y revenir dans un instant.

Mais une *deuxième objection* prend aussitôt le relais de la première, il est vrai en grande difficulté pour qui pense de manière un tant soit peu objective et comparative. Admettons, ainsi commence le second argument, que le caritatif et le souci des autres montent en puissance et que ce soit bien cette nouvelle logique sentimentale qui nous rende les inégalités plus insupportables qu'auparavant. De fait, les chiffres des dons alloués par les Européens à l'aide humanitaire ne cessent d'augmenter pour atteindre, le constat est factuel, des montants de plus en plus impressionnants. De même, le désir d'engagement des jeunes n'a nullement disparu, comme le savent ceux qui s'occupent de mettre aujourd'hui en place un service civique afin, justement, de leur permettre d'apporter davantage leur contribution au sein de la cité. Fariboles ! rétorque le pessimiste : rien là qui relève de la fraternité, encore moins de l'amour. Tout simplement de l'égoïsme bien compris, au mieux, un moyen de se déculpabiliser à bon compte, sans quitter son fauteuil. Un petit chèque ou un petit stage à Médecins du monde, à la Fondation de France ou aux Restos du cœur et, hop, le tour est joué, on peut retourner à ses occupations le cœur léger.

Pour solde de tout compte, un *troisième argument* entend compléter le deuxième : en admettant même que le souci caritatif ne soit pas totalement hypocrite, on voit mal, ainsi plaide-t-il en substance, comment on pourrait passer de la sphère privée à la sphère publique, de l'amour qui enchante, bouleverse l'intimité ou désespère par son absence, à l'espace du collectif, régi par les intérêts, les calculs économico-financiers les plus froids ainsi que les grands mouvements de masse aux antipodes de la logique individuelle de la sphère privée. La régulation des banques n'est pas affaire de sentiments, pas plus que la guerre en Afghanistan ni la politique de puissance des États souverains, ces monstres froids qui, encore une fois, n'ont que faire de la fraternité...

Que répondre ?

D'abord qu'à l'encontre de ce qu'ont cru et défendu pendant près de deux siècles les traditions libérale et socialiste, il est faux, radicalement faux, de prétendre que ce sont les intérêts qui mènent le monde en toutes circonstances. Si c'était vrai, cela se saurait et, pour ne donner qu'un seul exemple, mais il est de taille, il n'y aurait peut-être bien jamais eu de guerre dans l'histoire de l'humanité. En termes d'intérêts bien compris, de calcul des coûts et des avantages, la guerre, hors l'exception qui confirme la règle, est toujours une catastrophe. Pas pour tout le monde, objectera-t-on, notamment dans une perspective marxienne qui soupçonne toujours la classe dominante de chercher son profit à travers les conflits – un moyen de vendre ou de tester des armes, de trouver un accès à l'eau, au pétrole ou à telle autre richesse naturelle précieuse, voire une façon d'imposer au passage des politiques dérégulatrices[1]... Mais en démocratie d'opinion, où nous sommes plongés plus que jamais, c'est bel et bien ce fameux « tout le monde » qui prend le pouvoir. C'est là, comme l'avait déjà prévu Kant dans son *Projet de paix perpétuelle* de 1795, l'un des motifs

1. C'est là, par exemple, la thèse de Naomi Klein.

les plus puissants qui conduisent les démocraties à refuser systématiquement la guerre, du moins celle qui se voulait offensive ou conquérante et non point seulement défensive. Comme on le constate *de facto* depuis plus de soixante ans maintenant, les démocraties européennes non seulement ont mis fin à tous les conflits armés offensifs, mais l'idée même leur répugne de manière si évidente qu'on voit mal quelle pseudo-classe dirigeante prendrait le risque de s'y aventurer pour défendre je ne sais quels intérêts économiques inavouables.

En revanche, dans les pays qui n'ont pas eu la chance d'accéder pleinement à la démocratie, dans ceux qui sont encore laminés par les communautarismes traditionnels, ce sont bel et bien les passions nationalistes, religieuses ou révolutionnaires, non les intérêts, qui conduisent aux pires atrocités. Voyez la Serbie, la Croatie et la Bosnie, voyez aussi l'Irlande ou l'Algérie, l'Afghanistan, l'Iran, l'Irak ou le Moyen-Orient. Les exemples, hélas, abondent en nombre infini qui indiquent assez comment les passions, à commencer bien sûr par celles que suscitent encore les religions hors de tout intérêt bien compris, ont ensanglanté et continuent encore aujourd'hui d'ensanglanter le monde. La gloire de l'empire ou de la nation, les partis pris fanatiques, la foi révolutionnaire en un avenir radieux ont fait plus de morts que n'en feront jamais des intérêts économiques qui passent de plus en plus au second plan dans les nations démocratiques – au point même que le fait devient préoccupant, l'absence de « patriotisme économique » et de préoccupation pour nos intérêts réels finissant par passer au second plan, la démagogie laissant exploser les déficits au point de nous livrer pieds et poings liés aux forces aveugles et obscures des marchés financiers.

Une passion politique nouvelle et une nouvelle conception du sens : le souci des générations futures

Si l'on veut bien reconnaître cette évidence, à savoir que les passions jouent dans la vie politique un rôle infiniment plus important que les intérêts, alors on pourra aussi commencer à comprendre qu'en démocratie tout au moins, c'est-à-dire dans des systèmes politiques qui, par construction même, se doivent de tenir compte de leurs opinions publiques, celles qui naissent dans la vie privée mais n'en deviennent pas moins, pour parler comme Hobbes et Machiavel, « les plus communes », puissent avoir un impact considérable dans la sphère du collectif.

Comme je l'ai suggéré, le premier bouleversement qu'introduit la révolution de l'amour-passion et du mariage choisi touche la préoccupation des générations futures. Sous l'effet de cette histoire de l'intimité, c'est toute la question politique qui commence, sous nos yeux, à se réorganiser en termes inédits. De toute évidence, la gloire de la nation, pour ne rien dire de celle de l'empire, ne mobilise plus grand monde, hors une infime partie de l'extrême droite, et encore de manière essentiellement verbale. Quant à l'idée révolutionnaire, c'est peu de dire qu'elle est morte et enterrée, si l'on excepte, là encore, une fraction insignifiante, elle aussi purement littéraire, de l'échiquier politique. Je rappelle pour mémoire que dans les années 1960 encore, le Parti communiste français, l'un des plus staliniens du monde pourtant, occupait un bon quart de l'électorat tandis qu'en Mai 68, le mot de « révolution » était sur toutes les lèvres. En moins d'un demi-siècle, tout cela, nationalisme patriotique et fantasmes révolutionnaires, est devenu désuet, pour ne pas dire dérisoire. Certains le regrettent et s'y réfèrent encore en paroles. C'est bien leur droit et l'honneur de la démocratie est d'accepter la contradiction. Mais personne, du moins, ne peut nier le constat. Or à quoi tient-il, sinon au fait qu'une autre question, sous l'effet de l'histoire de nos vies privées, s'est peu à peu substituée à celles du patriotisme et de la révolution ? Non plus comment conserver ou amplifier la gloire de la France, non plus comment changer le monde par la violence au nom d'une utopie, mais plutôt celle-ci : « *Quel monde, nous les adultes qui en avons la charge, aurons-nous le courage de laisser à nos enfants ?* »

Comme l'ont compris les écologistes, et c'est peut-être là leur principal mérite, c'est par ce biais que la question des générations futures ne cesse d'apparaître de plus en plus fondamentale. Cette prise de conscience explique du reste assez largement le fait qu'ils constituent le seul mouvement politique d'envergure né en Europe depuis plus d'un siècle. Il n'y a là nul hasard : le sort de nos enfants, en raison bien sûr des nouvelles formes d'amour qu'ils reçoivent dans une sphère privée marquée par des unions choisies, nous intéresse et nous préoccupe comme jamais. Les écologistes, branchés sur la société civile bien davantage que sur l'État, l'ont perçu assez tôt pour en tirer profit en jouant habilement sur la peur de l'avenir que le souci des enfants ne manque jamais de susciter.

Mais d'évidence aussi, l'intérêt pour les générations futures déborde, et de loin, la seule sphère de l'écologie. C'est aussi la question de la dette et des déficits publics qui commence, lentement mais sûrement, à parvenir jusqu'à la conscience de nos concitoyens, d'où elle était totalement absente il y a dix ou quinze ans. Pourquoi, là encore, sinon parce qu'un certain nombre d'entre eux finissent par entrevoir, malgré le caractère pourtant très abstrait du problème, que la vie de nos enfants sera marquée, pour ne pas dire plombée de manière irréversible, par les décisions que nous prenons aujourd'hui, ou plutôt par celles que nous n'avons pas le courage de prendre ? La prise de conscience, timide mais réelle, qui commence à se faire jour va dans le bon sens et tout indique qu'elle est liée bien davantage au sentiment que l'existence des générations futures en dépend, plutôt qu'à une bien improbable passion soudaine et intrinsèque pour les arcanes budgétaires. Mais la transition des finalités traditionnelles, patriotiques ou révolutionnaires, vers de nouvelles préoccupations touchant l'avenir s'appliquera d'ici peu à tous les domaines de la vie politique. Au-delà de l'écologie ou de la dette, c'est aussi la question du « choc des civilisations » qui commence à faire son chemin dans l'esprit des peuples, au même titre que celle de la régulation mondiale. Bien d'autres sujets de société aussi divers que la crise des vocations scientifiques ou la si préoccupante montée de la violence rentreront eux aussi sans cesse davantage dans la nouvelle problématique dont je rappelle une dernière fois la formule : « *Quel monde voulons-nous, nous les adultes, laisser après nous à nos enfants ?* »

Ce n'est évidemment pas le lieu de construire, encore moins de développer un programme politique. J'ai déjà tenté d'indiquer ailleurs, sous forme d'esquisse mais en proposant cependant quelques exemples précis et chiffrés, à quoi il pourrait ressembler dans la perspective qui m'intéresse ici[1], celle de la prise en compte par la sphère publique des nouvelles préoccupations nées dans la sphère privée. Donnons seulement un exemple de la façon dont les questions touchant les générations futures vont se poser dans le cadre nouveau que nous avons longuement décrit, à savoir celui de la mondialisation. Et puisque c'est à l'écologie que revint l'honneur de mettre le doigt sur la nouvelle donne politique, celle qui place les générations futures au cœur de ses finalités, disons un mot de la façon dont sa propre problématique va se reformuler dans le contexte de la globalisation.

Dans les années 1970, lorsqu'elle apparaît pour la première fois au grand jour, l'écologie politique est essentiellement organisée autour de deux thèmes majeurs : la décroissance et la peur. Le Club de Rome développe déjà l'idée que le capitalisme est devenu fou, que la croissance est intenable, et il agite la peur de l'apocalypse à venir comme moteur d'une prise de conscience salvatrice. Cet usage de l'angoisse comme passion positive est d'ailleurs parfaitement thématisé dans la philosophie des écologistes, par exemple chez Hans Jonas qui lui consacre de nombreuses pages dans des ouvrages qui deviennent la bible des éco-pacifistes allemands. L'idée qui les anime est que

1. Cf. mon *Face à la crise*, Odile Jacob, 2009.

la peur, loin d'être une passion honteuse et infantile, est au contraire le premier pas vers la sagesse puisque c'est elle qui nous conduit à prendre conscience des menaces qui pèsent sur le monde. Depuis lors, la question de la « soutenabilité » du développement économique, la question dite du « développement durable », n'a cessé de progresser dans l'esprit de nos dirigeants comme dans celui des peuples. Le problème, pourtant, c'est qu'elle forme aujourd'hui une véritable antinomie, une contradiction absolue entre deux propositions, d'autant plus difficile à résoudre que la thèse et l'antithèse paraissent également justes.

Sa formulation la plus simple pourrait être à peu près la suivante :

Thèse : nos économies ont besoin de la croissance, sans quoi, de toute évidence, nous assisterons à des faillites d'entreprise, donc à l'augmentation du chômage et de la misère humaine à quoi s'ajoutera un accroissement des déficits publics qui rendra d'éventuelles prochaines crises économiques ingérables.

Antithèse : dans l'état actuel de nos connaissances, il est clair que la croissance mondiale est littéralement intenable et ce pour une raison que personne ne peut nier sérieusement : l'Inde et la Chine entrent désormais de plain-pied dans la logique de la production et de la consommation à l'occidentale ; or si les deux milliards et demi d'habitants de ces deux pays avaient le même niveau de vie que le nôtre, par exemple le même nombre de voitures par tête d'habitant, toutes les ressources de la planète (acier, pétrole, matière premières, etc.) n'y suffiraient point.

La croissance est donc à la fois nécessaire et pourtant intenable. Comment résoudre l'antinomie ? Il n'y a plus, désormais, que deux réponses possibles. La première, dans la filiation directe du Club de Rome, en tient pour la décroissance. Elle est fort bien développée – dans son genre s'entend – par certains théoriciens de l'écologie radicale[1]. C'est elle aussi qui inspire, mais en sous-main et de manière moins cohérente, la plupart des films écocatastrophes qu'on nous inflige à jet continu ces derniers temps. À leurs yeux, les notions de « développement durable » et de « croissance verte » sont des impostures. Car la décroissance étant inévitable, il est urgent de la programmer politiquement, de l'assumer volontairement plutôt que de la subir passivement – ce qui suppose sur le plan philosophique et moral que l'on sorte d'une vision du monde dominée par l'horizon illusoire et mercantile du seul consumérisme. L'objectif ne manque ni d'ampleur ni d'attraits, du moins pour ceux qui n'aiment ni la liberté individuelle ni la consommation.

Il se heurte pourtant à deux objections implacables. La première est déjà contenue dans la thèse de notre antinomie : sans croissance, nous assisterons inéluctablement à la montée du chômage et de la misère, peut-être même à la faillite de certains États et probablement au retour de grands conflits mondiaux. Mais si l'écologiste pur et dur s'en accommode, s'il continue de penser que l'enjeu en vaut quand même la chandelle, on lui fera valoir que la seconde objection vaudrait même si l'on contestait la première : nous n'avons de toute façon aucun moyen, je dis bien *aucun*,

1. Je pense notamment, pour le cadre français, aux diverses publications d'Yves Cochet. Mais il existe une immense littérature sur ce thème en Allemagne, au Canada et aux États-Unis.

d'imposer quoi que ce soit à l'Inde et à la Chine, ce dernier pays notamment, tout la fois autoritaire, nataliste et ultralibéral, se moquant comme de l'an quarante de notre écologie de bobos européens. Les impératifs du développement économique et de la croissance sont totalement prioritaires pour le gouvernement et, sans doute aussi, pour le peuple chinois, et nous, Européens, nous n'y changerons strictement rien, quoi que nous voulions ou fassions. Là est le vrai problème, pas ailleurs. Car, limités à la France, ou même à l'Europe, nos principes verts ont autant de sens que le socialisme dans un seul pays. Instaurer des écotaxes chez nous, des taxes carbone par exemple, est bien gentil, mais vu de Chine ou du Brésil, notre masochisme solitaire prête franchement à rire. Que nous nous tirions nous-mêmes des balles dans le pied a fort peu de chance de les impressionner. Mais il y a plus : nous n'avons en outre aucune leçon à donner à ces peuples qui nous accusent de nous être nous-mêmes développés sans aucun égard pour le monde ni pour les peuples que, du reste, nous avons colonisés et exploités à l'envi.

Il faut donc jouer sur les variables que nous maîtrisons, pas rêver des autres. Et par quelque bout qu'on prenne le sujet, il ne nous reste que le pari de l'innovation et de la science. Là est notre vrai rôle, notre seule marge réelle de manœuvre, du moins tant que notre avance historique sur les autres est encore réelle – ce pourquoi, cela dit au passage, la crise des vocations scientifiques qui gagne aujourd'hui la plupart des pays occidentaux est calamiteuse. C'est en inventant et en proposant au reste du monde des solutions nouvelles (la voiture électrique, le nucléaire fiable, des bâtiments basse consommation, des transports en commun efficaces, etc.) que nous pourrons « sauver la planète ». Cela suppose qu'on accélère, qu'on prenne des risques et qu'on valorise la recherche au lieu de s'empêtrer dans notre funeste principe de précaution. Lorsque des écologistes arrachent des OGM, ils anéantissent dans l'indifférence générale des années de travail scientifique, contrecarrant ainsi leur propre projet.

On pourrait développer et sans doute améliorer ou nuancer chacun des arguments ou contre-arguments ici seulement esquissés. Mais là n'est pas l'essentiel. Ce qui est remarquable dans le cas de l'écologie, c'est qu'il nous montre comment trois préoccupations fondamentales de la politique moderne, trois préoccupations qu'on retrouverait tout autant si l'on avait choisi d'autres illustrations possibles, celle des problèmes soulevés par la régulation économique et financière par exemple, se nouent aujourd'hui : la mondialisation, qui nous dépossède des leviers traditionnels, nationaux, de l'action politique ; l'obligation de construire, par voie de conséquence, des entités supranationales pour retrouver un minimum de marge de manœuvre, mais aussi, et peut-être même surtout, l'impératif d'avoir enfin une conscience claire des finalités et des objectifs souhaités par les peuples démocratiques, en l'occurrence et à nouveau, la protection des générations futures, à commencer par celle de nos enfants et de nos petits-enfants. C'est donc ici encore l'amour né dans la sphère privée qui peut constituer tout à la fois le moteur et le carburant de l'action publique. Sans motivation forte, et celle-là l'est, rien ne bougera en matière d'écologie et, plus généralement, de régulation du monde.

On objectera que le souci des enfants n'est pas neuf, que de *La Marseillaise*, avec son fameux « Allons enfants... », jusqu'aux discours du général de Gaulle en passant par nos monuments aux morts, on n'a cessé de faire appel ou de rendre hommage aux « fils de la nation ». Sans doute, mais qui ne voit que, dans ces inscriptions traditionnelles, ce n'est évidemment pas du même enfant qu'il est question. Le mot recouvre ici, sous une identité trompeuse, deux réalités toutes différentes, pour ne pas dire radicalement opposées. Comme l'indiquent assez les paroles de notre hymne national, il s'agit pour lui des « enfants de la patrie », pas de ceux de la famille ni de l'amour, de ces « fils » (et, bien entendu, jamais des filles) qu'on exhorte à sacrifier leurs vies pour la France éternelle, à maintenir par leur dévouement et leur sens du devoir le pays dans son existence face à l'ennemi dont le sang impur doit abreuver les sillons afin d'assurer la pérennité d'une tradition nationale ou d'une révolution patriotique. Est-il besoin de souligner à quel point nous sommes là aux antipodes de l'enfant aimé, choyé dans la famille, de ce petit être adoré dont on fera tout pour lui épargner, justement, d'aller à la guerre, à l'instar des ces familles américaines des années 1970 qui remuent ciel et terre pour éviter le Vietnam à leur progéniture ?

Il est assez clair que c'est autour de cette nouvelle réalité des familles que la politique est peu à peu invitée à se réorienter. Ce qu'on attend d'elle, désormais, c'est qu'elle permette leur épanouissement, qu'elle prépare l'avenir, qu'elle offre du travail et une bonne formation aux jeunes, qu'elle prévienne ces catastrophes que sont les conflits armés, qu'elle ouvre le futur, et qu'elle l'adoucisse autant qu'il est possible. Et si l'éducation nationale devient, dans tous les pays européens modernes, le motif principal de conflits, de grèves et de manifestations, c'est évidemment parce qu'elle concentre et résume en elle toutes les angoisses et toutes les espérances d'une société qui trouve comme jamais du sens dans la préoccupation des générations à venir.

À l'encontre d'une idée reçue, mais tout à fait fausse, les valeurs occidentales que j'évoque ici ne sont nullement en déclin, aucunement marginalisées par l'émergence de l'Inde, de la Chine ou d'autres nouveaux entrants tels que l'Afrique. Bien au contraire, comme le notent certains observateurs lucides[1] du monde contemporain, les pays émergents n'ont qu'une idée en tête : entrer dans cette logique occidentale de l'individualisme qui, faisant échapper les citoyens aux contraintes des communautarismes, leur assure une liberté et une prospérité à nulles autres pareilles. C'est là, du reste, que résident peut-être notre seule chance et notre seul espoir. Que les Chinois deviennent au plus vite des petits-bourgeois, qu'ils se marient par amour et développent ce même souci de la famille, qu'ils instaurent pour se protéger des syndicats et réclament un État-providence, et la situation du monde sera partout meilleure. De toute évidence, la logique de la fraternité qui se manifeste d'abord dans l'ordre diachronique, celui des générations futures, devra s'étendre peu à peu à l'ordre synchronique, celui de nos partenaires du monde. Le rejet massif, en Europe, de tout ce qui rappelle la

---

1. Voir, par exemple, la chronique de Jacques Attali dans *L'Express* du 28 juillet 2010.

colonisation et l'ethnocentrisme est clairement un premier pas dans ce sens. Il suffit de comparer les films sur l'Afrique ou les Indiens d'Amérique tournés dans les années 1940 à ceux d'aujourd'hui pour mesurer le changement abyssal qui marque le regard porté sur autrui.

Sans doute nos enfants connaîtront-ils encore des guerres dont le fanatisme et le fondamentalisme fourniront le motif. Pourtant, ce n'est ni l'égoïsme ni la poursuite aveugle des intérêts qui pourront sauver le monde, mais la logique de la fraternité et de l'entraide, du plaisir de donner plus que de prendre. Je suis convaincu que les Européens commencent de le comprendre et de s'y convertir, trop lentement sans doute, mais de manière peut-être bien irréversible.

Table

II
MORALE

III
SPIRITUALITÉ

9784

Composition
NORD COMPO

Achevé d'imprimer en Espagne
par BLACK PRINT CPI IBERICA
le 4 décembre 2011.

Dépôt légal décembre 2011.
EAN 9782290035444

ÉDITIONS J'AI LU
87, quai Panhard-et-Levassor, 75013 Paris

Diffusion France et étranger : Flammarion